SIRI ØSTLI
Der Adventskalender zum Glück

AF222881

SIRI ØSTLI

DER

ADVENTS

KALENDER

ZUM GLÜCK

ROMAN

Lübbe

Vollständige Taschenbuchausgabe

Deutsche Erstausgabe

Für die Originalausgabe:
Copyright © CAPPELEN DAMM AS 2021
Titel der norwegischen Originalausgabe:
»Adventskalenderen«
Originalverlag: Cappelen Damm, Oslo

Für die deutschsprachige Ausgabe:
Copyright © 2023 by
Bastei Lübbe AG, Schanzenstraße 6–20, 51063 Köln

Textredaktion: Britta Schiller, Eitorf
Umschlaggestaltung: Guter Punkt, München | www.guter-punkt.de
unter Verwendung von Illustrationen von © yellowdesign/iStock/
Getty Images Plus; ma_rish/iStock/Getty Images Plus; pharut/
iStock/Getty Images Plus
Satz: hanseatenSatz-bremen, Bremen
Gesetzt aus der Adobe Garamond Pro
Druck und Verarbeitung: GGP Media GmbH, Pößneck

Printed in Germany
ISBN 978-3-404-19234-2

2 4 5 3 1

Sie finden uns im Internet unter:
luebbe.de
Bitte beachten Sie auch: lesejury.de

I

Merkwürdigerweise war es ein Weihnachtsmann, der sie aus dem Loch herauszog.

So empfand Fie es: als befände sie sich in einem engen, dunklen Loch, ohne auch nur einen einzigen Schimmer Licht. Dort unten war sie, eingehüllt in dichten, kräftigen Nebel, mit Gewichten beschwert, die sowohl jede Art von Bewegung als auch jegliches Denken nahezu unmöglich machten. Das Einzige, was half, waren kleine weiße Tabletten. Der Arzt, der sie mit diesen Wunderpillen versorgte, hatte bei ihr eine Depression diagnostiziert. Gleichzeitig war er der Meinung, dass Tabletten eigentlich nicht halfen, und er hatte stattdessen lange Spaziergänge an der frischen Luft sowie eine Gruppentherapie vorgeschlagen. Oder wie wäre es mit einem Hobby? Sie hatte Ja und Amen gesagt, sicher würde sie das ausprobieren.

Sie war bereit, alles zu sagen, was man von ihr hören wollte, wenn sie nur ihre Pillen bekam.

An diesem Tag jedoch, einem Tag, der so grau war wie all die anderen Tage zuvor, begegnete sie also dem Weihnachtsmann.

Als sie aufgewacht war, hatte sie festgestellt, dass ihr die wunderbaren kleinen Pillen ausgegangen waren. Sie hatte sich schlicht und einfach verzählt. Das konnte leicht passieren, so apathisch, wie sie momentan war. Daher war sie nun draußen zu Fuß unterwegs, etwas, das sie gewöhnlich zu vermeiden versuchte, obwohl sie dem Arzt gegenüber von langen Spaziergängen an der frischen Luft prahlte. Aber die Apotheke war geschlossen. Kein Wunder, schließlich hatte Fie verschlafen, und es war bereits fünf Uhr am Nachmittag. Fie verschlief oft, oder – wie ihre große Schwester streng anzumerken pflegte – sie stand einfach nicht auf. Aber trotz des schwarzen Lochs und ihrer allgemein schlechten Form gab Fie nicht auf. Sie ging, wenn auch etwas schwerfällig, weiter zur nächsten Apotheke.

Auch die war geschlossen. Irgendwo musste es eine durchgehend geöffnete Apotheke geben, allerdings wusste sie nicht wo.

Seufzend ließ sie sich auf einer Fensterbank nieder, wo ihr apathisch starrer Blick den Augen eines Weihnachtsmannes begegnete.

Besagter Weihnachtsmann glich mit roter Mütze, roter Jacke, roter Hose und einer enormen Menge Bart dem Großteil seiner Artgenossen. Es handelte sich um einen ganz gewöhnlichen, ziemlich geschmacklosen Plastikweihnachtsmann. Er hockte in einem Berg von rotem Krepppapier, und was ihm in der Höhe fehlte, das machte er mit seinem Bauchumfang wieder wett. Ernsten Blickes starrte er sie an, direkt in ihre leicht verschleierten Augen hinein. Der Blick erinnerte sie an ihre Großmutter väterlicherseits, aber auch an Hausmeister, Lehrer und Tanten – an all die strengen, strafenden Blicke, denen sie als Kind beschämt begegnet war.

»*Was ist das für ein Benehmen?*«, schien der Einkaufszentrums-Weihnachtsmann zu sagen. »*Sieh dich an! Du solltest dich schämen!*«

Unmittelbar verspürte Fie den Drang, sich zu verteidigen, zu erklären, dass sie gute Gründe dafür habe, hier zu sitzen, auf einer Fensterbank, ungeschminkt, mit fettigen Haaren und nicht ganz so sauberen Sachen.

Es ist nicht meine Schuld, wollte sie entgegnen.

Gefolgt von: *Siehst du etwa besser aus?*

Es gab Qualitätsweihnachtsmänner, solche mit gestrickter Kleidung und Bärten aus richtiger Wolle. Würdige Weihnachtsmänner. Weihnachtsmänner mit ordentlichem Schuhwerk und nicht einer Art schwarzem Plastiküberzug, der über die Füße gestülpt war. Wenn dort drinnen überhaupt irgendwelche Füße waren, was Fie stark bezweifelte.

Selbst in ihrem Zustand begriff sie, dass es lächerlich war, hier zu sitzen und mit einem Weihnachtsmann zu streiten. Außerdem war ihr bewusst, dass der Drang, diesen Weihnachtsmann auszuschimpfen, in Wahrheit daher kam, dass sie – wenn auch widerwillig – zugeben musste, dass er recht hatte. Auf einmal wurde ihr klar, dass der empfundene Verdruss beinahe einem Wunder gleichkam.

Seit Langem hatte sie keine Lust mehr gehabt, mit jemandem zu streiten. Wirklich, das war kein Scherz, denn nichts hatte ihr etwas bedeutet, solange man sie mit ihren Pillen in Ruhe ließ und sie sich unbehelligt durch die Tage dösen konnte. Diese Wut, dieser Drang, sich zu verteidigen, war der erste Lichtblick in einer langen Zeit des dunklen Nebels.

Fie blinzelte, und es schien fast so, als blinzelte der Weihnachtsmann zurück.

2

Es gibt Dinge, die kommen völlig unerwartet. Katastrophen können unvermittelt eintreffen, eine unvorhergesehene Krankheit, ein plötzlich auftretendes Virus, Flutwellen, Brände und Verkehrsunfälle. Es ist unmöglich, sich darauf vorzubereiten; und abgesehen davon, ein paar Vorsichtsmaßnahmen zu ergreifen (sich impfen zu lassen und nicht bei Rot über die Straße zu gehen), ist es das Beste, nicht allzu viel darüber nachzudenken. Andere Dinge kommen schleichend, man ahnt, dass sie im Anmarsch sind. Dennoch hofft man unaufhörlich, dass nichts geschehen wird und es sich lediglich um Einbildung handelt. Die (nicht besonders gute) Lösung kann darin bestehen, die Augen zu verschließen, sich festzuhalten und auf das Beste zu hoffen.

Genau das hatte Fie getan, bevor sie in der Depression und beim Pillenkonsum gelandet war. Bevor die Katastrophen eingetroffen waren – viele Monate, bevor sie dem Weihnachtsmann begegnet war.

Ohne es zu bemerken, hatte sie lange die Augen verschlossen. Als dann, plötzlich und brutal, das Erwachen kam, hatte sie dem nichts entgegenzusetzen gehabt. Sie hatte, vernünftig angezogen, mit blauer Hose und weißem Shirt, in ihrer sauberen, frisch renovierten Küche gesessen. Sie hatte Kaffee getrunken, wie sie es jeden Morgen getan hatte. Ihr gegenüber hatte Carl Christian gesessen, eine Scheibe Brot mit Leberpastete verspeisend – auch das etwas, das sich jeden Morgen wiederholte. Sie hatten nicht miteinander gesprochen, aber das taten sie auch sonst nicht zu dieser Tageszeit. Carl Christian war kein Morgenmensch, und Fie hatte gelernt, das, was sie zu sagen hatte, auf die Mittagszeit zu verlegen.

Bald würden sie sich in den Volvo setzen und zur Arbeit fahren. Carl Christian war Zahnarzt mit eigener, gut gehender Praxis und Fie seine Assistentin. Das war eine äußerst praktische Lösung. Sie brauchten nur ein Auto, und zudem kam Carl Christian umhin, ihr Lohn zu zahlen. Sie hatten einen Sohn, Jens Christian, einundzwanzig Jahre alt, der bereits von zu Hause ausgezogen war. Sie hatten ein schönes Haus in einer schönen Gegend und ein sehr schönes Leben. Es gab Momente, in denen Fie sich wünschte, das Leben wäre nicht ganz so schön und vorhersehbar, allerdings nicht an diesem Morgen. An diesem Morgen war sie entspannt und ungewöhnlich zufrieden gewesen, denn: Sie hatten es an einem Dienstag getan! Und nicht etwa am Dienstagabend, sondern am Dienstagmorgen!

Für gewöhnlich mochte Carl Christian Sex am Morgen nicht. Er war ein Gewohnheitsmensch und der Ansicht, der Freitagabend sei am besten dafür geeignet. Und ab und an vielleicht der Sonntag, wenn sie Zeit hatten.

Aber abgesehen von dieser Schweigsamkeit am Morgen (und einem Hang zu akkuraten Kanten, was ihn beispielsweise zu einem Ass mit der Heckenschere machte), war Carl Christian keineswegs langweilig. Er war groß, adrett und absolut vorzeigbar. Auf Partys ließ er sich mitunter über Wurzelfüllungen und Zahnbrücken aus – Themen, von denen die meisten Menschen wirklich nichts hören wollten. Carl Christian aber stellte das Ganze so unterhaltsam dar, dass die Zuhörer anschließend mit Freuden einen Termin beim Zahnarzt ausmachen wollten. Bei Carl Christian, selbstverständlich.

Wenn er wollte, konnte er also äußerst charmant sein, was bei Zahnärzten wirklich sehr selten der Fall war, wie Fie aus eigener Erfahrung wusste. Sie waren von ihrer Art her eher trocken. Viele Jahre lang hatte sie Carl Christian zu Zahnärzte-Konferenzen begleitet, weshalb sie über eine gute Grundlage für diese subjektive Sichtweise verfügte.

Vor vielen Jahren war es für sie beide nicht so ungewöhnlich gewesen, es an einem Dienstagmorgen zu tun. Vor vielen Jahren hatten sie beim Frühstück sogar miteinander gesprochen. Sie hatten einander Dinge zu sagen gehabt, die sogar vor acht Uhr morgens das Interesse des jeweils anderen weckten. Als Jens noch klein gewesen war und das ganze Leben sozusagen vor ihnen gelegen hatte, waren sie glücklich gewesen. Oder etwa nicht? Fie erinnerte sich kaum daran, es schien so lange her.

Jetzt, dachte sie oft, fühlte es sich an, als hätten sie bereits alles erledigt. Es gab nichts, worauf man sich freuen konnte, keine spannenden Veränderungen, keine unterhaltsamen Gespräche. Es gab Urlaub im Wochenendhaus, es gab Familienfeiern, Essen mit Freunden, Ostern, Weihnachten, Sommerferien, wieder und wieder. Die Zeit verging einfach, ohne dass Fie auf irgendetwas wartete. Sie glitt einfach von dannen. Vielleicht empfand auch Carl Christian es im Grunde seines Herzens so, auch wenn er keine Lust hatte, darüber zu reden.

»Geht es uns nicht gut?«, pflegte er zu sagen, wenn sie das Thema aufgriff.

In letzter Zeit jedoch hatte auch er gereizt gewirkt. Ein paar Mal hatte sie ihn dabei ertappt, wie er sie auf eine merkwürdige Art ansah. So, als würde er sie nicht mögen, als wäre sie im wahrsten Sinne des Wortes ein Haar in seiner Suppe.

Daher war sie so froh gewesen, als er an diesem Morgen die Initiative ergriffen hatte – obwohl ihr peinlich bewusst gewesen war, dass sie sich weder die Zähne geputzt noch in letzter Zeit rasiert hatte. Das hatte irgendwie auch keinen Sinn gemacht, da mittlerweile auch die Freitagabende anderen Tätigkeiten zum Opfer gefallen waren.

Dann aber hatte sie das Ganze vergessen, zumal Carl Christian sich an diesem Morgen als ungewöhnlich einfallsreich erwiesen hatte. Später dachte sie, dass sie bereits da etwas hätte ahnen müssen, denn er war nicht der Typ, der mithilfe von Google nach ›Verführungstricks im Bett‹ oder so etwas suchte. Ebenso war er kein eifriger Konsument von Pornozeitschriften. Was also war passiert? Aber sie war einfach glücklich gewesen an diesem Morgen.

Nachdem er sie zum Abschluss sanft geküsst hatte, war Carl Christian aufgestanden. Und als sie, etwas wacklig auf den Beinen, ins Bad gegangen war, hatte sie sich seit Langem mal wieder hübsch gefühlt. Es war, als hätten sich die Verspannungen im Nacken gelöst. Vielleicht, hatte sie gedacht, gab es für sie beide Hoffnung. Vielleicht war dies ein Wendepunkt.

Wenn sie im Nachhinein an diesen Morgen dachte, krampfte sich alles in ihr zusammen. Sie war so dankbar gewesen!

Aber erst mal war sie ganz entspannt und zufrieden gewesen, als Carl Christian, vollkommen entgegen seiner Gewohnheit, Anzeichen gemacht hatte, etwas sagen zu wollen. Er hatte sich geräuspert, Vollkornbrot und Leberpastete runtergeschluckt und gesagt: »Wir müssen miteinander reden.«

»Ja, gewiss«, hatte Fie entgegnet, leicht erregt davon, dass an diesem Tag alle Routinen völlig über den Haufen geworfen schienen. »Worüber möchtest du reden?«

»Über uns«, hatte Carl Christian erklärt, woraufhin Fie den Kopf geschüttelt und ihn genauer in Augenschein genommen hatte. Er sah merkwürdig aus, hatte sie gedacht, so als solle er ein Gedicht oder eine Rede vortragen, etwas, wofür er lange geübt hatte. Sie hatte ein Lächeln unterdrückt, denn Carl Christian mochte es nicht, wenn man über ihn lachte.

Er seinerseits hatte sie jedoch nicht angeschaut. Mit steif auf die Hecke gerichtetem Blick hatte er aus dem Fenster gestarrt. Sein Gesicht hatte verschlossen gewirkt, während seine Handflächen in ihre Richtung gedreht waren, so als würde er sie physisch von sich wegschieben.

Und da hatte sie plötzlich begriffen, was kommen würde.

Unbewusst war es ihr seit Langem klar gewesen, denn die folgende Szene war ihr in Gänze durch und durch bekannt, so als hätte sie sie bereits durchlebt und müsse sie nur aus der Erinnerung hervorholen. Mit leichter Verwunderung war ihr plötzlich bewusst geworden, dass sie eigentlich längst geahnt hatte, dass die Verspannungen im Nacken und die Schlaflosigkeit nicht von den Sorgen um ihre Schwester ausgelöst worden waren. Oder um den Sohn. Oder um die neu entdeckten Falten.

Dennoch, obwohl sie wusste, was kommen würde, hatte sie nicht lauthals aufgeschrien oder angefangen zu weinen. Sie hatte einfach ganz still dagesessen und ihn aufmerksam angestarrt, wie ein Kind auf der Schulbank. Und er hatte, langsam und mit reichlich unnötigen Details, die sie innerlich verkrampfen ließen, erklärt, dass er sich in eine andere verliebt habe. Sie war in der Zahnmedizin tätig, genau wie er, weshalb sie einiges gemeinsam hatten. Sie war etwas jünger als er, aber nicht so viel, dass es als Midlife-Crisis bezeichnet werden könne – dieser Umstand war ihm sehr wichtig. Er hoffte, sie würde das verstehen.

Er sagte auch, das Ganze würde bereits eine Weile laufen, und er könne ihr das nicht länger antun.

»Keiner von euch.«

Aber hast du es soeben nicht mir angetan?, hatte Fie gedacht, ohne zu blinzeln und ohne ihren ausdruckslosen Gesichtsausdruck zu ändern.

»Uns geht es doch seit Langem nicht gut«, hatte Carl Christian gesagt, und Fie hatte genickt, obwohl sie geglaubt hatte, dass es ihnen gut gegangen war. Langweilig, ja, aber ansonsten ziemlich gut. Abgesehen von der Schlaflosigkeit, natürlich. Und den Verspannungen im Nacken.

»Ich werde die Scheidung einreichen«, hatte Carl Christian erklärt, wobei seine Stimme ruhig und leicht belehrend geklungen hatte – und erleichtert, weil ihre gefasste Reaktion vermutlich alle seine Erwartungen übertraf. »Das ist das Beste. Vor allem für Jens.«

Fie hatte geblinzelt und den Mund geöffnet. Aber es war nichts herausgekommen, weshalb Carl Christians Redeschwall nicht abgerissen war. »Es ist nicht gut für ihn, dass wir zusammenbleiben, wenn wir unzufrieden sind. Er sieht es doch. Und jetzt, da wir uns entschieden haben, ist es das Beste, es durchzuziehen, lieber früher als später. Zum Wohle aller.«

Er war aufgestanden, um zu gehen. Fie hatte es ihm gleichgetan.

»Meine Liebe«, hatte Carl Christian abwehrend gesagt, »du musst heute nicht zur Arbeit gehen.«

»Aber wer soll …«

»Das ist geregelt«, hatte Carl Christian entgegnet. »Mach dir darüber keine Gedanken.«

Nachdem er gegangen war, war sie am Tisch sitzen geblieben und hatte nach draußen gestarrt. Auf die Blumen, die sie gepflanzt hatte, auf die Gartenmöbel, die sie im Frühjahr gekauft hatte. Sie hatte sich vorgestellt, dass sie draußen sitzen würden, Familie, Freunde und Nachbarn, und lange, von Italien inspirierte Mahlzeiten zu sich nähmen. Wein, Pasta und gute Stimmung, hatte sie gedacht. (Wie auch immer sie darauf gekommen war. Carl Christian mochte keine Pasta, und Jens war mehr der Typ, der das Essen in sich hineinschlang und anschließend sofort wieder verschwand.)

Was würde jetzt aus den Möbeln werden?, hatte sie gedacht. Aus dem Haus? Aus all ihren Sachen? Wer sollte wo wohnen? Was würde Jens sagen? Und was würde aus ihrem Job werden?

Die Fragen waren durch ihren Kopf gewirbelt, wo sie wie Pingpongbälle hin und her flogen und für Chaos sorgten. Ein vollkommen unüberschaubares Chaos. Sie hatte bemerkt, dass ihre Hände zitterten. Sie wollte, dass Carl Christian zurückkam und sagte, dass alles ein Missverständnis sei. Sie wollte ihm sagen, dass er diese andere Frau einfach haben könne, solange sie zu dem Ganzen keine Stellung beziehen müsse. Solange sie alldem bloß irgendwie entkäme.

Sie war nicht wütend gewesen. Sie hatte nur Angst gehabt.

3

»Ein Weihnachtsmann?«

»Ja.«

»Wäre es ein Engel gewesen, dann hätte ich es besser verstanden. Aber ein Weihnachtsmann?«

»So einer, wie Mama ihn im Fenster stehen hatte, erinnerst du dich? Den wir ausgezogen haben, um nachzusehen, ob es ein richtiger war.«

»Und dann ist nur Styropor drin gewesen. Dieser Weihnachtsmann war unheimlich! Er hatte Ähnlichkeit mit Großmutter. Die gleichen stechenden Augen.«

»Genau! Dann verstehst du vermutlich, dass ich bei dem Anblick zusammengeschreckt bin – es war, als wäre Großmutter von den Toten auferstanden!«

Es wurde still am Telefon. Die Schwestern, eine im Norden des Landes, die andere im Süden, dachten ehrerbietig und ein wenig ängstlich an die Großmutter. Sie war eine große, magere Frau gewesen, ausgestattet mit einem festen Griff, der auf den Oberarmen der Enkelkinder mitunter blaue Flecken hinterließ. Sie hatten sie nicht oft gesehen, aber etwa einmal im Jahr war sie in ihr Haus hineingefegt, bewaffnet mit Putzmitteln, eisernem Willen und einer soliden Portion Missbilligung.

Die Großmutter war seit über dreißig Jahren tot, aber

die Erinnerung an sie sorgte noch immer für leichte Bauchschmerzen und einen beinahe unwiderstehlichen Drang, um Vergebung zu bitten.

»Eine mächtige Dame«, sagte Sara schließlich. »Denkst du, dass sie …?«

»Sich als Weihnachtsmann in einem Schaufenster manifestiert hat? Das wäre wirklich zu dumm!«

»Stimmt. Außerdem hatte sie keinen besonderen Sinn für Humor. Würde sie wiederauferstehen, dann als etwas anderes.«

»Als eines dieser wütenden Gespenster aus *Das Geisterhaus*.«

»Sie hätte das gesamte Filmteam zu Tode erschreckt.«

»Ja.«

Das Geplauder füllte die Stille, und Fie suchte fieberhaft nach etwas, was sie noch sagen konnte, egal was, nur um Sara in der Leitung zu halten. Es spielte keine Rolle, um was für Trivialitäten es sich auch handeln mochte, sie wollte nur verhindern, über das sprechen zu müssen, wonach Sara bald fragen würde: *Hast du die Pillen weggeworfen?* (Fie hatte die Pillen nicht weggeworfen. Nach der Begegnung mit dem Weihnachtsmann hatte sie sich selbst davon überzeugt, sie *nur für den Fall der Fälle* zu benötigen, woraufhin sie sich zu der durchgehend geöffneten Apotheke geschleppt hatte. Jetzt lag die Packung Sobril frisch gekauft und verlockend in der Tasche.)

Sara war Krankenschwester, weshalb sie alles über Valium, Sobril und diese Sachen wusste. Absolut alles! Fie hatte nicht die Kraft für einen weiteren Pillenvortrag der Schwester.

Als sie hörte, wie Sara sich räusperte, ließ Fie ihren Blick durch den klaustrophobischen Raum schweifen. Sie war auf der Suche nach irgendeinem Gesprächsthema, nach irgendeiner Idee, aber über nichts von dem, was sie sah, konnte sie sprechen. Da waren schmutzige Fenster, ein nach frischer Farbe bettelnder Fußboden und Wände, an denen Wochen voller Tabletten und

Depressionen hafteten. Es war eine abscheuliche Wohnung, weit entfernt von dem hellen, schönen Haus, in dem sie eigentlich lebte. Das Haus, das sie widerstandslos verlassen hatte, nachdem Carl Christian sie dazu aufgefordert hatte.

Das waren die Worte, die er gebraucht hatte: *Ich ersuche dich auf das Eindringlichste, so bald wie möglich auszuziehen.*

Nachdem Carl Christian von *ihr*, der anderen, erzählt hatte, hatte Fie nicht gewusst, was sie machen sollte. Also war sie einfach in dem Haus wohnen geblieben. Verwirrt, deprimiert und mit ausreichend Tabletten, um ein Pferd außer Gefecht zu setzen. Auch Carl Christian war nicht ausgezogen, was sie anfangs in Erstaunen versetzt hatte. Denn war es nicht das, was er hätte tun müssen? Zu *ihr* ziehen, zumindest, bis sie alles geregelt hatten?

Dann aber hatte sie es einfach akzeptiert. Sie hatte ihre Sobril genommen, viel geschlafen und das getan, was sie auch sonst zu Hause zu tun pflegte, lediglich in weitaus langsamerem Tempo. Carl Christian war ins Gästezimmer gezogen, aber ansonsten hatte sich nicht so viel verändert. Abgesehen davon, dass selbstverständlich ALLES verändert war.

Dann aber hatte er eines Morgens aus der Praxis angerufen und sie *ersucht*, auszuziehen. Er hatte sogar eine Wohnung gekauft, in die sie einziehen konnte.

»Das lohnt sich finanziell«, hatte Carl Christian ihr mitgeteilt.

Vollgestopft mit Beruhigungstabletten, hatte sie gehorcht. Sie hatte alles, was ihr in die Hände fiel, in zwei Koffer gepackt. Zwischendurch hatte sie einiges kaputtgemacht, daran erinnerte sie sich genau. Sie hatte ein Taxi gerufen und war hier gelandet, inmitten eines ordentlichen mentalen Zusammenbruchs. Völlig am Boden!

Carl Christian hatte eine Loftwohnung gekauft, und sie

hatte es einfach akzeptiert, obwohl sie Loftwohnungen nicht ausstehen konnte.

Als sie eingezogen war, hatte Sandalenwetter geherrscht, und heute hatte sie einen Weihnachtsmann gesehen.

»Erinnerst du dich daran, wie wir *Alice im Wunderland* gelesen haben?«, fragte sie mit schwacher, unsicherer Stimme. Es war ihr wichtig, dass die Schwester es verstand. Dass sie nicht mit ihrem liebevollen Ehemann, mit Kind und Enkelkind dort oben im Norden saß und sie verachtete.

»Ja?«

»So hat es sich angefühlt. Als würde ich plötzlich einfach in ein Loch geworfen, und alles würde ganz dunkel werden. Aber dort waren weder Katzen noch Königinnen. Nur Dunkelheit. Nirgendwo war ein Lichtschimmer. Nichts, nur dicker Nebel. Verstehst du?«

»Also überhaupt nicht wie bei *Alice im Wunderland*?«, merkte Sara spitz an und erinnerte Fie damit daran, dass sie immer, wirklich immer die große Schwester war.

»Ich habe mich in das Thema ›Depressionen‹ eingelesen«, fuhr Sara mit etwas sanfterer Stimme fort, was Fie zeigen sollte, dass sie, obwohl sie es eigentlich nicht verstand, bereit war, es zumindest zu versuchen.

»Und jetzt«, sagte Fie, »nachdem ich in die Augen dieses Weihnachtsmannes geschaut habe, ist es, als wäre ich erneut in etwas vollkommen Unbekanntes hineingeworfen worden. Als wäre ich im Begriff, aufzuwachen. Nichts ist normal. Ich weiß nicht, wer ich bin oder was ich tun soll. Oder ob überhaupt irgendetwas einen Sinn ergibt.«

Fie sagte nicht, dass sie eine beinahe unwiderstehliche Lust verspürte, in den Nebel und die alles verschlingende, beschützende Dunkelheit zurückzukehren. Jetzt war es unangenehm hell, und sie schämte sich für das, was das Licht offenbarte. Sie begriff, dass sie deprimiert gewesen war und dass es sich dabei um eine Diagnose handelte und nicht um etwas Beschämendes (das sagten zumindest die Leute). Aber tief im Inneren schämte sie sich trotzdem.

Hinzu kam: Da sie sich so gut mit Pillen versorgt hatte, hatte sie sich mehr oder weniger durch die lange Zeit hindurchgeschlafen. Sie befand sich in vielerlei Hinsicht wieder am Ausgangspunkt.

»Ich weiß nicht, was ich machen soll«, flüsterte sie und dachte erneut an die Pillen.

Am anderen Ende der Leitung war es vollkommen still. Diese Stille hielt eine Weile an, so lange, dass Fie schon befürchtete, es sei etwas passiert. Ein Kind, das hingefallen war, oder irgendetwas anderes, das die klagende Schwester im Süden übertrumpfte. Die verwöhnte Schwester.

Sara war mit ihrer Wahl des Ehemannes nicht einverstanden gewesen. Sie war der Meinung gewesen, Fie sei absolut nicht für ein Dasein als Zahnarztassistentin geschaffen. Und weil sie Sara war, hatte sie daraus auch keinen Hehl gemacht.

»Du brauchst einen Plan«, ertönte plötzlich Saras Stimme. Und dann, weil sie es einfach nicht lassen konnte: »Und du musst aufhören zu jammern!«

»Aber …!«

»Schon früher haben Leute ihre Ehemänner verloren! Und es ist ja nicht gerade so, als wenn Carl Christian und du Seelenverwandte gewesen wärt! Hast du ihn in letzter Zeit angerufen? *Ich* bin der Meinung, dass ihr außergewöhnlich schlecht zusammengepasst habt! Und was ist mit Jens?«

»Ich habe ihn kontaktiert, aber er ist immer beschäftigt. Es ist nicht so, dass ich es nicht versucht hätte!«

»Reiß dich zusammen! Du hast nicht das Recht, dich so aufzuführen. Du bist erwachsen, verdammt noch mal!«

Im Hintergrund ertönte Kindergeschrei. Sara stieß ein »Zur Hölle!« aus und legte abrupt auf.

Fie wünschte oft, ihre Schwester hätte sich diese nordnorwegische Art nicht angewöhnt. Das Seltsame war, dass ihr Mann, ein Fischer aus Nordnorwegen, sanft, umsichtig und höflich war, über ausgezeichnete Tischmanieren verfügte und nur ganz leicht nach Fisch roch. Sara hingegen …

»Zur Hölle«, murmelte Fie, wobei der Ausdruck bei ihr weder Kraft noch Wut auslöste. Das Telefon klingelte erneut.

»Ich habe die Lösung«, verkündete ihre Schwester. »Guri hat mich darauf gebracht.«

Saras Tochter Tonje hatte zwei kleine Kinder, Guri und Tarjei, und für Fie hatte es den Anschein, als seien sie immer in der Nähe, wenn sie mit ihrer Schwester telefonierte, obwohl sie eigentlich in den Kindergarten gingen.

»Guri war wütend, weil ihr Bruder die Türchen ihres Adventskalenders aufgemacht und die Schokolade aufgegessen hat. Die ganze Schokolade!«

In ihrer Stimme lag etwas Triumphierendes, so als seien die Handlungen der Enkelkinder eine schmeichelhafte Reflexion der Rebellion ihrer Großmutter. Sara liebte Aufruhr.

Fie mochte Saras Kinder und Enkelkinder, zog es jedoch vor, sie auf Abstand zu wissen. Ebenso wie Sara verliehen sie jedem Gefühl überdeutlich Ausdruck und vergeudeten auch nicht den geringsten Anflug von Aggression. Jetzt hörte sie im Hintergrund jemanden wütend brüllen, bis etwas knallte. Offensichtlich hatte Sara die Tür zugemacht.

»Du brauchst einen Plan«, stellte Sara erneut fest. »Etwas, was dich voranbringt. Etwas, was dich dazu bringt, jeden Tag aufzustehen. Ein Ziel. Und jemanden, der dir sagt, was du zu tun hast, zumindest eine Zeit lang.«

»Und dieser jemand bist womöglich du?«

»Womöglich. Du kannst nicht darauf setzen, dass die Weihnachtsmänner im Einkaufszentrum jeden Tag für dich antreten. Bist du einverstanden?«

Fie dachte nach. Sie wusste nicht, ob sie einverstanden war. Wahrscheinlich nicht. Andererseits spielte das auch keine Rolle. Sie gähnte.

»Okay«, sagte sie.

»Prima. Der Weihnachtsmann hat das Ganze ins Rollen gebracht, und jetzt übernehme ich. Morgen geht's los.«

»Warum morgen?«

»Natürlich weil dann der zweite Tag im Advent ist. Du bekommst einen Adventskalender. Das Geschenk für den ersten Tag hat der Weihnachtsmann übernommen. Du bekommst jeden Tag ein Geschenk.«

Nachdem sie kurz nachgedacht hatte, fügte Sara hinzu: »So in etwa zumindest. Wir müssen es auch nicht übertreiben.«

»Ähm, danke«, murmelte Fie leicht verwirrt. »Welche Art von Geschenk?«

»Nun, vielleicht eher Aufgaben als Geschenke. Nicht jeden Tag. Mir fällt nicht jeden Tag etwas ein, und schließlich brauchst du auch ein bisschen Ruhe, um wieder auf die Beine zu kommen. Ein gutes Maß an Aufgaben. Die erste besteht darin, dass du dich von den Pillen fernhältst. Aber damit hast du ja schon angefangen.«

»Mmhhh«, brummte Fie.

»Weihnachten bist du ein neuer Mensch. Vertrau mir.«

4

2. Tag im Advent

An diesem Tag schneite es. Hellgraue, schwere Schneeflocken, die sich auf die Dachfenster legten und die Wohnung düster machten. Noch düsterer, dachte Fie, schließlich war ihre Bleibe auch zuvor nicht hell und einladend gewesen. Sie setzte sich im Bett auf und stieß sich den Kopf an einem der Dachbalken.

Sie konnte Balken nicht ausstehen. Es ärgerte sie gewaltig, dass sie sich ducken musste, wenn sie zum Kleiderschrank ging, weil das Schrägdach an dieser Stelle so niedrig war. Und es machte sie wütend, dass sie nie daran dachte und dadurch dauerhaft eine Beule am Kopf hatte. Sie hasste die Wendeltreppe, die sich vom Schlafboden nach unten schlängelte. Sie war aus Gusseisen, schmal, geschwungen und lebensgefährlich.

Ein paar Tage nachdem sie eingezogen war, hatte sie in einer Schublade den Verkaufsprospekt der Wohnung gefunden. Darin war zu lesen, dass der Makler den Schlafboden als *ein einzigartiges Schlafzimmer mit fantastischer Aussicht auf den Himmel* präsentiert hatte. Er hatte vergessen zu erwähnen, dass der Raum grauschwarz wurde, wenn es schneite, und der Balken offenbar den Drang verspürte, sich stets nach rechts zu neigen, wenn man sich im Bett aufsetzen wollte.

Zudem war sie sicher, eines Tages die Wendeltreppe kopfüber hinunterzufallen, sich das Genick zu brechen oder einfach hilflos dort unten liegen zu bleiben. Vermutlich würde sie sich dabei auch noch in die Hose machen, sodass die Rettungssanitäter sich die Nasen zuhalten müssten. Wenn sie denn kommen würden. Wenn sich überhaupt jemand um sie kümmern würde.

Wenn sie Sara nur nicht versprochen hätte, sich von den Pillen fernzuhalten!

Es war nicht ganz nach Plan verlaufen. Nachdem sie sich den ganzen Abend und die halbe Nacht mit einer seligen Mischung aus Angst vor der Zukunft und Vorwürfen bezüglich der Vergangenheit herumgequält hatte, hatte sie letztendlich kapituliert und eine halbe Vival genommen. Ansonsten hätte sie sich jetzt vermutlich noch immer hin und her gewälzt.

Aber das brauchte sie Sara ja nicht zu erzählen …

Als sie die Hand nach dem Telefon ausstreckte, sah sie, dass bereits eine SMS von ihrer Schwester eingetroffen war. Zögernd, sehr zögernd verspürte sie ein leicht kribbelndes Gefühl von Spannung. Sie machte sich bewusst, dass es sich hierbei nicht um Schokolade handelte. Das hier war eine Pflicht, und aller Wahrscheinlichkeit nach handelte es sich um etwas Unangenehmes. Allerdings tauchte diese kaum spürbare Neugierde so unerwartet auf, dass sie für eine Weile einfach sitzen blieb und mit dem Handy in der Hand nachdachte.

Was hatte Sara sich einfallen lassen?

Wahrscheinlich einen langen Spaziergang. Sara glaubte felsenfest an den Nutzen von körperlicher Ertüchtigung. Ihrer Meinung nach gab es wenig, was nicht mit einer Tour auf den nächstgelegenen Berggipfel kuriert werden konnte. Ihre Lieblingssendung im Fernsehen war *71 Grad nördlich*. Fie schaute zu dem bedeckten Dachfenster hinauf. Nass und schwer klatschte der Schnee auf die Scheibe, dazu heulte der Wind. Ihr stand nicht der Sinn nach einem Spaziergang.

Oder Sara verlangte, dass sie sich endlich *des ernsten Gesprächs* mit Carl Christian annahm. Es gab viel zu besprechen, viel zu regeln. Unter anderem musste sie eine Broschüre des Kinder-, Gleichstellungs- und Integrationsministeriums zum Thema ›Trennung und Scheidung‹ durchgehen.

Carl Christian hatte ihr diese Broschüre in einem ansonsten leeren Umschlag geschickt, und Fie hatte sie in eine Ecke des Schlafbodens gelegt. Wann immer sie daran dachte, verpasste sie ihr einen Tritt, was mittlerweile deutliche Spuren an dem Schriftstück hinterlassen hatte.

Vielleicht war Sara auch der Meinung, sie solle sich mit Jens treffen? Der aber wollte sich nicht mit ihr treffen. Er war noch nie in der Wohnung gewesen und hatte immer nur Entschuldigungen vorgebracht, wenn sie ihn eingeladen hatte. Sie hatte ihn außerhalb getroffen, im Café und einmal im Park. Jedes Mal war sie aufs Neue überrascht und traurig darüber gewesen, wie wenig sie einander zu sagen hatten.

»Er ist einundzwanzig«, hatte Sara entgegnet. »Was erwartest du? Einundzwanzigjährige sind kacke.«

Aber das heutige »Geschenk« war keine Tour ins Gebirge. Auch nicht Carl Christian und auch nicht Jens. Eingerahmt von zahlreichen aufmunternden Emojis schrieb Sara:

2. Tag im Advent: Mach die Wohnung gemütlich.

Die Wohnung machte es einem nicht leicht, sie zu mögen. Vermutlich hatte es im Maklerbüro eine große Party gegeben, als sie endlich verkauft worden war. Als Fie den Prospekt gefunden hatte, hatte sie zu ihrem Erstaunen gelesen, dass es sich bei der Wohnung um eine *seltene Möglichkeit für Anspruchs-volle im gemütlichen Stadtteil Sagene* handele.

Ihrer Meinung nach wäre kein *Anspruchsvoller* bereit gewesen, auch nur die Treppen hinaufzugehen. Sie waren enorm steil. Und *Anspruchsvolle* hätten definitiv spätestens dann Reißaus genommen, wenn sie, schnaufend und keuchend, durch die Tür getreten wären.

Fie hatte gedacht, dass Carl Christian wirklich eine Abneigung ihr gegenüber empfinden musste, ansonsten hätte er kein Geld in so etwas Jämmerliches gesteckt. Dann war ihr der Gedanke gekommen, dass er die Wohnung vermutlich billig bekommen hatte und dass sie ihrerseits hätte protestieren müssen. Sie aber war derart am Boden gewesen, dass er sie in einen Kleiderschrank hätte setzen können, ohne dass sie reagiert hätte.

Als sie erst einmal hier angekommen war – nachdem sie sich fünf Etagen mit den Koffern im Schlepptau abgemüht hatte –, hatte es sich so angefühlt, als hätte sie es verdient.

Was sie verdiente, waren jämmerliche Dinge.

Die Böden waren voller Farbflecken vom Malern, in der Küche hingen die Schranktüren in den Seilen, die Wände schrien nach etwas, das die Bohrlöcher verdecken und der kalten, gräulichen Farbe Leben einhauchen konnte. Und dann waren da ja noch die Balken! Derjenige, der die Wohnung vor ihr sein Eigen genannt hatte, hatte offenbar all seine Energie auf die Balken verwendet. Sie waren in einem recht hübschen Hellbraun gelaugt und das einzig Schöne in der Wohnung. Doch es gab so unfassbar viele von ihnen! Sie verliefen kreuz und quer und hätten eigentlich mit Warnschildern ausgestattet sein müssen: Achtung! Aufpassen!

»Vielleicht könnte ich etwas dranhängen?«, überlegte Fie. »Papierleuchten, zum Beispiel, damit ich rechtzeitig daran denke, mich zu ducken. Oder Girlanden in hübschen Farben.«

Überrascht schlug sie sich die Hand vor den Mund. Sie hatte eine Idee gehabt! Einen positiven Gedanken, auch wenn es sich nur um billige Papiergirlanden handelte.

Allerdings würden Papiergirlanden nicht ausreichen, um sich in dieser Bruchbude wohlzufühlen.

Verdrossen ging sie im Wohnzimmer umher (oder in der Küche, dem Esszimmer, dem Büro, je nachdem, wie man es nennen wollte). Im großen Raum. Verärgert ließ sie die Finger über einen Balken gleiten. Der Balken seinerseits reagierte mit einem Gegenangriff und verpasste ihr einen Splitter. Während sie auf dem Fußboden saß und an ihrem Finger saugte, begriff sie, dass diese Wohnung ohne ordentliche Möbel niemals gemütlich werden würde. Mit ordentlichen Möbeln, vielen Teppichen und noch mehr Bildern wäre Fie vielleicht – vielleicht! – imstande, sie zu mögen. Ein bisschen zumindest.

Aber ordentliche Möbel kosteten Geld. Und Kraft! Das war auch der Grund, warum sie zugestimmt hatte, die Hinterlassenschaften des Vorbesitzers zu übernehmen: ein gelblichbraunes fleckiges Sofa, einen Respatex-Esstisch, der mit einer enormen Portion Wohlwollen vielleicht als retro bezeichnet werden konnte, sowie drei außergewöhnlich hässliche Sprossenstühle. Das war die ganze Möblierung. Inmitten des Raums schlängelte sich die rostige Wendeltreppe zum Schlafboden hinauf.

Packte man dann eine zehn Jahre alte Ausgabe des billigsten Küchenmodells von IKEA sowie aus herunterhängenden Glühbirnen bestehende Lampen dazu, wurde offensichtlich, dass Papiergirlanden nicht ausreichten. Nichts würde ausreichen, dachte Fie.

Obwohl der Schnee noch immer nass und schwer auf die Dachfenster klatschte, hätte sie tatsächlich einen Spaziergang dieser unlösbaren Aufgabe vorgezogen.

»Nun?«, fragte die Schwester am Telefon. »Was meinst du?«

»Hast du meine Wohnung mal gesehen? Ich hause in einer Bruchbude!«

»Ich habe sie bei Snapchat gesehen. Reiß dich zusammen. Früher bist du doch auch kreativ gewesen. Teilweise warst du sogar tollkühn, bevor du dich mit dieser Spaßbremse zusammengetan hast.«

Das stimmte. Sie hatte in einer Bar auf dem Tisch getanzt und war mit 100 km/h ohne Helm Motorrad gefahren (was sie mittlerweile beim bloßen Gedanken daran erschaudern ließ). Sie war mit einem Freund in die Sommerferien gefahren und von dort einfach abgehauen, um auf ein Festival zu gehen. Ohne irgendjemandem etwas zu sagen! Alle hatten geglaubt, sie sei entführt worden. Die Familie und ihr Freund hatten sogar eine Vermisstenanzeige aufgegeben. Also ja, durchaus, sie war tollkühn gewesen. Mit neunzehn oder zwanzig. Aber das war lange her.

Jetzt hatte sie vor fast allem Angst. Sie hatte sogar davor Angst, dass jemand durchschauen könnte, wie ängstlich sie war.

Des damaligen Freundes war sie einfach überdrüssig geworden. Sie war nicht nur dumm gewesen, sie war auch gemein gewesen. Zumindest hätte sie ihm vorher etwas sagen können, wenngleich er ihr die Reise dann verboten hätte. Er hatte zu der kontrollierenden Sorte gehört. Na ja, zumindest einen Zettel hätte sie dalassen können. Sie könnte aber auch einfach damit aufhören, sich selbst für das zu bestrafen, was sie im Alter von zwanzig Jahren getan hatte!

Die Wahrheit war, dass sie erleichtert gewesen war, als Carl Christian aufgetaucht war. Er hatte ihr einen Ort geboten, an dem sie dazugehörte. Jemanden, der sie mochte. Ein Kind. Ruhe. Mit der Zeit etwas zu viel Ruhe, das stimmte, aber sie hatte das Ganze selbst gewählt.

Carl Christian war respektabel, und obwohl das klang, als entstamme es einem Roman aus dem achtzehnten Jahrhundert, wussten sowohl Sara als auch Fie, dass ›respektabel‹ wichtig war. Sie hatten beide unter einer ausschweifenden, meistens ziemlich alkoholisierten Mutter gelitten. Uneins waren sie sich lediglich darin, was respektabel war. Fie hatte auf dunkelblaue Kleidung ohne Löcher und einen Mann gesetzt, der nicht nur Zahnarzt, sondern auch Freimaurer war. Sara hatte einen ruhigen, herzensguten Fischer gefunden.

Respektabel, dachte Fie, war langweilig und nichts für Leute im Alter von einundzwanzig Jahren. Jens war jetzt einundzwanzig. Fie bekam Bauchschmerzen beim Gedanken an Jens auf einem Motorrad oder bei einem Festival. Auf Festivals gab es Drogen!

»Ich habe nie Drogen genommen«, sagte sie. »Das habe ich mich nicht getraut.«

»Das ist keine Frage von Mut«, wandte Sara ein. »Dann wäre die Brugata in Oslo voller Helden. Kram deine innere Motorrad-Tusse hervor und mach dich ans Werk. Sei kreativ! Ich rufe heute Abend wieder an.«

Es gab nur eins zu tun.

Als sie sich erst einmal entschlossen hatte, wirkte das Ganze so selbstverständlich. Ja, warum nicht? Und im Hinblick darauf, dass sie nur einen Tag zur Verfügung hatte (was das betraf, war Sara deutlich gewesen), konnte sie sich nicht mit allen erdenklichen Vorbereitungen aufhalten.

Und sie konnte mutig sein! Damals war sie ohne Helm Motorrad gefahren! Sie hatte es getan. Sie hatte Todesangst gehabt, aber sie hatte es getan!

»Innere Motorrad-Tusse, zeig dich«, murmelte sie und kam sich dabei ziemlich dämlich vor. Sie war nie eine Anhängerin von Büchern gewesen, die einen dazu aufforderten, sich vor den Spiegel zu stellen und sich selbst gut zuzureden: *Ich bin toll, ich bin hübsch! Ich wiege fünf Kilo weniger, als die Waage vorgibt …*

Jetzt, ohne den angenehmen Pillenrausch – eine halbe Tablette hielt weniger lange an, als man glauben sollte –, stellte sie fest, dass sie wütend war. Verdammt wütend! Denn trotz Carl Christians Mantra ›für Jens‹ war sie es, die den Preis bezahlte. Sie war es, die ohne Job, ohne Möbel und ohne Haus dastand. Er hatte sich schlicht und einfach so aufgeführt, als würde alles ihm gehören, und darauf vertraut, dass sie die liebe, brave Fie war, die dankbar die Krümel auflas, die er ihr hinwarf. Das machte sie zornig, denn Fie und Carl Christian gehörte jeweils genau die Hälfte von Haus und Zahnarztpraxis.

Carl Christian hatte darauf vertraut, dass sie sich weiterhin wie ein Trottel benahm! Er hatte geglaubt, sie austauschen zu können, nachdem er ihr eine Trostprämie in Form von morgendlichem Sex und anschließend einer elenden Wohnung hingeworfen hatte!

Bei dem Gedanken an den morgendlichen Sex krampfte sich in ihr noch immer alles zusammen. Aber sie hatte das Nachfolgende geschehen lassen! Sie hatte sich einfach damit abgefunden.

Nein, sie wollte sich nicht schämen! Nein! Carl Christian verdiente all den Scheiß, der ihr noch einfallen mochte! Er verdiente es, darin zu waten! Und Jens würde es guttun, eine tatkräftige Mutter zu erleben.

Sie hatte nicht alle Zeit der Welt, weshalb sie sich auf das gängige Kleinanzeigenportal stürzte.

Nach einigen vergeblichen Versuchen (sie war überrascht, was die Leute mitunter an Geld und Rückversicherungen verlangten!) fand sie Peder. Peder war bereit, um dreizehn Uhr zu fahren.

»Das passt gut«, sagte Fie geschäftsmäßig. Sie fühlte sich überraschend entschlossen. »Aber sei pünktlich!«

»Okay«, sagte Peder, wobei sie meinte, ihn gähnen zu hören. Das war nicht überzeugend.

»Es gibt einen Bonus, wenn du schnell und pünktlich bist«, ergänzte sie und vernahm am anderen Ende der Leitung erneut ein schwaches »Okay«.

Das Haus wirkte sowohl vertraut als auch fremd auf sie. Ein schönes Haus, moderner Funktionalismus mit großen, offenen Fensterflächen. Eine schmückende Tür mit hohen Blumentöpfen zu beiden Seiten. Töpfe, in die sie zu dieser Zeit des Jahres kleine Weihnachtsbäume zu setzen pflegte. Jetzt aber standen sie leer und lechzten nach Aufmerksamkeit. Das freute sie, alles war also doch nicht gleich. Sie wurde vermisst, wenn auch nur von ein paar Blumentöpfen.

Mit einer leicht zitternden Hand steckte sie den Schlüssel ins Schloss, drehte ihn um und gab hastig den Code ein. Erst jetzt kam ihr in den Sinn, dass er geändert worden sein könnte. Aber das war natürlich nicht der Fall. Carl Christian war sicher überzeugt davon, dass sie die Regeln befolgte: Termine vereinbaren, sich treffen, zusammen reden wie vernünftige Erwachsene. Alles in Frieden und Verträglichkeit regeln. *Für Jens, selbstverständlich.*

Ja, für Jens.

Sie wurde unsicher, denn schließlich hatte Carl Christian recht. Das hier war nichts, was eine gute Mutter tun sollte. Das war nicht vernünftig!

Fie blieb hinter der Haustür stehen, auf der Fußmatte, die Carl Christian ausgesucht hatte. (*Welcome, welcome,* umgeben von Sternen. Sie sah amerikanisch aus. Carl Christian liebte alles Amerikanische.) Eine gute Mutter würde den Konflikt von den Kindern fernhalten: *Mama und Papa haben dich genauso*

lieb wie bisher, Mama und Papa sind noch immer gute Freunde,
es ist nicht deine Schuld.

»*Eine gute Mutter würde ihrem Kind das Elternhaus bewahren, sodass Jens Christian nach Hause kommen und dort sicher sein kann*«, hatte Carl Christian gesagt.

Fie verteidigte sich damit, dass dies nicht das Elternhaus war. Faktisch hatten sie erst ein Jahr dort gewohnt. Zuvor hatten sie in einem ganz gewöhnlichen Fertighaus in einer ganz gewöhnlichen Siedlung gelebt. Fie hatte es gefallen, und sie hatte nicht umziehen wollen, solange Jens zur Schule ging. Carl Christian hingegen war daran interessiert gewesen, voranzukommen und standesgemäßer zu wohnen, was ständig Anlass zu Diskussionen gegeben hatte: *Liebe Fie, diese Gegend, das sind nicht mehr wir. Alles hier ist viel zu klein, viel zu mittelmäßig!*

Es ist eine traurige Tatsache, dass die Immobilienpreise nach unten gehen, sobald Einwanderer aus völlig fremden Kulturen einziehen. Ich bin kein Rassist, das weißt du. Einer meiner Kollegen stammt aus Pakistan, und er ist ein sehr tüchtiger Zahnarzt. Aber mal ganz ehrlich, Fie: Wollen wir so wohnen? An der Bushaltestelle riecht es nach indischem Essen!

Die Immobilienpreise waren nicht nach unten gegangen, im Gegenteil. Als Jens also das Gymnasium beendet hatte, konnten sie es sich mit dem Erlös aus ihrem Hausverkauf leisten, ein neues, größeres Haus zu kaufen. Es lag in einem erstklassigen Wohngebiet auf Bygdøy, und Fie hatte den Verdacht, dass genau das für Carl Christian ausschlaggebend gewesen war. Auch Jens war zufrieden gewesen. Stolz hatten Vater und Sohn die eingebaute Kaffeemaschine, die Toilette von Alessi und die *sehr teuren Pflastersteine* in der Auffahrt betrachtet.

Aber nichts von dem machte das Gebäude zu einem Elternhaus.

Das ist Jens' sichere Basis, hatte Carl Christian gesagt. *Er ist noch nicht ganz erwachsen, er braucht etwas Stabiles.*

Inzwischen war Fie zu dem Schluss gelangt, dass der Umzug durchaus einen Scheideweg dargestellt hatte. Ein Zeichen dafür, dass Carl Christian unzufrieden war und sich etwas anderes wünschte. Neues Haus, neue Möbel. Neue Frau.

Sie riss sich zusammen. Nichts war *stabil*! Als ob man einen mentalen Zusammenbruch, Untreue und Scheidung unter den Teppich kehren könnte! *Mama und Papa sind so gute Freunde! Abgesehen davon, dass Mama die Hälfte der Zeit betäubt ist! Und Papa eine neue Frau hat. Aber wir haben dich fürchterlich lieb.*

Als würde Jens' Sicherheit sich in Kaffeemaschinen, Sprossenstühlen und Sofakissen manifestieren!

Sie spürte, wie ihre Wangen feucht wurden. Sie stand tatsächlich hier auf dem abscheulichen Abtreter und heulte! Das war nicht der Plan gewesen. Der Plan hatte darin bestanden, ihre innere Motorrad-Tusse herauszuholen! Außerdem hatte sie nicht alle Zeit der Welt.

Jens war erwachsen. Fast erwachsen. Er kam nur nach Hause, wenn er Geld oder eine ordentliche Mahlzeit brauchte. Außerdem würde es ihm guttun, ein bisschen Frauenpower zu erleben. Das hatte Sara gesagt, und Fie hatte beschlossen, ihrer Schwester zu glauben.

Also schluckte sie die Tränen runter und machte sich entschlossen ans Werk. Sie zog kleine Post-it-Zettel aus der Tasche, die sie überall munter verteilte. Auf dem Wohnzimmertisch (ihre Wahl, Carl Christian hielt ihn für viel zu rustikal). Keinen Zettel bekam das teure italienische Designersofa. Sie hatte es nie gemocht, es tat weh, darauf zu sitzen, zudem hatte sie in ihrer neuen Wohnung wenig Platz. Dennoch wünschte sie, sie hätte es mitnehmen können. Allein die Vorstellung von Carl Christians Gesichtsausdruck war unbezahlbar, eine erlesene, boshafte Wonne!

Hurra!, dachte sie. *Ich fange wirklich an, wütend zu werden!*
Diverse Küchengerätschaften, die Küchenmaschine – die teure, rosafarbene von KitchenAid! Die billige, alte konnte Carl Christian behalten. Und Thale, wie die neue Frau an seiner Seite hieß, wenn sie hier war. Hier wohnte.

Mitten in der Küche hielt Fie inne, während peinliche Szenen ungebeten ihre Gedanken heimsuchten. Konzentriert blinzelte sie mehrfach, um die plötzlich auftretenden Tränen zu verscheuchen.

»Sie heißt Thale«, hatte Carl Christian ihr widerwillig mitgeteilt, nachdem Fie geschluchzt, gebettelt und sich fast vor seine Füße geworfen hatte. Es ließ sie erschaudern, wenn sie daran dachte, gleichzeitig war sie erschrocken. Und fasziniert. Was hatte sie bloß derart unbeherrscht reagieren lassen? Sie betrachtete sich selbst als eine besonnene Person. Sie *war* eine besonnene Person!

Aber am Tag nach dem entsetzlichen Frühstück hatte sie im Gästezimmer gelegen, und plötzlich war ihr bewusst geworden, was sie im Begriff war zu verlieren. Der Schock war überwältigend gewesen und hatte sie zu einer schluchzenden, verrotzten, außer Kontrolle geratenen Frau werden lassen.

Am selben Abend hatte Carl Christian einen Arzt gerufen. Fie hatte Sobril bekommen und sich beruhigt. Seither war sie sehr ruhig gewesen.

Aber sie erinnerte sich noch gut daran, was sie gefühlt hatte, als sie da auf Knien liegend gefleht hatte, und das erschreckte sie. Manchmal gelang es ihr, das Ganze mit einem beinahe fernen Interesse zu betrachten, so als wäre es eine andere, die dort lag, weinend und schluchzend, so zutiefst gedemütigt. Sie erkannte sich selbst nicht wieder. Es war, als würde es in ihr drin Meere, Hochebenen und Gebirgsketten geben, die nur darauf warteten, entdeckt zu werden.

Manchmal gelang es ihr, zu denken: *Sonderbar. Wozu ich*

imstande bin! Auch das bin ich ... Aber im Großen und Ganzen schämte sie sich einfach.

Und das Einzige, was geblieben war, nachdem sie geweint, gebettelt und ihm alles Erdenkliche angeboten hatte, nur damit alles so weiterginge wie bisher, war der Vorname dieser Frau: Thale.

Oft wünschte sie, sie würde ihn nicht kennen. Das machte die Nachfolgerin realer: *Thale.*

Fie streckte den Rücken durch und riss sich mit aller Kraft zusammen. Es war unmöglich, Thale zu vergessen, hier, wo eine benutzte Tasse oder eine über den Stuhlrücken geworfene Strickjacke ihr plötzlich wie eine Ohrfeige zu verstehen gaben, dass Thale tatsächlich hier wohnte.

So gesehen tat es ihr gut, dachte sie. Das war reine Konfrontationstherapie. Sie hatte gelesen, so etwas würde helfen.

Fie runzelte die Stirn. Sie wusste nicht, was sie wollte: eine gesunde Neugierde befriedigen – *Was für eine Person ist das?* – oder herausfinden, dass die Beziehung gar nicht so heiß und Thale überhaupt nicht eingezogen war?

Aber all diese Gedanken lenkten sie ab, und sie hatte nicht den ganzen Tag zur Verfügung. Es war an der Zeit, sich auf das Praktische zu konzentrieren. Auf das, was sie brauchte: einen Stuhl. Nein, genau genommen brauchte sie drei Stühle, denn vielleicht würde sie irgendwann einmal Besuch bekommen? Tatsächlich wollte sie vier optimistische Stühle haben! Zwei Töpfe und eine gute Bratpfanne. Teller. Teppiche. Eine Decke für den Respatex-Tisch.

Schließlich, mit einem schmerzhaften Klumpen im Magen, ging sie die Treppe hinauf.

Auf Carl Christians Nachttisch lag noch immer die Ibsen-Biografie. Dieselbe, die schon vor vielen Monaten dort gelegen hatte. Sein intellektuelles Alibi.

Einmal hatte er ihr anvertraut, dass es sein größter Traum war, von einem Journalisten der *Dagens Næringsliv* gefragt zu werden: *Was liegt auf Ihrem Nachttisch?* Er war ein wenig beschämt wegen dieses Traums gewesen, weil man einen Zahnarzt so etwas doch niemals fragen würde, hatte er gemeint. Aber dann, im vergangenen Jahr, hatte er einen Posten im Zahnärzteverband bekommen. Kurz darauf war die Biografie aufgetaucht, und seither lag sie dort, in der Hoffnung, jemand von der Zeitung würde anrufen.

Sie hatte es für einen sonderbaren Traum gehalten, hinreichend absurd, dass es fast schon ein bisschen süß war.

Er war noch nicht in der *Dagens Næringsliv* gewesen, weshalb das Buch vorläufig vermutlich dort liegen blieb, vielleicht auch, um Thale zu beeindrucken.

Fie übersah geflissentlich das Kleid, das über einem Stuhl hing, die Zeitschriften, die auf *ihrem* Nachttisch lagen, sowie die schwarzen Pantoffeln in Damengröße, die vor *ihrem* Bett standen. Sie musste es tun.

Stattdessen durchwühlte sie das Bücherregal auf dem Flur und fand einen romantischen, halb pornografischen Titel, den sie in den Schutzumschlag der Ibsen-Biografie hüllte. Die Biografie ihrerseits nahm sie mit. Selbstverständlich war das fürchterlich unreif, das war ihr bewusst, jedoch zauberte es ihr tatsächlich ein Lächeln ins Gesicht, während sie Schmuck und Kleinkram, die Schachtel mit den Tampons und ihre besten Slips einsammelte, die noch immer in der Kommode lagen. Räumten weder Thale noch Carl Christian die Schubladen auf?, wunderte sie sich.

Anschließend straffte sie die Schultern und ging in das direkt an das Schlafzimmer angrenzende Bad. Dort hatte Thale sich gut eingerichtet, mit Spezialshampoo für gefärbte Haare, Bodylotion, Tampons, Haarspray und Haarentfernungsmittel für das Gesicht. Allerdings war sie kein Luxusweibchen, diese

Thale, denn alle Produkte waren von der Sorte vernünftiger Niedrigpreis. So gesehen passte sie gut zu Carl Christian, der mitunter geizig war.

Mit noch mehr Post-it-Zetteln bewaffnet, spazierte Fie weiter durchs Haus. Sie sammelte Bettwäsche und Handtücher ein und war sowohl erstaunt als auch abgestoßen davon, wie viel sie besaßen. Und sie war mehrere Monate lang mit fast nichts klargekommen! Nun ja, klargekommen war übertrieben, würde Sara sagen. Jetzt konnte sie zwischen grauer, rosafarbener, geblümter, karierter und weißer Bettwäsche wählen. Leinen, Baumwolle, ägyptische Baumwolle. Zwischen stapelweise Handtüchern.

Sie nahm die Bettwäsche aus Leinen und die dicksten Handtücher. Sie nahm eine Nachttischlampe (Carl Christian brauchte nur eine!). Sie packte jede Menge Bücher ein. Und letztendlich nahm sie eine der Kisten mit Weihnachtsschmuck, obwohl es ihr nicht gelang, sich *Weihnachten* in dieser heruntergekommenen Wohnung vorzustellen.

Allerdings war es anstrengend, in diesem Haus die gute Laune aufrechtzuerhalten. Die Anzeichen dafür, dass sie beide in dem Doppelbett gelegen hatten, dass sie sich wahrscheinlich nebeneinanderstehend die Zähne putzten, waren unübersehbar. Dass Thale von ihren Tellern aß, mit ihrem Mann schlief, das Sonntagsessen mit ihrem Sohn einnahm. Die Gefühle wurden immer stärker – Wut, Trauer, Rachsucht und Gier. Sollte sie die hübsche Vase zurücklassen? Nein, das sollte sie nicht tun!

Das alles war so zermürbend, dass Fie kurz davor war, das ganze Vorhaben abzubrechen. Wen, zur Hölle, kümmerte ein Adventskalender! Doch in dem Augenblick klingelte es an der Tür. Es war Peder.

Er war sehr groß und äußerst wortkarg. Mit den blonden Haaren, dem Bart und den blauen Augen, bekleidet mit einem Islandpullover und dicken Wanderstiefeln, sah er aus wie ein echter norwegischer Gebirgsmensch – bis man die Hautfarbe bemerkte. Die war nahezu gräulich blass. Es hatte den Anschein, als habe Peder mehrere Wochen lang kein Tageslicht gesehen. Das bereitete ihr Sorgen. Kam er womöglich aus dem Gefängnis? Kopfschüttelnd schob sie den Gedanken beiseite, sie war viel zu überspannt!

Peder war wirklich nicht redselig. Schweigend verschaffte er sich einen Überblick über alle Post-it-Zettel. Als er ebenso schweigsam zur Tür hinausging, sah Fie ihm besorgt hinterher. Niemals wäre sie in der Lage, all das alleine wegzuschaffen. Sie konnte kaum die Küchenmaschine anheben. Aber Peder kam zurück, ausgestattet mit Pappkartons und Transportausrüstung.

»Okay«, sagte er und trug eins ums andere in den großen Transporter. Dasselbe sagte er, als sie nach vielen Stunden fertig waren und er vor den vielen Treppen hinauf zu Fies Wohnung stand. Es war ein resigniertes »Okay«, so als würden all die Treppenstufen, die schweren Bücherkartons und die sperrigen Möbel über ihm ausgekippt und das Einzige, was er tun konnte, war, den Nacken zu beugen und sich weiter zu mühen. »Okay.«

Sie stiegen rauf und runter, rauf und runter. Sie zählte achtzehn Touren, vom Erdgeschoss in den fünften Stock und zurück. Schweigend rackerte Peder sich mit Kartons, schweren Möbeln und Kleinkram ab, ohne auch nur ein einziges Mal zu klagen.

Sie hatte solches Mitleid mit ihm. Er fand sich einfach mit all der Plackerei ab und schien in seinem Leben keine Freude zu erwarten. Ohne eigentlich darüber nachzudenken, hörte sie sich plötzlich sagen: »Tausend Dank. Ich will jetzt essen. Möchtest du auch was?«

Sie gab ihm Pasta mit Fleischsoße. Das war das Einzige, was sie im Schrank fand (und was den Fleischgehalt betraf, so handelte es sich eher um Pasta mit Möhren). Es war lange her, dass sie richtig gekocht hatte, und sie stellte fest, dass sie es vermisste. Gewürze hatte sie nicht so viele da, lediglich eine Dose Oregano, die gekauft zu haben sie sich nicht erinnerte. Trotzdem war das Essen ziemlich gut. Nicht so gut, wie es ihr normalerweise gelang, aber keineswegs schlecht.

Für einen Moment fragte sie sich, ob Thale für Carl Christian ordentlich kochte. Sie hoffte, dass Thale eine Katastrophe in der Küche war und sie beide zu ewigem Take-away verdammt waren. Dann schob sie die Gedanken an Carl Christian und Thale energisch beiseite.

Peder aß schweigend und methodisch. Beinahe unmerklich richtete sich sein Rücken dabei mehr und mehr auf. Sie bemerkte, dass sein Gesicht Farbe bekam, und obwohl er noch immer nichts sagte, sah er inzwischen beinahe lebendig aus. Sie war froh, so viel gekocht zu haben.

»Danke für das Essen«, sagte er, nachdem er sich die allerletzte Spirelli in den Mund geschoben hatte (und mit einem Seitenblick überprüft hatte, ob wirklich nichts mehr da war). »Ich gehe jetzt.«

»Komm mal wieder vorbei«, sagte Fie und dachte, dass sie dann die fünffache Portion kochen müsse. »Wenn du magst.«

Er nickte, lächelte beinahe und sagte »Okay«. Sie hörte ihn die Treppe hinuntergehen. Das war das erste Mal, dass sie seit ihrem Auszug aus dem gemeinsamen Haus etwas für andere getan hatte, dachte sie. Ihr wurde bewusst, dass die Depression und der Nervenzusammenbruch sie egoistisch hatten werden lassen.

Anschließend machte sie sich daran, die Möbel durch die Wohnung zu schleppen. Das war nicht leicht; egal, wo sie sie auch platzierte, immer standen sie unter einem Balken oder zur Hälfte in einer Ecke und stießen gegen die Dachschräge. Letztendlich aber war sie zufrieden. Das Sofa hatte einen prächtigen, großen Teppich sowie zahlreiche Kissen bekommen. Davor stand der rustikale Wohnzimmertisch. Die Bücher waren auf dem Boden unter der Dachschräge gestapelt, während der restliche Fußboden mit orientalischen Teppichen in warmen Farben bedeckt war. An die Wände gelehnt standen Grafiken und Gemälde. (Als sie die Bilder im Haus von der Wand genommen hatte, war ihr entfallen, dass man hier nichts aufhängen konnte.) Auf der Arbeitsplatte thronte die rosafarbene KitchenAid-Maschine und blickte irgendwie überlegen auf die verschlissenen Küchenschränke. Die schlimmsten Löcher in der Wand hatte sie mit großen Pflanzen kaschiert. Den Respatex-Tisch überzog sie mit einer Weihnachtsdecke, auf der sie den großen Kerzenleuchter platzierte.

Carl Christian mochte eigentlich nur blau, dieser Raum hier war jedoch rot, lila und orange. Fie war der Ansicht, das mitgenommen zu haben, was sie mochte, und dass das, was sie gemeinsam besessen hatten, nicht zusammengepasst hatte. Ihre Sachen machten sich alleine viel besser. Gleiches traf ihrer Meinung nach wahrscheinlich auch auf seine dunkelblauen, nüchternen Gegenstände zu.

Ganz zum Schluss hängte sie den großen Kronleuchter auf, dessen Prismen ihr munter entgegenfunkelten. Da sie enorme Angst vor einem Stromschlag hatte, konnte sie ihn nicht anschließen, aber als Dekoration war er unübertroffen.

»So«, sagte Fie, machte ein Foto von dem Zimmer und schickte es Sara.

Mit einem Mal machte sich Sorge in ihr breit: Was würde Carl Christian sagen, wenn er das Haus leer vorfand? (»Leerer«, murmelte sie, schließlich hatte er wirklich noch genug! Er hatte mindestens fünf Tische, während sie nur zwei hatte!) Würde er mit einer muskulöseren, aggressiveren Ausgabe von

Peder vor ihrer Tür stehen? (Sie schloss vorsichtshalber ab.) Würde er sie wegen Einbruchs anzeigen? Womöglich verklagen?

Sie glaubte, nichts davon würde geschehen, schließlich war Carl Christian auf die Fassade bedacht. Eine öffentliche Schlammschlacht war nichts, wonach er sich sehnte.

Dennoch war sie verunsichert. Vielleicht hätte sie nicht so viel Kunst mitnehmen sollen? Obwohl sie es war, die die Bilder im Laufe der Jahre gekauft hatte. Carl Christian war nicht besonders kunstinteressiert. Wäre er für die Einkäufe verantwortlich gewesen, wären die Wände eher leer geblieben. Vielleicht hätte sie auch die Pflanzen stehen lassen können? Sie schienen sich unter Thales Fürsorge wohlzufühlen, offensichtlich gediehen sie sogar besser als zu der Zeit, als Fie dort gewohnt hatte.

»Hinterlistiges Gewächs«, knurrte sie mit einem missbilligenden Blick auf eine ansehnliche Monstera. Dann, ziemlich erschöpft und ohne etwas von der Schwester im Norden gehört zu haben, ging sie ins Bett.

Sie war so müde, dass sie die Pillendose komplett vergaß.

5

3. Tag im Advent

*Guten Morgen! Es ist der dritte Tag im Advent, und deine heutige
Aufgabe lautet: Weihnachtsplätzchen backen.*

Fie setzte sich im Bett auf, stieß sich den Kopf am Balken, murmelte leise ein paar Schimpfwörter vor sich hin und schaute erneut auf das Handy. Weihnachtsplätzchen backen? Wozu?

Trotz des Weihnachtsmannes, des Adventskalenders, der
überall ertönenden Weihnachtsmusik, Straßen voller Weihnachtsdekoration und Weihnachtskerzen verschwendete Fie
keinen Gedanken an Weihnachten. Sie hatte keine Lust. Nein,
es war mehr als das, es handelte sich um eine regelrechte Abneigung gegenüber Weihnachten.

Früher hatte sie das nie so empfunden. Viele Jahre lang
war Fie ein richtiger Weihnachtsmensch gewesen. Es konnten nie zu viele Weihnachtsengel, Weihnachtsmänner, Weihnachtskerzen oder Weihnachtskörbe sein – ja, setzte man nur
irgendwo das Wort »Weihnachten« davor, hatte dies gereicht,
um sie glücklich zu machen. Aber das war früher gewesen. Die
letzten Jahre hatte es sich so angefühlt, als habe sie versucht,
etwas wiederherzustellen, das es nicht mehr gab. Einen alber-
nen, überholten Weihnachtstraum. Ihre Freude Weihnachten

betreffend war mit jedem Jahr, das verging, langsam, aber sicher geschrumpft.

Früher, als Jens klein gewesen war, hatte sie viel Zeit auf den Geschenkeeinkauf verwendet, sich Gedanken darüber gemacht, was dem Empfänger eine Freude bereiten würde. Jetzt wurden ihr Links zu Internetseiten zugeschickt: Vase, Größe L, 2350 NOK, fertig eingepackt. Oder Kaschmirschal, Burgunderrot, 2950 NOK, in goldener Geschenktasche. Carl Christians Familie konnte ziemlich anspruchsvoll sein.

Vor zwei Jahren hatte die Familie herausgefunden, dass die Geschenke ebenso gut direkt zu ihnen nach Hause geliefert werden konnten, dann sparte man sich das Hin- und Herschleppen. Selbstverständlich war das sehr praktisch, Fie sah das ein.

Und während Fie früher den alten Weihnachtsschmuck herausgeholt hatte, den sie und Jens gebastelt hatten, als er klein gewesen war, so war der nach und nach auf mysteriöse Weise verschwunden und durch elegante weiße Kugeln oder schlicht und einfach nichts ersetzt worden, denn minimalistische Weihnachten bedeuteten Status. Und war ein künstlicher Baum nicht viel praktischer? Dann entkam man all den Nadeln. War er teuer genug, sah man keinen Unterschied. Und außerdem, wenn Carl Christian es recht bedachte, verspürte er einen Hauch von Allergie.

Man konnte sie auch bereits fertig geschmückt bekommen!

Aber es waren nicht die einzelnen Dinge, dachte Fie, es war alles zusammen! All das Praktische. Die Jagd nach Status. Jedes Weihnachten war ein bisschen mehr von der Gemütlichkeit verloren gegangen, bis letztendlich nichts mehr davon übrig gewesen war.

Das Weihnachtsfest im vergangenen Jahr hatte es noch einmal nachdrücklich bestätigt: Weihnachten war tot. Zumindest ihr Weihnachten. Sie konnte so viel Weihnachtsdekoration,

Weihnachtsessen und Weihnachtsfreude darbieten, wie sie wollte, es half nichts. Keiner wollte es haben. Es wurde lediglich als Schrott und abgedroschenes Vergnügen bezeichnet.

Im vergangenen Jahr hatte sie viel Energie und Geld auf den Adventskalender für Jens verwendet. Darin hatte sich eine genau ausgewählte Mischung aus dem Langweiligen, aber Notwendigen (T-Shirts, Handschuhe und Socken) und dem, was er sich gewünscht hatte (Computerspiele, Haargel, Burberry-Schal) befunden. Er hatte eine detaillierte Wunschliste vorgelegt, und sie war dem nachgekommen. Aber sie hatte danebengelegen, trotz der Liste. Er hatte sich nicht gefreut. Er hatte zwar »Danke« und »Wie schön, Mama« gesagt, doch später hatte sie die T-Shirts zusammen mit den Socken und den Handschuhen noch in Plastik eingepackt in seinem Zimmer gefunden. Das Haargel hatte sie im Mülleimer im Bad entdeckt, also war es vermutlich das falsche gewesen. So gesehen wäre es mit einem konkreten Link zu einer Internetseite wohl besser gelaufen.

Sie hatte sich damit getröstet, dass er wenigstens den Schal benutzte.

Auf die Gefahr hin, wie Methusalem zu klingen, hatte sie gedacht – und gesagt –, dass es so nicht sein sollte. Dass Weihnachten sich nicht um all die Geschenke drehen sollte – zumindest nicht nur. Freude, hatte sie gesagt. Und Dankbarkeit. Gemütlichkeit. Jens hatte nur gelacht. »Wir wissen doch, dass du, als du klein warst, für eine halbe Apfelsine dankbar gewesen bist, Mama, aber so ist das heute nicht mehr.«

Sie hatte ihm nichts von den Weihnachtsfesten ihrer Kindheit erzählt. Allein Sara wusste, wie diese gewesen waren.

Als Jens klein war, hatte sie es geliebt, alles für Weihnachten vorzubereiten. Für altmodische, traditionelle Weihnachten – das war sehr wichtig gewesen. Gefühlt jedoch war das sehr lange her. Schon seit vielen Jahren war Fie an keinem Weihnachtsfest mehr richtig fröhlich gewesen. Jedes Weihnachten war sie nervös gewesen. Weihnachten hatte sich um Geschenke und das richtige Outfit gedreht, darum, ob es rosa oder weiß sein sollte. Auf keinen Fall durfte es vulgär sein. (Rot und grün und Weihnachtsmänner waren vulgär.) Carl Christians Familie war flink darin, etwas als *vulgär* abzustempeln.

Außerdem fand die Familie heraus, dass sie der traditionellen Weihnachtsfeste überdrüssig war. »Lasst uns etwas Neues, etwas Modernes machen«, lautete das Mantra.

Mit dem Essen hatte es angefangen: Die Weihnachtsplätzchen mussten nunmehr aufregend sein und zudem komplizierte Namen haben wie ›Snickerdoodles‹ oder ›Croquembouche‹. (Das hatte Carl Christians Mutter, seine Schwester, deren Mann und ihre beiden Kinder wenigstens ansatzweise heiter gestimmt.) Lebkuchen und achtsam ausgerollte Spekulatius wanderten zurück in die Plätzchendose; die waren altmodisch, man wurde dick davon, und außerdem schmeckten sie nach nichts.

Die Rippchen erlitten das gleiche Schicksal; sie waren plötzlich fettig, eklig (und vulgär) und wurden durch Chateaubriand, Spargel und Portweinsoße ersetzt. Der Neujahrstruthahn musste Austern und Hummer weichen. Carl Christians Mutter und Schwester zogen Austern und Hummer vor.

Es fehlte nur noch, dass sie auf Weihnachtskreuzfahrt gingen!, hatte Fie im vergangenen Jahr verbittert geäußert.

Weder Jens, Carl Christian noch die Schwiegerfamilie hatten beim Gedanken an eine Weihnachtskreuzfahrt bestürzt gewirkt. Ganz im Gegenteil hatte sie Carl Christian dabei ertappt, wie er hinterher im Internet nach »Angeboten für Kreuzfahrten« gesucht hatte. Lediglich Fies offensichtliche Bestürzung hatte ihn von der Buchung abgehalten.

Aber nichts davon war wichtig, nicht wirklich. Wenn es die Familie glücklich gemacht hätte, dann hätte sie gut und gerne Snickerdoodles und Austern zur neuen Weihnachtstradition machen können. (Bei der Kreuzfahrt verlief jedoch die Grenze.)

Aber sie waren nicht glücklich gewesen. Sie waren nur unzufrieden über all das, was sie *nicht* bekommen hatten. Fie hatte gedacht, dass es töricht war, den Weihnachtstraum der Kindheit zu reproduzieren – das Ganze war lediglich misslungene Nostalgie und Melancholie. Pathetisch und dumm!

Also hatte sie getan, was die anderen erwarteten (und sich gewaltig mit dem Croquembouche abgemüht; das Ganze ließ die knusprige Kruste der Rippchen zu einem Kinderspiel verkommen. Fie war überzeugt, dass es sich dabei eigentlich um ein Folterinstrument für französische Hausfrauen handelte.) Zumindest war sie Beschwerden über trockene Plätzchen und fettige Rippchen entgangen. Aber gemütlich war es nicht.

Diese ganz besondere Gemütlichkeit, die sie an einigen wenigen Weihnachtsfesten ihrer Kindheit erlebt hatte, war lediglich eine ferne Erinnerung. Aber vielleicht war das für alle so – man versuchte, etwas wiederherzustellen, und dann handelte es sich lediglich um Nostalgie.

Die meisten Weihnachtsfeste waren überwiegend betrüblich gewesen. Dann aber hatte Sara etwas unternommen, war mit Fie in den kleinen Garten hinterm Haus gegangen und hatte die Lichter am Weihnachtsbaum angezündet, ein unerwartetes Geschenk für sie parat gehabt oder einen Nachbarn dazu gebracht, den Weihnachtsmann zu spielen. Und dann, ganz plötzlich, war Weihnachten magisch gewesen. Daran erinnerte sie sich deutlich! Manchmal hatten sie auch außer Haus gefeiert und eine Ahnung davon bekommen, wie Weihnachten sein konnte.

Sie riss sich zusammen, schließlich hatte Sara wohl kaum die Absicht gehabt, dass die einfache Tagesaufgabe – Weihnachtsplätzchen backen – eine Runde Niedergeschlagenheit und Selbstvorwürfe nach sich zog. Es waren doch nur Plätzchen! Sie musste kein Croquembouche kreieren.

Der kleine Laden um die Ecke gehörte zu der nüchternen Sorte, aber er hatte Mehl, Zucker, Hefe – ja, kurzum alles, was sie für ihr Backvorhaben benötigte. Fie musste die Tür auf die gute, altmodische Art aufstoßen, und als sie hineinging, ertönte eine Glocke.

Drinnen führten schmale Gänge an Regalen mit Tütensuppen, abgepacktem Kochschinken und Tomaten in der Dose vorbei. Hier gab es keine Kräuter in Töpfen, und der einzige Saft, den sie hatten, war Orange ohne Fruchtfleisch. Die Kartoffelauswahl hingegen war groß.

Es glich einem Sprung in die Siebzigerjahre, wobei ein derart maßvoller Laden in Fies Augen im Grunde etwas Sympathisches und Sicheres an sich hatte.

Allerdings hatte das Geschäft auch eine Mitarbeiterin, deren Wesen so schroff war, dass Fie die Abneigung förmlich entgegenschlug, sobald sie die Türschwelle übertreten hatte. Es handelte sich um eine junge Frau mit rosafarbenen Haaren, Piercing in der Nase und sehr viel schwarzer Schminke um die Augen. Mit selbigen starrte sie Fie misstrauisch an, was diese wiederum nervös werden ließ. Sie hatte keine Übersicht über *all das*, was sie in den Wochen getan hatte, in denen sie sich im Pillenrausch befunden hatte. War sie hier umhergetorkelt und hatte die Frau beleidigt? Oder war sie in diesem Laden auf frischer Tat ertappt worden – die Tasche gefüllt mit unbezahlter Butter oder Hering im Glas?

Andererseits waren ihre Schränke ziemlich leer. Dem Inhalt nach zu urteilen, hatte sie im Großen und Ganzen von Käsebällchen, Chips und der einen oder anderen Fertigpizza gelebt.

Sie holte tief Luft. Sie bezog die Abneigung der Verkäuferin auf sich, was natürlich töricht war. *Sie könnte sich mit ihrem Mann gestritten haben*, erklang Saras Stimme der Vernunft. *Sie könnte ein Knöllchen bekommen haben. Oder noch schlimmer: Sie könnte einen Knoten in der Brust entdeckt haben. Reiß dich zusammen, es dreht sich nicht alles um dich.*

Sich Saras vernünftige Kommentare vorzustellen, war ein nützlicher Trick, dessen sie sich oft bedient hatte, als sie jung und unsicher gewesen war. Sara hatte fast immer recht, und ihre Stimme hatte Fie schon mehrfach wieder in die Spur gebracht.

So war es beispielsweise Saras Verdienst, dass Fie jetzt keine Nomadin, Hüterin von vierzig Ziegen und Ehefrau von Badou war. Badou stammte aus Tansania, war äußerst charmant, und sie war schwer verliebt gewesen. Im Nachhinein hatte Fie eingesehen, dass sie als Nomadin und Ziegenhüterin kaum geeignet gewesen wäre.

Nach einer schnellen Runde durch den kleinen Laden legte sie Mehl, Zucker, Hefe, Rosinen und all das andere, was sie glaubte, für die Plätzchen zu benötigen, auf den Tresen. Die junge Frau starrte die Waren an und nuschelte etwas.

»Was?«, fragte Fie.

»Das macht zweihundertfünfzig!«

Fie bezahlte und lächelte dabei so breit wie möglich (es konnte doch tatsächlich sein, dass die Frau eine ernsthafte Krankheit hatte!). Als sie jedoch den Laden verließ, vernahm sie hinter sich ganz deutlich ein gezischtes »Tussi!«.

»Ich bin eine Tussi«, ließ Fie Sara wissen.

»Keineswegs!«, entgegnete Sara loyal. »Das ist nur äußerlich.«

»Äußerlich?«

Nachdenklich schaute Fie sich in der Wohnung um. Sie

konnte sich nicht vorstellen, dass eine ihrer Freundinnen diese als schick bezeichnen würde. Oder exklusiv. Vielleicht charmant, wenn sie wohlwollend gesinnt war. Es gab hier viel, worüber man die Nase rümpfen konnte: verschlissener Fußboden, Löcher in den Wänden (die hatte sie zwar hinter Pflanzen und Bildern versteckt, wusste aber, dass sie da waren), keine frisch gestrichenen Wände, ein undefinierbarer Geruch. Sie hätte das teure Designsofa mitnehmen sollen, obwohl es dunkelblau und schmerzhaft war, darauf zu sitzen. Das hätte eine enorme Aufwertung des Ganzen dargestellt.

Andererseits: Hatte sie überhaupt den Wunsch, sich teuer und *richtig* einzurichten? Hatte sie sich nicht von all dem verabschiedet, als sie hier eingezogen war? Hier zu wohnen, war nicht ihre Entscheidung gewesen, das stimmte. Sie war zu dem Zeitpunkt nicht ganz sie selbst gewesen, aber trotzdem. Ihre beste Freundin Cathrine, die sie nicht mehr gesehen hatte, seit sie hierhergezogen war (so viel zum Status der besten Freundin!), hätte diese Umgebung aufs Schärfste abgelehnt. All ihre Bekannten wären entsetzt gewesen. Sie hätten eine Topwohnung mit Fahrstuhl oder ein schickes Reihenhaus in einer beschaulichen Vorstadtsiedlung verlangt.

»Ich habe mir seit Monaten nicht mehr die Haare gefärbt«, sagte sie. »Ich bin auch nicht beim Friseur gewesen. Oder habe mir die Nägel machen lassen. Tussis verzichten auf so etwas nicht.«

»Du hast dir nie die Nägel machen lassen, versuch es erst gar nicht. Und deine Taschen hast du immer noch, nicht wahr? Und die Kaschmirschals? Und den teuren Mantel, den Carl Christian dir letztes Jahr zu Weihnachten geschenkt hat?«

»Ich kann doch nicht ein Mädchen in einem Laden darüber bestimmen lassen, was ich anziehen soll! Sie hatte rosafarbene Haare! Sie hatte Nägel um den Hals. Und das ist mein einziger

Mantel; die anderen liegen zu Hause in einer Abstellkammer und werden von den Motten verspeist.«

»Back Plätzchen«, sagte Sara freundlich. »Denk nicht so viel nach. Back Pfefferkuchen.«

»Ich habe keine Förmchen«, brummte Fie. »Ich backe lieber Serinakekse. Die passen besser zu mir, denn niemand mag Serinakekse, und niemand mag mich.«

Sie backte keine Serinakekse, das tat sie nie. Sie selbst und Sara verbanden das Gebäck mit der Großmutter väterlicherseits. Ihre Serinakekse waren staubig und alt gewesen und hatten bereits an Heiligabend nach Papier geschmeckt. Stattdessen schlug sie Eiweiß luftig mit Zucker auf und machte Kokosmakronen, außen knusprig und innen zäh. Sie schnappte sich eine und verbrannte sich dabei den Mund, lecker war sie aber trotzdem. Anschließend backte sie einen großen, mit Rosinen vollgestopften goldbraunen Weihnachtsstollen.

Das war therapeutisch, fast wie die Pillen. Sie knetete Teig, während sie versuchte, sich vorzustellen, wie sie Carl Christian malträtierte. Sie hatte gelesen, das sei eine gute Methode, um Aggressionen abzubauen, aber eigentlich knetete sie nur einfach gern Teig. Es war herrlich, Teelöffel um Teelöffel wohlduftenden Plätzchenteigs auf die Backbleche zu setzen. Es machte Spaß, den Kuchenteig in Form zu bringen. Nebenbei hörte sie Weihnachtsmusik und vergaß beinahe, dass sie niemanden mehr hatte, für den sie backen musste. Keine Familie, mit der sie Weihnachten feiern konnte. Schlussendlich nahm sie ihr Telefon und schickte Sara ein Foto vom Weihnachtsstollen.

»Voller Rosinen und gänzlich ohne Zitronat!«

Die Antwort traf umgehend ein:

»In Weihnachtsstollen gehört Zitronat! Ansonsten ist es nur Brot mit Zucker und Rosinen!«

Darin waren sie sich schon immer uneins gewesen, wobei

der wohlbekannte Weihnachtszwist ihr ein Lächeln ins Gesicht zauberte.

Schließlich standen die Bleche mit den Plätzchen auf der Anrichte, und die Wohnung roch nicht mehr nach diesem Undefinierbarem (Schimmel? Staub?), sondern nach Zucker, Hefegebäck und Kardamom. Während Fie noch immer von sich selbst beeindruckt war, weil sie eine ganze Nacht lang weder geweint noch eine einzige Pille genommen und noch dazu gebacken hatte, packte sie ein paar Kokosmakronen in einen kleinen Korb und ging hinunter in den Laden.

Die Verkäuferin stand noch immer hinter dem Tresen, und noch immer waren im Laden keine Kunden.

»Ich bin keine Tussi«, sagte Fie und stellte den Korb auf den Tresen. »Ich bin nur …« Unsicher, wie sie fortfahren sollte, wedelte sie mit den Händen. »Wie auch immer«, sagte sie schließlich. »Ich habe gebacken. Möchten Sie etwas?«

»Wofür?«, fragte die junge Frau misstrauisch, während sie Fie mit zusammengekniffenen Augen betrachtete. Ihre Nägel waren lila und hellgrün, und sie hatte nicht nur einen Ring in der Nase, sondern auch drei in den Ohren. Nicht zu vergessen die rosafarbenen Haare. Fie hielt es für eine Kunst, mit rosafarbenen Haaren derart schwermütig auszusehen!

»Wofür? Nein, für nichts, eigentlich«, entgegnete Fie. Vielleicht hätte sie sich das genauer überlegen sollen, bevor sie hierhergegangen war. Zögernd fuhr sie fort: »Weil ich hier niemanden kenne, weil ich nicht alle Plätzchen alleine essen kann, und weil Sie die Einzige sind, mit der ich seit Ewigkeiten gesprochen habe. Obwohl Sie mich Tussi genannt haben.«

»Dann ist es also doch *für etwas*«, beharrte die junge Frau, wobei es so aussah, als würden ihr Tränen in die Augen steigen. Allerdings blinzelte sie schnell, weshalb Fie es für möglich hielt, sich verguckt zu haben.

Ja, doch, insofern ist es vielleicht für etwas. Resigniert griff

Fie nach dem Korb, als die Hand der jungen Frau nach vorne schnellte und sich eine Kokosmakrone schnappte. Vorsichtig biss sie hinein und schloss die Augen.

»Sind sie gut?«, fragte Fie nervös.

»Mm.«

»Mm?«

Die junge Frau öffnete die Augen und nahm sich noch eine Makrone. Fie nahm an, das bedeutete, dass sie gut waren. Dann nahm die Frau den Korb an sich und stellte ihn in das Regal hinterm Tresen. Das war nicht Fies Absicht gewesen, sie hatte gedacht, den Rest wieder mit nach oben zu nehmen und vielleicht jemandem ein Plätzchen anzubieten, dem sie unterwegs begegnete. Sie hatte gehört, dass im Aufgang Kinder wohnten, und da sie sich an diesem Tag mutig genug fühlte, um die Nachbarn kennenzulernen, könnten sich die Plätzchen als nützlich erweisen.

Sie sahen einander einige Sekunden lang an, Fie forschend, die Verkäuferin kritisch – und Fie schließlich mit glänzenden Augen.

Ja, ja, die Kinder im Aufgang würden ihr wohl kaum weglaufen.

»Ich brauche den Korb heute nicht«, sagte sie. »Ich kann ihn morgen abholen.«

Die junge Frau nickte, Fie verließ den Laden und holte tief Luft. Dann steckte sie den Kopf erneut zur Tür herein. »Ich heiße Fie«, sagte sie.

»Okay«, erwiderte die junge Frau. Während Fie die Treppen zu ihrer Wohnung hinaufging, dachte sie, dass es ihr Los zu sein schien, auf wortkarge Menschen zu treffen.

»Okay«, murmelte sie. »Okay.« Sie kicherte, und das Geräusch war so neu und überraschend, dass sie umgehend den Mund zumachte und die Treppen hinaufflief.

6

Lykke schaute der »Tussi«, oder Fie, wie sie offenbar hieß, hinterher. Fie passte nicht zu ihr, zu ihr passte ein prächtigerer Name: Celine, Therese oder Cathrine. So was in der Art. Mit ihren teuren, ordentlichen Sachen, feinen Stiefeletten und einer Tasche, die Lykke in einem Schaufenster gesehen hatte und von der sie wusste, dass sie mindestens siebentausend Kronen kostete. Siebentausend Kronen für eine Tasche!

Lykke aß die zweite Kokosmakrone, genoss den süßen, saftigen Geschmack und dachte an teure Taschen, daran, dass Adam neue Stiefel brauchte und dass er seine Handschuhe verloren hatte. Sie dachte an Geld. Und vom Geld sprangen ihre Gedanken schnell und wie selbstverständlich zu Weihnachten.

Wegen des Geldes graute ihr vor Weihnachten. Die Gedanken daran plagten sie ohne Unterlass, es gab kein Entrinnen. Die Straßen waren voll von Weihnachtsbäumen, Weihnachtsdekoration, Weihnachtsmusik und in Schaufenstern ausgestellten Weihnachtsgeschenken. Überall war zu lesen: *Alles, was Sie für Weihnachten benötigen.* Und das war nicht wenig!

Lykke wusste nicht, wie sie dieses Weihnachtsfest stemmen sollte. Sie wusste nicht, wie sie die berühmte Weihnachtsstimmung (teuer!), das Weihnachtsessen (noch teurer) und all die anderen Dinge, die man brauchte, damit es Weihnachten wurde, finanzieren sollte. Und nicht zuletzt – wie, in aller Welt, sollte sie die Weihnachtsgeschenke bezahlen? Nun war Adam nicht gerade anspruchsvoll, er würde sich über alles freuen, Hauptsache, es wurde Weihnachten. Hauptsache, sie hatten einen Weihnachtsbaum. Aber auch Weihnachtsbäume kosteten Geld, selbst wenn sie klein waren. Baumschmuck kostete Geld. Alles kostete Geld.

Sogar der Adventskalender kostete Geld. Sie hatte einen für Adam gekauft, den billigsten, den sie gefunden hatte. Mit der aufgekratzten Erwartung eines Dreijährigen hatte er das erste Türchen geöffnet und sich über das winzig kleine Stückchen Schokolade dahinter riesig gefreut. Das kleinste, albernste Stückchen Schokolade der Welt, aber Adam war begeistert gewesen.

Morgen aber sollte er eine Kokosmakrone im Kalender finden. Lykke zählte schnell nach. Wenn sie sie einteilte und mit Schokoladenstückchen und vielleicht etwas anderem Guten, das ihr einfiel, variierte, dann könnten sie eine Weile reichen.

Sie hätte keine essen sollen. Zumindest hätte sie nicht zwei essen sollen.

Sie packte die Kokosmakronen ein, damit sie nicht in Versuchung geriet. Ihr Lunchpaket bestand aus Knäckebrot mit Leberpastete, wobei Kokosmakronen unendlich viel besser waren. Sie hatte den ganzen Korb genommen, weil sie plötzlich Adam vor sich gesehen hatte, wie er den Adventskalender öffnete und darin die Kokosmakronen fand!

Die Frau hatte erstaunt ausgesehen und vielleicht gedacht, sie sei frech – und das war sie ja auch gewesen. Lykke war müde und traurig gewesen, als diese Fie im Laden aufgetaucht war, und sie hatte alles an ihr ausgelassen. Mit ihrem schönen Mantel, dem Kaschmirschal und den Lederhandschuhen erinnerte Fie an die Frauen, die verächtlich schnaubten, wenn Adam auf dem Heimweg aus dem Kindergarten quengelte. Richtige Tussis, die für ihre prächtigen Tussikinder sicher Aupairs hatten, damit sie selbst nichts mit dem Nachwuchs zu tun haben mussten! Lykke wand sich. Sie schämte sich.

Lykke, du musst auf dein Temperament achten, pflegte ihre Großmutter zu sagen, und selbstverständlich hatte sie recht. Das nächste Mal musste sie freundlicher sein, schließlich war Fie auch freundlich gewesen.

Verdammt noch mal! Dass sie nicht einfach lächeln und nett sein konnte!

Aber es gab Lichtblicke! Adam, der ein halb vertrocknetes Stück Schokolade erwartete, würde sehr überrascht sein. Es brauchte so wenig, um Adam glücklich zu machen; eine frisch gebackene, unerwartete Kokosmakrone reichte völlig aus.

7

4. Tag im Advent

Als Fie an diesem Morgen aufwachte, streckte sie den Arm aus, um Carl Christian zu berühren. Selbstverständlich war er nicht da, was ihr augenblicklich die Tränen in die Augen steigen ließ. Trotz der Wut und der Bitterkeit darüber, dass er wahrscheinlich jetzt gerade mit Thale frühstückte, nachdem er die ganze Nacht neben ihr gelegen hatte, trotz allem, was geschehen war, spürte sie plötzlich, dass sie ihn vermisste, abrupt und heftig.

Vielleicht war es das Plätzchenbacken am Tag zuvor, vielleicht war es, weil das Erste, was sie an diesem Morgen sah, ein Foto von Jens auf einer kleinen, alten Kommode war. Diese Kommode und dieses Foto hatte sie über viele, viele Jahre jeden Morgen beim Aufwachen gesehen; sie gehörten zu den Dingen, die sie im Haus markiert und mitgenommen hatte. Das fröhliche Kindergesicht gehörte zu Carl Christian, zu ihrer Ehe und zu all den Jahren, die sie mit ihm zusammen gehabt hatte.

Sie erinnerte sich an den Tag, an dem das Foto aufgenommen worden war. Sie waren im Wochenendhaus gewesen, Jens und sie hatten Krabben gefangen, sie waren sehr glücklich gewesen. Zumindest hatte sie es so in Erinnerung – Sonnenlicht über dem Wasser, die sandigen Kinderhände, Carl Christians verbrannte Schultern und fröhliches Lachen.

Aber so ist es in Wahrheit nicht gewesen, ermahnte sie sich streng.

Fie wühlte in der Erinnerung nach wunden Stellen und Streitigkeiten, sie dachte an ein Kind, das nicht schlafen wollte, und an Carl Christian, der erschöpft war und sich ausruhen musste. Gern mehrere Stunden pro Tag. Sie beschwor den Anblick von Carl Christian im Bett oder in der Hängematte herauf, während sie auf Jens aufpasste. Erinnerte sich daran, dass *er* darauf gedrängt hatte, dass *er* Urlaub bräuchte, dass er Ruhe bräuchte, sowohl von ihr als auch von dem Kind. Sie versuchte sich an all die Streitigkeiten zu erinnern, daran, dass Carl Christian immer, absolut immer, eine grauenvolle Person gewesen war! Aber selbst wenn sie sich noch so sehr bemühte, empfand sie es nicht so. Ab und an erinnerte sie sich nur an das pure Glück und die Leichtigkeit, was bei ihr ein leises Wimmern auslöste.

Glücklicherweise gab im selben Moment das Telefon einen Laut von sich. Gott sei Dank war Sara immer früh auf den Beinen. Erwartungsvoll griff Fie nach dem Handy. Die gestrige Aufgabe hatte ihr gefallen. Anfangs vielleicht nicht, aber sie war zufrieden ins Bett gegangen, und sie hatte etwas geschafft! Sie hatte mit jemand anderem als Sara gesprochen. Die junge Frau in dem Laden war nicht die positivste Person der Welt, weshalb es nicht leicht gewesen war, dennoch war es Fie gelungen, mit ihr zu sprechen, ohne in ihr Loch zurückzukriechen.

Außerdem hatte sie jetzt Weihnachtsstollen! Frühstück mit Weihnachtsstollen war nicht zu verachten.

Das könnte ein guter Tag werden.

Sie musste lediglich diese Melancholie von sich wegschieben. Carl Christian so vor Augen haben, wie er tatsächlich war: ein Morgenmuffel, versnobt und selbstverliebt.

Er hatte schon immer zu der pedantischen Sorte gehört,

aber nachdem sie in eine »schöne« Gegend gezogen waren, hatte er sich verändert. Es war vorgekommen, dass er Fie mit der Kleiderbürste bearbeitete, bevor sie die Erlaubnis erhielt, das Haus zu verlassen. Er verlangte, dass die Putzfrau – selbstverständlich hatten sie eine Putzfrau – sich auf den Bauch legte und den Boden unter der Badewanne bis in die letzte Ecke scheuerte. (Einmal hatte er anschließend mit einem sauberen Taschentuch nachgeprüft.) Er polierte den Outdoor-Grill für den Fall, dass einer der Nachbarn einen Blick über die fein säuberlich frisierte Hecke werfen würde – die Nachbarn, die selbst auch eine Putzfrau hatten und der Grund dafür waren, dass Fie und Carl Christian jeden Mittwoch mehrere Stunden darauf verwenden mussten, das Haus aufzuräumen, weil am nächsten Tag die Putzfrau kam.

Nein, dachte Fie und setzte sich auf, ohne sich den Kopf am Balken zu stoßen (Hurra!); Thale konnte ihn haben. Bitte schön!

Doch dann leuchtete im Display eine Nachricht auf, nach der selbst der Gedanke an den Weihnachtsstollen Fie nicht mehr aufmuntern konnte:

BESORG DIR EINEN JOB!

»Können wir nicht mit etwas Einfacherem anfangen?«, bat Fie. Aber Sara war in keiner guten Stimmung. Sie passte auf Guri und Tarjei auf; die beiden waren die ganze Nacht über bei ihr gewesen, und ausnahmsweise hatte sie keinen Sinn für Humor, wenn etwas zu Bruch ging oder die Kinder sich gegenseitig Schimpfwörter an den Kopf warfen.

»Schreien sie *Pferdepimmel?*«, erkundigte Fie sich verwundert, schließlich waren die Kinder erst zwei und vier Jahre alt.

»Eher Erdsemmel. Sie haben es im Kindergarten gelernt, von einem Südnorweger. Das ist das Einzige, was die im Süden über uns hier oben wissen: dass wir Pferdepimmel sagen.«

»Okay.«

»Ich sage das nie«, stellte Sara angesäuert klar. »Auch keiner von denen, die ich kenne, sagt das. Und wenn du glaubst, ›Besorg dir einen Job‹ sei schwierig, dann solltest du erst mal einige der anderen Vorschläge sehen, die ich dir noch zu unterbreiten beabsichtige.«

»Warum bist du so muffelig? Ist was passiert?«

Sara seufzte. Fie hörte, wie tief empfunden dieser Seufzer war, obwohl sie weit voneinander entfernt lebten und die Verbindung etwas instabil war. Für gewöhnlich seufzte Sara nicht. Leute ausschimpfen, ja, aber nicht seufzen.

»Sara, was ist los?«

»Es ist nichts«, entgegnete Sara. »Nicht wirklich.«

»Aber?«

»Es ist nichts. Nichts. Nichts, worüber du dir Sorgen machen musst. Denk nicht daran.«

»Jetzt sag schon!« Fie hörte, wie Sara schwer schluckte. Irgendetwas war, aber Fie erwartete nicht, dass Sara sich ihr anvertraute. Sara war immer diejenige, die Rat gab, wofür der Adventskalender ein ausgezeichnetes Beispiel war. Sie genoss es, den Leuten zu sagen, was sie tun sollten. Seit Fies Geburt betrachtete Sara es als ihre Aufgabe, ein Fels in der Brandung ihres Lebens zu sein. Standhaft, gerecht und mit hocherhobenem Zeigefinger. Aber um Hilfe bitten oder zugeben, mit etwas nicht fertigzuwerden, das gehörte nicht zu Saras Repertoire. Sie schluckte erneut, bevor sie mit scharfer, abweisender Stimme sagte: »Es ist nichts. Es sind nur …«

»Nur was?«

»Die Wechseljahre«, sagte Sara im selben Tonfall, als würde sie sagen: »Der Untergang der Welt.« »Diese verfluchten Wechseljahre. Ich koche! Ich schlafe schlecht, ich schwitze. Männer haben keine Wechseljahre, und das ist so verflucht ungerecht! Lars schläft wie ein Baby, er fällt ins Bett und schläft. Das macht mich wahnsinnig! Heute Nacht habe ich ihn geweckt, nur damit er fühlen sollte, wie verschwitzt ich war, und damit er mir wenigstens ein Glas Wasser holt. Seine Antwort lautete: *Ah, ja*, dann hat er einfach weitergeschlafen!«

»Puhh«, murmelte Fie.

»Ja. Also los, besorg dir einen Job!«

Damit legte sie auf.

In den Monaten, die seit ihrem Auszug bei Carl Christian vergangen waren, war Fie manchmal der Gedanke gekommen, dass es von Vorteil wäre, wenn sie einen Job bräuchte. Dann wäre sie gezwungen, jeden Morgen aufzustehen und etwas zu tun. Allerdings verfügte sie noch immer über ein recht gut gefülltes Konto.

Carl Christian hatte sich schon immer für Steuerplanung interessiert und war – seiner Meinung nach – besonders schlau gewesen, als er Teile seiner Einnahmen auf Fies Konto überwiesen hatte. Außerdem gehörte ihr exakt die Hälfte der Zahnarztpraxis. Damit sparten sie noch mehr Steuern, hatte Carl Christian damals erklärt.

Das würde natürlich kaum bis in alle Ewigkeiten so weitergehen, weshalb Fie jeden Augenblick damit rechnete, Post von irgendeinem Anwalt im Briefkasten vorzufinden. Vorläufig jedoch hatte Carl Christian aus unbekannten Gründen noch nichts an dieser Regelung geändert.

Aber Sara hatte recht. Es war an der Zeit, für ein eigenes Einkommen zu sorgen.

»Hei, ich habe eine Frage«, begann Fie zögerlich, woraufhin die junge Frau hinter dem Tresen eine ihrer wohlgeformten Augenbrauen nach oben zog. Sie wirkte heute nicht ganz so mürrisch, und Fie stellte fest, dass sie, auf eine beinahe altmodische Art, reizend war, mit hübschen Gesichtszügen und braunen, schönen Augen. Sogar die rosafarbenen Haare standen ihr, was einem Kunststück gleichkam.

In den Laden zu gehen und um Rat zu fragen, hatte weit hinten auf der Agenda gestanden. Wie alle normalen Menschen hatte Fie erst einmal online nach Stellenangeboten gesucht. Nach zehn Minuten hatte sie jedoch festgestellt, dass die Welt nicht gerade nach Zahnarztassistentinnen mit langer Erfahrung und geringer Ausbildung lechzte.

Das war sowohl ein Dämpfer als auch eine Ermunterung gewesen. Als sie darüber nachgedacht hatte, hatte sie begriffen, dass von all den Dingen, die sie vermisste (Badewanne, frische Strähnen im Haar, ein sicherer Ort in der Welt), der Job dasjenige war, was ihr am wenigsten fehlte. Sie hatte diese Arbeit viele Jahre lang gemacht und schaffte es einfach nicht mehr, Enthusiasmus für Fluorid, die Entfernung von Zahnstein und neue Poliermaterialien aufzubringen. Aber was sollte sie sonst machen? Und wer wollte eine Frau mittleren Alters haben, die ihr ganzes Erwachsenenleben lang Zahnarztassistentin gewesen war?

Im Gegensatz zu Carl Christian, der mit flammender Inbrunst über Zähne, Brücken und so etwas reden konnte und tatsächlich ein Publikum dafür hatte, wurde Fies Job im Großen und Ganzen mit »ah ja« kommentiert. Es war eine sichere und gute Arbeit (normalerweise, außer man war mit dem Chef verheiratet), jedoch kein Beruf, den die Leute für spannend hielten. (Und der Job hatte ihr zu keiner beruflichen Erfahrung verholfen, die jemand anderen als Zahnärzte dazu bringen würde, begeistert zu nicken und ihr umgehend eine Anstellung anzubieten.)

Sie könnte vielleicht Weihnachtsmann werden – dafür musste es jetzt doch wohl Bedarf geben? –, allerdings glaubte sie nicht, dass sie dafür geeignet war. Ihre Stimme war unpassend, außerdem hatte sie null Erfahrung. Und wahrscheinlich hatte sie auch das falsche Geschlecht, obwohl man diesbezüglich streiten könnte. Hätte sie mehr von einer Aktivistin gehabt, dann hätte sie genau daraus eine große Sache machen können. Sie sah es förmlich vor sich: Demonstrationszüge mit Plakaten und Forderungen nach Quotenregelung. Allerdings musste sie einsehen, dass das finanziell wohl kaum viel abwerfen würde.

Verärgert hatte sie gedacht, dass Sara sich mit allen Aktivistengenen davongemacht und die kleine Schwester als einen fügsamen Trottel zurückgelassen hatte.

Nein, diese Aufgabe war nicht leicht. Fie hatte ihren Kaffee geschlürft und gegrübelt. Sie hatte den Rest des Weihnachtsstollens aufgegessen, im Ofen gefrorene Brötchen aufgebacken und gegrübelt. Und während sie auf langweiligem, geschmacklosem Industriebrotteig herumgekaut hatte – sie sollte wieder anfangen, selbst Brot zu backen! –, war ihr bewusst geworden, dass sie nicht wieder zurück in eine Zahnarztpraxis wollte. Sie wollte etwas Neues versuchen. Etwas, das nichts mit Zähnen, Wurzelfüllungen und eingeschüchterten Patienten zu tun hatte. Sie wollte einen Job, bei dem die Leute gern zu ihr kamen. Keinen, bei dem sie erst froh und erleichtert waren, wenn sie wieder zur Tür hinausgingen.

Der Gedanke hatte ihre Lebensgeister geweckt, und sie hatte den Suchradius erweitert.

Sie hatte festgestellt, dass der Markt in weibliche und männliche Berufe eingeteilt war sowie in einige mystische, die vermutlich unisex waren. Dort fanden sich Jobs für Mechaniker und Kindergartenassistenten (nein zu beidem), für Reinigungskräfte und merkwürdige Berufe wie Risk Control Specialist. Sie konnte nach Stellen in der häuslichen Pflege (wenn sie Erfahrung darin gehabt hätte) suchen oder sich der Cybersicherheit widmen.

Es war deprimierend. Fie ging auf, dass sie ein komplett

abgeschirmtes Leben geführt hatte. Da draußen gab es haufenweise unbekannte, erschreckende Berufe, für die die Leute tatsächlich qualifiziert waren, während sie ihre Zeit damit verbracht hatte, ihrem Mann, dem Zahnarzt, zu assistieren.

Sara hatte recht, sie hätte eine ordentliche Ausbildung machen sollen. Sie aber war in die Mädchenfalle getappt: Sie war schwanger geworden, sie hatte geheiratet, sie hatte dem Ehemann geholfen.

Es gab so vieles, was sie hätte anders machen sollen! Ihr Leben war ein vollkommenes Fiasko, daran gab es keinen Zweifel!

Fie hatte gespürt, wie die Niedergeschlagenheit sich heranschlich. Sie hatte sich zusammenreißen wollen; sie hatte den Rücken durchgestreckt und versucht, stolz darauf zu sein, dass die Kaffeemaschine auf der Anrichte stand, dass das Zimmer warm und gemütlich war, dass sie Peder ein Essen serviert hatte und mit einer jungen Frau in einem Laden gesprochen hatte. Aber meine Güte! Das war doch nichts! Die Leute gingen raus und kümmerten sich um Cybersicherheit, und sie war stolz darauf, Weihnachtsplätzchen gebacken und mit jemandem gesprochen zu haben! Sie hatte für sich festgestellt, dass sie vollkommen unbrauchbar war.

Also hatte sie die Wahl gehabt, sich wieder hinzulegen, sich mit einer Sobril – oder zwei – zu beruhigen und Sara mitzuteilen, dass sowieso alles zum Scheitern verurteilt war. Warum sich also anstrengen?

Oder sie könnte es versuchen.

Sie könnte mit der einzigen Person sprechen, die sie hier in der Gegend kannte, nämlich der mürrischen jungen Frau im Laden um die Ecke.

Deshalb stand sie jetzt, eine halbe Stunde später, vor dem Tresen und sagte: »Hei, ich habe eine Frage. Wissen Sie, ich brauche einen Job …«

»Wir brauchen hier niemanden mehr!«, fiel die Verkäuferin ihr ins Wort.

»Das meinte ich nicht.« Fie sah sich in dem immer noch leeren Geschäft um. »Aber vielleicht wissen Sie etwas anderes? Ich kenne mich hier in der Gegend nicht so aus.«

»Nein, das tun Sie wohl nicht.« Die junge Frau musterte Fie, dann lächelte sie plötzlich. Es sah aus, als müsse sie sich anstrengen, aber das Lächeln war freundlich. »Die Kokosmakronen waren gut. Danke.«

»Gern geschehen.«

»Was haben Sie bisher gemacht?«

»Ich war Zahnarztassistentin«, sagte Fie.

»Oh, shit!«

»Nein, wissen Sie was!«, protestierte Fie, plötzlich etwas verteidigend, das sie noch vor einer halben Stunde in Grund und Boden gestampft hatte. »Das ist ein ausgezeichneter Beruf, und die Leute brauchen schließlich Zahnärzte. Es ist ein sehr wichtiger Beruf!«

»Wenn Sie das sagen …«, brummte die Frau und sah augenblicklich wieder zornig aus. Sie musterte Fie erneut. »Sie sehen aus wie eine Zahnarztassistentin«, gab sie Fie nachdrücklich zu verstehen.

»Tue ich das?« Fie war aufrichtig erstaunt, woraufhin die Verkäuferin missbilligend nickte.

Fie sah an sich herunter und rieb mit dem Daumen an einem Fleck herum. Sie war nicht der Meinung, noch immer respektabel auszusehen, aber Zahnarztassistentinnen waren respektabel. Das war, ihrer Meinung nach, eine der Anforderungen. Man musste ihnen vertrauen können. Fie hatte nicht das Gefühl, wie eine Person auszusehen, der man vertrauen konnte – nicht mehr.

»Die Klamotten«, sagte die junge Frau. »Die sind ordentlich. Und Sie schminken sich nicht. Überhaupt nicht.«

»Nun«, begann Fie beleidigt, »nicht jedem stehen rosa-farbene Haare und Ringe in der Nase. Ich, zum Beispiel, würde damit entsetzlich aussehen. Außerdem finde ich meine Schminksachen nicht.«

Sie verriet nicht, dass das Einzige, was sie früher benutzt hatte, Mascara und ab und an Lippenstift gewesen war. Carl Christian mochte sie am liebsten ohne, das hatte er zumindest gesagt. Fie fragte sich, ob Thale sich schminkte oder ob Carl Christian auch sie am liebsten ohne mochte. Dann dachte sie, dass das keinerlei Bedeutung hatte. Heute würde sie sich Schminke kaufen. Unmengen an Schminke. Und rote Sachen. Vielleicht würde sie sich sogar die Haare färben.

Oder vielleicht auch nicht.

Die junge Frau lächelte.

»Ich habe früher in einer Parfümerie gearbeitet«, sagte sie. »Ich weiß, was den Leuten steht. Ihnen würde Rot stehen. Und Braun. Dunkelgrün. Und Ocker, vielleicht. Nein, Ocker würde Sie möglicherweise blass aussehen lassen.«

»Ich werde mich von Ocker fernhalten.«

»Das ist vermutlich das Sicherste. Aber abgesehen von Ocker würden Ihnen warme Farben stehen.«

»Tatsächlich?« Bedrückt betrachtete Fie ihren hübschen blauen Mantel. Und die hübsche blaue Tasche. Sie waren ein bisschen fleckig, das stimmte, aber noch immer respektabel. Und sie ließen sie also wie eine Zahnarztassistentin ausse-hen.

»Ich habe nur blaue Sachen«, vertraute sie der jungen Frau an. »Und weiße. Das passt einfach zu allem. Und mein Mann mochte – mag – Blau so gern. Vor allem Dunkelblau, aber …«

Sie schwieg abrupt, das Ganze lief in eine vollkommen fal-sche Richtung. Und es war nicht so, dass Carl Christian be-stimmt hatte, was sie anziehen sollte. Er mochte – aus irgend-einem Grund – Dunkelblau fürchterlich gern und war daher der Ansicht, Fie sähe in Blau am schönsten aus. Im Übrigen mochte Fie Dunkelblau selbst auch.

»Blau passt nicht zu Ihnen«, sagte die junge Frau mit Nachdruck. »Das können Sie Ihrem Mann sagen.«

»Meinem Mann, ja …«, murmelte Fie. »Wie auch immer, ich brauche einen Job. Meine Garderobe kann ich an einem anderen Tag generalüberholen.«

»Mmm.« Die junge Frau musterte sie nachdenklich. »Buddeln Sie gern in der Erde? Bei der Gartenpflege werden öfter Leute gesucht.«

»Ich kann es nicht ausstehen. Außerdem ist Winter.«

»Ja, das stimmt. Kellnern?«

»Zur Not.« Fies Blick hellte sich auf. »Ich kenne mich mit Buchhaltung aus, ich könnte das mit der Kasse und so übernehmen. Und die Tische abwischen.« Wenn es etwas gab, das sie in der Ehe mit Carl Christian gelernt hatte, dann war es putzen.

»Ich bin sehr ordentlich«, fügte sie hinzu. »Und praktisch veranlagt. Falls eine Glühbirne gewechselt oder ein Stuhlbein geklebt werden muss – einfach fragen.«

Vor Carl Christian und vor ihrer Karriere als Zahnarztassistentin hatte Fie überlegt, Möbelrestauratorin zu werden. Ebenfalls in Betracht gezogen hatte sie Tischlerin, Schuhmacherin und Urlaubsvertretung auf Bauernhöfen, obwohl sie in ihrem Leben keinen Viehstall betreten hatte. Das Interesse für diese Themen hatte sie sich bewahrt (abgesehen von der Sache mit der Urlaubsvertretung auf Bauernhöfen), und Carl Christian hatte ihr zu Weihnachten oft die Teilnahme an unterschiedlichen Kursen für handwerkliche Fähigkeiten geschenkt. Sie konnte sowohl tischlern als auch nähen. Sie konnte sogar einen Stuhl neu beziehen, sollte es erforderlich sein.

»Meine Glühbirnen sind alle intakt«, sagte die junge Frau. »Trotzdem danke. Versuchen Sie es mal im Café. Oder im Pub.

Vielleicht brauchen die jemanden. Aber an Ihrer Stelle würde ich etwas anderes anziehen als diese Assistenzkleidung. Sonst denken die noch, dass Sie von der Lebensmittelaufsicht oder so was kommen.«

Das war nicht gerade ermutigend. Dennoch bedankte Fie sich für die Hilfe und machte sich auf den Weg nach draußen. Doch die junge Frau hielt sie noch einmal auf. »Entschuldigung, aber haben Sie noch mehr Kokosmakronen?«

»Haben Sie schon alle aufgegessen?« Fie war erstaunt. Die Frau war dünn wie ein Strich und sah nicht aus wie jemand, der sich an einem einzigen Nachmittag ein großes Blech Kokosmakronen in den Mund stopfte.

»In gewisser Hinsicht«, murmelte das Mädchen. »Sie sind gut angekommen. Ich kann bezahlen, wenn Sie noch welche haben. Zumindest ein bisschen.«

Plötzlich sah sie sehr jung und sehr unsicher aus, was Fie nachsichtig mit ihr werden ließ. Hinter der Schminke, den Ringen und der schlechten Laune verbarg sich ein Mensch, der Weihnachtsgebäck liebte. Das war rührend.

»Wie heißen Sie?«, fragte Fie.

»Lykke. Sagen Sie nicht, was Sie jetzt sagen wollen! Ich heiße wirklich Lykke!«

Sie betrachtete Fie mit zusammengekniffenen Augen.

»Okay, Lykke«, sagte Fie. »Ich kann ein weiteres Blech backen und herbringen. Und Sie müssen nichts bezahlen. Es ist schön, jemanden zu haben, für den man backen kann.«

»Oh«, machte Lykke, während ihre Wangen so rosa wurden, wie ihre Haare es bereits waren. »Oh, okay. Danke.«

»Sehr gern«, versicherte Fie und stellte fest, dass sie es genauso meinte. Sie wandte sich erneut zur Tür, um zu gehen.

»Versuchen Sie den Gebrauchtwarenhandel drei Häuserblöcke weiter«, sagte Lykke hinter ihr. »Der gehört meiner Großmutter, und sie braucht Hilfe. Er heißt *&Dinge*.«

»&Dinge?«

»Fragen Sie nicht. Das ist eine lange Geschichte. Jetzt wird sie bereits zu Hause sein, aber Sie können es morgen früh versuchen. Okay?«

»In Ordnung.« Fie nickte. »Vielen Dank.«

8

5. Tag im Advent

Am nächsten Tag rief Sara nicht an, wofür Fie dankbar war. Sara war energisch und dominant, besaß aber auch eine Tendenz zur Zerstreutheit. Gott sei Dank, hatte Fie immer gedacht, andernfalls wäre die Effizienz der Schwester erdrückend.

Fie hatte wenig geschlafen, vermutlich, weil sie sich von den Schlaftabletten ferngehalten hatte. Darauf war sie stolz. Da es jedoch die erste Nacht ohne gewesen war, konnte sie Sara gegenüber nicht damit prahlen, ohne einzuräumen, dass sie erst jetzt damit aufgehört hatte.

Sie war gespannt, wie die Großmutter von Lykke war und ob sie bei ihr einen Job bekommen würde. Sie sah ein, dass sie eine Arbeit brauchte. Das würde sie ausgeglichener machen. Aber ein Gebrauchtwarenhandel?

Carl Christian pflegte das, was sie in solchen Läden verkauften, als Schrott, und diejenigen, die dort arbeiteten, als Schrottwichtel zu bezeichnen. Dieser Gedanke wirkte in der Tat aufmunternd; Carl Christian würde sehr aufgebracht sein, wenn er erfuhr, dass seine Frau ein Schrottwichtel war.

»Meine Frau, der Schrottwichtel«, flüsterte sie, setzte sich auf, stieß sich den Kopf am Balken und ging die Treppe hinunter. Sie hatte Lykke versprochen, Plätzchen zu backen, und da es erst halb sechs war, hatte sie ausreichend Zeit. Sie holte alle Zutaten herbei (ein Vorteil von Weihnachtsplätzchen war, dass die Zutaten bei verschiedenen Rezepten häufig die gleichen waren) und machte sich daran, Sandgebäck zu zaubern. Da sie Sandgebäck an sich ziemlich langweilig fand, tauchte sie es in Schokolade und streute gehackte Mandeln darüber. Anschließend aß sie drei Stück, bevor sie beschloss, dass es an der Zeit war, aufzubrechen.

Lykke lächelte beinahe, als sie die Plätzchen entgegennahm, und schien sich besonders über den Schokoladenguss zu freuen, was Fie in dem Glauben bestätigte, dass Sandgebäck sonst tatsächlich langweilig war. Sie fragte nach der genauen Adresse von *&Dinge*. Lykke zeigte aus dem Fenster. »Dort rüber, drei Häuserblöcke weiter und um eine Ecke herum.«

Drei Häuserblöcke weiter und um eine Ecke herum war eine äußerst schwammige Beschreibung, aber schließlich fand Fie den Laden. Er befand sich in einer engen Straße im Stadtteil Sagene, wo Fie zunächst an einer Designerboutique, in der Weihnachten in Form weißer, mürrisch dreinblickender, überteuerter Engel Einzug gehalten hatte, und einem Bekleidungsgeschäft vorbeikam. Diesem folgten mehrere kleine Läden, darunter einer, in dem exklusiver englischer Tee verkauft wurde.

Als Nächstes kam *Fem Bord*, eine Kombination aus kleinem Bistro, Käse-Schinken-Geschäft und Bar (offensichtlich hatte sich der Besitzer nicht entscheiden können, allerdings sah es sehr gemütlich aus, wenn auch ein bisschen eng), und zum Schluss, endlich, gelangte sie zu *&Dinge*, das sich neben einem kleinen Eisenwarenhandel befand.

Es war eine reizende, schmale Straße, nicht weit entfernt vom Fluss. Sie war weihnachtlich geschmückt, mit Lichterketten und kleinen, blinkenden Lämpchen in den Fichten. Auch die Geschäfte waren – mehr oder weniger gelungen – festlich dekoriert. Alle außer *&Dinge*, das aussah, als hätte man hier das bevorstehende Fest vergessen. Die Schaufensterauslage bestand aus einem Sprossenstuhl, einem Schemel und einer Kommode aus Teakholz. Das Ganze war umrahmt von jeder Menge Staub.

Als Fie die Tür öffnete, ertönte eine Glocke. Trotz der vielen Menschen auf der Straße waren im Laden keine Kunden. Das war nicht weiter verwunderlich; vermutlich nahmen alle an, der Laden sei seit spätestens dem letzten Sommer geschlossen.

Diese Familie, dachte Fie, sollte sich wirklich ein anderes Betätigungsfeld suchen als das Betreiben eines Ladengeschäfts!

Der Verkaufsraum lag im Halbdunkel und war bis zum Bersten mit Schrott und Staub gefüllt. Es roch unangenehm, und Fie versuchte, das Einatmen von Staub und möglicherweise gefährlichen Schimmelsporen zu vermeiden. Außerdem achtete sie darauf, nichts anzufassen. Nachdem sie eine Weile gewartet hatte, tauchte eine kleine, rundliche Frau auf.

»Ja?«, sagte diese.

Fie erklärte, warum sie da war, was die Frau mit einem beinahe furchtsamen Gesichtsausdruck quittierte.

»Aber …«, begann sie. »Aber …« Sie zwinkerte hektisch hinter ihrer großen, runden Brille, und Fie entdeckte zu ihrer Bestürzung, dass eine Träne die Wange der Frau hinunterkullerte.

»Gute Frau«, sagte Fie schnell. »Ich will mich nicht aufdrängen. Lykke hatte nur die Idee. Wenn Sie niemanden brauchen, dann verstehe ich das. Ich finde bestimmt eine andere Arbeit.«

»Sie ist viel zu gut, dieses Mädchen«, schniefte Lykkes Großmutter. »Viel zu gut.«

»Ja, gewiss«, murmelte Fie leicht zweifelnd.

»Dieser Laden ist auf eine Art und Weise mein Baby«, erklärte Lykkes Großmutter und klopfte auf einen Stuhl, was eine kleine Staubwolke auslöste. Fie hustete, aber die alte Dame schien es nicht zu bemerken. »Lykke hat ganz recht«, fuhr sie fort. »Ich muss etwas unternehmen. Sie spricht schon lange davon. Aber es ist nicht einfach, Dinge zu verändern, das kann ich Ihnen sagen. Und ich kann den Laden niemandem überlassen, den ich nicht kenne. Ich habe nach Hilfe gesucht, aber ich kenne die Leute doch nicht. Man kann sein Herzenskind ja nicht einfach irgendjemandem überlassen, vor allem dann nicht, wenn dieses Kind nicht ganz gesund ist.«

Sie holte mit den Armen aus, verwies auf staubige Regale voll beladen mit ebenso staubigen Glasfiguren, unzählige Stühle – sowohl mit als auch ohne Beinen –, Kommoden, eine alte Nähmaschine auf einem verschnörkelten Eisengestell sowie haufenweise Pappe und Plastik. Das meiste sah aus wie reif für die Mülldeponie.

»Man weiß nie, wer da zur Tür hereinkommt und vorgibt, im Laden aushelfen zu wollen«, vertraute die Großmutter Fie an. »Sollte die Person verdächtig sein, kann ich selbstverständlich Trym anrufen; er kommt dann sofort. Er hat mir versprochen, ein Auge auf den Laden zu haben. Das ist ja schön und gut, aber er ist nicht immer da. Restaurants haben schließlich andere Öffnungszeiten. Aber da Sie Lykke kennen, kann ich mir bei Ihnen wohl sicher sein. Ja, denn Sie kennen sie, nicht wahr?«

Fie versicherte der alten Dame, dass sie Lykke kannte.

»Gut?«

»In gewisser Hinsicht«, lautete Fies diplomatische Antwort.

Sie wusste nicht genau, warum sie den Wunsch hatte, bei dieser Großmutter einen guten Eindruck zu hinterlassen, oder warum sie Lust auf einen Job hatte, der anfangs das Tragen eines Mundschutzes sowie Eimer um Eimer mit Schmierseifenwasser erfordern würde. Zudem konnte man Lykkes Großmutter bestenfalls als etwas sonderbar bezeichnen, und es war fraglich, ob es so einfach sein würde, für sie zu arbeiten.

Das hier war weit entfernt von dem ordentlichen, prächtigen Milieu, aus dem sie kam. Carl Christian hätte über den Laden die Nase gerümpft. Er mochte alte Möbel nicht, behauptete, sie wären wurmstichig und würden übel riechen. (Was diesen Laden betraf, hatte er damit durchaus recht.) Fie hingegen gefiel es, wenn Dinge eine Geschichte hatten. Vor vielen Jahren hatte sie große Freude daran gehabt, sich in Gebrauchtwarenläden und auf Flohmärkten auf Schatzsuche zu begeben.

Damit hatte sie in ihrer Ehe allerdings aufgehört. Hätte ihr etwas gefallen und hätte sie es gekauft, dann hätte es viel zu viel Ärger gegeben.

Sie fragte sich, wie viel sie in den letzten Jahren vermisst hatte, ohne sich dessen wirklich bewusst zu sein.

Nun ja, jetzt konnte sie ihre Wohnung mit so viel altem Krempel füllen, wie sie wollte, ohne dass ihr jemand reinredete. Fie schüttelte die lästigen Gedanken ab und folgte Lykkes Großmutter tiefer in den Laden hinein.

Auf ihre nervöse Art strahlte diese Großmutter etwas Gutes aus, und es war unverkennbar, dass sie ihr mürrisches, sonderbares Enkelkind gernhatte. Ebenso offensichtlich war, dass sie Hilfe benötigte. Zudem war sie so alt, dass es ihrer Gesundheit kaum zuträglich war, hier durch die Staubwolken zu spazieren.

Fie betrachtete es als ein gutes Zeichen, dass sie tatsächlich Lust verspürte, sich hier in diesem heruntergekommenen Laden nützlich zu machen. Obwohl sie in letzter Zeit nichts getan hatte (oder, wie Sara es ausdrückte, vollkommen unfähig gewesen war!), war Fie im Grunde genommen geschickt darin, für Ordnung zu sorgen. Sie konnte durchaus tatkräftig sein. (Ihre Schwester würde dem nicht zustimmen, aber das lag nach Fies Meinung nur an Saras ewigem Große-Schwester-Syndrom.)

»Wie haben Sie Lykke kennengelernt?«, erkundigte sich die alte Dame, woraufhin Fie erklärte, dass ihre Wohnung direkt neben dem Laden lag, in dem Lykke arbeitete.

»Ah, eines noch: Bevor ich Ihnen den Job gebe, müsste ich Ihre Wohnung sehen, meine Liebe«, sagte Lykkes Großmutter. »Auch wenn Sie Lykke kennen. Ich könnte &Dinge niemandem überlassen, ohne sein Zuhause gesehen zu haben. Sie sind sicher sehr reinlich und ordentlich, aber ich muss wirklich sicher sein, verstehen Sie? Ansonsten würde ich mir nur Sorgen machen, und das soll ich doch nicht.«

»Nein, gewiss nicht«, erwiderte Fie.

»Ich weiß nicht, ob ich jetzt wegkann.« Besorgt blickte Lykkes Großmutter auf die menschenleere Straße. »Schließlich könnte doch ein Kunde kommen.«

»Sie könnten doch einen Zettel an die Tür hängen«, schlug Fie vor. »›Bin gleich zurück‹ oder so etwas. Oder Sie sehen sich die Wohnung einfach später an. Ich könnte Sie nach Ladenschluss abholen.«

»Ach, würden Sie das tun, meine Liebe? Wie nett«, sagte die Großmutter. »Ich kann Sie auch erst hier herumführen, damit Sie sicher sind, ob Sie die Stelle haben möchten.«

Der Laden war lang und schmal und beinahe gemütlich, trotz der Staubwolken und dem Dämmerlicht. Fie stellte fest, dass die Großmutter, die sich als Frau Lauritsen vorstellte und kurz darauf sagte »Aber Sie können mich Klara nennen, meine Liebe«, schlecht sah. Sehr schlecht, wobei das fehlende Licht auch nicht gerade hilfreich war.

Weiterhin stellte sie fest, dass Klara auch im Umgang mit Geld sehr vorsichtig war, und zwar in dem Maße, dass sie es nicht als notwendig erachtete, kaputte Glühbirnen auszutauschen. Dass man Geld in die Hand nehmen musste, um Geld zu verdienen, gehörte offenbar nicht zu Klaras Maximen. Leicht besorgt erkundigte sich die alte Dame, wie viel Fie ihrer Ansicht nach verdienen müsse. Fie nannte den niedrigsten Betrag, der ihr einfiel – trotz allem handelte es sich schließlich um einen Job! –, aber selbst diese Summe ließ Klara hilflos blinzeln und etwas Unverständliches murmeln.

»Denken Sie nicht daran«, fügte Fie schnell hinzu. »Wir schauen, wie es läuft.«

»Ah, danke, meine Liebe. Nachdem mein Mann verstorben ist, habe ich den Überblick verloren. Alles ist so verwirrend. Er hat sich immer um die Buchhaltung gekümmert, wissen Sie.«

»Aha.« Fie nickte. »Ich verstehe.«

»Und dann ist da natürlich Lykke, sie gibt sich solche Mühe mit Adam. Selbstverständlich hätte ich sie hier einstellen können, obwohl das alles nicht sonderlich viel abwirft, aber Lykke wollte es nicht, obwohl ich der Meinung bin, dass sie etwas daraus machen könnte. Meinen Sie nicht auch?«

Etwas unsicher schaute Klara sich um, während Fie etwas von sich gab, das sowohl Ja als auch Nein bedeuten konnte. Ihr fielen gleich mehrere Gründe ein, warum Lykke kein Interesse daran hatte, das Ganze hier zu übernehmen.

»Nun«, fuhr Klara fort, »so ist es. Und da sie Adam hat, braucht sie etwas Festes. Ein ordentliches, festes Gehalt. Was mich betrifft, ist es nicht so dringlich, schließlich habe ich meine Rente.«

»Adam?«

»Ihr Sohn«, erklärte Klara. »Er ist so reizend. Lykke hat also mehr als genug zu tun. Und Stian hat es selbstverständlich noch anstrengender gemacht. Haben Sie schon einmal von *Stalkern* gehört? Entsetzliche Männer!«

»Ja, das kann ich mir denken.« Fie schnaubte. Die Luft war so dick, dass ihr die Augen juckten. Bei all diesen Informationen wurde ihr schwindelig: Lykke, die einen Sohn hatte. Klaras toter Ehemann. Und wer war Stian?

»Wann ist Ihr Mann gestorben?«, fragte sie vorsichtig.

»Vor elf Monaten und zwei Tagen. Halb fünf in der Nacht auf einen Donnerstag.«

»Wie traurig«, sagte Fie mitfühlend, da es offensichtlich war, dass Klara die Situation noch immer als überwältigend traurig empfand. Die alte Dame verscheuchte blinzelnd ein paar Tränen und schüttelte den Kopf.

»Vielen Dank, meine Liebe. Das ist auch der Grund, warum ich keine Lust habe, Weihnachten hier zu sein, verstehen Sie? Das wäre zu wehmütig. Ich dachte, ich müsse bleiben, weil Lykke doch so alleine ist. Ihre Eltern sind keine große Hilfe. Wie die sich aufführen, das ist unmöglich. Und sie könnte Hilfe gebrauchen, vor allem an Weihnachten. Wir haben immer zusammen gefeiert, aber dieses Jahr, wegen meinem Mann … Ich weiß nicht, ob ich all diese *Weihnachtsfreude* ertragen würde, wenn Sie verstehen – ach, nein, ich verplaudere mich wieder! Herman hat gemeint, ich würde mich immer verplaudern. Als Magnhild mich nach Gran Canaria eingeladen hat – sie feiert dort jedes Jahr Weihnachten –, dachte ich, ich könnte nicht hinfahren. Als Lykke dann aber erzählt hat, dass sie bei Freunden eingeladen ist, habe ich Magnhild zugesagt. Obwohl ich noch nie auf Gran Canaria gewesen bin. Aber ich kann in Magnhilds Wohnung unterkommen, und da wird es nicht so teuer. Ich bin bisher nur in Schweden gewesen. Herman ist nicht gern verreist. Sind Sie viel gereist?«

»In letzter Zeit nicht«, entgegnete Fie, die bei dem Gerede dieser Großmutter regelrecht außer Atem geriet. »Aber auf Gran Canaria bin ich gewesen.«

Genau wie Herman (der Ehemann?), verreiste auch Carl Christian nicht gern. Abgesehen von Gran Canaria, wo es seiner Meinung nach genauso sicher und gut war wie zu Hause.

Nachdem er mehr verdient und einen Posten im Zahnärzteverband bekommen hatte, war es ihm aus irgendeinem Grund peinlich gewesen, nach Gran Canaria zu reisen, und er hatte stattdessen eine Kreuzfahrt vorgeschlagen. Fie hatte eine Mittelmeer-Kreuzfahrt geschafft, bevor Thale ihren Einzug gehalten hatte. Sie hatte sich gelangweilt, war seekrank geworden und hatte keinen Gefallen daran gefunden. Auch auf Gran Canaria hatte sie sich gelangweilt, das aber wollte sie Lykkes Großmutter lieber nicht erzählen.

»Auf Gran Canaria ist es sehr sicher«, erklärte sie.

»Magnhild sagt, dort bekommt man norwegischen Schnittkäse und Erdbeermarmelade. Sogar *Vårt Land* könnte ich jeden Tag kaufen. Herman hat die Zeitung sehr gern gelesen.«

»Mögen Sie sie auch?«, fragte Fie, was Klara mit einem verwirrten Blinzeln beantwortete, bevor sie Fie erklärte, dass *Vårt Land* eine ausgezeichnete Zeitung sei, aus der Herman ihr jeden Tag auszugsweise laut vorgelesen hatte. Und der Leitartikel! Den Leitartikel hatten sie immer beide gemocht.

Sie schniefte erneut.

»Sie vermissen ihn«, sagte Fie sanft. Klara nickte. »Ja. Jeden einzelnen Tag«, flüsterte sie.

Auf dem Heimweg ging Fie erneut an *Fem Bord* vorbei, wo ein großer Mann mit kahl rasiertem Schädel, tätowierten Armen und einem Ring im Ohr gerade den Tresen abwischte. Sie passierte die Designerboutique und sah eine superdünne, schwarz gekleidete Frau mit Unmengen an sich herunterbaumelndem Silberschmuck, die Missoni-Kissen an zwei in Pelz gehüllte Damen verkaufte, die anschließend Selfies mit den Kissen machten. Die superdünne Frau erblickte Fie und zog äußerst herablassend eine Augenbraue nach oben, was dazu führte, dass Fie sich nicht nur grau, traurig und langweilig vorkam, sondern auch noch dick. Sie dachte an ihre Vorräte an Chips und Pizza und rümpfte die Nase. Es war nicht mal unwahrscheinlich, dass sie tatsächlich ziemlich dick war.

Als sie im *Haus* im Bad gestanden und Thales Kosmetiksachen sowie ihr eigenes jämmerliches Spiegelbild betrachtet und dabei ein neues Speckröllchen entdeckt hatte, hatte sie die Waage bewusst stehen lassen. Noch mehr Herausforderungen brauchte sie nicht, und außerdem gab es niemanden, den es kümmerte, wie sie aussah. Hatte sie Lust auf Chips und Milchbrötchen, dann aß sie eben Chips und Milchbrötchen.

Jetzt beurteilte sie diese Entscheidung als womöglich ein wenig unglücklich. In der Boutique steckten die Frauen die Köpfe zusammen und lachten über etwas, und obwohl es äußerst unwahrscheinlich war, dass sie lachten, weil Fie zu dick war, fühlte es sich so an. Sie kam sich ausgestoßen und heimatlos vor. Ohne jemanden anzusehen, ging Fie mit schnellen Schritten zurück zu ihrer Wohnung.

9

Als sie aufbrach, um Klara abzuholen, schneite es. Das war gut, denn so konnte sie sich in dem dunkelblauen Mantel verstecken und den (selbstverständlich) dunkelblauen Schal um sich wickeln. Sie war noch immer niedergeschlagen. Dafür brauchte es so entsetzlich wenig!

Du bringst auf dieser Welt nichts zustande, flüsterte eine Stimme. Selbst dein Sohn schaut auf dich herab. Und was bildest du dir jetzt ein? Dass du einen Gebrauchtwarenhandel in Schuss bringen wirst, in dem sich mehr Staub als Schrott befindet? Du bist genauso wenig wert, wie dein Mann es gesagt hast: absolut nichts.

Das war das Letzte, was Carl Christian gesagt hatte. Da war er wütend gewesen. Fürchterlich wütend. Ihr Anblick, wie sie die Trennung nicht verkraftete, wie sie tagsüber schlief, anstatt etwas zu tun, wie sie Kekspackung um Kekspackung verdrückte und mit den Krümeln eine Art Hänsel-und-Gretel-Pfad zwischen Bad und Schlafzimmer anlegte und – von allem am schlimmsten – wie sie sich nicht vom Acker machte, wo Thale doch vermutlich längst zum Einzug bereitstand. Dieser Anblick hatte ihn letztendlich explodieren lassen.

Das hatte sie erschreckt, denn Carl Christian explodierte nie. Er konnte sie mit kalten Augen anschauen, wenn sie stritten, er konnte bissige Kommentare von sich geben, doch nie zuvor hatte er gebrüllt. Aber genau das hatte er nun getan, und das, was er gebrüllt hatte, konnte ganz kurz zusammengefasst werden: *Du bist nichts wert, ich finde dich widerlich, und das tue ich seit Langem. Verschwinde!*

Sie glaubte, dass womöglich das sie aus der Bahn geworfen hatte.

Nicht, dass sie vorab auf einem guten Weg gewesen wäre. Sie hatte die Trennung definitiv nicht adäquat verkraftet. (Das waren Carl Christians Worte. Als sie *adäquat* ihrer Schwester gegenüber erwähnt hatte, war Sara in Lachen ausgebrochen.) Sie hätte die Trennung mit Würde meistern sollen. (Auch das waren Carl Christians Worte.) Und ja, wenn man auf der Jagd nach Würde war, dann fand man diese nicht im Bett in ihrem Schlafzimmer, wo sie stumpf *The Kardashians* verfolgt hatte, während sie Packung um Packung Jaffa Cakes in sich reingestopft hatte. Nichts davon war *zukunftsorientiert* gewesen! (Carl Christian mochte das Wort zukunftsorientiert.)

Das war ein Argument. Fie sah es ein. Es dürfte kaum leicht gewesen sein, sich einer Frau gegenüber angemessen zu verhalten, die sich weigerte, zu akzeptieren, dass die Ehe beendet war.

Dann schüttelte sie abrupt den Kopf. Sie hatte nicht vor, Verständnis für Carl Christian aufzubringen! Er hätte sie nicht als widerlich und wertlos bezeichnen müssen! Das war unverzeihlich! Und noch dazu die Aussage, dass er seit Langem dieser Meinung gewesen war, also auch an diesem letzten Morgen, an dem sie Sex gehabt hatten.

Widerlich hatte wehgetan, davon hatte sie nicht einmal Sara erzählt.

Auf dem Weg zu *&Dinge* schaute sie bei Lykke vorbei, berichtete kurz, dass sie ihre Großmutter kennengelernt hatte, und gab Lykke zum Dank zwei selbst gebackene Brote. (Sie hatte herausgefunden, dass Backen eine ausgezeichnete Therapie war.) Lykke war mit Kunden beschäftigt, ließ Fie jedoch ein dankbares Lächeln zuteilwerden.

Anschließend musste sie ein weiteres Mal an der superdünnen Designerdame vorbeigehen. Dass es sie störte, irritierte sie, denn die Frau war nicht einmal besonders hübsch. Aber sie war geschminkt, elegant und dünn. In einer Weise dünn, die fast alles andere ausstach und gleichsam mitteilte: *Ich habe alles unter Kontrolle.* Die Boutique war jedoch geschlossen. Fie war erleichtert, zog den Mantel – den langweiligen, anonymen Hier-kommt-die-Lebensmittelaufsicht-Mantel – enger um sich und eilte zum Gebrauchtwarenhandel.

Mittlerweile hatte Klara nachgedacht, und das hatte sie förmlich aufblühen lassen.

Beim Anblick von Fie strahlte sie, und sie vertraute ihr an, Angst gehabt zu haben, dass sie nicht zurückkommen würde. *Schließlich ist es hier ein bisschen staubig, und jetzt habe ich Magnhild angerufen, und Magnhild hat gesagt, dass alles in Ordnung ist. Da wäre es so eine Enttäuschung gewesen, aber hier sind Sie ja, meine Liebe. Ich bin so dankbar. Und ich habe Lykke angerufen, sie hat Sie gelobt.*

»Selbstverständlich komme ich zurück«, versicherte Fie lächelnd. Sie war plötzlich optimistisch und freute sich darüber, dass Lykke sie gelobt hatte. (Genau genommen war sie auch überrascht.) »Ich freue mich sehr darauf, loszulegen.«

»Das ist gut«, sagte Klara und klopfte ihr auf den Arm. »Und ich freue mich darauf, zu sehen, wie Sie wohnen.«

Es dauerte eine Weile, bis Klara in ihre Sachen geschlüpft war – sie brauchte eine Wolljacke und einen dicken Mantel, Kopftuch und Ohrenwärmer und etwas, das sie Überschuh nannte und das wie ein Extrapaar Schuhe über den eigentlichen Schuhen aussah. Zum Schluss griff sie sich noch einen Stock, für den Fall, dass es glatt sein würde. Der Laden musste mit vielen Schlüsseln abgeschlossen werden, und dann endlich konnte Fie Klara ihren Arm anbieten und ihr über die Straße helfen.

Fröhlich winkte Klara in das Restaurant hinein, was der Mann mit dem Ohrring erwiderte. Selbiges geschah beim Bekleidungsgeschäft, beim Eisenwarenhandel und dem Spielzeugladen. Vor dem Geschäft, das Tee verkaufte, murmelte Klara »versnobt und teuer«, während sie vor der Designerboutique lediglich schnaubte. Ansonsten redete sie ohne Unterlass.

Sie erzählte vom Leben vor Hermans Tod (»Wundervoll, meine Liebe, und immer so gemütlich und sicher. Er war so lieb! Ein Prachtexemplar von einem Mann!«). Als sie vom Leben danach sprach, wechselte ihre Stimme in Moll. Eigentlich hätte sie mit der Rente aufgehört, aber der Laden war das Einzige, das sie aufrecht hielt.

»Und natürlich Lykke, dieses Mädchen ist ein Goldstück. Aber sie hat es nicht leicht.«

»Ich wohne im fünften Stock«, sagte Fie bedauernd, als sie endlich am Haus angelangt waren. Sie waren nur langsam vorangekommen. Klara hatte sich an ihren Arm geklammert und sich mit winzig kleinen Trippelschritten fortbewegt, für den Fall, dass die Straße stellenweise vereist sein könnte. (»Oberschenkelhalsbruch, meine Liebe, daran stirbt man!«)

»Vielleicht können wir eine kleine Pause machen und Lykke besuchen«, schlug Klara vor, als sie an dem Geschäft angelangt waren, in dem die Enkeltochter arbeitete. Zusammen gingen sie hinein.

»Lykke, meine Liebe«, sagte Klara, und Fie bemerkte, wie Lykkes Gesicht sich in einem reizenden, strahlenden Lächeln aufhellte und ihre Stimme nicht mehr diesen mürrischen, dunklen Tonfall aufwies, als sie »Oma!« sagte.

Es war, als wäre Fie Zeugin einer großen Wiedervereinigung in einem Film. Sie folgte dem Geschehen fasziniert. Lykke und ihre Großmutter umarmten sich lange. Dann nahm Klara Lykkes Gesicht in ihre Hände und wiederholte: »Meine Liebe!« Anschließend wurde ihr eine von Fies Kokosmakronen angeboten.

»Fie backt sie«, erklärte Lykke. »Ich nehme sie mit für Adam.« Beinahe beschämt sah sie zu Fie hinüber. »Er bekommt sie in seinem Adventskalender. Jeden Tag. Ich hatte kein Geld, um einen ordentlichen zu kaufen, verstehen Sie, nur so einen mit winzig kleinen Schokoladenstückchen. Nun, man kann es kaum als Stückchen bezeichnen, und es ist mehr Chemie als Schokolade. Er hat sich nicht beschwert, das ist es nicht. Aber jetzt packe ich Plätzchen ein, die er dann jeden Morgen auspacken kann. Das macht viel mehr Spaß!«

»Wie schön«, sagte Fie. »Aber soll ich nicht verschiedene Sorten backen, damit es spannender wird?«

»Würden Sie das tun?« Erneut erstrahlte Lykkes Gesicht. Sie war wie verwandelt, seit ihre Großmutter in den Laden gekommen war. Fie dachte an Jens, daran, wie unzufrieden er mit ihren Geschenken gewesen war, und hier war ein kleiner Junge, der sich über Plätzchen im Adventskalender freute.

Dann aber fand sie, dass sie ungerecht war. Es war immer eine Frage der Erwartungen, und sie und Carl Christian hatten den Sohn verwöhnt. Man konnte nicht verlangen, dass er sich über Plätzchen freute, wenn er den *extrem teuren* Adventskalender von den *extrem teuren* Geschäften gewohnt war.

»Lykke hat nicht viel Geld, müssen Sie wissen«, vertraute Klara ihr an, als sie die Treppen zur Wohnung hinaufgingen. »Adams Vater ist ein richtiger …« Sie schaute sich um, bevor sie flüsterte: »Faulpelz. Ja, ich sage es direkt heraus. Er ist ein Faulpelz.«

»Oje«, murmelte Fie und unterdrückte ein Lächeln. »Ein Faulpelz?«

»Ja, und deshalb ist es so schön, dass sie Adam etwas in den Kalender stecken kann, etwas, was er sonst nicht bekommt. Sie ist sehr knapp bei Kasse. Außerdem hat sie keine Zeit, zu backen. Um ehrlich zu sein, ist sie eine lausige Köchin. Adam bekommt viel zu oft Labskaus und Haferbrei, deshalb essen sie dreimal die Woche bei mir. Ich würde ihnen gern mehr geben, aber wie Sie sicher wissen, ist es nicht immer leicht, alles unter einen Hut zu bringen. Ich bin keine Anhängerin von Depressionen und so etwas, aber ich war schon ziemlich traurig und nicht die Stütze, die ich hätte sein müssen. In welchem Stock sind wir jetzt, meine Liebe?«

»Im zweiten«, antwortete Fie. »Wollen Sie sich auf mich stützen?«

»Nein, das geht schon. Ein bisschen Training hat noch keinem geschadet.«

Letztendlich schafften sie es nach oben, obwohl Fie zwischendurch Befürchtungen gehabt hatte, die Treppe würde Klara ein baldiges Wiedersehen mit ihrem Ehemann bescheren. Als sie die Tür aufschloss, schaute sie nervös zu Klara hinüber. Sie war sich nicht sicher, ob Klara die Wohnung hinreichend gefallen würde, um ihr die Stelle zu geben. Beim Gedanken daran, wie es vor ihrer kleinen Stippvisite ins einst gemeinsame Haus ausgesehen hatte, errötete sie leicht. Verglichen damit war es jetzt unendlich viel besser.

Glücklicherweise schickte die Abendsonne ihre Strahlen durchs Fenster und legte einen goldenen Schimmer über das (mit einer gemütlichen, flauschigen Decke überzogene) Sofa, Pflanzen, Teppiche sowie die wenigen, hübschen Sachen, mit denen Fie dekoriert hatte. Es sah gemütlich aus, fand sie, und es war sauber. Klara sank aufs Sofa und holte tief Luft. »Oh, meine Liebe, so heimelig und ansprechend! Das war all die Stockwerke wert.«

»Möchten Sie Kaffee?«, fragte Fie, wobei sich ihre Stimme

vor Erleichterung überschlug, weshalb es als Kaffeeee herauskam. Sie spürte, wie ihre Wangen rot wurden, aber Klara schien es nicht zu bemerken.

»Oh, ja, meine Liebe, tausend Dank. Und Wasser, wenn Sie haben. Das wäre schön!«

Damit hätte man annehmen können, dass alles in Ordnung wäre. Erleichtert dachte Fie, dass sie es nun tatsächlich geschafft hatte, sich einen Job zu besorgen (Das würde für Sara eine Überraschung sein!), und sie freute sich darüber, dass Klara jetzt an einen Ort ohne Schnee, Eis und Sorgen – und hoffentlich mit Fahrstuhl ausgestattet – reisen konnte. Sie servierte Kokosmakronen (derer sie langsam überdrüssig wurde), setzte sich hin und bereitete sich – seit vielen Wochen zum ersten Mal – auf eine gemütliche Kaffeerunde vor. Im selben Augenblick hämmerte es gegen die Tür, und herein kam Carl Christian.

Im Nachhinein dachte Fie, dass sie hätte wissen müssen, dass er etwas unternehmen würde. Schon als sie ihn das letzte Mal gesehen hatte, war er ziemlich aufgebracht gewesen, und das war wohlgemerkt, bevor sie dem Haus einen Besuch abgestattet und Stühle, Tisch und andere Notwendigkeiten mitgenommen hatte. Womöglich war er der Ansicht, dass sie vorab hätte fragen sollen, das verstand Fie, und sie vermutete, dass ihm viele darin zustimmen würden. (Jens, zum Beispiel.)

Fie hatte daher mit einer Reaktion gerechnet. Allerdings hatte sie mehr so etwas wie einen entrüsteten Brief oder eine verärgerte SMS erwartet.

Carl Christian aber hatte mit seiner Gewohnheit gebrochen, mit Briefen, E-Mails oder SMS zu reagieren. Hier stand er nun, und er war alles andere als heiter gestimmt. Er schnaubte und fauchte, was aber natürlich auch den fünf Etagen geschuldet sein konnte. Er räusperte sich wütend, und seine Haut hatte einen unheimlichen, ungesunden Rotton angenommen. Carl Christian, der unter Bluthochdruck litt, tat Aufregung nicht gut.

Fie machte sich Sorgen. Jahrelang hatte sie auf seinen Blutdruck geachtet, weshalb sie sich aus alter Gewohnheit halb erhob, um ihm Wasser, ihren Platz auf dem Sofa sowie alle erdenklichen Formen von Fürsorge, inklusive Kokosmakronen und einer beruhigenden Nackenmassage anzubieten.

Dann setzte sie sich abrupt wieder hin und wusste nicht recht, was sie tun sollte. Es war, als würde ein Bumerang sie wieder dorthin zurückbefördern, wo sie sich vor vielen Monaten befunden hatte. Hier war Carl Christian, und er war erschöpft und wütend. Sie hatte etwas getan, das nicht gut war, und die Enttäuschung leuchtete aus Carl Christians verärgerten Augen. Sie war fünf Jahre alt und bekam Schelte. Sie hatte im Geschäft Drops geklaut. Sie hatte bei Carl Christian Teppiche und Möbel geklaut.

»Fie!«, sagte Carl Christian hart. »Was hast du getan? Hier sind die Sachen also. Was hast du dir dabei gedacht?«

Fie schüttelte den Kopf. Ja, was hatte sie sich dabei gedacht? Das war ein Rätsel, wie so vieles andere auch. War es wegen des Adventskalenders? Weil sie ihre Wohnung hatte einrichten müssen?

»Ich hatte nicht gedacht, dass du tief genug sinken könntest, um zur Diebin zu werden!«, sagte Carl Christian streng. Fie spürte, wie ein Hauch von Protest in ihr aufstieg. Schließlich waren das faktisch auch ihre Sachen!

»Ich habe mit Jens gesprochen«, fuhr Carl Christian fort. »Er ist sehr aufgebracht. Und traurig. Und besorgt um dich, weil du dich vollkommen unverantwortlich aufführst. Er hat gesagt, du seist betrunken gewesen, als er dich das letzte Mal gesehen hat.«

»Nein …«, murmelte Fie, denn das war sie keineswegs gewesen. Sie hatte seit Ewigkeiten nicht getrunken. Betäubt hatte sie sich vielleicht, aber nur auf Rezept. Sie hatte nichts genommen, was der Arzt ihr nicht erlaubt hatte. Ein hübscher, kleiner Zusammenbruch, das war es, was sie gehabt hatte. Wie hatte Jens nur glauben können, sie sei betrunken! Eine betrunkene Mama!

Nichts war schlimmer als eine betrunkene Mama!

Ihr Blick streifte Klara, und sie errötete verzweifelt. Keine noch so gemütliche Wohnung würde jetzt noch helfen, wenn Klara glaubte, sie sei eine Schnapsdrossel und eine Diebin. Aber Klara sah keineswegs schockiert aus. Zornig fixierte sie Carl Christian. Zwischen ihren Augen hatte sich eine scharfe, missbilligende Furche gebildet, und ihr Mund war ein straffer Strich.

Fie grub die Nägel in die Handflächen, bis es wehtat. Sie starrte Carl Christian an, und vielleicht weil Klara dort saß, sicher und in eine dicke Schicht Abneigung gehüllt, gelang es auch Fie, ihre Kräfte zu mobilisieren.

Aufgebracht sah sie einen herausgeputzten, selbstgerechten Mann vor sich. Einen Mann, der von ihr keinen Widerstand erwartete, weil er so selten welchen bekommen hatte. Sie hatte ihn so werden lassen, das stimmte, aber in Wirklichkeit hatte er schon die Veranlagung dazu gehabt.

»Schluss!«, brach es aus Fie heraus. Am liebsten wäre sie aufgesprungen und direkt auf Konfrontation mit ihm gegangen, doch sie hatte Angst, dass ihr die stark zitternden Beine den Dienst versagen würden. »Schluss! Das sind auch meine Sachen. Ich habe nur das genommen, was mir gehört. Du hast noch immer mehr als genug. Du führst dich auf wie ein Rowdy!«

Einen Augenblick lang wirkte Carl Christian überrumpelt, dann ging er erneut zum Angriff über. »Rowdy! Du wagst es, mich einen Rowdy zu nennen? Ich kann dich wegen Diebstahls anzeigen! Ich bin nach Hause gekommen, und die Möbel waren verschwunden! Ohne Vorwarnung. Die Bilder! Bücher! Thale wollte dich anzeigen, aber ich habe sie zurückgehalten. Das hätte ich offensichtlich nicht tun sollen. Sie hat geweint, als sie nach Hause gekommen ist und der Adventskerzenleuchter weg war!«

Sein Blick hielt bei dem großen Adventskerzenleuchter inne, an dem die Flamme der einen entzündeten Kerze flackerte. Er machte einen Schritt ins Zimmer hinein, blies die Kerze aus und griff sich entschlossen den Leuchter.

»Und was ist mit Jens?«, fragte er. »Hast du vor, mit diesem Benehmen auch sein Weihnachten kaputtzumachen? Das Einzige, das wir von dir verlangen, ist, keinen Aufstand zu machen. Komm zur Vernunft. Du hast eine Wohnung! Ich habe diese Wohnung für dich gefunden, weil du von selbst einfach nicht ausgezogen bist! Ich bin dir mehr entgegengekommen, als die meisten es getan hätten. Mehr, als irgendjemand es tun würde, so wie du dich aufführst.«

Die Worte rannen in einem gleichmäßigen, verärgerten Strom aus ihm heraus, während sein Gesicht rot leuchtete und er mit einem langen, ausgestreckten Zeigefinger herumfuchtelte. Fie hätte sich am liebsten die Ohren zugehalten. Sie wollte, dass er verschwand, sie wollte sich hinlegen und diese verflixten Pillen nehmen. Aber da saß Klara, sah sie aufmerksam an und wartete darauf, dass sie etwas unternahm. Dass sie ihre Frau stand.

Fie versuchte es, so gut sie konnte. »Schluss!«, wiederholte sie und fügte mit festerer Stimme hinzu: »Sei still!«

»Genau«, flüsterte Klara neben ihr. »Herman hätte nie …«

»Du hörst von meinem Anwalt«, sagte Fie mit Nachdruck und wedelte dabei wild mit einer Hand umher. »Und lass den Kerzenleuchter stehen. Ich war es, die ins Geschäft gegangen ist und ihn gekauft hat! Er gehört mir! Thale kann sich selbst einen kaufen.«

Später servierte sie Klara Kaffee und erzählte ihr ruhig von der Trennung und von Thale. Sie redete und redete, aber nachdem Klara gegangen war, erinnerte Fie sich nicht mehr daran, was sie gesagt hatte. Sie hatte jedoch mitbekommen, dass Klara sie am nächsten Tag im Laden sehen wollte und dass Fies Einsatz sie davon überzeugt hatte, dass sie in der Lage war, jegliche Art von Einbrechern und Angreifern abzuschrecken.

»*&Dinge* ist in guten Händen«, hatte Klara gesagt, Fie umarmt und flüsternd hinzugefügt: »Ich bin stolz auf Sie.« Dann hatte sie Fie warmen Tee und eine ordentliche Ruhepause empfohlen.

Fie hatte sie langsam die Treppen hinuntergehen hören. Sie hatte angeboten, sie nach Hause zu begleiten, aber Klara hatte abgelehnt. »Wissen Sie, das schaffe ich ausgezeichnet alleine, und außerdem will ich noch bei Lykke vorbeischauen«, waren ihre Worte gewesen.

Als unten die Haustür zuschlug, hatte Fie aber doch angefangen zu weinen. Sie hatte das Gefühl, sich in einer Blase befunden zu haben – erst in einer aus Pillen und Schlaf und anschließend in einer, deren Motto lautete: Lass uns spielen, dass das hier gut geht.

Aber es war nicht gut gegangen. Sie hatte ihren Sohn und ihr Zuhause verloren, sie hatte ihren Job und ihre Ehe verloren. Ihr ganzes Leben war ausgelöscht, wie ihr jetzt entsetzlich bewusst wurde. Sie schaffte es nicht, die Tränen zu stoppen; sie schluchzte, bis ihr der Kopf wehtat und die Augen brannten, und noch immer war kein Ende der Tränen in Sicht.

Sie wimmerte und weinte und hätte am liebsten ihre Schwester angerufen. Sara würde umgehend alles stehen und liegen lassen und Fie helfen, denn das war es, was Sara immer tat. Fie dachte, das könne sie nicht verlangen, das sei unreif und egoistisch, weil sie, Fie, schließlich erwachsen war und allein klarkommen musste. Dieser Gedanke wiederum führte zu nur noch mehr Tränen, denn sie fühlte sich alles andere als verantwortungsbewusst und reif, wie sie dort saß.

Nach gefühlten Stunden der Selbstquälerei und einem unaufhörlichen Strom an Tränen vernahm sie an der Tür ein leises Klopfen. Das ließ sie augenblicklich mucksmäuschenstill werden. Um das Schluchzen zu ersticken, hielt sie sich eine Hand vor den Mund. Es könnte Carl Christian sein, der sich umentschieden hatte und den Kerzenleuchter doch mitnehmen wollte. Es könnte die Polizei sein, die sie wegen Diebstahls festnehmen wollte. Das Klopfen hörte nicht auf, es war leise und drängend. Dann hörte sie eine Stimme: »Fie! Fie, hier ist Lykke. Kannst du aufmachen?«

Fie griff nach einem Küchenhandtuch, um sich das Gesicht abzutrocknen. Sie stand auf, öffnete die Tür und sah Lykke beschämt an.

»Meine Großmutter hat sich Sorgen um dich gemacht«, sagte Lykke beinahe entschuldigend und tat so, als würde sie Fies rote Augen und Nase nicht bemerken. »Sie wollte, dass ich dir das hier gebe.«

Sie reichte Fie eine Tüte Milchbrötchen, eine Tüte Schokobärchen sowie eine große, rosafarbene Begonie.

»Großmutter glaubt, Schokobärchen seien gut gegen jede Art von Schock«, erklärte Lykke. »Jedes Mal, wenn ich als Kind hingefallen bin, hat sie die in mich reingestopft. Oft bin ich nur hingefallen, um Schokobärchen zu bekommen. Die Blume hat sie auch mitgeschickt. Die Milchbrötchen sind von mir. Ich finde, die helfen in der Regel.«

»Tausend Dank«, flüsterte Fie und schniefte lautstark. »Tausend Dank.«

»Ich habe gehört, dass dein Ex fies gewesen ist. Ein rüpelhafter Trottel, hat Großmutter gesagt.«

»Ein rüpelhafter Trottel? Ja, das ist er wohl.« Fie lächelte zaghaft, was aber dann zu einem breiten Grinsen wurde. »Ja, das ist er wohl«, wiederholte sie. »Ein rüpelhafter Trottel.«

»Das haben wir alle schon einmal durchgemacht«, sagte Lykke, woraufhin Fie mit einem Seufzen ihr junges Gesicht betrachtete.

»Ja, aber ich bin der Meinung, ich hätte längst drüber hinwegkommen müssen, verstehst du? Ich habe einen erwachsenen Sohn. Ich bin alt!«

»Du bist überhaupt nicht alt! Du bist nur ein bisschen älter.«

»Oh, danke«, murmelte Fie.

»Ich muss jetzt gehen und Adam bei meiner Großmutter abholen. Mein Ex war auch ein Trottel, falls dir das ein Trost ist. Alle meine Exfreunde sind abscheulich gewesen.«

Fie lächelte erneut. »Ein wenig Trost ist es vielleicht«, sagte sie, »dass nicht nur ich einen abscheulichen Ex habe. Danke. Und wenn ich dir mit Adam oder irgendetwas anderem helfen kann, dann musst du es nur sagen.«

»Danke«, entgegnete Lykke. »Meinst du das ernst? Die Leute sagen oft so was daher, ohne es wirklich zu meinen.«

Ihr Gesicht nahm wieder diesen abweisenden Zug an, und ihr anklagender Blick schien sagen zu wollen, dass sie die Milchbrötchen und die freundlichen Worte bereute.

Fie nickte. »Das kann ich mir denken. Aber ich meine es ernst«, betonte sie. »Wirklich. Sag es einfach. Und morgen werde ich Förmchen kaufen, damit ich Pfefferkuchen für Adam backen kann.«

Beim Gedanken ans Backen wurde ihr leichter ums Herz. Dann fiel ihr etwas ein: »Also nur, wenn du nicht lieber Croquembouche oder Snickerdoodles haben möchtest. Die kann ich auch machen. Manch einer zieht das vor.«

»Zu Weihnachten?«, wunderte sich Lykke. »Nein, wirklich! Ich weiß nicht, was Croquembouche ist, aber es klingt nicht nach Weihnachten! Kokosmakronen und Pfefferkuchen, danke!«

Plötzlich errötete sie. »Natürlich nur, wenn das okay für dich ist.«

Fie nickte. »Völlig okay.«

10

6. Tag im Advent

»Ich bin zu streng mit dir gewesen«, erklärte Sara. »Ich begreife nicht, was ich mir dabei gedacht habe. Job und Einrichtung! Es ist nicht einfach, einen Job zu finden, es ist beinahe unmöglich, und ich sitze einfach hier und verlange und verlange. Möbliere die Wohnung!, sage ich und verschwende keinen Gedanken daran, wie schwer das ist. Ich bin sehr beeindruckt, dass du das geschafft hast, auch wenn du es vielleicht anders umgesetzt hast, als ich gedacht hatte. Ein Adventskalender soll schließlich etwas Nettes sein, und das einzig Nette war bisher das Plätzchenbacken. Ich habe viel zu viel von dir verlangt. Entschuldige.«

Sie holte tief Luft, wodurch Fie klar wurde, dass Sara diese Rede vorbereitet hatte. Wahrscheinlich hatte ihr das schlechte Gewissen eine schlaflose Nacht beschert. Das sehr schlechte Gewissen, denn es brauchte viel, bevor Sara um Entschuldigung bat. Vermutlich hatte sie das Ganze aufgeschrieben, um nicht versehentlich noch ein, zwei Ermahnungen hinzuzufügen. Arme Sara, sie war manchmal einfach zu gewissenhaft.

Fie setzte sich im Bett auf und beglückwünschte sich dazu, einen weiteren Morgen dem Balken entgangen zu sein. Tatsächlich liefen die Dinge langsam besser, stellte sie fest. Vielleicht hatte die nicht enden wollende Tränenflut geholfen. Oder die Schokobärchen. Oder der Umstand, dass sich wirklich jemand Sorgen um sie machte – ausreichend große, um vorbeizukommen und Schokolade und Trost anzubieten.

Sie sah Klaras freundliches Antlitz und Lykkes hoffnungsvollen Blick vor sich, als die ihr die Trostspender gereicht hatte, und Fie dachte, dass es wirklich ein großes Geschenk war, dass sich jemand um sie sorgte.

Und sie war dankbar für Sara, die an sie dachte und sich um sie kümmerte.

»Mir geht es gut«, beruhigte sie die Schwester. »Mach dir keine Gedanken. Außerdem war die Adventsaufgabe keineswegs unlösbar, denn ich habe mir einen Job besorgt. Morgen fange ich an.«

»Was für einen Job?« Sara klang ziemlich misstrauisch, was Fie mit einem Lächeln quittierte. Sie fühlte sich unerwartet leicht und beschwingt.

»Strippen«, sagte sie munter. »Eine Art Weihnachtsstrippen. Weg mit der roten Weihnachtsmannkutte. Auf einem Podium.«

»Fie, das kannst du nicht machen! Das erlaube ich nicht!«

Fie grinste. Es war leicht, Sara aufs Glatteis zu führen. Sie schien zu glauben, dass ihre kleine Schwester noch immer ein rüpelhafter Teenager und keine ganz gewöhnliche, erwachsene Frau mit – Lykke zufolge – unkleidsamer blauer Garderobe war. Nicht einmal Fies respektables Leben als Zahnarztassistentin und Ehefrau von Carl Christian hatte Saras Sichtweise verändert. Parallel dazu hatte Sara früher durchaus darüber geklagt, dass Fie ein viel zu langweiliges Leben als Schoßhündchen von Carl Christian führe.

Fie hatte vor langer Zeit aufgehört, gegen diese beiden sich widersprechenden Auffassungen zu protestieren, und sie – wie so vieles andere – dem Konto der großen Schwester gutgeschrieben. Als Sara nun entsetzte Geräusche von sich gab, beeilte Fie sich, sie zu beruhigen. »Selbstverständlich werde ich nicht strippen«, sagte sie in einem sanften Ton. »Wer glaubst du, würde dafür bezahlen? Die Leute würden schreiend rauslaufen. Ich habe Dehnungsstreifen, Sara! Viele. Und Cellulite.«

»Alle in unserem Alter haben Dehnungsstreifen«, entgegnete Sara. »Mit so was müssen wir leben. Genauso wie mit Cellulite. Es ist nur die abscheuliche Schönheitsindustrie, die so tut, als wäre daran etwas unnormal.«

»Richtig, richtig«, sagte Fie schnell. *Die abscheuliche Schönheitsindustrie* war eines von Saras Steckenpferden. Darüber konnte sie sich lang und breit auslassen, und Gnade dem, der ihr widersprach. »Ganz furchtbar«, behauptete Fie, »du hast so recht. Aber wie lautet die Aufgabe des Tages?«

»Ich dachte, du könntest dir ein Haustier zulegen«, ließ Sara sie wissen. »Ich glaube, das würde dich fröhlich stimmen.«

»Warum das?«

»Du magst Tiere. Erinnerst du dich noch an Willy? Du hast Willy geliebt.«

»Da war ich fünf, und Willy war ein Kaninchen. Als er Junge bekam, mussten wir ihn loswerden. Das hat mein komplettes Verständnis von Sexualität durcheinandergebracht. Ich dachte, Männer könnten schwanger werden! Ich war sicher, der Nachbar würde ein Kind bekommen, dabei hatte er nur einen Bierbauch. Er war unsagbar beleidigt.«

»Nun, es muss ja kein Kaninchen sein. Leg dir einfach ein Tier zu. Eins, mit dem du kuscheln kannst, das lieb ist und dich mag. Ein Meerschweinchen oder so was.«

»Ein Meerschweinchen? Wie ich bereits sagte, bin ich nicht mehr fünf Jahre alt! Reicht ein Fisch? Schließlich muss ich zur Arbeit und kann nicht irgendwelches Getier mitnehmen.«

»Oh?«, machte Sarah. »Hast du dir wirklich einen Job besorgt? Ich dachte, du hast mich veralbert.«

»Selbstverständlich habe ich mir einen Job besorgt«, sagte Fie. Sie hielt es nicht für nötig, zu berichten, wie sie an diesen Job gekommen war. Sara hatte vermutlich einen gründlichen Bewerbungsprozess mit Zeugnissen, Vorstellungsgespräch und Mitbewerbern vor Augen.

»Ich werde Geschäftsführerin in einer Antiquitäten-Boutique«, erzählte sie. »Morgen fange ich an.«

»Hä?«, lautete Saras Reaktion. Offenbar war sie derart beeindruckt, dass ihr ausnahmsweise mal die Worte fehlten. Das stimmte Fie äußerst zufrieden.

Inzwischen hatte Fie unerschütterliches Vertrauen in Saras Adventskalender gewonnen. Er war zwar anstrengend, aber niemand konnte behaupten, dass er keine Wirkung zeigte. Mittlerweile war sie fast abergläubisch geworden, was die Kalenderaufgaben betraf, und sie hatte Angst, dass die Magie gebrochen würde, sollte sie eine davon nicht erfüllen. Dann würde sie Weihnachten vermutlich so verbringen, wie sie die letzte Zeit verbracht hatte: unter der Bettdecke.

Wenn Sara daher der Meinung war, dass Fie ein Haustier brauchte, dann brauchte sie es wohl tatsächlich. Sicher konnte sie den neuen Mitbewohner mit zu *&Dinge* nehmen. Fie dachte an ein süßes kleines Kätzchen, das auf einem Kissen im Schaufenster schlief. Sara hatte von einem Meerschweinchen gesprochen, doch diese Tiere erinnerten sehr an Mäuse, und Mäuse konnte Fie nicht ausstehen. Fische wiederum waren eigentlich gar keine *Tiere*. Sie hätte es mit einem Wellensittich versuchen können, hatte jedoch immer Mitleid mit Vögeln in Käfigen. Er müsste in der Wohnung herumfliegen können. Wenn aber ein Fenster oder die Tür offen stand, könnte er rausfliegen, erfrieren oder gefressen werden von …

Sie wollte nicht an den armen Vogel denken, der nicht der ihre sein würde.

Sara hatte behauptet, Fie würde trauern. Wäre Carl Christian gestorben, wäre Fies Trauer akzeptabel, meinte Sara. Jetzt würde hingegen von der Außenwelt erwartet, dass sie sich zusammenriss, darüber hinwegkam und überhaupt das Ganze mit Fassung trug. Das aber sei zu viel verlangt (so Sara). Trauer sei Arbeit. Fie müsse ihre Gefühle ernst nehmen. Sie müsse sich durch das Ganze hindurcharbeiten, Schritt für Schritt.

Der nächste Schritt bestand für Fie darin, sich um jemanden zu kümmern. Denn ihre Trauer war nicht nur bedrückend und einsam, sie hatte auch dazu geführt, dass sie enormes Selbstmitleid empfand. Sie war viel zu egozentrisch geworden. Jetzt, da sie aus der schlimmsten Dunkelheit herausgefunden hatte, würde es ihr guttun, sich um jemand anderen zu kümmern als um sich selbst.

Wo aber bekam man mir nichts, dir nichts Katzen oder Hunde her? An einem Tag! War das machbar?

Es war nicht machbar. Fie durchsuchte das Internet rauf und runter und begriff, dass dies kein leichtes Unterfangen war. Vereine für die Vermittlung von Tieren führten sich auf, als würden sie eine Mischung aus Adoption kleiner Kinder und reiner Kuppelei betreiben. Hier war die Rede von Hausbesuchen, Eigenerklärungen und wahrscheinlich sogar einem polizeilichen Führungszeugnis, auch wenn dies nicht ausdrücklich erwähnt war. Sie und der Hund oder die Katze mussten sich – unter Aufsicht des Vereins – mehrfach begegnen, bevor sie die Erlaubnis erhalten würde, mit dem Tier alleine zu sein. Zudem hatte der Verein die Entscheidungshoheit darüber, ob sie zusammenpassten. Es würde Wochen dauern, bevor sie Hunde- oder Katzenbesitzerin wäre.

Das war natürlich beunruhigend. Fie fand es prima, dass sie das Tierwohl ernst nahmen, allerdings passte das momentan schlecht zu ihren Plänen. Jetzt, nachdem sich der Gedanke in ihrem Kopf verfestigt hatte, wünschte sie sich tatsächlich ein Tier. Eines, das sich freute, wenn es sie sah, das auf ihrem Schoß sitzen und mit dem sie kuscheln konnte, eine kleine Katze oder ein Hundewelpe, der ihr Gesellschaft leistete und mit dem sie sich nicht mehr so einsam fühlen musste.

Es war ungewohnt und ziemlich anstrengend, ganz alleine zu sein. Sie hatte zwar Sara, aber obwohl ihre Schwester im Nullkommanichts da wäre, wenn Fie sie darum bitten würde, hatte sie eine eigene Familie. Mehr, als Sara ohnehin schon für sie tat, konnte Fie nicht von ihr verlangen.

Sie hatte Jens, selbstverständlich, aber Kinder, das hatte Fie jetzt verstanden, waren abhängig davon, dass man eben *Mama* war. Da gab es keinen Raum für mentale Zusammenbrüche oder große Abweichungen, sonst entzogen sie sich, wurden unsicher und, um ehrlich zu sein, ziemlich unangenehme Zeitgenossen. Selbst dann, wenn sie eigentlich erwachsen sein sollten. Ihren Sohn würde sie nicht zurückbekommen, bevor sie nicht gefestigt, erwachsen und wieder sie selbst war.

Vielleicht würde sie ihn auch niemals zurückbekommen, flüsterte eine Stimme. Vielleicht hatte Carl Christian recht damit, dass Jens sie nicht sehen wollte, bevor sie sich nicht wieder wie früher benahm und aufhörte, solche Dinge zu tun, wie Möbel klauen. Vielleicht wollte er sie nicht sehen, bevor Carl Christian nicht mit ihr zufrieden war, bevor sie wieder als Zahnarztassistentin angefangen hatte und vermutlich Carl Christian und Thale in den Himmel lobte.

Vielleicht wollte er sie nicht sehen, solange sie derart *instabil* war.

Fie war nie alleine gewesen, sie hatte immer mit jemandem zusammengelebt. Ganz alleine zu sein war unheimlich und ungewohnt. Manchmal – eigentlich ziemlich oft – vermisste sie Carl Christian so sehr, dass sie allem Erdenklichen zugestimmt hätte, nur um dieser Einsamkeit zu entkommen.

Dieser Gedanke erschreckte sie, weshalb sie noch erpichter darauf wurde, ein Tier zu finden. Jetzt sofort, bevor Carl Christian erneut vor der Tür stand und sie seinen Forderungen ohne die Hilfe von Klara widerstehen musste. Im Geiste sah sie Umzugshelfer vor sich, auf dem Weg die Treppe hinunter mit Tisch und Küchenmaschine, Teppichen, Lampen und sich selbst – in Tränen aufgelöst vor Dankbarkeit, weil Carl Christian sie als *tüchtiges Mädchen* bezeichnet hatte.

Schweig, sagte sie streng zu sich selbst. Reiß dich zusammen!

Sie suchte weiter nach Stellen für die *Vermittlung von Tieren* und fand schließlich eine Art Lösung: Sie könnte doch einen Hund oder eine Katze in Pflege nehmen. Das brachte selbstverständlich Nachteile mit sich, da Tiere, die eine Pflegestelle benötigten, normalerweise nicht gerade diejenigen waren, die sich am leichtesten vermitteln ließen. Einige waren mitunter aggressiv (puh, nein, danke, dachte Fie), andere waren extrem wild und brauchten viel Betreuung (sie glaubte nicht, dass sie dazu in der Lage sein würde). Erstaunlich viele hatten Angst vor Männern (für diese hatte sie Verständnis), und manche hielten es im Tierheim nicht aus.

Fie setzte auf Letzteres und rief in einer kleinen Tierauffangstation an, die sich nur eine kurze Busfahrt entfernt befand.

Die Begeisterung, mit der sie begrüßt wurde, war überraschend, zumal sie erst mal kritische Fragen erwartet hatte. Nervös erklärte sie, dass sie weder Mann noch Kinder, keine anderen Tiere oder Allergien hatte und dass sie das Tier mit zur Arbeit nehmen könne, sodass es nicht allein sein müsse.

»Ja, prima«, sagte der Mann am Telefon ungeduldig. »Das ist alles prima! Haben Sie Erfahrung mit Tieren? Also, nicht, dass das nötig wäre.«

Fie sprach herzerwärmend von ihrer Erfahrung mit Willy.

Als ihr klar wurde, dass der Mann glaubte, Willy sei ein Hund gewesen, war sie der Meinung, dass dies wirklich nicht ihr Fehler war. Er hätte besser zuhören sollen.

»Sie scheinen wirklich ideal zu sein«, sagte der Mann. »Können Sie sofort kommen?«

»Jetzt?«

»Ja, warum nicht? Es macht keinen Sinn, es zu vertagen.«

Der Ort, an den sie musste, befand sich außerhalb der Stadt, weshalb Fie den Bus nahm. Für den Transport hatte sie einen Korb mit einer kleinen Decke ausgestattet. In der Eile (sie hatte die Wohnung förmlich im Laufschritt verlassen) hatte sie einen kleinen Hund vor sich gesehen, einen Pekinesen oder einen Welpen, der zuerst im Korb und dann im Fenster von *&Dinge* liegen sollte. Sie sah natürlich ein, dass dies nur ein Hirngespinst war. Schließlich war es auch möglich, dass sie mit einem Boxer oder einem Schäferhund nach Hause kam. Allerdings hoffte sie, dass der besagte Hund kleiner sein würde als diese beiden.

Die Auffangstation befand sich unterhalb eines kleinen Schotterwegs. Sie war unmöglich zu verfehlen: Das Tor hatte die Form eines Hundes, dahinter waren in verschiedenen Größen Buchsbäume wie Hunde geschnitten, und der Türklopfer an der blauen Pforte glich einem Pudel. Hier wohnte ganz offensichtlich jemand, der Hunde liebte.

Kurz nachdem sie den Türklopfer bedient hatte, flog die Tür förmlich auf. Dahinter stand ein Mann in einem blauen, nicht mehr ganz sauberen Hemd, und hinter ihm kläfften unablässig zwei winzig kleine Vierbeiner. Fie stellte sich vor und wurde augenblicklich ins Haus hineingezogen.

»Ruhe!«, blaffte der Mann die Hunde an, ohne dass es etwas nutzte. Sie kläfften munter weiter, zudem setzte einer von beiden zum Angriff auf Fies Bein an. Sie stieß ein überraschtes

»Au!« aus, woraufhin der Mann sich nach unten beugte, resolut beide Hunde packte, sie in ein Zimmer beförderte und die Tür hinter ihnen zumachte.

»Scheißköter«, sagte er.

»Sollen die vermittelt werden?«, erkundigte Fie sich kleinlaut und hoffte, dass es nicht die Absicht des Mannes war, ihr den Angreifer mit nach Hause zu geben. Das war nicht das, was sie erwartet hatte. Sie hatte auf eine warme, Hunde liebende Atmosphäre gehofft, mehr im Stil des Tors und des Türklopfers. Dieser Mann hingegen sah vielmehr so aus, als habe er Lust, die Hunde mit einem Fußtritt quer durch den Raum zu befördern.

»Nein, leider nicht, die müssen hierbleiben«, sagte er.

»Oh.«

»Kommen Sie rein! Der Zwinger ist hier hinten.«

Sie gingen durch ein Wohnzimmer, das heftig nach Hund – und zudem nicht ganz reinlichem Hund – roch. Der Mann, der sich als Jan Johansen vorstellte, entschuldigte sich für den Gestank. »Die Welpen haben hier gewohnt. Die mussten drinnen bleiben und sind noch nicht stubenrein. Die haben überall hingepinkelt! Richtige Scheißköter!«

»Oh«, sagte Fie erneut, und da ihr Bein noch immer wehtat, fügte sie ängstlich hinzu: »Wo sind sie jetzt?«

Das Zimmer war unordentlich und stank, aber Hunde waren nicht zu sehen. Auf einem Tisch standen Pizzakartons und leere Bierflaschen. Vor einem riesigen Flachbildschirm war ein Relaxsessel platziert, wobei diese drei Dinge – Tisch, Fernseher und Sessel – das gesamte Mobiliar darstellten. Es roch nicht nur nach Hund, sondern auch nach Verzweiflung und Einsamkeit.

»Die Frau hat die Welpen mitgenommen«, sagte Jan kurz angebunden. »Es waren Zuchtwelpen. Chow-Chows, einiges wert. Klar, dass sie die mitgenommen hat!«

»Ich verstehe«, sagte Fie, was Jan mit einem Schnauben

kommentierte. »Ja, das tun Sie wohl. Es ist ziemlich offensichtlich, kann ich mir denken. Pizza, Bier und schlechter Geruch. Typisch verlassener Mann! Sie ist vor drei Tagen abgezogen. Hat die wertvollsten Köter, den Großteil der Möbel und all so was mitgenommen. Ist in ein Super-Tierheim mit einem Super-Tierheimbesitzer gezogen und hat es sicher ganz super! Und ich sitze hier in einer halb leeren Auffangstation und warte. Es ist okay mit den Kötern, die bereits versprochen sind, ich rufe alle Leute an und beschleunige das Ganze. Die anderen Scheißköter gehören ihr, die muss sie also abholen kommen. Wenn nicht, lasse ich sie einfach frei, dann verschwinden sie schon. Aber dann ist da noch das Kalb.«

»Das Kalb?«, fragte Fie zögerlich. »Welches Kalb?«

»Wir nennen ihn nur so. Er ist gestern zurückgekommen, und jetzt weiß ich nicht, was ich mit ihm machen soll. Er war bereits in mehreren Pflegefamilien, aber immer wird er wieder zurückgeschickt. Es war ein Glücksfall, dass Sie angerufen haben.«

Als ihre Blicke sich trafen, fügte er schnell hinzu: »Ja, für die richtige Person ist er ein toller Hund, das steht fest. Und irgendetwas sagt mir, dass Sie die richtige sind.«

»Ist er böse?«, fragte Fie. »Kommt er deshalb immer wieder zurück?«

»Böse? Nein.« Jan grinste. Er öffnete die Tür zum Garten, wodurch sie auf die Rückseite des Hauses gelangten. Dort befand sich ein großer Hundehof, mehrere Tiere standen am Zaun und kläfften.

»Haltet die Klappe!«, rief Jan und warf Fie einen kurzen Blick zu. »Ich ertrage sie nicht mehr«, sagte er. »Sie müssen entschuldigen, aber das hier war das Projekt meiner Frau. Und jetzt hat sie sich vom Acker gemacht. Verfluchtes Weib. Sind Sie verheiratet?«

»Bin es gewesen«, murmelte Fie. Jan schaute sie beinahe

bedrohlich an, weshalb sie schnell hinzufügte: »Aber ich bin nicht abgehauen. Er war es, der eine andere gefunden hat.«

»In der Hinsicht sind wir uns also ziemlich ähnlich«, sagte Jan, und Fie musste leider einräumen, dass er recht hatte. Sie studierte die kläffenden Hunde, um herauszufinden, welcher von ihnen das Kalb war, aber obwohl einige groß waren, glich keines der Tiere einem Kalb.

»Ich hatte an einen kleinen Hund gedacht«, sagte sie. »Die hier sind alle ziemlich riesig.«

»Riesig?« Jan sah sie an. »Kleiner Hund? Von einem kleinen Hund haben Sie nichts erwähnt.«

Mit einer geübten Handbewegung öffnete er das Tor einer Garage, woraufhin sie einen ziemlich dunklen Raum betraten. Auch dort roch es stark. Fie schnupperte. Es roch nach Hund und noch nach etwas anderem. Etwas, das sie aus den letzten Monaten wiedererkannte, etwas Unangenehmes und Jämmerliches. Es roch nach Angst.

»Da ist er«, sagte Jan, schaltete eine Taschenlampe ein und richtete den Lichtstrahl in eine Ecke.

Dort, auf einer Decke und so weit wie nur möglich in die Ecke gedrängt, stand der größte Hund, den Fie jemals gesehen hatte. Er war grau; alles an ihm war grau und kläglich. Er hatte langes, ungepflegtes und verfilztes Fell, das ihm über die Augen fiel, dazu Ohren und eine Rute, die betrübt nach unten hingen. Der komplette Hund sah unsagbar jämmerlich aus, und er zitterte. Er zitterte so sehr, dass die nebenan stehenden Fahrräder klapperten. Beim Anblick von Fie und Jan versuchte er, sich noch weiter in die Ecke zurückzuziehen, woraufhin die Wand bedrohlich knackte.

»Hei!«, sagte Jan. »Ganz ruhig.«

Der Hund zitterte noch stärker.

»Was ist mit ihm?«, fragte Fie nervös. »Warum hat er solche Angst?«

»Keine Ahnung. Irgendwas muss passiert sein. Er kam vor zwei Monaten rein, und um das Kind beim Namen zu nennen – es ist unmöglich, ihn loszuwerden. Obwohl der Köter richtig schön ist, fast reinrassig. Haben Sie ein Auto?«

»Nein. Ich bin mit dem Bus gekommen.«

»Er kann nicht mit dem Bus fahren. Er hat Todesangst vor Bussen. Okay. Ich kann ihn zu Ihnen nach Hause fahren. Es ist nicht leicht, ihn zum Mitkommen zu bewegen, er ist verdammt schwer. Aber zu zweit können wir ihn ins Auto schubsen.«

»Aber …«, begann Fie.

»Sie haben doch gesagt, dass Sie einen Hund wollen. Oder nicht?«

Jan fixierte sie mit den Augen, woraufhin Fie den Blick abwandte. Gewiss hatte sie gesagt, dass sie einen Hund wollte, jedoch war keine Rede von einem bestimmt zwei Meter hohen, sabbernden und zitternden Geschöpf gewesen. Der war imstande, ihre Möbel zu zerlegen. Und die Fußböden. Erneut knackte es bedrohlich in der Wand hinter dem Hund.

»Wie heißt er?«, fragte sie zögernd, um Zeit zu gewinnen.

»Keine Ahnung.«

»Sie wissen es nicht?«

»Das ist nicht meine Auffangstation«, sagte Jan beleidigt. »Sie gehört meiner Frau, und die ist abgezogen. Ich bin nur aus reiner Güte hier. Kann die Köter doch nicht alleine lassen, und im Übrigen muss jemand die Zahlungen entgegennehmen, wenn die Leute zur Abholung kommen. Hier gibt es viele wertvolle Köter, das kann ich Ihnen sagen. Sie bekommen ihn gratis, das ist ein gutes Angebot.«

Fie betrachtete Jan mit Abneigung.

»Er ist ein Hund«, sagte sie vorwurfsvoll. »Kein Angebot.«

»Wollen Sie den Köter, oder wollen Sie ihn nicht? Wie gesagt, Sie bekommen ihn gratis. Und nach Hause geliefert.«

In der Ecke funkelten die Augen des Hundes, der sie furchtsam beobachtete. Fie dachte an den Adventskalender, dem sie magische Fähigkeiten zugeschrieben hatte. Und jetzt stand sie hier, konfrontiert mit etwas, das wie einhundert Kilo Hund aussah.

Selbstverständlich musste sie ihn mitnehmen. Sie konnte dieses eingeschüchterte Wesen nicht in Jans Obhut zurücklassen. Jemand musste sich seiner annehmen, und wegen des Adventskalenders (dessen Magie sie jetzt mehr und mehr anzuzweifeln begann) war dies nun zu ihrer Aufgabe geworden.

»So«, sagte Jan. »Das ging doch prima.«

Mit einem Handtuch wischte Fie sich den Schweiß ab. Sie war für das Schieben von hinten verantwortlich gewesen. Jan hatte gemeint, der vordere Teil sei der schwerste, weshalb er diesen übernehmen müsse. Fünf Etagen hinter der Kehrseite eines Hundes nach oben zu klettern, war jedoch kein Vergnügen. Und der Hund musste doch vermutlich mindestens dreimal am Tag raus?

Sie würde fantastische Armmuskeln entwickeln, dachte Fie in einem Versuch, sich selbst aufzumuntern. In Wahrheit jedoch glaubte sie nicht daran, dies bewältigen zu können. Sie würde die Feuerwehr rufen müssen.

»Wenn Sie Hilfe brauchen, komme ich gern«, sagte Jan, während er sich vergnügt in der Wohnung umschaute. »Es ist sehr schön hier. Können Sie vielleicht auch kochen?«

»Nein«, log Fie.

»Nun ja, es gibt ja Lieferdienste. Ich könnte kommen, mit dem Hund Gassi gehen, und wir könnten zusammen essen und so weiter. Sie wissen, was ich meine, zu beiderseitiger Freude und Nutzen. Ja, schließlich wurden wir doch beide verlassen, und das Bedürfnis verschwindet schließlich nicht, um es mal so auszudrücken. Sie würden zwei für einen bekommen – sowohl Köter als auch Kerl. Zumindest für eine Weile, schließlich könnte es passieren, dass meine Frau zurückkommt.«

»Sehr nett«, erwiderte Fie matt, den Blick auf Jans fleckige Hose, den bedrohlich über dem Hosenbund hängenden Bauch sowie die Haare gerichtet, die offenbar seit geraumer Zeit kein Shampoo mehr gesehen hatten. Nicht zu vergessen die Reste der vermutlich kürzlich verspeisten Pizza auf seinem Hemd. »Das klingt sehr verlockend, aber ich glaube nicht.«

»Nicht?«

»Nein«, sagte Fie bestimmt und schob ihn mehr oder weniger zur Tür hinaus.

»Ich melde mich!«, rief Jan von der Treppe aus. »Es könnte doch sein, dass Sie es sich nach einer Weile anders überlegen. Mannsbilder wachsen nicht auf Bäumen, müssen Sie wissen.«

Fie schloss die Tür ab und schüttelte sich. Carl Christian war zwar auch nicht gerade ein Athlet, aber zumindest war er reinlich. War es das, was ihr fortan übrig blieb? Als ziemlich attraktive Zwanzigjährige war sie die Ehe eingegangen, und dann, viele Jahre später, wurde sie am anderen Ende hinausgeworfen, und dort warteten solche wie Jan Johansen? Er hatte sich benommen, als wolle er ihr einen Dienst erweisen.

Fie war so erschrocken, dass sie fast den Hund vergessen hätte, wäre da nicht dieses lautstarke Keuchen gewesen, das sie die Aufmerksamkeit wieder auf das Tier richten ließ. Natürlich. Er hatte eine Ecke gefunden. Dort lag er, traurig und riesig und verfolgte sie mit seinem vor Schreck starren Blick. Selbstverständlich zitterte er auch, so stark, dass die Gläser im Schrank klirrten.

»Alles gut«, sagte Fie sanft. »Alles wird gut.«

Es sah nicht danach aus, als würde der Hund diese Ansicht teilen. Furchtsam ließ er sie nicht aus den Augen, als sie zur Spüle ging, eine große Schüssel nahm und diese mit Wasser füllte. Sie hatte kein Hundefutter, das musste sie noch besorgen, aber sie fand eine Dose Leberpastete und Brot, was sie beides vor dem Tier platzierte. Dann setzte sie sich hin und betrachtete ihn. Er übersah Futter und Wasser und starrte stattdessen beschämt auf ein Stuhlbein.

Hier wirkte er noch größer als in Jans Garage. Er hatte geradeso Platz unter dem Schrägdach.

»Was soll ich nur mit dir machen?«, fragte Fie, mehr an sich selbst gerichtet. »Wie soll ich dich die Treppen rauf und runter bekommen? Was frisst du? Was für eine Sorte Hund bist du überhaupt? Und wie heißt du?«

Der Hund antwortete erwartungsgemäß nicht, jedoch sah Fie, dass er schwach mit den Ohren wackelte, wenn sie das Wort »Hund« aussprach.

»Hund?«, wiederholte sie, und die Ohren spitzten sich erneut.

»Perfekt«, murmelte Fie. »Ich habe einen Hund, der Hund heißt.«

11

Als Herman gestorben war, hatte Klara umziehen müssen. Das Ehepaar hatte in einem großen, alten Haus außerhalb der Stadt gewohnt, mit Schuppen, großem Garten, einem Weg, der im Winter freigeschaufelt werden musste, und einem Dach, das die Angewohnheit hatte, Wasser durchsickern zu lassen. Klara aber hatte sich mit aller Macht geweigert, in eine Wohnung zu ziehen. Aus ihrer Sicht handelte es sich dabei um eine dieser neumodischen Sachen, der Rentner sich neuerdings hingaben, was jedoch absolut nichts für sie sei.

»Ich brauche einen Garten«, hatte sie betont. »Wo soll ich sonst Kartoffeln anbauen? Und was ist mit den Blumenbeeten? Wo soll ich mit meinen Dahlienknollen hin?«

Aufgrund des undichten Daches (und einer Reihe anderer Probleme wie maroder Rohrleitungen, Strom, der kam und ging, und einem Bad von 1950) hatte Klara nicht sonderlich viel Geld bekommen, als sie das Haus verkauft hatte. Dennoch hatte sie darauf bestanden, in einem Haus zu wohnen, woraufhin Lykke alles rauf und runter gesucht hatte, bevor sie eins gefunden hatte, das Klara sich leisten konnte.

Es lag im Stadtteil Rodeløkka und musste das kleinste Haus der Welt sein. Genau genommen war es eher eine Puppenstube als ein Haus, dachte Lykke. Das Erdgeschoss bestand aus einer Miniküche, einem Wohnzimmer und einem Bad für eine nicht allzu beleibte Person. Im Obergeschoss befand sich ein kleines Schlafzimmer. Das war alles. Trotzdem hatte Lykke mit Freuden zugestimmt, auf das Haus aufzupassen, während Klara auf Gran Canaria war. Das Haus war um Meilen besser als ihre triste Mietwohnung, in der sie im Wohnzimmer nächtigte, während Adam in einer Bettnische schlief, wo die Nachbarn sich auf dem Flur zankten und auf der Straße der Verkehr lärmte.

In Klaras Haus war es friedlich. Die davor liegende Straße war ruhig und mit kleinen Holzhäusern bestückt, einige davon fast genauso klein wie das von Klara. Und besonders jetzt, zur Adventszeit, war es hier festlich. Adventskerzen erleuchteten die Fenster, während die winzig kleinen Gärten zur großen Freude der Sperlinge (und der ein oder anderen Möwe) mit Weihnachtsgarben geschmückt waren. Im Nachbargarten hatten die Kinder einen Schneemann gebaut, mit roter Mütze, einer Mohrrübe als Nase und Zweigen als Arme. Er hatte geradeso Platz hinterm Gartenzaun. Unachtsame Passanten liefen Gefahr, von den Armen gepikst zu werden, aber trotzdem war es schön und weihnachtlich.

Lykke stand in der Tür, schaute über die Straße und anschließend ins Haus hinein und war dankbar, Adam die Möglichkeit bieten zu können, hier die Adventszeit zu verbringen. Bis Klara nach Hause kommen würde, was laut Plan am dreiundzwanzigsten Dezember der Fall sein sollte.

Wollten Lykke und Adam hier jedoch Platz haben, musste aufgeräumt werden. Klara hatte noch nicht ganz verinnerlicht, dass dieses Haus nur ein Zehntel ihres vorhergehenden ausmachte, weshalb das Ganze vollkommen überladen war. Absolut überall standen kleine Figuren herum, wobei Lykke bereits ein Schaf zerbrochen hatte, das von etwas gehütet worden war, das einer Gräfin glich. Sie musste aufräumen, bevor sie Adam abholte, denn es würde ihn sehr bekümmern, wenn er etwas kaputtmachte.

Adam bekümmerte schnell etwas. Er war sehr empfindsam, dachte Lykke, und sie liebte ihn dafür. Das bedeutete auch, dass sein Herz für Bettler auf der Straße, streunende Katzen und weinende Kinder in der Tagesstätte schlug. Ging er mit Klara Blumen kaufen, dann mussten es die verwelkten sein, weil sie ihm leidtaten. Ab und zu (auch wenn sie deshalb ein schlechtes Gewissen hatte) dachte sie, es wäre leichter, wenn er sich die Sachen nicht so zu Herzen nähme.

Sie nahm drei große Pappkartons. Zum Glück hatte Klara überall kleine Deckchen liegen – auf Armlehnen, kleinen Tischen und Stuhllehnen. Wenn Lykke vorsichtig war, würde es ihr gelingen, Glas und Porzellan in diese Deckchen einzuwickeln, ohne diese zu sehr zu zerknittern. Achtsam füllte sie die Pappkartons, während ihre Gedanken um Adam kreisten.

Kürzlich hatte er gefragt, warum er keinen Papa habe. Er hatte alle im Kindergarten aufgezählt, die einen Papa hatten – und das waren alle außer ihm. Sie wohnten nicht zwangsläufig mit diesen Papas zusammen, aber sie hatten zumindest einen. Vielleicht war das wichtiger, als sie gedacht hatte? Lykke wusste es nicht.

Als sie Adam bekommen hatte, war sie fest entschlossen gewesen, alleine klarzukommen, nur sie und ihr Sohn. Sie hatte Adam nicht gleichgültigen Verwandten aussetzen wollen – weder seinem Vater noch ihren eigenen Eltern, Torbjørn und Hilde.

Vorsichtig packte Lykke ein paar Katzenbabys ein, von denen sie wusste, dass Klara sie ganz besonders mochte, während ihre Gedanken erneut zu Adams Vater wanderten. Sollte sie ihm von Adam erzählen, oder war es das Beste, ihm weiterhin nichts zu sagen?

Adams Vater hieß Preben. Lykke hatte ihn kennengelernt, als sie die Kunstschule besucht hatte. Sie waren in einer Bar in der Warteschlange vor dem Klo im wahrsten Sinne des Wortes übereinander gestolpert, wobei beide bereits einige Drinks intus hatten. Ohne das Zutun von Alkohol hätte sie vermutlich überheblich geschnaubt und ihn ignoriert, und sie war sich ganz sicher, dass Gleiches auf ihn zutraf.

Er war nicht ihr Typ, und sie war definitiv nicht seiner, dennoch war es ihnen nicht gelungen, sich voneinander fernzuhalten. Es war ein klassisches Beispiel dafür gewesen, dass Gegensätze sich anzogen, wobei die Anziehung in diesem Fall so groß gewesen war, dass sie die Zeit, die ihre Verbindung andauerte, förmlich aneinandergeklebt hatten.

»Chemie«, hatte Lykke ihren erstaunten Freunden erklärt.

»Du kannst mit keinem zusammen sein, der Preben heißt! Und der wie ein Preben aussieht!«

»Wir sind nicht zusammen!«, hatte Lykke entsetzt protestiert.

Und für Preben war es genauso befremdlich gewesen. Lykke mit ihren schweren Doc Martens, ihren (wie sie vorgab, obwohl sie bei Fretex gekauft waren) selbst gestrickten Pullovern, ihren Ringen und Tattoos hier und da, passte nicht in Prebens Universum. Er konnte sie nicht mit nach Hause zu seinen Eltern nehmen. (Nicht, dass er das beabsichtigt hatte, aber allein der Gedanke, Lykke dem Herrn Schiffsreeder und der Frau Direktorin vorzustellen, hatte ihn erschaudern lassen.) Begegneten sie jemandem, den Preben kannte, tat er so, als seien sie nur Bekannte. Begegneten sie jemandem, den Lykke kannte, tat sie dasselbe. Daher hatten sie nicht sonderlich viel ausgehen können und stattdessen viel Zeit in Prebens großem Bett verbracht. Und das hatte Folgen gehabt.

Bevor einer von ihnen beiden dies jedoch bemerken konnte, hatte die chemische Wirkung nachgelassen. Eines Morgens war Preben aufgewacht, hatte die neben sich schlafende Lykke betrachtet und gedacht (wie er Lykke anschließend beim Frühstück erzählt hatte): *Was, zur Hölle, mache ich hier? Sie hat einen*

Ring in der Nase. Auf derselben Nase hat sie einen Pickel. Ihre Nase ist überladen! Auf der Schulter hat sie ein Tattoo von etwas, das ich nicht verstehe, und auf ihrem Rücken steht ACAB. (Lykke hatte ihm erklärt, dass ACAB All Cops Are Bastards bedeute, was Preben aufgebracht hatte, obwohl er es anfangs merkwürdigerweise aufregend gefunden hatte. Der Ansicht war er nun nicht mehr.)

Preben war aufgestanden, ohne Lykke zu berühren. Unten, in der Küche der Jungs-WG (zu der Lykke selten Zugang hatte, weil Preben keine Lust hatte, sie vorzuzeigen), hatte er Kaffee gekocht und nachgedacht. Er war ernstlich schockiert gewesen über sich selbst.

»Wir müssen diesen Unsinn lassen«, hatte er gesagt, als Lykke gähnend und mit in alle Himmelsrichtungen abstehenden rosafarbenen Locken zur Küche hereingekommen war.

»Welchen Unsinn?«

»Du und ich. Ich begreife nicht, was mich da geritten hat. Das ist doch peinlich! Du musst gehen, bevor die anderen nach Hause kommen.«

Das hatte Lykke, die noch nicht einmal richtig wach gewesen war, völlig kalt erwischt, weshalb sie ihn nur verständnislos angesehen hatte. Das wiederum hatte Preben veranlasst, deutlicher zu werden: »Du passt überhaupt nicht rein. Du bist …«

»Was?«

»So *gar* nicht mein Typ! Die Haare und die Tattoos und die Klamotten! Du hast dich nicht einmal rasiert!«

»Hä? Rasiert? Was, zur Hölle! Verlangst du, dass ich mich rasiere?«

»Wie auch immer«, hatte Preben gesagt, während er sie mit Abscheu angestarrt hatte. Lykke hatte das Starren erwidert, die hellen, wohlfrisierten Haare, die falsche Sonnenbräune und den Bademantel betrachtet und gedacht: *Er trägt einen Bademantel! Wer, außer Hugh Hefner, trägt einen Bademantel? Und er benutzt Selbstbräuner! Was hat mich bloß geritten?*

Also hatten sich beide ans Werk gemacht, einander so schnell wie möglich zu vergessen. Lykke hatte beschlossen, das Ganze auf dem Konto für sonderbare, aber nützliche Erfahrungen zu verbuchen, was ihr auch gelungen wäre, hätte sie nicht zwei Monate später festgestellt, dass sie schwanger war.

Allerdings hatte sie Preben nichts davon erzählt. Seine unverhohlene Verachtung, als sie aus dem Zustand erwacht waren, den sie später als »sexuelle Trance« bezeichnete, hatte sie verletzt. Nicht wegen des Umstandes an sich, sie empfand ihm gegenüber dasselbe, aber das war etwas anderes. Preben war verächtlich, das war schlicht und einfach eine Tatsache! Nein, Preben hatte nicht das Zeug zu einem guten Papa, und Adam ging es ohne ihn besser. Davon war sie die letzten vier Jahre überzeugt gewesen. Jetzt aber überlegte sie, ob sie dieses Urteil nicht zu schnell gefällt hatte. Auch Preben war älter geworden, hoffentlich auch klüger, und er war Adams Vater. Lykke schloss den letzten Karton und schaute sich um. Es war ein gemütliches Zimmer, und jetzt war es möglich, sich darin zu bewegen, ohne etwas zu zerbrechen oder umzustoßen.

In Gedanken versunken, ging sie zum Fenster und starrte auf die stille Straße ohne Betrunkene, Straßenbahnschienen, Busse und Lastwagen, die über den Asphalt donnerten. Es war wundervoll friedlich. Lykke öffnete das Fenster und lauschte der Stille da draußen. Einige Kinder wünschten sich zu Weihnachten Hunde oder Kätzchen, Adam hingegen wünschte sich einen Papa. Aber bedeutete das auch, dass er einen bekommen musste? Lykke fröstelte es in der kalten Luft. Sie wickelte die Wolljacke fest um sich und dachte daran, dass Hunde, Katzen und Papas lebendige Wesen waren. Man sollte vorab gut abwägen, ob man sich eins davon anschaffte.

12

7. Tag im Advent

Mach jemandem ein Adventsgeschenk.

»Ah, Gott sei Dank«, sagte Fie. »Das ist einfach. Ich habe heute keine Zeit für große Adventsprojekte. Ich habe viel zu viel zu tun.«

»Gut«, entgegnete Sara kurz und knapp. »Kommst du Weihnachten her? Es gefällt mir nicht, dass du alleine bist!«

»Das können wir später besprechen«, murmelte Fie. »Ich habe mich noch nicht endgültig entschieden.«

»Ist es wegen meiner Schwiegermutter? Ich weiß, dass sie schwierig ist.«

»Sie mag Südländer nicht besonders«, sagte Fie diplomatisch.

Das war eine Untertreibung. Saras Schwiegermutter war seit langer Zeit dement, was zur Folge hatte, dass sie kein Blatt vor den Mund nahm. Als Fie im vergangenen Jahr zu Besuch bei ihrer Schwester gewesen war, hatte die Schwiegermutter in einer Ecke gesessen und leise vor sich hin über gestohlenen Fisch und aufgeblasene Südnorweger geschimpft. Sara hatte versucht, es mit Humor zu nehmen, allerdings war unverkennbar gewesen, dass dies anstrengend für sie war.

Mit dem Telefon ans Ohr gepresst, ging Fie die Wendeltreppe hinunter ins Wohnzimmer. Sie hatte keine Lust, an Heiligabend zu denken. Außerdem war das noch lange hin.

Am anderen Ende der Leitung seufzte Sara und ließ das Thema schließlich auf sich beruhen. »Hast du ein Haustier gefunden?«, fragte sie stattdessen.

»Ja …«

»Prima! Ist das nicht gemütlich?«

Fie warf einen Blick auf den zitternden Geleeklumpen von einem Hund und sagte so leise wie möglich, um das Tier nicht zu erschrecken: »Sehr gemütlich.«

»Ich habe es gewusst!«, rief Sara begeistert. »Wir reden später, ich muss gehen. Muss auf die Kinder aufpassen.«

Fies Nacht war unruhig gewesen. Sehnsuchtsvoll hatte sie die Pillendose betrachtet, sich aber nicht getraut, denn wer sollte dann auf den Hund aufpassen? Mehrfach hatte sie sich aus dem Bett geschlichen und vorsichtig die Treppe hinuntergeschaut, um nachzusehen, wie es ihm ging. Einmal war sie nach einem Albtraum abrupt aufgewacht. Darin war der Hund die Treppe hinaufgekommen und hatte wie ein Monster sabbernd über ihr gestanden – was an sich vollkommen unlogisch war. Zum einen war er zu groß, um die Treppe hinaufzukommen, zum anderen hatte er jedes Mal, wenn sie nachgesehen hatte, unverändert in der Ecke gelegen und gezittert. Die Augen hatten in der Dunkelheit geleuchtet, und Fie hatte rasselndes, schnelles und verschrecktes Atmen vernommen.

Ermutigend war hingegen, dass er die Wasserschüssel geleert hatte.

Fie gähnte und überlegte, was sie als Nächstes tun sollte. Im Hinblick auf die leere Wasserschüssel sollte sie vielleicht mit ihm rausgehen. Er trug noch immer die Leine um den Hals, weshalb Fie beruhigend die Hand ausstreckte und sich diese schnappte.

Glücklicherweise war der Hund aufs Pippimachen trainiert. Fie überlegte, ob er vielleicht für ein Missgeschick im Haus brutal bestraft worden war und dies womöglich der Grund dafür war, dass er eine solche Angst hatte. Es war nicht schwer, ihn die Treppen *hinunter* zu bekommen. Krampfhaft hielt Fie die Leine fest und spurtete ihm hinterher, Gefahr laufend, sich sowohl die Beine als auch das Genick zu brechen. Heil draußen angekommen, stob der Hund zum nächstgelegenen Baum, wo es dann mehrere Minuten lang »Wasser marsch« hieß.

»Du lieber Himmel«, murmelte Fie beeindruckt und sagte an den Hund gewandt: »Großartig, wie du das angehalten hast!«

Der Hund blieb ihr eine Antwort schuldig, starrte lediglich weiter dumpf vor sich hin und verrichtete sein Geschäft.

»Warum ist er so groß?«, vernahm Fie eine Kinderstimme. Als sie sich umdrehte, stand dort ein kleines, dunkelhäutiges Mädchen mit Rucksack auf dem Rücken und Strickmütze auf dem Kopf, bereit für den Kindergarten. Die Augen, groß und braun, waren starr auf den Hund gerichtet.

»Ich weiß nicht«, sagte Fie. »Er ist es einfach.«

»Darf ich ihn streicheln?«

»Besser nicht. Er hat vor allem Möglichen Angst. Er hat auch Angst davor, gestreichelt zu werden.«

Der Mund des Mädchens formte sich zu einem großen O. Es war offensichtlich, dass sie versuchte, die Nachricht zu verarbeiten.

»Obwohl er so groß ist?«

»Ja. Das ist seltsam, nicht wahr?«

Das Mädchen nickte mit ernstem Blick, bevor es Fie wissen ließ, dass es Margrete Ovidia Berg hieß, bald fünf Jahre alt wurde, im nächsten Jahr in die Schule kam, sein Lieblingsessen Labskaus war und es wisse, dass Fie in der fünften Etage wohnte.

»Wo wohnst du?«, fragte Fie, verzaubert von der kleinen Plaudertasche.

»Im Erdgeschoss. Zusammen mit Papa. Mama wohnt in einem anderen Land, sie mag nämlich keinen Schnee«, erklärte Margrete Ovidia. »Aber ich mag Schnee wahnsinnig gern, denn dann ist Weihnachten, und vielleicht kommt Mama zu Weihnachten, obwohl es schneit, und ich habe neue Winterstiefel, die blinken!«

Sie streckte einen Fuß nach vorn, und ganz richtig, wenn sie auftrat, blinkten die Stiefel. Sie demonstrierte es mehrfach und schaute Fie dabei stolz an.

»Sehr schick«, sagte Fie beeindruckt. »Nennen sie dich Margrete Ovidia oder nur Margrete?«

»Mama nennt mich Margrete Ovidia, weil sie es schön findet, aber alle anderen sagen Maja«, erklärte die Kleine. »Papa sagt Margrete Ovidia, wenn er wütend ist, daher ist es vielleicht das Beste, wenn du mich Maja nennst.« Fie nickte, und Maja fuhr fort: »Ich habe dich schon einmal gesehen. Aber da hast du nicht so ausgesehen.«

»Nicht? Wie habe ich denn da ausgesehen?«

»So als würdest du schlafen«, ließ Maja sie wissen. »So als würdest du schlafen, obwohl du gegangen bist. Ich dachte, dass du vielleicht Schlafwandlerin bist, aber Papa hat gesagt, das bist du nicht. Ich habe Hallo gesagt, aber du hast nicht geantwortet.«

»Entschuldige«, sagte Fie bedauernd. »Das war keine Absicht.«

»Aber ab jetzt wirst du antworten, nicht wahr?«, sagte Maja streng, woraufhin Fie ihr versicherte, ab sofort immer zu antworten.

Mittlerweile hatte der Hund sein Geschäft verrichtet, und Fie machte sich bereit, ihn die Treppen wieder hinauf zu bugsieren. Das war nicht leicht. Maja, die für ihr Alter sehr mutig war, schob von hinten, während Fie vorn an der Leine zog. Das Ganze ging unendlich langsam vonstatten.

»Ich hole Papa«, keuchte Maja. »Warte kurz.«

Einige Minuten später kam Maja wieder nach draußen, gefolgt von einem großen, dünnen Mann mit Bart und lockigen Haaren. Verblüfft betrachtete er den Hund, anschließend fiel sein Blick auf Fie.

»Als Maja sagte, hier draußen sei ein riesengroßer Hund, dachte ich, sie würde flunkern«, sagte er überwältigt. »Das ist das größte Tier, das ich jemals gesehen habe. Wie heißt er?«

»Hund«, entgegnete Fie entschuldigend. »Das ist das Einzige, worauf er reagiert. Er ist leider ziemlich ängstlich, weshalb er am liebsten da sein will, wo er gerade ist, unabhängig davon, wo er sich befindet. Er scheint zu glauben, dass etwas Fürchterliches passiert, wenn er sich bewegt. Und ich muss ihn die Treppen raufbekommen, bevor ich zur Arbeit gehe.«

»Kein Problem«, sagte Majas Papa. »Komm, Maja.«

Nachdem sie geschoben und gezogen hatten, gelang es ihnen, den Hund die Treppen hinauf in die Wohnung zu befördern. Majas Papa schaute sich erstaunt um.

»Wie schön es hier ist«, sagte er. »Das war ein ordentliches Renovierungsobjekt, bevor Sie einzogen sind.«

»Das ist noch immer ein ordentliches Renovierungsobjekt«, sagte Fie, während sie Wasserschale und Futter für den Hund vorbereitete. Nach kurzer Überlegung stellte sie die Schüssel in die Mitte des Raums, sodass er sich aus seinem Versteck in der Ecke herausbewegen musste, wenn er etwas haben wollte. Vielleicht funktionierte es. Vielleicht aber auch nicht, und dann würde der Hund vielleicht verdursten. Fie schaute vom Hund zur Wasserschale und wieder zurück. Dann schob sie diese etwas näher zu ihm heran und wandte sich an Majas Papa.

»Ich habe nur ein bisschen dekoriert«, erklärte sie. »Hinter den Bildern und unter den Teppichen befinden sich noch immer Löcher und Farbflecken vom Malern. So gesehen ist es ein getünchtes Grab.«

»Aber ein sehr gemütliches getünchtes Grab«, versicherte Majas Papa mit unsicherem Blick auf Fie, bevor er hinzufügte: »Geht es Ihnen jetzt besser? Wir haben mitbekommen, dass Sie krank waren.«

»Viel besser«, entgegnete Fie tapfer, obwohl sie sich diesbezüglich zeitweise nicht sicher war.

»Gut. Ich heiße Jonas. Sagen Sie einfach Bescheid, wenn Sie Hilfe brauchen. Maja, komm, wir müssen uns beeilen.«

»Ich auch«, sagte Fie, und als wolle sie ihm versichern, dass sie ihr Leben jetzt im Griff hatte, fügte sie hinzu: »Ich muss zur Arbeit.«

Fie schloss die Tür zum Laden auf und ging hinein. Drinnen war es dunkel, und es roch nach Staub und stickiger Luft. Vorsichtig pustete sie über den Tresen und musste husten, weil sie den Staub durch die Nase eingeatmet hatte. Für einen kurzen, unbedachten Moment lobpreiste sie Carl Christian für seine Reinlichkeit und Genauigkeit. Was das Saubermachen anbelangte, verfügte Fie über langjährige Erfahrung! Allerdings hatte sie hier nicht all die Spezialprodukte, die Carl Christian für das Haus angeschafft hatte. (Vielleicht musste Thale jetzt die Runde mit den Sprühflaschen drehen? Fiel es jetzt in ihren Aufgabenbereich, das Bad nach jeder Benutzung zu desinfizieren?)

Bakterien vermehren sich in feuchter Umgebung. Fußpilz, Fie! Fußpilz! Und der Pilz entsteht nicht von alleine! Man darf niemals nachlässig sein!

Im Namen der Gerechtigkeit musste Fie zugeben, dass auch Carl Christian seinen Part im ewigen Kampf gegen Bakterien und Pilze übernommen hatte. Jeden Samstagmorgen hatte er sich mit gelben Handschuhen, Trainingssachen und einer großen Auswahl an Lappen ausgerüstet und war zum Angriff auf Staub und Dreck übergegangen. Das hatte ihn genau zwei Stunden gekostet und war, abhängig von der Jahreszeit, von Schneeschippen oder Rasenmähen gefolgt worden. *Routinen sind das A und O, Fie!*

Das Ergebnis bestand darin, dass Fie tüchtig war, wenn es ums Saubermachen ging. Sie war effektiv und sehr genau, sowohl unter Stühlen und Tischen als auch in Ecken. Aber hier war kein Platz zum Saubermachen, da alle Flächen mit irgendwelchen Sachen zugestellt waren. Glücklicherweise entdeckte Fie eine Hintertür, die zu einem überdachten Hof hinausführte. Dieser war wundersam leer. Also krempelte Fie die Ärmel hoch und machte sich daran, Möbel umzustellen. Einige von ihnen waren so schwer, dass sie sie einfach an ihrem Platz stehen lassen musste. Drei Stunden später hatte sie eine beachtliche Fuhre zum Auslüften in den Hinterhof verfrachtet.

Fie setzte sich hin, um wieder zu Atem zu kommen. Sie sehnte sich nach Kaffee und Mittagessen, aber natürlich konnte sie nicht alles die ganze Nacht über draußen stehen lassen. Also musste sie sauber machen.

Sie streifte sich die Gummihandschuhe über, nahm den Staubsauger aus dem Schrank und atmete erleichtert auf, als dieser tatsächlich funktionierte. Er sah aus, als stamme er aus den Fünfzigern, und dementsprechend benahm er sich auch, weshalb sie lange brauchte, um in alle Winkel und unter alle Bänke vorzudringen. Den Teppich konnte sie nur noch entsorgen, aber erfreulicherweise kam darunter ein ziemlich schöner Holzboden zum Vorschein.

Als sie das Ladenlokal einigermaßen von Staub befreit hatte, war es so spät geworden, dass sie Eimer und Lappen stehen lassen, eine Pause machen und nach Hause gehen musste, um mit dem Hund Gassi zu gehen.

Draußen war es glatt, und es lag Schnee in der Luft. Die Straße war mit Lichtern und Fichten geschmückt, während aus dem kleinen Bistro nebenan *Fairytale of New York* zu hören war. Sie schaute hinein und sah den großen, glatzköpfigen Mann hinter einem kleinen, grün gestrichenen Tresen konzentriert an irgendetwas arbeiten. Er sah zufrieden aus. Er sah aus, als ob er dorthin gehöre.

Fie wickelte den Mantel enger um sich. Sie starrte unablässig auf die Lichter, die Fichten und die Weihnachtsdekoration und fand es hübsch. Sie spürte, wie ihr die frische Kälte in die Wangen biss, und stellte zu ihrer Zufriedenheit fest, dass sie eine Art Job hatte. In dieser Straße war es wirklich schwer, nicht daran zu denken, dass bald Weihnachten war. Trotz des Namens erinnerte der Adventskalender sie nicht an *Weihnachten*; vielmehr bestand er aus einer Reihe von Aufgaben, die sie wieder auf die Beine bringen sollten. Nicht einmal die Weihnachtsplätzchen hatten in derselben Art und Weise wie diese Straße die Frage aufgeworfen: *Bald ist Weihnachten, und was wirst du dann machen?*

Ja, wie würde Weihnachten werden? Sie, Hund, der »Weihnachtsteller«, den es von Fjordland als Fertigmenü gab, und drei Flaschen Rotwein?

Sie wollte nicht daran denken.

Der Hund hatte das Futter aufgefressen. Das bedeutete, dass er sich in der Tat aus seiner Ecke herausgewagt hatte!

»Das hast du prima gemacht«, sagte Fie aufmunternd. »So mutig!« Der Hund zitterte etwas weniger, wenn sie sehr leise und sehr vorsichtig sprach, weshalb Fie ihre netteste, mildeste Tonlage zum Einsatz brachte.

Obwohl er noch immer bebte, folgte der Hund Fie aufmerksam mit dem Blick. Sie legte ihm die Leine an und zog ihn in aufrechte Position. Obwohl er keinerlei Anzeichen machte, irgendwohin zu gehen oder zu laufen, wollte sie kein Risiko eingehen. Wer konnte schon wissen, was er tat, wenn er sich ernsthaft erschreckte? Durch die Tür stürmen, auf die Straße hinauslaufen und überfahren werden?

Wie am frühen Morgen lief er die Treppen ziemlich schnell hinunter und war ebenso schnell draußen. Erneut wartete Fie geduldig, während er sein Geschäft verrichtete. Nach der Arbeit sollte sie vermutlich versuchen, eine ordentliche Runde mit ihm zu gehen, sofern sich dies irgendwie bewerkstelligen ließe. Zweifelnd sah sie ihn an, er war wirklich entsetzlich groß.

Anschließend hatte sie den Eindruck, es sei ein bisschen leichter geworden, ihn zur Tür zu bewegen. Sie bildete sich ein, dass er ihr beinahe folgte. Dennoch war sie erleichtert, als eine ältere Frau mit praktisch kurz geschnittenen, grauen Haaren und Brille aus dem Haus kam und ihre Hilfe anbot.

»Ich wohne in der zweiten Etage«, sagte sie, »vom Küchenfenster aus habe ich gesehen, dass Maja und ihr Papa Ihnen heute Morgen geholfen haben.«

Zögernd streckte sie eine Hand nach Hund aus, der sein Bestes gab, um unsichtbar zu wirken.

»Ich bevorzuge seit jeher kleine Hunde«, sagte sie. »Und Ihrer ist wirklich sehr groß.«

»Ja.«

»Ist er so gern draußen, dass er nicht wieder reinwill?«

»Ich glaube, er hat Angst vor der Treppe«, keuchte die an der Leine ziehende Fie. »Wenn es runtergeht, hat er keine solche Angst, das ist vor allem dann der Fall, wenn er nach oben soll.«

»Ich hatte einmal einen Pudel«, erzählte die Frau wehmütig. »Ich vermisse ihn fürchterlich. Ihr Hund ist gutherzig, nicht wahr? Das Gefühl hatte ich eigentlich sofort. Überhaupt nicht aggressiv, im Gegensatz zu meinem Putte, der auch mal zugebissen hat. Aber abgesehen davon leistet ein Hund einem einfach gute Gesellschaft.«

Fie nickte, obwohl sie ihre Zweifel hatte. Der Hund strahlte nicht gerade positive Energie aus. Man hatte ihn immer wieder in die Auffangstation zurückgebracht, das wusste sie. Es war, als würde dort in seiner Ecke eine konstante Beerdigung mit anschließendem Trauerprozess stattfinden.

»Ich weiß nicht, warum er so verzweifelt ist«, sagte sie, während sie weiterhin an ihm zerrte. »Offenbar hat er irgendetwas erlebt. Aber wenn ich nicht weiß, was, dann ist es schwer, ihm zu helfen.«

Sie hielt inne, atmete durch, ließ sich auf einer Treppenstufe nieder und kraulte den Hund vorsichtig hinter dem Ohr. Er zitterte, wandte sich aber nicht ab. Das konnte natürlich auch daran liegen, dass die Treppe zu schmal war, aber unabhängig davon, dachte Fie und stand auf, unabhängig davon könnte man dies als einen Fortschritt werten.

»Ich kann Ihnen jederzeit die Treppen raufhelfen, wenn es nötig ist«, sagte die Frau. »Ich wohne in der zweiten, hatte ich das erwähnt? Es ist so gemütlich mit Hund. Obwohl der größer ist als mein Putte. Wie heißt er?«

»Ich weiß es nicht«, antwortete Fie. »Er reagiert nur auf Hund, auch wenn das ein bisschen langweilig ist, wie ich finde. Wenn das aber der Name ist, an den er gewöhnt ist, dann muss er vielleicht einfach Hund heißen?«

»Ist es eine Hündin?«

»Nein. Es ist ein Rüde namens Hund.«

»Ihnen fällt bestimmt noch ein passender Name ein«, tröstete die Frau und half Fie die letzten Stufen hinauf und in die Wohnung hinein. »Klopfen Sie einfach, wenn Sie Hilfe brauchen. Ich wohne, wie gesagt, in der zweiten – Marta Fransen. Ich bin meistens zu Hause. Ja, im Grunde genommen bin ich immer zu Hause, abgesehen von morgens bis zehn, da gehe ich einkaufen.«

»Ich komme gerne darauf zurück«, versicherte Fie. Sie hatte

Mitleid mit Marta Fransen, die genauso einsam wirkte wie sie selbst. Dann fiel ihr das Adventsgeschenk ein, das sie noch machen sollte. Umgehend ließ sie den Blick durch die Wohnung schweifen. Abgesehen von einem Korb mit Plätzchen, die Lykke bekommen sollte, gab es nichts, was sie verschenken konnte.

»Warten Sie kurz«, sagte sie, woraufhin Marta Fransen sie mit erwartungsvollem Blick ansah. »Warten Sie …«

Aber sie entdeckte nichts, was sie verschenken konnte, und hörte sich schließlich selbst sagen (und das sah ihr überhaupt nicht ähnlich): »Wollen Sie heute Abend zum Essen kommen? Nur was Einfaches, aber es wäre nett. Als Dankeschön dafür, dass Sie mir mit Hund geholfen haben.«

»Oh, meine Liebe«, sagte Marta Fransen, während sie aussah, als sei ihr etwas in den Sinn gekommen. »Meine Liebe. Zum Abendessen! Wenn es nicht zu große Umstände bereitet? Ja, danke.«

Als Fie, Gefahr laufend, hinzufallen, aus der Tür und über die Straße spurtete, wurde ihr bewusst, dass sie jetzt schon seit vielen Wochen hier wohnte und bisher niemanden kennengelernt hatte. Mit Hilfe von Hund kannte sie nun aber die Bewohner des Erdgeschosses und der zweiten Etage. Jetzt gab es Menschen, denen sie Hallo sagen konnte.

Hinzu kamen zwei Essensgäste, wenn sie Peder mitrechnete. Sie war in der Tat im Begriff, sozial zu werden! Und das gab ihr das Gefühl, dazuzugehören. Zumindest ein bisschen.

Ermuntert von ihrer Eigeninitiative, nahm Fie Handfeger, Lappen und einen Eimer voll Seifenwasser und kletterte damit auf den Tresen. (Ja, denn sie war in der Tat eine Person, die sich etwas traute! Die Fie vor drei Wochen hätte nie einen Essensgast gehabt! Die Fie vor drei Wochen hätte nicht mal einen Stuhl für diesen Essensgast gehabt!)

Vom Tresen aus konnte sie den ganzen Raum überblicken. Der Staub wirbelte umher, und wenn die Sonne ihre langen Finger hereinstreckte, wirkte das Ganze wie ein Gemälde. Langsam drehte Fie sich um und betrachtete den gesamten Laden. Dunkles Holz, das in der Sonne glühte, Staub, der munter im Sonnenlicht tanzte, der alte, dunkel polierte Tresen, der von vielen Füßen abgescheuerte Holzfußboden und die von nunmehr leeren Holzregalen bedeckten Wände.

»Du meine Güte«, murmelte Fie. »Das ist wirklich ein schöner Laden, man sieht es nur nicht, wenn man auf dem Boden steht.«

Einen Augenblick lang fühlte sie sich beinahe glücklich – ein mittlerweile so fremdes Gefühl, dass sie es fast nicht wiedererkannte. Sie machte sich bedrohlich lang, um eine besonders schmutzige Leiste abzuwaschen. Im selben Moment ging die Tür auf. Kalter Wind blies hinein und ließ die Innentür laut knallen. Fie zuckte derart zusammen, dass das Wasser über den Tresen schwappte und sie fast abgerutscht wäre. Irritiert und verlegen strich sie sich die Haare aus dem Gesicht und verpasste ihrer Nase dabei gleichzeitig einen schwarzen Streifen.

Im Laden standen die Frau von der überteuerten Designerboutique und der kahlköpfige Mann aus dem Restaurant. Er war so groß, dass die Frau neben ihm wie ein kleiner Stängel aussah, allerdings ein gut gekleideter, energischer kleiner Stängel. Der Mann verschränkte die Arme und schien sich über Fies Anblick zu amüsieren, während der Stängel lautstark und überrascht schnaubte. Das war schon ein Paar; sie elegant und poliert, er mit von Tattoos bedeckten Armen und vom T-Shirt bis zu den schweren Boots in Schwarz gekleidet.

Auf der Straße würde man sich nach ihnen umdrehen und annehmen, sie seien *jemand.*

Der Anblick der beiden ließ Fie bereuen, dass sie Lykkes

Angebot betreffs rosafarbener Haare nicht angenommen hatte, auch wenn sie nicht glaubte, dass dies sonderlich geholfen hätte. Sie wusste, dass sie genau wie das aussah, was sie war: eine gescheiterte, getrennt lebende, nicht mehr ganz junge Mutter eines Kindes. Rosafarbene Haare wären nur sonderbar gewesen. Sie fühlte sich langweilig und alt und sehr, sehr staubig.

»Ach so! Sie hat sich endlich entschlossen, sich eine Putzfrau zu nehmen«, sagte die Frau. »Und sie hat all den Müll weggeräumt. Das war wirklich an der Zeit. Dort oben haben Sie einen Fleck vergessen. Und dort!«

Fie öffnete den Mund, um zu protestieren, aber die Frau fuhr unbeirrt fort: »Müssen Sie unbedingt auf dem Tresen stehen? Mit Schuhen? Der kann zerkratzen, wissen Sie?«

Erneut öffnete Fie den Mund, aber die redselige Frau ließ sich nicht unterbrechen. »Putzen Sie einfach weiter, wir wollen uns nur umsehen. Wir kennen Klara, es ist also alles in Ordnung. Kümmern Sie sich nicht um uns, machen Sie einfach weiter! Da ist ein Fleck! Und da!«

Sie zeigte in unterschiedliche Richtungen, während der Mann sie heiter betrachtete. Dann schaute er nach oben zu Fie, die versucht hatte, ihre Haare zu richten, stattdessen aber nun auch ihre Wangen mit diversen Streifen versehen hatte.

»Ich habe Klara heute noch nicht gesehen. Wissen Sie, wann sie zurückkommt?«, fragte er.

Fie betrachtete ihn abwägend. Er war ziemlich attraktiv und ein ganz anderer Typ als Carl Christian. Carl Christian würde nie einen Ring im Ohr tragen. Da würden die Leute seiner Meinung nach glauben, er wäre ein Homo. Dasselbe traf auf rosa Hemden und – aus irgendeinem Grund – Stoffschuhe zu. Carl Christian war überzeugt davon, dass Homosexuelle den Schrank voller Stoffschuhe hatten.

Fie glaubte nicht, dass dieser Mann dort homosexuell war, es wäre zumindest schade. Bei diesem so ungewohnten Gedanken errötete sie augenblicklich. Sara hätte selbstverständlich applaudiert, aber Sara hatte ihre kleine Schwester auch eine Zeit lang nicht gesehen, zumindest nicht mit Staub in den Haaren und Schmutz im Gesicht. Sara glaubte, sie sei hübsch, gepflegt und teuer, wenn auch etwas langweilig gekleidet. Sie wusste nicht, dass Fies Mantel lose Fäden hatte, die Schuhe ungeputzt waren und die Haare platt herunterhingen.

Es war peinlich, darüber nachzudenken, dass ein Mann anziehend wirkte, wenn sie selbst alt, förmlich unsichtbar und durch Thale ersetzt worden war.

»Trym, schau hier«, sagte die Frau. Fie spitzte die Ohren.

Das war also der hilfsbereite Trym, über den Klara so warmherzig gesprochen hatte. Dann müsste doch alles in Ordnung sein. Was aber tat er dann hier? Die beiden sahen nicht so aus, als wollten sie gebrauchte Möbel kaufen. Dass Klara ihn mochte, stellte keine Garantie dar. Klara war keine sonderlich gute Menschenkennerin, allein wenn man bedachte, wie schnell sie Fie eingestellt hatte, obwohl man sie als Diebin und Säuferin bezeichnet hatte. Nun hatte Klara diesmal zwar recht gehabt, sie konnte Fie vertrauen, aber das war wahrscheinlich mehr Glück als Klugheit gewesen.

»Kommt Klara bald zurück?«, wiederholte Trym, was Fie aus ihren Gedanken riss.

»Bald«, sagte sie. *Bald* war ein dehnbarer Begriff, fand sie.

»Okay. Können Sie Bescheid sagen, wenn sie kommt, damit wir uns unterhalten können?«

Fie nickte und betrachtete misstrauisch die Frau, die jetzt untersuchte, in welchem Zustand sich der Tresen befand. Anschließend ging sie zu den Regalen, wo sie probeweise auf Regal um Regal klopfte.

»Solide«, erklärte sie. »Wirklich schön. So was bekommt man heute nicht mehr. Was meinst du?«

»Ich meine, du solltest zuerst mit Klara sprechen«, sagte der Mann. Fie stimmte mit einem Nicken zu.

»Ich kann nicht bis in alle Ewigkeit warten«, erklärte die Frau. »Ich brauche den Laden für Weihnachten, das weißt du nur zu gut. Das Weihnachtsgeschäft ist das wichtigste!«

»Aber …«, sagte Fie scharf. Mit dem Blick auf sie gerichtet, fügte die Frau schnell hinzu: »Sie müssen Klara damit nicht belästigen. Zurzeit hat sie mehr als genug, an das sie denken muss. Ich werde das zu einem passenden Zeitpunkt mit ihr besprechen. Sind wir uns darin einig?«

Sie öffnete ihre Tasche, ein schwarzes, kleines Etwas, bei dem Reihe um Reihe kleine glitzernde Gs förmlich herausschrien, dass sie von *Gucci* war. Daraus zog sie einen Fünfhundert-Kronen-Schein hervor und legte ihn auf den Tresen.

»Ich vertraue Ihnen«, sagte sie.

Fie starrte auf den Fünfhundert-Kronen-Schein, anschließend auf die Designer-Dame, bevor ihr Blick zu Trym hinüberglitt.

»Wissen Sie was: Ich will Ihr Geld nicht«, sagte sie verärgert. Aber die Frau wedelte nur mit der Hand.

»Denken Sie nicht darüber nach, das ist nur nett gemeint«, sagte sie. Trym seinerseits holte in einer Art entschuldigender Geste mit den Händen aus, schien sich aber dennoch zu amüsieren. Überhaupt schien er alles wie einen großen Spaß zu betrachten, was eine äußerst irritierende Eigenschaft war. Dann knallte die Tür hinter ihnen wieder zu, und die Staubwolken wirbelten erneut durch den Laden.

Fie befand sich noch immer oben auf dem Tresen. Das flüchtige Glücksgefühl hatte sich als genau das erwiesen: flüchtig und nunmehr vollkommen verschwunden.

Ein sozialer Hundebesitzer zu sein, hatte Nachteile. Nachdem sie geputzt und gescheuert, auf Stühlen gestanden und die Deckenleisten geschrubbt, Eimer um Eimer mit Wasser ausgetauscht und drei Lappen verschlissen hatte, war Fie um achtzehn Uhr völlig erschöpft. Das Einzige, was sie wollte, war, nach Hause gehen, den Fernseher einschalten und ein Glas Rotwein trinken. Nicht sechzig Kilo Hund mit Harndrang fünf Etagen nach unten bugsieren, um dann für eine alte Dame, die sie kaum kannte, Abendessen zuzubereiten.

»Ich muss es immer übertreiben«, murmelte sie, während sie im Supermarkt schnell Lachsfilets, Gemüse und Reis zusammensuchte.

»Was hast du gesagt?«, fragte Lykke. Sie war im Begriff gewesen, den Laden abzuschließen, hatte jedoch wieder geöffnet, als sie Fie erblickt hatte. Es war ihr nicht entgangen, dass Fie gestresst wirkte, was vor Weihnachten allerdings auf viele Menschen zutraf.

»Dass ich es immer übertreibe. Aber Lykke …?«

»Ja?«

Fie hatte überlegt, ob sie von Trym und dem Designerstängel erzählen sollte, war jedoch zu der Ansicht gelangt, dass dies nicht notwendig sei. Klara hatte nett über Trym gesprochen, weshalb sie annahm, dass sie befreundet waren, und Fie wollte keine Probleme erschaffen, wo keine waren. Jetzt aber entschied sie sich um und berichtete dennoch von dem Besuch.

Lykke hörte zu und nickte, runzelte die Stirn, lächelte jedoch, als Fie von dem Fünfhundert-Kronen-Schein erzählte.

»Das ist Lillian. Ihr gehört die Designerboutique direkt neben *&Dinge*. Sie hat also versucht, dich zu bestechen?«

»Ja! Und sie hat mich gewissermaßen auch tatsächlich bestochen, weil sie gegangen sind, bevor ich den Schein zurückgeben konnte.«

»Du kannst doch in ihren Laden gehen und ihn zurückgeben. Ihn auf den Tresen werfen und sagen: *Was bildest du dir eigentlich ein!*«

»Das könnte ich tun«, räumte Fie ein. »Das ist eine gute Idee, und ich hätte es getan, hätte ich den Schein nicht bereits dem Mann gegeben, der vor ihrem Laden Akkordeon spielt. Er kann nur ›*White Christmas*‹ und spielt es ohne Unterlass. Er kann nicht so viel Norwegisch, aber ich konnte ihm klarmachen, dass ihm noch mehr Geld winkt, wenn er dort bleibt, genau vor diesem Laden.«

Lykke sah sie respektvoll an.

»Sie hat mich wütend gemacht«, knurrte Fie beschämt. »Sie gehört zu der Sorte Menschen, die meinen, Putzfrauen und Kellnerinnen machen für einen Zehner alles. Bevor wir nach Hause gehen und von Stütze leben, während wir uns betrinken und die Kinder vernachlässigen. Und das alles auf einmal.«

»Ich kenne solche Leute«, murmelte Lykke. Fie wartete, aber es kam nicht mehr. Daher fragte sie: »Soll ich deiner Großmutter etwas sagen? Mir steht eigentlich nicht der Sinn danach, sie im Urlaub zu stören.«

Lykke überlegte einen Moment. »Vielleicht würde sie sich Sorgen machen? Aber du solltest sie wohl informieren. Dir ist sicher nicht entgangen, dass meine Großmutter den Laden nicht gerade im Griff hat, weshalb Lillian vermutlich darauf aus ist, ihn zu kaufen. Aber ich kenne Trym wirklich gut, er würde Großmutter niemals hintergehen. Nie im Leben! Bist du sicher, dass er es war?«

»Abgesehen davon, dass er Trym heißt und sich immer im Restaurant nebenan aufhält? Nein.«

»Ja, ja«, entgegnete Lykke. »Das werden wir schon herausfinden. Übrigens: Magnhild hat mir ein Foto von Großmutter geschickt. Sie ist auf Gran Canaria angekommen.«

Sie zeigte Fie das Foto auf dem Handy. Darauf zu sehen war Klara mit einem enormen, mit Blumen verzierten Strohhut und einem mit Schirmchen dekorierten Drink in der Hand. Sie wirkte fröhlich, wenn auch leicht verwirrt.

»Glückspilz«, flüsterte Fie mit einem Blick auf den Schneematsch vor der Ladentür.

»Glückspilz.« Lykke nickte.

13

8. Tag im Advent

»Nichts?«, fragte Fie erstaunt. »Nichts?«

»Du bekommst eine Pause. Dein heutiges Adventsgeschenk ist wirklich ein Geschenk – du hast frei! Geh zur Arbeit, mach es dir mit dem Tier gemütlich. Was für ein Tier ist es überhaupt?«

»Tja.« Fie zögerte. »Es ist eine Art Hund.«

Sie hatte keine Lust, viel über Hund zu sagen. Sara würde mit den Augen rollen und meinen, sie würde *immer übertreiben. Hätte sie sich nicht einfach eine Katze zulegen können? Was war los mit ihr?* Es war erst sieben Uhr und somit viel zu früh für derartige Diskussionen. »Gestern hatte ich einen Gast zum Abendessen«, sagte Fie schnell. »Eine Dame, die in der Zweiten wohnt.«

»Wie schön! Du machst dich. Wie ist es gelaufen?«

»Sie ist eingeschlafen«, musste Fie zugeben. »Sie hat ein Glas Wein getrunken, und das war genug. Sie sei es nicht gewohnt, zu trinken, hat sie gesagt. Sie ist eingeschlafen, bevor wir beim Dessert angelangt waren. Das war ein sehr ruhiger Besuch, abgesehen davon, dass sie geschnarcht hat.«

Kichernd erkundigte sich Sara, ob Fie womöglich eine Langweilerin sei, was Fie jedoch nicht glaubte. Ihrer Meinung nach war die Spannung, zum Essen eingeladen zu werden und noch dazu ein Glas Wein zu bekommen, für Marta Fransen einfach zu viel gewesen. Dabei war es wirklich gemütlich gewesen. Hund hatte an einem Ende des Zimmers geschnarcht, Marta Fransen am anderen, sodass Fie Gesellschaft gehabt hatte, ohne selbst etwas beitragen zu müssen. Wie gesagt: friedlich und ruhig.

»Mama pflegte nach ein paar Gläsern Wein auch immer einzuschlafen«, schwelgte Sara, stets treffsicher, in Erinnerungen. »Deshalb hast du nicht reagiert und konntest dich sogar entspannen. Es war immer friedlich, wenn Mama geschlafen hat.«

»Marta Fransen ähnelt Mama nicht im Geringsten! Wenn du mir ein Adventsgeschenk machen willst, dann lass uns nicht über Mama sprechen. Nicht heute.«

»Du willst nie über Mama sprechen«, konstatierte Sara, womit sie zweifellos recht hatte. Und Fie, die erkannte, dass die Schwester sich auf dem Weg zum *großen Mamavortrag* befand, dem sich für gewöhnlich die Feststellung »*Deshalb hast du Carl Christian geheiratet*« anschloss, legte das Handy aufs Bett und ging zur Toilette. Als sie zurückkam, war das Handy still. Sie nahm es in die Hand.

»Ich bin immer noch dran«, ertönte Saras Stimme. »Du bist aufs Klo gegangen, nicht wahr?«

»Ja.«

»Okay. Lassen wir das. Zurück zu deinem Haustier – was meinst du mit *eine Art Hund*? Entweder ist es ein Hund, oder es ist keiner. Hunde sind nicht wie Pferde und Maultiere.«

»Was ist mit Maultieren?«, fragte Fie listig.

Irgendwie war Sara heute enorm gereizt. Fie hatte keine Lust, der Schwester etwas über den Hund zu erklären, wenn diese eine solche Laune hatte. Wenn sie Glück hatte, würde Sara anbeißen, ihr einen langen Vortrag über die Eigenschaften von Maultieren halten und den Hund komplett vergessen. Aber Sara ließ sich nicht locken. »Wie sieht eine Art Hund aus?«, fragte sie.

»Grau.«

»Groß oder klein?«

Darauf gab es lediglich eine Antwort. »Groß«, nuschelte Fie resigniert, woraufhin Sara sogleich das Ausweichende in Fies Antwort aufgriff.

»Wie groß?«

»Du hast dir einen Irischen Wolfshund zugelegt«, gab ihr Sara sachkundig zu verstehen, nachdem sie der Schwester eine genaue Beschreibung des Tiers aus der Nase gezogen hatte. »Die gehören zu den größten überhaupt existierenden Rassen. Warum, in aller Welt, hast du dir keinen anderen gesucht? Wenn ich dich darum bitte, einen Weihnachtsbaum zu kaufen, wirst du dann einen kompletten Nadelwald ins Haus schleppen? Ich habe dich gebeten, dir ein paar Möbel zu besorgen, und du hast ein Haus ausgeraubt. Einerseits gefällt mir das, denn es zeigt, dass du Mut hast. Allerdings war es nicht das, was ich im Sinn hatte. Wenn ich dich darum bitte, in die Stadt zu gehen und Spaß zu haben, bedeutet das nicht, dass du dich einem Zirkus anschließen und dich aus einem Fass katapultieren lassen sollst.«

»Warum bist du so sauer? Niemand katapultiert Leute aus Fässern!«

»Ich bin nicht sauer. Ich bin besorgt. Du übertreibst immer. Zusammen mit Carl Christian bist du super schick geworden, und als du dich von ihm befreit hast – tja, wir wissen ja beide, wie das gelaufen ist. Totale Krise!«

»Hör auf, so zu schimpfen!«, entgegnete Fie. »Du hättest dasselbe getan!«

Dann erzählte sie von der kleinen Auffangstation für Tiere und dem zu Tode erschrockenen Hund, bei dem es sich also –

aller Wahrscheinlichkeit nach – um einen Irischen Wolfshund handelte. Sara war gerührt und gab zu, dass Fie womöglich das Richtige getan hatte, obwohl sie vielleicht nach anderen Möglichkeiten für Hund hätte Ausschau halten und sich lieber ein Meerschweinchen hätte zulegen sollen.

»Ich kann Meerschweinchen nicht ausstehen«, entgegnete Fie. »Warum beharrst du so auf einem Meerschweinchen? Hast du eins, das du loswerden willst?«

»Eigentlich nicht«, erwiderte Sara, was auch immer sie damit meinen mochte. »Aber heute hast du jedenfalls frei«, fuhr sie hastig fort. »Lass es dir gut gehen! Denk dran, dass du Weihnachten herkommen kannst! Tu es, Fie!«

Dann führte ein Schrei im Hintergrund zu einem Schwall derber Ausdrücke und einem schnellen *Mach's gut!*, bevor Sara auflegte.

Während Fie auch an diesem Morgen mit der Gefahr, sich das eine oder andere zu brechen, die Wendeltreppe hinunterstolperte, grübelte sie darüber nach, dass sie im Grunde alle Macht in Saras Hände gelegt hatte. Das konnte doch nicht ganz normal sein. Stimmte etwas mit ihr nicht? Wohnte ihr irgendetwas Unselbstständiges inne, das wollte, dass jemand anders die Entscheidungen für sie traf?

Sara behauptete, Fie hätte sich Carl Christian jahrelang gefügt. Ein Zeichen dafür, dass sie recht hatte, war der hübsche blaue Wollmantel, der mit dem dazu passenden hübschen blauen Wollschal am Kleiderhaken hing.

Aber das war doch nicht immer so gewesen? Fie erinnerte sich, dass sie auch mal Einhalt geboten und Entscheidungen getroffen hatte. Jens hieß zum Beispiel nicht Carl Christian II. Das war eine lange Diskussion gewesen, und schließlich waren sie beim Kompromiss Jens Christian gelandet.

Als sie so über die schneebedeckten Dächer der Stadt schaute, dachte Fie, dass sie Carl Christian die Schuld geben konnte, bis sie alt und grau war, und Sara sie dabei immer anfeuern würde. In Saras Augen war Carl Christian herablassend, versnobt und von einem Kontrollzwang besessen. Nach der Trennung hatte sie auch angedeutet, dass er ein Psychopath sei oder zumindest ein Soziopath, was Fie entmutigt mit den Augen hatte rollen lassen.

Kurzum, er war derjenige, der die kleine Schwester verletzt hatte. Sara würde Carl Christian niemals vergeben. Um nichts in der Welt. Punkt.

Fie aber wusste, dass das nicht die ganze Wahrheit war. Während der Ehe hatte es viele Kompromisse gegeben. Aber hatte sie sich zu oft überrumpeln lassen?

Wahrscheinlich, dachte Fie. Zumindest manchmal. Aber ging das nicht allen Menschen so? War das nicht der Preis, den man in einer Ehe zahlen musste? Ja, vielleicht nicht Sara, aber möglicherweise ihr Mann. Abwesend streichelte Fie Hund und bemerkte anfangs überhaupt nicht, dass dieser es, ohne zu zittern, geschehen ließ. Er legte sogar seinen Kopf in ihre Hand. Beinahe unmerklich zwar, aber er tat es!

»Hund!«, sagte Fie schließlich überwältigt. »Lieber, guter Hund!«

Weil Hund sich beinahe liebevoll gezeigt hatte, entschied Fie, ihn mit zur Arbeit zu nehmen. Sozusagen als Verhaltenstherapie, dachte sie. Zudem gab es an diesem Morgen niemanden, der ihr dabei helfen konnte, ihn die Treppen hinaufzuziehen. Marta Fransen schlief vermutlich noch immer. Hund fürchtete sich weiterhin davor, Treppen hinaufzugehen. Runter nicht, was wirklich ziemlich merkwürdig war.

Auch die Straße überquerte er nicht gern, mithilfe reiner Muskelkraft gelang es ihr jedoch, ihn mitzuzerren. Es ging langsam vonstatten, so langsam, dass sie ausreichend Zeit hatte, jeden einzelnen Pflasterstein auf dem Weg zu studieren.

Es war eine Straße voller anheimelnder kleiner Läden. Hier war die Designerboutique, die irgendjemand sicher charmant fand, sofern derjenige hinreichend dünn und richtig gekleidet war. Hier fanden sich ein Uhrenhändler, ein kleines Bekleidungsgeschäft, der Teeladen sowie einige weitere kleinere Geschäfte. Aus dem Spielzeugladen kam ein älterer Herr und reichte ihr ein Hundespielzeug, während er schüchtern murmelte: »Willkommen in der Straße.« Fie bedankte sich überschwänglich als Ausgleich dafür, dass Hund versuchte, sich hinter ihren Beinen zu verstecken. *Fem Bord* sah auch gemütlich aus.

Alle Läden, mit Ausnahme von *&Dinge*, waren weihnachtlich geschmückt, weshalb Fie überlegte, ob sie daran nicht vielleicht etwas ändern sollte.

Gut angekommen, schaute Hund erschrocken auf die beiden Treppenstufen vor der Eingangstür. Jetzt aber war Fie es leid, zudem sehnte sie sich nach einem Kaffee, also schob sie Hund ohne weiteres Federlesen einfach hinein.

»Das wird schon«, versicherte Fie ihm. »Du wirst dich daran gewöhnen. Jetzt werde ich Kaffee machen, und du bekommst Wasser.«

Aus Schaden klug geworden, hatte sie ihre Kaffeemaschine mitgenommen. Sie kochte Kaffee und setzte sich dann mitsamt der Tasse und drei Kokosmakronen auf ein Sofa mit hoher Lehne. Es war übersät mit Schnitzereien und stammte vermutlich aus dem neunzehnten Jahrhundert. Obwohl ihr die Federn unangenehm in den Po stachen, war es im Grunde nicht schlimmer, darauf zu sitzen als auf Carl Christians Designersofa.

Trotz ihres gestrigen Einsatzes war der Laden noch immer schmutzig und staubig. Der innen liegende, dunkle Bereich war noch nicht geputzt. Jetzt war es dort so dunkel, dass es nicht deutlich sichtbar war, weshalb sie es erst mal auf sich beruhen lassen konnte. Fie nahm es damit nicht so genau. Allerdings wirbelten jedes Mal, wenn die Tür aufging, Staubwolken verschiedener Größenordnung durch den Laden. Sie trank ihren Kaffee und schaute auf die Straße hinaus, wo die Menschen in den Eisenwarenhandel, den Buchladen und das Teegeschäft gingen und wahrscheinlich auch in die Designerboutique. Es war eine einladende Einkaufsstraße, eine Straße, in der viele Menschen scheinbar gern für Weihnachten einkauften.

Aber niemand, absolut niemand, kam zu *&Dinge*. Obwohl sie gewischt, das Türschild auf »Geöffnet« gedreht und zwei Nudelhölzer sowie eine alte Kaffeemühle im Schaufenster platziert hatte.

Sie sah sich um. Es war inzwischen sauberer hier, das stimmte, aber dennoch düster. Sehr düster.

Fie kochte sich noch eine Tasse Kaffee, schaute erneut auf die Straße hinaus und beschloss, Klara anzurufen. Anschließend konnte sie noch mehr putzen, dann hatte sie wenigstens etwas zu tun.

Vielleicht würde Klara ihr sagen, was sie mit dem Laden, der Designer-Dame und allem anderen tun sollte.

Klara wirkte jedoch keineswegs besorgt.

»Das schaffen Sie schon, meine Liebe«, sagte sie. Sie klang heiter (und leicht angetüdelt), sprach begeistert über den Fahrstuhl zur Wohnung hinauf, den Laden, in dem man Ziegenkäse kaufen konnte und in dem sie tatsächlich Schwedisch sprachen, über die schneefreien Gehwege und die langen Vormittage am Pool.

»Es passiert hier nichts«, sagte sie lebhaft. »Wir sind einfach da! Ich glaube, Herman hatte eine falsche Vorstellung davon. Er wollte nie in den Süden, aber das muss daran gelegen haben, dass er es nie ausprobiert hat. Es ist so beruhigend! Und sicher! Und die liebe Magnhild hat eine wundervolle Wohnung mit so viel Platz! Und Balkon! Wir können auf dem Balkon sitzen, bis wir ins Bett gehen.«

»Wie schön«, entgegnete Fie. »Aber ...«

»Und Fernsehen! Wir haben norwegisches Fernsehen«, fuhr Klara fort. »Ist das nicht fantastisch?«

»Doch, aber ...«

»Selbstverständlich vermisse ich Lykke«, sagte Klara. »Und Adam. Aber wissen Sie ...«

»Ja?«

»&Dinge vermisse ich nicht. Überhaupt nicht. Und das liegt daran, dass ich weiß, dass der Laden in den besten Händen ist. Es ist so wunderbar, die Sorgen loszulassen. Es ist mir anfangs nicht ganz gelungen, wissen Sie, schließlich war es Hermans Lebenswerk. Aber jetzt fühle ich mich so sicher, weil Sie so tüchtig sind, meine Liebe, das habe ich sofort gesehen. Schließlich waren Sie ja Zahnarztassistentin!«

»Genau«, sagte Fie matt. Klara schaffte es, dass sich *Zahnarztassistentin* wie *Ministerpräsidentin* anhörte. Fie brachte es nicht übers Herz, ihr zu erzählen, dass &Dinge überhaupt nicht lief.

Sie unterbrach die Verbindung und holte den Putzeimer wieder hervor. Jetzt hatte sie zwei Tage lang sauber gemacht, und eigentlich müsste sie noch mehr wischen. Aller Wahrscheinlichkeit nach müsste sie den kompletten Laden schrubben. Doch der war voller Schrott – zumindest in Fies Augen. (Was Carl Christian dazu gesagt hätte, wagte sie sich nicht einmal vorzustellen.) Aber sie war keine Expertin. Vielleicht handelte es sich gar um wertvollen Schrott? Oder Schrott, den Herman umsichtig gesammelt hatte und der daher für Klara wichtig war?

Einige der Gegenstände hatte sie angehoben. Einiges von dem, was offensichtlich Müll war, wie Pappkartons und übel riechendes Zeug, hatte sie aussortiert. Was aber sollte sie mit all dem anderen machen? Wie sollte sie darunter putzen? Und wo sollte sie das entsorgen, was entsorgt werden musste?

Zum Glück war es im hinten liegenden Teil des Ladens ziemlich dunkel, sodass sie die Sachen dort stehen lassen konnte, ohne dass es zu sehr auffiel. Auch das Hinterzimmer, ein kleiner Raum, war voller Schrott. Erneut stellte sich ihr die Frage: Fand sich darunter wertvoller Schrott? Zudem musste sie sich irgendetwas mit dem Licht einfallen lassen. Der Laden war zu dunkel, aber die Decke viel zu hoch. Ohne Stehleiter kam sie dort nicht heran. Klara hatte keine Stehleiter (was all die kaputten Glühbirnen erklärte).

Es gab viel zu viel zu tun, es war überwältigend. Sie wusste nicht, wo sie anfangen sollte oder was sie überhaupt tun sollte. Schlussendlich machte sie sich daran, den Schrott im Laden umzustellen.

Klara vertraute ihr. Glaubte Klara, dass Zahnarztassistentinnen Wunder vollbringen konnten?

Erschöpft vom Scheuern, Putzen und Schrott umstellen, setzte Fie sich hin und wartete. Sie richtete den Blick auf die Tür und wartete, aber es kamen keine Kunden. Sie hatte jetzt (mit GEÖFFNET-Schild, Nudelhölzern und Kaffeemühle im Fenster) seit zwei Tagen offen. Nicht ein einziger Kunde hatte seither den Laden betreten, und Fie wusste nicht, wie sie das ändern konnte.

Natürlich könnte sie Lykke fragen. Als sie jedoch im Supermarkt ankam, war Lykke nicht dort. Sie war durch einen kleinen Mann ersetzt worden, der wie eine viel beschäftigte, selbstgefällige Hummel herumsummte. Schlecht gelaunt ließ dieser kleine Mann Fie wissen, dass Lykke nach Hause gegangen war, weil ihr Kind krank geworden sei. Er schien »krankes Kind« und »nach Hause gegangen« als persönliche Beleidigung aufzufassen. Das ließ in Fie den Gedanken aufkommen, dass Lykke vielleicht nicht langfristig auf den Job im Supermarkt bauen konnte.

Also würde Lykke *&Dinge* vielleicht brauchen. Noch ein Problem! Fie konnte Lykkes eventuelles Erbe nicht ruinieren!

Vor der Tür schlich zudem die Designer-Dame umher. Fie meinte, ihren schadenfrohen Blick auf dem Schaufenster ruhen zu sehen, wenn sie vorbeiging, was sie häufig tat auf ihrem Weg zu Trym und *Fem Bord*. Sie war oft bei *Fem Bord*.

Fie tröstete sich damit, dass sie trotz allem einen Job hatte – auch wenn dieser Job aktuell darin bestand, einen Berg Schrott zu bewachen, den keiner haben wollte.

Als Sara anrief, log Fie ihre Schwester an, was ein schwieriges Unterfangen war. Nicht des Lügens wegen, schließlich hatte sie Sara oft angelogen. (*»Mir geht es großartig, Carl Christian ist so umsichtig und liebevoll. Wir haben mindestens dreimal die Woche Sex.«* Gefolgt von: *»Ich habe alle Pillen entsorgt!«*) Jetzt aber fühlte Fie sich einsam. Mit Sara zu sprechen, half für gewöhnlich.

Aber Sara war so froh darüber, dass es Fie gelungen war, einen Job zu finden, dass Fie es nicht übers Herz brachte, ihr zu erzählen, worauf dieser Job eigentlich hinauslief.

»Ich bin so stolz auf dich!«, brach es aus Sara heraus. »Übrigens: Hast du schon Weihnachtsgeschenke gekauft? Nein, denk gar nicht daran. Und ich werde mich auch mit den Adventsaufgaben ein wenig zurückhalten. Ein Geschäft zu führen, ist anstrengend, das verstehe ich.«

»Ja«, log Fie. »Das ist sehr anstrengend.«

Sie beendete das Gespräch, kraulte missmutig Hund und verspeiste noch mehr Weihnachtsplätzchen. Der Tag verging. Fie starrte aus dem Fenster, wartete auf Kunden, dachte nach und grübelte. Sie sah, wie Trym aus seinem Restaurant kam und wieder hineinging. Etwas befangen rückte sie näher ans

Fenster heran, als vor dem Restaurant ein Lieferwagen hielt und Trym, mit T-Shirt und Jeans bekleidet, herauskam und die Waren hineintrug. Sie entschuldigte sich damit, dass jeder ein wenig Aufmunterung brauchte. Der Anblick von Trym, der sich beugte, streckte und offenbar selbst die schwersten Kisten mit Leichtigkeit anhob, stellte den Höhepunkt des Tages dar.

Trym, dachte sie, war vielleicht ein Drecksack, aber dafür äußerst ansehnlich, das musste man ihm lassen!

Als Trym fertig war, setzte sie sich wieder auf das Sofa mit der hohen Lehne und lauschte Hunds schweren Atemzügen. Er hatte einen kleinen freien Platz in einer Ecke gefunden und schien sich mit der Lage arrangiert zu haben. Wahrscheinlich zog er es ohnehin vor, sich weiterhin in eine Ecke zu verdrücken.

Aber das tut ihm nicht gut, dachte Fie. Keinem von uns tut das gut. Wenn das so weitergeht, dann führt es direkt zurück zu Bett und Pillen. Ich hätte mich besser nach einer Stelle als Zahnarztassistentin umsehen sollen.

14

9. Tag im Advent

Als Fie an diesem Morgen aufwachte, beschloss sie, dass es so nicht weiterging. Sie musste etwas unternehmen! Sie musste zu dem Elan zurückfinden, den sie vor nur wenigen Tagen verspürt hatte.

Am Abend zuvor hatte sie erneut Klara angerufen. Klara aber wollte nichts von *&Dinge* hören. Sie hatte begeistert von den Weihnachtsrippchen erzählt, die es auf Gran Canaria zu kaufen gab, sie hatte von Magnhilds Wunsch gesprochen, dass sie bleiben solle, davon, dass sie einige sehr sympathische Menschen kennengelernt und einen Club gegründet hatte.

»Einen Club, in dem wir absolut nichts tun«, hatte Klara freudig ausgerufen. »Wir gehen in Cafés und trinken« – an dieser Stelle hatte sie die Stimme gesenkt – »Wein. Ein bisschen Wein. Ein Glas, nicht mehr. Herman hat an Weihnachten gern ein Glas Portwein getrunken, und das hier ist ungefähr dasselbe, denke ich.«

Als Fie gefragt hatte, was sie mit dem Laden, mit all den Waren machen solle, hatte Klara entgegnet: »*Das schaffen Sie schon, meine Liebe.*« Allmählich begriff Fie, was das bedeutete (schließlich war Klara eine höfliche Person): *Plagen Sie mich nicht mit diesem verflixten Laden, machen Sie, was Sie wollen!*

Also, dachte Fie, konnte sie mit dem Laden tatsächlich einfach machen, was ihr einfiel? Würde sie dann nicht (einer von Carl Christians Lieblingsausdrücken, die er an den unerwartetsten Stellen auftischte!) *ihre Kompetenzen überschreiten?*

Vielleicht. Aber *&Dinge* musste doch wohl keine Grabstätte zu Ehren von Klaras verstorbenem Mann sein, oder? Wenn das Klaras Wunsch war, dann würde ihr das sicher im Nullkommanichts gelingen, sobald sie wieder zu Hause war. Dafür brauchte es wenig, lediglich Nachlässigkeit.

Fie wusste, wo sie anfangen musste, aber sie brauchte Saras Genehmigung. Denn eine Depression, dachte Fie an diesem Morgen, führte dazu, dass man sowohl Unternehmungsgeist als auch Selbstständigkeit verlor. Sie begriff nicht, wie Menschen, die keine große Schwester hatten, solche Situationen überstanden. Um der Ratlosigkeit zu entkommen, brauchte sie jetzt Saras Hilfe. Also rief sie die große Schwester an. Am Telefon meldete sich eine hektische Sara.

»Kann ich die Adventsaufgabe selbst festlegen? Es ist etwas, das ich benötige.«

»Selbst festlegen? So funktioniert das nicht«, entgegnete Sara außer Atem. »Man nimmt, was man bekommt, und ist dankbar dafür.«

»Ich bin dankbar. Aber gestern gab es keine Adventsaufgabe.«

»Oh«, sagte Sara. »Bedeutet das, dass du eine brauchst?«

»Das tue ich wohl«, bestätigte Fie. »Leider.«

»Hm«, murmelte Sara, und Fie begriff, dass sie mehr verstand, als sie kundtat. »Und was genau brauchst du heute?«

»Ich wäre«, sagte Fie vorsichtig, »sehr dankbar, wenn die heutige Adventsaufgabe darin bestünde, aufzuhören, wie eine Schlunze herumzulaufen. Ich glaube, das würde enorm helfen! Ich fühle mich wie ein graues Gespenst, von niemandem gesehen. Kurz gesagt: eine Schlunze.«

»Eine Schlunze? Du?«

Saras Reaktion kam nicht unerwartet. Es war die allgemein in der Familie herrschende Auffassung, dass Sara die Vernünftige und Tüchtige verkörperte, während Fie die Hübsche war. Sara war groß und mager, trug eine vernünftige Kurzhaarfrisur und hatte ein scharf geschnittenes, intelligentes Gesicht. Fie hatte mit einem Meter dreiundsechzig die Größe der Mutter geerbt, deren großzügige Formen und große, blaue Augen. Sara war clever und Fie nicht ganz so schlau. Sie hatte keine besonderen Zukunftsaussichten gehabt, und alle waren sich einig darin gewesen, dass sie nicht vernünftig war.

Diese Haltung hatte in den Köpfen überdauert, obwohl Sara die Schule geschmissen hatte, auf einen Bauernhof weit im Norden gezogen war und vor dem vollendeten zwanzigsten Lebensjahr ein Kind bekommen hatte. (»Man bedenke nur, was aus ihr hätte werden können, wenn sie sich für einen anderen Weg entschieden hätte!«)

Fie ihrerseits hatte nach einer wirren, aber ziemlich kurzen Jugend eine Ausbildung zur Zahnarztassistentin gemacht. Sie hatte zudem Kurse in Buchführung belegt und einen Mann mit Ausbildung, Ordnungssinn und geregeltem Leben geheiratet (die Kurse in Buchführung waren seine Idee gewesen).

Sie hatte ein äußerst respektables Dasein geführt. Sie hatte sogar Høyre gewählt.

Beide gaben sie ihrer Mutter die Schuld.

»Ich bin eine langweilige, unsichtbare Schlunze«, erklärte Fie. »Das ist deprimierend. Ich sehe aus wie eine Mischung aus Lebensmittelaufsicht und einer Putzfrau von der altmodischen Sorte. Mit Knubbelknien, die aneinanderscheuern und all dem. Keiner nimmt mich wahr.«

»Du hast Knubbelknie bekommen?« Sara war überwältigt. »Die richtig aneinanderscheuern?«

»Ich sehe aus, als hätte ich Knubbelknie. Ich würde meine

Knie niemals vorzeigen, nicht mehr. Außerdem ist niemand daran interessiert.«

»Du bist so aufs Aussehen fixiert«, sagte Sara streng. »Du solltest stolz auf deinen Körper sein. Er funktioniert, das ist das Wichtigste. Das Absaugen von Knubbelknien kann, wenn man es genau betrachtet, mit einer Brustvergrößerung verglichen werden. Und Botox. Knubbelknie sind ein Ehrenzeichen.«

»Okay. Aber kann ich losgehen und mir neue Sachen kaufen?«

»Selbstverständlich. Aber dir ist schon klar, dass du das auch ganz von selbst hättest tun können, oder nicht? Du brauchst nicht jedes Mal meine Erlaubnis, wenn du einen Schlüpfer kaufen willst.«

»Klar weiß ich das«, murmelte Fie. »Aber das ist nicht dasselbe.«

»Nein. Also: Deine heutige Adventsaufgabe besteht darin, dir neue Sachen zuzulegen. Morgen gibt es eine andere. Ich rufe an, vertrau mir.«

»Danke.«

Fie hatte nicht vor, Hund zum Klamottenkauf mitzunehmen. Im Laden hatte er sich mittlerweile eingerichtet, war auf dem Weg dorthin und nach Hause aber noch immer nervös. Er hatte nicht nur Angst vor Treppen, sondern auch vor Fremden, anderen Hunden (selbst winzig kleinen) und Katzen (ein Grauen!). Was sein Verhältnis zu Vögeln betraf, war sie sich nicht ganz sicher. Er eignete sich am besten für sehr kurze, ihm wohlbekannte Strecken.

An diesem Morgen jedoch umgab ihn eine Art optimistische Aura, nachdem er im Hof sein Geschäft verrichtet hatte. Beinahe munter drehte er die Schnauze Richtung Tor, und sah man genau hin, konnte man erkennen, wie sich die Rute ganz leicht hob. Sie brachte es nicht übers Herz, ihn zu Hause zu lassen.

»Ein bisschen Verhaltenstherapie tut dir sicher gut«, murmelte sie und zog ihn hinter sich her zum Lebensmittelladen. Als sie den Kopf hineinsteckte, sah sie, dass Lykke zurück war.

Diese nickte ihr zu. »Eine Minute, dann komme ich!«

»Geht es Adam gut? Wie ich gehört habe, war er krank?«

»Wieder besser«, sagte Lykke. »Aber ich habe bald alle Krankentage aufgebraucht. Der Chef ist nicht sonderlich begeistert.« Sie sah besorgt aus und fuhr leise fort: »Ich habe Angst, den Job zu verlieren. Wenn Adam noch einen Tag krank wird …«

»Aber kann er dich so einfach feuern?«

»Ich bin nicht fest angestellt«, erklärte Lykke.

Fie dachte an Jens, auf den sie und Carl Christian Druck ausgeübt hatten, eine Ausbildung zu machen. Das hieß: *Sie* hatte ihn ermuntert. Carl Christian hatte Druck ausgeübt. Zusammen war dies wahrscheinlich überwältigend gewesen.

»Zahnarzthochschule«, hatte Carl Christian gesagt. »Zur Not Handelshochschule. Aber Zahnärzte werden immer gebraucht! Das ist ein sicherer und guter Beruf.«

Aber Jens hatten Punkte gefehlt – ziemlich viele Punkte –, weshalb er nirgends angenommen worden war. Fie hatte versucht, ihn zu trösten, von anderen Möglichkeiten gesprochen, darüber, das zu tun, wozu er Lust hatte, aber Jens hatte sie nur abgewimmelt. Er hatte darauf bestanden, Fächer zu wiederholen, um sich seinen großen Traum zu erfüllen: Zahnarzt zu werden wie sein Vater. Letztendlich hatte er aufgegeben und an der Norwegian Business School anfangen müssen. Sowohl Vater als auch Sohn waren schwer enttäuscht gewesen.

»Gibt es andere Jobs, die du machen könntest?«, erkundigte Fie sich bei Lykke. »Hast du irgendeine – ähm … Ausbildung? In irgendeinem Bereich?«

»Kunst«, erklärte Lykke. »Leider nicht das, womit die Leute am meisten verdienen. Da bräuchte ich schon zwei Jobs, mindestens, aber ich habe doch Adam. Ich beschwere mich nicht, Adam ist das und noch viel mehr wert. Ich kann in dem Bereich immer wieder anfangen, wenn er größer wird.«

»Genau«, erwiderte Fie nachdenklich. »Genau.«

Sie hatte Lust, zu fragen, warum Klara nicht Lykke um Hilfe bei *&Dinge* gebeten hatte. Der Laden konnte wirklich eine Generalüberholung vertragen, wofür ein künstlerisch begabtes Enkelkind ideal sein musste. Doch das ging sie im Grunde nichts an, sie hatten vermutlich ihre Gründe.

»Aber wie geht es dir?«, fragte Lykke. »Und dem Laden?«

»Es braucht Veränderungen«, erklärte Fie. »Ansonsten geht es mit uns beiden direkt den Bach runter. Ich hoffe, du hast nichts dagegen, aber ich muss mit *&Dinge* etwas unternehmen. Schließlich kommen überhaupt keine Kunden rein.«

»Leg los«, lautete Lykkes Antwort. »Aber ich warne dich, das wird eine ordentliche Aufgabe, was das Aufräumen betrifft.«

»Ja, das weiß ich. Unabhängig davon dachte ich, dass ich bei mir selbst anfangen sollte. Ich sehe aus wie ein grauer Putzlappen.«

Lykke musterte sie erstaunt.

»Aber du siehst doch genauso aus wie immer. Was ist denn passiert?«

»Nichts ist passiert. Ich bin nur meiner selbst überdrüssig, und ich brauche einen Tritt in den Hintern.«

»Ah, jetzt verstehe ich«, sagte Lykke verständnisvoll. »Du hast einen Mann kennengelernt.«

»Ich habe keinen Mann kennengelernt«, protestierte Fie,

und das entsprach auch fast der Wahrheit. Denn sie hatte Trym nicht kennengelernt, nicht richtig, und ohne staubige Haare und schwarze Streifen im Gesicht würde er sie wohl kaum wiedererkennen. Genau genommen würde er sie wohl grundsätzlich kaum wiedererkennen. Denn sie war, wie sie Sara zu erklären versucht hatte, unsichtbar. Mittleren Alters, grau, unsichtbar.

Trym hatte nichts damit zu tun. Es war ihr nur aufgefallen, das war alles.

»Willst du von mir eine Stilberatung?«, fragte Lykke zweifelnd, während sie sich mit der Hand durch die rosafarbenen Haare fuhr. Heute trug sie einen kurzen geblümten Rock, eine grüne Strumpfhose, Plateauschuhe mit Nieten sowie ein dickes, gestricktes Oberteil, das sich nicht entscheiden konnte, ob es ein BH oder ein Pullover sein wollte. Würde Fie so etwas tragen, sähe sie aus wie eine abgedankte Prostituierte. Lykke hingegen sah frisch und ziemlich originell aus, wenn auch deplatziert hinterm Tresen eines Lebensmittelgeschäftes.

»Du warst es, die gesagt hat, ich solle mich von Ocker fernhalten, aber ansonsten auf warme Farben setzen«, sagte Fie. »Das klang, als wüsstest du, wovon du sprichst.«

»Über diese Fähigkeit verfüge ich«, gab Lykke zu. »Ich kann ziemlich überzeugend sein. Und ich glaube wirklich, dass diese Farben die richtigen für dich sind. Aber …«

»Aber ich bin viel älter als du, und bauchfreie Tops und so was würden mir nicht stehen?«

»Nein, bist du verrückt?« Lykke sah erschrocken aus, während Fie grinste.

»Ganz ruhig, ich werde mich anständig bedecken. Aber es muss etwas unternommen werden.«

»Geh zu der Boutique gleich neben *&Dinge*. Ich erinnere mich nicht genau, wie sie heißt, aber dort gibt es nur eine Boutique für Bekleidung.«

»Irgendwas mit Pierre? Die kann ich versuchen. Soll ich einfach reingehen und sagen: *Ich brauche ein Makeover?* Klingt das nicht seltsam?«

»Ich würde mir erst mal das Verkaufspersonal anschauen. Vielleicht sind das auch Fans von bauchfreien Tops.«

»Guter Tipp.« Fie machte kehrt, um zu gehen. Als sie Lykke etwas murmeln hörte, drehte sie sich noch einmal um. »Was hast du gesagt?«

»Du hast gemeint, du könntest nach Adam sehen?« Erneut hatte sie diesen Gesichtsausdruck. Es war offensichtlich, dass sie ein Nein erwartete.

»Klar kann ich auf ihn aufpassen! Wann?«

»Heute Abend? Ich hatte eine Babysitterin organisiert, aber die ist krank geworden.«

»Selbstverständlich. Bring ihn vorbei.«

»Danke«, sagte Lykke, deren Gesicht wieder in dem hübschen Lächeln erstrahlte.

Fröhlich winkte Fie ihr zu und stellte fest, dass sie sich in der Tat freute. Dann zerrte sie Hund über die Straße zu *Chez Pierre.*

Lykke schaute zu, wie Fie den riesengroßen Hund über die Straße zerrte. Sie lächelte. Die winzig kleine Fie – sie konnte kaum größer als ein Meter sechzig sein – und dieser enorme Vierbeiner. Allerdings sah es so aus, als würde sie langsam Kontrolle über das Tier erlangen. Lykke hatte die Augen des Hundes vertrauensvoll auf Fie ruhen sehen. Lykke selbst hatte auch Vertrauen zu Fie, was sie niemals gedacht hätte, als sie ihr zum ersten Mal begegnet war. Da hatte sie sich von der Tasche, dem Mantel und ihren eigenen Vorurteilen blenden lassen.

Dann aber war etwas geschehen. Innerhalb weniger Tage hatte Fie angepackt, Leute kennengelernt und sich sowohl einen Hund als auch einen Job besorgt. Und jetzt würde sie sich selbst und dem Laden ein Makeover verpassen. Das war beeindruckend. In Lykkes Augen war Fie sehr mutig, was sie zu der Einsicht brachte, dass auch sie mehr wagen sollte. Vielleicht sollte sie sich mit Preben treffen und ihm von Adam erzählen? Auch wenn sie natürlich nichts erwartete. Lykke erwartete selten etwas von anderen.

Lykkes Kindheit war von der Abwesenheit der Eltern geprägt gewesen. Torbjørn und Hilde waren freie Seelen ohne Interesse für so bürgerliche Routinen wie feste Mahlzeiten, Schlafenszeiten und Ähnliches. Lykke glaubte nicht, dass sie eigentlich Kinder hatten haben wollen, denn ab und an hatten sie ein wenig erstaunt gewirkt, wenn sie sie erblickt hatten, so als hätten sie vergessen, dass sie Eltern waren.

Als Lykke drei Jahre alt gewesen war, war die kleine Familie in eine Wohngemeinschaft gezogen. Dort hatte es mehrere Kinder gegeben, und es war nicht immer ganz klar gewesen, wer zu wem gehörte, was Torbjørn und Hilde ausgezeichnet gepasst hatte. Lykke aber, die ziemlich schüchtern war, wurde vergessen und hatte das Gefühl, dass sie eigentlich zu niemandem gehörte. Das machte sie unsicher und nervös, weshalb sie viel Zeit auf dem Dachboden verbrachte. Dort saß und zeichnete sie, während sie durch ein staubiges Dachbodenfenster verfolgte, wer kam und wer ging.

Als sie sieben Jahre alt war und in die Schule kommen sollte, bekam die Wohngemeinschaft Besuch vom Jugendamt. Sie forderten, dass die Kinder die Schule besuchten. Und zwar jeden Tag, nicht nur dann, wenn es in den Lebensstil der Wohngemeinschaft passte. Es war das erste Mal, dass die Behörden sich in die kleine Gemeinschaft einmischten, und es stellte einen Wendepunkt dar.

Wie üblich, wenn etwas geschah, wurde eine Vollversammlung einberufen. Bei diesen Zusammenkünften wurden sich für gewöhnlich alle, ohne weitere Umstände, einig, nicht jedoch dieses Mal. Einige wollten Homeschooling betreiben, andere eine Waldorfschule suchen, und ein recht großer Teil wollte ausziehen und die Kinder auf eine ganz normale Schule schicken. Zur großen Enttäuschung von Torbjørn und Hilde löste sich die Wohngemeinschaft auf. Die Leute zogen aus, und die kleine Familie wusste nicht genau, wohin mit sich. Eine neue Wohngemeinschaft? Gewöhnliche Arbeitsstellen von neun bis vier waren undenkbar. Am liebsten wollten sie reisen, aber das war schwierig mit Kind.

Die Lösung hieß Klara und Herman.

Lykke erinnerte sich genau daran, wie die Großeltern gekommen waren, um sie abzuholen, obwohl sie als Erwachsene eingesehen hatte, dass sie die Geschichte aller Wahrscheinlichkeit nach ein Stück weit verändert hatte. In ihrer Erinnerung waren Torbjørn und Hilde vor Klara ganz kleinlaut geworden. Sie hatten Rede und Antwort gestanden, und Klara hatte eine donnernde Strafpredigt gehalten, während sie Lykke fest im Arm gehalten hatte.

»Egoistisch«, hatte Klara gesagt. »Ihr solltet euch schämen!« Sie sagte auch »Pfui!«, was jedoch derart unwahrscheinlich war, dass Lykke bereits im Alter von zwölf Jahren verstanden hatte, dass diese Erinnerung kaum der Wahrheit entsprechen konnte.

Nach der Strafpredigt war Lykke in ein komfortables, warmes Auto gesetzt und in ihr neues Zuhause gefahren worden zu Pfannkuchen, Kakao und Aufmerksamkeit.

Wenn sie gelegentlich darüber sprachen, erzählte Klara, dass Lykke die Eltern selbstverständlich vermisst habe, besonders die Mutter. Obwohl sie zufrieden gewirkt habe, habe sie den Übergang zu Routinen, Hausaufgaben und der Erwartung von gutem Benehmen als herausfordernd empfunden. Klara erinnerte sich auch nicht mehr genau an Pfannkuchen und

Kakao zu Hause, ihrer Meinung nach hatten sie unterwegs angehalten und gegessen. Lykke aber hielt an ihrer Version der Geschichte fest. Für sie war dies die einzig richtige.

Torbjørn und Hilde zogen in die dänische Freistadt Christiania, wo sie versuchten, ihr Auskommen als Straßensänger zu verdienen. Das lief nicht besonders gut und führte dazu, dass sie sich Tickets nach Hause nur selten leisten konnten. Sporadisch schickten sie Postkarten, doch es verging ein ganzes Jahr, bevor Lykke ihre Eltern wiedersah. Anschließend brachen sie zur Rucksacktour durch Indien auf und verdienten ihren Lebensunterhalt mehr schlecht als recht durch den Verkauf von selbst gemachtem Schmuck. Letztendlich ließen sie sich scheiden und landeten in verschiedenen Ecken von Christiania, wo sie konkurrierende Fahrradwerkstätten betrieben. Sie kannten Lykke nicht mehr, und sie kannte die Eltern nicht. Und sie hatte auch keine Lust, Zeit darauf zu verwenden, daran etwas zu ändern.

Sie war sich im Klaren darüber, dass es so einfach kaum sein konnte, dass sie bestimmt tief sitzende Probleme hatte, über die sie sprechen und für die sie eine Lösung finden sollte. Vorläufig aber hatte sie weder Lust noch Zeit dazu. Eine Psychotherapie würde die Verdrängungsmechanismen sicher herabsetzen, Lykke aber war der Ansicht, dass diese definitiv ihre Berechtigung hatten.

Sie wusste, dass sie trotz allem privilegiert war, aber die Kindheit hatte ihre Spuren hinterlassen. Die Jugend war turbulent gewesen, sie hatte – zur großen Verzweiflung der Großeltern – sowohl das eine als auch das andere ausprobiert. Was Männer betraf, hatte sie – und dafür gab Lykke ihren Eltern und ihrer Kindheit die Schuld – einen elenden Geschmack. Sie erkannte es nicht, wenn mit ihnen etwas nicht stimmte. Selbst wenn sie von rot blinkenden Warnleuchten umgeben wären, würde sie nichts merken. Der Schlimmste von ihnen und der Grund dafür, dass sie sich bei allen Apps, inklusive Facebook und Tinder abgemeldet hatte, war der Stalker Stian gewesen, der momentan in der psychiatrischen Klinik Gaustad untergebracht war. Dabei war sie mit dem Stalker Stian nicht einmal zusammen gewesen. Sie hatte ihn lediglich zwei, drei Mal im Café getroffen und einen Kaffee mit ihm getrunken.

Ihr fehlte vollkommen die Fähigkeit, einen Irren zu erkennen, so einfach war das.

Vor einigen Tagen jedoch hatte Adam erneut gefragt, warum er keinen Papa habe.

»Ich wünsche mir zu Weihnachten einen Papa!«, hatte Adam erklärt. Und obwohl dies in einem Atemzug kam mit »Ich wünsche mir zu Weihnachten ein Feuerwehrauto«, hatte es einen wunden Punkt getroffen.

Am nächsten Tag hatte sie eine Entscheidung getroffen: Sie musste zumindest versuchen, für Adam einen Papa zu finden. Und der beste – oder besser gesagt der einzige – Ort, wo sie diesen Papa finden konnte, war Tinder. Nach gewissenhaftem Wischen, sowohl nach rechts als auch nach links, war Lykke bei Martin gelandet. Martin verfügte über alle Eigenschaften, die sie suchte. Martin war eine sehr vernünftige Wahl.

»Sehr vernünftig«, sagte Lykke zu sich selbst. »Er erfüllt definitiv die Voraussetzungen für einen guten Papa! Das wird großartig laufen!«

Trotzdem graute ihr fürchterlich vor dem Abend, weshalb sie erleichtert über die Ablenkung war, als ein Kunde hereinkam und nach Heringssalat mit Kapern fragte, den sie selbstverständlich nicht hatte.

15

Chez Pierre war eine kleine, farbenfrohe Boutique, die Fie aus irgendeinem Grund Minderwertigkeitskomplexe einflößte. Sie sah die Frauen förmlich vor sich, die diese Kleider trugen. Sie waren gewiss selbstbewusst, künstlerisch begabt und sehr sichtbar. Sie trauten sich sogar, einen Hut zu tragen. Das Schaufenster von *Chez Pierre* war mit jeder Menge fantasievoller Hüte dekoriert.

Fie glaubte nicht, dass sie sich mit Hut wohlfühlen würde. Wenn sie genau darüber nachdachte, war sie eigentlich ziemlich zufrieden mit ihrer anonymen, dunkelblauen Hülle. Sie war es gewohnt. Eins mit der Tapete zu werden, war komfortabel, und sie würde immer etwas finden, das ihrem bisherigen Stil ähnelte, aber keine Spuren von Vernachlässigung zeigte wie ihre momentane Garderobe. Was bildete sie sich ein – dass sie plötzlich in Rot und Orange gekleidet auf den Straßen allgemeine Bewunderung auslösen würde, mit einem riesigen Hut auf dem Kopf? Sie, die in den letzten Jahrzehnten hübsch und unauffällig gekleidet gewesen war? Nun waren die Sachen mittlerweile nicht mehr ganz so hübsch, was jedoch mittels einer neuen Garderobe im gleichen Stil leicht behoben werden konnte.

Zu ihren Füßen keuchte der Hund, den Blick furchtsam auf die Treppe gerichtet. Er verstand offensichtlich, dass sie an ihrem Ziel angelangt waren. Dann, mit einem zögernden

Schritt, platzierte er eine Pfote auf der untersten Stufe, dann die nächste. Schlussendlich stand er mit den Vorderpfoten auf der zweiten Treppenstufe und mit den Hinterbeinen auf der Straße. Er drehte den Kopf zu Fie, und diese meinte, einen Hauch von Stolz in seinen Augen zu erkennen.

»Hund«, sagte sie beinahe ehrerbietig. »Wie mutig du bist!«

Dem konnte sie selbstverständlich nicht nachstehen. Obwohl Hunds neu erworbener Mut schwand, als er begriff, dass sie ganz in die Boutique hinein sollten, schaffte Fie es mit gutem Zureden, ihn zu überzeugen. Im Laden angelangt, kam ihr in den Sinn, dass es *Chez Pierre* womöglich nicht erfreuen würde, wenn etwas in der Größe eines kleinen Kamels zwischen den Hüten und Kleidern umhertapste, aber da war es bereits zu spät. Hund stand in der Boutique, versteckte seine Schnauze hinter Fies Knien und zitterte derart, dass ein Schirmständer zu Boden zu krachen drohte.

»Was für ein reizender Hund«, vernahm sie eine Stimme, die einem dunkelhäutigen, äußerst attraktiven Mann gehörte, der mit grauem Anzug, rosa Weste und blank polierten Schuhen aus einer Tür trat. Mit lebhaften Armbewegungen und elegant rollendem R erklärte er begeistert, dass dies seine Boutique sei, dass er Pierre heiße und dass er Fie voll und ganz zu Diensten stünde.

»Voll und ganz!«, wiederholte Pierre strahlend und streckte eine Hand nach vorn, um den Hund zu streicheln. In einem Versuch, sich unsichtbar zu machen, schob dieser seine Schnauze noch weiter in Fies Kniekehlen, wodurch er enorme Ähnlichkeit mit einem Strauß aufwies. Fie kraulte ihn beruhigend hinter dem Ohr.

»Er ist ziemlich scheu«, sagte sie entschuldigend.

»Aber das ist doch fabelhaft, zumal er so groß ist!«, rief Pierre begeistert aus. Fie wurde ganz warm ums Herz. Dies war ein Mann, der sich für das Positive im Leben interessierte.

Auch seine Boutique wirkte optimistisch, mit fröhlichen Farben, heiteren Hüten und Kleidern. Zudem war der Laden mit Herzen und Schleifen, Kränzen und blinkenden Girlanden bereits bestens auf Weihnachten vorbereitet. Überall befanden sich Ketten und Hüte, gepunktete Kleider im Stil der Fünfziger, farbenfrohe Schals und dekorative Schuhe. Nichts davon war dunkelblau, und nichts davon war unauffällig. Carl Christian hätte die Nase gerümpft und Worte wie *vulgär* und *ohne Klasse* gebrabbelt.

Nervös betrachtete Fie ein Paar rote Schuhe mit unwahrscheinlich hohen Absätzen. Sie fragte sich, ob er recht hätte. Würden die Leute *vulgär* murmeln, wenn sie mit einem gold gepunkteten Kleid mit Petticoat umherlief? War sie für so was nicht zu alt? Wäre sie überhaupt in der Lage, auf so hohen Hacken zu laufen, oder würde sie wie eine steifbeinige Greisin durch die Gegend staksen? Sie zog den blauen Mantel fester um sich und fühlte sich genauso unsicher wie Hund.

Diese Frauen in den Zeitschriften, die ein Umstyling durchliefen, waren die noch immer genauso zufrieden, wenn sie nach Hause kamen? Sicher waren sie hübscher, stilsicherer und all das, aber trotzdem. Standen sie weiterhin eine halbe Stunde früher auf, um sich die Haare zu machen und sich zu schminken, um dann etwas anzuziehen, was nicht ihrem Selbst entsprach? Oder kehrten sie schnell wieder zurück zu bequemen, ausgewaschenen T-Shirts und Jogginghosen?

»Suchen Sie etwas Spezielles?«, fragte Pierre.

Fie riss sich zusammen.

»Ich weiß es nicht«, sagte sie ehrlich. »Ihre Sachen sind reizend, aber ich weiß nicht, ob sie zu mir passen.«

»Nun.« Pierre schaute sie gedankenversunken an. »Das kommt darauf an. Es ist nicht sicher, ob das Ihr Stil ist, aber einem neuen Stil steht schließlich nichts im Wege. Sie bevorzugen Dunkelblau?«

»Das zumindest ist sicher«, entgegnete Fie. »Und ich habe es gerne einfach. Ich bin daran gewöhnt. Aber womöglich ist es langweilig?«

»Äh!« Pierre zuckte diplomatisch mit den Schultern, dann hellte sich sein Gesichtsausdruck auf. »Es müssen ja nicht durchweg Punkte sein, oder? Wenn Sie sich darin unwohl fühlen? In Dunkelblau habe ich nicht viel, aber was ist mit Grün? Wie wäre es damit?«

Er zog ein dunkelgrünes Kleid heraus, tailliert und mit einem Rockteil, das etwa in Kniehöhe endete. Fie nickte. Das sah nicht allzu Aufsehen erregend aus.

»Ziehen Sie Ihren Mantel aus, dann kann ich sehen, ob es richtig sitzt«, sagte Pierre. »Das ist ein großer Mantel – Sie verschwinden regelrecht darin.«

Pierre war charmant. Er war Franzose, was den Akzent und die rollenden Rs erklärte. Er brachte Fie dazu, sich wohlzufühlen, war daran interessiert, was sie sich wünschte, und nicht beleidigt, wenn sie bei den buntesten Kleidungsstücken den Kopf schüttelte. Es schien ihm wirklich wichtig zu sein, etwas zu finden, womit Fie leben konnte, und er widmete sich dieser Aufgabe mit Leib und Seele. Nach einer ausgesprochen angenehmen Stunde, während der sie beide herausfanden, was Fie stand und – nicht zuletzt – worin sie sich wohlfühlte, bot er Fie Tee, Pfefferkuchen und Marzipan an.

»Schließlich ist bald Weihnachten«, sagte er vergnügt und wedelte mit der Hand Richtung Schaufenster, in dem ein mit rot gepunkteten Kugeln geschmückter Weihnachtsbaum funkelte. »Ich liebe Weihnachten. Sie etwa nicht?«

»Ja, doch«, murmelte Fie. »In gewisser Hinsicht.«

Pierre sah sie aufmerksam an und wechselte schnell das Thema. »Nun ja! Sie werden also Klaras Laden führen?«, sagte er, während er Tee eingoss. »Bitte sehr. Leider ist es nur Tee.

Nach drei Uhr können wir Champagner trinken, vorher jedoch nicht.« Er zuckte elegant mit den Schultern. »Ich weiß nicht, warum, aber das ist eine Regel. Oder wir könnten Glühwein trinken! Schließlich ist doch Weihnachten!«

Der Gedanke schien ihn zu begeistern. »Aber!«, fuhr er fort. »Nehmen Sie jetzt nicht alle Sachen mit! *Non!* Wenn Sie in Klaras Laden fertig sind, kommen Sie her und holen sie ab, und dann können wir Champagner trinken. Eine Willkommen-bei-uns-Feier!«

»Oh! Sehr gern!«, sagte Fie erfreut, dankbar dafür, dass jemand Lust hatte, Zeit mit ihr zu verbringen. »*&Dinge* schließt um zwei, aber anschließend muss ich wischen und aufräumen. Also gegen halb vier?« Etwas besorgt fuhr sie fort: »Der Laden öffnet normalerweise um zwölf. Ich habe überlegt, ob ich nicht eher aufmachen sollte. Nicht, dass die Kunden mir die Türen einrennen würden, weder vor noch nach zwölf.«

»Klara ist sehr, sehr süß, aber nach Hermans Tod ging es ihr nicht so gut«, erzählte Pierre, wobei sein fröhlicher Gesichtsausdruck in sich zusammenfiel. »*&Dinge* war lange geschlossen, obwohl Klara jeden Tag dort gewesen ist. Wir haben alle zusammen versucht, ihr zu helfen, aber sie hat immer nur abgelehnt. Es ist ein richtiger« – er überlegte, bevor er das richtige Wort fand – »ein richtiger Vertrauensbeweis von Klara, dass Sie dort sind.«

»Danke«, sagte Fie. »Aber ich weiß nicht, was ich tun kann. Sie hat mir keinerlei Anweisungen gegeben, für nichts. Sie ist einfach abgereist.«

»Ich glaube, sie ist abgereist, damit Sie das tun, wozu sie selbst nicht in der Lage ist – den Laden zum Laufen zu bringen.«

»Glauben Sie das?« Sie war sich nicht sicher. Es konnte genauso gut sein, dass Klara hoffte, Fie würde *&Dinge* den Todesstoß versetzen, sodass sie es nicht selbst tun musste. Aber

Fie konnte auch nicht einfach dasitzen wie irgendeine Staub- und Schrottwächterin. Allerdings würde der andere Weg anstrengend werden. Sie musste sich über Preise und alte Möbel informieren, herausfinden, wie man diese instand setzte und wo man sie herbekam. Und die Zeit bis Weihnachten war sehr kurz. Gedankenversunken nahm sie einen Schluck von dem Blütentee. (»Holunder, Kamille und Ringelblume von meinem Balkon«, gab Pierre stolz bekannt, was Fie mit einem beeindruckten Nicken kommentierte.)

»Haben Sie schon unseren charmanten Trym kennengelernt?«, fragte Pierre, und Fie spürte, dass sie errötete. Völlig grundlos errötete sie! Um es zu verbergen, beugte sie sich zu Hund hinunter und streichelte ihm über die Ohren. Er schaute zu ihr auf, seufzte leise und legte seine Schnauze auf ihre Hand.

»In gewisser Hinsicht«, antwortete Fie und hob den Blick wieder. »Ich sehe ihn auf der Straße, er arbeitet ja im Nachbarhaus. Und er ist mit einer Dame in den Laden gekommen. Schwarz, dünn, elegant. Alles zusammen.«

»Lillian«, sagte Pierre verächtlich. »Was wollten sie?«

»Ich glaube, sie wollte den Laden übernehmen. Er hat sie nur begleitet.«

»Oh, Lillian, sie ist immer auf der Jagd nach neuen Räumlichkeiten. Das ist ein Hobby von ihr! Und sie ist neugierig – sehr neugierig, unsere liebe Lillian. Sie kommt her zu mir und steckt ihre Nase in alles! Absolut alles! *La chère* Lillian, sie hat ja nur einen Verschlag für all ihre feinen Sachen. Trym hingegen, der will nicht mehr Platz haben, er hat genug. Und er hat Klara immer geholfen.«

Pierre, der mehr und mehr Franzose wurde, je mehr er sich entspannte, zuckte erneut mit den Schultern. »Nun, Trym hilft allen Frauen. Er ist ein Player.« Er rümpfte schwach die Nase.

»Ist er das?«, wunderte sich Fie, unsicher, was ein Player

war. Aber es war wohl kaum etwas Positives. Sie stand auf und nahm ihre Tüten.

»Ich muss *&Dinge* öffnen«, sagte sie. »Passt es, wenn ich gegen vier wiederkomme?«

»Fabelhaft. Aber warten Sie!« Pierre zog eine Schublade auf, aus der er einen breiten, braunen Gürtel nahm. Den schlang er um Fies dunkelblauen Mantel, bevor er einen burgunderroten Schal nahm und diesen um ihren Hals legte.

»So!«, sagte er. »Denn der Mantel ist hübsch! Eigentlich hübsch! Aber langweilig, daher braucht es einen Gürtel und den Schal – perfekt. Und das grüne Kleid – fantastisch! Auf geht's zum Schrott verkaufen!«

»Danke«, lachte Fie, während sie sich im Spiegel musterte und dabei feststellte, dass sie faktisch wie sie selbst aussah, nur interessanter. Sie war sozusagen schick! Fröhlich winkte sie Pierre zu und zog Hund mit sich nach draußen. Wie gewöhnlich war er begeistert davon, die Treppe hinunterzugehen. Fie fühlte sich viel besser, und als sie an Lillians Boutique vorbeiging, warf sie einen überlegenen Blick in den Laden. Sie war ziemlich enttäuscht, als dort drinnen niemand von ihr Notiz nahm.

16

Adam war dünn, hatte blasse Haut und dunkle Locken. Er versteckte sich hinter Lykke und schaute verstohlen hinter den Beinen seiner Mutter hervor, wobei er ein Paar große, braune Augen skeptisch auf Fie richtete, bevor er sich dann doch lieber wieder versteckte.

Fie zog zwei Packungen Legosteine und ein Puzzle aus einem Korb. Die Sachen hatte sie von Pierre bekommen, der sie wiederum von einer Freundin hatte. Mit dem Gedanken an ihre eigene Mutter, die unabhängig von der Tageszeit nie etwas abgelehnt hatte, das Alkohol enthielt, hatte Fie, zu Pierres großer Enttäuschung, nur Tee getrunken.

»Ein anderes Mal«, hatte sie ihn beschwichtigt. »Morgen, zum Beispiel! Heute muss ich auf ein Kind aufpassen, da muss ich klar im Kopf sein.«

»Er hat noch nie eine Babysitterin gehabt, abgesehen von Großmutter«, sagte Lykke jetzt. »Aber das wird prima laufen, nicht wahr, Adam?«

»Nein«, flüsterte Adam, woraufhin Lykke Fie einen hilflosen Blick zuwarf.

»Vielleicht sollte ich es einfach lassen?«, sagte sie, aber Fie schüttelte den Kopf. Sie setzte sich auf den Boden und sah Adam an, der jetzt seinen Kopf zwischen Lykkes Beine hindurchsteckte. Fie war der Meinung, wenn es ihr gelungen war,

Hund zu beruhigen, dann müsste sie das doch wohl auch bei einem Dreijährigen schaffen.

»Weißt du was?«, sagte sie verschwörerisch. »Du und ich, wir könnten Plätzchen backen. Wir könnten Pfefferkuchen backen, für Mama, wenn sie zurückkommt. Als Geschenk. Meinst du, darüber würde sie sich freuen?«

»So ajs Überraschung?«, flüsterte Adam, der vieles meisterte, mit Ausnahme des Buchstaben L. Aber er arbeitete daran und wiederholte leise für sich selbst: »Ajs, ajs, allls«.

Fie nickte. »Sie wird sich freuen«, sagte sie. »Unfassbar freuen.«

Adam schien darüber nachzudenken. Seine Stirn legte sich in Falten, er sah sich in der Wohnung um und dachte noch mehr nach, während er die Arbeitsplatte in der Küche studierte, auf der Fie die Pfefferkuchenformen, das Puzzle und die Legosteine abgelegt hatte. Letztendlich schien er zu einem Schluss gekommen zu sein.

»Können wir auch ein Haus bauen?«, fragte er kleinlaut.

»Gute Idee!«, antwortete Fie, obwohl sie sich ihrer Fähigkeiten als Bäckerin eines Pfefferkuchenhauses nicht ganz sicher war. Bei früheren Versuchen waren sie immer zusammengefallen, bevor sie beim Verzieren angelangt war. Das Schlimmste, erinnerte sie sich, war der Schornstein. Vielleicht konnte sie Adam davon überzeugen, den Schornstein wegzulassen.

Adam schien mit der Antwort zufrieden zu sein, denn er ließ die Beine seiner Mutter los und wagte sich zum Sofa vor, wo er stehen blieb und an seinem Rucksack herumhantierte. Lykke verabschiedete sich schnell, bevor er die Möglichkeit bekam, seine Meinung zu ändern. Fie hörte, wie sie zögernd die Treppe hinunterging.

Es war so lange her, dass sie Kontakt zu Kindern gehabt hatte, weshalb Fie den kleinen Jungen erst mal diskret beäugte. Er hatte keine Ähnlichkeit mit Jens, der ein redseliger, physisch aktiver Junge mit Interesse für Fußball und Schlägereien gewesen war. Letzteres hatte er zum Glück irgendwann sein lassen, aber er war noch immer groß, athletisch und ausgeprägt maskulin. Sie konnte sich nicht vorstellen, dass Adam Fußball spielte oder sich an irgendeiner Form von brutalem Spiel beteiligte, am wenigsten von allem an einer Prügelei. Jetzt ließ er die Hand über den gewebten Teppich auf dem Sofa gleiten.

»Du hast einen Teppich auf dem Sofa«, sagte er leise. »Warum?«

Fie zog den Teppich beiseite und zeigte ihm das Sofa darunter. Während er auf ein Loch darin klopfte, nickte er ernst. Anschließend bewegte er sich langsam durch den Raum, nahm die Schalter am Kühlschrank genau in Augenschein, dann die Pflanzen und letztendlich die Bilder auf dem Boden. Er schaute von den Bildern an die Wand und nickte, als er begriff, warum sie sie nicht aufgehängt hatte.

»Das geht nicht«, sagte er, in erster Linie zu sich selbst. Und dann, an Fie gerichtet: »Warum ist sie nackt?«

Er stand vor einem großen, beinahe abstrakten Gemälde, einem Wirrwarr aus Rot und Lila. Fie war beeindruckt, dass er verstanden hatte, dass es eine nackte Frau darstellte. »Ich weiß nicht«, erwiderte sie hilflos. »Vielleicht ist es sehr warm gewesen? Oder sie hatte sich noch nicht angezogen?«

Er nickte erneut und setzte seine Erkundungstour fort. Sie hatte Angst, dass er seine Mama vermissen würde, und wusste nicht, wie sie dieses Kind gegebenenfalls trösten sollte. Dieser Junge war so anders als Jens, der abwechselnd anstrengend und lebhaft, fröhlich und wütend gewesen war. Nie war man im Zweifel gewesen, was er meinte. Adam hingegen musste vorsichtig studiert werden, und es machte sie nervös, dass sie dazu womöglich nicht imstande war.

Plötzlich erklang ein leises Kratzen. Adam hielt inne und lauschte.

»Was ist das?«

»Das ist Hund«, sagte Fie. Sie hatte ihn ins Bad gesperrt, da allein seine Größe ausreichte, um den meisten Kindern einen Schrecken einzujagen.

»Ist er gefährjich?«, fragte Adam besorgt.

Fie lachte – allein der Gedanke an Hund als gefährlich war komisch. Sie schüttelte den Kopf.

»Viejjeicht wijj er Pjätzchen backen?« Adam schaute erneut zur Tür.

»Ich glaube nicht, dass ihm das gelingt«, entgegnete Fie. »Möchtest du, dass ich ihn rauslasse? Er ist sehr vorsichtig, aber ziemlich groß. Und ängstlich.«

Adam schien darüber nachzudenken. Überhaupt dachte er über sehr viel nach. »Ich bin auch ängstjich«, sagte er dann. »Ich könnte auf der Arbeitspjatte sitzen, dann kann er rauskommen.«

»Er ist durchaus höher als die Arbeitsplatte«, gab Fie zu bedenken. Vor Erstaunen riss Adam die Augen auf. »Aber wie wäre es, wenn du dich vielleicht oben auf die Treppe setzt?«, schlug Fie vor. »Er hat Angst vorm Treppensteigen. Von dort aus kannst du ihn in aller Ruhe betrachten und dich dann entscheiden. Okay?«

»Ich habe keine Angst vorm Treppensteigen«, erklärte Adam stolz und bewies es, indem er alle Stufen nach oben ging. Dort setzte er sich hin, und Fie öffnete Hund die Tür. Gewohnheitsgemäß schlich Hund sich nach draußen, warf Adam und der Treppe einen furchtsamen Blick zu und ließ sich mit einem Seufzer in seiner Ecke nieder.

»Siehst du?«, sagte Fie. »Er ist sehr ängstlich.«

Sie dachte, dass es das Beste sein würde, die beiden dies unter sich ausmachen zu lassen. Daher nahm sie den Pfefferkuchenteig (den sie vor zwei Tagen zubereitet hatte und der so gut war, dass sie bereits einen nicht unerheblichen Teil davon verspeist hatte), die neu gekauften Förmchen sowie Tuben mit roter, gelber, weißer und einer sehr teuren rot-weiß-gestreiften Glasur heraus. Von der gestreiften Glasur war sie besonders beeindruckt gewesen, weshalb sie ein großes Herz damit dekoriert hatte, das jetzt schief in einem der Dachbodenfenster hing.

Als sie vorsichtig aufschaute, sah sie, dass Adam auf die unterste Treppenstufe geschlichen war, während Hund friedlich dalag und sich die Pfoten leckte.

»Wollen wir backen?«, fragte Fie.

»Kann ich ihn streichejn?« Fie sah ihn verwundert an, bevor sie begriff, was er meinte.

»Komm«, sagte sie. »Ich zeige es dir. Wir müssen vorsichtig sein, damit er keine Angst bekommt.«

Hund bekam keine Angst. Er akzeptierte Adam, ohne zu zittern, ohne schwer zu keuchen oder sich in eine andere Ecke zu verkriechen. Sah man genau hin, konnte man sogar ein winzig kleines Wedeln der Rute erahnen. Das war der erste Mensch, den Hund, neben ihr, anerkannte. Fie lobte Adam.

Anschließend wurde dies zu einem der gemütlichsten Abende, an die sie sich erinnern konnte. Nachdem Adam die anfängliche Verlegenheit überwunden hatte, erwies er sich als ein fröhlicher und lustiger kleiner Junge. Er erzählte vom Kindergarten, wo es ihm augenscheinlich gefiel. Wenn er über Lykke und Klara sprach, war offensichtlich, dass er sie beide sehr lieb hatte. Einen Papa erwähnte er nicht, und Fie wollte nicht fragen, obwohl es sie interessierte. Regelmäßig unterbrach er das Plätzchenbacken, um zu Hund zu gehen und ihm etwas zuzuflüstern.

Nach einer Weile hatten sie mehrere Bleche voller Pfefferkuchen fabriziert. Einige windschiefe hatte Adam ganz alleine gemacht; sie waren sein Geschenk für seine Mama. Mit der Zungenspitze im Mundwinkel dekorierte er Herzen, Elefanten und Strauße und präsentierte das Ergebnis stolz Hund, der freundlich mit dem Schwanz wedelte. Glücklicherweise hatte Adam das Pfefferkuchenhaus vergessen.

Als es neun Uhr wurde, hatte er bereits dreimal gegähnt, und die Augen drohten ihm zuzufallen. Fie holte eine Decke und schlug vor, dass er sich aufs Sofa legen könne. Adam war einverstanden.

»Ich muss jetzt schlafen«, ließ er sie wissen. »Kannst du bitte singen?«

»Singen? Was denn singen?«, fragte Fie zweifelnd. Für eine gute Singstimme war sie nie bekannt gewesen.

»*Zwischen Hügeln und Bergen*«, sagte Adam. »Das ist das schönste Lied, das ich kenne!«

»Ah, ist es das?« Fie versuchte nach bestem Ermessen, sich an Text und Melodie zu erinnern. Adam lauschte höflich, meinte dann jedoch, eine Strophe würde ausreichen.

»Mama singt für gewöhnlich drei«, sagte er. »Aber eine ist auch in Ordnung.«

Anschließend saß sie da und lauschte seinem Atem, während er schlief. Überall lagen Teigreste herum, und es war nicht aufgeräumt, aber sie hatte Angst, ihn aufzuwecken, weshalb sie ganz still dasaß. Dann bahnten sich wieder die verräterischen Tränen ihren Weg. Geräuschlos weinte Fie über all das, was sie verloren hatte. Es war nicht nur die Ehe. Sie hatte es, zumindest weitestgehend, geschafft, sich an den Gedanken zu gewöhnen, dass es vorbei war, aber da war noch all das, was das Scheitern ihrer Ehe nach sich zog.

Sie hatte geglaubt, sie hätte jemanden, mit dem zusammen sie alt werden würde, dass sie Enkelkinder bekommen und diese aufwachsen sehen würde. Und selbst wenn sie begriff, dass ihr Glück in der Realität wohl nur halb so groß wie in dieser Vorstellung gewesen wäre, war es schmerzhaft, daran zu denken, dass es nie geschehen würde – zumindest nicht so, wie sie es sich ausgemalt hatte. Würde sie Enkelkinder bekommen, dann könnte sie nie mit ihnen zusammen im Wochenendhaus sein oder sie in dem großen Haus zu Besuch haben. Würde sie das Verhältnis zu Jens nicht bessern können, würde sie diese hypothetischen Enkelkinder wohl kaum zu Gesicht bekommen.

Dann würde sie nicht dasitzen und ihnen beim Schlafen zuschauen können, wie sie es jetzt bei Adam tat.

Beinahe jeden Tag schickte Fie ihrem Sohn Nachrichten und versuchte ihm zu erklären, dass es ihr gut ginge, dass sie *nicht mehr so* war, wie sie eine Zeit lang gewesen war, und dass sie sich gern mit ihm treffen würde. Sie entschuldigte sich auf alle erdenklichen Arten, die ihr in den Sinn kamen. Er seinerseits antwortete selten, und wenn, dann meist irgendwie gleichgültig: »*Später Mama, wenn wir keine Prüfungen haben und nicht so viel zu tun ist.*«

Oder, wie Jens letztens geschrieben hatte: »*Ich kann nicht, muss zum Abendessen bei Papa und Thale. Ein andermal.*«

Gefolgt von einem Smiley. Fie hasste Smileys. Und sie grämte sich darüber, dass sie von ihrem Sohn längst nichts mehr erwartete. Selbst ihm Nachrichten zu schicken, war vielmehr zu einer Pflicht verkommen, als dass sie noch glaubte, es würde zu irgendetwas führen.

Sie rieb sich die Augen. Sie war müde vom Weinen, jedoch nicht in der Lage, damit aufzuhören. Da spürte sie eine kalte Schnauze an der Hand. Als sie nach unten sah, blickte sie in Hunds Augen, randvoll mit Sorge.

»Ach, Hund!«, sagte Fie dankbar, grub ihr Gesicht in sein Fell und weinte weiter.

17

Lykke war aufgekratzt gewesen, als sie im *Fem Bord* angekommen war. Es war lange her, dass sie zum letzten Mal abends ausgegangen war.

Nach Adams Geburt war sie zu Dates gegangen (die ersten zwei Jahre war sie naiv darauf aus gewesen, jemanden zu finden), aber dabei hatte es sich immer um etwas gehandelt, was sie und ihre Freunde als »Coffee-Dates« bezeichneten. Das war äußerst enttäuschend gewesen. Desillusioniert hatte Lykke gedacht, es sei wahr, dass man fürchterlich viele Frösche küssen musste, ohne dass zum Schluss zwangsläufig ein Prinz darunter war. Zum Papa hatte keiner dieser Frösche getaugt.

Der Stalker Stian hatte dem Ganzen die Krone aufgesetzt. Drei Coffee-Dates hatten sie gehabt, ohne dass Lykke begriffen hatte, dass er komplett durchgeknallt war. Lustig, hatte sie zuerst gedacht. Unkonventionell, aber interessant. Und schließlich: vielleicht nicht ganz so, wie ein Papa sein sollte, daher besser beenden, bevor etwas passiert.

Der Stalker Stian hingegen war damit nicht einverstanden gewesen. Er hatte sie, Adam und das Kindergartenpersonal mehrere Monate lang belästigt, bis er zum Glück eingewiesen worden war. Dabei hatte sich herausgestellt, dass er nicht nur sie gestalkt hatte. Das Stalken war vielmehr eine Vollzeitbeschäftigung für ihn gewesen. Er hatte es auf vier alleinerziehende Mütter verteilt, und alle vier waren zu Tode erschrocken, als bei ihm eine ganze Reihe psychischer Leiden diagnostiziert wurde.

Lykke hatte erkannt, dass sie eine elende Menschenkennerin war – was sie genau genommen schon davor gewusst hatte –, und hatte das Daten daraufhin eingestellt. Nun aber hatte sie sich zögernd wieder bei Tinder angemeldet. Und dort hatte sie also – unter anderem – Martin gefunden.

Martin war zuverlässig, erwachsen und teilte sich das Sorgerecht für zwei kleine Söhne. Sie hatten ein paar Mal getextet, und danach zu urteilen, verfügte er Lykkes Meinung nach über alles, was sie suchte. Als er vorgeschlagen hatte, sich im *Fem Bord* (einem sehr guten Restaurant, so Martin, der darüber in der *Aftenposten* gelesen hatte) zu treffen, hatte Lykke zugestimmt. *Aftenposten* und *gutes Restaurant* hörten sich sehr erwachsen an. (Der Stalker Stian hätte solche Wörter nie verwendet!)

Da es so lange her war, dass sie zum letzten Mal mit jemandem ausgegangen war, war Lykke sehr nervös. Das kam unerwartet, denn früher hatte sie so was spielend gemeistert. Aufgrund dieser Nervosität hatte sie nunmehr in kürzester Zeit zwei Cocktails in sich hineingeschüttet, allein deshalb, weil diese den Namen »Courage« trugen. Was sie beinhalteten, war ihr nicht ganz klar, aber sie hatten Wort gehalten und die Nerven überlistet. Wie sie dort saß und wartete, fühlte sie sich sehr entspannt, und nicht einmal die Tatsache, dass Martin zu spät dran war, plagte sie. Ihr ging es prima! Eifrig winkte sie dem Barkeeper, um noch einen Courage zu bestellen, da dieser zu wirken schien.

Dann aber sank ihre Laune, als Trym zur Tür hereinkam.

Er hätte heute nicht bei der Arbeit sein sollen. Donnerstags pflegte er im Garten zu buddeln und außerordentlich wohlschmeckende Möhren aus der Erde zu ziehen oder Bauernhöfe mit zufriedenen Schweinen zu besuchen, die nicht wussten, dass sie bald zu Wurst verarbeitet werden sollten. So etwas. Bei näherem Nachdenken wurde Lykke, die einen kleinen Hickser unterdrückte, jedoch bewusst, dass es wenig wahrscheinlich war, dass er kurz vor Weihnachten im Garten Möhren finden würde. Und die armen Schweine waren vermutlich bereits geschlachtet.

Trym kannte Lykke, seit sie sieben Jahre alt war, und Lykke sah in ihm eine Art Lieblingsonkel. (Und einzigen Onkel.) Wann immer Lykke in Schwierigkeiten geraten war, und das war zu Teenagerzeiten verhältnismäßig oft vorgekommen, war es Trym gewesen, den die Großeltern angerufen hatten. Trym hatte sich aufs Motorrad geschwungen und sich auf den Weg gemacht, um eine widerwillige Lykke nach Hause zu holen. Er war es, der sie ausgeschimpft hatte, der den Jungs, mit denen sie herumgegangen hatte, bedrohliche Blicke zugeworfen hatte, und er war derjenige, der bei Bedarf Hausarrest empfohlen hatte. (Die Großmutter ihrerseits war nicht ganz so streng gewesen.) Überhaupt war Trym eine Plage gewesen.

Im Nachhinein hatte Lykke begriffen, dass Trym und die Großeltern ihr in der Tat durch die Jugend geholfen hatten, wofür sie dankbar war, aber weder Trym noch die Großmutter hatten verstanden, dass sie jetzt kein Teenager mehr war. (Die Sache mit dem Stalker Stian war in dieser Hinsicht nicht gerade hilfreich gewesen. Lykke hatte eine Unmenge an »*Was haben wir gesagt? Was haben wir gesagt? Tinder ist nicht sicher!*« über sich ergehen lassen müssen.)

Aber hier war er nun also. Lykke streckte den Rücken durch. Sie war jetzt eine verantwortungsvolle Mutter von bald dreißig Jahren und brauchte Tryms Hilfe nicht mehr, aber trotzdem danke! Sie war im Grunde genommen erwachsen! Wollte sie noch einen Cocktail trinken, dann trank sie eben noch einen!

»Noch einen!«, sagte Lykke.

»Was tust du hier?« Trym ragte hinter dem Tresen hervor, und Lykke murmelte etwas davon, dass sie praktisch mittleren Alters war und absolut das Recht hatte, hier zu sein.

»Ich trinke Cocktails«, ergänzte sie. »Wie es andere Leute in meinem Alter oft tun.«

»Mmh.« Trym sah sie misstrauisch an. »Wartest du auf jemanden?«

»Das tue ich«, entgegnete Lykke mit einem Nicken. Es war schwer, mit dem Nicken aufzuhören, als sie erst einmal damit angefangen hatte, aber letztendlich gelang es ihr. Triumphierend sah sie Trym an, der jedoch nicht beeindruckt schien.

»Und er – ich nehme an, es handelt sich um einen Mann – ist spät dran? Sieht so aus, als würdest du schon eine Weile hier sitzen.«

»Toll geschlussfolgert«, sagte Lykke ironisch. »Ich verstehe nicht, warum du so streng klingst. Du weißt, dass ich erwachsen bin, nicht wahr? Und im Übrigen solltest du ganz still sein, du, der du mit Lillian zusammen bist und Großmutter den Laden abgaunern willst! Das nenne ich schlechte Moral!«

Nun glaubte Lykke zwar nicht, dass Trym wirklich vorhatte, der Großmutter irgendetwas wegzunehmen, aber sie war der Meinung, dass Angriff im Großen und Ganzen die beste Verteidigung war. »Mega schlechte Moral!«, betonte sie mit Nachdruck.

»Abgaunern?«, wiederholte Trym. »Das Wort habe ich noch nie gehört! Abgaunern?«

»Abgaunern ist in der Tat ein Wort«, beharrte Lykke, wobei sie nicht nur so tat, als sei sie vierzehn, sondern sich auch so fühlte. Trym hatte diese Wirkung oft auf sie. Es hatte etwas Befreiendes an sich, sich wie ein Teenager aufführen zu können. »Schlag es nur nach.«

»Ein andermal.« Trym sah sie erstaunt an. »Warum glaubst du, dass ich Klaras Laden haben will?«

»Vielleicht brauchst du mehr Platz?«

Lykke sah sich in dem kleinen Lokal um. Alle Tische waren besetzt, der Kellner hatte kaum genug Platz, um durchzukommen. Lykke wusste jedoch, dass Trym kein größeres Lokal haben wollte. Er mochte die Mischung aus Bar, kleinem Bistro und dem Verkauf lokaler Produkte wie Käse, Wurst und Schinken und hatte jedem Vorschlag zur Erweiterung, dem Aufbau einer Kette oder der Einnahme von mehr Geld widerstanden. »Und wenn *du* nicht willst, dann will zumindest Lillian«, fuhr sie fort. »Und du tust, was sie will. Das hat Fie gesagt.«

»Wer ist Fie?«

»Du hast geglaubt, sie sei die Putzfrau«, klärte Lykke ihn vorwurfsvoll auf. Trym schüttelte den Kopf, sah sie kritisch an und reichte ihr einen Teller.

»Quiche«, sagte er. »Vom Mittagstisch. Iss ein bisschen. Mit wem willst du dich treffen?«

»Martin Herson«, sagte Lykke. »Geschieden, Vater von zwei Kindern, Trainer einer Jugendfußballmannschaft und Grundschullehrer.«

»Aha«, murmelte Trym. »Tinder, nehme ich an. Du hast nichts gelernt. Iss!«

»Ich esse.« Lykke sah sich um und erinnerte sich daran, wie oft sie hier als Jugendliche gesessen hatte. Trym hatte ihr zu essen gegeben – nicht ganz so was Raffiniertes wie heute, denn zu dieser Zeit hatte das Restaurant mehr einer Raststätte geglichen, aber im Großen und Ganzen war es dasselbe gewesen. Die Bilder an der Wand, die Gerüche, der geringe Platz.

»Warum willst du kein größeres Lokal?«, fragte sie. »Du hast sehr wenig Platz.«

»Man muss nicht immer größer und größer werden. Würde ich mich vergrößern, müsste ich meine Kraft auf alles andere verwenden statt auf das, was ich mag. Ich bereite gern Essen zu, und ich unterhalte mich gern mit den Kunden. Und im

Übrigen bin ich mal größer gewesen, und das hat mir nicht gefallen.«

»Als du verheiratet warst.« Lykke nickte. »Wo ist sie eigentlich?«

»Am Holmenkollen.«

»Siehst du sie ab und an?«

»Nein. Ich pflege nicht zurückzuschauen. Was vorbei ist, ist vorbei.«

»Sehr klug und philosophisch«, murmelte Lykke und musste erneut aufstoßen. Trym schob ein weiteres Stück Quiche über den Tresen, und Lykke kaute drauflos.

»Jetzt ist es besser«, versicherte sie. »Danke.«

»Wer ist Fie?«, fragte Trym erneut. »Ist sie das Gespenst, das in *&Dinge* sitzt und einstaubt?«

»Sie ist kein Gespenst«, protestierte Lykke. »Das war wirklich hässlich ausgedrückt. Du solltest ihr lieber helfen!«

»Momentan habe ich genug zu tun«, knurrte Trym.

»Mit Lillian? Fie hat nicht im Geringsten Ähnlichkeit mit Lillian. Sie würde dir nicht zur Last fallen.«

»Sie sieht bedürftig aus«, klagte Trym. »Noch mehr *Bedürftige* halte ich nicht aus.«

»Fie ist nicht bedürftig. Ich begreife nicht, warum du der Ansicht bist, dass sie wie ein Gespenst aussieht?«

Trym antwortete nicht, woraufhin Lykke den Kopf schräg legte, ein wenig nachdachte und versuchte, sich Fies Gesicht ins Gedächtnis zu rufen: große, blaue Augen, Sommersprossen, Haare, die goldbraun, braun und blond waren, ohne vom Friseur mit Strähnchen versehen worden zu sein. Sie war von kleiner Gestalt, die einige als formvollendet und andere als mollig bezeichnen würden. Leicht mollig. Süß. Fie war süß.

Trym aber mochte *süß* normalerweise nicht; seine Exfrau war einen Meter achtzig groß und scharf wie eine Peitschenschnur. Ihre Beine reichten bis zum Kinn hinauf. *Das* war Tryms Typ, nicht die kleine Fie.

Jetzt starrte Trym mit offenem Mund zur Tür. »Ist das dein Date?«

Er sah verblüfft aus. Lykke drehte sich um.

Ihre Laune sank so weit und so tief, dass sie überrascht war, keinen Knall zu vernehmen. Nicht einmal drei Courage und eine sehr gute Quiche konnten Martin zum Leuchten bringen. Das war er, sie erkannte ihn von dem Foto wieder, aber nur geradeso. Das Bild musste vor zwanzig Jahren aufgenommen worden sein, wo er zudem offenbar noch mindestens zehn Kilo weniger gewogen hatte. Er war mittleren Alters, aber nicht angenehm mittleren Alters, so wie Trym und Fie. Er wirkte lüstern, schwerfällig und ungesund mittleren Alters.

Sie glaubte keinesfalls, dass er eine Jugendmannschaft trainierte. Er würde allenfalls über den Platz hecheln.

»Martin«, murmelte sie und drehte den Kopf weg, als er zu einer Umarmung ansetzte, sodass seine Nase an ihren Hinterkopf krachte. »Hei.«

»Tut mir leid, dass ich zu spät bin«, sagte Martin. »Viel Druck auf der Arbeit. Das ist ein ausgezeichneter Laden, was? Ich habe in der *Aftenposten* darüber gelesen, hatte ich das erzählt?«

Er wirkte nervös. Lykke nickte. Er sah nicht aus wie jemand, der täglich Zeitung las, aber was wusste sie schon? Das war sicher eines ihrer Vorurteile, dass Leute, die die *Aftenposten* lasen, ordentliche Anzüge trugen und kein gelbgrünes Jackett mit großen Schulterpolstern, passender Krawatte und sehr spitzen Schuhen.

Beim Anblick von so viel Gelbgrün musste Lykke blinzeln.

»Es war sehr schön, mit dir zu reden«, sagte Martin schnell. »Online, meine ich. Und du siehst genauso aus, wie ich es mir vorgestellt habe. Ja, das tust du! Oder nein, sogar besser! Tinder ist toll, findest du nicht? Gut, und ich finde, dass ...«

Seine Stimme rauschte fieberhaft weiter, während er den Bauch so weit einzog, wie er es vermochte. Lykke schluckte, während Martin unbeirrt fortfuhr: »Es ist teuer hier, aber denk nicht daran. Ich bezahle beim ersten Date immer. Das ist reine Höflichkeit, finde ich. Auch wenn die Frauenbewegung selbstverständlich weit gekommen ist, sollte doch irgendetwas weiterbestehen, findest du nicht?«

Lykke öffnete den Mund, um etwas zu sagen, irgendetwas, aber Martin sprach ohne Unterlass weiter. »Es ist natürlich vollkommen in Ordnung, wenn du selbst zahlen möchtest, ich dachte nur, weil du alleinerziehende Mutter bist und alles und ...«

Endlich hielt er inne und sah sie auffordernd an.

»Ja ...«, erwiderte Lykke zögerlich. »Das ... das ...«

Hinter den Brillengläsern wurde sein Blick schärfer, und sein Mund zog sich nach unten.

»Du musst gar nicht so dreinblicken«, sagte er plötzlich spitz. »Was hast du erwartet? Wir sind beide hier, haben uns herausgeputzt – zumindest ich –, und keiner von uns kann wählen oder aussortieren.« Dann lächelte er wieder. »Wein?«

»Wein?«, murmelte Lykke verwirrt und sah sich um, aber nirgends hatten sich feixende Freunde versteckt. Wäre heute der erste April, hätte sie vermutet, dass sie veräppelt wurde. Aber abgesehen von Trym, der mitunter einen merkwürdigen Sinn für Humor haben konnte, kannte sie niemanden, der so rücksichtslos sein würde. Schließlich hatte sie sich eine Babysitterin organisiert, sich schick gemacht, sich geschminkt (nun, das tat sie allerdings jeden Tag) und sich in der Hoffnung auf ein ordentliches Rendezvous in die Kälte hinausbegeben. Sie hatte große Erwartungen gehabt.

Ein schneller Blick zu Trym gab ihr zu verstehen, dass er sie nicht veräppelt hatte. Mit einer Weinflasche in der Hand starrte er mit halb geöffnetem Mund Martin an. Er wirkte auch nicht schadenfroh. Dafür war Lykke ihm dankbar.

»Möchtest du Wein?«, wiederholte Martin ungeduldig.

»Ja, danke.«

Martin winkte Trym zu, der die Weinkarte brachte, die Martin jedoch zur Seite schob. »Den Hauswein«, sagte er. »Im Glas, danke. Zwei Gläser.« An Lykke gerichtet fügte er hinzu: »Ich fange immer mit dem Billigsten an, dann gehe ich im Preis allmählich nach oben. Je nachdem.«

»Rot oder weiß?«, fragte Trym, während es Lykke augenblicklich schauderte beim Gedanken an *je nachdem*.

Martin sah aus, als habe er Lust, Trym zu fragen, welcher von beiden der Billigere war. Trym warf ihr einen mitfühlenden Blick zu.

»Rot«, sagte er bestimmt. »Das ist der Beste. Ich bringe zwei Gläser.« Lykke sah, wie er den billigsten Kochwein in ein Glas goss und einen viel zu teuren Wein in ein anderes. Er reichte ihr das Glas mit dem teuren Wein. Martin nahm einen großen Schluck von seinem.

»Reizend« ließ er verlauten. »Es kommt nicht auf den Preis an, das kann ich dir sagen. Selbst Kritiker greifen diesbezüglich oft daneben, das ist wirklich interessant. Wein ist faktisch eines meiner Hobbys.«

»Was sind die anderen?«, fragte Lykke leise, während sie vorsichtig einen Schluck von ihrem Wein nahm. Der war herrlich, und ihr wurde gleich fröhlicher ums Gemüt. Sofern Trym ihr mehr davon gab, würde sie es aushalten, noch ein bisschen hier zu sitzen.

Andererseits, warum sollte sie das tun?

»Entschuldige, aber ich muss zur Toilette«, sagte sie. Martin sah sie nervös an. »Aber du kommst doch zurück, nicht wahr?«

»Na klar«, murmelte Lykke. Sie stand auf, ging in die Küche und rief Fie an. Diese nahm sofort ab.

»Er schläft«, flüsterte sie. »Er hat viel Spaß gehabt. Wir haben ein Geschenk für dich gebacken. Wie läuft es?«

»Er ist ein Trottel«, gestand Lykke. »Er ist ganz unglaublich, ich habe nicht gedacht, dass solche Typen existieren!«

»Wer? Dein Date? Soll ich anrufen und sagen, dass in deiner Küche Überschwemmung herrscht oder so was?«

»Oh, würdest du das tun? Ja, tausend Dank. In fünf Minuten? Sag, was du willst, Hauptsache, ich komme hier weg.«

Fünf Minuten später rief Fie an. Fünf Minuten, die überwiegend von Martins hektischem Monolog darüber erfüllt waren, wie wichtig sein Job war, wie wichtig es war, rechtzeitig die Reifen zu wechseln, und dass die Leute nicht oft genug das Öl im Auto austauschten. Lykke begriff, dass er nervös war wegen dem, was sie womöglich sagen würde, wenn sie zu Wort käme. Schließlich aber kam er zur Ruhe, ohne aus diesem Grund jedoch das Thema »Auto« fallen zu lassen.

»Viele Motoren verschleißen unnötig, wenn das Öl nicht gewechselt wird!«, sagte er streng. »Was für ein Auto hast du?«

»Kein Auto«, sagte Lykke, was Martin mit zweifelnden Blicken beantwortete. Vermutlich überlegte er, was sie beide gemeinsam hatten, dann aber lächelte er. »Nun, das verstehe ich durchaus. Es ist hart, alleinerziehende Mutter zu sein. Darf ich fragen, ob du von Sozialhilfe lebst?«

»Nicht wirklich«, murmelte Lykke. Sie war nicht überrascht, als sich herausstellte, dass Martin spezielle Ansichten über Menschen hatte, die von Sozialhilfe lebten. Lykke nickte und nickte, während sie immer wieder verstohlen aufs Telefon schaute. Dann – endlich – rief Fie an. Sehr laut und sehr aufgeregt berichtete sie, dass Adam sich erbrochen hätte und weinend nach seiner Mama verlangte.

»Er hat auch sehr viel Ausschlag. Es würde mich nicht wundern, wenn das ansteckend ist«, ergänzte Fie, und Lykke wiederholte laut: »Ansteckend? Puh, ich komme sofort.«

Schnell trank sie den letzten Schluck Wein und schaute dann bedauernd zu Martin auf. Sein Gesicht war rot geworden. »Du brauchst nicht so zu tun«, sagte er sauer. »Ich weiß, was du treibst.«

»Er ist wirklich krank«, sagte Lykke so überzeugend wie möglich.

»Das passiert ständig«, knurrte Martin, bevor sein Gesicht wieder diesen strengen Ausdruck annahm. »Ihr glaubt, uns an der Nase herumführen zu können, wollt nur gratis essen ...«

»Ich habe kein Essen bekommen«, betonte Lykke. »Und wenn wir schon vom Täuschen sprechen – das auf dem Foto, das warst nicht du.«

»Das Bild ist schon ein paar Jahre alt«, räumte Martin ein. »Aber du und ich, wir haben ordentlich miteinander kommuniziert. Im Netz hatten wir einen netten Kontakt.«

Triumphierend sah er sie an, und Lykke nickte. Ja, denn online hatten sie wirklich guten Kontakt gehabt. Sie hatte ihn gemocht, und das Thema *Auto* hatte er dort nicht erwähnt.

»Hast du überhaupt Kinder?«, fragte sie misstrauisch. »Und bist du wirklich Lehrer?«

»Ja, doch«, sagte Martin. »Ich bin Lehrer *gewesen*, es ist nur eine Frage der Zeit, bis ich wieder anfange. Und selbstverständlich habe ich Kinder! Glaubst du, ich lüge? Sie wohnen bei meiner Ex, sind aber oft bei mir. Ich weiß viel über Kinder, das kann ich dir sagen. Ich hätte dir mit deinem Sohn helfen können.«

Er sah sie hoffnungsvoll an, bevor er sich nach vorn lehnte und beinahe vertraulich sagte: »Es gibt doch niemanden, der schlechte Bilder von sich verwendet. Wenn du wüsstest, was ich alles erlebt habe! Einige habe ich nicht einmal erkannt.«

Er nickte bekräftigend.

»Aber ein aktuelles Foto wäre doch ehrlich gewesen«, beharrte Lykke.

»Gibt es jemanden, der im Internet ehrlich ist? Alle machen sich besser, als sie sind. Das ist Teil des Spiels.«

»Vielleicht«, gab Lykke zu. »Aber es könnte doch sein, dass jemand dich so, wie du bist, mögen würde. Dann würde auch das Date besser laufen. Und du würdest Leute in deiner eigenen – ähm – Altersgruppe treffen.«

Martin schüttelte den Kopf.

»Ich bin nicht so begeistert von Frauen in meinem Alter. Die sind mitunter sehr anspruchsvoll. Meine Ex, zum Beispiel …«

»Gewiss«, unterbrach Lykke ihn schnell und stand auf. »Da es nicht so gelaufen ist, wie du gedacht hast, sollten wir die Rechnung für den Wein vielleicht teilen?«

»Denk nicht dran«, sagte Martin salopp und wedelte mit der Hand. »Ich spendiere das. Und solltest du dich umentscheiden, bin ich nur einen Tastendruck entfernt.«

18

10. Tag im Advent

Geh in eine Bar und reiß einen Mann auf.

Sara hatte Lykkes Wunsch nach »Adventsgeschenken« offenbar ernst genommen. Diese Aufgabe jedoch war unmöglich. Fie setzte sich auf dem Sofa auf und schüttelte den Kopf. »Ich habe keine Zeit«, protestierte sie. »Ich habe heute viel zu viel zu tun. Der Laden und … und … außerdem ist heute Sonntag – ein Feiertag! Schäm dich, so etwas an einem Sonntag im Advent vorzuschlagen. Außerdem habe ich Übernachtungsgäste.«

Letzteres äußerte sie mit einem gewissen Stolz. Sie hatte Übernachtungsgäste! Lykke und Adam schliefen oben in der ersten Etage ihren süßesten Schlaf, während Fie sich unten aufs Sofa gelegt hatte. Das war allerdings hart und unbequem, weshalb sie nicht gut geschlafen hatte. Vielleicht sollte sie sich ein neues Sofa kaufen, für den Fall, dass noch mehr Übernachtungsgäste kämen!

»Übernachtungsgäste! Du machst dich. Du aber warst es, die regelmäßig ein Adventsgeschenk haben wollte, und das passt für einen Sonntag. Du musst sonntags nicht arbeiten. Da kannst du in eine Bar gehen und Männer treffen.«

»Nein, ich muss arbeiten«, erwiderte Fie wahrheitsgetreu.

»Wenn ich morgen ordentlich öffnen und nicht nur dasitzen und vor mich hin starren will, muss ich putzen und Möbel einräumen, Dinge in die Regale stellen und auspreisen … Ich habe Unmengen zu erledigen. Ich habe keine Zeit, in eine Bar zu gehen, und erst recht keine Zeit, einen Mann aufzugabeln. Was meinst du im Übrigen mit ›aufreißen‹?«

»Ihn mit nach Hause nehmen und mit ihm schlafen«, erklärte Sara. »Das bedeutet es. Du musst wieder in die Spur kommen. Wieder aufsatteln.«

»Pfui«, murmelte Fie. »Ich hatte nicht einmal einen Kaffee, und dann redest du so daher. Geh deinen Mund auswaschen.«

Am anderen Ende der Leitung nuschelte Sara etwas Unverständliches, dann wurde es einen Augenblick lang still. Fie stand am geöffneten Fenster und sog die kalte Luft ein. Von hier aus konnte sie die ganze Stadt überblicken. Schneeweiß leuchteten ihr die Dächer entgegen. Von den Schornsteinen stieg Rauch auf und bekundete Adventsgemütlichkeit, Frühstück und warme Öfen. In den Straßen funkelte die Weihnachtsbeleuchtung, während auf dem Markt der große Weihnachtsbaum thronte, mit weißen, blinkenden Lichterketten und einem großen, strahlenden Stern auf der Spitze. Das erinnerte sie an den Weihnachtstraum ihrer Kindheit, an die Fernsehsendung *Weihnachten in der Skomakergata* und einen Advent zusammen mit Sara, voller Sicherheit und Erwartungen. Dann erinnerte sie sich an die Mutter und die Unsicherheit – wie würde Weihnachten in diesem Jahr werden? Trotzdem war der Weihnachtstraum fest in ihr verankert.

»Es fehlt nur noch ein Cola-Truck«, seufzte sie. Am anderen Ende der Leitung erwiderte Sara das Seufzen. Es war lange her, dass sie Kinder gewesen waren, es war lange her, dass sie Weihnachten zusammen verbracht hatten, trotzdem wussten sie genau, wie es dem anderen in diesem Moment ging.

Wie auch immer: Männer aufzugabeln, um mit ihnen zu

schlafen, passte nicht in diesen Weihnachtstraum! Was das betraf, war Fie fest entschlossen, und sie war ziemlich sicher, dass Sara es auch gar nicht so meinte. Zumindest nicht mehr, nachdem Fie herumgenörgelt hatte.

»Ich werde in eine Bar gehen«, versicherte Fie. »Weil du es sagst und ich dir vertraue. Aber ich werde nicht ausgehen, um einen Mann aufzugabeln. Das muss ich verschieben, bis mir jemand begegnet, den ich mit nach Hause nehmen möchte. Und im Übrigen: Das einzige Angebot, dass ich gehabt habe, stammte von Jan Johansen.«

»Wer ist Jan Johansen?«

»Ein unverschuldet getrennter Mann. Du weißt, wie die sind, die unverschuldet getrennten. Jan ist schmutzig, mürrisch und der Einzige, bei dem ich in meinem Alter und mit meinen Dehnungsstreifen eine Chance habe. Ich will das nicht. Außerdem: Bist du dir im Klaren darüber, dass dich das zu einer Zuhälterin machen würde?«

»Unsinn. Und hör auf mit diesen Dehnungsstreifen. Warum hast du so wenig Selbstvertrauen? Steh deine Frau!«

»Ich tue nichts anderes«, murmelte Fie. »Ich werde dem Adventskalender sklavisch folgen. Aber bitte! Kein Mann, bevor ich nicht bereit bin.«

»Und wann bist du bereit? Du musst zurück in …«

»Sag es nicht! Nicht wieder dieser Sattel. Bitte!«

»Okay, es reicht, wenn du in eine Bar gehst«, gab Sara nach. »Weil Sonntag ist. Aber ich verspreche nichts. Irgendwann ist das Adventsgeschenk ein Mann. Bereite dich darauf vor!«

»Wie?«

»Rasieren und so.« Sara klang unsicher. »Du weißt schon, solche Sachen, die Single-Frauen machen. Waxing. Und entferne die Hornhaut an den Füßen.«

»Du hast dein ganzes Leben lang nichts gewaxt, und ich bin mir sicher, dass deine Füße Ledersohlen haben!«

»Du würdest überrascht sein«, ließ Sara nebulös verlauten, aber Fie, die ihre Schwester kannte, war vollkommen sicher, dass die Hornhautfeile von Staub überzogen und kein Millimeter von Sara jemals mit Wachs in Berührung gekommen war.

Sie beschloss, zum Frühstück Scones zu backen – das hatte sie sonntags oft gemacht, als Jens noch zu Hause gewohnt hatte. Scones zu backen, Eier und Kaffee zu kochen sowie den Frühstückstisch mit einer roten Decke zu überziehen und der blühenden Begonie zu schmücken, hatte etwas Heimisches und Beruhigendes an sich. Sie holte den Kerzenleuchter herbei und versuchte sich an die Strophe zu erinnern, die zum zweiten Advent gehörte.

So entzünden wir heute Abend zwei Lichter
Wir entzünden sie zur Freude *(oder war es etwas anderes?)*
Sie leuchten für sich und für uns, die wir anwesend sind
So entzünden wir heute Abend zwei Lichter
Wir entzünden sie zur Freude

»Zwei Jichter für Hoffnung und Freude«, sagte eine Stimme. Fie sah, wie Adam vorsichtig die Treppe herunterkletterte. »Das haben wir im Kindergarten geübt.« Er hielt kurz inne, bevor er konzentriert sagte: »Zwei Llllichter für Hoffnung und Freude«.

»Sehr gut gemacht«, lobte Fie. »Danke. Schläft Mama noch?«

»Ich dachte, es sei das Beste, sie schlafen zu lassen«, erklärte Adam erwachsen. »Wo ist Hund?«

»In der Ecke. Er kennt deine Mama nicht, deshalb war er beunruhigt, als sie gekommen ist.«

»Ich werde mit ihm reden«, sagte Adam, und Fie sah, wie

er zu Hund ging, sich auf den Boden setzte und ihm etwas ins Ohr flüsterte.

Hund wedelte sachte mit dem Schwanz. Fie wäre nicht erstaunt gewesen, wenn Hund jetzt verstanden hätte, dass Lykke eine freundliche Seele war und niemand, vor dem er Angst haben brauchte.

Am Abend zuvor war Lykke genau in dem Moment gekommen, als Fie gerade eingenickt war. Zuvor hatte sie Adam die Treppe zu dem großen Bett hinaufgetragen und anschließend im Halbschlaf auf dem Sofa gesessen. Sie hatte sich in etwa so gefühlt wie damals, als Jens Teenager und in der Stadt unterwegs gewesen war und sie es nicht vermocht hatte, sich hinzulegen, bevor er wieder gut zu Hause angekommen war.

Lykke hingegen war früh zurück gewesen. Fie war zusammengeschreckt, als sie zur Tür hereingestürmt war, aufgebracht, redselig und leicht angeheitert. Fie hatte sich sehr alt gefühlt, wie sie dort gesessen hatte, was sie aber dadurch ausgeglichen hatte, dass sie sich schnell aufgesetzt und Lykke ein Glas Wein angeboten hatte. Den Rebensaft hatte Lykke in einem alarmierenden Tempo hinuntergestürzt.

»Was ist passiert?«, hatte Fie sich besorgt erkundigt. »Ist er nicht nett gewesen?«

»Er war ein ziemlicher Trottel«, hatte Lykke unmissverständlich erklärt, mit einem schnellen Blick Richtung Loft, wo Adam schlief. »Völlig bekloppt, ich musste einfach weg da.«

»War *er* es? Der Stalker, von dem Klara erzählt hat? Stian oder so?«

»Nein, nein«, hatte Lykke gesagt. »Das ist ein anderer. Das hier war Martin. Stian habe ich kennengelernt, als ich früher mal bei Tinder war. Erst nach drei Dates habe ich begriffen, dass er vollkommen krank im Kopf war. Martin hingegen brauchte nicht einmal den Mund aufzumachen, bevor ich es begriffen hatte.«

Sie hatte den Kopf geschüttelt. »Tinder ist eine Katastrophe für Leute wie mich. Ich überspringe all die Normalen und treffe die Verrückten. Zuerst war es einer namens Peter; er war Schamane, das fand ich mega lustig. Bis er behauptete, ich sei von irgendeinem Geist besessen, der nur beseitigt werden könnte, wenn ich nackt in seinem Bett läge.«

»Bist du darauf eingegangen?«

»Nein, so dumm bin ich nun auch wieder nicht. Und dann waren da ein paar, die waren so langweilig, dass ich beinahe eingeschlafen wäre. Also, die waren ordentlich und nett und so, aber ich lasse mich natürlich nur auf die Volltrottel ein. Ich habe direkt zugeschlagen, als Stian einen Kaffee mit mir trinken wollte, und habe nichts bemerkt, bis er anfing, mich zu stalken. Danach habe ich mich von dem ganzen Kram abgemeldet. Martin war seit Ewigkeiten mein erstes Date. Er hatte sich eine Art Tinder-Sprache zugelegt, war in der Realität aber ein ganz anderer. Ich habe mein Profil bereits gelöscht.«

Lykke hatte geschluchzt und sich die Augen gerieben, wodurch ihre Mascara darüber hinaus verteilt wurde, was sie einem trostlosen Panda hatte ähneln lassen.

»Ich dachte, ich müsste wieder aufsatteln, verstehst du?«, hatte sie gesagt. »Großmutter pflegt das zu sagen – *wieder aufsatteln*. Sie denkt dabei nicht an Dating.«

»Ja, ich verstehe.« Fie war beeindruckt von Lykke, die mehr Männer um sich zu haben schien, als Fie in ihrem ganzen Leben getroffen hatte. »Aber hast du es getan? Manchmal? Hast du – ähm – aufgesattelt, meine ich?«

»Ob ich mit einem von ihnen geschlafen habe, meinst du? Ja, mit einem der Langweiligen. Aber er war eine Träne im Bett, weshalb ich auch da fast eingeschlafen wäre. Und anschließend wurde er so lästig. Er glaubte, weil ich Adam habe, sei ich regelrecht verzweifelt, wenn du verstehst, was ich meine. Das glauben sie oft.«

»Und dann fing er an, dich zu stalken?«

»Nein, das war Stian. Andreas stalkt nicht. Er taucht ab und zu auf und quengelt, aber nicht oft genug, um es als Stalking zu bezeichnen.«

»Wie oft?«

»Einmal im Monat, vielleicht. Mit Blumen.«

»Das ist fast Stalking«, hatte Fie gesagt. »Oder fast nett. Aber was jetzt? Wirst du weitersuchen?«

»Nein. Ich werde mich Adam und der Lebensmittelbranche widmen. Genug ist genug. Kein Dating mehr! Ich habe dazugelernt. Mag ich einen Mann, dann ist die Chance groß, dass er irgendeine Macke hat. Die meisten sind nur sonderbar, aber einige von ihnen können richtige Drecksäcke sein.«

Entmutigt hatte sie Fie angesehen, die verständnisvoll genickt hatte.

»Das weiß ich«, hatte diese entgegnet. »Mein Mann – Exmann – ist einer. Ein Drecksack.«

»Oh? Was ist passiert?«

Fie hatte ihr eine kurze Zusammenfassung der Ereignisse der vergangenen Monate gegeben, woraufhin Lykke sie aufgewühlt angesehen hatte.

»Aber das ist ja abscheulich!«, hatte sie gesagt. »Und dein Sohn? Was sagt er dazu?«

»Er ist es gewohnt, eine ordentliche, tatkräftige Mama zu haben«, hatte Fie entgegnet. »Es ist schwer für ihn, mit der umzugehen, die ich geworden bin. Ich verstehe das.«

»Aber du bist doch ordentlich. Und anständig. Außerdem bist du supernett. Sieh nur, was du für Adam getan hast. Und für Großmutter. Und für mich. Du passt auf Adam auf, obwohl du uns nicht sonderlich gut kennst. Und Hund, du kümmerst dich um Hund!«

»Das ist nicht nett«, hatte Fie erklärt. »Das ist vor allem gut für mich, glaube ich. Und wäre ich ein guter Mensch, dann wäre ich nicht so egoistisch gewesen, mich dem Pillenrausch hinzugeben. Und ich hätte keine Möbel aus dem Haus mitgenommen.«

»Ich glaube, du verwechselst Gutmütigkeit mit Fußabtreter«, hatte Lykke gesagt. »Du bist ein guter Mensch. Ich finde, du solltest aufhören, dich zu schämen, und von deinem verwöhnten Sohn verlangen, sich mit dir zu treffen.«

Sie hatte schwach gehickst und beschämt zur Weinflasche hinübergeschaut.

»Entschuldige«, hatte sie gesagt. »Ich platze mit allem Möglichen heraus, wenn ich etwas getrunken habe – und nicht nur dann, um ehrlich zu sein. Das alles geht mich nichts an; ich weiß nichts über deinen Sohn. Er ist sicher toll.«

»Eigentlich ist er das«, hatte Fie geantwortet. »Er muss nur seine Sachen in Ordnung bringen.«

»Hat er Probleme?«

»Nicht wirklich«, hatte Fie zugeben müssen. »Leg dich hin, du hast bereits fünfmal gegähnt.«

»Das ist der Wein, ich bin es momentan nicht gewöhnt, etwas anderes als Tee zu trinken. Gute Nacht.«

»Gute Nacht«, hatte Fie gemurmelt und ihr nachgeschaut, wie sie etwas unsicher die Treppe hinaufgegangen war.

Sie bewunderte Lykkes Entschlossenheit. Lykke, dachte Fie, zweifelte nicht ständig an sich selbst. Fie wäre gern ein bisschen mehr wie Lykke gewesen. Dann hätte sie nicht dauerhaft auf dem Gefühl herumgekaut, gescheitert zu sein. Sie hätte nicht geglaubt, dass alles, wozu sie jemals getaugt hatte, darin bestand, Assistentin eines Zahnarztes zu sein, der sie lediglich als Sparmaßnahme eingestellt hatte.

Betrübt hatte Fie Hund aus der Ecke hervorgeholt, in die er sich verkrochen hatte, als Lykke gekommen war. Sie hatte ihn zum Sofa gezogen und war mit der Hand auf seinem Kopf eingeschlafen.

Aber heute war Sonntag, und das, was am Abend zuvor trostlos erschienen war, wirkte bei Tageslicht viel unbedeutender als das Adventsgeschenk, der herrliche Duft frisch gebackener Scones und Adams fröhliche Augen, als sie beide zusammen, als Überraschung für seine Mama, das Frühstück zubereiteten.

Erfreulich war auch Lykkes strahlendes Lächeln, als sie die Treppe herunterkam und den fertig gedeckten Frühstückstisch erblickte.

»Mit Jicht«, sagte Adam stolz. »Und roten Servietten, weij Weihnachten ist. Und Tante Fie hat gesagt, ich kann das Jicht anzünden und ein Gedicht vorlesen. Denn ich bin schon drei Jahre ajt!«

»Du bist so groß!«, sagte Lykke lächelnd, während Fie überraschend rot wurde, als sie »Tante Fie« genannt wurde. Beide Frauen saßen schließlich andächtig da, während Adam die beiden Kerzen anzündete und das Gedicht fehlerlos vorlas: *Zwei Lichter für Hoffnung und Freude.*

Das war ein sehr guter Start in den Tag.

&Dinge zu betreten, war nicht ganz so gut.

Das Letzte, was sie getan hatte, bevor sie am Tag zuvor gegangen war, war, Schmierseife zu verteilen, weshalb es gut roch. Das war gut. In den Lampen fehlten jedoch noch immer die Birnen. Das Hinterzimmer, in das vieles einfach nur hineingeworfen worden war, lag in einem düsteren Halbdunkel. Fie, die geplant hatte, aufzuräumen, Schrott zu entsorgen und hoffentlich einige Schätze zu finden, die sie in den Laden stellen konnte, hatte begriffen, dass ihr das nicht gelingen würde, solange sie lediglich mit einer Taschenlampe ausgestattet war.

Also hatte sie eine stattliche Menge Glühbirnen gekauft.

Das Problem bestand jedoch darin, diese einzusetzen. Bis zur Decke hinauf waren es über drei Meter, die Stehleiter war einen Meter hoch (Klara hatte Höhenangst), und Fie selbst war einen Meter dreiundsechzig groß. Es war schlicht und einfach nicht machbar. Leisten und Decke hatte sie mithilfe eines langstieligen Schrubbers abwaschen können, Glühbirnen zu wechseln, war hingegen nicht so leicht. Und es war Sonntag – also war das Stehleitergeschäft (sollte es so etwas geben) geschlossen.

Trym hilft mir immer, hatte Klara gesagt, aber Fie sträubte sich gegen diesen Gedanken. Dafür gab es mehrere Gründe.

Trym und seine Freundin Lillian hatten sie dazu gebracht, sich schmutzig und klein zu fühlen. Nun war sie zu diesem Zeitpunkt durchaus schmutzig gewesen, und groß war sie auch nicht, aber trotzdem: Sie waren herablassend gewesen! In Fies Augen gehörten sie zu jenen, die auf Reinigungspersonal hinabschauten. Vermutlich schimpften sie an Tankstellen über die Angestellten, wenn der Kartenleser nicht schnell genug war, oder traten gegen die Sammelbecher von Bettlern, sollten diese ihnen im Weg stehen.

Die Art und Weise, wie sie die »Putzhilfe« Fie behandelt hatten, war nicht nett gewesen. Sie hatte keine Lust, Trym überhaupt zu begegnen. Zudem war es nicht hilfreich, dass sie der Ansicht war, er sei – nun, Fie errötete, wie sie dort stand – anziehend. Oder cool? Was sagten die Leute heutzutage? Hieß es attraktiv? Fie wusste es nicht, denn seit vielen Jahren hatte sie nichts in der Art gedacht. Sie war komplett *raus*!

Und deshalb hatte sie keine Lust, Trym um Hilfe zu bitten.

Allerdings hatte sie auch keine Lust, hier im Halbdunkel herumzustiefeln.

Nach einer halben Stunde Fehde mit sich selbst gelangte Fie zu der Erkenntnis, dass dies wirklich zu dumm war. Sie streifte den Mantel über (mit dem braunen Gürtel darüber), legte Lippenstift auf (schließlich wollte sie vor die Tür gehen, und Lykke hatte gesagt, sie bräuchte Farbe) und zog die neuen, hochhackigen Stiefeletten an. Dann schüttelte sie den Kopf. Was bildete sie sich ein? Sie war *raus*!

Die Tür zum Bistro gehörte zu der Sorte, die eine kurze, heitere Melodie von sich gab – dem Anlass entsprechend ertönte eine Kurzversion von *Rudolph, the Red-Nosed Reindeer*. Das war überraschend. Fie überlegte, dass es nervtötend sein müsste, wenn viele Gäste kamen, momentan jedoch war das Lokal leer.

»Sorry für die Melodie, aber diese Entscheidung obliegt dem Koch«, verkündete eine fröhliche Stimme. Kurz darauf tauchte Trym hinterm Tresen auf. »Sie ist nur eingeschaltet, solange wir noch geschlossen haben. Sie sind früh dran. Wir öffnen um zwei.«

»Ich wollte nur fragen, ob Sie eine Stehleiter haben«, erklärte Fie, die bei einem schnellen Blick auf Trym spürte, wie sie rot wurde. Das war ja entsetzlich! *So* toll war er gar nicht, und sie benahm sich wie ein Teenager, der seinem Idol gegenüberstand. Ihr Idol an diesem Morgen trug einen weißen Strickpullover und ausgewaschene Jeans und blickte erstaunt drein.

»Stehleiter?«

»Klara hat gesagt, wenn ich etwas bräuchte, dann könnte ich Sie fragen.«

»Das hat Klara gesagt? Dass Sie mich fragen können?«

Trym kratzte sich am Kopf, während Fies Laune den Bach runterging. Gut möglich, dass Trym hilfsbereit war, aber in diesem Fall konnte er das gut verbergen.

»Vergessen Sie es«, sagte sie schnell. »Ich habe sicher etwas falsch verstanden.« Mit einem irritierten Blick auf Trym gerichtet, wiederholte sie: »Ich hab es ganz sicher falsch verstanden!«

»Nein, nein, warten Sie. Entschuldigung, ich war nur überrascht«, antwortete Trym schnell.

Fie bemerkte, dass er wenigstens den Anstand besaß, beschämt auszusehen.

»Aber wissen Sie denn, wie es Klara geht? Sie ist einfach verschwunden.« Er betrachtete sie eingehend. »Wissen Sie, wo sie ist? Ich hätte selbstverständlich Lykke fragen können, aber jetzt kann ich doch stattdessen Sie fragen.«

Fie hatte entsetzliche Lust, zu sagen, dass sie Klara ermordet und in der Gefriertruhe verstaut hatte, nur um mit Freuden *&Dinge* zu übernehmen, aber sie beherrschte sich. In Gedanken vernahm sie Carl Christians Stimme: *Man kann nicht über alles Witze machen, Fie*, und in diesem Fall hätte er sicher recht gehabt.

»Klara ist in den Weihnachtsurlaub nach Gran Canaria gereist«, erklärte sie.

»Wohin?« Trym blickte noch immer erstaunt drein. »Gran Canaria? In all den Jahren, die ich sie kenne, ist Klara nie im Ausland gewesen.«

»Dann war es wohl an der Zeit«, entgegnete Fie. »Hat sie Ihnen das nicht erzählt?«

Jetzt war es an ihr, ihn eingehend zu beäugen. War er eine Art Kontrollfreak, der die arme Klara überwachte?

»Nachdem Herman gestorben ist, hat sie nur sehr wenig erzählt«, sagte Trym. »Sie ist im Großen und Ganzen für sich geblieben. Ich habe ihr angeboten, ihr im Laden zu helfen, aber sie wollte niemanden reinlassen.«

»Ach«, sagte Fie. »Ist das so?«

Das war ihrer Meinung nach nicht verwunderlich. Hätte sie einen Laden besessen, dann hätte sie auch niemanden reingelassen, der Lillian im Schlepptau hatte.

»Aber ich hätte begreifen müssen, dass etwas vor sich geht. Vor einigen Tagen war eine Putzfrau im Laden.«

Das bestätigte Fies Gefühl, unsichtbar zu sein, weshalb sie dieses Mal vor Wut errötete. Trym nahm sie in Augenschein und rief dann aus: »Verdammt aber auch! Das waren natürlich Sie! Es tut mir leid. Aber zu meiner Verteidigung muss ich sagen, dass Sie unter jeder Menge Staub verborgen waren. Und schwarze Streifen im Gesicht hatten Sie auch. Und es war dunkel. Selbstverständlich habe ich Sie schon auf der Straße gesehen, aber ich habe nicht die Verbindung zu …«

»Sicher nicht«, sagte Fie kurz angebunden. »Aber ich habe keine Zeit, hier zu stehen und zu plaudern, so nett es auch ist. Sie haben also keine Stehleiter?«

»Ich werde Ihnen helfen. Was wollen Sie damit anstellen? Glühbirnen auswechseln? Geben Sie mir fünf Minuten, dann komme ich.«

Trotz Fies vager Proteste kam er in den Laden. Dort schaute er sich überrascht um, bevor er, noch immer misstrauisch, fragte, ob Klara ihr den Laden wirklich überlassen habe. Während er schließlich auf der Stehleiter stand und eine Glühbirne nach der anderen austauschte, feuerte er eine Frage nach der anderen ab: Wo hatte sie Klara kennengelernt? Wie lange kannten sie sich? Waren sie miteinander verwandt? Hatten sie einen Vertrag gemacht? Verfügte sie über Erfahrung im Gebrauchtwarenhandel?

Dem Ganzen schien der Verdacht innezuwohnen, Fie wolle Klara betrügen, an ihre Ersparnisse gelangen oder sie zwingen, ein enormes Seniorendarlehen aufzunehmen.

In gewisser Hinsicht war das sogar schmeichelhaft, dachte Fie. Die Zahnarztassistentin wäre niemals eines solchen Vergehens verdächtigt worden. Mit Freuden hätten die Leute der Zahnarztassistentin Fie sowohl Haustiere, Kinder als auch ihr Erspartes anvertraut.

Also hatte sie sich verändert, und das war vielleicht gut?

Vielleicht auch nicht. Fie betrachtete ihn, wie er da auf der Leiter stand (und sie betrachtete sein Hinterteil, das sich aus diesem Winkel besonders gut machte, nichts mit dem Wechseln der Glühbirnen zu tun hatte und dem die Zahnarztassistentin Fie *niemals* Beachtung geschenkt hätte!), und sagte schließlich: »Ich verstehe, dass Sie glauben, ich sei darauf aus, jedes gebrochene Stuhlbein in diesem fantastischen Laden zu klauen. Vielleicht glauben Sie auch, ich hätte einen Fetisch für Porzellanpuppen?«

Sie hielt eine Porzellanpuppe ohne Füße und mit einem betrüblich baumelnden Kopf nach oben und wurde gleichzeitig knallrot. (Fetisch? Was war nur in sie gefahren?)

Trym, der inzwischen acht Glühbirnen gewechselt und damit Licht in etwas gebracht hatte, das sich als ein Raum erwies, der leider nach noch mehr Putzmittel und Wasser verlangte, kletterte von der Leiter herunter, klappte diese zusammen und sagte ruhig: »Ich fühle mich für Klara verantwortlich. Wie Sie wissen, ist sie eine Zeit lang nicht sie selbst gewesen. Und sie ist alt.«

»Aber nicht dement«, konterte Fie, obwohl sie sich diese Frage durchaus gestellt hatte, als sie fünfzehn Mausefallen mit Mäusen darin gefunden hatte. (Sie hatte laut aufgeschrien und Hund damit zu Tode erschreckt.) »Und da Sie mich jetzt alles Mögliche gefragt haben, möchte ich Sie meinerseits fragen: Wo waren Sie, als sie hier Hilfe gebraucht hat? So ein Chaos wie das hier entsteht nicht innerhalb weniger Tage!«

Sie zeigte auf den Haufen Schrott im Hinterhof. Es war ein jämmerlicher Anblick, der Fie plötzlich fuchsteufelswild machte. Was dachte er sich dabei, hierherzukommen und sie zu beschuldigen, die arme Klara zu hintergehen? Als er die Wut in ihrer Stimme vernahm, hob Hund seinen enormen Kopf und fixierte Trym mit starrem, bedrohlichem Blick. Fie war so überrascht, dass sie Trym komplett vergaß.

»Hund!«, rief sie aus. Trym hingegen sah sie an, als hätte sie nicht alle Tassen im Schrank.

»Selbstverständlich ist das ein Hund«, sagte er. »Ich lasse die Stehleiter hier, falls Sie noch mal nach oben müssen. Nichts zu danken!«

Die Tür knallte hinter ihm ins Schloss.

Fie blieb zurück, plötzlich beschämt. Das war nicht ganz nach Plan verlaufen.

Anschließend, während sie an einem wuchtigen alten Stuhl mit hoher Lehne zerrte, dachte sie über ihre Reaktion nach. Für gewöhnlich war sie eine sanfte Person. Weshalb also hatte Trym sie so wütend gemacht? Sie war eine Verfechterin ehrlicher Selbstprüfung (innerhalb gewisser Grenzen, selbstverständlich), und obwohl es beschämend und demütigend war, begriff sie, dass der Grund darin lag, dass sie ihn anziehend fand. Oder attraktiv – was auch immer man nun heutzutage dazu sagte.

Sie selbst war nichts davon, und das machte sie wütend. Es war nicht Tryms Schuld, dass er sie nicht mochte, und sie musste aufhören, ihn dafür zu bestrafen. Punkt.

Allerdings hatte sie so etwas seit Langem nicht mehr empfunden – der Letzte, von dem sie sich *angezogen* (das war das vernünftige Wort, und sie war vernünftig!) gefühlt hatte, war Carl Christian. Vor langer Zeit hatte auch er ausgewaschene Jeans und Strickpullover getragen, daran erinnerte sie sich genau. Und damals war sie der Ansicht gewesen, er sei alles, sowohl cool und sexy als auch anziehend und attraktiv.

Also, konstatierte sie, erlebe sie ein Revival ihrer Jugend. Das war alles. (Im Hinterkopf vernahm sie Saras höhnische Stimme: *Was Sie nicht sagen, Dr. Freud.*)

Das Ganze war vermutlich eine Midlife-Crisis. Punkt.

Sie gähnte und stellte zu ihrer Überraschung fest, dass es erst zwei Uhr war. Sie war erschöpft. Und dann, plötzlich und heftig, vermisste sie die Pillen. Nur eine kleine, weiße Pille und sie wäre den Gedanken an Carl Christian, Tryms Missbilligung und all die überwältigenden Herausforderungen, die dieser verfallene Laden an sie stellte, entronnen. Sie betrachtete ihre Hände und stellte fest, dass diese zitterten. Drüben in der Ecke winselte leise Hund. Fie setzte sich neben ihn auf den Boden, grub ihre Hände in sein dichtes Fell und versuchte, das Positive darin zu sehen, dass die Pillen zu Hause und nicht hier waren.

So saß sie eine Weile da und versuchte, den Kopf freizubekommen und im Takt mit Hund Luft zu holen und auszuatmen. Sie war erleichtert, als sie bemerkte, dass sie dadurch ruhiger wurde.

Dann setzte sie sich auf. Da sie kein Sobril hier hatte, brauchte sie dringend eine Tasse Kaffee.

19

Während Fie auf einem wackligen Stuhl saß und Kaffee trank, ging die Tür auf. Lykke steckte den Kopf herein, gefolgt von Adam.

»Hei«, sagte Lykke. »Wow! Du hast aufgeräumt.«

»Das kommt darauf an, wie du *aufräumen* definierst.«

Fie lächelte, froh über die Ablenkung. Sie deutete auf den Hinterhof, wo der Schrotthaufen jetzt von einer feinen Schneeschicht überzogen war.

»Ich muss sortieren, was in den Laden und was weggeworfen werden soll, bevor der Schnee alles zudeckt. Es ist jede Menge Sonderbares dabei. Ein nicht unerheblicher Teil davon ist einfach nur Müll. Ich will nicht schlecht über den Laden deiner Großmutter sprechen, aber das ist wirklich Müll. Pappe, kaputte Möbel, Plastiktüten …«

Hilflos betrachtete sie den Haufen. Es war nicht leicht, zu entscheiden, was sie tun sollte. Schließlich hatte sie keine Vollmacht erhalten, zwei Drittel des Inventars zu entsorgen. Wäre es in dem Raum nicht so dunkel gewesen, hätte sie schon bei ihrem ersten Besuch besser durchschaut, was der Laden eigentlich war. Dann hätte sie mit Klara darüber sprechen können. Auch wenn es nicht leicht war, jemandem klarzumachen, dass sein Baby (wie Klara *&Dinge* nannte) ein aus Schrott bestehendes Baby war.

»Als Großvater noch lebte, ist dies ein ordentliches Geschäft gewesen«, erklärte Lykke. »Als er jedoch starb und Großmutter übernehmen musste, ist ihr das nicht wirklich gelungen. Zuvor hatte sie nie die Verantwortung für so viele Dinge. Sie war vor allem für Behaglichkeit und Freude zuständig, wie Großvater es ausdrückte. Und sie hat sich um mich gekümmert. Als er dann starb, wurde es zu viel für sie.«

»Das verstehe ich gut.«

»Ja. Und sie hat es auch nicht geschafft, Nein zu einem von denen zu sagen, die kamen und ihr Waren angeboten haben. Egal, was es war, sie hat alles angenommen.«

»Hat sie auch dafür bezahlt?«, fragte Fie erschrocken. »Das ist doch Ausnutzung einer alten Dame!«

»Ich weiß«, entgegnete Lykke. »Aber sie wollte sich von niemandem helfen lassen, schon gar nicht von mir. Sie war der Meinung, ich hätte mit Adam genug zu tun und bräuchte keine weiteren Probleme. Ich habe mir fürchterliche Sorgen gemacht. Es ist so gut, dass sie dir den Laden überlassen hat.« Mit einem überraschten Blick auf Fie gerichtet, fügte sie hinzu: »Das ist ein Wunder.«

»Ich glaube nicht, dass Trym es für ein Wunder hält«, entgegnete Fie trocken.

»Ach, Trym! Er versucht seit Ewigkeiten, Großmutter zu helfen, aber sie hat es immer entschieden abgelehnt. Es ist nicht verwunderlich, dass er misstrauisch ist. Kümmer dich nicht um ihn.«

Fie nickte und reichte ihr eine Tasse Kaffee. Eine Weile saßen sie still da und betrachteten den Haufen voller Schrott. Schließlich räusperte Fie sich. »Es ist nicht alles Müll. Ich habe Antiquitäten, Gebrauchtwaren, Retroartikel und was weiß ich noch was gegoogelt. Einiges davon ist wertvoll. Ein bisschen wertvoll.«

»Wollen wir die wertvollen Sachen reintragen? Wir helfen dir, nicht wahr, Adam?«

»Wir und Hund!«, bestätigte Adam. »Er kann Sachen auf dem Rücken tragen.«

Hund wollte keine Sachen auf dem Rücken tragen. Legte Adam etwas auf ihn, blieb er völlig regungslos stehen, ohne auch nur ein Augenlid zu bewegen. Es war schwer auszumachen, was er da trieb. Seinem stolzen Ausdruck nach zu urteilen, glaubte er wahrscheinlich, er würde helfen. Das Gleiche traf auf Adam zu, der feierlich mehrere große Pappstücke hereintrug, die Fie ihrerseits diskret wieder nach draußen beförderte, nur damit Adam sie wenig später genauso stolz wieder hineinbrachte.

Nach zwei Stunden ziemlich harter Arbeit war der große Berg im Hinterhof zusammengeschrumpft. Der Laden hingegen war mit einigem Inventar ausgestattet worden, das sich Fie zufolge nach ein paar Stunden Bearbeitung mit Hammer, Schraubenzieher und Politur gut machen würde.

Als Fie von Carl Christian zu Weihnachten einen Handwerkskurs geschenkt bekommen hatte, hatte sie dies für ein jämmerliches Geschenk gehalten. Der *Kurs im Möbeltapezieren 1, inklusive Kaffee und Tee; Essen, festes Schuhwerk und Notizblock sind mitzubringen* hatte nicht gerade viel Romantik versprüht. Vielmehr hatte sie sehnsuchtsvoll an Parfüm, Schmuck und Spitzenunterwäsche gedacht.

Jetzt hingegen wusste sie Carl Christians Sinn fürs Praktische zu schätzen. Jetzt würde ihr der Kurs zugutekommen, da sie die am wenigsten verfallenen Gegenstände wieder herrichten und möglicherweise mit Gewinn verkaufen konnte.

Der Laden jedoch befand sich noch immer in einem äußerst kläglichen Zustand.

»Vielleicht könnte ich Weihnachtsschmuck aufhängen?«, überlegte Fie leicht zweifelnd.

Lykke nickte enthusiastisch.

»Ich werde dekorieren«, sagte sie. »Schließlich habe ich nicht umsonst fast einen Abschluss in ausübender Kunst.«

»Hast du?« Fie sah sie beeindruckt an. »Was für eine Art Fast-Abschluss?«

»Ich bin zwischen Malerei, Skulpturen und Papierarbeiten hin und her geswitcht«, erklärte Lykke. »Hab es nicht geschafft, mich zu entscheiden, bevor ich aufhören musste. Und jetzt könnte man es als Vorteil betrachten, schließlich braucht dieser Laden keine Skulpteurin.«

»Klara hätte *&Dinge* dir überlassen sollen! Warum hat sie das nicht getan?«

Lykke schüttelte den Kopf.

»Nein, ich habe Adam. Ich brauche ein festes Einkommen, ich kann keine Risiken eingehen. Und hierfür muss man sich mit Buchhaltung auskennen, Ordnung in den Sachen halten und noch dazu kreativ sein.«

»Und du glaubst, ich bringe all das mit?« Fie sah sie verblüfft an.

»Ja, das glaube ich«, erwiderte Lykke. »Ich werde ausgiebig schmücken, das wird sehr gemütlich hier!«

Sie sahen sich im Laden um.

»Mega gemütlich!«, versicherte Lykke, schien jedoch selbst nicht ganz überzeugt.

Fie gab Lykke Geld für die Weihnachtsdekoration, denn sie hatte verstanden, dass die junge Frau nicht viel hatte.

»Betrachte es als eine Investition«, sagte sie. »Im Grunde müsste ich dich für diese Arbeit bezahlen.«

»Unsinn«, erwiderte Lykke. »Jetzt ist es so, als wäre es unsere gemeinsame Sache.« Sie wurde rot und bekam wieder diesen unsicheren Gesichtsausdruck. »Selbstverständlich nur, wenn das für dich okay ist.«

»Mehr als okay!«, sagte Fie warmherzig. »Ich finde es ganz

fantastisch! Es ist eine Erleichterung, dass ich nicht ganz alleine damit bin.«

Lykke lächelte, schnappte sich Adam und versprach, am nächsten Tag mit passender Dekoration zurückzukommen. »Das wird lustig«, sagte sie. Fie nickte, obwohl sie bezweifelte, dass eine Unmenge an Weihnachtsschmuck ausreiche, um dieses Lokal einladend aussehen zu lassen.

Der Rest des Tages verging damit, all das zu überprüfen, was entsorgt werden sollte. Fies Angst bestand darin, etwas wegzuwerfen, bei dem sich später herausstellen könnte, dass es ein Vermögen wert war. Jede Porzellanpuppe, jeden kaputten Stuhl nahm sie genau in Augenschein. Alle Gegenstände wurden gedreht und gewendet, bis sie sicher war, nichts Wertvolles in den Müll zu befördern. Sie fand zerkratzte Blechdosen mit Werbung für eine alte Schokoladenmarke. Sie waren – Google zufolge – einige Hunderter wert, weshalb sie sie ins Regal stellte, erleichtert darüber, dass niemand gesehen hatte, dass sie im Begriff gewesen war, sie wegzuwerfen. Ein abgeschabtes Reklameschild wanderte ebenfalls ins Regal. (Black Boy-Gewürze mit einem möglicherweise karikierten, dunkelhäutigen Mann? War das nicht rassistisch?)

Google informierte sie auch darüber, dass es sich bei ein paar sonderbaren, rostigen Eisenstangen mit Haken am Ende um alte Gewichte handelte, die etwa dreitausend Kronen wert waren. »Oh«, murmelte Fie, die sie zuerst mit auf den Abfallhaufen geworfen hatte. »Offensichtlich bin ich keine Expertin.«

Sie durchforstete ein weiteres Mal den Haufen mit verfaulter Pappe, alten Stuhlbeinen und zerbrochenem Glas. Als sie fertig war, war es neunzehn Uhr geworden. Sie war erschöpft, schmutzig und hatte noch immer nicht die Adventsaufgabe des Tages erledigt: *Geh in eine Bar.*

Im Spiegel über dem kleinen Waschbecken in der Toilette nahm Fie sich genau in Augenschein, beseitigte Schmutzstreifen und kämmte sich die Haare. Dann legte sie Mascara und Lippenstift auf, schließlich war sie auf dem Weg in eine Bar. Sie versprach Hund, bald zurück zu sein. Dieser wackelte mit einem Ohr, schien sich in seiner Ecke jedoch recht wohlzufühlen.

Draußen auf der Treppe stach ihr ein eiskalter Wind in die Wangen, woraufhin sie den Schal enger um den Hals zog. Zum Glück befand sich die Bar gleich nebenan. Auf der eisbedeckten Straße machte Fie ein paar vorsichtige Schritte. Mit abrupt nachlassendem Optimismus sah sie, wie eine schwarz gekleidete, unwahrscheinlich schmale Gestalt mit sicherem Kurs direkt auf sie zukam. Elegant balancierte Lillian auf himmelhohen Absätzen, und nicht einmal Fies intensiver Wunsch, sie möge auf dem Eis einen ordentlichen Salto Mortale hinlegen, zeigte Wirkung.

»Hallo!«, rief Lillian, wobei Fie eine Mischung aus kalter Luft und Chanel No 5 entgegenströmte.

»Hei.«

»Sie haben also *&Dinge* übernommen. Ich dachte, Sie würden dort putzen. Tut mir leid.«

»Das macht nichts«, murmelte Fie.

»Ein tolles Hobby«, sagte Lillian mit einem Blick auf das leere Schaufenster. »Selbstverständlich nichts, womit man Geld verdienen oder was man als Arbeit betrachten kann, aber etwas zum Zeitvertreib ist es durchaus. Wie haben Sie Klara kennengelernt?«

Lillians Augen waren intensiv. Mit kohlschwarzem Eyeliner hervorgehoben, bohrten sie sich wie treffsichere Speerspitzen tief in alle Fehler und Mängel, die Fie aufwies. Zumindest fühlte es sich so an. Fie wich dem Blick schnell aus.

»Nun?«, drängte Lillian. »Wie?«

»Durch gemeinsame Bekannte«, sagte Fie nach einer Pause. Sie zog den Gürtel um den Mantel straff. Es war beruhigend, an Pierre zu denken, der nett gewesen war, sie gemocht hatte und ihr den Gürtel und Tee gegeben hatte. Die Welt war nicht nur voll von Lillian-Typen! Fie drehte Lillian halb den Rücken zu, diese jedoch legte ihr eine Hand auf den Arm und hielt sie fest. »Und haben Sie irgendwelche Erfahrungen mit Antiquitäten? Oder Blumen?«

»Blumen?« Fie hielt inne. »Warum Blumen?«

»Aber meine Liebe«, sagte Lillian. »Hat man vergessen, Ihnen zu sagen, dass *&Dinge* nur der halbe Name ist? Der Laden hieß selbstverständlich *Blumen&Dinge*! Klara hat Blumen geliebt. Sie war nicht besonders geschickt damit, wirklich nicht, aber sie hat sie geliebt. Sie hat sie als ihre Babys bezeichnet.«

Sie schüttelte den Kopf und wiederholte: »Ihre Babys! Ernsthaft! Ich nehme allerdings an, dass Sie sich nicht mit Blumen auskennen. Haben Sie denn Ahnung von Antiquitäten? Haben Sie vielleicht irgendeine Ausbildung darin?«

Fie antwortete nicht, und ihre Laune sank noch ein Stück tiefer, denn jetzt kam Trym auf die Treppe hinaus. Höhnisch rief Lillian ihm zu: »Sie wusste nicht einmal, dass es auch ein Blumengeschäft gewesen ist. Offenbar hat Klara vergessen, es ihr zu erzählen. Es ist, wie ich vermutet habe – Klara wird langsam dement.«

»Hör jetzt auf«, sagte Trym leise, aber Lillian fuhr fort: »Sie hat geglaubt, der Laden hieße nur *&Dinge*! Ernsthaft!«

»Jetzt reicht es mir aber wirklich!«, zischte Fie. Derart war sie seit der Grundschule nicht mehr gemobbt worden, und sie hatte auch nicht vor, sich jetzt so behandeln zu lassen.

»Ich weiß nicht, warum ihr beide euch in alles hineinhängt, was mit diesem Laden zu tun hat, aber sucht euch jemand anderen, den ihr belästigen könnt. Ich helfe Klara, und wenn euch das nicht gefällt, dann klärt das mit ihr.«

»Sie hat recht«, sagte Trym.

Fie starrte ihn an. »Recht? Sie meinen, dass ich recht habe?«

»Ja. Es tut mir leid. Ich habe mir Sorgen um Klara gemacht und es an Ihnen ausgelassen. Entschuldigung.«

»Ist schon in Ordnung«, sagte Fie automatisch, meinte es aber nicht so. Sie war noch immer wütend auf die beiden, und eine Entschuldigung, lapidar ausgesprochen vor einer Bar, reichte da nicht aus.

Lillian schaute von Trym zu Fie und wieder zurück, bevor sie sagte: »Aber *ich* bin nicht so leicht zu täuschen. Ich denke vor allem an Klara!«

Fie schnaubte höhnisch, beschloss jedoch, nichts zu sagen. Trym klopfte Lillian auf die Schulter, brummte irgendetwas, das Fie nicht verstand, und sagte anschließend an Fie gerichtet: »Kommen Sie rein und trinken Sie ein Glas Wein. Ich gebe einen aus.«

Da es kindisch gewirkt hätte, weiterhin beleidigt zu sein, nickte Fie.

Als Fie die Bar dieses Mal betrat, ertönte nicht *Rudolph, the Red-Nosed Reindeer*. Vielmehr gab die Tür ein bescheidenes *Pling* von sich, das so oder so in dem Stimmengewirr dort drinnen unterging. Etwas unsicher blieb sie hinter der Tür stehen und sah sich um. Alle fünf Tische waren besetzt. Die Leute saßen dicht gedrängt, vor ihnen standen Teller mit Pasta, Oliven, Schinken, Brot und Käse, und alles sah sehr verlockend aus. Fie, die seit dem Frühstück nichts gegessen hatte, spürte, wie es in ihrem Magen rumorte. Aber sie sollte nichts essen, sie sollte in eine Bar gehen, und das bedeutete, einen Drink zu nehmen und anschließend nach Hause zu gehen, wo eine Tiefkühlpizza auf sie wartete.

Dieses Lokal ließ *&Dinge* noch miserabler erscheinen. Hier war es warm und einladend, es roch nach gutem Essen, und alle schienen sich wohlzufühlen. So sollten Restaurants sein, und so sollten auch kleine Läden sein.

&Dinge, dachte Fie, war ein waghalsiges Projekt.

»Bitte«, sagte Trym und stellte ein Glas Rotwein, eine Schale Nüsse und Oliven vor sie hin. »Sie sehen aus, als könnten Sie es gebrauchen.«

»Ich wusste nicht, dass es ein Blumengeschäft gewesen ist«, sagte Fie verdutzt. »Lykke hat auch nichts davon erzählt.«

»Es als Blumengeschäft zu bezeichnen, würde ein bisschen weit gehen«, sagte Trym. »Und vielleicht war Lykke der Ansicht, das könnte zu viel werden. Ich glaube, sie möchte sehr gern, dass Sie erfolgreich sind.«

»Glauben Sie?«

Das war selbstverständlich nett zu hören, setzte Fie jedoch noch mehr unter Druck. Blumen? Gab es eine Internetseite namens: *Guter Rat für all jene, die plötzlich Blumenhändlerin geworden sind?*

»Wie hat sie die Blumen herangeschafft?«, fragte Fie. »Oder Pflanzen? Ist es ein richtiger Blumenladen gewesen? Muss ich Sträuße binden und sie versenden? Muss man für so etwas nicht Floristin sein?«

»Nein, nein, es waren nur ein paar wenige Pflanzen«, sagte Trym beruhigend. »Ich glaube, sie haben einfach die Pflanzen eingekauft, die Klara mochte, und oft mochten andere die auch. Das war zumindest das, was Klara erzählt hat. Sie sind zu einem Großhändler außerhalb der Stadt gefahren, den sie kannten. Ich kann Ihnen den Namen besorgen, wenn Sie wollen.«

»Ich weiß nicht recht.« Fie nahm einen weiteren Schluck von dem Rotwein und musste erstaunt feststellen, dass das Glas anschließend bereits leer war. Um die Lücke zu füllen, aß sie eine Olive.

In ihrem verwirrten Kopf sah sie sich und Hund den Bus

zum Großhandel nehmen, Plastiktüte um Plastiktüte mit Pflanzen erwerben, mit dem Bus wieder nach Hause fahren und versuchen, das Eingekaufte wieder zu verkaufen. Das war nicht sonderlich professionell und zeigte mit aller Deutlichkeit, dass das, was sie da trieb, Unsinn war. Jetzt würde sie den Laden nur sauber und hübsch halten, bis Weihnachten vorüber war. Dann würde Klara wohl nach Hause kommen, und Fie konnte sich etwas anderes suchen.

Selbstverständlich war es auch eine Frage des Geldes. Das Bankkonto lag nicht bei Null, aber es könnte dort landen. Und Carl Christian könnte für Probleme sorgen.

Das Rotweinglas hatte sich auf wundersame Weise wieder gefüllt. Fie nahm einen weiteren großen Schluck (und noch eine Olive). Gratisgetränke waren nicht zu verachten. Als sie aufsah, begegnete sie Tryms Blick. Er sah sie intensiv an, und Fie erinnerte sich an Pierres Worte: *Er ist ein Player.* Fie war dem Wort *Player* selbstverständlich auf den Grund gegangen und zu dem Schluss gekommen, dies würde Trym im Grunde nur noch spannender machen. Das aber war gewesen, bevor Lillian und die Wirklichkeit sie direkt vor den Kopf gestoßen hatten.

Player, seltsame Läden und ein Leben ohne Sicherheitsnetz waren nichts für sie.

»Danke für den Wein«, murmelte sie und stand auf.

»Wollen Sie schon gehen?«

»Ja. Ich muss. Ich muss jetzt gehen.«

Sie nickte ernst, ging etwas wacklig auf den Beinen zur Tür und sagte würdevoll: »Und denken Sie daran, Zahnseide zu verwenden.«

Gut zu Hause angekommen, sah sie, dass es erst halb neun war. Das war seltsam, denn Fie hatte das Gefühl, seit über einem Tag auf den Beinen zu sein. Sie überlegte, ins Bett zu gehen, rief stattdessen aber ihre Schwester an.

»Solltest du nicht in eine Bar gehen?«, fragte Sara streng. Im Hintergrund hörte Fie den Fernseher, und plötzlich kam diese enorme Sehnsucht in ihr auf. Sehnsucht nach Fernsehen, ihrem Zuhause, Sicherheit und Carl Christian. Als sie schluchzte, fragte Sara: »Was ist los? Was ist passiert? Heute früh warst du doch so optimistisch.«

»Es ist ein Blumenladen«, klärte Fie sie auf.

»Ich habe keine Ahnung, wovon du sprichst.«

»Der Job, von dem ich dir erzählt habe. Der Job als Geschäftsführerin eines Antiquitätengeschäfts.«

»Ja?«

»Genau genommen besteht es lediglich aus ein paar wackligen Möbeln und ist eigentlich ein Blumenladen. Ohne Blumen.«

Es wurde still. Dann vernahm Fie ein unterdrücktes Geräusch und setzte sich beleidigt auf. »Lachst du?«

»Nur ein bisschen«, ließ Sara verlauten. »Entschuldige. Erzähl.«

Und Fie erzählte. Dass der Laden dunkel gewesen war, dass so vieles von dem, was sie für Dinge gehalten hatte, die verkauft werden sollten, tatsächlich nur Müll war …

»Wie viel ist übrig geblieben?«, erkundigte sich Sara. »Gibt es dort etwas, das du verkaufen kannst?«

»Ja, vielleicht«, entgegnete Fie zweifelnd. »Wenn ich es putze. Aber es reicht nicht aus, um den Laden zu füllen. Nicht einmal zur Hälfte.«

»Aber dann ist das mit den Blumen doch gut«, meinte Sara optimistisch. »Du kannst den Rest mit Pflanzen auffüllen. Begonien, Weihnachtssterne und so etwas. Und Weihnachtsschmuck. Unmengen an Weihnachtsschmuck!«

»Aber ich habe keine Blumen«, jammerte Fie. »Ich brauche viele, und ich habe kein Auto. Als ich Hund geholt habe, musste ich den Bus nehmen. Außerdem kann ich nicht Unmengen von Blumen versorgen oder Sträuße binden. Stell dir vor, jemand will einen Strauß für eine Hochzeit. Oder« – entsetzt sank ihre Tonlage – »stell dir vor, jemand will einen Kranz für eine Beerdigung. Ich kann keinen Kranz binden! Der fällt auseinander. Auf dem Sarg!«

»Fie!«, sagte Sara streng. »Reiß dich zusammen! Hast du Rotwein getrunken?«

»Selbstverständlich nicht«, log Fie. Momentan fehlte ihr die Kraft für den üblichen Rotweinstreit.

Sara war überzeugt davon, dass ihre Schwester Rotwein nicht vertrug, weil Fie mit sechzehn einmal einen ordentlichen Kater davon gehabt hatte. Sara hatte ihr den Kopf halten, alles aufwischen und sich die endlosen Klagen über einen Jungen anhören müssen, an dessen Namen sich keine von beiden mehr erinnerte.

Fies Einwände, dass sie zu dieser Zeit auch kein Bier, keinen Weißwein, Branntwein oder Selbstgebrannten vertragen hätte, wurden glatt überhört. Sara hatte sich an dem Rotwein festgebissen und nie mehr lockergelassen.

»Doch, hast du!«, sagte sie jetzt. »Fie, du weißt doch, dass …«

»Der Punkt ist«, ergriff Fie schnell das Wort, »dass ich zu alt bin, um Kaufmannsladen zu spielen. Das ist kein Saftstand am Straßenrand, wie wir ihn hatten, als wir klein waren. Hier geht es um Investitionen, Buchhaltung und Mehrwertsteuer. Klara könnte pleitegehen!«

»Mehrwertsteuer?«

»Selbstverständlich. Alles ernste Angelegenheiten.«

»Aber du sollst doch nur ein paar Pflanzen kaufen. Und falls du sie nicht verkauft bekommen solltest, kannst du immer noch deine Wohnung damit dekorieren. Darauf gibt es keine Mehrwertsteuer! Klara wusste schon, was sie tat, als sie dir den Laden überlassen hat. Das wird gut. Schlimmer als es ist, kann es zumindest nicht werden.«

»Das ist wirklich ernst«, sagte Fie. »Ich verstehe nicht, was ich mir dabei gedacht habe. Kaufmannsladen spielen! Ernsthaft! Und jetzt weiß ich nicht, wie ich aus dieser Nummer wieder rauskommen soll. Sie verlassen sich auf mich. Mehr als alle anderen verlassen sie sich auf mich!«

»Es reicht, Schluss jetzt damit!«, sagte Sara in scharfem Ton. »Du bist nur für eine Weile die Vertretung, und du hast in der Tat das Recht, ein bisschen zu spielen. Schließlich ist bald Weihnachten! Du hast nur versprochen, bis Weihnachten auf den Laden aufzupassen, und wenn es absolut sein muss, kannst du anschließend etwas Langweiliges und Ernsthaftes tun. Aber bis dahin hab Spaß! Spiel Kaufmannsladen! Warst du in einer Bar?«

»Ja.«

»Und?«

»Und nichts«, sagte Fie. »Ich bin in eine Bar gegangen, wie du mich gebeten hast, und dann bin ich nach Hause gegangen.«

»Jaha«, erwiderte Sara langsam. »Und was ist in der Bar passiert?«

»Nichts.«

»Fie!«

Zum hundertsten Mal dankte Fie der Vorsehung, dass sie und Sara nicht in derselben Stadt wohnten. Andernfalls würde sie nämlich gar keine Geheimnisse mehr haben. Saras Nase war in der Lage, jede Ausrede zu erschnüffeln, alles, worüber Fie nicht sprechen wollte. Zudem war sie brutal ehrlich. Sie bestand darauf, dass dies sowohl der Job als auch das Recht einer großen Schwester sei.

»Weißt du, was ein Player ist?«, fragte Fie schließlich.

»Selbstverständlich. Das weiß doch jeder. Bist du einem begegnet?«

»Der Barbesitzer. Er ist auch Nachbar des Ladens.«

»Und er gefällt dir? Prima, dir hat jahrelang niemand mehr gefallen. Carl Christian zähle ich da nicht mit, den warst du einfach nur gewohnt. Also, beschreib den Barbesitzer!«

Und Fie beschrieb Tryms Gesicht, seine Augen, den Kopf, den kleinen Ring, den er in einem Ohr trug. Sie erzählte von seiner Stimme, seinem Körper, den Tätowierungen, sogar seine Füße fanden Erwähnung. Während sie Hund hinter dem Ohr kraulte, sprach sie auch von ihren Gefühlen, davon, wie sie beim Reden stolperte und hinterher nicht genau wusste, was sie gesagt hatte, wie ihr ganzer Körper auf ihn reagierte, in einer Weise, die sie viele, viele Jahre nicht verspürt hatte.

»Ich erinnere mich nicht, wann ich zuletzt so etwas erlebt habe«, sagte sie verwundert. Abschließend ließ sie ihre Schwester wissen, wie unendlich töricht das Ganze war und dass sie beim Verlassen der Bar so verwirrt gewesen war, dass sie ihn ernsthaft daran erinnert hatte, Zahnseide zu benutzen.

Es wurde eine Weile still. »Du meine Güte!«, brach es schließlich aus Sara heraus.

»Ich weiß«, erwiderte Fie entmutigt. »Ich wusste nicht, wie fantastisch ich ihn finde, bevor ich mit dir gesprochen habe. Das ist doch hoffnungslos.«

»Warum ist das hoffnungslos? Du bist frank und frei und lebst in der Nachbarschaft. Das ist eine goldene Gelegenheit!«

»Ich bin doch kein Teenager mehr«, sagte Fie und fügte tugendhaft hinzu: »So was mache ich nicht.«

»Es würde helfen, wenn du aufhören könntest, von dir selbst zu sprechen, als wärst du nur ein paar Jahre jünger als Methusalem.« Saras Stimme war scharf. »Meine Nachbarin ist fünfundsiebzig und bei Tinder. Wenn sie das kann, dann kannst du es erst recht!«

»Hat sie darüber jemanden gefunden?«, fragte Fie interessiert.

»Selbstverständlich nicht. Wir wohnen nicht gerade in zentraler Lage, weshalb sie meilenweit die Einzige ist, die Tinder benutzt. Hier oben kennt jeder jeden. Aber sie hat die Hoffnung nicht aufgegeben, und das ist der Punkt.«

»Versprich mir, dass du es mir nicht zur Adventsaufgabe machst, Trym ins Bett zu kriegen«, bat Fie. »Dann würde ich die ganze Nacht mit Grauen wach liegen, und ich brauche dringend Schlaf.«

»Ich verspreche es«, antwortete Sara nach einer Denkpause. »Wenn du versprichst, dir ein wenig Optimismus zuzulegen. Du schaffst das!«

20

11. Tag im Advent

Sara blieb am Ball. Am Tag darauf war die Adventsaufgabe wundersam vage und freundlich: *Optimismus.*

Aber sie wäre nicht Sara gewesen, hätte sie nicht eine nähere Erläuterung hinzugefügt, in etwa so, als würde sie die zehn Gebote erklären: *Das bedeutet: Denk an die Freude beim Kauf von Pflanzen und Blumen. Die Freude, einen heruntergekommenen, tristen Laden aufzuhübschen. Und nicht zuletzt: Die Freude, in der Nähe von jemandem zu sein, auf den du fürchterlich, fürchterlich Lust hast! Um meine fünfundsiebzigjährige Nachbarin zu zitieren (die, die bei Tinder ist): Lebenssaft kann auch in alte Glieder und Knochen steigen. (Im Übrigen finde ich, dass du Weihnachten hierherkommen solltest!!!)*

»Puhh«, stieß Fie, mit einem kritischen Blick auf ihre alten Glieder und Knochen, aus. Elegant überging sie die Weihnachtseinladung; das war etwas, wozu sie momentan keine Stellung beziehen wollte.

Sie hatte die halbe Nacht wach gelegen und nachgedacht und war zu der Einsicht gelangt, dass Sara recht hatte: Fie konnte jetzt nicht aufgeben. Irgendwie musste sie es hinbekommen, dass *&Dinge* überlebte, zumindest bis Weihnachten. Schließlich kauften die Leute zu Weihnachten doch Geschenke und Dekoartikel, oder etwa nicht? Dinge, die sie sonst nicht kauften, die hübsch oder lustig waren und die eigentlich niemand brauchte. Pflanzen und Weihnachtsschmuck fielen in diese Kategorie.

Außerdem hatte sie, so etwa gegen halb drei in der Nacht, herausgefunden, dass sie faktisch jemanden kannte, der ein Auto hatte. Jemanden, der sie hierhin und dahin fahren und der zudem beim Tragen behilflich sein konnte.

Das einzige Problem war der Zeitpunkt. Sie konnte nicht mitten am Tag zum Blumengroßhändler fahren, da hatte sie anderes zu tun. Das musste geschehen, bevor der Laden öffnete. Sie brauchte jemanden früh am Morgen. Es gab keine andere Lösung: Peder würde früh aufstehen müssen.

Als unter Peders Nummer endlich jemand abnahm, war es eine Frauenstimme, und die klang verärgert: »Ja?«

Fie stellte sich erst mal vor, was auf die Dame allerdings keinen Eindruck machte.

»Und?«, entgegnete diese sauer.

»Ich brauche einen Fahrer«, erklärte Fie. »Peder hat mir kürzlich geholfen. Das Problem ist nur, dass ich früh am Morgen Hilfe brauche.«

Am anderen Ende der Leitung wurde es still. Schnell fügte Fie hinzu: »Gegen sechs Uhr. Vielleicht ein paar Mal in der Woche. Also, bis Weihnachten. Ich verstehe durchaus, dass das früh ist …«

Ihre Stimme erstarb. Ihr Gegenüber war noch immer still.

»Sind Sie noch dran?«, fragte Fie schließlich.

»Sie wollen, dass Peder aufsteht und um sechs bei der Arbeit ist?«

»Äh, ja … oder früher. Bestenfalls. Wenn das möglich ist.«

»Es gibt einen Gott!«, sagte die Stimme plötzlich kraftvoll. »Es gibt tatsächlich einen Gott!«

»Ja, doch …«, murmelte Fie. »Damit haben Sie womöglich recht.«

»Ich bin seine Mutter«, sagte die Stimme, jetzt mit einem hellen, optimistischen Klang. »Tut mir leid, dass ich so abweisend war, aber ich habe Sie für jemand anderen gehalten. Einen seiner Freunde vom Zocken, aber ich hätte direkt begreifen müssen, dass dem nicht so ist. Wenn die anrufen würden, dann frühestens um zwei, außerdem rufen die nie an. Den Mund aufmachen und sprechen ist für die zu anstrengend. Wenn Sie aber Peder dazu bewegen können, jeden Morgen aufzustehen und aus dem Keller heraus und weg von diesem verdammten Computer zu kommen, dann werde ich seinen Lohn persönlich bezahlen.«

»Nein, nein, das ist nicht nötig«, wehrte Fie ab. »Der Lohn wird so oder so nicht sonderlich hoch ausfallen, befürchte ich.« Sie nannte eine Summe, woraufhin ihr Gegenüber erneut verstummte.

»Sagen wir das Doppelte«, entschied Peders Mutter schlussendlich. »Dann übernehme ich die Hälfte. Mir ist alles recht, um den Jungen aus dem Bett und weg von den Computerspielen zu bekommen. Wann soll er anfangen?«

»In einer halben Stunde?«, schlug Fie vor.

»Er wird da sein! Und wenn ich den Wasserschlauch nehmen muss, um ihn ins Auto zu spülen, er wird da sein.«

Beladen mit Weihnachtsschmuck stand Lykke kurz vor halb acht vor Fies Tür. Sie war erst bei *&Dinge* gewesen, hatte den Laden jedoch abgeschlossen vorgefunden. Nachvollziehbar, dachte Lykke, schließlich kauften die Leute so früh am Morgen für gewöhnlich keine Antiquitäten und Weihnachtsdekoration. Aber auch bei Fies Wohnung reagierte niemand, obwohl sie mehrfach geklingelt hatte.

»Sie ist weggefahren«, sagte eine Kinderstimme. Lykke

zuckte zusammen. Sie hatte niemanden kommen hören. Suchend drehte sie sich um, und da stand ein kleines Mädchen mit großen braunen Augen, bronzefarbener Haut und einer riesigen rosafarbenen Mütze.

»Sie hat Hund mitgenommen, obwohl er nicht ins Auto wollte«, erklärte das Mädchen und fügte stolz hinzu: »Ich habe beim Schieben geholfen. Ich bin unglaublich geschickt darin, Hund zu schieben.«

»Ja, das kann ich mir denken«, sagte Lykke. »Weißt du, wo sie hingefahren ist?«

»Sie ist mit einem sehr müden Mann mitgefahren. Er hat die ganze Zeit gegähnt. Warum hast du rosa Haare?«

»Ich finde die ziemlich schön«, entgegnete Lykke und zog an einer ihrer rosafarbenen Locken. Das kleine Mädchen sah sie prüfend an, dann nickte es. An einen Mann gewandt, der die Treppe herunterkam, sagte es: »Papa, ich will auch rosa Haare.«

»Was willst du haben? Oh, hei!«

»Hei«, sagte Lykke. »Ich suche Fie.«

»Sie ist heute früh weggefahren«, ertönte eine Stimme, und alle sahen nach oben. Aus dem Fenster in der zweiten Etage schaute der Kopf einer älteren Frau. »Sie ist mit einem jüngeren Mann weggefahren. Vielleicht ihr Sohn, sie hat nämlich einen Sohn.«

Die Frau schien stolz darauf zu sein, diese Nachricht verkünden zu können.

Maja war gehörig beeindruckt. »Er sah aus, als würde er schlafen«, ergänzte sie eifrig. »Vielleicht kann ihr Sohn gleichzeitig Auto fahren und schlafen! Vielleicht …«

»Vielleicht müssen wir jetzt gehen, wenn wir pünktlich im Kindergarten sein wollen«, sagte Majas Papa, woraufhin diese protestierte: »Och, Papa!« Dann, an Lykke gerichtet und Marta Fransen einen triumphierenden Blick zuwerfend, sagte

Maja: »Sie sind sicher in den Laden gefahren. Fie hat nämlich einen Laden! Das weiß ich!«

&Dinge war noch immer geschlossen, weshalb Lykke den Karton mit dem Weihnachtsschmuck auf die Treppe stellte und sich danebensetzte. Sie wusste nicht, was sie tun sollte. Sie musste zur Arbeit, hatte aber keine Lust, den Karton noch einmal durch die Straßen zu schleppen. Und wo war Fie, zusammen mit diesem schläfrigen Sohn? Kein Wunder, dass er schläfrig war, wenn sie immer so früh aufstanden! Lykke gähnte und fror an den Füßen.

Die Straße entlang kam ein Transporter, der wie ein Gefährt aus dem Kinderbuch *Acht Kleine, zwei Große und ein Lastauto* aussah: blau lackiert, schnaubend und eine beeindruckende Rauchwolke hinter sich herziehend. Lykke starrte hinüber. Der Transporter stoppte mit einem Knall, und heraus sprang Fie, in eine Wolldecke eingepackt und mit riesigen Lederhandschuhen ausgestattet.

»Frierst du?«, rief sie ihr zu. »Ich wusste nicht, dass du so früh kommen würdest. Ist dir nicht kalt? Komm rein, ich mache Kaffee. Drinnen ist es leider auch kalt. Das ist Peder. Sein Auto hat keine Heizung, daher müssen wir die Pflanzen reinbringen, bevor sie erfrieren. Nein, du musst nicht helfen. Darum kümmert sich Peder.«

Während sie sprach, griff sie sich zwei riesige Topfpflanzen, schloss die Tür auf und schob sowohl Lykke als auch die Pflanzen hinein. Drinnen lief sie zur Kaffeemaschine, stellte sie an und versuchte, ihren Händen Leben einzuhauchen.

»Eiskalt!«, erklärte sie, was recht überflüssig war. »Die Heizkörper haben gestern ziemlich gefaucht und gerumpelt. Ich befürchte, sie haben sich verabschiedet.«

»Großvater hat immer den Ofen angeheizt«, sagte Lykke. »Da ist es schnell warm geworden. Vielleicht ist im Schuppen noch ein bisschen Brennholz.«

»Peder!«, rief Fie, und durch die Tür trat ein sehr großer, kräftiger Mann mit Bart, der zwei Kartons Begonien und mindestens fünf große Pflanzen balancierte. Er sah aus, als könne er alles tragen. In Richtung des Schuppens zeigend, erklärte Fie ihm die Sachlage. Peder nickte. Seine blauen, klaren Augen richteten sich auf Lykke, und sein Gesicht wurde puterrot. Dann drehte er sich ganz plötzlich um und ging, ohne ein Wort zu sagen, wieder nach draußen.

»Ist das dein Sohn?«, erkundigte sich Lykke, während sie überrascht Peders Gestalt nachsah. Er musste mindestens zwei Meter groß sein und ähnelte Fie nicht im Geringsten.

»Peder? Nein, nein, der hilft mir nur. Er hat mir auch beim Umzug geholfen. Er ist sehr stark.«

»Das glaube ich gern. Er sieht aus wie ein Wikinger. Oder ein Holzfäller mit Islandpullover und riesigen Händen. Hast du ihn im Wald gefunden?«

»Nein, im Internet. Und er redet nicht so viel, zumindest morgens nicht. Das ist ein großes Plus. Kaffee?«

»Gern«, sagte Lykke und umklammerte dankbar die heiße Tasse. Peder kehrte mit Holzscheiten beladen zurück und brummte etwas, was als *nicht mehr viel Holz da* gedeutet werden konnte.

»Puhh«, machte Fie und reichte ihm eine Tasse Kaffee.

»Werde mehr besorgen«, ließ Peder sie wissen, bevor er einen großen Schluck nahm. Anschließend stopfte er ein paar Holzstücke in den schwarzen, alten Ofen und machte Feuer. Fie machte sich daran, die Pflanzen dekorativ im Laden zu verteilen, während Lykke zu Peder aufschaute. Selbst wenn er saß, war er extrem groß. Seine hellen Haare fielen ihm in die Augen; ständig strich er sie sich aus dem Gesicht, was Lykke zu der Überzeugung brachte, dass er dringend einen Haarschnitt benötigte.

»Hilfst du Fie mit dem Fahren und so?«, fragte sie.

»Wenn es erforderlich ist«, sagte Peder, bevor er in die Flammen pustete. Es knisterte im Ofen, und Lykke streckte die Hände nach vorn.

»Ich muss zur Arbeit«, brummte sie missmutig. Es war gemütlich, hier zu sitzen, in die Flammen zu schauen, Kaffee zu trinken und Fie zu beobachten, die irgendeine unbestimmbare Melodie summend herumwuselte. Es war auch nett mit Peder, der von seinem Umfeld nichts zu fordern schien, sondern ausschließlich von einer unendlichen Ruhe umgeben war.

»Ich fahre dich«, sagte Peder, und Lykke wollte schon entgegnen, dass dies nicht notwendig sei, weil die Arbeitsstelle sich nur ein paar Straßen entfernt befände, aber sie unterließ es. Es war schön, dass jemand etwas für sie tun wollte, so schön, dass sie sich gern in den alten, gewiss eiskalten Transporter setzen und durch diverse Einbahnstraßen fahren lassen wollte, anstatt die fünf Minuten zu Fuß zu gehen.

»Danke«, sagte sie daher. Peder schloss die Ofentür, nickte Fie zu, und sie fuhren von dannen. Peder schien es keineswegs seltsam zu finden, dass sie nach zehn Minuten Fahrt in etwa an der gleichen Stelle ankamen. Er nickte ihr zum Abschied zu und verschwand in einer Abgaswolke.

»Seltsamer Typ«, sagte Lykke zu sich selbst. »Seltsam, aber cool. Auf eine Art.«

Der Rest von Lykkes Tag erwies sich jedoch als elendig.

Ihr Chef, Herr Prestesæter, war auch im Laden. Er war ein älterer Herr ohne Sinn für alleinerziehende Mütter, die ab und an einen Tag frei brauchten. Er blühte nur dann auf, wenn er von Lykkes Vorgängerin sprach, einer ausgezeichneten älteren Dame, die ihr Leben dem Einzelhandel geopfert hatte. Leider hatte sie sich beim Stapeln von Mehltüten ernsthaft den Rücken verrenkt, weshalb das Einzige, das noch von ihr übrig war, ein weißer Kittel war.

Herr Prestesæter hatte versucht, Lykke dazu zu bewegen, diesen Kittel zu tragen. Da ihre Vorgängerin jedoch dünn wie ein Strich und größer als jede andere Frau war, der Lykke jemals begegnet war, war dies nicht umsetzbar. Das hatte selbst Herr Prestesæter zugeben müssen, nachdem Lykke in dem Kittel beinahe gestolpert war.

Es schien, als würde der Traum von der Rückkehr der weiß gekleideten, sich aufopfernden Verkäuferin immer lebendig sein, und er wurde mürrisch, wenn er die Realität sah, also Lykke.

»Sie sind spät«, hatte er an diesem Morgen gesagt, als sie im Grunde auf den Punkt genau dort gewesen war.

»Aber ...«

»Frau Langenes ist immer zehn Minuten eher gekommen.«

Lykke tat ihr Bestes, sie versuchte alles in ihrer Macht Stehende, aber sie war kein ordnungsliebender Mensch. Sie brachte die Kasse durcheinander, was Frau Langenes nie passiert war. Frau Langenes hatte auch gewusst, wo der marinierte Hering stand, wie die Milch gestapelt wurde und was sich im Lager befand. Außerdem hatte Frau Langenes keine Kinder gehabt. Dieses unpassende Kind führte dazu, dass Lykke zu bestimmten Zeiten gehen musste, etwas, was bei Frau Langenes *nie* der Fall gewesen war. Frau Langenes hatte es mit der Zeit nicht so genau genommen.

Das war dann also das Einzige, womit sie es nicht genau genommen hatte, dachte Lykke. Frau Langenes tat ihr entsetzlich leid, denn diese Begeisterung für Lebensmittel deutete auf ein eintöniges Leben hin.

Dieser Tag war besonders hart gewesen. Herr Prestesæter hatte sich konstant beschwert, was sie noch mehr als üblich verwirrt hatte, wodurch sie erneut die Kasse durcheinandergebracht hatte. Außerdem hatte sie vergessen, mehr Weihnachtsmarzipan zu bestellen (»Frau Langenes hat das nie vergessen …!«). Noch dazu war sie über den Ständer mit den Weihnachtssüßigkeiten gestolpert, woraufhin die Marzipanschweine Zuflucht auf dem Boden gesucht hatten. Die meisten hatten nur eine kleine Delle abbekommen, einige hatten jedoch ihre Ohren eingebüßt und mussten entsorgt werden.

»Frau Langenes ist nie über die Marzipanschweine gestolpert!«, ließ Herr Prestesæter sie wissen, wobei es nicht gerade hilfreich war, dass Lykke ein Kichern nicht unterdrücken konnte.

Fie sah Lykke die Straße entlangkommen. Sie ging langsam, mit gesenktem Kopf. Als sie die Tür öffnete und in das warme, gemütliche Ladenlokal trat, flossen die Tränen.

»Ich werde die Stelle verlieren«, schluchzte sie. »Ich weiß es, ich weiß es seit Langem. Und das ausgerechnet jetzt, wo auch noch bald Weihnachten ist! Weihnachten werde ich arbeitslos sein, aber auch das wird irgendwie funktionieren. Ich weiß nicht, warum ich so klage, aber es ist alles so fürchterlich!«

»Meine Liebe, es ist in letzter Zeit viel für dich gewesen«, sagte Fie tröstend. »Deine Großmutter. Die Dumpfbacke Martin. All das, was du zu erledigen hast. Und Weihnachten kann durchaus überwältigend sein, schön und traurig zugleich.«

»Ja«, sagte Lykke laut schniefend. »Es ist schön und traurig zugleich, aber vor allem traurig, wenn ich keinen Job habe. Ich will Adam so gern ein richtiges Weihnachten bereiten, so wie Großmutter einst für mich. Aber Großvater ist tot, und ich bin erwachsen und ganz alleine, es wird also nicht dasselbe. Selbst wenn ich viel Geld hätte, würde es nicht dasselbe sein. Es wird nie wieder dasselbe. Alles ist verändert.«

Fie strich ihr über die Haare. Selbst Hund versuchte, Lykke zu trösten. Er legte den Kopf auf Lykkes Schulter, seufzte schwer und mitfühlend. Das half. Lykke grub ihr Gesicht in sein Fell und beruhigte sich. Fie überließ Lykke dem Hund, da dieser scheinbar eine Veranlagung zum Trösten hatte. Sollte es mit den Finanzen eng werden, könnte sie ihn vielleicht an Trauergruppen verleihen.

»Mir graut vor Weihnachten«, flüsterte Lykke.

»Mir auch«, sagte Fie leise. »Mein Weihnachten wird komplett anders sein als früher. Mein Sohn spricht nicht mit mir. Wenn ich Glück habe, bekomme ich eine Weihnachtskarte.«

Sie sah sich um, betrachtete die Berge von Weihnachtsschmuck, die Blumen, den gemütlich bollernden Ofen und den weißen Schnee auf der Straße. Quer über die Straße blinkte munter ein Weihnachtsbaum. Alles war bereit für das große Weihnachtsfest. Und das stimmte sie traurig.

Ich hätte sogar Snickerdoodles akzeptiert, dachte sie. Selbst die Schwiegereltern würde ich empfangen, wenn ich dafür nur der intensiven Begegnung mit der Einsamkeit am Heiligabend entkommen würde. An allen anderen Tagen kann ich damit umgehen – zumindest einigermaßen –, aber an Heiligabend? Niemand sollte Heiligabend alleine sein.

Sie versuchte, nicht an Heiligabend zu denken. Wann immer der Gedanke in ihrem Kopf auftauchte, schob sie ihn beiseite und konzentrierte sich auf das Hier und Jetzt, auf die Gespräche mit Sara, auf das Abendessen. Und müsste sie nicht das Bad putzen?

Aber das war nicht leicht. Weihnachten hatte Straßen und Häuser, Geschäfte, Radiosender, Fernsehprogramme und alles, was sich an sozialen Medien fand, fest im Griff. Jetzt hatte es auch im Laden Einzug gehalten, und obwohl sie es war, die es eingeladen hatte, fühlte sie sich von *Weihnachten* überrannt. *Jetzt nähert sich Weihnachten mit großen Schritten*, pflegte eine ihrer Tanten auf die Weihnachtskarten zu schreiben, und genauso empfand Fie es. Weihnachten überrannte sie mit den verdammten großen Schritten, und alles, was ihr blieb, war, sich hinzulegen und sich auf dem Boden zerstampfen zu lassen.

Sie betrachtete den momentan noch wirren Haufen von Weihnachtsschmuck und Pflanzen und begegnete schließlich dem Blick eines ziemlich überlegen dreinschauenden Weihnachtsmannes, der oben auf dem Schrank saß. Misstrauisch runzelte Fie die Stirn – der hatte große Ähnlichkeit mit seinem Artgenossen aus dem Einkaufszentrum. Er sah sie streng an, genauso wie der auf der Straße es vor einigen Wochen getan hatte. Fie starrte zurück, aber der Weihnachtsmann hielt stand.

Nein, verdammt, dachte Fie. Da ist wieder dieser Großmutter-Weihnachtsmann!

Großmutter, die der Meinung gewesen war, Essen müsse gesund anstatt gut sein, hatte Fie und Sara stets an all die Kinder erinnert, denen es schlechter ging als ihnen. Viel schlechter! Ein wesentlicher Teil von ihnen lebte in Afrika, und Fie hatte Afrika als ein Land vor sich gesehen, voll von hungrigen, dankbaren und ziemlich unerträglichen Kindern, die immer, wirklich immer ihre Mahlzeiten aufaßen. Nach und nach hatte sie eine realistischere Vorstellung von diesem Erdteil erlangt, die Erinnerung an die Großmutter jedoch bereitete ihr noch immer ein schlechtes Gewissen. Es gab immer jemanden, dem es schlechter ging. Und der Weihnachtsmann drückte dasselbe aus: *Viele haben niemanden, mit dem sie feiern können*, sagten die Augen des Weihnachtsmannes. *Sara hat dich eingeladen. Du hast einen Hund! Du hast einen Ort zum Wohnen! Denk an all jene, die das nicht haben. Denk an jene, die Weihnachten in Treppenhäusern verbringen müssen. Unter Brücken! Denk an das Mädchen mit den Schwefelhölzern! Es ist gestorben!*

Er hatte vollkommen recht, aber das half ihr wenig. Ihr stand der Sinn danach, dem Weihnachtsmann eine Grimasse zu schneiden, jedoch gelang es ihr, sich zu beherrschen. Das war wirklich zu dumm. Selbstverständlich ähnelte ein Einkaufszentrumsweihnachtsmann allen anderen Einkaufszentrumsweihnachtsmännern, und wahrscheinlich hatte die Großmutter starke Ähnlichkeit mit allen Einkaufszentrumsweihnachtsmännern gehabt.

Sie hatte Glück gehabt, das Zeitliche zu segnen, bevor sie das begriffen hatte, dachte Fie säuerlich.

Und dieses Mal stand Fie nicht unter dem Einfluss auch nur einer einzigen Tablette, weshalb ziemlich klar war, dass der Weihnachtsmann nur eine billige Angelegenheit Made in China war und wirklich keine wiederauferstandene Großmutter. Dennoch brachte er sie dazu, sich zusammenzureißen. »Du weißt«, sagte sie zu Lykke, »Adam braucht nicht das Weihnachten deiner Kindheit, er braucht sein eigenes. Und das kannst du ihm bieten. Ich kann dir helfen, wenn du willst.« Sie schluckte.

»Sag einfach Bescheid«, fuhr sie fort und bemerkte, dass ihre Stimme zitterte. Also riss sie sich richtig zusammen. »Ich könnte den Weihnachtsmann mimen oder so was. Oder Weihnachtsplätzchen backen. Ich habe viel freie Zeit, das wird richtig schön!«

Trotzig sah sie den Weihnachtsmann an; zumindest würde sie einen besseren Santa abgeben als der da! Der Weihnachtsmann erwiderte ihren Blick unerschütterlich, wie er da so stand, zusammengesetzt aus Plastik, Styropor und Stoff. Fie schüttelte den Kopf. Das war zu dumm, sie musste sich wirklich von der Vorstellung vom Weihnachtsmann als einem magischen Wesen lösen.

»Dein Sohn spricht nicht mit dir?«

Lykke war fertig mit weinen, gab Hund ein paar abschließende Streicheleinheiten und war wieder kampfeslustig: »Das geht nicht!«

»Nein, nein.« Fie schüttelte den Kopf. »Das geht vorbei. Selbstverständlich geht das vorbei. Es ist nur zu viel für ihn gewesen, das verstehe ich.«

»Aber …«

»Das geht vorüber«, sagte Fie bestimmt. »Es ist nicht einfach, wenn die eigene Mutter plötzlich eine andere ist.«

»Entschuldige, aber hatte nicht dein Mann eine andere am Start?«

»Doch.«

»Und ihm hat er vergeben?«

Fie zuckte mit den Schultern. Sie hatte die Sache durchdacht und war zu der Einsicht gelangt, dass selbst wenn Carl Christian sich unpassend (Jens hatte das Wort *unpassend* verwendet; offensichtlich war er der Sohn seines Vaters) benommen hatte, so war er doch zumindest nicht zu einem Fremden geworden. Er war nicht verrückt und unberechenbar, nicht träge und nicht – um die Wahrheit zu sagen – unreinlich geworden. Er hatte keine schmutzigen Sachen, kein plattes Haar und war auch nicht ungewaschen. Niemand sah seine Mutter gern träge, schmutzig und ungepflegt. Jens hatte schockiert ausgesehen und sich abgewandt.

Er war Carl Christians Kind, auch in der Hinsicht, was es bedeutete, die richtige Kleidung zu tragen, am richtigen Ort zu wohnen und sich gewandt auszudrücken. Im Grunde war er ein ordentlicher Snob und ein zeitweise unerträgliches Kind geworden! Sie verspürte für einen Moment einen Anflug von Wut, fasste sich dann aber wieder. Wenn er so war, dann war es auch ihre Schuld.

»Er wird auch mir vergeben«, sagte sie bestimmt. »Es wäre schneller gegangen, hätte ich eine neue Stelle als Zahnarztassistentin angenommen und würde ich in einer Wohnung auf Bygdøy oder an einem anderen passenden Ort leben. Aber er wird sich auch an das andere gewöhnen. An mich. Es braucht nur ein wenig Zeit.«

Lykke nickte, schwieg jedoch.

»Ich muss los, Adam abholen«, sagte sie schließlich. »Danke, dass du mir zugehört hast.«

»Unsinn«, protestierte Fie. »Das fehlte noch. Und schließlich hast du auch mir zugehört. Wir sind doch Freunde, oder
nicht?«

»Doch«, entgegnete Lykke und ließ erneut eines ihrer selte-
nen, schönen Lächeln hervorblitzen. »Das sind wir.«

21

12. Tag im Advent

Matsch und Schnee machten die Straße nass und ließen Lykke an den Füßen frieren. Sie stand schon viel zu lange hier, was so nicht geplant gewesen war. Sie hatte gedacht, es würde maximal eine halbe Stunde dauern, da sie tatsächlich vorab recherchiert hatte. Für gewöhnlich bereitete sie sich nie vor. Direkt hineinzuspringen und auf das Beste zu hoffen, entsprach mehr ihrem Stil. Dieses Mal jedoch hatte sie sich verantwortungsbewusst, erwachsen und vorbereitet gezeigt. Sie hatte im Sekretariat angerufen und sich nach dem Stundenplan erkundigt, sodass sie nun wusste, wann die Schule aus war, und sie war zur richtigen Zeit vor Ort gewesen. Und es war zu nichts nütze gewesen!

Vorbereitungen, dachte sie sauer, wurden enorm überbewertet. Sie hatte getan, was zu tun war, weshalb es nicht ihre Schuld war, dass sie jetzt hier stand und sich wahrscheinlich das eine oder andere aufhalste. Das war zumindest ein Trost.

Hinter ihr befand sich ein kleines Café, aber die Fenster gingen zur anderen Seite hinaus, und sie musste genau diese Tür im Blick behalten. Also musste sie draußen stehen. Leider waren die Stiefeletten dünn und von schlechter Qualität. Sie spürte, wie die Feuchtigkeit hindurchkroch und ihre

Füße beinahe gefühllos werden ließ. Während sie versuchte, ihren Fingern wieder Leben einzuhauchen, wurde ihr bewusst, dass sie ein Stück weit auch selbst schuld an ihrer Situation war. Sie hatte ursprünglich in Erwägung gezogen, sich in die warme Skiausrüstung des Großvaters zu hüllen, die aus Kniebundhose, gestrickten Kniestrümpfen, einem großen blauen Anorak sowie ein paar ordentlich dicken Lederhandschuhen Modell sehr großer Mann bestand. Aber die Eitelkeit hatte gesiegt. Die Kniebundhose ließ sie aussehen, als hätte sie sich auf ihrem Weg zu einer Hütte ohne Wasser, Strom und Toilette gründlich verlaufen. Jetzt wehte auch noch ein eiskalter, beißender Wind. Wenigstens den Anorak hätte sie anziehen sollen.

Lykke hatte oft das Gefühl, dass vieles ihre eigene Schuld war. Der Gedanke war ihr wohlbekannt und wirkte daher nicht selten beruhigend. Das war auch jetzt der Fall. Als Strafe (und um nachzuprüfen, ob diese noch vorhanden war) kniff sie sich in die Nase.

Sie schob die Locken unter die Mütze und stöhnte über sich selbst. Die Eitelkeit hätte sie sich sparen können. Das war nicht der Ort für rosafarbene Haare und einen auf dem Markt gekauften Patchwork-Mantel in fröhlichen Farben. Außerdem hätte sie ihre warmen roten Doc Martens anziehen sollen, anstatt sich mit dünnen Stiefeletten aufzuhübschen. Niemand hier fand sie gut gekleidet oder hübsch. Wenn man sie überhaupt wahrnahm, dann geschah dies mit einer gewissen Verwunderung.

Nein, hier spazierten die Leute in Markenklamotten, mit Markentaschen, Markenschuhen und Markenschirmen umher. (Man stelle sich nur vor, dass *Gucci* Regenschirme herstellte!) Verärgert dachte Lykke, dass es einfacher gewesen wäre, die Preisschilder dran zu lassen, dann wären einem wenigstens all diese schreienden Logos erspart geblieben. Eine heftige Böe ließ sie den schwarzen Schirm in Windrichtung drehen, was in einer weiteren gebrochenen Speiche endete. Dieser idiotische Billigschirm hatte diesem Wetter nichts entgegenzusetzen. Mit einer gewissen Genugtuung sah sie, dass den Gucci-Schirm dasselbe Schicksal ereilte.

Jetzt wartete sie bereits seit einer Stunde und hatte ausreichend Zeit zum Grübeln gehabt.

Unter anderem hatte sie Peder ein paar Gedanken gewidmet.

Genau genommen hatte sie gehofft, dass Peder sie im Transporter hierherfahren könnte, aber Fie hatte gesagt, dass er vermutlich den ganzen Tag über schlafen würde. Dass er bei seiner Mutter wohne und keinen Job habe, abgesehen von dem bisschen Fahrerei für Fie.

Lykke hatte ihn so nicht wahrgenommen, aber was wusste sie schon? Sie, die mit dem Stalker Stian und dem grauenhaften Martin ausgegangen war! Es fehlte noch, dass sie einen datete, der sich nur zwei Stunden am Tag aus seinem Kinderzimmer traute und sich ansonsten unter einer *Postbote Pat*-Decke versteckte. Das würde nicht passieren!

Sie hatte auch an Adam gedacht, der heute keine Lust gehabt hatte, in den Kindergarten zu gehen. *Nora war gemein*, hatte er gesagt, und obwohl Lykke wusste, dass Nora und Adam beste Freunde waren und er vergessen haben würde, dass Nora gemein gewesen war, wenn sie ihn abholte, machte sie sich Sorgen. Stand er jetzt gerade vielleicht ausgeschlossen alleine in einer Ecke, während Nora tuschelte und Sachen sagte wie »Adam hat keinen Papa«, »Adam riecht eklig, weil Adam in die Hose pullert« und »Adam ist dumm«?

»Ich bin dumm«, hatte Adam an diesem Morgen gesagt. Lykke hatte ihn in die Arme genommen und ihm versichert: *Du bist nicht dumm, du bist der weltbeste Adam.* Er aber hatte die Augen geschlossen und gemurmelt: »Nein. Ich bin dumm.«

Lykke würde Fie fragen. Sie würde Fie um Rat fragen und sie anschließend bitten, Adam zu sagen, dass er der weltbeste und klügste Adam sei. Vielleicht würde er ihr glauben. (Oder vielleicht, was wahrscheinlicher war, hatte er die ganze Angelegenheit bis dahin bereits vergessen.)

Wie auch immer, es war besser, wenn jemand anders als die eigene Mama so etwas sagte.

Und dann dachte sie erneut an Fie, die auf Adam aufpasste, die sich um den Laden kümmerte, sodass die Großmutter verreisen konnte und vielleicht wieder mehr sie selbst würde, und die auch gesagt hatte, dass sie Weihnachten da sein könne. Dabei helfen, dass Adam nicht mit Lykke allein sein musste.

Denn in Wahrheit gab es niemanden, der Adam und Lykke eingeladen hatte, so wie Lykke es der Großmutter erzählt hatte. Lykke hatte keine Freunde, die sie zu Weihnachten einluden. Sie hatte das nur gesagt, damit die Großmutter sich keine Sorgen machte.

Selbstverständlich könnte sie Hilde und Torbjørn in Kopenhagen besuchen und Bohnenbrei essen und sich anhören, wie radikal Jesus in Wirklichkeit gewesen wäre, dass er seine Geburt nie gefeiert hätte, zumindest nicht so.

Aber das war keine Weihnachtsfeier, an der sie Adam teilhaben lassen wollte. Außerdem kannte Adam seine Großeltern nicht.

Fie hingegen hatte alles und noch mehr verdient. Auf jeden Fall verdiente sie es, dass ihr fürchterlicher Sohn sich anständig benahm. Selbst wenn Fie fröhlich war, lag da ein sorgenvoller Zug in ihrem Gesicht, was Lykkes Meinung nach auf ihren Sohn zurückzuführen war.

Deshalb stand Lykke also hier und fror sich die Füße ab, während sie wartete und wartete.

Schließlich sah sie ihn. Groß, blond, mit Markenhose über Markenschuhen. Fies Sohn Jens trug die komplette Uniform. Hätte sie sein Bild nicht gründlich auf Facebook studiert, hätte sie ihn nie bemerkt. Er floss mit den anderen zu einer Masse zusammen. Eine Tasche über die Schulter geworfen, kam er Hand in Hand mit einem schlanken, blonden Mädchen aus der großen Glastür heraus.

Lykke machte einen Schritt nach vorn, hinein in eine Pfütze aus halb geschmolzenem Schnee, und spürte, wie noch mehr Wasser in die Stiefeletten drang. Sie erschauderte, bevor sie rief: »Jens!«

Beide drehten sich um und musterten sie.

»Du meine Güte, da ist Pumuckl«, sagte Jens, woraufhin die schlanke Blonde ein Lächeln unterdrückte. Lykke wünschte sich, sie würde nicht mit einem Fuß in einer Pfütze aus Schneematsch stehen. Darunter litt ihre Würde, aber sie blieb stehen und sagte: »Du bist Jens, nicht wahr? Fies Sohn?«

»Wer will das wissen?«

»Ich bin eine Freundin von Fie … deiner Mama. Kann ich mit dir reden?«

Er musterte sie erneut, zuckte mit den Schultern, nuschelte etwas von »keine Zeit« und drehte sich um.

»Please«, bat Lykke. »Ich stehe seit fast zwei Stunden hier. Ich bin durchnässt, und ich friere, du könntest wenigstens mit mir reden!«

»Tu es«, sagte das blonde Mädchen und schob Jens in ihre Richtung. Sie wandte sich an Lykke. »Jens wirkt vielleicht arrogant, weißt du, aber im Grunde ist er ein Guter.«

Jens war im Grunde ein so Guter, dass er ihr in dem kleinen Café einen Kakao spendierte. Das freute Lykke, zumal der Kakao hier doppelt so teuer war wie in anderen Cafés, ohne dass er dafür auch doppelt so gut war. Aber er war heiß. Sie zog den Mantel aus und spürte, wie Zehen und Finger langsam auftauten.

»Danke«, sagte sie.

»Keine Ursache. Wohnst du mit Mama zusammen?«

»Nein, bist du verrückt?«, entgegnete Lykke. »Sie hat schließlich eine Wohnung. Das wusstest du doch wohl, oder? Sie weiß übrigens nicht, dass ich hier bin, nur damit das gesagt ist.«

»Okay.« Er studierte sie und schien nicht zu mögen, was er sah.

»Ich hatte in letzter Zeit nicht so viel mit meinen Eltern zu tun«, fuhr er beinahe gleichgültig fort. »Ich bin selten zu Hause. Soweit ich weiß, haben sie gestritten.«

»Gestritten? *Gestritten???* Hat dein Vater nicht eine neue Frau?«

»Doch.«

»Und deine Mutter musste ausziehen? *Gestritten?*«

Er zuckte mit den Schultern. »Nun, vielleicht mehr als ein Streit, ja.«

Er spielte mit einem Kaffeelöffel herum und schaute aus dem Fenster. Er war kurz davor, zu gähnen, so desinteressiert war er.

»Machst du dir keine Sorgen um deine Mutter?«, fuhr Lykke fort.

»Selbstverständlich tue ich das. Schließlich ist sie meine Mutter. Aber ich bin der Meinung, das ist etwas, was sie selbst klären müssen. Ich muss da nicht hineingezogen werden.«

»Du wirst wohl nicht dadurch hineingezogen, dass du deine Mutter besuchst. Oder?«

Er lehnte sich auf dem Stuhl weiter zurück und strich sich über die bereits perfekt liegenden Haare.

»Du verstehst das nicht«, sagte er. »Mama hat Probleme, große Probleme. Sie ist zu Hause bei Papa gewesen und hat

Möbel gestohlen, sie ist betrunken und gedopt und ich weiß nicht was. Papa hat gesagt, er hat versucht, ihr zu helfen. Aber er kann tun, was er will, Mama macht nur Theater. Zuerst wollte sie nicht ausziehen, dann fing sie an zu trinken und – nein, ich halte es nicht aus, mich in diese Sachen einzumischen. Das müssen die beiden selbst klären.«

Er schob die nicht angerührte Kaffeetasse beiseite, strich sich erneut über die Haare und schaute sehnsuchtsvoll aus dem Fenster zu seiner Freundin, die geduldig an der Bushaltestelle wartete. Sie sah sehr exklusiv und elegant aus; nicht einmal das unwirtliche Regenwetter hatte es vermocht, sie ungepflegt erscheinen zu lassen. Lykke seufzte neidisch und fuhr sich mit der Hand durch ihre nassen Locken. Aber sie war nicht hier, um Minderwertigkeitskomplexe zu bekommen, es gab Dinge, die wichtiger waren als eine perfekte Frisur.

»Herrgott! Ich kann versprechen, dass sie weder betrunken noch gedopt ist«, sagte Lykke. »Sie hat einen Job, sie hat uns *so* sehr geholfen, sich um mich, meinen Sohn und meine Großmutter gekümmert und … Sie ist mega ordentlich! Und sie vermisst dich. Sie vermisst dich sehr, und das macht sie unendlich traurig. Wenn du sie nur mal besuchen würdest, so würde ihr das sehr helfen! Nur ein kleiner Besuch?«

Sie bemerkte den flehenden Klang ihrer Stimme, aber das war ihr egal.

»Bitte«, murmelte sie. »Sie würde sich so freuen!«

»Mal sehen«, lautete Jens' Kommentar. »Aber ich habe wirklich keine Lust, mich da einzumischen, und bald sind Prüfungen und alles – ich muss mich darauf konzentrieren. Vielleicht nach Weihnachten. Ich wollte das erst nicht ansprechen, weil du draußen so lange gewartet und wie eine gebadete Katze ausgesehen hast, aber geht dich das wirklich etwas an? Ist das nicht etwas, das nur die Familie betrifft?«

Er nahm sie kritisch in Augenschein.

Lykke hätte beinahe genickt. Das war ein Argument. Aber sie ließ nicht locker. »Ich mag Fie. Sie ist durch und durch super! Meine Eltern haben mich im Stich gelassen, du aber hast eine Mama, die dich liebt, und darüber solltest du verdammt noch mal froh sein.«

»Hör zu: Ich kenne dich nicht einmal, und du kommst hierher und beleidigst mich. Es erstaunt mich nicht im Geringsten, dass deine Eltern sich nicht um dich gekümmert haben, du musst eine ziemliche Plage gewesen sein!«

»Du weißt überhaupt nichts über mich!«

»Genauso wie du nichts über mich weißt. Als ich Mama zum letzten Mal gesehen habe, war sie betrunken und im Vollrausch. Das war furchtbar peinlich!«

»Sie war nicht betrunken«, schrie Lykke förmlich heraus.

Jens schaute sich um, aber das Lokal war fast leer. Lykke senkte die Stimme. »Fie war auf Valium«, erklärte sie. »Das ein Arzt ihr verschrieben hat! Weil sie alles verloren hat!«

»Whatever. Wir leben nicht im 19. Jahrhundert. Eine Trennung ist keine Entschuldigung dafür, in so einem Zustand aufzutauchen, wie sie es getan hat. Andere Leute waschen sich die Haare, auch wenn sie sich scheiden lassen. Das war beschämend! Und jetzt reicht's! Das geht dich nichts an. Wenn du eine Freundin von Mama bist, dann sollte sie sich andere Freunde zulegen.«

Er stand auf, warf etwas Geld auf den Tisch – »Denn du bist ja vermutlich blank!« – und verließ das Café. An der Bushaltestelle wartete das Mädchen auf ihn; er legte den Arm um sie, und sie verschwanden um die Ecke.

Lykke zog den noch immer nassen Mantel an und ging nach draußen. Hätte sie nicht die Klappe halten können? Sie hatte keineswegs geholfen, sie hatte alles nur noch schlimmer gemacht. Jetzt war Fie nicht nur betrunken, gedopt und eine Diebin, sie hatte auch noch völlig durchgeknallte Freunde.

»Heh, warte!«

Lykke drehte sich um und sah das blonde Mädchen auf sich zulaufen. Lykke zog den Mantel fester um sich und spähte nach dem Bus. Aber es war kein Bus in Sicht.

»Entschuldige wegen Jens«, sagte das Mädchen außer Atem. »Er ist wirklich nicht so, wie es scheint. Alles ist so anders geworden, seit seine Mutter ausgezogen ist, und er vermisst das Leben, wie es früher war. Er findet das alles sehr schwierig.«

»Ich hätte mich nicht einmischen sollen«, sagte Lykke.

»Wie geht es seiner Mutter?«

»Viel besser. Sie hat ihr Leben in Ordnung gebracht. Kannst du ihn nicht dazu bringen, sie zu besuchen? Sie vermisst ihn.«

»Ich werde sehen, was ich tun kann«, versicherte das Mädchen mit einem Lächeln. Trotz ihrer Vorurteile gegenüber hübschen, blonden, gut gekleideten Mädchen schaffte Lykke es nicht, das Lächeln unerwidert zu lassen.

Dennoch bereute sie die Aktion noch immer zutiefst. Was, in aller Welt, hatte sie sich nur dabei gedacht, sich in dieser Weise in Fies Privatleben einzumischen?

22

13. Tag im Advent

Fie wirkte fröhlich, als Lykke und Adam nach der Arbeit und dem Kindergarten in den Laden kamen. Lykke sah sie prüfend an. Doch, sie sah wirklich fröhlich aus. Es war das erste Mal, dass sie Fie fröhlich sah. Das verlieh ihrem Gesicht einen rosa Schimmer, die Augen funkelten, und selbst die Haare wirkten lebendiger, sie lockten sich mehr, als sie es zuvor getan hatten.

»Kaffee?«, fragte sie. »Und Plätzchen? Ich habe Schmalzgebäck, Waffelhörnchen und Pfefferkuchen. Die Leute wollen sie kaufen! Ich wusste nicht, dass ich so gut backen kann!«

»Du tust irgendwas hinein«, sagte Lykke. »Irgendetwas.«

»Zitrone und Vanille«, flüsterte Fie. »Sag es keinem, das ist nicht ganz nach Vorschrift. Also, keine Zitrone in die Pfefferkuchen, das ist unnötig. Pfefferkuchen bieten mehr Raum fürs Experimentieren, so erlangen sie in gewisser Hinsicht mehr Persönlichkeit. Ein klein wenig Zitrone in die Waffelhörnchen bewirkt hingegen Wunder.«

»Hast du wirklich Plätzchen verkauft?«

»Nein.« Fie schüttelte bedauernd den Kopf. »Ich habe sie verschenkt. Wenn ich sie verkaufen wollte, müsste ich die Lebensmittelaufsicht in meine Küche lassen und alles desinfizieren, und der arme Hund müsste ins Badezimmer umziehen.

234

Nein, ich habe sie verschenkt. Aber die Leute haben den Weihnachtsschmuck gekauft, den du mitgebracht hast. Das war natürlich nicht ganz die Absicht.«

»Aber das war doch nur billiger Plunder!«

»Das weiß ich. Aber ich hab mir gedacht, ich kann es ihnen auch nicht verwehren. Sie haben auch Pflanzen gekauft und den gebrechlichen kleinen Tisch. Selbst die Porzellanpuppe mit den starren Augen wurde verkauft!«

»Die war unheimlich. Adam hatte Albträume wegen ihr.«

»Sie war durch und durch grausam«, sagte Fie vergnügt. »Die Leute sind in schrecklicher Kauflaune. Das hat mit dem ganzen Raum zu tun, glaube ich. Mit dem Holzofen, Hund, der Atmosphäre … Die Kunden bezeichnen es als echte Weihnachtsstimmung. Ich weiß nicht, woraus die unechte Weihnachtsstimmung besteht, aber auf jeden Fall ist es schön, dass ich die echte habe.«

»Ja«, sagte Lykke. »Aber, Fie …«

»Ich muss mehr Waren herbeischaffen«, fuhr Fie abgeklärt fort. »Eine Freundin deiner Großmutter ist aufgetaucht und hat gefragt, ob sie hier im Laden nicht ihre Topflappen verkaufen könnte. Gehäkelte Topflappen, sie häkelt wie ein geölter Blitz – ich habe es gesehen, sie hatte Garn und Häkelnadeln dabei und hat es demonstriert, damit ich sehen konnte, wie tüchtig sie ist. Ich habe ihr Bilder von ein paar richtigen Retro-Topflappen gezeigt. Daraufhin ist sie so schnell, wie der Rollator sich schieben ließ, nach Hause gestürzt. Sie hat auch von weiteren Freundinnen gesprochen, sie haben scheinbar eine Art Näh- und Strickclub. Und ich habe überlegt …«

»Was?«

»Die Leute wollen gern Weihnachtsschmuck haben. Und ich könnte selbstverständlich diese Weihnachtskugeln in hübsche Schachteln packen und sie verkaufen, aber das wäre doch Mogelei und definitiv keine echte Weihnachtsstimmung!

Und Mogelei würde deiner Großmutter nicht gefallen! Daher habe ich überlegt, ob wir vielleicht etwas basteln oder diesen Weihnachtsschmuck hier aufpeppen könnten oder so etwas. Du hast doch die Kunstschule besucht, deshalb dachte ich, es müsste doch möglich sein, irgendetwas hinzubekommen. Was meinst du?«

»Wir?« Lykke sah sie verständnislos an. »Etwas basteln und verkaufen?«

»Nun, wenn ich *wir* sage, meine ich vor allem dich«, sagte Fie. »Ich kann backen, verkaufen und Möbel aufpolieren, aber ich habe keine Kunstschule besucht. Was knifflige Kleinarbeiten betrifft, bin ich nicht so geschickt. Es muss nichts Ausgefallenes sein, nur – du weißt schon – *Weihnachtsschmuck*. Kugeln, Herzen und Weihnachtsmänner oder was du willst. Genau, was du willst. Ich kann auf Adam aufpassen.«

»Hund kann auch auf mich aufpassen«, sagte Adam, was Fie mit einem Nicken bestätigte.

»Aber ich habe noch nie Weihnachtsschmuck gebastelt«, gab Lykke zu bedenken. »Nie. Und ich weiß nicht, ob ich dafür Zeit habe. Oder ob es mir gelingt.«

Als sie sich jedoch umsah, die Kugeln und Weihnachtsmänner, die Herzen und all die traditionellen und langweiligen Dekoartikel betrachtete, die sie herbeigeschafft hatte, tauchten in ihrem Kopf Ideen auf. Natürlich konnte sie etwas tun! Nicht viel selbstverständlich, denn es war nicht mehr lange hin bis Weihnachten, zudem war es lange her, dass sie so etwas zuletzt gemacht hatte. Aber sie könnte vielleicht etwas aus Gips machen? Aus Stoff? Ton? Klar, sie hatte nicht alle Zeit der Welt, wenn sie jedoch den hier vorhandenen Schmuck nahm und diesen ein wenig aufpeppte, wie Fie es vorgeschlagen hatte, dann müsste es doch verhältnismäßig schnell gehen. Oder sie könnte sich selbst etwas einfallen lassen – etwas sehr Einfaches?

Das könnte tatsächlich Spaß machen!

Ob es ihr gelingen würde, war eine andere Sache. Es war lange her, dass sie sich kreativ betätigt hatte. Als Adam geboren war, hatte sie beschlossen, Verantwortung zu übernehmen und sich wie eine Erwachsene zu benehmen. Das war nicht schwer gewesen, denn Mutter zu werden, war so überwältigend gewesen, dass sie ohnehin nicht in der Lage gewesen war, an etwas anderes zu denken. Aber jetzt? Vielleicht?

»Das wird gut«, ermutigte Fie sie sanft. »Du schaffst das!«

»Aber was ist mit gesundem Abendessen?«, warf Lykke ein. »Und mit Bettzeiten und dem abendlichen Bad für Adam? Außerdem lesen wir gerade Willi Wiberg, wann sollen wir dafür Zeit finden, und …«

Besorgt dachte sie an all die Routinen, die sie mühsam etabliert hatte. Das war ihr Schutzschild gegen all das Chaos, das ihre Welt als einkommensschwache, alleinerziehende Mutter bedrohte. Eine gesunde warme Mahlzeit um halb fünf, danach Abwasch, eine Stunde spielen, ausgiebiges Baden, Abendessen mit Vollkornbrot und Möhre, eine halbe Stunde lesen und anschließend ins Bett.

Lykke hatte weder Fernseher noch Geschirrspüler und war der Meinung, auf diese Weise einigem Ärger zu entgehen. Im Großen und Ganzen lief ihr Alltag wie ein Uhrwerk, worauf Lykke stolz war. Allerdings füllten diese Gewohnheiten das ganze Leben aus. Für andere Interessen hatte sie keinen Freiraum. Sollte sie jetzt kreativ sein, gingen die Routinen womöglich direkt den Bach hinunter.

»Es ist bald Weihnachten«, sagte Fie, die aussah, als würde sie Lykkes Gedanken lesen können. »Vor Weihnachten ist alles anders. Und ich helfe gern, ich kann auf Adam aufpassen, wenn es erforderlich ist. Er kann auch bei mir übernachten, wenn du willst. Ich verspreche, ich werde es gut machen. Mega gesunde warme Mahlzeiten und viel Lesen. Wir können in die Bibliothek gehen. Du weißt, wo die ist, nicht wahr, Adam?«

»Die Straße runter, um die Ecke und wieder rauf«, sagte Adam stolz, wenn auch etwas undeutlich. »Und Tante Fie hat Unmengen an Pjätzchen. Wenn ich dort schjafe, können wir zum Abendbrot Pjätzchen essen!«

»Ich werde Vollkornbrot backen«, sagte Fie schnell. »Sehr vollkorniges Vollkornbrot. Mit Möhren.«

Lykke und Adam verabschiedeten sich, vermutlich, um eine gesunde, wenn auch qualitativ nicht so hochwertige warme Mahlzeit einzunehmen. Fie hatte herausgehört, dass Lykke keine besonders gute Köchin war, jedoch hatte es nicht den Anschein, als würde Adam darunter leiden. Fie war auch hungrig, hatte aber keine Zeit, jetzt schon nach Hause zu gehen.

Sie hätte Plätzchen essen können, wenn sie nicht alle verschenkt hätte.

Das war Saras Schuld, dachte sie. Die Adventsaufgabe an diesem Morgen hatte aus einer schnellen Nachricht bestanden – inklusive Schreibfehler: *Sei großzügigt* ☺

Im Laden herrschte ein ziemliches Durcheinander. Die noch vorhandenen Pflanzen übertünchten das Ganze zwar etwas, aber es waren insgesamt viel zu wenige. Fie musste erneut Peder anrufen. Er würde gezwungen sein, in aller Frühe aufzustehen.

Zumindest Peders Mutter würde das fröhlich stimmen, dachte sie.

Etwas mutlos schaute sie sich um. Sie konnte den Laden nicht auf Pflanzen, gehäkelten Topflappen und aufgehübschtem Weihnachtsschmuck aus dem Schnäppchenmarkt aufbauen. Schließlich handelte es sich eigentlich um ein Antiquitätengeschäft. Die Frage lautete also: Wo fand man diese Antiquitäten?

Sollte sie Trym fragen?

Das Restaurant war geöffnet, also erklärte Fie Hund, dass

sie nur für einen kurzen Moment weg wäre und sich gleich nebenan befände. Hund seinerseits sah sie aufmerksam an, bevor er gähnte und ihr mit aller Deutlichkeit zu verstehen gab, dass es ihn nicht kümmerte und sie außerdem seinen Mittagsschlaf gestört hatte. Fie musterte ihn einen Augenblick lang. Es hatte den Anschein, als sei es Ewigkeiten her, dass Hund Todesangst gehabt hatte, den Laden zu betreten. Jetzt verfügte er über zwei sichere Orte, die Wohnung und den Laden, und hätte keiner von beiden Treppen gehabt, dann wäre Hunds Leben perfekt gewesen.

Zögernd ging Fie zur Tür hinaus und die Treppe hinunter. Dann waren es fünfeinhalb Schritte (Fie hatte sie gezählt) bis in Tryms Restaurant. Dort war es warm und gemütlich, und da es erst halb fünf war, waren nur einige Tische besetzt. Trym stand hinterm Tresen und reparierte irgendetwas. Als er sie sah, hellte sich sein Gesicht auf.

»Hei«, begrüßte Fie ihn.

»Ich habe Zahnseide verwendet«, versicherte Trym.

Fie spürte, dass sie rot wurde.

»Entschuldigung«, sagte sie schnell und abgehackt. »Das ist eine Berufskrankheit. Ich habe jahrelang als Zahnarztassistentin gearbeitet. ›Denken Sie an Zahnseide‹ war immer das Letzte, was wir gesagt haben, wenn die Patienten zur Tür hinausgingen. Das ploppt zwischendurch immer mal wieder auf, und nicht immer an den passenden Stellen.«

»Das war ein guter Rat«, entgegnete Trym ernst. »Mit sehr entschlossener Stimme ausgesprochen. Ich bin mir sicher, die Patienten haben sich nichts Gegenteiliges gewagt.«

»Ich brauche ebenfalls einen Rat«, sagte Fie, eifrig darauf bedacht, das Thema zu wechseln.

»Okay. Ich stehe selbstverständlich stets zu Diensten. Wein?«

Fie sah ihn streng an.

»Um halb fünf«, sagte sie. »Ich bin eigentlich bei der Arbeit.«

Trym lächelte und lehnte sich lässig über den Tresen.

»Ich werde es niemandem erzählen«, versprach er. Fie schaute in die schmalen, lachenden Augen und spürte zu ihrer Verbitterung, dass sie errötete.

Trym bemerkte es auch und lächelte erneut.

Player!, dachte Fie irritiert und hatte einen Augenblick lang Angst, es laut ausgesprochen zu haben. Sie machte einen Schritt rückwärts. »Ich habe zu wenig Waren«, sagte sie reserviert. »Ein Laden ohne Waren ergibt keinen Sinn. Wissen Sie, wo Klara die Waren herbekommen hat?«

Trym sah sie kurz an, dann drehte er sich um und legte Brot, Schinken, Käse und eine Serviette auf einen Teller. »Essen Sie«, sagte er. »Sie brauchen es. Sie sind viel zu dünn.«

»Ich?« Fie starrte ihn an. »Zu dünn?«

Zu ihrem Erstaunen sah sie, dass seine Ohren dunkelrosa wurden, bevor er sich schnell abwandte. »Tee oder Kaffee?«

»Kaffee«, sagte Fie und nahm ein Stück von dem Brot. *Zu dünn?*

»Ich habe es nicht so gemeint«, sagte Trym. Jetzt war das bekannte Lächeln zurück. »Sie sind selbstverständlich vollkommen perfekt. Aber es ist anstrengend, so zu Werke zu schreiten, wie Sie es getan haben. Sie müssen darauf achten, dass Sie ordentlich essen, damit Sie das durchhalten.«

»Danke«, murmelte Fie und nahm einen großen Happen. Für einen Moment schloss sie genussvoll die Augen: zarter Schinken, würziger Käse und säuerliches Brot. »Perfekt«, murmelte sie mit vollem Mund, öffnete die Augen wieder und sah direkt in die von Trym.

»Essen Sie mehr«, forderte Trym sie auf, schnitt eine weitere Scheibe Käse ab und legte sie auf den Teller vor ihr. Er schien erpicht darauf zu sein, dass sie mehr aß, damit sie zu Kräften kam und aufhörte, zu dünn zu sein. (*Zu dünn?* In Gedanken schüttelte Fie den Kopf. Den meisten Frauenzeitschriften auf dieser Welt zufolge konnte man nie zu dünn sein! Man konnte so tun, als sei es anders, konnte vorgeben, stolz auf Wülste, Formen und Orangenhaut zu sein. Fie war jedoch überzeugt davon, dass alle wussten, dass *dünn* den Ton angab! Nicht zuletzt Carl Christian wusste das, unter dessen kritischen Blicken Fie gelebt hatte! Es war nicht ausgeschlossen, dass sie ohne die vier, fünf Kilo, die sie mit fortschreitendem Alter dazugewonnen hatte, noch immer verheiratet und Zahnarztassistentin hätte sein können.)

Auf der anderen Seite – Carl Christian war nicht hier! Fie aß mit Wohlbehagen weiter, während Trym weiterredete. »Ich glaube nicht, dass Klara losgezogen ist, um Waren einzukaufen, abgesehen von den Blumen. Die Leute kamen mit Kleinmöbeln und solchen Sachen zu ihr und wollten, dass sie die Dinge übernahm. Oft war es reiner Müll. Klara brachte es nicht fertig, Nein zu sagen. Sie sagte, sie wolle Hermans Arbeit fortführen, und meiner Meinung nach glaubte sie auch, das zu tun, aber eigentlich war es nur ein heilloses Durcheinander.«

Fie nickte, sie konnte Klara gut verstehen.

»Es ist ihr zu viel geworden«, sagte sie. »Ich verstehe das.«

»Ja.« Trym schenkte ihr ein offenes, breites Lächeln. »Ich bin sehr dankbar, dass Sie gekommen sind und ihr helfen, und bitte erneut demütig um Entschuldigung, dass ich anfangs so misstrauisch gewesen bin.«

»Ach, keine Ursache, nicht der Rede wert«, murmelte Fie verwirrt und spürte erneut, wie sie verlegen wurde. In Tryms Gegenwart schien sie komplett den Faden zu verlieren. Sie riss sich zusammen. »Aber wissen Sie, wo ihr Mann die Waren herbekommen hat? Ist er umhergereist?«

»Er war auf Märkten«, erzählte Trym. »Und in Gebrauchtwarenläden auf dem Land. Dort war es oft viel billiger.«

»Ich habe kein Auto«, sagte Fie nachdenklich. »Ich kann mir eins organisieren, aber ich schaffe es nicht, vor Weihnachten auf Märkte oder so etwas zu fahren. Vielleicht online über Kleinanzeigenportale? Der Laden ist wirklich ziemlich leer.«

»Ich kann Sie fahren«, bot Trym an.

Fie schoss ein Bild durch den Kopf von Trym und sich auf Landtour in einem offenen Zweisitzer, vollkommen ungeeignet, überhaupt auch nur irgendwas zu transportieren. Sie schob das Bild beiseite und stand auf. Das war töricht. Es war, als wäre sie wieder ein Teenager, verknallt in einen Jungen, der Fußball liebte und sie dazu gebracht hatte, Dummheiten zu sagen wie: »Ich mag Offside auch.« (Sie hatte es missverstanden und geglaubt, sie würden über das Essen bei McDonald's reden.) Das war furchtbar peinlich gewesen, allerdings war sie damals dreizehn gewesen. Verzeihlich, wenn man gerade erst Teenager geworden war, töricht hingegen, wenn man erwachsen war.

Also war es das Beste, sofort seiner Wege zu gehen.

Daher erhob sie sich schnell, den Mund voll mit Käse und Brot. Trym stand mit einer Schüssel Trauben und noch mehr Kaffee bereit und sah sie erstaunt an. Fie schluckte.

»Ich muss jetzt gehen. Vielleicht könnten Sie mal rumfragen, ob irgendwer weiß, ob sie beispielsweise einen Lieferanten gehabt haben? Einen, der die Waren angeliefert hat?«

»Klar. Müssen Sie wirklich schon gehen? Ich habe Kuchen …«

»Nein, danke, ich muss zurück. Es könnte doch sein, dass jemand kommt«, entgegnete Fie. Sie ging schnell zur Tür, knickste auf halbem Wege und murmelte: »Danke für das Essen.«

»Danke für das Essen«, sagte sie zu Hund, als sie in den Laden hineinkam. »*Danke für das Essen?* Und ich habe tatsächlich einen Knicks gemacht! Frauen in meinem Alter machen keinen

Knicks, es sei denn, sie begegnen der Königin. Nächstes Mal werde ich vermutlich noch ein Kinderlied singen, bevor ich einen Schluck Wein nehme. Ich kann schlicht und einfach nicht mehr dorthin gehen. Lillian kann ihn haben. Ich könnte dort sonst noch alles Mögliche sagen, und wer weiß, was ich nach ein paar Gläsern Wein tun würde?«

Erneut sah sie den Weihnachtsmann an, der feierlich oben auf dem Schrank thronte und aus dem Fenster starrte. Sie fand, sein Plastikgesicht wies einen triumphierenden Zug auf.

»Es sollte mich nicht wundern, wenn es deine Schuld wäre«, sagte sie vorwurfsvoll. »Du mischst dich in alles ein!« Sie schüttelte den Kopf. »Nicht, dass ich an diesen Weihnachtsmann glaube«, sagte sie an Hund gerichtet, der weder für Fie noch für den Weihnachtsmann das geringste Interesse zeigte. Das war beruhigend, fand Fie, denn wäre der Weihnachtsmann wirklich ihre Großmutter oder etwas anderes Übernatürliches gewesen, dann hätte Hund gewimmert oder gebellt. Tiere fühlten so etwas, hatte sie gelesen. Da war sie sich ganz sicher.

Auf der anderen Seite wimmerte oder bellte Hund nie.

»Das geht nicht«, sagte sie entschlossen. »Ich spreche mit einem Weihnachtsmann. Ich knickse, stolpere und benehme mich wie ein dämlicher Teenager. Ich werde keinen Fuß mehr in dieses Restaurant setzen.«

23

14. Tag im Advent

Blasses Morgenlicht streckte seine langen Finger bis in die hinterste Ecke der Wohnung und offenbarte eine solide Menge Staub. Fie blinzelte verwirrt. Sie hatte diese Ecke seit ihrer großen Putzaktion, als sie die Wohnung eingerichtet hatte, weder betrachtet noch wahrgenommen. Es handelte sich um eine vernachlässigte Ecke, die meistens unsichtbar blieb. Sie schaute auf ihr Handy – halb zehn. Es war halb zehn! Zu dieser Zeit war Fie eigentlich immer schon auf den Beinen. Für gewöhnlich wurde sie um zehn nach sieben von ihrer großen Schwester geweckt, so regelmäßig, dass sie Sara als ihren persönlichen Wecker betrachtete. Heute jedoch nicht.

Fie schüttelte das Handy, das ein warnendes Piepen von sich gab. Es war nicht auf lautlos gestellt.

Auch Peder hatte nicht angerufen, obwohl sie halbwegs vereinbart hatten, weitere Pflanzen zu kaufen. Aber vielleicht war es zu viel verlangt, dass er sie weckte.

Sie stolperte die Treppe hinunter, wo sie Hunds vorwurfsvollem Blick begegnete, den er anschließend starr auf die leere Futterschüssel richtete.

»Tut mir leid«, sagte Fie. »Entschuldige, entschuldige!«

Sie schüttete Trockenfutter in Hunds Schale und kochte

sich einen Kaffee, den sie trank, während sie sich zurecht-machte, um anschließend zusammen mit Hund die Treppen hinunterzulaufen. Er schien zu begreifen, dass es eilte, denn er zögerte an keiner einzigen Stufe. Seine Ohren waren flach nach hinten angelegt, und zum ersten Mal lief er zielstrebig vor Fie her, die ihrerseits Mühe hatte, Schritt zu halten.

»Warte!«, bat sie. »Warte! Es ist ja nicht so, dass die Leute vor dem Laden Schlange stehen. Und ich habe nicht gefrüh-stückt. Warte!«

Aber Hund schlitterte um die Ecke bei Lillians Boutique (selbstverständlich geschlossen; Lillian hatte ausgesprochen angenehme Öffnungszeiten) und legte im Endspurt hinunter zu *&Dinge* noch an Tempo zu. Hintendran taumelte Fie unsi-cher über den vereisten Gehweg.

Es war keine lange Schlange vor *&Dinge*, aber eine Gestalt stand dort. Dünn, in blauem Mantel, schwarzen Stiefeletten, dunkelblauer Mütze und einem karierten Burberry-Schal. Fie blinzelte erstaunt. Die Frau war in etwa in Fies Alter, und es war, als würde sie eine Ausgabe ihrer selbst von vor ein paar Monaten sehen. Sie hätte schwören können, dass dieser Schal der gleiche war wie ihrer. Und die Mütze!

Hund stoppte triumphierend vor der Treppe, und Fie schloss auf.

»Entschuldigen Sie, dass ich so spät bin«, sagte sie außer Atem. Die Frau nickte und ging vor ihr die Treppe hinauf, ohne ein Wort zu sagen. Fie folgte ihr und schaltete das Licht ein. Zum Glück hatte sie am Tag zuvor aufgeräumt, sodass der Raum einladend aussah, wenn auch ein wenig leer.

»Suchen Sie etwas Spezielles?«

Die Frau schüttelte den Kopf. Langsam ging sie im Laden umher, fingerte an einem Stuhl herum, zog beim Anblick eines Plastikweihnachtsmanns eine Augenbraue nach oben und griff gedankenverloren nach ein paar Weihnachtskugeln.

»Die werden noch aufgehübscht«, sagte Fie. »Ich kenne eine Künstlerin, die so was macht. Sie wird etwas Besonderes daraus zaubern. Vorläufig stehen sie nicht zum Verkauf. Nicht, dass jemand sie kaufen wollte, das meine ich nicht.«

Sie ertappte sich dabei, dass sie entschuldigend klang.

Die Blaugekleidete nickte und legte die Kugeln wieder zurück. Fie fand die Frau merkwürdig, aber da sie selbst lange Zeit merkwürdig gewesen war, ließ sie sie in Ruhe durch den Laden schlendern.

Vor Hund blieb die Kundin stehen.

»Gehört der Ihnen?« Ihre Stimme klang überrascht.

»Ja.«

Plötzlich ging die Tür auf, und herein kam Trym in all seiner Pracht. Heute trug er wieder Jeans, der dicke Pullover jedoch, den er für gewöhnlich anhatte, war durch ein T-Shirt ersetzt worden. Ein kurzärmeliges T-Shirt, obwohl es draußen kalt war.

Fie spürte, wie ihr Mund trocken wurde.

»Öle!«, sagte Trym. »Und Gewürze!«

»Aha«, entgegnete Fie zögernd. »Wenn Sie das sagen.«

Sie hatte keine Ahnung, wovon er redete, aber natürlich konnte dies eine logische Fortsetzung des Gesprächs vom Vortag sein. Sie war sich vollkommen im Klaren darüber, dass sie in Gegenwart von Trym den Großteil ihrer Hirnkapazität verlor, sodass nicht ausgeschlossen war, dass Öle und Gewürze etwas waren, worüber sie etwas Kluges müsste sagen können.

»Öle und Gewürze, ja«, entgegnete sie.

»Ja, ist das nicht eine gute Idee? Das würde im Grunde für uns beide Probleme lösen.«

»Genau«, erwiderte Fie unsicher.

Draußen erklang ein Hupen, und Trym drehte sich um. »Das ist für mich«, sagte er. »Ich muss gehen. Also haben wir eine Abmachung?«

246

»Jaha«, stimmte Fie erneut zu und sah ihm nach, wie er mit ausladenden Armbewegungen den Fahrer des Autos instruierte. Während sie noch immer starrte, tauchte Lillian auf. Mit eleganten, langsamen Bewegungen – wie eine Schlange, dachte Fie – schlich sie sich an Trym heran. Dieser legte den Arm um sie, während er sein Gespräch mit dem Fahrer fortsetzte. Seiner wie auch Lillians Bewegung wohnte etwas Selbstverständliches inne, das Vertrautheit und Nähe vermittelte.

Etwas, das sagte: *Wir hatten Sex*, dachte Fie seufzend. Eigentlich vermittelte es: *Wir haben regelmäßig Sex*. Genau genommen, dachte sie sauer, vermittelte es: *Wir hatten heute bereits Sex, auch wenn es erst zehn Uhr ist*. Sie seufzte erneut, wandte sich vom Fenster ab und der Kundin zu. Die stand am Tresen und fummelte an dem Glas herum, das Fie mit Waffelhörnchen gefüllt hatte.

»Bedienen Sie sich nur«, sagte Fie. Ihre Gedanken waren noch immer mit Trym und Lillian beschäftigt. Sie sah die Frau das Glas öffnen, eine Serviette nehmen und damit eines der Hörnchen herausziehen. Das war jemand, der Reinlichkeit ernst nahm. Fie dachte an all die Finger, die in diesem Glas gesteckt hatten, und schloss entschieden den Mund.

»Haben Sie die selbst gebacken?«, erkundigte sich die Frau. Fie nickte.

»Gut! Könnte ich ein paar kaufen? Ich hatte dieses Jahr keine Zeit zum Backen.«

»Leider nein«, sagte Fie. »Ich darf keine Plätzchen verkaufen. Das hat mit den Vorgaben der Lebensmittelaufsicht und so was zu tun.«

»Ich werde nichts sagen.«

»Tut mir leid, nein.«

»Ah.« Die Frau drehte eine weitere Runde durch den Laden.

»Aber könnte ich vielleicht das Rezept bekommen?«

»Das ist ein Familiengeheimnis«, murmelte Fie abwesend. Jetzt war das Auto dort draußen auf der Straße weggefahren, und Trym und Lillian standen da und redeten. Lillian hatte ihre Hand auf Tryms Arm gelegt, und es sah so aus, als würden sie etwas von großer Wichtigkeit diskutieren. Fie legte den Kopf schräg und studierte sie genau. Stritten sie? Oder planten sie die Ausschweifungen der kommenden Nacht? Was es auch war, beide schienen mit Leidenschaft beim Thema zu sein.

»Familiengeheimnis?«, sagte die Frau. »Ich kann für das Rezept durchaus bezahlen. Die sind wirklich sehr gut.«

»Tut mir leid«, wiederholte Fie. »Das geht nicht. Das ist sehr geheim, von meiner Großmutter geerbt.«

»Welcher Großmutter?«

»Entschuldigung?« Fie drehte sich um und sah die Frau an. Zwar waren die Plätzchen ziemlich gut, aber Michelin-Sterne verdienten sie nicht. Es handelte sich um ganz gewöhnliche, mit extra Gewürzen versehene Waffelhörnchen, und normalerweise boten ihr die Leute kein Geld für das Rezept an. Sie wühlten normalerweise auch nicht in ihrer Familiengeschichte herum.

»Sind wir uns schon einmal begegnet?«, fragte sie. Irgendetwas an dieser Dame kam ihr bekannt vor. Fie konzentrierte sich, musterte die Frau und kramte in ihrer Erinnerung. Sie glaubte nicht, dass sie sie gemocht hatte. Die Frau war herablassend gewesen, sie hatte Fie den Rücken zugedreht und deutlich zum Ausdruck gebracht, dass Fie nicht interessant war. Fie war verärgert gewesen, sehr verärgert.

Dann erinnerte sie sich. Es war einer dieser unendlichen, langweiligen Zahnärzte-Kongresse gewesen. Diese Dame war Zahnärztin und hatte Abstand zu den Assistenten demonstriert, die allesamt Frauen gewesen waren. *Ich bin keine von euch*, hatte sie unmissverständlich gezeigt. *Sprecht mich nicht*

an. Nur weil ich eine Frau bin, bin ich noch lange nicht wie ihr.
Wir haben nichts gemeinsam.

Sowohl davor als auch danach war Fie anderen Zahnärztinnen begegnet, vielen Zahnärztinnen, und die waren im Großen und Ganzen freundlich gewesen. Ab und an aber war sie auf solche getroffen, die unbedingt Abstand zu den armseligen Assistentinnen hatten demonstrieren müssen.

»Jetzt erinnere ich mich an Sie«, sagte sie. »Wir sind einander auf einem Zahnärzte-Kongress begegnet.«

Und weil sie in einem Laden stand und der Meinung war, der Kunde sei immer König, lächelte sie freundlich.

(Anschließend, als Entschuldigung dafür, dass ihr Gehirn so träge gearbeitet hatte, schob sie die Schuld auf Trym und Lillian, die ihre Aufmerksamkeit in Anspruch genommen hatten, darauf, dass sie nicht gefrühstückt hatte und dass sie auch nicht die Menge an Kaffee getrunken hatte, die sie brauchte, um morgens in die Gänge zu kommen.)

Praktisch ausgedrückt bin ich geschlafwandelt, beharrte sie hinterher. Das half ein wenig, aber nicht sonderlich viel. Sie kam sich trotzdem wie eine Idiotin vor.

»Ich bezahle gerne«, sagte die Frau. »Also, für die Plätzchen.«

»Nehmen Sie ein paar, wenn Sie sie so gut finden«, bot Fie großzügig an.

Zweifelnd blickte die Frau auf den Behälter mit den Plätzchen. Der war schon ziemlich leer.

»Haben Sie vielleicht noch mehr?«

Langsam wurde das Ganze seltsam. Fie schüttelte den Kopf, nein, mehr hatte sie nicht. Zudem deutete sie an – auf sanfte Art und Weise, weil der Kunde immer König war, obwohl diese Kundin merkwürdig und besessen von Plätzchen zu sein schien –, dass dies keine Bäckerei war.

»Wir verkaufen Blumen, Antiquitäten und Weihnachtsschmuck«, sagte Fie hilfsbereit. »Die Straße weiter runter befindet sich eine Bäckerei. Die haben bestimmt Waffelhörnchen.«

Die Frau lächelte vorsichtig und nervös zugleich.

»Sie wissen nicht, wer ich bin, oder doch?«, fragte sie.

Steif lächelnd schüttelte Fie den Kopf. Doch, gewiss wusste sie, wer sie war. Sie war die Dame vom Kongress. Dann schaltete ihr morgendlich müdes Gehirn einen Gang höher. Sie registrierte: blauer Mantel, blauer Rock, blaue Schuhe. Burberry-Schal.

»Das ist mein Schal«, sagte sie und streckte die Hand aus.

»Ihr Schal? Nein, das ist er nicht.«

Die Frau sah verwirrt aus, aber Fie ließ nicht locker. »Doch, das ist mein Schal.« Sie wies auf einen losen Faden. Sie erinnerte sich genau daran, wann das passiert war. Im Frühling des vergangenen Jahres, als sie beim Nachbarn zum Grillfest eingeladen gewesen waren. Fies Schal hatte sich in einem der Büsche verhakt, und Carl Christian hatte ihr dabei geholfen, ihn zu befreien.

Sie fragte sich, ob der Schal noch immer mit zu Grillfesten kommen durfte.

»Oh!«, rief die Frau aus und fuhr fieberhaft fort: »Er hat einfach in einer Schublade gelegen. Ganz ehrlich! Ich muss mich vergriffen haben. Entschuldigung, ich habe nicht darüber nachgedacht …«

»Einfach dagelegen? Offensichtlich gehören Sie zu der Sorte Menschen, die sich an Sachen bedienen, die einfach so daliegen«, sagte Fie verbittert und schnappte sich den Schal. Vor ihr, hatte sie endlich begriffen, stand also in all ihrer Pracht Thale. Allerdings sah sie nicht aus wie jemand, der anderer Frauen Ehemänner stahl. Sie sah aus wie eine Zahnärztin von der prächtigen Sorte. Sie sah aus, als würde sie sehr gründlich unter Betten und Badewannen scheuern sowie jeden Morgen und Abend Zahnseide verwenden.

Genau genommen, dachte Fie erschrocken, sah sie aus wie Fie vor ein paar Monaten, nur viel dünner. Das war unheimlich, so als hätte eine andere nicht nur ihren Mann und ihr Haus, sondern auch sie selbst übernommen.

Konnten die Nachbarn den Unterschied erkennen? Und wie verhielt es sich mit Fies Freundinnen?

Als Carl Christian und Fie eingezogen waren, hatten die Nachbarn sie diskret beobachtet, bevor sie Fie sowohl in die Lunch-Gruppe als auch in die exklusive kleine Gruppe aufgenommen hatten, die mit ins Spa durfte. (Vorbehalten jenen unter sechzig.) Außerdem wurden sowohl sie als auch Carl Christian Mitglieder im monatlichen Abendessen-Club sowie im Bridge-Club.

Im Bridge-Club war Fie wenig erfolgreich gewesen. Sie brachte Begriffe wie Niveaus, Re-Doublierung und Kontrieren durcheinander und hatte Carl Christian verlegen gemacht. Sie hatte häufig *Pass* gesagt.

In der Tat, dachte sie, beinahe erleichtert, überließ sie Thale mit Freuden den gesamten Bridge-Club! Sie sah aus, als könnte sie die Kontrolle über die Spielkarten behalten!

Aber abgesehen vom Kartenspiel war es mit den Nachbarinnen nett gewesen. Sie hatten einander nicht gerade ihre geheimsten Sehnsüchte anvertraut, jedoch hatte sie sie für eine mitteilsame, umgängliche Gruppe gehalten. Allen voran waren sie sich ähnlich gewesen, was Kleidungsstil, Haus, Auto sowie ihren Platz in der Welt betraf.

Nicht lange nachdem sie Probleme bekommen hatte, waren zwei aus der Spa-Gruppe zu Besuch gekommen. Es war beinahe so gewesen, als hätte man sie zum Krankenbesuch ausgesandt, erinnerte sich Fie. Sogar Trauben hatten sie dabeigehabt. Anteil nehmend und mit betrübten Gesichtern hatten sie sie angesehen und ihr gekonnt die ganze Geschichte entlockt.

Sie hatte vermutlich unzusammenhängend gesprochen –

Sobril hatte diesen Effekt –, aber sie hatte sich bemüht und war ganz sicher, nicht benebelt gewirkt zu haben. Trotzdem waren sie nicht wiedergekommen. Niemand hatte sie zum Kaffee hereingerufen, wenn sie im Garten gewesen war, und die kleine Seitenstraße in der Nachbarschaft hatte sie alleine entlangspazieren müssen.

Fie hatte es so empfunden, als würde sie an etwas Ansteckendem leiden.

Sie hatte versucht, es zu rationalisieren: Im Grunde genommen hatten sie einander nicht nahegestanden, und wenn die Wahl zwischen einem geistig fitten, Bridge spielenden Carl Christian mit Bügelfalte in der Hose und einer verwirrten, mit Sobril vollgepumpten Fie bestand, dann war die Entscheidung sicher nicht schwer. Außerdem wusste sie nicht, was Carl Christian ihnen erzählt hatte. Aller Wahrscheinlichkeit nach hatte er von psychischen Problemen und der armen Fie gesprochen, die jetzt in Ruhe gelassen werden müsse.

Es war also vielleicht nicht ganz so verwunderlich, dass Nachbarn und Bekannte sich abgewendet hatten.

Dennoch hatte sie das mitgenommen, es war, als hätte sie keinem von ihnen etwas bedeutet. Sicher hatten sie Thale mit demselben Enthusiasmus aufgenommen, den sie Fie damals beim Einzug entgegengebracht hatten. Es war nicht auszuschließen, dass Thale in die Lunch-Gruppe hineingerutscht war, ohne dass jemand wirklich den Unterschied bemerkt hatte!

Erstaunt darüber, wie wenig das jetzt wehtat, wurde ihr bewusst, dass so eine Art von Freundschaft nichts für sie war. Da gab es wenig zu vermissen.

Wie sie dort vor dem geöffneten Plätzchenglas stand, erstaunte es sie auch, dass sie es nicht schaffte, wütend auf Thale zu sein. Sie müsste wütend werden, sie hatte diese Begegnung oft vor sich gesehen, und da war immer Wut im Spiel gewesen, mit durch die Luft sausenden Kaffeetassen und knallenden Türen. Manchmal war Thale eine Treppe hinunter- oder vor ein Auto gestoßen worden. Eine sich ziemlich hartnäckig haltende Fantasie hatte Thale und Fie auf dem Gipfel des Preikestolen (Fie war einmal dort gewesen) platziert, und mithilfe eines kleinen Schubses war Thale in der Tiefe verschwunden, begleitet von einem äußerst zufriedenstellenden Schrei.

Allerdings lagen diese Fantasien eine Weile zurück. Inzwischen hatte sie eine Zeit lang nicht mehr an Thale und Carl Christian gedacht. Sie hatte schlicht und einfach keine Zeit gehabt.

»Was wollen Sie?«, fragte Fie.

Vorsichtig nahm Thale auf dem alten Sofa Platz und zupfte einen Faden aus einem Samtkissen.

Fie nahm ihr das Kissen aus der Hand und legte es beiseite.

Drüben in der Ecke hob Hund den Kopf und sah von der einen zur anderen. Er spürte, dass die Stimmung sich verändert hatte, weshalb er sich von seinem Schlafplatz erhob und sich neben Fie stellte.

»Ist er gefährlich?«, fragte Thale nervös.

»Vielleicht«, entgegnete Fie und kraulte Hund hinterm Ohr. »Was wollen Sie?«

Thale holte tief Luft. Sie hatte offensichtlich eine Rede vorbereitet.

Sie begann damit, sich für die unglückliche Art und Weise zu entschuldigen, wie die Dinge vonstattengegangen waren.

»Unglücklich?«, unterbrach Fie sie und spürte, wie sich etwas, das Wut ähnelte, in ihrem Bauch ausbreitete. »*Unglücklich?* Wie hättet ihr das auf eine *glückliche* Art und Weise machen können? Wie begeht man auf eine glückliche Art und Weise Ehebruch und wirft Leute aus ihrem Zuhause?«

»Nein ...«, sagte Thale, und es schien, als würde sie von

dem vorbereiteten Manuskript abweichen. »Das stimmt schon irgendwie. Aber trotzdem …«

»Trotzdem was?«

»Ich glaube, Carl Christian wusste nicht, wie er das auf eine glückliche Weise hätte regeln sollen«, murmelte Thale entschuldigend, bevor sie zu ihrer Rede zurückkehrte: »Und jetzt, da alle Zeit hatten, sich zu beruhigen …«

»Was wissen Sie schon davon?«, fragte Fie. Hund leckte ihr beruhigend die Hand. Thale blinzelte verwirrt, dann fuhr sie fort: »Bitte, lassen Sie mich einfach zu Ende reden. Selbstverständlich tut mir sehr leid, was passiert ist. Das sieht mir überhaupt nicht ähnlich und reflektiert in keiner Weise meine Werte.«

Fie starrte sie überrumpelt an. Werte?

»Wenn es aber nun einmal so ist, wie es ist«, fuhr Thale tapfer fort, »dann ist es vielleicht wichtig, das Beste daraus zu machen.«

»Ich mache das Beste daraus«, erklärte Fie und wies mit einer ausholenden Geste auf den Laden, Hund und die Straße.

»Ja. Das sehe ich.«

Thale sah verdutzt aus, und für einen Moment hatte Fie Angst, sie würde in Tränen ausbrechen. Über Thales schmalem Gesicht lag etwas unendlich Trauriges, und plötzlich hatte Fie Mitleid mit ihr. Um sich zu beruhigen, legte sie die Hand auf Hunds massiven Kopf. Sie hatte keine Lust, Mitleid mit Thale zu empfinden. Das war verstörend.

»Was wollen Sie eigentlich?«, fragte sie etwas sanfter.

»Es ist die Familie aus Åsgårdstrand«, murmelte Thale. »Sie kommen zu Weihnachten.«

»Sie werden Weihnachten mit ihnen feiern?«

»Ja. Ja, haben Sie geglaubt …?«

»Ich habe überhaupt nichts geglaubt«, entgegnete Fie brüsk. »Aber viel Glück!«

Sie holte tief Luft. Das war schwer. Obwohl sie davon ausgegangen war, dass Thale dort Weihnachten feiern würde, in ihrem Haus, mit ihrer Exfamilie, hatte sie es unterlassen, daran zu denken. Jetzt aber musste sie sich dem stellen. Es lag etwas Endgültiges über dem Umstand, dass Thale jetzt am Tischende sitzen und Carl Christian beim Anschneiden der Schweinerippe zusehen sollte. Jetzt war Thale an der Reihe, Schwägerinnen, die Schwiegermutter und all die Weihnachtsansprüche zu bewältigen. Nicht Fie. Das war überraschend traurig.

Im Laufe der Zeit hatte Fie sich ab und an dabei ertappt, den scharfen Witz der Schwiegermutter oder das Lachen der Schwägerinnen zu vermissen. Denn selbstverständlich war die Verwandtschaft nicht nur scheußlich gewesen. Sich selbst gegenüber räumte Fie ein, dass sie auch amüsant sein konnten, mitunter hilfsbereit und allen voran ein Teil ihrer Familie waren.

»Ja, ja«, sagte sie resigniert, während sie Hund hinter dem Ohr kraulte. »Das wird schon gut gehen.«

Thale hatte sich wieder aufgerichtet. »Und dann ist da natürlich Jens«, fuhr sie fort. »Er verdient ein ordentliches Weihnachten.«

»Ja, selbstverständlich.« Dem nicht zuzustimmen, war unmöglich, deshalb nickte Fie.

»Ich bin so froh, dass Sie damit einverstanden sind«, sagte Thale. »Wir müssen unser Bestes geben, damit sein Weihnachten so normal wie möglich wird. Wie das, was er gewohnt ist.«

Fie nickte erneut automatisch. Was, in aller Welt, meinte Thale? Wollte sie, dass sie, Fie, auch bei der Weihnachtsfeier dabei war? Dass sie zum Beispiel Heiligabend und den ersten Weihnachtsfeiertag unter sich aufteilten? Wollte die Familie aus Åsgårdstrand auch Fie sehen? Schließlich kannten sie sich seit Jahren, weshalb das nicht so verwunderlich wäre.

»Was hattet ihr gedacht?«, fragte sie ruhig. Sie war stolz auf sich. Nicht alle wären so ausgeglichen gewesen nach all dem, was geschehen war.

»Sie vermissen die Plätzchen«, sagte Thale.

Einen Moment lang sah es so aus, als würde sie zu einem Grinsen ansetzen.

»Die aus Åsgårdstrand. Besonders Schwiegerm…, ich meine Carl Christians Mutter. Sie besteht darauf. *Kein Weihnachten ohne*, sagt sie. Ich habe es versucht, und Carl Christian hat probiert, aber es ist nicht dasselbe.«

»Die Plätzchen? Welche Plätzchen?«

»Waffelhörnchen, Pfefferkuchen, Sie wissen schon. Weihnachtsgebäck.«

»Weihnachtsgebäck?«, stellte Fie sich dumm. »Sie wollen Weihnachtsgebäck?«

»Wegen Jens«, sagte Thale schnell. »Und dem Rest der Familie. Carl Christians Mama. Den Verwandten aus Åsgårdstrand. Genau genommen wegen der ganzen Familie, denn jetzt, da die Umstände so verändert sind, sind die Plätzchen wichtig für sie. Vermutlich geht es um die Weihnachtsstimmung.«

Der Schwiegermutter, dachte Fie, würde es kaum gefallen haben, dass ihr Sohn sich scheiden lassen wollte, und die Rache kam also in Form von Weihnachtsgebäck. Fies Weihnachtsgebäck trug jetzt die Verantwortung für die Weihnachtsstimmung, obwohl es sich im Jahr zuvor Croquembouche und Snickerdoodles hatte geschlagen geben müssen. Für einen kleinen Augenblick empfand sie Mitleid mit Thale, dann aber flammte die Wut wieder auf. »Das ist das Dümmste, was ich jemals gehört habe!«, sagte sie.

Thale hob den Blick.

»Ich hatte gehofft, wir könnten auf zivilisierte Art miteinander reden«, sagte sie. »Jens und …«

»Zivilisiert?«, unterbrach Fie sie. Erneut leckte Hund ihr

die Hand. »Zivilisiert! Sie wollen, dass ich für Sie Plätzchen backe, damit Sie und Carl Christian und der Rest der Familie ein ordentliches Weihnachten haben? Wollen Sie vielleicht auch noch, dass ich im selben Atemzug auch das Haus putze? Oder die Weihnachtseinkäufe tätige? Himmel, wie dreist kann man sein!«

»Es tut mir sehr leid, dass Sie es so empfinden«, sagte Thale kurz angebunden. »Ich hatte gehofft, Ihres Sohnes wegen …«

»Mein Sohn ist erwachsen! Weiß Carl Christian, dass Sie hier sind? Ist er auch daran interessiert, dass alle mit Mamas Gebäck Weihnachten feiern? Und was mit Mama ist, das ist egal?«

»Nein. Nein, natürlich nicht. Ich dachte, das könnte zwischen uns Frauen bleiben. Das ist schließlich – Sie wissen schon – Frauengemeinschaft … und Schwiegermütter.«

»Jetzt reden Sie wirklich Unsinn!«, sagte Fie.

Thales beschämter Gesichtsausdruck bezeugte, dass sie das genauso sah.

»Ist Carl Christian derjenige, der fordert, dass das Weihnachtsgebäck so sein soll wie in früheren Jahren? Will er keine Snickerdoodles und Croquembouche mehr haben? Vielleicht mag er Veränderungen doch nicht? Wenn ich Sie wäre, würde ich mich bei *nichts* zu sicher fühlen!«

24

Der Nachteil daran, selbstständige Gewerbetreibende zu sein, bestand darin, dass alle persönlichen Probleme beiseitegeschoben werden mussten. Fie hatte einen Laden voller Weihnachtsschmuck, der aufgehangen beziehungsweise ausgelegt werden musste, obwohl sie nach Thales Besuch mit Abscheu all das betrachtete, was es brauchte, um diese verdammte Weihnachtsstimmung zu erzeugen.

Aber das war schwer. Zehn Minuten, nachdem Thale ohne ein weiteres Wort äußerst aufrechten Ganges durch die Tür hinausgeschritten war, zitterte Fie noch immer. Sie atmete schnell und abgehackt, und nicht einmal Hunds vorsichtige Stupser mit der Schnauze schafften es, sie zu beruhigen.

Aber sie hatte keine Wahl, sie war gezwungen, sich zusammenzureißen. Vorsichtig hob Fie einen Korb mit Weihnachtsschmuck an, stellte fest, dass ihre Beine sie trugen, und machte sich ans Werk.

In der nächsten halben Stunde stattete sie Wände, Körbe, Tische und sogar das Sofa im *&Dinge* mit Kugeln, Herzen, Weihnachtsmännern, Sternen und anderem Schmuck aus. Als sie fertig war, glich der Laden ein bisschen einem Spieleland (Lykke hatte Unmengen an Weihnachtsmännern gekauft), sah aber definitiv einladender aus. Den Großmutter-Weihnachtsmann ließ sie oben auf dem Schrank sitzen. Das war gut so, obwohl sie ständig den kritischen Blick aus den steifen Plastikaugen spürte. Dieses Gefühl brachte sie dazu, gründlich aufzuräumen, die Pflanzen zu wässern, die Kasse, das Kartenlesegerät und all diese Dinge in Ordnung zu bringen. Im Hinterzimmer hatte sie die Dosen mit Weihnachtsplätzchen abgestellt, von denen sie nun eine Auswahl auf dem Tresen platzierte. Als eine halbe Stunde, nachdem Thale gegangen war, der erste Kunde zur Tür hereinkam, setzte sie ihr strahlendstes Lächeln auf. »Kann ich Ihnen helfen? Sagen Sie einfach Bescheid!«

Es blieb nicht viel Zeit, über Thales Besuch nachzudenken, auch nicht zu berechtigter Wut. Die Kunden strömten herein, und Fie verkaufte im wahrsten Sinne des Wortes alles, was sie an Pflanzen hatte. Ebenso wechselten ein Teil des Weihnachtsschmucks, den Lykke organisiert hatte (obwohl dieser aus Plastik und Styropor bestand und ziemlich schlecht war), drei wacklige Stühle sowie ein Eisending, bei dem Fie nicht wusste, worum es sich handelte, das zu finden den Kunden jedoch äußerst fröhlich stimmte, den Besitzer.

»Danach suche ich schon so lange«, erklärte er, und Fie nickte.

Beim Hinausgehen fragte sie ihn: »Was ist das? Wozu verwendet man es?«

»Keine Ahnung«, ließ der Mann sie zufrieden wissen. »Aber meine Großmutter hatte so eins. Da kann ich Weihnachtsmänner reinsetzen.«

Weiterhin verkaufte sie eine Unmenge von den Topflappen, die Klaras Freundin vorbeigebracht hatte. Fie, die vor allem versucht hatte, nett zu sein, als sie der älteren Dame zugesagt hatte, ihre Produkte anzubieten, war überrascht und erfreut gewesen, als sie gesehen hatte, wie schön die handgefertigten Küchenhelfer mit den hübschen, aufeinander abgestimmten Farben waren. Sie hatte sogleich weitere bestellt, was Klaras Freundin zum Strahlen gebracht hatte, die ihrerseits nie geglaubt hätte, im Alter von zweiundachtzig einen Job zu bekommen. Als die Dame den Laden verlassen hatte, hatte Fie die Topflappen zu etwas gelegt, das Lykke gebastelt hatte, als sie einmal auf den Laden aufgepasst hatte.

Fie war sich nicht sicher, was die Zweiundachtzigjährige dazu sagen würde, dass ihre hübschen Topflappen nun neben alten Weihnachtsdeckchen lagen, denen Lykke ihre ganz eigene, persönliche Note verliehen hatte. Über Tannenbäume und Engel hatte sie fein säuberlich *Merry Fucking Christmas, Carpe that fucking diem, Nette Mädchen Fehlanzeige* und zum krönenden Abschluss kurz und gut *Sack* gestickt.

Fie schloss daraus, dass Lykke ein kompliziertes Verhältnis zu Weihnachten hatte.

Es war ein äußerst geschäftiger Tag. Erst nach Ladenschluss hatte sie Zeit, erneut an Thales Besuch zu denken. Sie bemerkte, dass sie zornig war, erfüllt von einer unterdrückten Wut, die dazu geführt hatte, jedes Mal, wenn der Laden leer gewesen war, die Fäuste zu ballen und heftig auf das einzuschlagen, was gerade an Tischen, Stühlen oder Wänden zur Hand gewesen war. Der Laden war nicht sonderlich oft leer gewesen, weshalb das Inventar überlebt hatte.

Ihre Gefühle waren eine chaotische Mischung aus beschämender Schadenfreude darüber, dass die Schwiegermutter Thale auflaufen lassen würde, und Wut darüber, dass Thale es tatsächlich gewagt hatte, hierherzukommen und um Hilfe zu bitten. In ihrem Hinterkopf rumorte es: WIE KÖNNEN SIE ES WAGEN, DAS IST DAS DREISTESTE, WAS MIR JE UNTERGEKOMMEN IST, WER GLAUBEN SIE ZU SEIN!

Und dazu, an irgendeiner verborgenen Stelle tief in ihrem Inneren, tat Thale ihr aufrichtig leid.

Es war nicht hilfreich, dass Sara nicht abnahm, als Fie sie anrief, um sich über Thale zu beschweren. Ebenso wenig hilfreich war es, dass Lykke anrief und mitteilte, dass Adam mit Fieber im Bett läge und sie selbst unfassbar müde sei, aber versuchen würde, ein bisschen Weihnachtsschmuck zu basteln. Sie klang abgehetzt und gestresst, weshalb Fie sie bat, sich hinzulegen, der Weihnachtsschmuck könne warten. Sollte Fie etwas tun können, dann solle Lykke sich melden.

»Nein, das geht schon«, sagte Lykke. »Wie läuft es bei dir?«

»Ganz prima«, versicherte Fie. Sie war der Meinung, Thales Besuch nicht erwähnen zu können, wenn Lykke derart erschöpft war. Aber sie hatte das Bedürfnis, jemandem von Thale zu erzählen, ein so großes Bedürfnis, dass sie, als Trym, beladen mit Kisten voller Gewürze und Öle, hereinkam, die Fuhre komplett übersah und ihm blindlings eine unzusammenhängende Version der ganzen Geschichte darbot.

»Was?«, entgegnete Trym verwirrt und stellte die Kisten auf dem Boden ab. »Wovon reden Sie? Ein Flittchen? Welches Flittchen?«

»Haben Sie sie nicht gesehen? Sie war doch hier, als Sie heute Morgen hier gewesen sind«, brach es aus Fie heraus, während sie mit den Armen herumfuchtelte. »Sie sind ihr begegnet! Als Sie hergekommen sind und von Ölen und Gewürzen gesprochen haben.«

Sie starrte ihn herausfordernd an. »Ich meine eigentlich Schlampe oder etwas noch Schlimmeres!«, fügte sie hinzu, um seiner Erinnerung auf die Sprünge zu helfen. »Sie wissen schon ...«

Trym runzelte die Stirn, kniff die Augen zusammen und sah aus, als würde er sich wirklich anstrengen.

»Ich habe kein Flittchen gesehen«, sagte er, und für Fie sah es so aus, als würde er das bedauern. Sie schnitt eine Grimasse, denn sie erinnerte sich, dass Trym viel Umgang mit solchen Frauen hatte.

»Sie hat vielleicht nicht so ausgesehen«, sagte sie. »Aber

sie ... ähm ... benimmt sich in gewisser Hinsicht flittchen-haft. Sollte dieses Wort existieren.«

»Wie?«, hakte Trym nach.

»Mann! Herrgott, ist das so schwer zu verstehen? Ach, ich werde es Ihnen zeigen!«, rief Fie.

Und das tat sie.

»Du hast was getan? Häh?«

Das Erste, was Fie tat, als sie an diesem Abend nach Hause kam, war, Sara anzurufen. Ihre bisherigen Versuche waren al-lesamt gescheitert. Und an diesem Tag musste sie wirklich mit ihrer Schwester sprechen.

»Fabelhaft!«, jubelte Sara. »Lars, Fie hat endlich ...«

»Schh!«, fauchte Fie, während sie vor sich hin lächelte. Sie war in der Tat stolz auf sich, das war, wie mit guten Noten aus der Schule nach Hause zu kommen.

»Ich war wütend! Ich habe Thale und Carl Christian in meinem Bett vor mir gesehen, und diese Frechheit, mich zu bitten, Weihnachtsplätzchen zu backen! Und du weißt, Sex und Wut ...«

»Ja, durchaus, die liegen nicht so weit voneinander ent-fernt«, gab Sara zu. »Stimmt, vor ein paar Tagen ...« Sie hielt jäh inne und sagte dann: »Aber du bist doch nicht auf Trym wütend gewesen. Daher war das kein Versöhnungssex.«

»Nein, das war es nicht.« Fie gähnte. Die Heiterkeit fiel von ihr ab, und sie schloss die Augen. Sie war erschöpft. Das war ein enorm aufreibender Tag gewesen, und obwohl es schön war, Lob zu erhalten, schwante ihr, dass der morgige Tag voller Reue wegen dem einen oder anderen sein würde.

»Das war nicht geplant. Ich bin nicht geschaffen für Sex mit Playern im Hinterzimmer«, murmelte sie. »Ich muss dem-jenigen vertrauen können, mit dem ich Sex habe, erst recht nach der Sache mit Carl Christian.«

»Blödsinn«, sagte Sara. »Verkompliziere die Dinge nicht. Du hast das Recht, Spaß zu haben. Und du warst sogar geistesgegenwärtig genug, ins Hinterzimmer zu gehen. Das klingt nach einer Expertin!«

Geistesgegenwärtig jedoch war Fie nicht gewesen.

Trym war es, der sie vorsichtig Richtung Hinterzimmer manövriert hatte. Und wie Sara ganz richtig sagte, deutete das auf Erfahrung hin.

Währenddessen hatte Fie jedoch keinen Gedanken an Lillian oder mögliche andere Kandidatinnen verschwendet. Sie war voll und ganz von Trym gefesselt gewesen, davon, wie er schmeckte, sich anfühlte, wie weich seine Haut unter ihren Fingern war und wie fest sein Körper sich an ihren gedrückt hatte. Wie eine Krake mit vier Armen und vier Beinen waren sie im Laden nach hinten gestolpert, mit ihren Beinen um ihn geschlungen, seinen Armen um sie, seinen Händen in ihren Haaren, den Fingern auf dem Körper, während sie beide unbeholfen an der Kleidung des anderen gerissen und gezerrt hatten.

Ach ja, dachte Fie und errötete. Es war gut, dass Trym über ausreichend Erfahrung verfügt hatte, um sie ins Hinterzimmer zu manövrieren. Der Art, wie er sie behandelt hatte, hatte jedoch nichts Berechnendes innegewohnt. Es war heftig, fesselnd, lautstark und in fünf Minuten vorüber gewesen. Fie dachte nach. Sie versuchte Sara zu erklären, dass sie sich zum ersten Mal seit vielen Jahren begehrt gefühlt hatte.

»Sexy«, fügte sie hinzu.

Sara jedoch hatte sich am zeitlichen Aspekt festgehakt.

»Fünf Minuten?«, fragte sie enttäuscht. »Länger hat er nicht durchgehalten?«

»So war das nicht«, verteidigte Fie Trym. »Das war keine romantische Begegnung zwischen zwei Seelen. Das war deftiger Sex.«

Sie sagte das mit Ehrerbietung, sie konnte sich nicht daran erinnern, schon jemals deftigen Sex gehabt zu haben.

»Daran hätte ich mich erinnert«, ließ sie Sara wissen. »Nur fünf Minuten, Gott sei Dank! Mehr als fünf Minuten hätte ich davon nicht überlebt. Dann hättest du mich mit einem Lappen aufwischen können!«

»Oh!«, entfuhr es Sara, wobei ihrer Stimme ein wenig Neid zu entnehmen war. »Man hat selten deftigen Sex, wenn man fünfundzwanzig Jahre verheiratet ist«, murmelte sie.

»Und das ist auch wirklich gut so«, sagte Fie mit Nachdruck. »Mir tut es jetzt überall weh. Und ich will gar nicht an meinen Blutdruck denken!«

Aber sie wusste, dass sie das nur sagte, um Sara eine Freude zu machen. Das war es wert gewesen, dachte sie, und dem Blutdruck hatte es wahrscheinlich sogar gutgetan. Auf der anderen Seite jedoch hätte sie das wohl nicht jeden Tag durchgestanden.

»Und was jetzt?«, fragte Sara.

»Jetzt?«, erwiderte Fie verwundert. »Was meinst du mit jetzt?«

»Die Fortsetzung natürlich. Wann wirst du diesen Lieferanten von Gewürzen, Essen, Kaffee und deftigem Sex wiedersehen?«

»Morgen, nehme ich an. Schließlich befindet sich sein Restaurant nebenan, und ab sofort werde ich seine Öle und Gewürze im Laden verkaufen. Das wird eine Art Zusammenarbeit, weshalb wir uns selbstverständlich sehen werden. Aber eher als Geschäftspartner. Wir haben anschließend darüber gesprochen.«

Und das hatten sie getan.

Direkt danach, während Trym sie noch immer festgehalten und Fie sich glückselig an ihn geklammert hatte, war ihr heiß vom Kopf bis in die Fußspitzen gewesen. Erschöpft hatte sie auf eine Plätzchendose auf dem Fußboden gestarrt und gedacht, der Dompfaff auf dem Deckel sei ein außergewöhnlich reizender Vogel.

Dann war ihr Blick auf eine glänzende Kanne direkt vor ihr gefallen, und in dieser Kanne hatte sie ihr eigenes Gesicht gesehen, mit schläfrigen Augen und zerzausten Haaren. Sie hatte gekeucht, was das verzerrte Bild auf der runden Kanne mit einer Grimasse beantwortet hatte. Fie hatte den Blick schnell abgewandt, während sie schnaufend und nach Luft japsend versucht hatte, im Eiltempo ihre Sachen zu richten, ohne Trym dabei anzusehen. Ihre Beine hatten gezittert.

Sie hatte nicht gewusst, wie sie sich nun verhalten sollte. Die Gedanken waren vollkommen zusammenhanglos durch ihren Kopf gejagt: *Hatte Trym bemerkt, dass sie Sex im Stehen nicht gewohnt war? Sie hatte viele, viele Jahre lang mit niemand anderem als Carl Christian geschlafen, und das war immer in der Horizontalen und im Dunkeln vonstattengegangen. Apropos Dunkelheit und Licht – die Lampe an der Decke leuchtete ziemlich hell. Was dachte er über ihre Brüste, die mehr als früher hingen, und – du lieber Himmel – hatte er ihren Bauch gesehen? Den Bauch! Er, der er Lillians gertenschlanken Körper gewohnt war. Zudem tat ihr der Rücken weh! Und die Beine zitterten noch immer! Jetzt hatte sie lange genug an die Decke gestarrt. Hatte sie an diesem Morgen daran gedacht, Deodorant zu benutzen? Sie konnte doch jetzt nicht überprüfen, ob sie müffelte?*

Nach der »Séance« hatte sie ihre Haare mit einem Gummi hochgebunden, in letzter Sekunde ein »Tausend Dank« gestammelt und war mit so viel Würde, wie sie aufbringen konnte, in den Laden hinausgegangen. Dort hatte sie Hund gestreichelt, tief Luft geholt und eine Unterhaltung begonnen:

»Du hast Kisten mitgebracht? War es das, was du gemeint hast, als du kürzlich von Ölen und Gewürzen gesprochen hast?«

Trym hatte, mit freiem Oberkörper und noch immer außer Atem, in der Türöffnung zum Hinterzimmer gestanden.

»Entschuldige?«

»Öle und Gewürze«, hatte Fie geduldig wiederholt. »Willst du, dass ich sie verkaufe?«

Er hatte sie angestarrt, aber Fie war damit beschäftigt gewesen, den Inhalt der Kisten zu studieren.

»Ja, ich dachte, das wäre eine gute Idee«, hatte er schließlich entgegnet, und als sie ihn wieder ansah, hatte er sich angezogen. »Eigentlich habe ich die Sachen bisher selbst verkauft, aber ehrlich gesagt habe ich keine Kapazität mehr dafür. Wenn du also den Teil übernehmen würdest, wäre das prima.«

»Sehr gut«, hatte Fie gesagt. »Das hilft mir beim Aufbau des Sortiments. Ich bezahle dich selbstverständlich.«

»Wir finden sicher eine Regelung«, hatte Trym gemurmelt, und Fie hatte entgegnet: »Ausgezeichnet. Dann haben wir eine Abmachung. Alles Weitere besprichst du mit Klara, wenn sie nach Hause kommt.«

»Du meine Güte!«, sagte Sara nahezu beeindruckt. »Du hast es drauf, mit Männern zu spielen.«

»Das war eine einmalige Sache«, versicherte Fie. »Ich werde das nicht wieder tun. Ich muss mich da nicht in die Schlange einreihen. Er hat andere, er hat sogar ein Verhältnis mit Lillian. Und ich eigne mich nicht für On-off-Beziehungen. Ich betrachte das, was geschehen ist, vielmehr als eine Zäsur.«

»Du hast die Rohre gereinigt«, sagte Sara.

Fie grinste.

»Sollte ich jemals ein Verhältnis haben, dann muss es mit jemandem sein, der treu ist. Und das wäre zu viel verlangt von Trym. Er ist nicht der Typ für so was. Zwar will ich etwas anderes als Carl Christian, aber ich muss nicht komplett in die andere Richtung wechseln.«

»Das Wichtigste ist, dass du wieder aufgesattelt hast«, sagte Sara aufmunternd. »Und du klingst fröhlicher. Ein ordentliches vorweihnachtliches Geschenk! Ich bin sicher, das hat eine Menge geholfen.«

»Das hat es«, sagte Fie. »Ungemein!«

Sie wünschte, sie wäre so tollkühn, wie sie sich Sara gegenüber gegeben hatte. Sie wünschte, der Sex mit Trym hätte nicht die zerbrechliche Balance gestört, die sie sich mühsam aufgebaut hatte. Sie wünschte, sie hätte keine Lust, Lillian und jeder anderen, die Teil von Tryms Harem war, die Augen auszukratzen.

Sie wünschte, es wäre ein anderer als Trym gewesen, ein ruhiger, treuer, nicht sonderlich anziehender Typ. Keiner, der für Schmetterlinge in ihrem Bauch und ihrer Brust sorgte.

Und sie wünschte, sie käme umhin, Trym am nächsten Tag zu begegnen.

Und abschließend: Sie wünschte, sie hätte sich nicht in einen Player verliebt. Das war aufreibend, verzweifelnd, schwierig und wunderbar zugleich, und es war vollkommen hoffnungslos. Es war, als würde man um Probleme bitten, und wenn es etwas gab, wovon sie genug hatte, dann waren es Probleme!

Er war mit einem *Mach's gut, wir sehen uns morgen* gegangen, und auch Fie hatte *Mach's gut* gesagt. Sie war der Meinung, ihre Stimme sei dabei ganz fest gewesen. Anschließend hatte sie, der Gewohnheit entsprechend, in Hunds Fell geweint, bevor sie die Ladentür abgeschlossen hatte und nach Hause gegangen war, ohne einen Blick ins Restaurant zu werfen. In der Wohnung angekommen, hatte sie Tee gekocht und so viele Weihnachtsplätzchen mit Rosinen gegessen, dass ihr schlecht geworden war (aber es hatte geholfen). Anschließend hatte sie ein Glas Wein getrunken und Hund dreimal die coole, lustige Version dessen erzählt, was geschehen war. Nachdem sie diese Version gut verinnerlicht hatte, hatte sie Sara angerufen.

Und Sara war so froh gewesen! So froh und erleichtert, dass Fie die Rolle angenommen hatte, die Sara ihr zugeteilt hatte – die der coolen, draufgängerischen Frau, die deftigen Sex hatte, wenn ihr der Sinn danach stand.

Fie wusste: Hätte sie Sara erzählt, wie sie sich wirklich fühlte, dann hätte Sara es verstanden, denn das tat Sara immer. Sie zeigte es vielleicht nicht; womöglich hätte sie ein paar nordnorwegische Kraftausdrücke zum Besten gegeben und Fie aufgefordert, sich zusammenzureißen. Aber Fie wusste, dass Sara sich um sie gesorgt hätte, vielleicht wach gelegen hätte und die kleine Furche zwischen den Augen und den nervösen Zug um den Mund bekommen hätte.

»Du verstehst also«, sagte Fie abschließend zu Hund, »wir müssen kühn sein! Wir müssen uns auf das konzentrieren, was etwas bedeutet – den Laden, Lykke und Adam, all das Gute, das wir haben. Dich, zum Beispiel.«

Sie küsste Hund auf die Nase und ging die steile Treppe hinauf, um ins Bett zu gehen. Morgen würde es besser sein, natürlich würde es das! Das hier war nicht so schlimm, wie ihr Zuhause, ihren Ehemann, ihren Sohn und ihren Job verlassen zu müssen! Das hier, dachte sie, war nichts im Vergleich dazu! Das war es nicht einmal wert, deswegen zu weinen. Weinen tat sie allerdings trotzdem.

Nach einer Weile kapitulierte sie und schluckte eine Vival. Aber auch die half nicht. Sie weinte weiter, bis sie auf der Treppe Pfoten vernahm. Und dann, ganz oben auf der extrem steilen Metalltreppe, tauchte Hunds Kopf auf. Fie setzte sich auf und starrte ihn an.

Das war die schlimmste Treppe der Welt, es war viel mehr eine Leiter als eine Treppe. Für einen Hund, der regelrecht eine

Treppenphobie hatte, war es derart mutig, sich dieses Ungetüm hinaufzuwagen, dass es Fie verblüffte und zutiefst rührte. Das war eine enorme Liebesbekundung, und das ließ sie noch lauter heulen.

Dankbar streckte sie ihre Hand aus und legte sie auf Hunds Kopf. Hund atmete tief, legte den Kopf auf die Bettkante und schloss die Augen. Fie rollte sich unter der Decke zusammen. Sie spürte Hunds Atem im Gesicht (beruhigend, obwohl Hund sich nie die Zähne putzte und sein Atem davon geprägt war). Eine halbe Minute später schliefen sie beide.

25

15. Tag im Advent

»Mama?«, sagte Adam und zog sie an den Zehen. »Mama?«

»Ja, mein Kleiner.« Lykke öffnete die Augen, lächelte wohlwollend und schlief wieder ein.

»Mama! Ich wijj Adventsstollen!«

»Es ist fünf Uhr«, sagte Lykke nach einem kurzen Blick auf die Uhr. »Fünf. Vor halb sieben bekommt man keinen Adventsstollen.«

»Warum nicht? Wird der Weihnachtsmann dann wütend?« Adam überlegte. »Oder das Jesuskind?«, fügte er unsicher hinzu.

»Keiner von beiden steht vor halb sieben auf«, murmelte Lykke. Sie war bis weit in die Nacht hinein auf gewesen und hatte Weihnachtsschmuck für *&Dinge* gefertigt. Sie hatte sich viel zu spät hingelegt, wie sie jetzt begriff. Aber es war so lange her, dass sie sich kreativ betätigt hatte, weshalb sie nicht in der Lage gewesen war, aufzuhören. Die Zeit hatte sich verflüchtigt, während sie an dem kleinen Esstisch gesessen und mit Bastelton, Gips, Pailletten, kleinen Glasstückchen und all dem, was sie hatte bekommen können, ohne dass es einen allzu großen Einschnitt in ihr Budget bedeutet hätte, gearbeitet hatte.

Beziehungsweise Fies Budget. Sie hatte gesagt, sie würde

die Materialkosten übernehmen, und Lykke hoffte, sie würde sich daran erinnern. Ansonsten müssten sie bis Weihnachten Haferbrei essen.

Sie hätte gern andere Rohstoffe gehabt. Ordentliches Material, nicht nur Hobbyprodukte aus dem Bastelladen, obwohl sie praktisch waren. Sie erforderten weder Brennofen noch Werkstatt. Küchentisch, Schere, Cutter und Pinsel reichten aus. Aber ordentlicher Ton, verschiedene Sorten Glasur, ein Ofen – vielleicht eine Werkstatt zusammen mit anderen, wo sie zeichnen könnte, eine Töpferscheibe zur Verfügung hätte und ihre Eigenkreationen brennen könnte – das wäre was! Denn geschickt war sie! Auf der Kunstschule hatte sie auf sich aufmerksam gemacht. In schwierigen Situationen holte sie sich diese Erinnerung oft ins Gedächtnis – der Lehrer stand ihr gegenüber und sagte: *Darin kannst du richtig gut werden. Es wird eine Freude sein, deinem weiteren Weg zu folgen!*

»Mama!«, hörte sie Adams Stimme. »Auf dem Tisch jiegt ein rosa Vogej mit sehr jangem Schnabej. Und jangen, jangen Füßen.«

»Mmm.« Lykke gähnte.

»Und Engej«, sagte Adam, wobei seine Stimme einen feierlichen Klang annahm. »Aber Mama, die Engej haben Jippenstift drauf! Kann das sein?«

»Einige, ja.«

»Und Schuhe mit Absätzen?«

»Komm und leg dich hin«, bat Lykke. »Nachher können wir uns alles ansehen. Wenn es halb sieben ist.«

Adam seufzte, krabbelte jedoch zu ihr ins Bett. Und wundersamerweise schlief er zwei Minuten später. Auch Lykke schloss die Augen, war jedoch nicht in der Lage, wieder einzuschlafen. Sie lag ganz still da, aus Angst, sich zu bewegen und somit Adam aufzuwecken, sodass dieser erneut um Haferbrei, Milch, Adventsstollen und eine wache Mama betteln würde.

Adam war morgens besonders aufgeweckt. Vom Augenaufschlag bis zur Ablieferung im Kindergarten kommentierte er alles, was er dachte und sah, was mitunter peinlich sein konnte. »Warum hat der Mann so eine rote Nase, ist er ein Clown? Warum hat die Frau ihre Maus an der Leine?« (Bei der »Maus« hatte es sich um einen Chihuahua gehandelt.) »Und die Frau da hat sich ihre Maus auf den Kopf gesetzt!« (Es war ein Pelzhut gewesen, der in der Tat einem überdimensionierten Nagetier glich. Lykke hatte verstanden, was Adam meinte.)

Sie rieb sich die Augen. Sie brauchte den Schlaf! Aber jetzt, da sie erst einmal wach war, war es schwer, zur Ruhe zu kommen. Es gab viel, worüber es nachzudenken galt. Die Arbeit mit dem Weihnachtsschmuck hatte ihr gezeigt, wie sehr sie es vermisste, selbst etwas zu erschaffen! Lange Zeit hatte sie ihre kreative Ader ignoriert und gedacht, sie müsse eine ordentliche Mama sein, die ihre Aufmerksamkeit vor allem auf ihr Kind richtete. Dafür galt es ebenso, die Nase nicht im Handy zu vergraben! Wenn sie mit Adam zusammen war, solle sie zuhören, mit ihm sprechen und etwas mit ihm unternehmen.

Sie begriff, dass ihr Wunsch, eine perfekte Mama zu sein, in dem Umstand begründet war, nicht wie Hilde und Torbjørn sein zu wollen. Um das zu begreifen, brauchte man keinen Abschluss in Psychologie, und wenn sie Adam jetzt so ansah, war sie der Meinung, das Ganze hatte Wirkung gezeigt. Adam wurde geliebt, und er wusste, dass er geliebt wurde – das war das Wichtigste.

Was aber, dachte sie, während sie dort lag und an die Decke starrte, was war mit ihr selbst? Und war es gut für den Sohn, wenn sie ihm all ihre Aufmerksamkeit schenkte? War das für einen Dreijährigen nicht viel zu viel Verantwortung? Dann dachte sie an sich selbst. Sie hatte einen Job, den sie nicht mochte. Sie hatte keinen Partner und wenig Zeit für Freunde.

Bevor sie Fie kennengelernt hatte, hatte ihr soziales Umfeld einzig aus einer alternden Großmutter bestanden.

Obwohl Lykke die Großmutter sehr gernhatte und Adam selbstverständlich über alles auf der Welt liebte, reichte das nicht aus. Es kam ziemlich häufig vor, dass sie rastlos war. Die Tage waren mitunter so eintönig! Sie vermisste Freunde in ihrem Alter. Und sie vermisste einen Partner.

Ich wünsche mir zu Weihnachten einen Partner, dachte Lykke. Dann seufzte sie und gähnte erneut.

Dieses Geschenk würde sie nicht so ohne Weiteres bekommen, das war ihr bewusst. Der Weihnachtsmann würde kaum mit einem verpackten Freund auftauchen. Vielleicht müsste sie selbst etwas unternehmen, oder vielleicht, ganz vielleicht, würde ein Wunder geschehen. Ein Weihnachtswunder!

Während sie in den Schlaf glitt, sah sie vor sich einen Mann unter einem Weihnachtsbaum sitzen, mit einer großen Schleife um den Bauch, während er mit einer Karte wedelte, auf der in reizender Kalligrafie geschrieben stand: *Für Lykke*. Der Mann unter dem Weihnachtsbaum – der seltsamerweise Peder ähnelte – wirkte vergnügt. Er sah aus, als gehöre er dorthin. Dem Bild wohnte keineswegs etwas Merkwürdiges inne. Lykke seufzte zufrieden.

»Ich wünsche mir zu Weihnachten einen Partner«, sagte sie plötzlich laut und deutlich.

Adam zuckte zusammen, öffnete die Augen und starrte seine schlafende Mama an. Er war nicht ganz sicher, was ein Partner war, aber das wusste sicher Tante Fie. Und sie wusste sicher auch, wie man so einen beschaffte. Er lächelte vergnügt. Der Partner könnte zusammen mit dem hübschen Klopapier-rollen-Weihnachtsmann, den er gerade im Kindergarten bastelte, unterm Baum liegen.

Der Traum begleitete Lykke den ganzen Morgen hindurch. Allerdings rationalisierte sie ihn – eigentlich wollte sie gar keinen Partner haben, was sollte sie damit? Nein, das Wichtigste war, dass Adam einen Papa bekam.

Genau genommen hatte er ja einen.

Er brauchte einen maskulinen Einfluss in seinem Leben, Jungs brauchten das. Ansonsten könnte sein Testosteron negativ kanalisiert werden, das hatte sie gelesen. Und dann würde vieles schiefgehen. Überhaupt war es unglaublich, wie viel schiefgehen konnte, wenn dieses Testosteron nicht die richtigen Kanäle fand.

Sie selbst war schließlich älter geworden und hoffentlich auch vernünftiger. Dasselbe traf sicher auch auf Preben zu. Und Preben hatte Familie: einen Großvater und eine Großmutter für Adam. Vielleicht Tanten und Onkel? Besuche in den Ferien, an Geburtstagen, zu Weihnachten – all das, was eine Familie verband.

Das konnte sie Adam nicht verweigern. Nervös, aber entschlossen rief sie Preben an.

Doch, Preben könne sich gern mit Lykke treffen. Er wollte sie sogar sofort sehen, weil er am Tag darauf zum Skifahren nach Hemsedal fahren würde. Wenn Lykke also in zwei Stunden zu ihm nach Hause kommen könnte, würde ihm das am besten passen.

»Ich hatte eher gedacht, dass wir uns nach der Arbeit in einem Café treffen«, sagte Lykke.

»Café? Okay. Wir können uns in der *Kaffistova* treffen«, sagte Preben.

Erstaunt zog Lykke die Augenbrauen nach oben. Sie bezweifelte, dass er sich plötzlich für Landwirtschaft interessierte.

Sie rief Fie an und fragte, ob sie an diesem Abend auf Adam aufpassen könne. Sie hörte sich selbst dabei zu, wie sie sich dafür entschuldigte, dass es so kurzfristig war und dass Fie den Abend darauf verwenden musste, auf ein Kind aufzupassen, und es irritierte sie, dass sie so empfand. Fie aber sagte, sie freue sich und wolle sehr gern auf Adam aufpassen.

»Wo willst du hin?«, fragte Fie. »Also nicht, dass du es mir erzählen musst, ich bin nur neugierig. Wohin gehen die Leute, wenn sie ausgehen?«

»Ich gehe in die *Kaffistova*«, ließ Lykke sie wissen.

26

Lykke war früh in der *Kaffistova*, eine halbe Stunde vor dem vereinbarten Zeitpunkt, und wurde enttäuscht. Sie hatte Bauernromantik, Trachten und an den Wänden Kopien der Gemälde von Tidemand und Gude erwartet. Das Lokal jedoch sah aus wie irgendein beliebiges norwegisches Café. Die Karte hingegen war anders. Lykke kaufte sich einen Kaffee und etwas namens Hardangerkling. (Es war das Billigste, was sie hatten.) Vorsichtig biss sie hinein und wurde zurückversetzt in frühere Zeiten bei Klara und Herman, als Klara etwas Ähnliches gebacken hatte.

In einer Ecke stand ein geschmückter Weihnachtsbaum. Während sie diesen anstarrte und mit kleinen Bissen das schmackhafte Gebäck verzehrte, erinnerte sie sich plötzlich und unerwartet an das erste Weihnachten bei Klara und Herman.

Die Weihnachtsfeste in der Wohngemeinschaft der Eltern waren allem voran laut gewesen. Für die Erwachsenen war es ein Anlass gewesen, Party zu machen. Weihnachten war ihrer Meinung nach eine Zeit, in der man wieder Kind sein durfte. Man konnte im wahrsten Sinne des Wortes nackt um den Weihnachtsbaum rennen (in diesem Fall den kränkelnden Birnbaum im Garten), man konnte rauchen und trinken so viel man wollte, schließlich war nur einmal im Jahr Weihnachten, und man konnte all das Geld verbraten, das man nicht hatte, schließlich war – genau – nur einmal im Jahr Weihnachten.

Weihnachten verschwanden die wenigen Regeln, die es in der Wohngemeinschaft gab. Die Kinder wurden mit Geschenken und Süßigkeiten überhäuft, niemand musste ins Bett gehen, und niemand legte ihnen Zügel an, denn auch die Kinder mussten Weihnachten die Erlaubnis haben, zu tun und zu lassen, was sie wollten. Das war mitunter auf eine hysterische Art lustig gewesen, erinnerte sich Lykke, aber es hatte sich auch unsicher angefühlt. Vor allem unsicher. Weihnachten war wie Karneval gewesen, bei dem niemand wiederzuerkennen war. Sowohl Torbjørn als auch Hilde waren die ganze Zeit über angeheitert (oder schwebten aufgrund irgendwelcher Rauschmittel in anderen Sphären). Genau wie die anderen Kinder in der Wohngemeinschaft hatte Lykke sich auf Weihnachten ebenso sehr gefreut, wie es ihr davor gegraut hatte.

Als sich zum ersten Mal Weihnachten bei Klara und Herman genähert hatte, hatte Lykke Bauchschmerzen bekommen. Misstrauisch war sie um die Großeltern herumgeschlichen, besorgt, sie würden ihre Persönlichkeiten verändern, zu viel trinken und in anderen Betten als ihren eigenen schlafen. Lykke erinnerte sich, dass sie am ersten Weihnachten bei den Großeltern mit Klara und Herman in die Kirche gegangen war. Sie erinnerte sich, dass sie über knirschenden Schnee gelaufen waren, während der Atem wie eine Wolke den Mund verlassen hatte. Sie hatte sich an der Hand der Großmutter festgeklammert. Schließlich konnte etwas Erschreckendes geschehen! Lykke hatte Klaras Hand nicht losgelassen, während sie zur Kirche gingen, sie in selbiger saßen und sie wieder auf dem Heimweg waren. Zu Hause hatte sie der Großmutter am Rockzipfel gehangen, während diese nach allen Regeln der Kunst die Weihnachtsrippchen zubereitet hatte. Und als, nach einem Abendessen, bei dem Lykke nicht ein Wort gesagt hatte, die Tür zum Wohnzimmer geöffnet werden sollte, wo der Weihnachtsbaum stand, hatte Lykke angefangen zu weinen.

Klara hatte sie auf den Schoß genommen und lange mit ihr geredet. Lykke wusste nicht mehr, was genau sie gesagt hatte, erinnerte sich jedoch an das, was anschließend geschehen war: die Sølvguttene, die im Fernsehen sangen, der Großvater, der das Weihnachtsevangelium vorlas, sowie die ruhigen, freundlichen, ganz normalen Gesichter. Es hatte Kaffee, Kuchen (inklusive Hardangerkling, daran erinnerte sie sich genau), Geschenke und einen Weihnachtsmann gegeben, der seinen Bart verlor und sich als der Nachbar herausstellte. Mittlerweile wusste Lykke, dass dies ein ganz normales norwegisches Weihnachtsfest gewesen war, für sie jedoch war es wundervoll gewesen. Das traf auch auf spätere Weihnachtsfeste zu; die Freude an Heiligabend hatte Lykke nie verloren. Und das war es, was sie sich für Adam wünschte.

Jetzt war der Großvater tot, und die Großmutter würde vor dem dreiundzwanzigsten Dezember nicht nach Hause kommen. Das gute, sichere Weihnachtsfest war verschwunden. Und Lykke war pleite. Mit einem Papa jedoch hätte Adam eine größere Familie, vielleicht Tanten und Onkel und einen Großvater. Und Geld, um Weihnachten zu feiern.

Sie war so tief in ihre Gedanken versunken, dass sie zusammenzuckte und der Kaffee aus der Tasse schwappte, als Preben auf der anderen Seite des Tisches Platz nahm. Preben hob abwehrend eine Hand, bevor er sein Telefonat fortführte. Lykke wischte den Kaffee mit einer Serviette auf und lauschte. Das Gespräch war nicht sonderlich aufschlussreich, Preben sagte im Großen und Ganzen nur »mmh«, »okay« und »in Ordnung«.

Lykke nahm einen weiteren Bissen von der Hardanger-kling, die ihre Magie jedoch verloren hatte. Sie schmeckte nur noch süß und schien im Mund immer mehr an Volumen zu gewinnen. Während Lykke schluckte, studierte sie Preben.

Er sah aus wie früher, abgesehen von ein paar neu hinzu-gekommenen Fältchen. Selbst die Kleidung war die gleiche – Steppweste, Markenpullover und Chinohose.

Nachdem die Spannung damals zwischen ihnen erloschen war, hatte Lykke Probleme gehabt, zu begreifen, was an ihm sie angezogen hatte, und dieses Problem hatte sie auch jetzt. Sie verstand es schlicht und einfach nicht. Und es war nicht nur der Alkoholpegel gewesen! Vor Adams Geburt hatte Lykke diesem häufig die Schuld für das eine oder das andere gegeben, aber Preben und sie hatten fast eine Woche weitergemacht. Vollkommen nüchtern! Sie begriff es einfach nicht!

Preben beendete das Gespräch mit einem »Hei!«. (Lykke konnte es nicht ausstehen, wenn die Leute zum Abschied *Hei* sagten. Hei war eine Begrüßungsformel! Man sagte Hei, wenn man Leute traf!) Während er sie in Augenschein nahm, streifte er seine dicken Lederhandschuhe ab. Seinem kritischen Blick entnahm Lykke, dass auch er nicht verstand, was sie damals geritten hatte.

»Nun«, sagte Preben. »Hier sitzen wir also.«

»Wie geht's?«, erkundigte sich Lykke.

»Gut. Prima. Ich arbeite mit Finanzen. Merson und Balke.« Letzteres sagte er mit einem gewissen Stolz.

»Cool!«, entgegnete Lykke, obwohl sie keine Ahnung hatte, was Merson und Balke war.

»Und du? Irgendwas mit Kunst?«

»Irgendwas mit Kunst, ja«, bestätigte Lykke und war der Meinung, nicht weiter auf ihre Karriere im Lebensmittelhandel eingehen zu müssen. Das war so oder so nur vorübergehend.

»Rendite?«, fragte Preben.

Es brauchte einen Moment, bis Lykke verstand, was er meinte. »Nicht besonders«, sagte sie schließlich.

»Nein.« Er betrachtete sie aufmerksam. »Das kann ich mir denken. Du hast dich auch damals nicht besonders für Geld interessiert.«

»Nein.«

Plötzlich lächelte er sie an. »Das war schon seltsam, findest du nicht? Wir beide, meine ich.«

»Sehr seltsam.«

»Und dann war es vorbei. Ich meine, es war so komplett vorbei.«

Er sah sie abwartend an.

Lykke begriff, dass er möglicherweise glaubte, sie würde jetzt auftauchen, um das Verhältnis wieder aufzunehmen. Sie beruhigte ihn schnell: »Komplett vorbei! Ungefähr so, als wenn man die Gardinen aufzieht, und dann, ganz plötzlich, ist es hell.«

»Das Rollo hochfährt!«, sagte Preben, sichtlich erleichtert. »Wie ist der Kaffee?«

»Okay.«

Er nickte, stand auf und holte sich eine Tasse. Nachdem er einige Schlucke getrunken hatte, räusperte er sich und warf einen nicht ganz diskreten Blick auf die Uhr. Lykke ging zum Angriff über. »Es gibt etwas, worüber ich mit dir reden muss.«

»Ja. Das dachte ich mir, als du dich gemeldet hast. Er ist also von mir?«

»Hä?«, rief Lykke aufrichtig schockiert aus. »Was meinst du? Hast du von ihm gewusst?«

»Das ist eine kleine Stadt. Ich wusste, dass du ein Kind hast. Aber natürlich wusste ich nicht, dass es von mir ist – wenn es das ist. Ja? Okay. Ich habe wohl damit gerechnet, dass du etwas gesagt hättest. Warum hast du das nicht getan?«

Er sah sie an, mit Adams klaren Augen.

Lykke wandte den Blick ab.

»Wir haben nicht zusammengepasst«, murmelte sie. »Ich dachte, es sei besser für Adam, wenn wir keinen Kontakt haben.«

»Und jetzt?«

Sie zuckte mit den Schultern.

»Nichtsdestotrotz ist es richtig, dass du von ihm weißt. Außerdem braucht er einen Papa.«

Für eine Weile konzentrierten sich beide auf den Kaffee, dann sagte Preben: »Ich glaube, du hast recht. Du und ich, wir sind uns in nichts einig, und ich bin nicht bereit, Vater zu sein. Noch nicht, und vielleicht werde ich es nie sein. Ich verstehe, dass das nicht das ist, was du dir erhofft hast, aber ich kenne mich selbst gut genug, um zu wissen, dass ich kein guter Vater wäre.«

»Willst du ihn nicht einmal kennenlernen?«

»Nein, ich glaube nicht«, antwortete Preben. »Es ist das Beste, es sein zu lassen.«

»Aber er ist dein Sohn!« Lykke sah ihn verwirrt an. Sie konnte sich nicht vorstellen, ihr eigenes Kind nicht zu kennen, ihm schlichtweg den Rücken zuzudrehen und zu sagen: *Nein, das passt mir nicht.*

»Adam existiert!«, sagte sie. »Ob du bereit bist, Vater zu sein, oder nicht, er ist da. Ich war auch nicht bereit, Mutter zu werden, aber ich hatte keine Wahl!«

Preben sah aus, als habe er Lust, dagegen zu protestieren, unterließ es klugerweise jedoch.

Lykke öffnete den Mund, um von Adam zu erzählen, wie fantastisch er war, was Preben entgehen würde, schloss ihn jedoch wortlos wieder. Bestimmt würde sie für Adam keine Reklame machen, als sei er eine Ware. Preben hatte Pech, wenn er ihn nicht kennenlernen wollte.

»Jetzt weißt du zumindest von Adam«, sagte sie.

»Ja. Und …«

»Ja?« Lykke wartete, noch immer hoffnungsvoll.

»Geld«, sagte Preben. »Ich sehe, dass du nicht gekommen bist, um mich um Geld zu bitten, aber es ist in gewisser Hinsicht – entschuldige, in vielerlei Hinsicht! – auch meine Verantwortung. Deswegen bin ich der Meinung, dass ich irgendeine finanzielle Verantwortung übernehmen sollte.«

Lykke hatte entsetzliche Lust, Nein zu sagen, ihm die dumme Hardangerkling ins Gesicht zu schleudern und nach draußen zu eilen, begriff jedoch, dass dies dumm wäre. (Und nur das bestätigen würde, was Preben gesagt hatte: dass sie zusammen kein Kind aufziehen könnten.) Ebenso begriff sie, dass es Prebens Gewissen erleichtern würde, Unterhalt zu zahlen, und das wollte sie nicht. Andererseits: Er war der Vater, und Adam brauchte das Geld. Sie beide brauchten das Geld. Also war Lykke vernünftig, saß ruhig da und hörte sich Prebens Vorschläge an, nickte zu *Anerkennung der Vaterschaft,* zu *Unterhaltspflicht,* zu einem Betrag, der höher war, als sie erwartet hatte, nickte und nickte und fühlte sich vollkommen elend. Schließlich stand Preben auf, um zu seinem Finanzjob zurückzukehren oder nach Hemsedal zu fahren.

Lykke blieb sitzen, weil noch zwanzig Minuten Zeit waren, bis der Bus fuhr. Preben nickte zum Abschied.

Widerwillig, aber mit dem Gefühl, es sagen zu müssen, fragte Lykke: »Brauchst du einen DNA-Test?«

»Nein«, entgegnete Preben. »Den brauche ich nicht. So bist du nicht.«

»Nein, gewiss«, murmelte Lykke. »Danke. Nehme ich an.«

Durch das Fenster sah sie ihn zu einem falsch geparkten Sportwagen gehen, einsteigen und viel zu schnell davonfahren. Erst als sie bemerkte, dass die Bedienung sie prüfend anstarrte, fiel ihr auf, dass ihr Tränen übers Gesicht kullerten.

27

16. Tag im Advent

»Bist du bereit?«

»Wozu?«

»Für deine Adventsaufgabe, natürlich. Bin ich nicht dein Weihnachtsmann und dein Weihnachtsengel in ein und derselben Person?«

»Du bist meine große Schwester«, gab Fie zurück. Auch in dieser Nacht war sie der Verlockung erlegen, eine Tablette zu nehmen, und sie fühlte sich daher träge und schwer im Kopf. Fie schwor sich (erneut), fortan ohne Pillen klarzukommen.

Zudem war es schwer gewesen, Hund die Treppe wieder hinunterzubefördern. Es war ausgesprochen rührend, dass er sich hinaufgewagt hatte, und sehr angenehm, ihn bei sich zu haben, aber der Morgen danach hatte für sie beide Probleme bereitgehalten. Die Treppe war steil und eng und Hund so groß, dass er in der Biegung stecken geblieben war. Sie wusste nicht, wie er hinaufgekommen war, das musste reine Willensstärke gewesen sein. Zwei Morgen hintereinander hatte er nun eingeklemmt zwischen Wand und Geländer gestanden und verzweifelt gewinselt. Letztendlich war es ihr beide Male gelungen, ihn nach unten zu schubsen, woraufhin Fie und Hund in einem äußerst uneleganten Knäuel im Wohnzimmer gelandet waren.

»Ich glaube, es ist das Beste, wenn du ab sofort wieder hier unten schläfst«, sagte sie zu Hund, der verständnisvoll mit den Ohren wackelte. Selbstverständlich glaubte Fie nicht, dass er sie verstand, obwohl sie sich diese Frage durchaus ab und an stellte. Genau genommen ziemlich oft.

»Ich habe nachgedacht!«, erklärte Sara.

»Halleluja!«

»Was hast du gesagt?«

»Nichts«, antwortete Fie schnell. »Kein Wort. Ich bin heute einfach nur müde. Ich brauche Kaffee. Und Stollen.«

Sie bediente die Kaffeemaschine und sog begierig den Duft ein. Kaffee, Weihnachtsstollen und brennende Kerzen, während sie über die langsam erwachende Stadt schaute, waren inzwischen zu Fies festem Ritual beim Adventsfrühstück geworden. Das war etwas vollkommen anderes als die stummen Zusammenkünfte mit Carl Christian, bei denen – eventuell unterbrochen von den morgendlichen Nachrichten – lediglich das Zermalmen von trockenem, sehr gesundem Knäckebrot die Stille durchbrochen hatte.

Fie gähnte erneut. Sie streckte sich über den Tisch und schaltete das Radio ein, woraufhin der Gesang der Sølvguttene den Raum erfüllte. Draußen fing es an zu schneien. Große, weiße Flocken fielen vom Himmel herab. Fie legte die Hand gegen die kalte Fensterscheibe und schaute hinaus. Im Haus gegenüber wurde in der Küche das Licht eingeschaltet, und Fie bot sich eine Szenerie mit Küchentisch, roter Weihnachtstischdecke und Adventskranz sowie zwei kleinen Mädchen im Schlafanzug, die voller Begeisterung für irgendetwas auf und ab hüpften. Sie wandte den Blick ab.

»Was hast du gesagt?«, fragte sie Sara.

»Ich sagte: Isst du zum Frühstück Stollen?« Sara klang streng, woraufhin Fie einen extra großen Bissen von dem Gebäck nahm.

»Selbstverständlich esse ich zum Frühstück Stollen«, sagte sie, während sie kaute. »Schließlich ist Advent. Und jemand hat gesagt, ich sei zu dünn.«

»Wer? Nicht Carl Christian, oder?«

»Nein, bist du verrückt? Für Carl Christian ist Körperpositivität ein Schimpfwort. Aber wie lautet nun meine Adventsaufgabe? Mit wem soll ich heute schlafen?«

»Das bleibt ganz allein dir überlassen«, sagte Sara tugendhaft. »In so was mische ich mich nicht ein.« Fie verdrehte die Augen, und Sara fuhr fort: »Ich bin in letzter Zeit nachlässig gewesen mit den Adventsaufgaben, aber da du alleine so gut klarkommst, ist es auch nicht so nötig gewesen, denke ich. Betrachte es als eine Übung in Selbstständigkeit.«

Fie dachte an die Pille, deren Nachwirkungen sie noch immer im ganzen Körper spürte. Sie wollte sie Sara gegenüber nicht erwähnen.

»Aber heute kommt eine Aufgabe«, sagte Sara und fuhr mit irritierend klarer Stimme fort: »Heute musst du Kontakt zu Jens aufnehmen.«

Es wurde still. Fie hörte auf, Weihnachtsstollen zu schneiden, und starrte in die Luft. Sie hatte gewusst, dass dies kommen musste, dennoch war es unangenehm.

»Aber …«, begann sie, wurde jedoch von Sara unterbrochen.

»Ich weiß, dass er dich nicht sehen will. Ich weiß, dass er nicht auf deine Nachrichten antwortet und dass er nicht mit dir telefonieren will. Ich weiß all das. Aber, Fie, du bist seine Mutter. Du kannst ihm nicht das Ruder überlassen.«

»Er ist kein kleines Kind mehr«, wandte Fie ein. »Wenn er mich nicht sehen will, dann hat er das volle Recht dazu.«

»Er benimmt sich wie ein Kind und muss deshalb auch wie ein solches behandelt werden.«

»In Ordnung«, brummte Fie. »Aber was mache ich, wenn

er auflegt? Oder seiner Wege geht? Soll ich ihm hinterherlaufen und ihm sagen, dass er Hausarrest hat?«

»Das wäre vielleicht gar nicht so dumm«, schnaubte Sara. »Ehrlich gesagt, sich zu weigern, seine Mutter zu sehen – er sollte Schläge bekommen!«

»In Norwegen ist es nicht erlaubt, Kinder zu schlagen«, nuschelte Fie, den Mund voll mit Weihnachtsstollen.

Sara knurrte, das sei schade, wenn die Kinder über zwanzig und solch undankbare Geschöpfe seien. »Ansonsten ist er natürlich ein ganz toller Sohn«, fügte sie schnell hinzu. »Du hast ihn gut erzogen.«

»Oh, danke.«

»Aber schließlich ist er auch Carl Christians Sohn, und diese Tendenzen solltest du ihm austreiben. Je eher, desto besser.«

Allerdings sollte dies nicht der Tag werden, an dem Jens seine Mutter traf und erzogen wurde. Kurz nachdem Fie die Verbindung unterbrochen hatte, klingelte das Telefon erneut. Am anderen Ende der Leitung war eine sehr gestresste Lykke. »Es ist Luciafest«, sagte sie. »Am Wochenende war Lucia, deshalb feiern sie heute. Das hatte ich total vergessen, und Herr Prestesæter ist sauer. Sehr sauer. Ich glaube, er sucht nach einem Anlass, um mich zu feuern.«

Sie klang verzweifelt. Schnell schluckte Fie den Weihnachtsstollen runter.

»Luciafeier? Wo?«, fragte sie.

»In Adams Kindergarten. Um acht, du würdest es also schaffen, bevor *&Dinge* öffnet. Und jemand muss gehen – er wird so traurig sein, wenn niemand kommt. Er freut sich so sehr, und ich kann nicht hingehen. Liebe, gute Fie ...«

»Selbstverständlich!«, entgegnete Fie und stellte fest, dass es sie froh stimmte. »Das mache ich sehr gern. Ich bin jahrelang bei keiner Luciafeier mehr gewesen, nicht, seit Jens klein war.«

»Tausend, tausend Dank, das ist nett von dir! Und kannst du ein paar Plätzchen mitnehmen? Jeder sollte etwas mitbringen.«

Der Kindergarten war ein kleines, gelbes Holzhaus in einem großen Garten. Die Fenster waren von schief ausgeschnittenen Herzen und Sternen bedeckt, es roch nach Weihrauch und etwas Undefinierbarem, an das Fie sich aus der Zeit erinnerte, in der ihr eigener Sohn in den Kindergarten gegangen war: eine Mischung aus nasser Kleidung, Windelnwechseln und gekochtem Gemüse. Sie blinzelte – das war so lange her. Es war so unendlich lange her, dass Jens sich eine selbst genähte weiße, lange Tunika übergezogen und Lametta in die Haare gehängt hatte und der Meinung gewesen war, fürchterlich schön auszusehen. (Etwas, das Carl Christian schnell entkräftet hatte. Er hatte gesagt, dass Jungs keine Lucia seien, sondern Sternenjungen, und so war Jens der Einzige im Lucia-Zug gewesen, der einen spitzen Papphut und dunkelblaue Kleidung getragen hatte.)

»Homophob!«, murmelte Fie, woraufhin ihr eine Stimme direkt ins Ohr sagte: »Wer?«

Fie schloss die Augen, sie erkannte die Stimme wieder. Dann holte sie tief Luft und drehte sich zu Trym um. »Hei. Ich wusste nicht, dass du Kinder hier hast.« Ihre Stimme war ruhig und höflich und zitterte kein bisschen. Fie war ziemlich hochmütig. Sie war auch stolz darauf, sich von Trym aus dem Mantel helfen zu lassen, ohne überhaupt auch nur ansatzweise zu zittern. (Und froh darüber, das neue, grüne Kleid angezogen zu haben.)

»Es ist nicht mein Kind, es ist Lykkes«, erklärte Trym. »Für gewöhnlich geht Klara, weshalb sie gefragt hat, ob ich stattdessen gehen kann. Und du?«

»Lykke hat mich gebeten, zu gehen, da sind wir also zu zweit.«

»Wer ist homophob?«

»Keiner«, sagte Fie schnell. »Das habe ich nur so gesagt.«

»Ist Homophobie ein Problem für dich? Betrifft es dich persönlich? Den Eindruck hast du nicht auf mich gemacht.«

Fie warf ihm einen schnellen Blick zu, und erneut hatte es den Anschein, als würde er sich amüsieren. Das war eine entsetzlich irritierende Eigenschaft und ließ in ihr den Wunsch aufkommen, ihm einen Tritt zu versetzen.

»Das sollte für uns alle ein Problem sein«, sagte sie würdevoll. »Ebenso wie Rassismus und Misogynie.«

»Misogynie? Ah, ja, selbstverständlich. Du hast ja so recht! Ich schäme mich bereits.«

»Schhh!« Eine groß gewachsene Frau mit einer Autorität, die sich im langjährigen Umgang mit kleinen Kindern herausgebildet hatte, sah sie streng an. »Schh! Wir haben angefangen!«

Sie runzelte ein Paar äußerst strenge Augenbrauen, was in Fie den nahezu unwiderstehlichen Drang auslöste, zu kichern. Nachdrücklich schloss sie den Mund wieder und rückte ein Stück zur Seite, sodass ihr Oberschenkel nicht den von Trym berührte. Allesamt saßen sie sehr eng nebeneinander auf viel zu kleinen Hockern. Das Licht wurde gedämpft, und sie warteten in Stille. Aber nichts geschah. Nach einigen Minuten begannen die Zuschauer, sich auf ihren Hockern zu winden, jemand gähnte. Es war erst acht Uhr, und der Raum war dunkel. Das Gähnen war ansteckend, wobei Fie ihres mit der Hand verbarg. Neben ihr gähnte auch Trym.

Besagte Dame kehrte zurück und klopfte fest auf einen Tisch, woraufhin die Versammlung sich gehorsam aufrichtete.

»Wir hatten ein kleines Missgeschick«, sagte sie und schaute das Publikum verdrießlich an, so als ginge dieses Missgeschick auf sein Konto. »Die Spannung hat sich bei einigen der Kleinen auf den Magen geschlagen. Sie dürfen solange Plätzchen essen. In der Kanne ist Kaffee.«

Sie verschwand wieder, das Licht wurde jäh wieder einge-schaltet, was alle mit überraschtem Blinzeln quittierten. Dann stieg die Stimmung, während Kaffee und Plätzchen ausgeteilt wurden und diejenigen, die einander von früher kannten, ins Gespräch kamen.

»Ich wusste nicht, dass du Lykke und Adam so gut kennst«, sagte Fie und bot Trym einen Pfefferkuchen an. Er stopfte ihn sich in den Mund und griff sich beschämt noch zwei weitere.

»Hab es nicht geschafft, zu frühstücken«, erklärte er. »Die sind gut.«

»Danke. Ich wusste nicht, dass ich hierherkommen würde, sonst hätte ich Lussekatter mitgebracht.«

»Lussekatter sind überbewertet«, sagte Trym, was Fie aus ir-gendeinem Grund erröten ließ.

Nachdem er die Pfefferkuchen verspeist und ihr Kaffee in eine Tasse mit der Aufschrift *Beste Großmutter der Welt* einge-schenkt hatte, erklärte Trym, dass er Lykke kannte, seit sie ein kleines Mädchen war, und dass Adam ihn Onkel Trym nannte.

»Ich bin in letzter Zeit sehr beschäftigt gewesen, weshalb ich sie nicht so oft gesehen habe. Mein Fehler, viel zu viel Ar-beit. Ich habe sie vermisst.«

Er kaute weiter. Neben seinem Mund hing ein Pfefferku-chenkrümel.

Fie hob eine Hand, um ihn wegzuwischen, entschied sich in letzter Sekunde jedoch dagegen. Sicherheitshalber setzte sie sich auf ihre Hände. »Gibt es viel zu tun im Restaurant?«, fragte sie höflich. Smalltalk, dachte sie, war der richtige Aus-weg – so interagierte man mit Nachbarn, die man bei Veran-staltungen traf.

Trym nickte.

»Ein bisschen zu viel. Hab das Geschäft zu groß werden lassen. Ich bin sehr froh, dass du den Verkauf von Ölen und Gewürzen übernommen hast.«

»Mmh«, entgegnete Fie und spürte, dass sie errötete. Sie wollte nicht an das denken, was geschehen war, als sie die Öle und Gewürze übernommen hatte. »Es ist schön für mich – oder Klara –, ein bisschen mehr Ware im Laden zu haben. Er war ziemlich leer.«

»Ich könnte helfen«, sagte Trym. »Mit Aussortieren und so, meine ich, und Waren zum Laden fahren. Sag einfach Bescheid.«

»Nein, nein, das läuft prima«, sagte Fie schnell. »Ich habe Peder, er schleppt und fährt und so … all diese Dinge.«

»Peder? Hm«, erwiderte Trym, schluckte Kaffee und Plätzchen hinunter und sagte nichts mehr.

Fie schielte zu seinem Profil hinauf und war sowohl enttäuscht als auch erleichtert. Sie zog die Hände hervor, legte sie hübsch ordentlich in den Schoß, und dann warteten sie beide unter Schweigen. Schließlich wurde das Licht erneut gedämpft, draußen im Flur waren Schritte zu vernehmen, dann erklang leiser, vorsichtiger Gesang, der immer stärker wurde, auch wenn die Worte etwas undeutlich blieben:

Schwarz senkt sich die Nacht
In Stall und Stube
Die Sonne ist ihres Weges gezogen
Die Schatten drohen

Fie hörte Adams Stimme; er sang laut und klar und ab und an ohne den Buchstaben L. Sie blinzelte verzweifelt, spürte jedoch, dass die verräterischen Tränen wieder flossen. Es erinnerte sie an Jens, als er klein gewesen war, an all die vergangenen Weihnachten, die nie wiederkehren würden. An all das, woran sie nicht denken wollte. Schnell wischte sie die Tränen mit den Fingern weg, war jedoch dankbar, als ihr ein Taschentuch in die Hand geschoben wurde.

»Danke«, flüsterte sie.

Trym warf ihr ein Lächeln zu. »Das ist wirklich rührend«, flüsterte er und legte eine Hand über ihre. Seine Hand war warm und wundersam tröstlich.

Die Kindergartenkinder schafften anderthalb Strophen, dann erblickten einige von ihnen die Plätzchen und brachen aus der Reihe aus. Da war es im Grunde vorüber, obwohl ein paar standhafte Fünfjährige darauf beharrten, alle Strophen zu singen. Vorsichtig zog Fie ihre Hand unter Tryms weg und hoffte, nicht allzu rot im Gesicht zu sein.

»Tante Fie, Onkel Trym!«, rief Adam und umarmte sie beide. »Waren wir nicht fjeißig? Ich konnte fast das ganze Jied, und ich habe Jametta. Und ein Kjeid!«

»Super schönes Kleid«, sagte Fie. »Und Lametta. Und Kerzen! Ihr wart so toll.«

»Aber du weinst!«

»Nicht richtig«, sagte Fie. »Nur ein paar Tränen, weil es so schön gewesen ist. Denn es ist wirklich wunderschön gewesen.«

Adam kletterte auf ihren Schoß, seufzte zufrieden, und sie drückte ihn an sich. Er war warm und tröstend, ebenso wie Tryms Hand es gewesen war. Trym gab ihm einen Pfefferkuchen, und für eine Weile saßen sie da und plauderten über den Kindergarten, die Luciafeier und Hund. (Adam war sehr interessiert an Hund und maß ihm beinahe Superhund-Eigenschaften bei.)

Fie trank Kaffee aus der Großmutter-Tasse, hörte Trym und Adam zu und war der Ansicht, dass es vielleicht gar nicht mal so schlecht war, die beste Großmutter der Welt zu sein.

»Tante Fie«, flüsterte Adam.

»Ja?«

»Können wir Mama zu Weihnachten einen Partner kaufen?«

»Einen was? Einen Partner?«

»Mama wünscht sich zu Weihnachten einen Partner«, flüsterte Adam weiter. »Das ist ein Geheimnis. Sag es keinem.«

»Nein, selbstverständlich nicht.« Fie runzelte die Stirn und dachte nach.

»Onkej Trym?«

»Ja, Adam?«

»Mama wünscht sich zu Weihnachten einen Partner. Sag es keinem. Keinem!«

»Selbstverständlich nicht«, versicherte Trym. »Das ist ein Geheimnis. Nur ich und Tante Fie wissen davon.«

»Und Ida im Kindergarten und ihre Mama und ein paar andere. Die Postfrau gjaubt nicht, dass man einen Partner einpacken kann.«

»Aber abgesehen davon ist es ein ordentliches Geheimnis. Verstehe.«

Dann ergriff die strenge Dame erneut das Wort, dankte den Kindern und erklärte die Veranstaltung für beendet. Es war ein bisschen so, wie nach der Hälfte der Party rausgeschmissen zu werden, jedoch zogen sich alle gehorsam ihre Jacken an.

»Das ist Greta«, sagte Adam und zeigte auf die strenge Dame. »Sie ist die netteste. Ich mag Greta ganz doll.«

»Ist das so?«, murmelte Fie. »Ja, sie scheint wirklich supernett zu sein.«

Draußen fiel der Schnee senkrecht; es wehte ein eiskalter Wind, der in den Augen biss und einem kalte Schauer nassen Schnees über den Nacken jagte. Fie zog den Mantel fester um sich und dachte an den Pelzmantel, den alten, von Motten zerfressenen Pelzmantel, den sie von ihrer Großmutter geerbt und den sie zu Hause im Kleiderschrank hatte hängen lassen.

Wann würde sie aufhören, bei dem Haus an *zu Hause* zu denken?

Den Pelzmantel hatte sie jahrelang nicht getragen. Er war weder schön noch politisch korrekt, jedoch war das Leben mit beheiztem Auto etwas vollkommen anderes als ein Dasein als Fußgängerin durch Schnee und Wind auf glatten Straßen. Sie vermisste den Pelzmantel, obwohl er sie wie ein rundes, gutmütiges Schaf aussehen ließ. Vorsichtig folgte sie dem vereisten Pfad über den Hof des Kindergartens, rutschte auf den hochhackigen Stiefeletten aber trotzdem.

Trym griff ihren Arm.

»Wie alt muss man sein, bevor man mit Schuhspikes anfangen kann?«, murmelte Fie und schaute schnell zu Trym hinauf. »Habe ich das laut gesagt?«

»Nicht besonders laut«, versicherte Trym. »Ich habe nichts gehört.«

»Gut«, erwiderte Fie.

»Aber da du noch nicht so alt bist und es fürchterlich glatt ist – willst du vielleicht mitfahren? Ich bin mit dem Auto da. Und vielleicht könnten wir unterwegs besprechen, wo wir einen Partner zu kaufen bekommen?«

Fie sah ihn zweifelnd an. Es war anstrengend, mit Trym zusammen zu sein. Eine selige Mischung aus Scham, Begierde und dem Wunsch, wenigstens einigermaßen intelligent zu erscheinen, zehrte an ihr, besonders zu so früher Stunde. Das Sicherste wäre es, zu Fuß zu gehen, so weit war es ja nicht. Sie könnte sich mit ganz kleinen Schritten fortbewegen.

»Denk an den Oberschenkelhals«, sagte Trym hilfsbereit.

Fie schüttelte den Kopf.

»Ein Spaziergang wird mir guttun«, sagte sie, als ein heftiger Windstoß ihr die Mütze vom Kopf riss.

Trym hob sie galant auf und setzte sie ihr wieder auf. Fie schluckte, sie spürte die Berührung seiner Hand bis in die Zehenspitzen. Das entschied die Sache. »Ich gehe zu Fuß«, sagte sie. »Ich muss unterwegs noch etwas erledigen.«

»Ich habe ausreichend Zeit. Und was ist mit dem Partner?«

»Nein, danke. Wir sehen uns später. Ich werde über das mit dem Partner nachdenken. Aber danke. Danke nochmals, meine ich. Und mach's gut.«

Etwas unsicher überquerte sie die Straße, während sie sich selbst zu ihrer Willensstärke beglückwünschte, obwohl sie erneut ihre übliche Verwirrung unter Beweis gestellt hatte. Die Gratulation hielt so lange, bis sie um die Ecke bog und ein großer, schneebedeckter Weihnachtsbaum einen Schwall der eiskalten weißen Pracht in ihren Nacken beförderte.

28

17. Tag im Advent

»Ich begreife nicht, warum du so stolz bist. Kannst du es nicht einfach darauf ankommen lassen? Nicht alle in unserem Alter erhalten das Angebot für deftigen Sex mit jemandem, auf den sie Lust haben, das kann ich dir sagen.«

»Was meinst du damit? Willst du mir irgendetwas mitteilen?«

»Versuche nicht, vom Thema abzulenken. Warum musst du dich wie eine viktorianische alte Jungfer aufführen? Nimm das Angebot an und hab Spaß. Es ist lange her, dass du Spaß hattest! Es ist lange her, dass irgendjemand von uns Spaß hatte!«

»Sara? Ist irgendetwas nicht in Ordnung?«

»Selbstverständlich nicht. Alles ist toll und schön. Lenke nicht vom Thema ab.«

»Das tue ich nicht, ich will nur …«

»Hier oben ist alles vollkommen super! Alles!«

Fie kaute auf dem Weihnachtsstollen herum und dachte nach. Erneut blickte sie über die weihnachtlich geschmückte Stadt mit blinkenden Lichtern, Schnee und Sternen an dem noch immer dunklen Himmel. Dann hörte sie die Kirchenglocken. Jeden Morgen um acht Uhr saß irgendjemand, der

Kenntnis vom Glockenläuten hatte, im Kirchturm und spielte ein Weihnachtslied nach dem anderen. Das war stimmungsvoll und weihnachtlich und konnte sie – in dem Zustand, in dem sie sich momentan befand – zu Tränen rühren. Dennoch pflegte sie das Fenster zu öffnen, um zu lauschen, weshalb jeden Morgen ein paar Tränen in ihre Kaffeetasse tropften. Jeden Morgen. Sie hatte sich nicht getraut, Sara davon zu erzählen, die sie der reinen Selbstquälerei beschuldigt hätte.

»Bist du erschöpft?«, fragte sie schließlich.

»Nein. Selbstverständlich nicht. Warum sollte ich das sein?«

Saras Tonlage stieg an, weshalb sie eher hysterisch als müde klang. Fie aber war die kleine Schwester, ihre Rolle bestand nicht darin, Hilfe und Unterstützung anzubieten. Besonders jetzt nicht, nach Zusammenbruch, Trennung und all dem, was das Ganze nach sich gezogen hatte. Daher sagte Fie ziemlich kleinlaut: »Wie du meinst.«

Sie begriff, dass dies zu nichts führte, und ließ das Thema fallen. Sie meinte, Sara gähnen zu hören, und gähnte selbst. Sie war um halb fünf aufgestanden, um bereit zu sein, wenn Peder kam. Zusammen waren sie in die Gärtnerei gefahren, hatten das Auto mit Pflanzen und Tannengrün vollgepackt und beim Laden alles wieder ausgeladen. (Lykke hatte behauptet, sie könne Adventskränze binden, und Fie hoffte, dass dies der Wahrheit entsprach.) Danach war Peder nach Hause gefahren, wahrscheinlich, um zu schlafen. Sie hatten kaum miteinander gesprochen, jedoch im Chor gegähnt, was auch eine Art von Zusammengehörigkeit darstellte.

»Sehen uns am Donnerstag«, hatte Peder gebrummt, als er sie vor dem Haus abgesetzt hatte.

»Mmh«, hatte Fie gegähnt und war die Treppen hinaufgestolpert zu Hund und dem Adventsfrühstück. Nach zwei Tassen Kaffee und drei Scheiben Stollen hatte sie sich besser gefühlt, wäre da nur nicht Saras Drängelei gewesen, dass

Fie sich ein Sexleben zulegen solle. Zudem war die Forderung wenig weihnachtlich! Weihnachten war ein heiliges Fest und keine Zeit für unanständigen Sex-Talk!

»Du magst ihn«, stellte Sara fest. »Würdest du das nicht tun, wäre alles einfacher.«

»Eben. Du hast es begriffen!« Fie gab Hund ein großes Stück Stollen, das blitzschnell in seinem Mund verschwand. Hund setzte sich hin und wedelte mit einer Pfote. Fie hatte versucht, ihm beizubringen, Pfötchen zu geben, bereute es jedoch. Leider nahm er an, ihr Wunsch bestünde darin, dass er die Pfote schwenkte, was sich mitunter nachteilig auf umstehende Tassen und Gefäße auswirkte. Jetzt brachte sie schnell ihre Tasse in Sicherheit, gab ihm aber dennoch mehr Gebäck. Das war inkonsequent und keine gute Hundeerziehung, darüber war sie sich im Klaren, allerdings war er fürchterlich süß, wie er so dasaß und die Pfote schwenkte.

»Es ist das Beste, Trym auf Abstand zu halten«, sagte sie. »Ich habe hart dafür gearbeitet, ausgeglichener zu werden, trotzdem bin ich momentan empfindlich. Gestern bin ich mindestens fünfmal zusammengebrochen. Ich habe – glücklicherweise ziemlich leise – über Kinder geschluchzt, die zum Luciafest gesungen haben, ich habe geweint, als ich einen Weihnachtsbaum mit Glanzpapierkörben gesehen habe – erinnerst du dich daran, ob wir so was auch mal hatten? –, und ich habe wie ein Kind geheult, als ich gesehen habe, wie ein Drogenabhängiger Geld in die Sammelbüchse der Heilsarmee gesteckt hat.«

»Du weinst momentan sowieso ohne Unterlass«, merkte Sara an. »Die ganze Zeit. Noch mal: Es ist das Beste, wenn du Weihnachten herkommst. Heiligabend könntest du zu einem emotionalen Wrack werden, wenn du alleine sein musst.«

»Überhaupt nicht«, widersprach Fie. »Ich bin erwachsen. Erwachsene können mit so etwas umgehen.«

»Du nicht. Du bist zu empfindsam. Wegen Bambi hast du mehrere Tage lang geheult, erinnerst du dich?«

»Nein.« Fie dachte nach. Hatte sie das getan? Nun war Bambi furchtbar traurig, weshalb es völlig legitim war, zu weinen, allerdings erinnerte sie sich nicht daran. »War ich da nicht erst fünf Jahre alt?«, fragte sie.

»Vielleicht. Aber du bist grundsätzlich emotional. Es ist Carl Christians Schuld, dass du deine Gefühle so lange unterdrückt hast«, sagte Sara. »Er hat dich dazu gebracht. Was pflegte er zu sagen? *Besinn dich, Fie!* Erinnerst du dich?«

»Was du sagen willst, ist, dass ich im Grunde ein gefühlsmäßiges Wrack bin? Das fünfmal am Tag weint? Weil ich im Alter von fünf Jahren über Bambi geweint habe?«

»Und gelacht«, sagte Sara. »Vergiss das nicht! Du hast auch viel gelacht, und jetzt hast du angefangen, wieder Spaß zu haben. Und um zum Thema zurückzukehren – du hast zudem Sex! Weiter so!«

»Ach, Schluss jetzt damit!«

»Ja, ja, für heute gebe ich Ruhe. Aber du erinnerst dich an die Adventsaufgabe von gestern? Du musst Jens treffen. Es ist an der Zeit, Fie. Du wirst keinen Frieden mit dir schließen, bevor du das Verhältnis zu deinem einzigen Sohn nicht normalisiert hast.«

Nachdem sie das Gespräch beendet hatten, dachte Fie ernsthaft darüber nach, was ihre Schwester gesagt hatte. Sie erinnerte sich daran, dass sie emotionaler gewesen war, bevor sie Carl Christian kennengelernt hatte. Aber hatten diese Gefühlsausbrüche nicht etwas Egozentrisches an sich gehabt? Sie hatte dadurch bekommen, was sie gebraucht hatte – Trost und Aufmerksamkeit –, aber das, was für einen Teenager in Ordnung war, war nicht mehr genauso charmant, wenn man älter wurde. Mithilfe von Carl Christian hatte Fie sich zusammengerissen. Er konnte ein wenig streng sein, das stimmte –

Besinn dich, Fie! Hatte sie deshalb womöglich einen schweren Deckel über ihre Gefühle gelegt? Fie erinnerte sich, dass es der Gefühle viele gewesen waren, was mitunter auch für sie selbst anstrengend gewesen war.

Jens war Carl Christian ziemlich ähnlich. Er würde eine durch Sehnsucht nach ihrem einzigen Sohn in Tränen aufgelöste Mama nicht mit sanftem Blick betrachten.

Fie machte sich bewusst, dass sie jetzt erwachsen war, kein wegen Bambi, Liebeskummer oder kleinen und großen Enttäuschungen Rotz und Wasser heulender Teenager. Es war durchaus denkbar, dass Sara die bedürftige, emotionale kleine Schwester vermisste, und obwohl es verlockend war, zu dieser Rolle zurückzukehren, war es unmöglich.

»Weil ich erwachsen bin«, ließ Fie Hund in ernstem Tonfall wissen, bevor sie hinzufügte: »Aber selbst erwachsene, pflichtbewusste Ladenbetreiber können zwischendurch emotional sein, vor allem, wenn bald Weihnachten ist.«

Hund wedelte verständnisvoll mit der Rute.

»Aber im Großen und Ganzen ist es das Beste, Situationen zu vermeiden, in denen ich zu emotional werde«, erklärte Fie. »Ich sollte Verliebtheiten und ähnlich aufreibende Ereignisse vermeiden. Bis ich stabiler bin. Ausgeglichener. Und dann, wenn ich Glück habe, lerne ich einen vernünftigen, soliden Mann kennen, der Ordnung in den Schubladen und Sinn für Kredite, Finanzen und steuerliche Vorteile hat. Einen, der kein Casanova ist.«

Erneut wedelte Hund mit der Rute, und Fie war zufrieden. Er war zumindest jemand, der sie unterstützte.

Der Arbeitstag war anstrengend. Irgendwann an diesem Morgen war Lykke dagewesen und hatte den Weihnachtsschmuck vorbeigebracht, den sie gebastelt hatte. Fie fand ihn, als sie den Laden aufschloss, und war sehr beeindruckt. Da waren Engel auf hohen Hacken sowie mit Samt, Glitter und anderen Verzierungen dekorierte Kugeln. Lykke hatte die billigen Tierfiguren aufgehübscht, die sie gekauft hatte, und nunmehr waren sie sowohl originell als auch dekorativ. Alles wurde im Laufe weniger Stunden verkauft, obwohl Fie den Preis dreimal hochsetzte.

»Mit deinem Weihnachtsschmuck können wir viel Geld einnehmen«, sagte sie, als sie begeistert Lykke anrief. Sie teilte ihr auch mit, dass sie an diesem Tag Jens treffen würde. Lykke war froh, dass der Weihnachtsschmuck sich so gut verkaufte, wirkte aber dennoch etwas zögerlich. »Fie, da ist etwas ...«

»Kommst du heute Nachmittag und bindest Kränze? Die Leute haben nach Kränzen gefragt. Wir haben jede Menge Tannengrün gekauft. Und wir brauchen mehr Weihnachtsschmuck!«

»Das kann ich zu Hause machen. Ich komme vorbei und hole das Material ab. Aber Fie ...«

»Ja?«

»Ich habe etwas getan, was ...«

»Es kommen gerade Kunden«, sagte Fie. »Ist es okay, wenn wir später darüber sprechen? Oder ist es sehr wichtig? Ich mache übrigens zwischen zwei und vier zu – in der Zeit werde ich zu Jens fahren. Aber danach können wir reden. Ist das okay? Sag Bescheid, wenn es zu viel Arbeit für dich wird, all diese Sachen zu fertigen. Gegebenenfalls können wir die Freundin deiner Großmutter kontaktieren. Die, die häkelt. Vielleicht kann sie helfen. Aber können wir später reden?«

»Ist in Ordnung«, antwortete Lykke.

Der Vorteil daran, seinen eigenen (oder Klaras) Laden zu haben, bestand darin, dass man einen Zettel an die Tür hängen konnte: *Bin um 16 Uhr zurück.*

Fie zog sich sorgfältig an, putzte die Stiefeletten, bürstete den Mantel und kämmte sich ordentlich die Haare. Anschließend wickelte sie sich den Burberry-Schal, den sie Thale abgenommen hatte, um den Hals, zog ein Paar braune Lederhandschuhe an, die jemand im Laden vergessen hatte, und legte einen passenden, dezenten Lippenstift auf. Auf dem Weg schaute sie bei Pierre vorbei, der sie erstaunt ansah.

»Was ist passiert? Sie sehen anders aus!«

»Ich bin gestriegelt«, erklärte Fie. »Was meinen Sie?«

»Hübsch«, erwiderte Pierre. »Sehr ordentlich. Als was, sagten Sie, haben Sie früher gearbeitet? Zahnarztassistentin? Wäre ich Zahnarzt, würde ich Sie *tout de suite* einstellen! Sie sehen aus, als hätten Sie die volle Kontrolle über das Gebiss.«

»Gut«, sagte Fie. »Das war das Ziel.«

»Und warum müssen Sie gestriegelt sein?«

Fie setzte sich hin und nahm den Tee, den Pierre ihr reichte. Während sie den Tee in kleinen, vorsichtigen Schlucken trank, erzählte sie Pierre ein wenig von ihrer Geschichte. Pierre sah sie an, er sah Fies hoffnungsvollen Blick und die hübsch gekämmten Haare und murmelte etwas von undankbaren Kindern.

»Auch Mütter haben Probleme, das muss er begreifen. Wenn nicht – pouf! Dann müssen Sie warten, bis er groß und klug wird. Und wird er das nicht – einige werden es *nie*! –, dann *dommage*! Dann ist es so!«

»Ich muss es nur richtig angehen«, sagte Fie und bedankte sich für noch mehr Tee. Pierre glaubte felsenfest an Tee als Gegenmittel für fast alles, zumindest vor fünfzehn Uhr. (Nach fünfzehn Uhr übernahm Champagner diese Funktion.)

Fie nahm noch einen Schluck. »Er hat mich nicht darum gebeten, ich komme unangemeldet« erklärte sie. »Ich hoffe, dass sich alles regeln wird, wenn ich mich jetzt ordentlich, anständig und komplett sauber geschrubbt präsentiere. Aber ist das ihm gegenüber nicht gemein? Er sollte vielleicht selbst entscheiden, ob er mich sehen will.«

»Ich weiß es nicht«, sagte Pierre. »Ich habe keine Kinder, ich kenne die Regeln nicht. Ich denke, Sie sind eine gute Mutter, das sollte ausreichen. Manchmal jedoch sind Familien schwierig. Meine *maman* … sie ist *impossible*.«

»Ihn zu sehen, auch wenn er nicht will, bedeutet, als Mutter Verantwortung zu übernehmen«, sagte Fie. »Das sagt zumindest Sara. Sara ist meine Schwester, sie besteht darauf, dass ich etwas unternehme.« Nachdem sie noch einen Schluck von dem Tee getrunken hatte, fügte sie hinzu: »Sara ist sehr bestimmend.«

»Kennt sie Ihren Sohn?«

»Ja.«

»Dann hat sie vielleicht recht?«

»Ja«, murmelte Fie unruhig. Der Gedanke, von seinem einzigen Kind abgewiesen zu werden, war kaum auszuhalten. Eine Trennung, durch ein jüngeres Modell ersetzt zu werden, Job, Haus und Status zu verlieren – das alles war entsetzlich und traurig, aber von seinem eigenen Kind abgewiesen zu werden, das war eine Schande. Schlechte Mütter wurden von ihren Kindern abgewiesen. Mütter, die schlugen, tranken oder sich nicht kümmerten. Sie erinnerte sich an mehrere Promis, die ihre Mütter beschuldigt hatten, eine schlechte Mutter zu sein, und auch wenn die Tochter oder der Sohn inzwischen längst erwachsen geworden war, blieb es fortwährend an der Angeklagten hängen. Da musste doch etwas dran sein, wurde dann für gewöhnlich gesagt und gedacht.

Fie krümmte sich. Aber Sara hatte recht: Sie musste es versuchen, und würde er ihr weiterhin die kalte Schulter zeigen, dann würde sie versuchen, die Schuld zu verteilen. Ihr gefiel nicht, was sie selbst getan hatte, das stimmte, aber ihr gefiel auch Jens' Verhalten nicht. Wäre er nicht ihr eigener Sohn, dann hätte sie gedacht, er sei schlecht erzogen worden.

Fie sorgte sich um ihn. Das tat sie seit Langem, auch schon

bevor sie ausgezogen war, und die Sorgen hatten sich nicht verflüchtigt. Horchte sie in sich hinein – was sie nicht tun sollte –, war sie auch von ihm enttäuscht. Sehr enttäuscht! Er war …

Sie holte tief Luft. Das war nicht die Haltung, die sie an diesem Tag einnehmen wollte. Heute wollte sie sanft, nett und froh darüber sein, ihren Sohn zu sehen. Sie wollte so sein wie früher. Ganz normal!

»Er benimmt sich nicht wie ein Erwachsener«, sagte Pierre.

Für einen Moment glaubte Fie, selbst laut gesprochen zu haben.

»Er ist über zwanzig, nicht wahr?«, fuhr Pierre fort. »Er sollte damit umgehen können, dass seine *maman* zu Besuch kommt! Oder …« Seine Tonlage senkte sich. »Ist er krank? Sie wissen schon – psychisch?«

»Nein. Keineswegs.«

Pierre sah aus, als läge ihm etwas auf der Zunge. Doch er beließ es bei: »Das wird schon gut gehen.«

29

Fie stieg aus dem Bus und balancierte vorsichtig über die dicke Eisschicht. Heute trug sie keine hohen Absätze. Nicht wegen des Oberschenkelhalses, sondern weil Fie *früher* immer vernünftige, flache, frisch geputzte Schuhe getragen hatte. (»Es hat keinen Sinn, das Schicksal herauszufordern«, pflegte Carl Christian zu sagen, während er ihr ein Paar Schuhspikes reichte, obwohl sie im Großen und Ganzen immer nur von der Haustür bis zum Auto gegangen war.)

Selbstverständlich war sie bereits früher bei Jens zu Besuch gewesen. Sie beide, Carl Christian und Fie, waren dort gewesen, direkt nachdem er von zu Hause ausgezogen war. Sie hatten Küchenausstattung, Lebensmittel und Bettwäsche dabeigehabt, und sie war herumgeschwirrt und hatte sich Sorgen gemacht, ob Jens ausreichend und gesund essen würde, ob er einsam sein würde, wie er allein klarkommen würde. Was war mit den Kochplatten – würde er daran denken, sie auszuschalten? Würde er vergessen, die Tür abzuschließen? Würde er das Fenster zumachen, sodass keine Schurken hereinkamen? (Obwohl sich die Wohnung in der dritten Etage befand.) Würde er so ausgelassen feiern, dass jemand oder etwas vom Balkon fiel?

Sie war eine typische besorgte Mutter gewesen, besorgt wegen Dingen, an die sie nicht hätte denken brauchen. Denn auch wenn er nicht mehr dem kritischen Blick des Vaters ausgesetzt war, blieb Jens weiterhin eine getreue Kopie von Carl Christian. Er kam nicht mit der Schmutzwäsche nach Hause. Bei ihm fanden sich keine Spuren von wilden Partys und zerbrochenem Glas. Weit gefehlt. Jens brachte Carl Christian dazu, in eine Waschmaschine zu investieren. Und Wäsche trocknen in der Wohnung? *Konnte das nicht zur Entstehung von Schimmel führen?*, fragte Jens, um gar nicht erst von dem Durcheinander zu sprechen! Sie kauften einen Wäschetrockner. Außerdem anständige Teller, Gläser, Tassen und – das hatte sie am meisten verwundert – Blumenvasen. Welcher zwanzigjährige Junge interessierte sich für Blumenvasen? Einen Moment lang hatte Fie gedacht, dass er vielleicht homosexuell sei – in ihrer Vorstellung waren es nur homosexuelle junge Männer, die sich für Blumenvasen interessierten –, aber Jens hatte immer Freundinnen gehabt. (Und eine ordentlich archivierte Sammlung Kondome im Nachttischschrank, natürlich ohne dass dies etwas zu bedeuten hatte.)

Die Wohnung hatte Carl Christian gekauft, damit Jens nicht in einer Wohngemeinschaft oder einem Studentenwohnheim unterkommen musste. Jetzt dachte Fie, dass es Jens vielleicht gutgetan hätte, unter kümmerlicheren Verhältnissen zu leben. Chaotischeren. Dann aber kam ihr in den Sinn, dass es hart genug war, Carl Christians Sohn zu sein. In Jens' Kindheit hatten die Forderungen Schlange gestanden: Er müsse Zahnarzt werden. Oder Arzt. Oder die Handelshochschule besuchen. Oder zur Not Jura studieren.

Er hätte besser sein sollen in Mathematik, Skilaufen, Skispringen, Schwimmen, Holzhacken, Sprachen (und so weiter). Carl Christian sprach wenig laut aus, über sein Gesicht jedoch glitt dann ein Hauch von Enttäuschung. Er war in der Lage, kaum wahrnehmbar zu seufzen, aber trotzdem so deutlich, dass Fie mit steifen Schultern dasaß und wartete. »Uuuu-ff!«, verbunden mit einer langen, langen Ausatmung.

Sie wusste, dass auch Jens es gehört hatte. Sie wusste es, weil sie gesehen hatte, wie er sich zusammenkrümmte, wenn der steife Rücken des Vaters aus dem Wohnzimmer verschwand und die Tür hinter ihm mit einem schwachen Klicken geschlossen wurde. Eine von Carl Christians schlimmsten Eigenschaften (Fie zufolge) war seine Fähigkeit, wortlos Enttäuschung auszudrücken. Die Missbilligung lag unter der Oberfläche; darüber waren sich alle im Klaren, aber sie wurde nie zugegeben.

»Es ist ein bisschen schade um Jens«, sagte Fie leise, es war wichtig, dies im Hinterkopf zu behalten. Schade um ihn.

Sie hatte einen roten, blühenden Weihnachtsstern dabei. Nicht, weil sie glaubte, dass Jens ihn haben wollte (er war einundzwanzig und ein Junge!), sondern weil es das war, was Fie *früher* getan hätte. Ende Oktober kaufte Carl Christians Mutter Weihnachtssterne und kam nie ohne zu Besuch. Da sie ziemlich oft vorbeikam, war das Haus nach und nach voll von roten, halb verblühten Weihnachtssternen gewesen. Fie mochte im Wesentlichen alle Blumen, Weihnachtssterne jedoch konnte sie nicht ausstehen! Aber es war Tradition und etwas, das eine gute Mutter machte. Also hatte sie ihr Friedensgeschenk dabei und hoffte auf das Beste.

Sie schaute am Wohnblock hinauf und sah, dass in seiner Wohnung Licht brannte. Fie streckte den Rücken durch, straffte sich und klingelte.

Was passiert, wenn man seinen einzigen Sohn nach mehreren Wochen der Trennung wiedersieht? Sagt man: *Mein Junge, ich habe dich vermisst, ich liebe dich?*

Und wie lautet die Antwort? *Liebe, liebe Mama, ich habe dich auch vermisst?*

So etwas sagte man möglicherweise in anderen Ländern, und Fie war der Ansicht, es wirkte natürlicher, wenn es beispielsweise auf Spanisch gesagt wurde. Sollte jemand jedoch hier große Gefühlsausbrüche erwarten, dann hatte er wenig Kenntnis von norwegischen Jungs! Hier wäre es vielmehr ein Knurren, glaubte sie, selbst bei jenen, die froh darüber waren, ihre Mama wiederzusehen.

Jens gehörte nicht in diese Kategorie. Fie stand draußen im Schnee und kommunizierte über eine rauschende Gegensprechanlage. Jens' Beitrag war extrem zurückhaltend. »Aber Mama …«

»Ja?«

»Es ist gerade etwas ungünstig, ich muss los …«

»Aber fünf Minuten kannst du doch sicher entbehren?«

»Ich habe momentan so verdammt viel zu tun. Vielleicht morgen?«

»Mein Lieber, ich werde nur fünf Minuten bleiben.«

»Du, es kommt bald jemand, also …«

Fie unterließ es, darauf hinzuweisen, dass seine Argumente nicht zusammenpassten. Stattdessen sagte sie mit ihrer energischsten Mamastimme: »Jens!!!«

Das führte sie schnell durch die Tür und in den Fahrstuhl hinein. Anschließend klopfte sie an seine Wohnungstür.

Er öffnete, und Fie begegnete einem vor Schreck erstarrten Blick. Die Erleichterung, als er feststellte, dass sie normal aussah und sich zurechtgemacht hatte, war enorm. Sein kompletter Gesichtsausdruck veränderte sich, er entspannte sich und hauchte ein »Hei, Mama!«.

Noch einmal: Das ähnelte wenig den Filmen, in denen Menschen sich wiedersahen, nachdem sie durch Krieg, Flut und diverse Katastrophen voneinander getrennt worden waren. Es ähnelte auch nicht den Flughafen-Begegnungen in *Tatsächlich … Liebe*, die Fie immer zum Heulen brachten. Hier gab es keine großen Gefühlsausbrüche, aber das war auch nicht schlimm.

Fie bekam eine rasche Umarmung, woraufhin ihr die Tränen in die Augen stiegen, da Jens eigentlich niemand war, der Umarmungen verteilte. Sie wurde eingeladen, hereinzukommen. (Das heißt, er bat sie, die Tür zu schließen, was sie als eine Einladung verstand.) Sie zog die Schuhe aus, hängte den Mantel ordentlich auf und folgte ihm in die Küche. Dort blieb sie gegen die Arbeitsplatte gelehnt stehen, während er sich auf einen Stuhl fallen ließ und mit dem fortfuhr, womit er vermutlich gerade beschäftigt gewesen war: Cornflakes essen.

Mit anderen Worten, es war alles normal. So, wie es womöglich für alle Mütter war, die zu Besuch bei ihren Söhnen in den Zwanzigern kamen, dachte Fie. Jens hatte wahrscheinlich das Bedürfnis, dass alles wieder normal war.

»Geht es dir gut?«, erkundigte sie sich, während sie ihn mit ihrem Mamablick genau studierte.

Er sah aus wie immer, weder blass noch deprimiert oder ungepflegt. Die Haare waren hübsch zur Seite gekämmt, das Hemd gebügelt und die Hose neu. Er nickte, den Mund voller Cornflakes.

»Alles bestens«, ließ er sie wissen.

»Und das Studium?«

»Alles bestens.«

»Und sonst? Alles bestens?«, fragte Fie, nicht ohne Ironie.

Er schluckte schnell hinunter, streckte den Rücken durch und hörte auf zu schlürfen.

Fie spürte eine kleine, kaum wahrnehmbare Bewegung in ihrer Brust und atmete leichter.

»Mir geht es gut, Mama«, sagte er in der Tonlage, die er verwendete, seit er vierzehn war, und die bedeutete: *Nerv mich nicht.* Sie wartete, aber es kam nicht mehr.

»Gibt es was Neues?«, fragte sie, woraufhin er derart heftig mit dem Kopf schüttelte, dass beinahe die Cornflakes überschwappten. Dann schaute er schnell auf, und seine Wangen wurden rosa. »Ich hab eine Freundin«, sagte er gespielt gleichgültig, was Fie mit einem Nicken kommentierte. Er sah stolz aus, sagte aber nicht mehr.

Fie wartete, er aber konzentrierte sich wieder auf das Essen in einem ernsthaften Versuch, den halben Teller mit einem vollgehäuften Löffel zu verspeisen.

»Wie schön«, sagte Fie. »Und wie ist sie?«

»Sie ist … sie ist … Ihr Vater ist Wirtschaftsjurist und verdient Unmengen an Geld. Sie haben ein Haus oben in Åsen, mit Swimmingpool.«

»Aber wie ist *sie*?«, hakte Fie nach. Jens verdrehte die Augen.

»Sie ist vollkommen in Ordnung«, lautete seine Antwort.

Fie nahm an, dies war ein Kompliment. »Hauptsache, du hast sie gern, und nicht nur den Swimmingpool und das Geld des Vaters«, sagte sie, etwas spitzer, als sie es vorgehabt hatte. Jens murmelte irgendetwas.

»Was hast du gesagt?«

»Ich sagte: *Ja doch, Mama.*«

Fie nickte, setzte sich hin und schaute sich um. Das Zimmer war nicht ganz so sauber und ordentlich, wie es früher einst gewesen war. Auf der Arbeitsplatte stand eine benutzte Tasse, eine Schranktür war offen, wodurch sie sehen konnte, dass es auch im Schrank nicht sonderlich aufgeräumt zuging. Vielleicht tat ihm diese Freundin gut.

»Papa war hier«, erzählte Jens mit gedämpfter Tonlage. »Zusammen mit ihr.«

»Geht es ihnen gut?«, fragte Fie entspannt. Kein Kneifen im Magen, kein Zittern der Hände. Sie war ganz stolz auf sich, obwohl das eigentlich nichts war, worauf man stolz sein konnte, dachte sie. Sie hatte aufgehört, sich sonderlich darum zu kümmern, das war alles. Neugierig hingegen war sie schon.

»Ich bin nicht besonders oft dort zu Besuch«, versicherte

Jens. »Ich bin nur ein paar Mal da gewesen. Es ist nicht dasselbe.«

»Geh hin, sooft du willst«, sagte Fie, obwohl sie froh darüber war, dass er nicht nur von ihr Abstand genommen hatte. Auf der anderen Seite – es war nicht sicher, ob er sich bei Carl Christian und Thale besonders willkommen fühlte. Nur eine Mutter konnte Interesse daran haben, zu sehen, wie er Cornflakes kaute und murmelte: *Alles bestens.*

»Er wirkt nicht besonders zufrieden«, erklärte Jens. »Ich glaube, er vermisst dich.« Die Anstrengung, etwas derart Gefühlsgeladenes zu sagen, ließ sein Gesicht puterrot werden. Um der Verlegenheit Herr zu werden, studierte er ausgiebig die Tischplatte.

»Aber was ist mit *ihr*? Der Frau, mit der er zusammenlebt?«

»Ich weiß es nicht«, sagte Jens und konzentrierte sich wieder auf seine Cornflakes. »Das ist nicht meine Angelegenheit.«

»Wohnt sie nicht mehr dort?«

»Doch.«

»In diesem Fall ist das Vermissen wohl nicht so drängend«, merkte Fie an.

»Nein ... Aber ich muss Weihnachten dort feiern! Mit ihr!«

»Nun, du bist bei mir herzlich willkommen.«

Fie blickte freundlich und mütterlich drein, hielt jedoch die Luft an. Wenn Jens Lust hätte, Heiligabend zu ihr zu kommen, dann wären es nicht nur sie und Hund. Das wäre ein Wunder – ein richtiges Weihnachtswunder!

»Joa«, sagte Jens. »Joa ...«

Aber Fie verstand, dass dies nicht geschehen würde. Jens sah aus, als hätte sie vorgeschlagen, Weihnachten auf der nächstgelegenen Mülldeponie zu feiern. Er hatte immer klare Ansichten darüber gehabt, was den Osten und den Westen Oslos betraf, und er war, soweit sie sich erinnerte, mit der

Straßenbahn nicht einmal weit genug östlich gefahren, um bis nach Grünerløkka zu gelangen. Und Sagene lag gefährlich nah an der Grenze zum Ostteil der Stadt ...

»Das wird sicher gut laufen Heiligabend«, sagte sie und schluckte die Enttäuschung runter. Sie hatte sowieso nicht damit gerechnet, dass das geschehen würde. Sie musste am Positiven festhalten und sagte, auch um sich selbst daran zu erinnern, was ihr entging: »Du hast doch die ganze Familie da. Großmutter, Tanten und alle anderen. Die Verwandtschaft aus Åsgårdstrand. Und vielleicht ist Thale geschickt, wenn es darum geht, Rocky Roads zu machen.«

»Es ist trotzdem nicht dasselbe«, wandte Jens ein.

»Nein, aber ...«

Fie wusste nicht genau, was sie erwartet hatte. Sie hatte sich gewünscht, dass ihr Verhältnis wieder wie früher werden würde, und das hier war in höchstem Maße wie früher (bald würde Jens sagen: *Hör auf, Mama, nerv mich nicht!*). Er war ihr Sohn, und sie liebte ihn, in diesem Augenblick jedoch war sie erschöpft. (Und obwohl sie nichts erwartet hatte, ziemlich enttäuscht.) Selbstverständlich war sie froh darüber, so wie früher mit ihm zu sprechen und nicht mehr in die Kälte hinausgeschoben zu werden. Während sie jedoch so dasaß und Jens dabei zusah, wie er Löffel um Löffel in sich hineinschaufelte, als hinge sein Leben davon ab, sich diese verflixten Cornflakes einzuverleiben, spürte sie, dass sie nicht nur enttäuscht, sondern auch verärgert war. Zum Beispiel hatte er nicht gefragt, wo sie Weihnachten feiern würde. Ein bisschen mehr Mitgefühl und Fürsorge wären erfreulich gewesen! Zwar hatte sie mit ihrem sachlichen Auftreten nicht gerade dazu eingeladen, das stimmte. Jedoch hatte sie Angst davor gehabt, dass jede Art von Gefühlsausbruch Jens zu der Annahme verleiten würde, sie befände sich auf dem besten Wege zu einem hysterischen Anfall.

Nein, das Beste war, das Ganze langsam und vorsichtig anzugehen. Außerdem hatte sie keine Wahl.

»Es war sehr schön, dich wiederzusehen, aber ich muss jetzt zurück zur Arbeit«, sagte sie. »Vielleicht können wir uns bald wiedersehen?«

Jens nickte. Er fragte nicht, was sie arbeitete, aber schließlich konnte es sein, dass er das wusste. Dann aber wirkte er plötzlich aufgebracht. »Da war so ein Mädchen«, sagte er. »Sie sah unmöglich aus – hatte rosafarbene Haare und trug merkwürdige Sachen, und sie hat mich wegen dir bedrängt! Hast du sie kennengelernt, als du …« An dieser Stelle schluckte er und widmete seine Aufmerksamkeit wieder der Tischplatte.

»Als ich meinen Zusammenbruch hatte, meinst du?«, sagte Fie ruhig. »Ist es das, was du meinst?«

»Du warst vollkommen fertig!«, rief Jens. »Bist zusammengefallen wie ein …«

Fie räusperte sich. Jens wurde rot und brummte irgendwas, das vielleicht, vielleicht auch nicht, eine Entschuldigung war. »Dieses Mädchen sah seltsam aus«, fuhr er mit ruhiger Stimme fort. »Vollkommen geisteskrank! Und sie hat mich wegen dir bedrängt und gesagt, was ich tun soll. Das ist, verdammt noch mal, nicht ihre Sache. Sie sah unmöglich aus.«

»Du weißt, dass ich eine harte Zeit durchgemacht habe, nicht wahr?«, sagte Fie sanft. »Darüber kann man reden.«

»Das ist doch vorbei«, entgegnete Jens. »Es kommt nichts Gutes dabei raus, alles wieder aufzuwärmen. Aber genau das hat dieses Mädchen getan, die Verrückte mit den rosa Haaren. Du solltest dich nicht mit solchen abgeben, Mama, das muss ich dir ehrlich sagen!«

»Sie heißt Lykke. Glück«, erklärte Fie.

Jens' Gesichtsausdruck entnahm sie, dass er so etwas erwartet hatte.

»Lykke!«, prustete er. »Ist das ein Name?«

»Da sie so heißt, offensichtlich ja. Mir gefällt er. Und ich mag Lykke, also sprich nicht so hässlich über sie, sei so gut.«

»Hast du sie kennengelernt, als du vollkommen neben der Spur warst? Du kannst dich nicht mit solchen Gestalten abgeben, Mama, das geht nicht! Bedenke nur, wie das aussieht! Stell dir vor, Papa erfährt, dass du solche Leute kennst!«

»Papa?«, brach es aus Fie heraus. »Es ist doch wohl egal, was Papa von Lykke hält!«

»Ich weiß nicht, ob er will, dass ihr wieder zusammenzieht, wenn er sieht, dass du dich mit *solchen* umgibst. Sie sieht aus wie ein Wrack!«

Nein, diese Versöhnung mit ihrem Sohn würde nicht leicht werden, das begriff Fie. Sie ging es nett und ruhig an.

»Papa will nicht wieder mit mir zusammenziehen«, sagte sie, beugte sich nach vorn und umarmte ihn. Er war steif wie ein Stock, dann ließ die Anspannung nach, und er erwiderte die Umarmung.

»Wir können über diese Dinge ein anderes Mal reden«, murmelte er. »Ich verstehe das. Und denk an das mit Papa.«

»Mein Lieber«, sagte Fie und wuschelte ihm durch die Haare. Er strich sie umgehend wieder glatt. »Alles wird gut. Papa hat eine neue Lebensgefährtin. So ist es nun mal. Dinge ändern sich.«

»Aber ihr habt mich beide gleich lieb, und das alles ist nicht meine Schuld«, sagte Jens sarkastisch. »Das weiß ich, das habe ich früher schon gehört.«

»Ich hatte nicht vor, es zu sagen«, entgegnete Fie. »Du bist keine fünf Jahre alt, weshalb ich davon ausgegangen bin, dass du das weißt. Aber Dinge ändern sich, und man muss sich mit ihnen verändern. Manchmal hat man keine Wahl, und oft kommt sogar etwas Schönes dabei raus.«

»Bäh!«, knurrte Jens. »Es gibt viele Veränderungen, die einfach nur scheiße sind. Und sie, diese Lykke – ich bin nicht der Meinung, dass du dich mit ihr abgeben solltest!«

Fie streichelte ihm über den Kopf, ging in den Flur hinaus und zog sich Schuhe und Mantel an.

»Iss deine Cornflakes!«, rief sie freundlich und verließ die Wohnung, indem sie die Tür vorsichtig hinter sich ins Schloss zog.

Draußen schneite es. Fie ging zur Bushaltestelle. Sie war gleichzeitig erleichtert und enttäuscht. Das Ganze war ziemlich verwirrend, weshalb sie nicht wusste, ob sie froh oder traurig war.

Es war, als sei nichts geschehen, als hätten all die Monate ohne Antwort, ohne Kontakt, für Jens nichts bedeutet. Sie fühlte sich wertlos; es hatte nicht einmal den Anschein gehabt, als habe er sie vermisst! Verständlich, dachte Fie, würde er fünf oder zehn Jahre alt sein, enttäuschend jedoch für jemanden, der erwachsen war. Möglicherweise erwachsen.

Aber was die Eltern betraf, wurden Kinder vielleicht nie erwachsen? Würde Jens sich wie ein Vierzehnjähriger benehmen, wenn er vierzig und selbst Vater war? Würde er in anderen Bereichen erwachsen sein, aber zu ihr weiterhin sagen: *Hör auf, Mama?*

Seltsamerweise wohnte dem Gedanken, dass sie immer Mama sein würde, etwas Wärmendes inne. Unabhängig davon, wen er heiraten würde. Fie schüttelte den Kopf – nein, würde Jens heiraten, dann würde sie aufhören, die strenge Mama zu sein. Es gab kaum etwas, in das sich ihre eigene Schwiegermutter nicht eingemischt hatte, und Fie hatte seit Langem beschlossen, selbst nicht so zu werden. Dennoch war es seltsam, sich an diesem Ende der Generationsreihe zu befinden. Sie verstand ihre Schwiegermutter jetzt besser, und es kam sogar vor, dass sie sie mitunter vermisste. Die Schwiegermutter würde Thale wohl kaum mögen, sie war eine Dame mit einer sehr strengen Sicht auf die Heiligkeit der Ehe!

Sie war derart in ihre Gedanken versunken, dass sie zusammenzuckte und fast über den Schneerand gestolpert wäre, als jemand sie plötzlich ansprach.

»Hei, Entschuldigung«, sagte eine Stimme.

Fie schaute auf. Vor ihr stand ein sehr hübsches Mädchen, groß, blond und mit einem Lächeln im Gesicht. Sie streckte eine Hand nach vorn, die Fie automatisch ergriff.

»Ich bin Filippa«, sagte das Mädchen, woraufhin Fie nickte.

»Hei«, sagte sie, während sie in ihrer Erinnerung nach Filippa kramte. Kein Treffer, aber das musste nichts bedeuten. Fie erinnerte sich selten an Gesichter und noch seltener an Namen. Aber sie hatte gelernt, das zu kompensieren. Sie tat so, als würde sie die Leute erkennen, und mithilfe genau einstudierter Repliken mogelte sie sich durch, bis sie sich erinnerte. (Sie hatte einen Film über ein Mitglied eines Königshauses gesehen, das dasselbe tat, und es funktionierte ausgezeichnet.)

»Ja, hei!«, sagte Fie.

»Oh!«, entgegnete Filippa erfreut. »Wie nett. Ich hatte Angst, er hätte nichts von mir erzählt.«

»Wirklich?«, sagte Fie. »Wollen Sie auch den Bus nehmen?«

»Nein, ich bin gerade erst gekommen. Ich dachte, ich sollte mal bei Jens vorbeischauen.«

Fie lächelte, erleichtert und zufrieden darüber, dass es so schnell gegangen war. Das also war Jens' Freundin, Besitzerin eines Swimmingpools und eines Papas mit Geld. Sie sah sehr sympathisch aus. In Fies Kopf schlich sich ein kleiner, verräterischer Gedanke ein: Sie sah aus, als wäre sie zu gut für Jens. Dann schimpfte sie mit sich selbst – Jens war ein ausgezeichneter Junge, toll in vielerlei Hinsicht und im Grunde sehr gutherzig.

»Wie schön, Sie kennenzulernen«, sagte sie.

»Ich habe Sie auf einem Bild in einem Fotoalbum gesehen«, erklärte Filippa strahlend. Sie sah aus, als würde sie das meiste positiv betrachten. »Daher habe ich Sie wiedererkannt. Wie schön, dass Sie sich mit Jens getroffen haben! Ich bin auch Ihrer Freundin begegnet, Lykke. Sie war sehr süß und sehr daran interessiert, dass Sie und Jens sich treffen. Es ist so schön, dass es jetzt dazu gekommen ist! Er hat Sie vermisst, da bin ich sicher!«

»Sie haben Lykke auch getroffen?«, hakte Fie nach.

Sie übersprang das *Er hat sie vermisst*. Das war nett gedacht, jedoch ein wenig zweifelhaft. Lykke aber schien über völlig unerwartete Eigenschaften und sehr viel Energie zu verfügen.

»Ja, als Jens sie getroffen hat«, sagte Filippa und fügte unsicher hinzu: »Er war ihr gegenüber womöglich nicht ganz freundlich, aber er war überrascht. Und Jungs sprechen nicht so gern über Gefühle und so was, habe ich herausgefunden.«

»Das stimmt«, sagte Fie mit einem Lächeln. »Und was das Thema betrifft, ist Jens ein typischer Junge.«

»Genau!«

»Da ist mein Bus. Aber kommen Sie mich doch mal zusammen mit Jens besuchen. Tagsüber bin ich für gewöhnlich im Laden. Er heißt *&Dinge*.«

»Ja, sehr gern.«

»Prima«, sagte Fie und stieg in den Bus. Durch die Scheibe winkte sie Filippa zu.

»Fröhliche Weihnachten!«, rief Filippa. »Fröhliche Weihnachten, sollte ich Sie vorher nicht noch einmal sehen. Aber das tue ich ja, ich komme zu *&Dinge*!«

Du meine Güte, dachte Fie, während sie Filippas Winken erwiderte. Wenn es *ihr* nicht gelänge, Jens Feuer unter dem Hintern zu machen, dann schaffte es niemand.

30

Im Laden saß Lykke und band Kränze, als ginge es um ihr Leben. Ab und an schluchzte sie zwischen all dem Grün, fuhr aber dennoch damit fort, Draht, Zweige und Lichterketten miteinander zu vereinen. Das Ergebnis waren große, ziemlich schluderige Kränze, die bei den Kunden jedoch ankamen. Zwei hatte sie bereits verkauft.

Als sie in den Laden gekommen war, hatte sie einen Zettel von Fie vorgefunden: »*Bin gegen sechzehn Uhr zurück. Drück Daumen und Zehen und alles, was du kannst, dass der Besuch bei Jens gut läuft!! Ich umarme dich. Fie.*«

Langsam rückte der Uhrzeiger näher an die vier heran, und Lykke graute es. Sie hätte Fie erzählen müssen, dass sie Jens getroffen hatte. Dieser Gedanke war in diesen enormen Arbeitseifer gemündet. Lykke hoffte, Fie mit Adventskränzen besänftigen zu können. Mit Kränzen und Weihnachtsmusik. Sie hatte in einer enormen Lautstärke sentimentale Weihnachtsmusik aufgelegt, sodass die Fensterscheiben bebten und der Koch drüben bei Trym bereits dreimal gegen die Wand geklopft hatte. Lykke hatte die Lautstärke gedrosselt, aber sie brauchte die Musik.

Sie würde es nicht aushalten, wenn Fie wütend wäre. Das wäre, als würde sie Schelte von der Lieblingstante bekommen. (Nicht dass Lykke irgendeine Lieblingstante hatte, aber schließlich hatte sie Fantasie.)

Sie schluchzte erneut, stach sich an einem Zweig und schluchzte noch mehr.

Zum Glück besuchte Adam einen Freund. Wäre er da gewesen, hätte sie all dieses Selbstmitleid beiseiteschieben müssen. Sie hätte einen optimistischen Gesichtsausdruck aufsetzen müssen: *Alles wird gut, mein Kleiner. Und weißt du was: Morgen muss Mama nicht zur Arbeit! Am Tag darauf genau genommen auch nicht. Ist das nicht großartig?*

Zu ihren Füßen lag Hund. Er hatte die Tür genau im Blick und stellte jedes Mal optimistisch die Ohren auf, wenn diese sich öffnete. Enttäuscht sanken sie wieder nach unten, wenn es nur ein Kunde war und nicht Fie. Lykke hingegen war jedes Mal erleichtert, wenn es nicht Fie war. Sie verkaufte einen weiteren Kranz (drei Kränze, das müsste Fie besänftigen!) und gab sich anschließend wieder der Arbeit und dem Schluchzen hin.

Sie hätte sich Fies Sohn nicht nähern sollen. Ein unsympathischer Kerl, wirklich, und es war schwer zu glauben, dass er etwas mit Fie zu tun hatte, aber das war nicht ihre Sache. Fie mochte ihn, weil er ihr Sohn war. Sie hatte keine Wahl. Lykke dachte daran, wie gern sie Adam hatte und wie wütend sie wäre, wenn jemand etwas Gemeines über ihn sagen würde. Das würde sie nicht so ohne Weiteres verzeihen, definitiv nicht.

»Ich muss lernen, meine Zunge im Zaum zu halten«, sagte sie zu Hund. »Ständig mische ich mich in alles Mögliche ein. Wäre ich in der Lage gewesen, die Klappe zu halten, könnte ich noch immer Milch und Brot verkaufen. Reden ist Silber, Schweigen ist Gold, das sagt Großmutter unentwegt. Sie lebt nicht danach, aber das macht es nicht weniger wahr.«

Hund wedelte mitfühlend mit der Rute, während ein Auge weiterhin starr auf die Eingangstür gerichtet war. Lykke schluchzte erneut und richtete sich jäh auf, als Fie in der Türöffnung auftauchte.

Hund winselte lautstark und begeistert, während seine Rute Zweige und Grünzeug zu Boden beförderte und innerhalb weniger Minuten für ein komplettes Chaos im Laden sorgte. Dann beruhigte er sich, kroch zufrieden in seine Ecke und schlief umgehend ein.

Lykke griff sich einige Zweige und tat so, als würde sie diese zusammenbinden.

Als Fie um sechzehn Uhr zu *&Dinge* kam, sah sie Lykke am Tisch sitzen, den Kopf in etwas gesteckt, das einem Berg aus Zweigen ähnelte.

»Was tust du da?«, fragte Fie.

»Es tut mir leid«, sagte Lykke leise.

Fie zog den Mantel aus und hängte ihn auf. Er war voller Schnee, selbiges traf auf Fies Haare zu. Sie schüttelte den Kopf und hielt die Hände über den Holzofen.

»Schweinekalt!«, meinte sie. »Was hast du gesagt?«

»Es tut mir leid«, wiederholte Lykke. »Dass ich Kontakt zu Jens aufgenommen habe. Ich wollte nur helfen.«

Fie nahm auf der anderen Seite des Tisches Platz und versuchte, ein paar Zweige zusammenzustecken, was aber nicht von Erfolg gekrönt war.

»Ja. Das habe ich verstanden«, sagte sie. »Aber nächstes Mal können wir vielleicht vorab darüber reden.«

Sie wickelte Draht um einen Zweig, stach und schob sich den Finger in den Mund. Sie begriff, dass es das Beste war, diese Art von Fummelarbeit Lykke zu überlassen.

»Und wie ist es gelaufen?«, fragte Lykke kleinlaut.

»Wie es gelaufen ist?«

Fie ließ ihren Blick von den Zweigen hoch zu Lykke wandern und riss die Augen auf. »Ist irgendwas Schlimmes passiert? Du siehst völlig fertig aus. Was ist los?«

»Ich hätte mich nicht in das mit deinem Sohn einmischen

sollen. Es ist ziemlich schiefgegangen, und ich hätte es dir erzählen müssen«, gestand Lykke in einem einzigen, ausgedehnten Atemzug. Fie sah sie prüfend an.

»Das ist nicht so wichtig, und du wolltest doch nur helfen. Bist du deswegen so niedergeschlagen?«

»Nicht nur – ich habe auch noch meinen Job verloren.«

»Aber meine Liebe! Den Job verloren? Was ist passiert?«

Sie sah, wie Lykke erneut schluchzte und sich die Augen rieb, woraufhin das Augen-Make-up schwarze, klägliche Streifen auf den Wangen hinterließ.

»Erinnerst du dich an Stian?«

»Den Stalker?«

»Ja. Er ist zurück. Er ist mit einem gigantischen Strauß Rosen im Laden aufgetaucht, roten Rosen. In der Schlange an der Kasse ist er auf die Knie gegangen und wollte, dass wir uns verloben.«

»Oh! Du lieber Himmel!«

»Er hat gesungen. Er hat ›Take me to the moon‹ gesungen.«

»Was? Er hat gesungen? Du machst Witze!«

»Du kannst ruhig lachen«, sagte Lykke. »Das ist okay. Was allerdings nicht zum Lachen ist, ist, dass Stian nicht gehen wollte und sie einen Wachmann herbeirufen mussten.«

»Aber das ist doch keine Spur lustig! Selbstverständlich lache ich nicht. Du Arme!«

»Das Ganze ist Herrn Prestesæter zu Ohren gekommen, und er will mich schon seit Langem loswerden. Er ist der Meinung, ich sei zu selten bei der Arbeit und im Übrigen auch nicht sonderlich passend. Letzteres waren seine Worte – *im Übrigen nicht sonderlich passend*. Für ihn war Stian also ein Geschenk.«

»Nein, nein!«, rief Fie. Sie war nicht in der Lage, länger stillzusitzen, und sprang deshalb vom Stuhl auf. »Er kann dich nicht direkt rauswerfen! Das geht doch nicht! Es ist doch nicht deine Schuld, dass Stian aufgetaucht ist! Außerdem gibt es Regeln!«

Sie schnappte sich einen Zweig vom Tisch und wedelte damit umher. Einen Moment lang fühlte sie sich wie Sara.

»Wir reichen Beschwerde ein!«, erklärte sie. »Beim Verband oder so etwas! Das kann er nicht einfach machen – nur weil einer, der nicht einmal Kunde ist, Geschichten erfindet!«

»Ich war nur aushilfsweise angestellt«, murmelte Lykke. »Und ich bin in keiner Gewerkschaft. Ich hatte nicht gedacht, dass ich überhaupt so lange dort sein würde, verstehst du? Das sollte nur eine Zwischenlösung sein, bis sich etwas Besseres bieten würde. Aber es hat sich nichts Besseres geboten, also bin ich einfach dortgeblieben.«

Fie ging ein wenig die Luft aus, und sie ließ sich wieder auf den Stuhl fallen.

»Ja, ja«, sagte sie resigniert. »Dann ist es nicht so einfach. Aber du hast doch *&Dinge*. Ich bin sicher, dass Klara lieber will, dass du den Laden führst. Er wirft noch nicht so viel ab, aber das wird sich ändern. Ich kann dir am Anfang helfen.«

»Mir würde es nie gelingen, das zu ändern.«

»Klar wird es das.« Fie schaute sich in dem gemütlichen Laden um und stellte fest, dass der Gedanke, ihn aufzugeben, sie schwermütig werden ließ. Sie mochte es, *&Dinge* zu führen, obwohl sie dreimal die Woche um halb fünf aufstehen musste, obwohl sie nicht sonderlich viel verdiente und obwohl sie über weite Teile der Zeit nicht wusste, was sie da eigentlich tat.

Was, zum Beispiel, war Stil der Gründerjahre? Dem Kunden zufolge nichts Gutes, weshalb er den Tisch billiger hatte bekommen wollen. Da sie aber nicht gewusst hatte, was das war, und den Tisch recht hübsch fand, hatte sie sich nicht darauf eingelassen. Der Kunde hatte den vollen Preis bezahlen müssen.

Sie wusste auch nicht, was ein Helleborus war und noch

weniger, wie man das Ungeheuer versorgte. Google war sich mit sich selbst nicht einig, was die Pflege betraf, hatte aber zumindest erklärt, dass Helleborus schlicht und einfach eine Christrose war.

Aber der Laden gehörte nicht ihr. Das hatte sie die ganze Zeit gewusst. Klara würde zurückkehren, und obwohl Fie mit dem Gedanken gespielt hatte, dass Klara sie vielleicht weitermachen lassen würde, wenn sie sah, wie schön das Geschäft geworden war, handelte es sich dabei wahrscheinlich nur um Wunschdenken. Und wenn Lykke einen Job brauchte, dann hatte sie selbstverständlich Vorrang.

Fie hatte Pläne gehabt! Würde man ihr ein paar Wochen oder Monate geben, dann würde sich der Laden rentieren, da war sie sich sicher. Zumindest fast.

Sie betrachtete die Regale, die sie mit Grünpflanzen und Weihnachtsschmuck dekoriert hatte. Im Fenster hatte sie einen Stern aufgehängt, der über einigen von Lykkes Weihnachtsengeln (die Fie nicht hatte verkaufen wollen, weil sie die Leute in den Laden lockten) leuchtete. Auf dem dunklen, zerschlissenen Tresen standen offene Steintöpfe und Dosen, gefüllt mit ihren selbst gebackenen Plätzchen, und der ganze Laden roch nach weihnachtlichen Gewürzen und Weihrauch. Ganz oben auf dem Schrank stand noch immer der Einkaufszentrums-Weihnachtsmann und schaute auf sie herab.

Fie hatte fast den Eindruck, er würde heute mitfühlend dreinblicken.

Es wäre traurig, all das zurücklassen zu müssen.

Ja, ja – sie würde auch das verkraften. Dort draußen fand sich immer irgendeine Stelle als Zahnarztassistentin. Obwohl sie früher immer gedacht hatte, dieser Job erfordere dunkelblaue Kleidung und eine sehr ordentliche Lebensführung, war sie inzwischen der Ansicht, dass dem wohl kaum so war. Entscheidend war der Umgang mit den Patienten, und obwohl die Leute nicht so erfreut waren, wenn sie kamen, waren sie oft erleichtert, wenn sie wieder gingen. (Abgesehen davon, wenn es um die Bezahlung ging, das hatte für gewöhnlich einen kleinen Aufschrei zur Folge!) Aber sie hatte mehr Glück als viele andere: Sie hatte einen Beruf.

»Nein«, sagte Lykke laut und schüttelte den Kopf. »Nein! Nein!«

»Nein was?«, fragte Fie, jäh aus ihren Gedanken an sich selbst als in Rot gekleidete, optimistische Zahnarztassistentin gerissen.

»Ich würde den Laden innerhalb von zwei Wochen vor die Wand fahren!« Verängstigt starrte Lykke Fie an. »Du darfst mich nicht darum bitten. Ich kann nicht!«

»Aber …«

»Nein. Versteh doch, es war nicht nur der Stalker Stian, der dafür gesorgt hat, dass ich gefeuert wurde.«

»Aber …«

»Hör zu«, unterbrach Lykke sie. »Es ist nicht so, dass jeder einen Laden führen kann. Das ist ein Talent. Großmutter hatte es nicht, und ich bin ihr ähnlich. Garantiert. Und genau genommen verstehe ich gut, warum der Ladenbesitzer mich rausgeworfen hat. Das musste so kommen. Die Kasse hat nie gestimmt.«

»Aber das würdest du doch hinbekommen. Es ist nur …«

»Kannst du Kränze binden?«, unterbrach Lykke sie erneut. »Nein? Oder Engel basteln? Ich kann es, aber ich kann keinen Laden führen. Außerdem gibt es hier viele Ecken, in denen sich der Stalker Stian verstecken könnte.«

Misstrauisch blickte sie auf das große Sofa, als könne der Stalker Stian jederzeit dahinter hervorschauen. »Engel und Kränze und so was bringen mir ein bisschen Geld extra ein, und glaub mir, dafür bin ich sehr dankbar«, fuhr sie fort. »Ich werde sie so schnell wie nur möglich fertigen! Aber wir können nicht beide von diesem Laden hier leben, und ohne dich gibt es keinen Laden und keine Einnahmen für irgendeine von uns. Ich kann das nicht machen.«

»Es ergibt sich sicher bald etwas anderes«, sagte Fie beruhigend. »Und in der Zwischenzeit hast du hier jede Menge zu tun.«

31

Nachdem Lykke fertig war, räumte Fie auf und fegte den Boden. Darauf verstreut lagen Zweige und Blätter. Lykke hatte angeboten, selbst zu kehren, aber Fie hatte sie weggeschickt.

»Das übernehme ich«, hatte sie gesagt. »Geh und hol Adam ab. Mach dir keine Sorgen, wir finden eine Lösung. Bastel Engel in hochhackigen Schuhen und diese sonderbaren kleinen Weihnachtswichtel, die sind allesamt ausverkauft. Und die Leute wollen mehr Einhörner – ich weiß nicht, was Einhörner mit Weihnachten zu tun haben, aber du hast damit offensichtlich einen Nerv getroffen. Sie wollen auch Frösche haben, also mach mehr davon. Und da du nicht mehr in diesem grauenhaften Lebensmittelladen herumstehen musst, kannst du morgen herkommen und weitere Kränze binden. Der Rest klärt sich schon!«

Während sie fegte und aufräumte, wusste sie jedoch, dass sie zu optimistisch gewesen war. Ihr fiel absolut keine andere Lösung ein, als dass Lykke sich einen anderen Job suchen musste.

Als sie mit Aufräumen fertig war, schloss sie den Laden, nahm Hund mit und schlüpfte zu Trym hinein. Sie brauchte jemanden zum Reden.

Tryms Gesicht hellte sich auf, als er sie sah, und seine Ohren nahmen wieder diesen rosafarbenen Ton an. Er stellte zwei Weingläser auf den Tresen. Zwar beäugte er Hund skeptisch, goss aber dennoch Rotwein ein und reichte ihr ein Glas.

»Nein, danke«, sagte Fie, nahm aber trotzdem einen Schluck. »Wir müssen reden.«

»Reden? Sind wir bereits an diesem Punkt angelangt?« Trym sah besorgt aus.

Fie schnaubte.

»Wir sind nirgends angelangt«, sagte sie streng. »Lykke hat ihren Job verloren.«

Trym nickte und stellte einen Teller mit Brot und Käse bereit. Er schien zu glauben, dass Essen als Gegenmittel für alles taugte. Grundsätzlich ein guter Gedanke, obwohl es sich auf das Gewicht auswirkte. Fie nahm ein winzig kleines Stück Käse und sah ihn drängend an. »Hast du irgendwelche Ideen? Wir müssen doch etwas tun. Das ist Stians Schuld, der Stalker, du weißt schon. Lykke hat sicher von ihm erzählt.«

»Was hat er getan?«

Fie erzählte von dem Aufruhr im Laden und dem fürchterlichen Besitzer, der Lykke unmittelbar danach gefeuert hatte.

»Das dürfte nicht erlaubt sein«, sagte sie aufgebracht und fuchtelte so wild mit den Armen umher, dass Hund besorgt winselte. Sie streichelte ihn beruhigend und fügte hinzu: »Es muss doch etwas geben, das wir tun können!«

Trym sagte nichts, woraufhin Fie ihn enttäuscht anschaute. Er sah aus, als würde er das Ganze gelassen aufnehmen.

»Du wirkst nicht so, als würde dich das sonderlich bekümmern«, sagte sie.

»Doch.«

»Nun?«

»Sie kann selbstverständlich hier arbeiten. Das hat sie früher schon getan, aber jetzt hat sie Adam, und hier kann sie nur abends arbeiten.«

»Ich kann auf Adam aufpassen«, versicherte Fie.

Trym sah sie an. Er sah sie sehr lange an.

Fie spürte, dass sie rot wurde.

»Das ist sehr nett von dir«, sagte er schließlich, aber Fie schüttelte den Kopf. »Überhaupt nicht! Lykke und Klara haben mir *&Dinge* gebracht! Da ist es selbstverständlich, dass ich helfe.«

»Trotzdem«, entgegnete Trym, und es hatte den Anschein, als wolle er noch einiges mehr sagen, als plötzlich die Tür aufging.

»Hallo!«

Sie drehten sich beide um, und Fies Herz sank in den Keller.

Dort stand Lillian. Sie war attraktiver als je zuvor, und obwohl Fie es nicht zugeben wollte, war sie auch vorher schon ziemlich hübsch gewesen. Jetzt aber war sie reizend! Sie hatte irgendetwas gemacht, *irgendetwas*, das ihr einen wohlgeformten, erheblich voluminöseren Mund, vollkommen faltenfreie Haut und lange, schwarze Wimpern verschafft hatte, die ganz natürlich aussahen. (Obwohl die Länge vom Standpunkt der Evolution aus betrachtet unmöglich war!)

Enttäuscht schob Fie das Weinglas beiseite und streifte die warme, nicht mehr ganz neue Strickjacke über. Lykkes Kranzmaterial hatte auf mysteriöse Weise seinen Weg auf ihre Ärmel gefunden, weshalb sie diese abklopfte, woraufhin sich alles auf dem Fußboden verteilte.

»Sie wissen, dass dies ein Restaurant ist?«, sagte Lillian. »Tiere haben im Grunde genommen keinen Zutritt.«

Fie starrte sie an. Lillian sah noch immer reizend aus, aber wenn sie sprach, blieb ihr Gesicht merkwürdig unbeweglich. Lediglich die Lippen bewegten sich, und selbst die hatten damit so ihre Schwierigkeiten. Es sah aus, als sei Lillian von einem wütenden Wespenschwarm angegriffen worden und dieser Schwarm habe sich ausschließlich auf die Lippen gestürzt. Der Rest des Gesichts war glatt und ausdruckslos, nur die Augen blinzelten kalt hinter den langen Wimpern. Dann schloss Lillian den Mund, und ihr Gesicht glitt an seinen angestammten Platz.

»Lillian«, sagte Trym.

Fie war nicht in der Lage, auszumachen, ob er froh war, Lillian zu sehen, oder ob er ebenso erstaunt war wie sie. Vorsichtig zog sie an Hund, der sich in all seiner Größe aufrichtete.

Lillian ihrerseits wirkte, als würde sie ängstlich aussehen, wäre sie zu irgendeiner Mimik in der Lage.

»Wir müssen über die Weihnachtsdekoration der Straße sprechen«, sagte sie, ohne Hund ganz aus den Augen zu lassen. »Und dieser Hund sollte wirklich nicht hier sein.«

»Er ist sehr sauber«, sagte Fie. Sie bemerkte, dass Lillian versuchte, die Augenbrauen zu heben und die Stirn zu runzeln, so als wolle sie demonstrieren, dass sie dazu in der Lage war. Das war kindisch, und sie hörte schnell wieder damit auf. »Im Übrigen war ich der Annahme, die Straße sei bereits weihnachtlich geschmückt?« Fie zeigte hinaus auf die Weihnachtsbäume und die Lichterketten.

Lillian schüttelte den Kopf. »Wir haben es mit dem Schmücken immer sehr genau genommen«, ließ sie Fie wissen. »Wir haben mehrere Jahre in Folge den Wettbewerb zur schönsten Weihnachtsstraße gewonnen. Dieses Jahr sind wir zu spät dran. Wir sind mit *allem* zu spät dran!«

Sie sah Fie anklagend an, so als sei es ihre Schuld, dass die Straße im Weihnachtswettstreit nicht Schritt hielt. Fie schüttelte entmutigt den Kopf. »Es gibt wirklich einen Wettbewerb?«

Das mit der Weihnachtsdekoration war so dermaßen kompliziert geworden! Nicht genug damit, dass man plötzlich weiße Weihnachten oder rosa Weihnachten oder womöglich nichts davon, sondern schlicht und einfach minimalistische Weihnachten haben sollte. Im vergangenen Jahr hatte die Familie aus Åsgårdstrand sie gefragt, welches Thema ihr diesjähriges Weihnachten haben würde – Gold, Silber oder Natur? Einer der Vorteile vom Alleinsein war, dass sie solchen Sachen entkam. Sie konnte die Wohnung genauso schmücken, wie sie es wollte! Aber wie sich nun herausstellte, war sie dem Ganzen doch nicht vollständig entronnen, da auch diese arme Straße regelkonform geschmückt werden musste.

»Das Schaufenster von *&Dinge* ist nicht so, wie es sein sollte«, sagte Lillian. »Es kollidiert zum Beispiel entsetzlich mit dem des Nachbarn.«

»Meinen Sie, dass mein Fenster mit dem Restaurant kollidiert? Soll ich mein Fenster farblich auf Tryms Schinken und Würste abstimmen?«

»Die andere Seite«, erklärte Lillian geduldig.

»Der Eisenwarenhandel? Aber der hat doch nur einen Hammer mit roter Schleife drumherum.«

Bei den Angestellten des Eisenwarenhandels handelte es sich um zwei ältere Herren, die über enormes Wissen verfügten, was Nägel und Hochdruckreiniger betraf. Keiner von beiden redete viel, aber nett waren sie. Was Weihnachtsdekoration betraf, waren sie der Meinung, das sei etwas für Frauen und habe nichts mit ordentlichen, althergebrachten Eisenwaren zu tun. Sie hatten einen Hammer mit einer Schleife verziert und Fie anvertraut, dass dort die Grenze verlief.

»Deshalb ist es umso wichtiger, den anderen zu zeigen, dass wir das Schmücken ernst nehmen«, sagte Lillian. »Es gibt einen Zusammenhang zwischen deren und Ihrem Fenster. Die Dekoration ist wichtig für unsere Straße. Im vergangenen Jahr waren Journalisten hier und haben Fotos gemacht, und das hat

Kunden angezogen. Ihr Fenster ist, wenn ich das sagen darf, von Weihnachtsklischees geprägt.«

»Und Sie würden mehr Kunden anziehen, wenn Ihre Designerboutique geöffnet wäre«, entgegnete Fie verärgert. »*&Dinge* ist jetzt mehr geschmückt als zu dem Zeitpunkt, als ich hierhergekommen bin. Oder meinen Sie, es war besser so, wie es vorher war?«

»Es hatte zumindest eine gewisse Verfallsästhetik«, fauchte Lillian. »Aber von Ihnen wird mehr verlangt als von einer schwachsinnigen, alten Dame.«

Fie erhob sich. Ihrer Ansicht nach wies das Züge von Schikane auf. Ihr Schaufenster war ausreichend dekoriert, und sie würde es nicht hinnehmen, dass Lillian ankam und sie kritisierte.

»Unsinn«, sagte sie. »Wenn Sie drei Zweige zum Kreuz legen und das Weihnachtsdekoration nennen, dann bitte schön, aber kritisieren Sie nicht mein Fenster. Danke! Und danke für den Wein.«

Damit marschierte sie nach draußen, im wahrsten Sinne des Wortes im Paradeschritt, mit Hund im Schlepptau.

Als sie nach Hause kam, nachdem sie den Laden korrekt abgeschlossen (und unsicher ihr Schaufenster beäugt hatte – Hatte Lillian doch recht?), traf sie auf Maja und deren Papa. Sie waren im Hinterhof und versuchten, einen Weihnachtsbaum dazu zu bringen, gerade zu stehen. Fie eilte hinzu und hielt den Baum fest, während Majas Papa ihn in der Halterung verankerte.

»Wir sind dieses Jahr sehr spät dran«, sagte Maja. »Der Baum hätte schon längst stehen sollen. Vor vielen, vielen Wochen – zumindest fast. Aber wir haben keine Zeit gehabt, weil Papa so viel gearbeitet hat und ich im Kindergarten so sehr beschäftigt war. Wir haben Weihnachtsschmuck gebastelt und

Haferbrei gegessen, das war sehr zeitaufwendig. Aber jetzt haben wir einen Weihnachtsbaum, und so können wir um ihn herumgehen. Willst du dabei sein und mit uns zusammen um den Baum gehen?«

»Selbstverständlich«, entgegnete Fie. »Jetzt sofort?«

»Wir müssen ihn doch erst schmücken«, erklärte Maja tadelnd. »Wir müssen Lichter dranhängen und so was, und einen Stern. Ansonsten ist es doch kein Weihnachtsbaum, sondern nur ein Baum!«

»Für gewöhnlich gibt es Punsch und Haferbrei, wenn wir den Baum entzünden«, erklärte Majas Papa außer Atem. Das war ein ziemlich schwerer Baum. Er wischte sich Harz und Tannennadeln von den Händen. »Aber Maja hat recht, wir sind dieses Jahr sehr spät dran. Normalerweise sind wir zum ersten Advent damit fertig, aber es war so viel los, dass wir es nicht geschafft haben. Wir dachten an heute Abend, wenn das für Sie nicht zu plötzlich kommt. Marta Fransen kocht Haferbrei, und wir bringen den Punsch mit.«

»Ich habe Plätzchen«, sagte Fie. »Und Weihnachtsschmuck, falls ihr welchen brauchen solltet.«

»Super.«

Fie lief die Treppen hinauf, um Plätzchen und Baumschmuck zu holen, und sah, dass an ihrer Tür ein Zettel hing: *Liebe Fie, wir entzünden heute Abend im Hof den Weihnachtsbaum. Du bist herzlich willkommen!*

Das ließ in ihr das angenehme Gefühl aufsteigen, dazuzugehören. Sie packte die Plätzchen und den Baumschmuck zusammen, zog zwei zusätzliche Pullover über, setzte eine große Mütze auf und lief wieder nach unten.

Der entzündete Baum tauchte den Hof in ein warmes Licht. Der Schnee und die Dunkelheit verbargen den verschlissenen Zaun, die abgenutzten Treppen und die fehlende Farbe an der

Eingangstür. An diesem Abend glich der Hof einem kleinen Weihnachtsmärchen, mit schneebedeckten kleinen Bäumen (eigentlich kränkelnde Lebensbäume) und Felldecken, die die ziemlich verfallenen Gartenbänke zierten. Hund saß wie ein gigantischer Wachhund neben dem Tor und sah aus, als würde er den Eingang einer Pyramide bewachen und nicht nur den Hinterhof. Marta Fransen hatte einen Topf Haferbrei mitgebracht, Jonas Punsch und die Familie aus der dritten Etage Kuchen. Der mürrische Herr aus dem Kellergeschoss, den eigentlich niemand wirklich kannte, hatte eine Packung Mariekekse dabei. Er sagte sonst selten etwas und knurrte lediglich, wenn er auf die anderen Hausbewohner traf. Das Weihnachtsfest jedoch brachte ihn dazu, mit dieser Tradition zu brechen. Fie glaubte, dass es ihm auf seine Weise gut ging.

Sie hatte gerade ihren ersten Schluck Punsch getrunken, als sie am Tor Lykke erblickte. Lykke schaute sich unsicher um, während Adam hingegen keine Scheu zeigte.

»Tante Fie!«, rief er begeistert und lief quer über den Hof, gefolgt von einer etwas zögerlichen Lykke. »Tante Fie, du isst draußen Brei. Richtig draußen! Nicht drinnen. Draußen!«

»Das tut man, wenn Weihnachten ist«, klärte Maja ihn auf und beäugte ihn eingehend. »Wenn Weihnachten ist, essen alle draußen Brei. Ich bin bald fünf, wie alt bist du?«

»Drei«, räumte Adam ein wenig beschämt ein. »Aber nächstes Jahr werde ich vier. Und dann werde ich fünf.«

»Ja, dann«, sagte Maja gnädig. »Du kannst auch Punsch haben, wenn du willst. Den habe ich gemacht, er schmeckt also sehr gut.«

Adam nickte und trank andächtig ein paar Schlucke.

Lykke lächelte Fie an. »Wir sind auf dem Heimweg, ich wollte dich nur etwas fragen. Trym hat gesagt, du könntest auf Adam aufpassen, wenn ich abends arbeiten müsste? Das ist sehr nett von dir.«

»Sehr gern«, versicherte Fie. »Ihr könnt dann auch beide hier schlafen, wenn ihr wollt.«

»Vielen Dank, gern. So oft wird es nicht nötig sein. Ich habe etwas Geld, sodass wir für eine Weile klarkommen müssten, und dank dir verdiene ich etwas mit dem Weihnachtsschmuck. Und um ganz ehrlich zu sein ...«

»Ja?«

»Ich bin die schlechteste Kellnerin der Welt«, flüsterte Lykke. »Ich bin unkonzentriert, zerbreche Gläser, bringe das mit dem Geld durcheinander und vergesse, wer was bestellt hat. Daher werde ich mich dieser Möglichkeit nur im Notfall bedienen, denn es wäre viel, was ich euch damit zumuten würde. Aber ihr seid beide sehr nett!«

»Oh, danke«, murmelte Fie. Beide? Sie und Trym? Ungefähr so, als würden sie gemeinsame Sache machen?

Jonas goss Punsch ein, während er Maja und Adam im Auge behielt. Mit einem Lächeln streckte er Fie und Lykke zwei Becher entgegen.

»Vom Weihnachtsmann«, sagte er. »Aber ansonsten komplett selbst gemacht. Bitte schön.«

»Danke. Das ist Lykke.«

Sie gaben einander die Hand.

Fie zog sich ein wenig zurück. Das wäre perfekt, dachte sie. Und da sie im selben Haus wohnten, könnte sie auf die Kinder aufpassen! *Ungefähr so wie eine Art Reservegroßmutter*, wandte eine ziemlich säuerliche Stimme ein, um noch angesäuerter hinzuzufügen: *sodass du vielleicht eine neue Familie bekommen könntest? Mit Enkelkindern?* Fie seufzte. Die Stimme hatte recht. Sie hatte Jens und ihre Schwester, weshalb sie nicht alleine war (zumindest nicht so ganz), und sie konnte Lykke nicht mit ihrer eigenen Sehnsucht nach Familie belasten.

Sie schob die Stimme beiseite, aber die Melancholie krallte sich trotzdem fest. Fie trank Punsch und aß Plätzchen, ging mit den anderen um den Weihnachtsbaum und sang *O jul med din glede*, inklusive Klatschen und Drehungen, und unterhielt sich nett mit allen. Heiter verabschiedete sie sich mit einem Winken von Lykke und Adam.

Dennoch war sie niedergeschlagen, was auch der Grund war, weshalb sie um halb acht Hund nahm und mit ihm all die Treppen nach oben ging. Selbst im fünften Stock hörte sie den Gesang und das Lachen von unten. Sie schaltete Musik ein, zog ihren Schlafanzug an und setzte sich mit Laptop an den Küchentisch. Sie musste für *&Dinge* einen Plan erstellen, zudem musste sie herausfinden, wie sie an mehr Waren kam. Und das am besten sofort.

32

18. Tag im Advent

Es war eiskalt, obwohl die Sonne schien und hätte wärmen müssen. Stattdessen hing sie blass und ziemlich unbrauchbar über den Hausdächern und sah aus, als hätte sie nur wenig Lust dazu verspürt, aufzugehen. Fie schob die Hände in die Manteltaschen und vermisste erneut den Pelz der Großmutter. Sie wartete auf den Bus und dachte an Sara und Lars.

Während des Frühstücks an diesem Morgen hatte sie mehr oder weniger darauf gewartet, dass ihre Schwester anrufen würde. Die letzte Adventsaufgabe lag eine Weile zurück. Fie hatte genug zu tun, weshalb sie diese nicht vermisste, aber sie wollte gern mit Sara sprechen und sich versichern, dass bei ihr alles in Ordnung war. Nachdem der erhoffte Anruf ausgeblieben war, hatte sie selbst zum Hörer gegriffen, aber statt Sara hatte sie Lars am anderen Ende der Leitung gehabt.

»Ich habe heute nichts von Sara gehört. Geht es ihr gut?«, hatte Fie gefragt.

»Sie ist müde«, hatte Lars geantwortet. »Sie schläft ein bisschen. Und dann kommt auch noch die ganze Familie zu Weihnachten. Es sind Unmengen an Vorbereitungen. Ja, du weißt ja, wie sie ist.«

Durchaus, Fie wusste, wie Sara war. Weihnachten war wichtig, die Vorbereitungen waren wichtig, und nichts wurde dem Zufall überlassen.

»Müssen die denn alle kommen?«, hatte sie sich erkundigt. »Das sind doch so fürchterlich viele!«

»Sara besteht darauf. Ich hatte gedacht, wir könnten es in diesem Jahr ruhig angehen, es wäre super gewesen, Heiligabend mal etwas von Sara zu sehen. Sie aber meint, alle würden dann sehr enttäuscht sein.«

»Ja, das wären sie wohl«, hatte Fie zugegeben. »Aber sie wären trotzdem klargekommen.«

»Genau! Kommst du?«

»Es könnte möglicherweise schwierig werden, Tickets zu bekommen«, hatte Fie diplomatisch entgegnet. Sie scheute sich, Lars gegenüber zu erwähnen, dass seine demente Mutter einer der Gründe dafür war, warum sie keine Lust hatte, die Reise in den hohen Norden anzutreten.

»Außerdem habe ich einen Hund, den ich nicht alleine lassen kann«, hatte sie hinzugefügt. Das entsprach sogar der Wahrheit, obwohl Lykke wahrscheinlich auf Hund aufgepasst hätte.

»Ja, das verstehe ich.« Es war eine Pause entstanden, dann hatte Lars gesagt: »Sie macht sich Sorgen um dich, weißt du?«

»Sara macht sich immer Sorgen um mich. Das ist chronisch.«

Lars hatte gelacht, und Fie hatte ihn vor sich gesehen, auf dem zerschlissenen Stuhl, auf dem er so gern saß. Der Stuhl, den Sara gutmütig akzeptierte, weil er wichtig für Lars war, ebenso wie Lars all das akzeptierte, was Sara sich einfallen ließ.

Plötzlich traten Fie Tränen in die Augen, weshalb sie sich zusammenriss und die Gedanken an Sara und Lars beiseiteschob. Sie hatte schließlich einen Job zu erledigen!

An diesem Morgen kümmerte Lykke sich sowohl um Hund als auch um *&Dinge*, während Fie zur Einkaufstour aufbrach. Abgesehen von Kränzen und Weihnachtsschmuck gingen *&Dinge* langsam die Waren aus. Fie hatte Peder angerufen, der jedoch behauptet hatte, beschäftigt zu sein.

»Mit schlafen?«, hatte Fie misstrauisch nachgehakt.

Peder hatte abwesend geklungen. Er hatte kurz irgendetwas gebrummt, möglicherweise ein *Nein*, und aufgelegt.

Fie fühlte sich abgewiesen, als wäre sie die Mutter eines Teenagers, obwohl Peder vermutlich an die dreißig war.

Also musste sie den Bus nehmen. Sie hatte mehrere blaue IKEA-Tüten dabei, beabsichtigte jedoch, die meisten Waren – sie hatte an Stühle, kleine Tische und Ähnliches gedacht – zurückzulassen und Peder dazu zu bringen, sie am nächsten Tag abzuholen.

Pfui, war das kalt! Weiße Weihnachten waren toll, dachte Fie, alle wünschten sich weiße, altmodische Weihnachten, das hier war jedoch zu viel des Guten. Minus fünfzehn Grad und Wind, der an den Wangen zerrte und die Zehen in den Stiefeletten schmerzen ließ. Und das, obwohl sie zwei Schichten Wollsocken, Thermo-Leggings, Wollpullover und noch weitere Schichten Wolle unter dem blauen Mantel trug. Bevor sie losgegangen war, hatte sie sich im Spiegel betrachtet und festgestellt, dass sie wie eine kleine, sehr runde Frau aussah.

Ein großes Auto hielt an der Bushaltestelle, und heraus schaute Trym.

»Brauchst du eine Mitfahrgelegenheit?«, rief er ihr zu, stieg aus dem Auto aus und öffnete die Tür zur Beifahrerseite. »Steig ein.«

»Aber ich habe einen weiten Weg vor mir«, teilte Fie ihm mit. »Bis weit aufs Land hinaus.«

»Kein Problem.«

»Eine vierstündige Tour? Vier hin und vier zurück?«

»Kein Problem«, versicherte Trym, nun etwas blasser um die Nase, aber dennoch tapfer.

Fie lächelte. »So weit ist es nicht. Nur eine kleine Stunde pro Strecke, und ich kann wirklich den Bus nehmen.«

»Selbstverständlich fahre ich dich«, sagte Trym. »Ich habe eine Heizung, und nichts ist so idyllisch wie eine Tour aufs Land. Wir können einen Weihnachtsbaum schlagen.«

»Einen Weihnachtsbaum schlagen?« Fie war nicht sicher, ob sie in diesem Jahr einen Weihnachtsbaum haben wollte. Einen Weihnachtsbaum fünf Etagen nach oben tragen? Früher, als sie mit ihrem Noch-Ehemann zusammengelebt hatte und achtbar gewesen war, waren die Weihnachtsbäume einfach vor der Haustür aufgetaucht, zusammen mit einem jungen Mann, der den Baum für einen angemessenen Betrag in die dafür vorgesehene Halterung befördert und dafür gesorgt hatte, dass er gerade stand.

Es war sehr wichtig gewesen, dass der Baum gerade stand und gleichmäßig gewachsen war, ohne schief herausstechende Zweige oder andere Widrigkeiten. Leider war die Natur von sich aus nicht so korrekt. Die Bäume hatten eine unglückliche Tendenz, auf der einen Seite perfekt und auf der anderen entmutigend asymmetrisch zu sein. Im vergangenen Jahr hatte Carl Christian davon gesprochen, einen Baum aus Plastik zu kaufen. Wahrscheinlich sahen die mittlerweile echter aus, als die echten es taten, zudem waren sie von allen Seiten gleichmäßig und schön.

Fie nahm an, dass Thale und er jetzt einen perfekten, symmetrischen Baum aus feinstem PVC hatten.

»Ich habe keinen Weihnachtsbaumständer«, sagte sie. »Vielleicht könnte ich einen winzig kleinen Baum haben? Dann könnte ich ihn in einen Topf stellen.«

»Oder dir einen Weihnachtsbaumständer kaufen?«

»Ich wohne in der fünften Etage. Ein kleiner, leichter hat viele Vorteile.«

»Ich trage ihn gern rauf«, versicherte Trym.

Er schien enorm gewillt, zu helfen. Fie rief sich in Erinnerung, dass er ein Schürzenjäger war, der seine Aufmerksamkeit zwischen ihr und Lillian, und möglicherweise noch ein paar anderen, aufteilte.

Auf der anderen Seite: Wenn jemand einen Weihnachtsbaum fünf Stockwerke hinaufschleppen wollte, dann war es dumm, dieses Angebot abzulehnen.

»Vielen Dank«, sagte sie. »Das ist sehr nett von dir.«

Verstohlen studierte sie sein Profil. Es war ein ansprechendes Profil, mit kräftigem Kinn und leicht schiefer Nase. Es war nett von ihm, sie zu fahren. Fie fragte sich, ob er diese Art von Dienstleistungen auch Lillian oder anderen erwies. Sie hatte Lust, ihn zu fragen, aber da drehte Trym sich zu ihr um und warf ihr ein schnelles Lächeln zu.

Fie entschied sich dagegen. Sie wollte es gern wissen, aber direkt zu fragen, das war eine ganz andere Sache.

Fies Ziel war eine Scheune. Sie hatte die Anzeige auf einem Internetportal gefunden, und ausgehend von den Fotos schien die Scheune viel zu beinhalten, was zu *&Dinge* passte. Die Bilder hatten kleine, rustikale Schemel aus Holz, hübsche Körbe, perfekt für den Weihnachtsschmuck passende Regale und – selbstverständlich – eine ganze Reihe Schrott gezeigt. Schrott, fand Fie, versprach immer Spaß! Zwischen Schrott konnte man sich auf Schatzsuche begeben.

Der Hof lag weiter abseits, als die Anzeige es angedeutet hatte. Fie war dankbar, dass sie gefahren wurde, da sie nicht so genau recherchiert hatte, welche Bushaltestellen sie nehmen müsste. Sie fuhren verschlungene Waldwege entlang, weit entfernt von Bushaltestellen und Geschäften. Trym mochte den

Wald nicht. Fie hatte herausgehört, dass er generell nicht sonderlich begeistert von Outdoor-Aktivitäten war.

»Fährst du nicht Ski?«, fragte Fie, nachdem sie seine wiederholten Sorgen vernommen hatte, dass sie hier mitten im dunklen Nadelwald liegen bleiben und möglicherweise auf Elche oder Wölfe treffen könnten.

»Nicht besonders.«

»Was bedeutet *nicht besonders*?«

»Okay, ich kann Ski fahren, das können schließlich alle, aber ich mache es nicht. Ich fahre Motorrad. Und boxe.«

»Du boxt?«

»In einem Boxclub. Mitten in der Stadt.«

»Ah«, murmelte Fie mit einem verstohlenen Blick auf seine Oberarme. Oh ja, sie konnte sich gut vorstellen, dass er boxte.

Endlich kamen sie auf eine Lichtung, und dort lag die Scheune mit dazugehörigem weißen Wohnhaus. Die Besitzerin kam auf den Hof hinaus. Sie war eine Frau vom deftigeren Schlag, bekleidet mit einer hübschen, selbst gestrickten Jacke und dicken, rosa Filzpantoffeln.

»Fie? Ich heiße Ingeborg«, sagte sie mit einem misstrauischen Blick auf Trym gerichtet. Er seinerseits trampelte im Schnee herum und zog die Jacke enger um sich.

Fie fand, dass er irgendwie fehl am Platze wirkte. Die Lederjacke, die Jeans und der Ohrring gehörten nicht hierher, wo im Stall die Kühe muhten, wo verfrorene Sperlinge im Futterhäuschen saßen und wo alles weiße, altmodische Weihnachtsromantik ausstrahlte. Zudem trug er keine Mütze, weshalb seine Ohren in der Kälte rot leuchteten.

Im Grunde, dachte sie mit einem Schmunzeln, sah Trym aus wie ein verlorener Mafiaboss.

Ingeborg ignorierte ihn. Als sie den Weg zur Scheune wies, wandte sie sich ausschließlich an Fie. Die Scheune an sich war proppenvoll. Vorsichtig bewegte Fie sich zwischen Milchkannen, Nähmaschinen, Kirchenbänken (vier Kirchenbänke!), Stühlen ohne Beine (davon hatte sie bereits ausreichend im Laden) und einem Puppenwagen, der sie in die Kindheit zurückversetzte. Sie ließ sich auf eine der Kirchenbänke fallen und nahm den Wagen in Augenschein. Er war rot und aus Holz gefertigt. Eines der Räder lehnte daneben, und das Verdeck hatte Löcher, genauso, wie es bei ihrem der Fall gewesen war.

Fie hatte ihn von Sara zu Weihnachten bekommen, als sie sechs Jahre alt gewesen war. Obwohl er beinahe vollkommen zerfleddert gewesen war, war es das schönste Geschenk, das Fie jemals bekommen hatte. Ansonsten war das Fest immer von wenig Geld und noch weniger Weihnachtsstimmung geprägt gewesen, aber allem voran erinnerte Fie sich an die Freude über den Puppenwagen.

Wie Sara an einen Puppenwagen für ihre kleine Schwester gelangt war, wusste sie nicht.

»Fie?« Trym schaute sie besorgt an, und Fie bemerkte, dass sie (erneut, verdammt aber auch!) Tränen in den Augen hatte. Und vermutlich eine rote Nase.

»Das passiert oft«, sagte Ingeborg lakonisch. »Das liegt an den Spielsachen aus der Kindheit. Erinnert er dich vielleicht an deine Großmutter? Er stammt aus den Dreißigerjahren.«

»Nein, an meine Schwester.« Fie erhob sich.

In der Scheune war es beinahe kälter als draußen, aber Fie war gut angezogen. Ganz im Gegensatz zu Trym. Als dieser im wahrsten Sinne des Wortes anfing, mit den Zähnen zu klappern, erbarmte Ingeborg sich seiner.

»Wir gehen rein. Deine Frau kommt alleine klar, zumindest ist sie vernünftig angezogen.« Sie wandte sich an Fie. »Schau dich nur um. Einiges davon ist mit Preisen versehen, aber ich bin offen fürs Feilschen. Wir haben viel zu viele Sachen. Wisst ihr, das Hobby meines Mannes besteht darin, umherzufahren und alte Dinge aufzuspüren, während ich mich um den Hof kümmere. Die Weihnachtsbaumproduktion betreiben wir zusammen. Nun, es macht ihn glücklich. Das ist wichtig, man muss nicht immer dasselbe mögen. Ich mag Paare, die verschieden sind.«

Sie nickte und musterte die beiden zufrieden: Fies Wollsachen und offensichtliche Begeisterung für alte Sachen und Tryms Lederjacke, seinen Ohrring und seine schweren, schwarzen Boots.

»Nein, nein, wir sind nicht zusammen«, sagte Fie schnell.

Ingeborg zog eine Augenbraue nach oben. »Nicht? Ich hätte schwören können, dass ihr das seid, und für gewöhnlich liege ich damit nie falsch. Nun ja, fast nie. Ich nehme den Stadtjungen mit rein in die Küche. Ich kann hier in der Scheune keine steif gefrorene Leiche gebrauchen.«

Anschließend rief sie »*Tyra!*« und warnte Trym, dass Tyra eine pflichtbewusste Wachhündin sei, obwohl Fie fand, sie mache einen äußerst freundlichen Eindruck. Mit Tyra hinter sich her trottend, verschwanden Trym und Ingeborg im Haus.

Für Fie hielt die nächste Stunde viel Spannendes bereit. Es war, als würde sie sich auf Schatzsuche begeben! Sie fand Körbe, Kerzenständer, Kleinstmöbel, Krüge und andere Gegenstände, die ihrer Meinung nach zu *&Dinge* passen würden. Außerdem – obwohl sie ihn nicht brauchte – nahm sie den Puppenwagen mit. Schließlich, als ihr wirklich kalt wurde, ging sie ins Haus. Dort in der Küche saß Trym. Bei seinem Anblick blieb Fie der Mund offen stehen. Er trug eine warme, rosafarbene (Ingeborg schien rosa zu bevorzugen) Daunenjacke sowie eine Pelzmütze mit Ohrenklappen.

»Er wollte raus und einen Weihnachtsbaum aussuchen«, sagte Ingeborg. »Dafür müsst ihr in den Wald. Da muss er ordentlich angezogen sein.«

Fie war nicht in der Lage, ihr Lachen zu stoppen. Trym, der inzwischen wieder seine normale Kleidung trug, warf ihr unablässig beleidigte Blicke zu.

»Ich hätte nie zustimmen sollen«, brummte er, während er das Gaspedal fester durchtrat, in der Hoffnung, schneller in eine zivilisiertere Gegend zurückzukehren. »Und ich habe gesehen, dass du ein Foto gemacht hast! Im Übrigen bin ich sicher, dass sie auch größere Jacken dahatte, die nicht rosa waren! Ein boshaftes Frauenzimmer!«

»Sie war geschickt im Feilschen«, sagte Fie. »Aber genau genommen waren die Sachen nicht teuer, und sie hat kein Geld für den Weihnachtsbaum verlangt. Das war doch nett von ihr. Und es war sehr nett von dir, mir dabei zu helfen, ihn abzusägen.«

»Helfen und helfen lassen«, grummelte Trym, der überraschenderweise weder mit einer Axt noch mit einer Säge umgehen konnte. Fie hatte den Baum eigenhändig fällen müssen, während Trym ihn an einem Ast festgehalten und wie eine Dragqueen auf Abwegen ausgesehen hatte. Fie war überzeugt, dass sie diesen Anblick niemals vergessen würde.

Entschlossen machte sie den Mund wieder zu, schaffte es aber nicht, das Kichern zu unterdrücken.

»Schluss!«, sagte Trym streng, aber Fie sah, dass er grinste. »Schluss! Nicht jeder ist ein Naturmensch. Einige von uns funktionieren in der Stadt eben besser. Jedenfalls haben wir einen Weihnachtsbaum, und ich werde ihn mit Freuden die ganzen Treppen hinaufschleppen. Lieber das, als Säge und Axt zu schwingen. Was hältst du eigentlich von Ingeborg? Beeindruckende Dame!«

»Sie war ziemlich ruppig«, gab Fie zu. »Eine Art ländliche Lillian.«

»Lillian? Du, Fie …«

»Ja?«

»Du hast vielleicht den Eindruck gewonnen, dass Lillian und ich ... dass da etwas zwischen uns ist?«

»Vielleicht«, entgegnete Fie. »Oder, ja. Lillian nimmt nicht gerade ein Blatt vor den Mund, um es mal so auszudrücken.«

»Als ich geschieden wurde ...«, sagte Trym mit der Stimme von jemandem, der etwas vorbereitet hatte und beabsichtigte, es auf bestmögliche und vernünftige Weise vorzutragen. »Als ich geschieden wurde, hatte ich eine Phase, in der ich Dinge getan habe, auf die ich im Nachhinein nicht besonders stolz bin.«

»Wie was, zum Beispiel?« Fie hielt den Blick starr geradeaus gerichtet.

»Wie zahlreiche Verhältnisse zu haben.«

»Lange?«

»Kurze. Sehr kurze. Und einige davon auch gleichzeitig. Ich war, kurz gesagt, ein richtiger Drecksack.«

»Pfui!«, sagte Fie vorwurfsvoll. »Das war nicht nett.« Trym sah sie misstrauisch an, aber Fie fuhr fort: »Und zu diesen Verhältnissen gehörte Lillian, nehme ich an?«

»Eins von den sehr kurzen«, versicherte Trym hastig.

»Oh, natürlich.«

»Ich habe mich nicht gut benommen. Ich hatte drei Restaurants und habe sie alle vernachlässigt, woraufhin sie pleitegegangen sind und sehr viele Leute ihren Job verloren haben. Zudem habe ich zu viel getrunken. Wären Klara und Herman nicht gewesen, wäre es komplett vor den Baum gegangen. Sie haben mir das Lokal beschafft, in dem sich *Fem Bord* befindet. Aber der Ruf haftet mir noch immer an. Möglicherweise hat Lillian etwas erwähnt?«

»Und wie verhält es sich mit dir und Lillian heute?«, hakte Fie nach, ohne seine Frage zu beantworten.

»So falsch ist sie gar nicht«, sagte Trym. »Sie hat ihre Probleme, ohne dass ich näher darauf eingehen brauche. Ich will nur erklären, dass … nun, es ist lange her, und zwischen uns ist nichts. Überhaupt nichts.«

Fie sagte nichts, schaute nur geradeaus auf den nunmehr dunklen Weg und spürte, wie ein Strom der Freude durch ihre Brust zog.

33

19. Tag im Advent

»Und dann bist du einfach zur Arbeit gegangen? Nach einem Gespräch, bei dem er mehr oder weniger vor dir zu Kreuze gekrochen ist, hast du dich freundlich verabschiedet und bist zur Arbeit gegangen? Bist du durch und durch darauf erpicht, Weihnachten als Single zu verbringen?«

»Vielleicht wäre das tatsächlich das Geschickteste? Vielleicht bin ich nicht bereit für mehr Drama!«

»Vielleicht traust du dich nur nicht!«

Fie nahm einen Schluck vom Morgenkaffee und schaute hinaus auf das Schneetreiben. Neben ihr seufzte Hund melancholisch; auch er mochte kein dichtes Schneegestöber.

»Hättest du es gewagt?«, fragte sie die Schwester. »Hättest du?«

»Ich weiß es nicht«, gestand Sara nach einer Weile. »Aber das bedeutet nicht, dass du es nicht tun solltest! Das Leben offeriert Frauen mittleren Alters nicht so viele Chancen. In dem Stadium kann es durchaus tote Hose sein.«

»Sprich für dich selbst«, sagte Fie. »Du bist älter als ich. Hast du schon angefangen, Schuhspikes zu verwenden?«

»Selbstverständlich nicht! Schuhspikes!«, schnaubte Sara verächtlich, aber Fie war sich nicht sicher, ob sie ihr glauben sollte. Sara konnte sehr vernünftig sein. Sie ließ das Thema auf sich beruhen und sagte stattdessen: »Weihnachten an sich ist aufreibend genug, da brauche ich keinen Liebeskummer obendrauf. Ich habe einen Artikel über Schürzenjäger gelesen, und darin stand, dass sie nicht nur von einer Frau zur anderen wechseln, sondern jede einzelne dieser Frauen auch glauben machen, dass gerade sie einzigartig sei. Oder gegebenenfalls er, aber vermutlich ist der Großteil derer, die so sind, Männer. Ist das nicht traurig?«

»Ja, doch …« Sara war vollauf mit dem Braten von Frikadellen beschäftigt und gewiss nicht in der Lage, Interesse für die Geschlechterverteilung bei den neuzeitlichen Don Juans zu mobilisieren. »Was habt ihr dann gemacht? Gestern, meine ich.«

»Trym hat den Weihnachtsbaum nach oben getragen, und dann musste er das Restaurant öffnen. Und ich musste schließlich in den Laden. Aber, Sara, es ist noch nicht einmal acht Uhr, und es ist noch immer dunkel! Warum brätst du jetzt Frikadellen?«

»Wann sollte ich es sonst tun!«, rief Sara plötzlich aufgebracht. Anschließend war ein Knall zu hören, gefolgt von einem: »Was, zur Hölle?« Es wurde still, dann war Sara zurück. »Hab den Pfannenwender aus den Händen verloren. Und die Frikadellenmasse. Kann ich dich in fünf Minuten zurückrufen?«

Fie setzte ihr Frühstück fort, aß Stollen und vernahm Hunds leise, zufriedene Seufzer, wie er dort in der Ecke schlief. Sie dachte an Sara inmitten der Weihnachtsvorbereitungen, mit Frikadellen, Kabeljau, den erforderlichen Rippchen und einer Familie, die ein Weihnachten wie im vergangenen Jahr, im Jahr zuvor und in allen Jahren davor erwartete. Keine Tradition durfte angerührt werden, und Sara war für alles verantwortlich. Sie begann bereits im November mit den Vorbereitungen, sodass beim Eintreffen des ersten Dezembers alles bereit war für eine Adventszeit der anstrengenden Sorte. Plätzchenbacken, Schlittenfahrten, Weihnachtswerkstatt und Adventskalender, nicht nur für die Enkelkinder, sondern auch für Tochter Tonje und die beiden Söhne, die beide der Fischindustrie und der Mitternachtssonne entflohen waren und sich in Dänemark niedergelassen hatten. Tonje und die beiden Enkelkinder wohnten im Nachbarhaus.

Fie hatte Sara immer um das enge Verhältnis zu Tonje beneidet. Das tat sie im Grunde noch immer, dachte jedoch, dass nichts umsonst war. Tonje war mitunter fordernd. Zwischen ihr und ihrem Mann herrschte oft Drama, wobei Tonje die Tendenz hatte, in solchen Momenten zu Sara zu gehen und zu jammern.

Sara kümmerte sich also um die Familie. Sie strickte Geschenke und bastelte Weihnachtsschmuck. Sie bereitete alles an gutem, traditionellem Weihnachtsessen zu, was die Kochbücher hergaben. Als Fie ihr von Croquembouche und Snickerdoodles berichtet hatte, hatte Sara mit entsetztem, uncharakteristischem Schweigen reagiert. Und Carl Christians Vorschlag einer Weihnachtskreuzfahrt hatte Sara mit den Worten kommentiert: »Was für ein Vollidiot! Und mit dem bist du verheiratet!«

Im Nachhinein dachte Fie, dass ihre Schwester mehr verstanden hatte als sie selbst. Sie hätte Carl Christian vor langer Zeit verlassen sollen.

Fie hatte Verständnis für die Weihnachtshysterie der Schwester, sie wusste, wo diese ihren Ursprung hatte.

Als Fie fünf Jahre alt gewesen war, waren sie an einem Weihnachtsabend bei einer der Cousinen ihrer Mutter eingeladen gewesen. Fie meinte sich an alle Details zu erinnern: hübsch eingepackte Geschenke, ein vor Lichtern glitzernder, aufrecht

348

stehender Weihnachtsbaum, Kristallgläser und Porzellanteller mit blauem Muster! Diese Teller waren das Schönste, was sie jemals gesehen hatte, und als sie erwachsen wurde, hatte sie vergeblich versucht, solche zu finden. Rote Servietten aus Leinen. (Sowohl Fie als auch Sara hatten ein übermäßiges Faible für rote Leinenservietten.) Sie hatten das Weihnachtsevangelium gelesen, waren im Kreis um den Weihnachtsbaum gegangen, und Fie hatte ein winzig kleines Puppenhaus aus Plastik bekommen.

Sie war untröstlich gewesen, als das Puppenhaus später verschwunden war.

Allem voran erinnerte sie sich daran, dass es warm und sicher gewesen war und niemand sich gestritten hatte.

Beim nächsten Weihnachten hatte Sara alles in ihrer Macht Stehende versucht, um diese Feier zu kopieren. Sie hatte Adventskalender gebastelt, den Tisch geschmückt und zu den Würstchen Mandelkartoffeln gekocht. Sie hatte versucht, Reiscreme zu machen, aber noch bevor die Kinder beim Dessert angelangt waren, war die Mutter derart betrunken gewesen, dass sie die Creme ausgespuckt hatte.

»Kein Zucker!«, hatte sie genuschelt. »Fie, komm und setz dich auf meinen Schoß. Du willst diese Schweinerei auch nicht haben.«

Fie erinnerte sich an den Geruch der Mutter sowie daran, dass sie und Sara dagesessen, einander angestarrt und gewartet und gewartet hatten. Dann war die Mutter eingeschlafen, Fie hatte sich von ihrem Schoß geschlichen, und die Schwestern waren ins Wohnzimmer gegangen. Dort hatte der Weihnachtsbaum gestanden, ein bisschen windschief, aber Sara hatte ihn so hübsch geschmückt, wie sie konnte. Darunter hatte ein großes Geschenk gelegen, und in diesem Paket hatte sich der Puppenwagen befunden.

Der war noch schöner gewesen als das Puppenhaus.

Jetzt warf Fie einen Blick auf das soeben neu erworbene Exemplar. Dieses sollte eigentlich, mit Weihnachtsmännern dekoriert, im Laden stehen, dennoch hatte sie den Wagen mit nach Hause genommen. Vorläufig stand er bei ihr, genauso verschlissen und hübsch, wie sie ihn in Ingeborgs Scheune gefunden hatte.

Die Schwestern hatten es geschafft, das war das Wichtigste, und sowohl Fie als auch Sara waren stolz darauf. Aufgrund der Traumata ihrer Kindheit war ihnen beiden Heiligabend jedoch sehr wichtig.

Der Gedanke, dass Fie Weihnachten alleine feiern sollte, plagte ihre Schwester noch immer. Ihre Gespräche mit Fie beinhalteten immer: »Und im Übrigen finde ich, dass du Weihnachten herkommen solltest.«

»Nein, nein, ich werde es sehr schön haben«, entgegnete Fie stets unbeschwert. »Und was ist mit dem Hund?« Sie unterließ es, zu sagen *Was ist mit deiner Schwiegermutter?*, denn das war unnötig. Und obwohl sie mitunter unsicher war, ob sie die richtige Entscheidung getroffen hatte, war es jetzt so oder so zu spät, es sei denn, sie wollte zu Fuß zu Sara in den Norden laufen. Vermutlich war alles ausgebucht.

Einmal, vor vielen Jahren, hatten Carl Christian und Fie Weihnachten bei Saras Familie verbracht. Das war anstrengend gewesen, und die Schwestern hatten einander kaum gesehen. Saras Mann hatte eine große Familie, und die strömte herbei, mit Tanten, Onkeln, Cousins, Cousinen und noch entfernteren Verwandten. Da die Entfernungen so groß waren, fuhren sie nach dem Essen nicht nach Hause. Das war, als würde man Weihnachten auf einem Bahnhof feiern, mit Leuten, die in einem geschwätzigen, enthusiastischen Strom kamen und gingen. In jeder Ecke war etwas los, und man hatte Glück, wenn man es schaffte, auf Toilette zu gehen, ohne dass ein Verwandter mit Harndrang gegen die Tür hämmerte. Carl Christian, der zu Verstopfung neigte und auf der Toilette Zeit brauchte, war jeden Tag vier Kilometer zur nächsten Tankstelle gegangen, um die dortigen sanitären Anlagen zu nutzen.

Er hatte sich geweigert, unabhängig von der Zeit im Jahr, erneut dorthin zu fahren. Wenn Fie also ihre Schwester hatte besuchen wollen, war sie gezwungen gewesen, alleine zu reisen.

Seltsamerweise hatte sie Sara an besagtem Weihnachten mehr vermisst, als wenn sie getrennt voneinander feierten. Im Nachhinein hatten sie natürlich darüber gesprochen und waren sich einig geworden, dass sie es vorzogen, Weihnachten jeweils für sich zu feiern. Waren sie zusammen, machte sie das beide schwermütig, so als würden sie sich an Dinge erinnern, an die sie sich nicht erinnern wollten, oder an etwas, das verloren gegangen war.

»Es ist einfach so«, hatte Sara vernünftigerweise gesagt. »Wir treffen uns lieber Ostern.«

In diesem Jahr hingegen hieß es: »Komm her! Komm her! Ich werde Schwiegermutter dazu bringen, die Klappe zu halten! Es ist schlimmer, sich dich an Heiligabend alleine vorzustellen, als dich in einer Ecke sitzen zu haben wie dieses Gespenst aus *Eine Weihnachtsgeschichte*.«

»Gleichfalls und danke! Aber nein. Wir telefonieren besser.«

»Ich warne dich, ich werde dich den ganzen Abend über anrufen. FaceTime!«

Fie seufzte, das war sehr kompliziert. Sie verstand, dass Sara nicht wollte, dass sie alleine war. Jedoch hatte es gewisse Vorteile, über sein eigenes Weihnachten zu verfügen. Es gab keine Schlange vor dem Klo, und sie musste keine Frikadellen braten.

Dann überlegte sie. Vielleicht sollte sie trotzdem Frikadellen braten? War sie nicht auch Frikadellen wert, selbst wenn sie alleine war? Und was war mit Sülze? (Sara hatte vor einer Woche Schweinskopfsülze gemacht, die jetzt vorschriftsmäßig in einer Sülzenpresse lag. Selbstverständlich hatte Sara so etwas. Bei der Presse verlief für Fie jedoch die Grenze.)

Aber irgendetwas musste sie machen. Fie dachte eine Weile nach, dann fasste sie einen Entschluss: Sie wollte eine ordentliche Weihnachtsfeier ausrichten, auch wenn sie alleine war. Einen Festabend mit Geschenken, einem anständigen Weihnachtsessen, Aquavit, teurem Rotwein und Reiscreme zum Dessert. Sie liebte Reiscreme, aß sie jedoch nur zu Weihnachten. In diesem Jahr würde sie richtige, hausgemachte Reiscreme zubereiten!

Sie würde Weihnachtsmusik auflegen, den Baum schmücken (der vorläufig schief und verwahrlost in einer Ecke lehnte), noch mehr Weihnachtsschmuck aufhängen und sowohl Weihnachten als auch sich selbst feiern! Sie würde in die Kirche gehen, in der Woche vor dem Jahreswechsel Marta Fransen und Lykke zum Weihnachtsessen einladen, ein Weihnachtskonzert besuchen – obwohl es dafür möglicherweise langsam zu spät wurde …

Oder nichts anderes machen als das, wozu sie Lust hatte! Nur Marzipan essen!

Das klang sehr mutig. Fie war von sich selbst beeindruckt.

Dann dachte sie erneut an Sara, daran, dass sie morgens um sieben Frikadellen briet und dass sie erschöpft gewirkt hatte.

»Ich dachte, wir könnten die Adventsgeschenke mal umkehren«, sagte Fie, als Sara zehn Minuten später wieder anrief. »Und es ist ja ohnehin nicht so, dass ich jeden Tag eins bekomme. Wäre ich sieben, hätte ich geweint. Aber das passt mir eigentlich ganz gut. Ich brauche keine, ich habe mehr als genug zu tun.«

»Wenn du nichts bekommst, liegt es daran, dass dich das

selbstständiger macht«, behauptete Sara. »Aber wie umkehren? Was meinst du damit?«

»Dass ich dir eine Aufgabe gebe – ich meine ein Geschenk. Ein Adventsgeschenk.«

»Ich habe genug Aufgaben«, entgegnete Sara. »Ich glaube nicht, dass ich zu mehr Zeit habe. Heute ist der neunzehnte Dezember, und ich habe nicht einmal alle Weihnachtskarten verschickt.«

»SMS.«

»Fie!«, sagte Sara, und jetzt war sie wirklich aufgebracht. »Du bist viel zu lange mit Carl Christian verheiratet gewesen. Man kann zu Weihnachten keine SMS verschicken! Das ist fast genauso geisteskrank wie Kreuzfahrten!«

»Du bist eine Weihnachtsfundamentalistin!«

»Welche Aufgabe soll ich denn bekommen? Ich verweigere mich dem Waxing. Und Spa kann ich nicht ausstehen. Im Übrigen gibt es hier kein Spa.«

»Kein Spa und kein Waxing. Ich will, dass du Teile der Weihnachtsvorbereitungen Tonje überlässt. Und Lars, wenn er zu Hause ist.«

Es wurde still. Fie wartete und wartete. Schließlich sagte Sara: »Lars ist heute nicht zu Hause. Vor Morgen kommt er nicht zurück. Und Tonje …«

»Was ist mit Tonje?«

»Ihr geht es nicht so gut«, sagte Sara. »Ich kann sie nicht um etwas bitten, die Arme. Gestern hat sie erzählt, dass Even untreu gewesen ist. Mit der vom Friseursalon.«

»Oh, Sara!«

»Ja. So was passiert, das wissen wir doch.« Sara versuchte, einen heiteren Ton anzuschlagen. »Zu dem kompletten Drama auf dieser Seite kommt hinzu, dass ich deswegen die Haare nicht geschnitten kriege. Hätte dieser Idiot sich nicht für die Physiotherapeutin oder die Tussi, die bei Coop an der Kasse steht, entscheiden können? Wir haben auch einen REMA, ich hätte dort einkaufen können. Das ist der Nachteil von kleinen Orten. Es sind hundert Kilometer bis zum nächsten Friseur.«

»Wie nimmt Tonje es auf?« Fie konnte sich nicht vorstellen, dass Tonje gut und erwachsen damit umging. Sie war eine eigensinnige und ziemlich verwöhnte Frau, freundlich und lustig, konnte aber wegen fast allem für Aufruhr sorgen. Keiner hatte so entsetzliche Geburten wie Tonje erlebt. Als die Nachbarin im Alter von achtzig Jahren – keineswegs unerwartet – gestorben war, hatte Tonje den Wunsch gehabt, eine Therapie zu machen, um mit der Trauer umzugehen. Lediglich der Mangel an Therapeuten hatte sie daran gehindert.

»Es geht ihr nicht gut«, sagte Sara, und Fie begriff, dass dies die Untertreibung des Jahres war.

»Aber hatte Tonje nicht auch ...? Mit einem Tischler? Vergangenes Jahr? Im Jahr davor?«

»Doch, ja«, sagte Sara. »Vor zwei Jahren. So läuft das bei ihnen. Ich glaube, sie stehen auf Drama. Und dann finden sie mit viel Mühe wieder zueinander, sind neu verliebt und all das. Ich wünschte nur, sie würden ihre Dramen an den Jahresanfang verlegen. Im Januar passiert nicht so viel.«

»Aber wie viele Leute werden in diesem Jahr Weihnachten zu dir zu Besuch kommen?«

»Ach, es sind die üblichen.«

»Die üblichen! Aber Sara, das sind so viele!«

»Na ja, das ist schon in Ordnung. Tonje sagt, es sei wichtig, dass alles wie immer ist. Als ob es wie immer wäre, wenn Even in einer Ecke sitzt und nach der Friseuse schmachtet und Tonje in einer anderen und sich darüber auslässt, wie abscheulich es ihr geht. Aber wenn die gesamte Verwandtschaft kommt, wird Tonje nicht so leicht im Vordergrund stehen. Obwohl das kein Grund ist, das hat sie nie abgehalten.«

»Wie du meinst«, entgegnete Fie neutral.

»Ich bin nicht dumm«, sagte Sara streng. »Ich weiß, was du denkst. Tonje hat ihre gewissen Seiten. Aber sie hat auch viele gute, und niemand ist perfekt.« Sie dachte kurz nach, bevor sie hinzufügte: »Nicht einmal ich.«

»Diese Bemerkung geht auf das Konto von Übermüdung«, sagte Fie. »Du bist schlicht und einfach nicht du selbst. Das Adventsgeschenk für dich lautet: *Leg dich hin!* Du bist die ganze Nacht arbeiten gewesen, und nichts wird besser, wenn du dich nicht ausruhst. Außerdem kannst du nicht dagegen protestieren. So funktioniert das nun mal, alle Adventsaufgaben müssen erfüllt werden.«

»Aber …«

»Denk an all das, wozu du mich gezwungen hast. Ich habe das Haus von Carl Christian ausgeraubt, nur weil du verlangt hast, dass ich die Wohnung innerhalb eines Tages einrichten soll. Ich habe mir einen Job besorgt. Du hast gesagt, ich solle mir ein Haustier anschaffen, und ich habe getan, was du gesagt hast. Sich hinzulegen, ist nichts verglichen mit dem, wozu du mich gebracht hast!«

»Ich werde nicht schlafen können«, murmelte Sara trotzig, was Fie zu einem Grinsen veranlasste. Saras Fähigkeit, wann und wo auch immer zu schlafen, war legendär. Sie hatte am Mittagstisch und auf Feiern geschlafen, in der Schule sowie in der Kirche bei der Beerdigung der gefürchteten Großmutter väterlicherseits. (Obwohl Fie glaubte, dies sei vielleicht demonstrativ gewesen, denn sie meinte gesehen zu haben, wie Sara einen triumphierenden Blick auf den Sarg geworfen hatte, als dieser rausgetragen worden war.)

»Es macht nichts, wenn du nicht schläfst«, sagte sie. »Es reicht, dass du dich ausruhst. Geh und leg dich hin. Das ist ein Befehl … ich meine, das ist ein Adventsgeschenk.«

Fie ging an diesem Tag früh in den Laden. Obwohl sie am Tag zuvor schon einen Teil aufgeräumt hatte, lagen noch immer einige der Waren von der Einkaufstour in einer Kiste. Peder würde bald mit einer weiteren Fuhre kommen, weshalb sie genug zu tun hatte.

Hund legte sich mit einem zufriedenen Seufzer hin. Fie heizte den Ofen an, stellte planlos ein paar Pflanzen um und kochte Kaffee. Dann setzte sie sich aufs Sofa.

Sie musste etwas für Sara tun, dachte sie, während sie sich die Hände an der Kaffeetasse wärmte. Selbstverständlich könnte sie mit Lars reden, jedoch glaubte Fie, dass Lars Sara bereits unterstützte. Es war nicht Lars' Schuld, dass Sara erschöpft war.

Tonje hingegen …

Es kam gelegentlich vor, dass Tonje und Fie miteinander telefonierten, und dann meistens, weil Tonje bei irgendetwas Hilfe benötigte. Sie schien die Welt, und speziell die Familie, als ihre private Hilfsorganisation zu betrachten. Fie wusste nicht, wie Tonje reagieren würde, wenn sie gebeten würde, für andere einzustehen. Und richtig: Das Erste, was sie tat, als Fie sie anrief, war jammern.

»Oh, Tante Fie! Es ist genau wie bei dir. Glaubst du, das liegt in der Familie – dass wir untreue Männer haben, die uns betrügen und aus dem Haus werfen?«

»Natürlich nicht! Und du wurdest doch auch gar nicht rausgeworfen, oder?«

»Das ist auch mein Haus«, sagte Tonje. »Ganz dumm bin ich schließlich nicht. Oh, entschuldige Tante Fie, so habe ich es nicht gemeint.«

Fie unterließ es, sie darauf hinzuweisen, dass auch sie nicht ganz dumm war. Sie und Carl Christian waren gemeinsam Eigentümer des Hauses – zwar aus steuerlichen Gründen, aber immerhin. Zudem hatte sie Einnahmen aus der Zahnarztpraxis.

Tonje war seit jeher überdurchschnittlich egozentrisch gewesen. Nett, aber egozentrisch.

»Ich glaube, Sara ist erschöpft«, sagte Fie.

»Mama? Nein, das glaube ich nicht. Sie liebt es, alles für Weihnachten vorzubereiten.«

»Wie viele werden kommen?«

»Oh, das weiß ich nicht. Großmutter natürlich. Tante Lene und Onkel Per, Tante Berit, sie hat keinen Mann, aber sie hat drei Kinder, und …«

Fie hörte, wie Tonje zählte und zählte, und war allein bei dem Gedanken daran erschöpft. Vielleicht war es gar nicht so verkehrt, nur mit Hund, einer Flasche Rotwein und einem Weihnachtsmenü zu feiern. Sie legte eine Hand auf Hunds enormen Kopf, der daraufhin schwach mit der Rute wedelte.

»Zweiundzwanzig«, sagte Tonje, die endlich fertig gezählt hatte. »Glaube ich. Nein, dreiundzwanzig, mit Onkel Knut.«

»Vielleicht könntest du deiner Mama helfen?«

Es wurde still.

»Tonje?«

»Klar kann ich das«, sagte Tonje. »Es ist nur so viel momentan. Und Mama will es gern auf ihre Weise haben. Du weißt ja, wie sie ist.«

Ja, das wusste Fie.

»Dann ist womöglich der Weihnachtsbaum falsch geschmückt, oder die Plätzchen sind verbrannt. Und dann fängt sie von vorne an.«

»Tut sie das?«, fragte Fie zweifelnd. Sie erinnerte sich nicht daran, dass Sara so pedantisch war.

»Nein, vielleicht nicht«, räumte Tonje ein. »Aber sie sieht dann aus, als hätte sie Lust, es zu tun.«

»Aber …«

»Und das mit Even, das ist schlimmer für mich, als es für dich gewesen ist, Tante Fie. Ich muss diesen Scheißkerl jeden Tag sehen! Ich wohne nicht in einer Großstadt, wo man allen aus dem Weg gehen kann – ich kann mir nicht einmal die Haare schneiden lassen. Meine Haare sehen furchtbar aus! Ich bin stark, das bin ich wirklich, daher werde ich nicht zusammenbrechen wie du, aber trotzdem ist es schwer.«

»Ja, das ist es wohl.«

»Außerdem geht es mir momentan wirklich nicht gut. Der Arzt sagt, es sei irgendetwas mit dem Blut, dass mir Eisen oder irgendetwas fehlt, aber du weißt, wie ich bin, wenn ich Eisentabletten nehme! Und die Kinder sind anstrengend, schließlich spüren die auch das mit Even.«

»Ist er von zu Hause ausgezogen?«, fragte Fie erschrocken.

»Nein, das nicht gerade, aber sie merken es trotzdem. Daher muss ich mich besonders um sie kümmern. Kinder sind doch das Wichtigste!«

»Ja …«

»Deshalb muss ich zu Hause sein und mich um sie kümmern, und dann werden sie auf der Arbeit sauer! Das alles ist die Hölle, Tante Fie. Bei der Arbeit kommen sie mir auch nicht gerade entgegen! Zum Glück habe ich eine Krankschreibung bekommen, weshalb sie nichts sagen können. Das hätte ich doch nicht getan, wenn ich nicht dazu gezwungen gewesen wäre! Du kennst mich doch, Tante Fie, ich bin nicht so eine, die so leicht aufgibt! Das hat Mama mir beigebracht!«

»Aber sind die Kinder nicht den ganzen Tag über im Kindergarten?«

»Doch, natürlich! Es ist sehr wichtig, dass für sie alles so normal wie möglich läuft.«

»Das tut es sicher«, murmelte Fie resigniert.

Obwohl es erst halb zehn war, hatte Fie das Gefühl, bereits einen ganzen Tag lang auf den Beinen zu sein. Sie gähnte, während sie *&Dinge* für den Kundenansturm vorbereitete, während sie eine weitere Kanne Kaffee kochte, während sie Plätzchen hinstellte und die Pflanzen goss. Danach setzte sie sich wieder aufs Sofa, gähnte erneut und nahm ein paar Schlucke von dem extra starken Kaffee. Wenn sie nicht in der Lage wäre, sich zusammenzureißen, dann würde sie direkt vor den Kunden einschlafen. Allerdings wurde sie ganz plötzlich hellwach, als sie sah, wer zur Tür hereinkam. Noch wacher wurde sie, als sie hörte, was er zu sagen hatte. »Hoi«, sagte Jan Johansen, woraufhin Fie sich aufrichtete. Dort stand er, genauso, wie sie ihn in Erinnerung hatte: breitbeinig und den Bauch nach vorn gestreckt.

»Hei«, sagte Fie und sah, wie Hund sich wachsam aus seiner Ecke erhob, über den Boden schlich und unter den Tresen kroch. Da Hund groß und der Tresen niedrig war, sah es in etwa so aus, als würde ein Strauß den Kopf in den Sand stecken. Zwei Drittel von Hund blieben sichtbar und zitterten, sodass der Tresen wackelte.

Hund erinnerte sich offensichtlich an Jan.

Fie legte eine beruhigende Hand auf Hunds Hinterteil und sah zu Jan auf.

»Ich glaube, Sie sollten nicht hierherkommen«, sagte sie. »Hund hat zu viel Angst.«

»Er hat doch immer Angst«, erwiderte Jan. »Und es gibt etwas, worüber ich mit Ihnen reden muss.«

»Mit mir?«

»Erstens«, sagte Jan und streckte einen Finger in die Luft, »erstens ist meine Frau zurück. Daher fällt unsere Abmachung hinsichtlich gegenseitiger Freude und so was flach. Zumindest, wenn meine Frau das spitzkriegen sollte.«

»Gut zu wissen«, sagte Fie. »Aber Sie machen Hund Angst. Sie müssen gehen.«

»Zweitens«, fuhr Jan fort, »ist das ein wertvoller Hund, und meine Frau hat einen Käufer für ihn gefunden. Daher habe ich versprochen, ihn abzuholen.«

Fie starrte ihn an, allerdings verschwamm das Bild. Seine Gestalt flackerte vor ihren Augen, wodurch ihr schwindelig wurde. Draußen auf dem Gehweg waren Schritte zu vernehmen. Sie wurden lauter und lauter, bis es den Anschein hatte, als würden sie in ihrem Kopf herumtrampeln. Sie saß still da, ganz still, während die Schritte leiser wurden und dann ganz verstummten. Schließlich gelang es ihr, zu sagen: »Hund abholen?«

»Ja. Schließlich haben Sie den Köter nicht gekauft, sondern ihn nur gepflegt.« Herausfordernd und beschämt sah er sie an. Dann fuhr er fort: »Wenn Sie mir also helfen könnten, ihn vorzuziehen?«

Er beugte sich nach unten und zog an Hunds Hinterbeinen.

Plötzlich wurde alles unangenehm klar. Sie sah Jans grobe Hände, die an Hund zogen, seine fest auf dem Boden aufgestellten Füße, und sie hörte, sehr deutlich, Jans rasselnden, angestrengten Atem sowie Hunds verzweifeltes Gewimmer.

Dieses Geräusch brachte sie zur Besinnung. Fie sprang auf und trat Jan heftig an eine Stelle zwischen Hintern und Hüfte.

»Hoi!«, sagte dieser. »Häh? Treten Sie mich?«

Verblüfft schaute Fie auf ihren Fuß. Sie hatte tatsächlich einen Mann getreten! Und es war auch kein leichter Stoß gewesen, sondern so fest sie konnte. Jans Gesichtsausdruck nach zu urteilen, war es ziemlich fest gewesen. Er hielt sich die Hüfte und starrte sie entrüstet an.

»Sie haben mich getreten!«, wiederholte er und fügte drohend hinzu: »Tun Sie das nie wieder!«

»Ich will, dass Sie gehen!«

»Ich gehe nicht ohne den Köter! Versuchen Sie es nicht noch einmal.«

»Sie können Hund nicht mitnehmen!«, rief Fie und überlegte schnell. »Ich kann Hund kaufen. Dann müssen Sie ihn nicht hervorziehen! Er kann einfach hierbleiben.«

Etwa zwei Sekunden lang sah Jan so aus, als würde er über ihr Angebot nachdenken, dann aber schüttelte er den Kopf. »Nope! Der Köter ist bereits verkauft. Und das zu einem heftigen Preis!«

Er schaute sich im Laden um, betrachtete die Gebrauchtmöbel, den Weihnachtsschmuck und die Pflanzen. Das alles machte scheinbar keinen Eindruck auf ihn. Erneut schüttelte er den Kopf. »Und Sie können sich das niemals leisten.«

»Ich habe Geld!«

»Haben Sie nicht gehört, was ich gesagt habe? Der Köter ist bereits verkauft. Und diese Angelegenheiten regelt meine Frau, ich kann nicht ohne den Köter nach Hause kommen. Wir haben eine Abmachung, meine Frau und ich – ich tue, was sie sagt, und sie bleibt.«

Er zeigte auf seinen Bauch, auf sein Hemd, das sauber war. »Diät. Keine Pizza mehr. Ich mache Low Carb. Ich habe Order bekommen, den Köter zu holen, also hole ich den Köter. Schluss, aus!«

»Aber wenn ich bezahle«, bat Fie. Sie hörte, dass ihre Stimme zitterte. »Ich kann mehr bezahlen als der andere Käufer, dann wird Ihre Frau vermutlich beeindruckt sein. Bitte!«

»Nein«, sagte Jan kurz angebunden. Dann fiel die Aggression von ihm ab, und sein Blick wurde milder. »Ich verstehe, dass es hart ist, wenn Sie eine Beziehung zu dem Köter aufgebaut haben«, fügte er hinzu. »Aber meine Frau war nicht erfreut, als sie herausfand, dass ich ihn weggegeben habe. Haben Sie einen Mann?«

»Nein«, sagte Fie.

»Nein, verdammt, das wusste ich ja! Dann verstehen Sie vielleicht nicht, wie das ist. Nun, ginge es nur nach mir, dann hätten Sie ihn behalten können. Aber ich kann das nicht machen, das verstehen Sie wohl.«

Endlich war es ihm gelungen, Hund vorzuziehen. Ein zusammengesunkener, im wahrsten Sinne des Wortes niedergeschlagener Hund, der Fie unendlich traurig ansah. Er hatte etwas Resignierendes an sich, so als hätte er gewusst, dass all das Gute nur vorübergehend sein sollte. Ohren und Rute hingen nach unten, und die Beine waren kaum in der Lage, den langen, grauen Körper zu tragen. Zudem zitterte er wie Espenlaub und roch streng nach Angst.

Fie wusste nicht, was sie tun sollte: aufschreien und Hund noch verängstigter machen oder versuchen, ihn zu beruhigen? Sie setzte sich auf den Boden und legte ihre Arme um ihn.

»Wir finden einen anderen Hund für Sie«, sagte Jan leise. »Eine Boxerhündin, was sagen Sie dazu? Sie können sie billig haben.«

Fie antwortete nicht, hielt Hund nur krampfhaft fest.

Jan murmelte, dass es ihm leidtäte. »Ja, ja, so ist es nun mal. Nichts zu machen.« Dann löste er vorsichtig ihre Finger von Hunds Halsband. Anschließend zerrte er Hund aus der Tür und schob ihn in den Laderaum eines Transporters. Das Ganze war in fünf Minuten vorüber.

»Fie«, brach es aus Lykke heraus. »Bist du krank? Tut dir irgendetwas weh?«

Sie war mit rosafarbenen Wangen und mit Weihnachtsschmuck bepackt in den Laden gekommen. Sie hatte wenig Zeit, weil der Kindergarten zu einer Ausstellung der Weihnachtszeichnungen der Kleinen eingeladen hatte. Einer der Vorteile daran, gefeuert worden zu sein, bestand darin, dass sie nun zu solchen Veranstaltungen gehen konnte. Das stimmte Lykke recht vergnügt. Sie war besorgt wegen des Geldes und der Zukunftsaussichten, aber dennoch vergnügt.

Sie hatte den Weihnachtsschmuck auf dem Tresen abgestellt und sich umgesehen. Es war dunkel im Laden, und erst hatte sie Fie gar nicht gesehen. Dann aber erblickte sie sie, auf dem alten Sofa sitzend, mit einem kleinen Weihnachtsmann in rotem Gewand auf dem Schoß. Sie war blass, und Lykke fand, dass sie krank aussah.

Einmal hatte Herman eine leichte Herzattacke erlitten, und da hatte er auf genau demselben Sofa, in genau derselben Stellung wie jetzt Fie ruhig dagesessen und vor sich hin gestarrt. Das war dramatisch und erschreckend gewesen, weshalb Lykke jetzt das Handy aus der Tasche zog, um einen Krankenwagen zu rufen.

»Ich bin nicht krank«, sagte Fie, wobei ihre Stimme klang, als käme sie von ganz weit her. »Ich bin vollkommen in Ordnung, mach dir keine Sorgen.«

»Du bist nicht in Ordnung«, widersprach Lykke. »Irgendetwas stimmt nicht.«

»Er ist gekommen und hat Hund geholt.«

»Wer ist gekommen und hat Hund geholt?«

»Jan Johansen. Er, dem Hund zuvor gehört hat und dem er auch jetzt gehört, wie sich herausgestellt hat. Weil ich nicht für ihn bezahlt habe. Ich hätte ihn kaufen können, wenn ich nur daran gedacht hätte, aber das habe ich nicht. Daher war ich nur Pflegerin oder so etwas für Hund. Eigentlich gehörte er die ganze Zeit Jan und seiner Frau, und jetzt haben sie ihn verkauft. An jemanden, der eine Menge Geld bezahlt hat, denn Hund ist vermutlich wertvoll. Es ist meine Schuld, ich hätte ihn kaufen sollen, aber ich habe nicht daran gedacht. Jan war so froh, ihn loszuwerden, ich habe nicht verstanden, dass ich ihn nur zur Pflege hatte.«

Lykke wusste nicht, was sie sagen sollte, und Fie fuhr fort: »Ich sollte für nichts Verantwortung tragen. Ich habe Hund dazu gebracht, mir zu vertrauen, und dann war es nur Schwindelei. Er hat nicht verstanden, was los ist, als er gehen musste, und das ist meine Schuld. Ich habe danach wieder und wieder dort angerufen und gesagt, dass ich ihn kaufen kann und dass ich bezahlen kann, aber es nützt nichts. Und Jans Frau glaubt, ich hätte es auf Jan abgesehen, weshalb es am Ende schwierig wurde. Und fies. Schlussendlich sind sie nicht mehr ans Telefon gegangen. Im Übrigen weiß ich nicht, ob ich ihn mir leisten kann. Hund ist wahrscheinlich fürchterlich teuer, aber irgendwie hätte ich das schon geschafft.«

»Aber …«

»Ich habe Hund so lieb gewonnen. Ich sollte niemanden so lieb gewinnen, aber er war … ist … Es ist dumm, wegen eines Hundes so zu verzweifeln, das verstehe ich, aber … Ich habe geglaubt, ich würde es schaffen, verstehst du? Dass ich es überwunden hätte. Mit dir, *&Dinge*, Adam und Hund. Trym. Und dann habe ich mir das Ganze nur eingebildet. Der Weihnachtsmann hat recht gehabt.«

»Der Weihnachtsmann?«

»Der Großmutter-Weihnachtsmann.« Fie hielt das Exemplar in ihrem Schoß nach oben.

Lykke sah sie verwundert an. Der Großmutter-Weihnachtsmann?

»Ja, nicht dieser hier«, sagte Fie. »Der ähnelt ihm nur. Aber der ist auch sauer und kritisch, genau wie Großmutter. *›Du schaffst das nie!‹*, sagt er.«

Lykke sah sie besorgt an.

»Hab keine Angst«, fuhr Fie fort. »Ich glaube das nicht wirklich … eigentlich. Aber das ist nicht wichtig.«

»Ist es nicht?«, entgegnete Lykke verständnislos.

»Nein.«

Erneut wurde es still. Fie legte den Weihnachtsmann beiseite und stand auf.

»Ich glaube, ich gehe jetzt nach Hause«, sagte sie.

»Ich kann dich begleiten«, bot Lykke eilig an. Sie wollte sichergehen, dass Fie gut nach Hause kam. Aber Fie schüttelte den Kopf.

»Nein, danke«, sagte sie. Ganz ruhig zog sie den Mantel an und ging zur Tür hinaus.

Zu Hause in der Wohnung setzte Fie sich aufs Sofa, ohne den Mantel auszuziehen. Sie war entsetzlich müde, hielt jedoch den Gedanken nicht aus, die Treppe hinaufzugehen und sich ins Bett zu legen. Die ganze Zeit sah sie vor sich, wie Hund aus dem Laden gezogen und ins Auto geschubst wurde. Sie war vollkommen hilflos gewesen. Sie *war* hilflos! Die Dinge geschahen einfach, und es gab nichts, was sie daran ändern konnte. Sie hatte ihr Zuhause verloren, ihr Leben, ihre Arbeit und ihre Gelassenheit. Vor all dem, vor der Trennung und Thale, hatte Fie geglaubt, sie sei eine selbstbewusste und ausgeglichene Person, die meisterte, was das Leben ihr entgegenschleuderte. Und als sich herausgestellt hatte, dass sie das keineswegs war, hatte es lange gebraucht, das Selbstvertrauen wieder aufzubauen. Und jetzt war es erneut verschwunden, gestohlen von einem dicken, widerlichen Mann, den sie verachtete. Ein irgendwer. Irgendwer konnte so etwas tun, und sie hatte dem nichts entgegenzusetzen.

Sie hatte entsetzlich Mitleid mit Hund, das war das Schlimmste. Es erdrückte sie beinahe physisch, weshalb es eine zu große Anstrengung darstellte, aufzustehen und Mantel, Schal und die dicken Stiefel abzulegen. Lange saß sie so auf dem Sofa. Sie hörte, wie die anderen Bewohner nach Hause kamen, Maja nach ihrem Papa rief, und nach einer Weile vernahm sie auf der Treppe vorsichtige Schritte, gefolgt von einem leisen Klopfen an der Tür. Sie dachte, es sei Lykke. Trotzdem machte sie nicht auf, saß einfach nur da, bis es Abend und dunkel wurde. Dann ging sie nach oben und legte sich aufs

Bett, auf die Decke, schaltete das Licht aus und starrte in die Dunkelheit.

Um halb zwölf setzte sie sich im Bett auf, tauschte den Mantel mit einem dicken Pullover und ging die steile Treppe hinunter. Dort wusch sie Hunds Fressnapf aus, legte seine Decke vorsichtig in einen Schrank und holte die Pillenschachteln hervor. Eine nach der anderen entsorgte sie den Inhalt in der Toilette.

Dann öffnete sie eine Flasche Rotwein.

»Jetzt reicht's«, sagte sie, laut und deutlich und ging mit dem Rotweinglas in der Hand zum Fenster hinüber. Draußen erleuchteten die Straßenlaternen den weißen Schnee, es war sternenklar und still. Fie lehnte die Stirn gegen die kalte Scheibe und fand, das war schön. Die Welt war noch immer schön. Sie hatte noch immer Lykke und Adam in ihrem Leben, sie hatte Marta Fransen, Pierre, Maja, alle, die sie kannte, und sie hatte &Dinge.

Zudem hatte sie Trym. Zumindest hatte sie den Anfang von etwas mit Trym.

»Ich werde es schaffen«, sagte sie, allerdings war sie nicht ganz überzeugt, weshalb sie trotzig hinzufügte: »Das muss ich.«

34

20. Tag im Advent

Lykke war früh im Laden. Sie hatte Adam zum Kindergarten begleitet und beschlossen, zu *&Dinge* zu gehen, für den Fall, dass Fie sie brauchen würde. Und sollte Fie nicht auftauchen, musste jemand den Laden öffnen.

Sie dachte an Fie und daran, wie verzweifelt sie gewesen war. Sie wusste nicht, was sie tun sollte. Als sie am Abend zuvor zu Fie gegangen war, hatte diese nicht aufgemacht, obwohl Lykke ganz sicher war, dass sie zu Hause gewesen war.

Unabhängig davon, dachte Lykke, könnte sie Kränze und Weihnachtsschmuck fertigen, zumal die Regale sich schon wieder geleert hatten. Also saß sie da und verknotete halbherzig Draht, Zweige und Eukalyptusblätter miteinander, als Peder auftauchte. Er war früh aufgestanden und hatte Fies Waren aus Ingeborgs Scheune abgeholt, und jetzt trug er Holztische, Tröge, einen alten Tretschlitten sowie zwei altmodische Kinderschlitten herein. Er sagte nichts, nickte Lykke lediglich zu.

»Du meine Güte«, sagte Lykke und sah ihn beeindruckt an, da er in der Lage war, alles auf einmal zu tragen. Er war sehr groß, so groß, dass sein Kopf ständig an die Deckenlampe stieß, die bedrohlich schaukelte, während Peder sich den Schädel rieb.

Im Grunde war er ganz nett anzusehen, dachte Lykke. Er war nicht so wie Trym, der vom Boxen Muskeln hatte und Sachen trug, die ordentlich saßen. Peder war kräftig, bekleidet mit Islandpullover und alter Hose. Er war schlicht und einfach ein großer, starker Kerl.

Lykke räusperte sich. »Ich frage mich, was sie mit all den Sachen machen will.«

Peder antwortete nicht, vermutlich, weil er es auch nicht wusste und seine Stimme nicht unnötig anstrengen wollte. Es wurde still, und Lykke suchte nach einem Gesprächsthema. Peder hingegen schien das nicht zu kümmern. Noch immer wortlos stellte er zwei schwere Holztröge auf den Tresen. Das sah leicht aus.

»Kaffee?«, fragte Lykke nach einer Weile und fügte hinzu: »Den Ofen habe ich leider nicht angemacht, aber ich habe Kaffee.«

»Ich mache Feuer«, sagte Peder. Beim Klang seiner Stimme zuckte Lykke zusammen. Sie war tief und passte zu seiner Erscheinung.

Ohne weiteres Gerede ließ Peder den Worten Taten folgen. Er setzte sich vor den Ofen, legte Holzscheite hinein und machte Feuer. Die Wärme breitete sich schnell aus. Lykke ließ den Eukalyptus liegen und ging zum Ofen. Beide setzten sie sich vor die geöffnete Ofentür. Lykke reichte Peder eine Tasse Kaffee, die in seinen großen Händen beinahe verschwand. Sie starrten in die Flammen.

»Fie ist mega traurig«, sagte sie nach einer Weile. »Ein Mann ist gekommen und hat Hund mitgenommen.«

»Warum?«, fragte Peder nach einer kurzen Denkpause.

»Weil er verkauft werden soll. Er gehört vermutlich zu einer wertvollen Rasse. Fie wusste das nicht, sie dachte, sie hätte ihn übernommen.«

»Wie wertvoll?«

»Ich weiß es nicht. Teuer. Aber sie wollten ihr auch nicht sagen, wohin er kommt.«

Peder nickte, ohne noch etwas zu sagen.

Lykke wartete, sie hatte angefangen, sich an diese schweigsamen Pausen zu gewöhnen. Dann fuhr sie fort: »Fie hat gesagt, sie habe ganz oft dort angerufen, so oft, dass die Frau des Mannes gedroht habe, sie wegen Telefonterrors anzuzeigen.«

Peder sah aus, als würde er darüber nachdenken. Er trank Kaffee, kratzte sich am Kopf und trank noch mehr Kaffee. Lykke zog die Stiefel aus und streckte die Füße zum Ofen. Sie sah, dass die Strümpfe am großen Zeh ein Loch hatten, hatte jedoch keine Lust, den Versuch zu unternehmen, dies zu verbergen.

Sie gähnte, da die Wärme und die Ruhe sie schläfrig machten.

Fast die ganze Nacht lang hatte sie wach gelegen und an Fie gedacht. Dass Fie verzweifelt war, hatte sie erschüttert, und sie war nicht vor fünf Uhr eingeschlafen. Am Morgen war sie mit Adam ungeduldig gewesen, dessen Reaktion darin bestanden hatte, sich zu weigern, Schuhe, Schal, Jacke und Mütze anzuziehen. Nachdem sie ihn endlich in die Klamotten befördert hatte, hatte er darauf bestanden, mit dem Roller zum Kindergarten zu fahren, obwohl die Straßen voller Schnee waren.

Lykke hatte nachgegeben, was sich kurz darauf als Fehler erwiesen hatte.

Als sie endlich bei *&Dinge* angekommen war, hatte sie bemerkt, dass sie alle Materialien im Bus vergessen hatte. Rennend und rutschend hatte sie es tatsächlich zur nächsten Haltestelle geschafft, da die Autoschlange sich aufgrund des dichten Schneetreibens im Schneckentempo mürrisch durch die engen, glatten Straßen der Stadt bewegte. Danach war sie, beladen mit Tannengrün, Zweigen und Draht, ziemlich erschöpft zu *&Dinge* gewackelt, nur um beim Aufschließen den Schlüssel aus den Händen zu verlieren.

Niemand hatte vor *&Dinge* den Weg geräumt, und der Schnee war tief und der Schlüssel weiß. Lykke hatte zehn tränenerstickte Minuten darauf verwendet, ihn zu suchen und endlich in den Laden zu gelangen.

Mit einem erneuten Gähnen schielte sie zu Peder hinüber.

Er saß still da und atmete tief und ruhig. Ab und an nahm er einen Schluck Kaffee, und ab und an stieß er mit dem Fuß gegen einen Holzscheit.

Fie hatte erzählt, er wohne zu Hause bei seiner Mutter und seine einzige Arbeit bestünde darin, ein paar Mal die Woche Waren für Fie zu transportieren. Lykke betrachtete seine großen Füße, die in etwas steckten, bei dem es sich ihrer Meinung nach um Sicherheitsschuhe handelte, was sie seltsam fand. Sie fragte sich, wie er imstande war, ein so untätiges Leben zu führen.

Sie hatte gewisse Vorstellungen von arbeitslosen Männern, die in ihrem Kinderzimmer wohnten, selbstverständlich hatte sie die. Sie musste zugeben, dass sie diese Männer mit einer gewissen Verachtung betrachtete.

Das war vielleicht voreingenommen, dachte sie. Schließlich hatte sie nie einen von ihnen kennengelernt. Sie konnten durchaus ihre Gründe haben.

Aber sie konnte nicht fragen. Sie hatte das Gefühl, dann würde sie in etwas graben, das für Peder möglicherweise schwierig war.

Die Tür ging auf, und Fie kam herein. Lykke schreckte zusammen, die Ruhe schwand dahin. Nervös sah sie Fie an. Aber Fie sah aus wie immer, sie lächelte – zwar angestrengt, aber sie lächelte! – und hängte ihren blauen Mantel auf.

»Wie schön warm es hier ist!«, sagte sie.

»Peder hat den Ofen angemacht«, entgegnete Lykke.

»Prima! Danke! Und alle Waren sind auch reingetragen! Sehr gut! Wie schön sie sind! Und Kaffee! Super! Wir müssen einen Platz für die Sachen finden. Schön, dass du hier bist, Peder.«

»Ja. Aber wo ist der Hund?«, fragte Peder und stand auf. »Wir müssen ihn zurückholen.«

Fie schüttelte den Kopf.

»Das geht nicht, Hund ist nicht mehr da. Er wurde an jemanden irgendwo im Norden verkauft. Ich weiß nicht, wo. Aber danke, dass du es versuchen wolltest. Wie auch immer: Hund ist vermutlich fürchterlich teuer.« Fie warf einen schnellen Blick auf Peders Kleidung, die von regelmäßigem Gebrauch über mehrere Jahre hinweg geprägt war.

»Teuer? Okay«, sagte Peder.

»Ich habe mich damit abgefunden«, fuhr Fie fort. »Wie meine Schwester zu sagen pflegt: Auf der Welt verhungern Menschen. Menschen sterben! Sehr irritierend, dass sie das ständig sagt, aber schließlich hat sie recht: Hund ist im Grunde genommen doch nur ein Hund.«

»Hund ist nur ein Hund! Hat sie das wirklich gesagt?« Lykke zog die Augenbrauen nach oben.

»Nein, nein, ich habe es ihr nicht erzählt. Aber es war Sara, die mich gebeten hat, mir ein Tier anzuschaffen, weshalb sie denken würde, es wäre ihre Schuld. Sie würde ein schlechtes Gewissen bekommen. Dabei meinte sie, ich hätte mir ein Meerschweinchen zulegen sollen, kein halbes Kalb. Aber können wir nicht über etwas anderes reden? Und mit dem Laden in die Gänge kommen?«

»Ich mag keine Meerschweinchen«, brummte Peder.

Obwohl Fie sowohl Lykke als auch Peder mochte, war sie erleichtert, als die beiden gingen. Es war anstrengend, die ganze Zeit über ein vergnügtes Gesicht aufzusetzen.

Sie verschwanden gemeinsam zur Tür hinaus. Lykke wollte Adam im Kindergarten abholen. Peder hatte gesagt, dass es draußen schneie, was vermutlich so viel bedeutete, dass er Lykke fahren würde, soweit Fie es verstanden hatte.

Fie wusste nicht ganz, was sie davon halten sollte. Sie mochte Peder, wünschte sich für Lykke jedoch jemanden, der mehr Ordnung in seinem Leben hatte. Dann schüttelte sie den Kopf. Sie war nicht die Richtige dafür, sich als Beraterin in Liebesdingen zu engagieren.

Sie dachte an Trym. Mitunter verspürte sie einen fast unwiderstehlichen Drang, ihn aufzusuchen und ihm anzuvertrauen, wie sehr sie Hund vermisste und wie unsagbar schlecht es ihr ging. Aber dann würde sie sich doch nur in einer Tränenflut ergießen. Rotz, Tränen und ein geschwollenes Gesicht – ihre Beziehung befand sich wohl kaum schon an diesem Punkt. Und würde vielleicht niemals dorthin gelangen.

Nein, das Wichtigste war, sich abzulenken!

In der Mittagspause machte sie sich auf den Weg, um Weihnachtsgeschenke zu kaufen. Und als der Laden nach einem geschäftigen Tag mit vielen Kunden schloss, machte sie sich daran, *&Dinge* einer umfassenden Putzaktion zu unterziehen. Sie putzte Messing, fegte, wischte Staub und scheuerte in allen Ecken. Sie schrubbte, bis ihre Knöchel rot und die Knie wund waren. Sie schleuderte Schmierseife um sich und klatschte den Lappen unsanft gegen die Wände, beinahe so, als würde Jan Johansen sich unter der alten Holzvertäfelung befinden. Sie unternahm sogar einen Versuch, die Decke abzuwaschen. Der Gedanke dahinter war: Wenn sie sich verausgabte, dann würde sie diese Nacht schlafen und nicht wach liegen und sich selbst anklagen.

Und es wirkte. Als sie an diesem Abend nach Hause ging, mit schmerzendem Rücken und wahrscheinlich ordentlich aufgescheuerten Knien, fühlte sie sich ungefähr so wie einer der Putzlappen, die sie ausgewrungen und geschlagen und auf denen sie sogar herumgetrampelt war, sodass die Schmierseife nur so über den Boden gespritzt war. Sie war zufrieden damit, denn es führte dazu, dass sie, nachdem sie eine vergessene, eigentlich ungenießbare Fertigpizza zum Leben erweckt hatte, unter die Decke kriechen und vor bloßer Erschöpfung schlafen konnte.

Kurz bevor sie einschlief, bekam sie eine Nachricht: »*Liebe, gute Tante Fie – es tut mir einfach soooo leid, dass ich Mama nicht in dem Maße unterstützen kann, wie ich sollte, aber mir geht es momentan mega schlecht. Aber entschuldige zehntausend Mal, wenn ich gestern sauer gewirkt habe. Hab dich sehr lieb!!!!*«

Den Worten folgte eine Reihe Emojis in Form von Herzen, in Tränen aufgelösten Gesichtern, Daumen hoch und ein paar Weihnachtsbäumen.

Fie rümpfte die Nase; sie konnte zuckersüße Nachrichten nicht ausstehen, musste jedoch zugeben, dass sie in Sachen Stimmung ein wenig halfen.

35

21. Tag im Advent

»Guten Morgen«, sagte Sara.

»Ich habe dich gestern angerufen«, sagte Fie besorgt, »aber du bist nicht rangegangen. Du hast hoffentlich geschlafen?«

»Selbstverständlich habe ich geschlafen. Das war mein Adventsgeschenk, und ich lasse keine Adventsgeschenke verkommen.«

»Gut. Hat es geholfen?«

»Wahnsinnig!«, versicherte Sara. »Außerdem ist Lars nach Hause gekommen. Er hat die Bäder geputzt und Schnee geschippt. Und Tonje hat gesagt, dass sie mehr helfen wird.«

»Gut«, entgegnete Fie neutral.

»Tu nicht so, ich weiß, dass du es warst, die sie darum gebeten hat. Und das Beste: Tante Herdis ist ins Altersheim gekommen und wird Weihnachten dort feiern. Sie ist nicht gerade eine Spaßkanone. In ihren Augen war immer alles falsch, und keiner hat sich getraut, ihr zu widersprechen, wodurch sie sich nur noch schlimmer benommen hat. Das ist das reinste Weihnachtsgeschenk!«

»Tante Herdis? War das die mit dem Fisch?«

»Heilbutt. Kein Weihnachten ohne, sagte Tante Herdis immer. Ich musste ihn speziell für sie zubereiten, und nie war er

374

gut genug. Jetzt können sich die im Altersheim mit Tante Herdis und dem Heilbutt abmühen!«

Sara klang tatsächlich fröhlich, und Fie lächelte. »Und die anderen?«, fragte sie. »Minus Tante Herdis sind noch einundzwanzig übrig, also die reinsten Ferien! Ehrlich gesagt, das ist doch völlig verrückt! Musst du wirklich alle einladen?«

»Es ist einfach so. Sie kommen. Es ist Lars' Familie, und sie kommen, auch wenn ich sie nicht einlade.«

»Aber du musst ihnen doch nicht das volle Weihnachtspaket servieren.«

»Das geht schon«, versicherte Sara. »Lars will, dass wir in diesem Jahr die Hälfte von ihnen nach Alta schicken. Dort wohnt einer der Söhne von Tante Herdis, aber darauf werden sie sich niemals einlassen. Das wird schon. – Ganz sicher«, unterstrich sie mit heller Stimme. »Aber genug von mir. Jetzt kannst du mir erzählen, was nicht stimmt, denn irgendetwas stimmt definitiv nicht. Das höre ich dir an. Ist es etwas mit der Arbeit? Nicht? Jens? Nein. Was ist mit dem Mann, den du versuchsweise datest? Auch nicht! Der Hund? Fie, ist es der Hund?«

Fie antwortete nicht. Manchmal, ziemlich widerwillig, glaubte sie an Telepathie, besonders zwischen Schwestern. Dies war so ein Fall. Sara hatte sich nie besonders für Hund interessiert. Jetzt aber sagte sie scharf: »Fie?«

Mit wackliger Stimme, denn der Gedanke an Hund trieb ihr wieder die Tränen in die Augen, erklärte Fie, was passiert war. Da Sara immer die Verantwortung für das übernahm, was mit ihrer kleinen Schwester geschah (»Ich hätte dich aufhalten sollen, als du Carl Christian heiraten wolltest!«), bekam sie sofort ein schlechtes Gewissen.

»Es ist meine Schuld«, sagte sie. »Ich hätte dich nicht wegen eines Tiers bedrängen sollen. Zumindest hätte ich präzisieren müssen, dass ich mehr in Richtung eines Fisches oder eines

Meerschweinchens gedacht hatte. Ich rufe Jan, den Idioten Johansen, an und schimpfe ihn aus! Ich kann ihn beim Tierschutz melden. Mit einer Anzeige beim Tierschutz bekommt er Probleme, was das Betreiben eines privaten Tierheims betrifft. Ich werde sein Leben so sauer machen, dass …«

»Warte!«, bat Fie.

Sara hielt inne, obwohl ihre galoppierende Atmung unverkennbar darauf hinwies, dass ihr das nicht leicht fiel. Fie fühlte sich elend. Warum hatte sie ihm nicht mit dem Tierschutz gedroht? Dann erinnerte sie sich, dass Jan sehr entschlossen gewesen war. Er hätte mehr Angst vor seiner Frau als vor dem Tierschutz gehabt, konstatierte Fie. Das hätte nichts genützt.

Und der Tierschutz agierte wohl kaum nach denselben Richtlinien wie die Kinderfürsorge. Dies war kein Unterhaltsstreit, den sie vor Gericht vorbringen konnte, um Hund zurückzubekommen.

»Ich kann es auf Facebook posten«, fuhr Sara fort; sie hatte lange genug geschwiegen. »Es gibt Leute, die tun für Tiere alles. Ich weiß gerade keinen entsprechenden Namen, aber das finde ich raus. Wir können Plakate drucken mit dem Text: *Bring Hund nach Hause!* Oder nein. Das wäre natürlich altmodisch. Wir machen es im Netz, wir bombardieren Johansen und seine Frau mit Forderungen und Anschuldigungen. Hast du ein Foto?«

Erschrocken schüttelte Fie den Kopf. Sie hatte die Aktivistengene ihrer Schwester vergessen, es war so lange her, dass sie sich zuletzt gezeigt hatten. Dann fiel ihr ein, dass Sara sie nicht sehen konnte. Daher sagte sie energisch: »Kein Foto. Schluss! Wir werden sie nicht im Netz bloßstellen. So etwas tun wir nicht!«

»Und wo steht das, wenn ich fragen darf? Selbstverständlich tun wir so etwas. Andere Leute tun so was die ganze Zeit.«

»Ja, aber wir nicht.«

»Ich tue es! Und aktuell wäre ich froh, jemanden ausschimpfen zu können! Mein heutiges Adventsgeschenk darf jemand sein, den ich anbrüllen kann!«

»Netztrolle tun so was«, sagte Fie geduldig. »Du bist kein Netztroll. Das ist nicht vergleichbar mit einer Demonstration zur Rettung irgendeines Flusses.«

»Es war ein Angelgewässer«, protestierte Sara. »Mit einer speziellen Sorte Maräne.«

»Außerdem bist du kaum in der Lage, irgendetwas auf Facebook zu posten. Du würdest die Verleumdung bestimmt aus Versehen an jemand anderen schicken. Dann heißt es: ›Jan Johansen, fünf Jahre, schüchtern und verängstigt, zu Tode erschreckt.‹ Ich kann ihn vor mir sehen, den armen Kerl. Du würdest ihm nicht wiedergutzumachenden Schaden zufügen.«

»Schüchtern und verängstigt«, schnaubte Sara, der allerdings die Luft ein Stück weit ausgegangen war. Locker ließ sie trotzdem nicht. »Ich könnte jemand anderen dazu bringen, es zu tun. Hier gibt es eine Frau, die im Kommentarbereich der *VG* fürchterlich aktiv ist. Die Flüche strömen nur so aus ihr heraus. Sie würde sich darum kümmern, auch wenn Hund nur ein Aquariumsfisch wäre.«

»Das ist sehr nett von dir. Aber es gibt nichts, was du tun kannst. Und das ist auf keinen Fall deine Schuld, du hast ein Meerschweinchen vorgeschlagen.«

»Aber was wirst du Weihnachten machen? Du bist ganz alleine. Kannst du nicht herkommen? Liebe, gute Fie …«

»Alles ist ausgebucht«, sagte Fie, obwohl sie das nicht überprüft hatte. Allerdings war sie ganz sicher, dass es sich so verhielt. »Ich komme gut klar. Ich werde mich durch Weihnachten hindurchfuttern, mit Plätzchen und Süßigkeiten, gebrannten Mandeln und ich weiß nicht was. Das wird ein ordentlicher Festschmaus. Ich freue mich schon darauf.«

»Du flunkerst«, sagte Sara verdrießlich, aber ihre Stimme verriet auch etwas anderes: Ein einsames Weihnachten mit Essen, Fernseher und vollkommener Ruhe war vielleicht das, was die Schwester von allem am meisten brauchte.

Fie kam an diesem Morgen spät in den Laden.

Lykke war bereits da gewesen und hatte erneut eine Kiste mit selbst gemachtem Weihnachtsschmuck auf den Tresen gestellt. Fie suchte das Ornament heraus, das an der Spitze des Weihnachtsbaums im Laden befestigt werden sollte. Lykke hatte keinen Stern basteln wollen und stattdessen – unter anderem aus Papier, Gips und Federn – eine hübsche weiße Eule zusammengesetzt. Mühsam kletterte Fie die Stehleiter hinauf, um sie zu befestigen. Peder hatte einen enorm hohen Baum vorbeigebracht, und jetzt stand er dort, bereit, um mit Lykkes Weihnachtsdeko geschmückt zu werden.

Sie dachte an Peder und Lykke. Als sie am Tag zuvor in den Laden gekommen war, hatten sie still vor dem Ofen gegessen und beinahe einem alten Ehepaar geglichen. Und als Lykke sich umgedreht und Fie entdeckt hatte, hatte sie beinahe schüchtern gewirkt.

Und Peder hatte Lykke in den Mantel geholfen! Er war beinahe galant gewesen!

Sie streckte sich zu ihrer vollen Größe und schaffte es schließlich, den Vogel zu befestigen. Er saß schief, aber besser bekam sie es nicht hin.

Die Tür ging, und Fie rief, dass sie gleich da sei.

Die Antwort war ein Räuspern.

Fie kannte dieses Räuspern.

Sie verharrte auf der obersten Stufe der Stehleiter und dachte nach. Dann kletterte sie hinunter.

An der Tür, genauso dunkelblau und frisch gebügelt wie immer, stand Carl Christian.

Sie beäugten einander. Carl Christian mit einer kleinen Furche auf der Stirn. An diesem Tag, um sich aufzumuntern und auch mit dem Gedanken an Weihnachten, hatte Fie ein rotes Kleid von Chez Pierre angezogen. Da es kalt war, trug sie dicke Wollstrümpfe. Die Einzigen, die sie jedoch gefunden hatte, waren ein Paar in Grün. Fie war sich im Klaren darüber, dass sie möglicherweise aussah wie die Ausgabe eines ein wenig in die Jahre gekommenen Helfers des Weihnachtsmannes. Die Wahl hatte jedoch zwischen den grünen Strümpfen und einem Paar mit Löchern bestanden.

Carl Christian seinerseits sah aus wie immer. Die Zeit mit Thale hatte keine Auswirkungen auf die Bügelfalte oder den vollen, wohl gepflegten Schopf (Carl Christians Stolz) gehabt.

»Wolltest du etwas?«, fragte Fie schließlich. Sie fühlte sich unbehaglich unter dem starrenden Blick des Noch-Ehemannes. »Du bist wohl kaum gekommen, um Weihnachtsschmuck zu kaufen, oder?«

»Nein, danke.« Carl Christian räusperte sich erneut. Fie drehte ihm den Rücken zu, legte eine Kapsel in die Kaffeemaschine und nahm anschließend, ziemlich demonstrativ, den fertigen Kaffee mit zum Sofa hinüber. Dort setzte sie sich hin, schlang die Finger um die heiße Tasse und sah ihn abwartend an.

»Jaha«, begann Carl Christian. »Ich dachte, wir sollten miteinander reden.«

»Ich habe keine Scheidungspapiere bekommen«, sagte Fie schnell. »Du wolltest das regeln, war es nicht so?«

Sie erinnerte sich nicht daran, was abgesprochen worden war. Aus dieser Zeit erinnerte sie sich nur an wenig, jedoch war sie davon ausgegangen, dass Carl Christian derjenige war, der das Praktische regeln würde. Er war es, der die Scheidung gewollt hatte, zudem war er geschickt in solchen Sachen.

Steuern, Kommunalabgaben, Stromrechnung (und Stromverbrauch) – was es auch war, Carl Christian hatte die volle Kontrolle. Es wäre seltsam, wenn er den Antrag auf Scheidung Fie überlassen hätte. Trotzdem hatte sie ein schlechtes Gewissen – ein Gefühl, das sie irritiert wiedererkannte.

Carl Christian hatte immer alle Fehler und Mängel Fies bemerkt und es als seine Pflicht betrachtet, sie darauf hinzuweisen.

»*Wie könntest du dich sonst verbessern?*«, pflegte Carl Christian zu sagen.

Fie verdrängte das Schuldgefühl. Auch diese Selbstquälerei musste Grenzen haben!

»Du warst es, der um die Scheidung gebeten hat«, sagte sie, als er stumm blieb. »Das Mindeste, was du tun kannst, ist, dich um den Papierkram zu kümmern!«

»Ja, selbstverständlich. Das ist es nicht ... Abgesehen davon: Ich habe sie nicht eingereicht.«

»Hast du es vergessen?«, rief Fie verblüfft aus. Das war wirklich seltsam! »Aber was sagt deine Neue dazu?«

»Sie heißt Thale.«

»Thale. Entschuldige. Was sagt *Thale* dazu, dass du vergessen hast, die Scheidungsunterlagen einzureichen? Ist es so toll mit ihr, dass du ganz durcheinander bist?«

»Nein ...« Carl Christian lächelte leicht. »Ich hatte vergessen, wie du dich ausdrücken kannst. Kann ich mich setzen?«

»Selbstverständlich.« Fie zeigte auf einen Stuhl. »Aber setz dich vorsichtig hin, der hält nicht so viel aus«, fügte sie hinzu.

Erheitert zog er eine Augenbraue nach oben.

»Willst du damit andeuten, dass ich dick geworden bin?«

Fie fiel auf, dass sich das Ganze einem der üblichen Gespräche näherte, wie sie sie gehabt hatten, bevor all das geschehen war. Ihr stand nicht der Sinn nach einem dieser üblichen Gespräche. Sie wollte sich nicht daran erinnern, wie es gewesen war, und es gefiel ihr nicht, dass er die Unterlagen nicht eingereicht hatte. Warum hatte er das nicht getan?

»Was willst du?«, wiederholte sie.

»Um Entschuldigung bitten«, sagte Carl Christian. »Es in Ordnung bringen. Ich weiß es nicht. Es ist so entsetzlich schiefgelaufen.«

»Du hattest eine Affäre, während wir verheiratet waren«, erinnerte Fie ihn. »Das geht gerne mal schief.«

»Ja.«

Er schaute sich um, zupfte an seinen Handschuhen herum, schluckte. Sie begriff, dass er nervös war, und das machte auch sie nervös, während sie es gleichzeitig – ein wenig schuldbewusst – genoss. Als sie ihn das letzte Mal gesehen hatte, war sie erschrocken gewesen. Jetzt saß er hübsch auf einem Stuhl und drehte die Hände ineinander, so als würde er auf einer Bühne sitzen und müsse *Nervosität* mimen.

»Thale war hier«, sagte er schließlich. »Sie hat es mir erzählt.«

»Ja. Sie wollte Plätzchen haben.« Fie sah auf. »Ist es das, was du willst? Plätzchen? Was ist das mit diesen Plätzchen?«

»Nein, nein.« Carl Christian schüttelte den Kopf. »Ich wollte nur um Entschuldigung bitten. Für alles. Dafür, dass es so blöd gelaufen ist. Mama sagt, es sei eine Midlife-Crisis.«

Er wirkte verlegen, so als sei *Midlife-Crisis* etwas Peinliches, etwas, das andere betraf, aber nicht ihn. Sie nickte langsam. Für Carl Christian war Kontrolle wichtig, das war einer der Gründe dafür, warum er so heftig reagiert hatte, als sie *ihre* verloren hatte. Für ihn bedeutete Midlife-Crisis vermutlich, dass er die kostbare Kontrolle aus den Händen gegeben hatte.

»Ja, ja«, sagte sie und verfiel automatisch in einen tröstenden Tonfall, weil sie Carl Christian jahrelang beruhigt und unterstützt hatte. »Das kann den Besten passieren.«

»Hm!« Es sah nicht so aus, als stimme Carl Christian dem zu. »Vielleicht waren wir an einem Punkt, an dem wir beide ein wenig den Halt verloren haben.«

»Na ja, ich habe wohl mehr als ein wenig Halt verloren.«

»Wir müssen nicht dabei verweilen«, sagte Carl Christian wohlwollend, woraufhin Fie eine Augenbraue hochzog. Wo war das so schnell hergekommen – von *Ich möchte um Entschuldigung bitten* bis hin zu *Ich bin bereit, zu vergessen, dass du dich wie ein komplett durchgeknalltes Weib aufgeführt hast?*

»Ich verweile dabei«, sagte sie kühl. »Sowohl bei dem Grund dafür, dass es passiert ist, als auch dabei, dass ich tatsächlich der Meinung bin, etwas daraus gelernt zu haben.«

»Selbstverständlich, selbstverständlich. Du hast so recht.«

»Aber«, sagte Fie ungeduldig, »was willst du eigentlich?«

»Ich spreche Thale mit Fie an«, sagte er nach einer Pause. »Nicht nur ab und zu. Oft. Ich wache morgens auf und glaube, sie wäre du. Es ist, als sei sie eine Fremde. Du und ich, wir haben so viele Jahre zusammengelebt. Die auszuradieren, ist unmöglich. Ich will sie nicht ausradieren. Ich dachte …«

Er holte mit den Händen aus und sah sie an.

Fie schüttelte energisch den Kopf. »Nein«, sagte sie. »Nein!«

»Wir könnten es langsam angehen.«

»Nein.«

»Ist es wegen dem hier?« Er wies mit den Händen auf den Weihnachtsschmuck, die Pflanzen und die alten Sachen, die Fie geschrubbt, gewienert und gepflegt hatte, bis sie im Glanz ihrer alten Schönheit und Gemütlichkeit erstrahlt waren. »Du musst hier doch nicht aufhören. Wenn du weitermachen willst, ist das vollkommen in Ordnung. Wir könnten …«

»Nein«, sagte Fie in einer sanfteren Tonlage. »Es ist nicht wegen dem hier. Es ist wegen der Monate, in denen ich ernsthafte Probleme hatte …«

»Oh ja. Selbstverständlich. Das war schwierig. Aber das war

auch für mich hart. Ich war nicht in der Lage, für dich da zu sein. Das hätte ich tun sollen, ganz klar. Entschuldige.«

Fie sah ihn beinahe mitfühlend an. Das Ganze war so blass, zahnlos und zeigte in Gänze, wie tief der Graben zwischen ihnen war.

Er glaubte, seine Midlife-Crisis und ihr kompletter Zusammenbruch seien miteinander vergleichbar, dass sie unglückliche Tiefen in einer ansonsten stromlinienförmigen Ehe waren. Er hatte keine Ahnung, wie einsam, verzweifelt und verwirrt sie gewesen war, und sie glaubte auch nicht, dass er den Wunsch hatte, es zu erfahren.

Sie kannte ihn gut genug, um zu wissen, dass sein Schuldgefühl nicht zu unangenehm werden würde. Und ebenso wie Jens wollte auch er sich nicht so an sie erinnern: ungepflegt, verwirrt und vollgestopft mit Beruhigungspillen.

»Geh nach Hause zu Thale«, sagte sie.

»Sie zieht aus. Ich habe sie gebeten, auszuziehen.« Er sah sie hoffnungsvoll an.

Erneut schüttelte Fie den Kopf.

»Das ist deine Sache. Aber warte!« Sie ging ins Hinterzimmer, nahm eine Plätzchendose und reichte sie Carl Christian.

»So bekommt Thale zumindest keine Schwierigkeiten mit Schwiegermutter.«

36

»**A**ber liebe Fie«, sagte Sara süßlich als Parodie von Carl Christian. Sie war hellwach und redselig und das seit mindestens zehn Minuten. Fies Bericht von Carl Christians Besuch hatte einen enorm belebenden Effekt gehabt, es war, als würde man ein Streichholz an eine Silvesterrakete halten.

»Endlich, endlich hast du das getan! Er hat dich auf Knien angefleht!«

»Na ja, auf Knien – es war eher ein Vorschlag.«

»Er hat es getan! Auf seinen Knien! Er will dich zurückhaben. Er nennt Thale Fie.«

»Mm«, meinte Fie. Sie wollte am liebsten ihren Frühstücksstollen essen, die erste, perfekte Tasse Kaffee trinken und ganz langsam munter werden. Sara hatte jedoch andere Pläne. »Du musst nicht sein Fußabtreter sein! Du kannst ihn um die Hälfte der Praxis schröpfen. Ich habe das mit einem befreundeten Anwalt gecheckt, du hast Rechte, Fie. Du musst nur darauf bestehen!«

»Ja, schon …«

»Ja, schon? Nein, nein, nein! Das ist nicht der Zeitpunkt dafür, träge zu sein und zu sagen: Ja, schon! Das ist nicht der Zeitpunkt dafür, die nette, wohlwollende Fie zu sein! Du hast beim Aufbau der Praxis geholfen. Das kann dokumentiert werden. Du warst am Boden, und er hat dich rausgeworfen.

Du hast Rechte, Fie, Rechte. Du musst nur deine Frau stehen und sie einfordern! Keine Plätzchendosen mehr!«

Fie seufzte und stellte Stollen und Kaffee für später beiseite.

»Ich werde in die Schlacht ziehen«, sagte sie. »Für Geld, für die Frauenbewegung und für das Vaterland. Ich verspreche es. Aber nicht heute. Nicht vor Weihnachten.«

Es wurde still. Fie betrachtete die Scheibe Stollen voller Rosinen und ohne eine einziges Stückchen Zitronat und wartete.

»Entschuldige«, sagte Sara. »Du hast vollkommen recht. Iss weiter. Gibt es noch immer Stollen?«

»Selbstverständlich. Wie läuft es mit dem Adventsgeschenk? Entspannst du dich?«

»Es läuft gut«, entgegnete Sara ausweichend. »Aber ich brauche heute kein neues. Willst du eins haben?«

»Nicht heute.«

Fie zog sich warme Sachen an und machte sich auf den Weg zu *&Dinge*. Als sie an *Fem Bord* vorbeiging, war es dort drinnen dunkel, und Fie fragte sich, wo Trym war. Hoffentlich zu Hause, in seinem eigenen Bett.

Ihr Laden war ebenfalls dunkel. Schnell brachte Fie alles in Ordnung. Sie bemerkte, dass sie besorgte Blicke Richtung Tür warf, so als fürchte sie, Carl Christian würde erneut hereinplatzen.

Sie beruhigte sich selbst damit, dass dies unwahrscheinlich war.

Trotzdem, Carl Christians Besuch war ihr nahegegangen. Zuvor hatte sie keine Wahl gehabt, jetzt aber lag es allein in ihrer Verantwortung, einsame Weihnachten zu feiern.

Zum ersten Mal bereute Fie es wirklich, nicht zugesagt zu haben, Weihnachten zu Sara zu fahren. Aber jetzt war es zu spät – im Grunde war es bereits seit einem Monat zu spät.

Das ist meine Schuld, dachte Fie. Ich könnte Weihnachten sogar mit Jens und der Familie aus Åsgårdstrand verbringen. Das einzige Problem ist nur, dass ich auch Carl Christian in Kauf nehmen müsste, aber das habe ich schließlich all die Jahre getan. Ich kann mich wirklich nicht beschweren, ich, die ich jetzt zwei Einladungen ausgeschlagen habe. Und Heiligabend ist doch wirklich nur ein Abend. Einen Abend überstehe ich!

Ihre Laune hellte sich auf, als Pierre zur Tür hereinkam. An diesem Tag trug er einen alten, fast knöchellangen Nerzmantel und einen grünen Hut mit Feder. Fie fand, dass er einem amerikanischen Rapper ähnle, vermutete jedoch, dass sie falschlag. Er war sicher einfach nur französisch gekleidet. Der Hut ließ sie an Robin Hood denken, was sie umgehend aufmunterte. Fie lächelte, und Pierre strahlte ihr entgegen.

»Fiè, *ma chère*!«

Sie lächelte noch breiter, froh über die Ablenkung und froh darüber, wie ihr Name auf Französisch klang. Wie eine Frau, die ohne Skrupel ihren Exmann und somit, bedauerlicherweise, auch ihren Sohn abweisen konnte. Diese Fiè hätte kein schlechtes Gewissen gehabt, obwohl sie Grund dazu gehabt hätte. Diese Fiè hätte nicht die halbe Nacht wach gelegen und sich Vorwürfe gemacht. Nein, es hätte sie nicht im Geringsten gekümmert, sie hätte mit den Händen ausgeholt, »Eh!« gemurmelt, oder was auch immer man auf Französisch sagte, und mit Champagner gefeiert. Außerdem hätte diese Fiè es *geliebt*, Heiligabend ganz für sich allein zu haben, solange sie über ausreichend Champagner verfügte! (Sie ermahnte sich selbst, nicht zu vergessen, in die Weinhandlung zu gehen. Ein paar Tropfen auf dem Boden eines Rotweinkartons reichten nicht aus, wenn man Weihnachten überstehen wollte.)

»Geschenk!«, sagte Pierre und reichte ihr ein rotes, glänzendes Paket mit einer großen, goldenen Schleife. »Ich werde heute verreisen und komme nicht vor dem neuen Jahr zurück. Ich fahre nach Frankreich, zu meiner *maman*.«

»Danke!« Fies Laune hellte sich auf, sie liebte es, Geschenke zu bekommen. »Ich habe nicht gewusst, dass Sie verreisen.«

Pierre zuckte mit den Schultern und erklärte, dass er fahren müsse. Jedes Weihnachten müsse er verreisen, weil seine *maman* an Weihnachten nicht ohne ihren Sohn sein konnte.

»Aber komme ich dorthin, dann streiten wir. Das ganze Weihnachten über streiten wir. Und der Geschenke sind es nie genug – ich könnte ihr den Erdball in Gold einpacken, und es wäre nicht genug! Meine *maman* ist unmöglich!«

»Uff«, stieß Fie mitfühlend aus. Pierre jedoch zuckte erneut mit den Schultern und ließ sie wissen, dass er seine *maman* liebe, er sie nur nicht ausstehen könne. Und das beruhe auf Gegenseitigkeit.

»Und wenn sie stirbt – denn sie ist sehr alt und raucht wie eine Lok, eine Dampflok. Eine, die viel Rauch speit! Nun, wenn sie stirbt, dann werde ich sie vermissen. So ist das mit Müttern und Söhnen, so ist es immer.«

»Jaha«, sagte Fie, die ihre Mutter keineswegs vermisste. Nicht einmal, wenn sie gründlich darüber nachdachte, vermisste sie sie. Sie ging zum Schrank und holte ein Päckchen heraus, das sie Pierre reichte.

»Von Lykke und mir«, sagte sie. Pierre strahlte.

»Danke!«, rief er und umarmte Fie so fest, dass ihm der Hut mit der Feder über die Augen rutschte und Fies Nase in dem dicken, nach Mottenkugeln riechenden Pelz begraben wurde. Nachdem Pierre den Hut an Ort und Stelle geschoben hatte, sagte er: »Fiè, Sie müssen es sich an diesem Weihnachten gut gehen lassen. Sie müssen Unmengen an Champagner trinken. Und Fiè, wagen Sie es mit einem gewissen Mann. Seien Sie keine kleine Maus! Haben Sie Spaß, versprechen Sie mir das.«

»Vielleicht«, entgegnete Fie. »Aber was ist mit Ihnen? Haben Sie jemanden aus Frankreich im Visier?« (Sie war nicht ganz sicher, was Pierres Neigung betraf.)

»Finde ich jemanden, dann sage ich Bescheid«, versicherte Pierre.

Fie sah ihn, mit flatterndem Mantel und dem grünen Hut schief auf dem Kopf sitzend, in ein Taxi springen. Sie studierte das Päckchen, war kurz davor, es sofort zu öffnen, entschied jedoch, dass sie an Heiligabend durchaus ein paar Freuden nötig haben würde. Also legte sie das Päckchen fein säuberlich unter den Baum.

Den ganzen Tag über schielte Fie zu *Fem Bord* hinüber. Sie schob es auf Pierre, der sie gebeten hatte, es zu wagen.

Er hatte recht, dachte sie. Sie sollte sich trauen, sie sollte sich hineinstürzen! Sie sollte zu Trym hinübergehen und selbst die Initiative ergreifen! Das Restaurant aber war und blieb dunkel.

Als der kleine Uhrzeiger sich der drei näherte, ging die Tür auf. Es hatte einen kontinuierlichen Strom an Kunden gegeben, aber dieses Mal, endlich, war es Trym.

»Ich dachte«, sagte er schnell, bevor Fie etwas sagen konnte – wobei seine Ohren wieder rosa wurden – »ich dachte, dass du vielleicht zum Essen kommen könntest.«

»Jetzt?« Fie schaute vom Computer auf, denn sie saß an der Buchführung. »Jetzt sofort?«

»Nein, in ein paar Stunden. Und danach …«

»Ja?«, fragte Fie abwartend, ohne die rosafarbenen Ohren aus den Augen zu lassen. Trym bemerkte, worauf sie ihren Blick gerichtet hatte, wodurch sich der rosafarbene Ton der Ohren noch verstärkte.

»Konzert«, sagte er kurz und bündig, in einer Art und Weise, die Peder würdig war.

»Konzert?«

»Weihnachtskonzert«, murmelte Trym und riss sich zusammen. »Ich bitte dich um ein Date. Zuerst Abendessen im *Fem Bord* und anschließend Konzert. Du und ich. Wenn du willst.«

»Oh!«, entgegnete Fie. »Ja, danke.«

37

Das Restaurant war an diesem Tag eigentlich geschlossen. Trym hatte einen Tisch mit weißer Decke, roten Kerzen sowie diversen Gläsern und Tellern gedeckt. Er selbst flanierte zwischen Küche und Tisch, kam heraus, goss Wein ein und verschwand wieder. Fie nahm einen Schluck und spürte, wie ihre Schultern sich senkten. Das hier fühlte sich friedlich an.

»Lykke hat von Hund erzählt«, sagte Trym, als er mit einem Korb frisch gebackenen Brotes aus der Küche kam. »Das ist entsetzlich traurig.«

»Ja.« Fie nickte.

»Aber du möchtest vielleicht nicht darüber reden?«

»Am liebsten nicht«, entgegnete Fie dankbar. »Ich fange sonst nur an zu weinen, und das versetzt dann allem einen Dämpfer.«

»Vollkommen in Ordnung.«

Er verschwand erneut in der Küche und kehrte mit der Vorspeise zurück.

»Ich hoffe, du magst Trüffel?«

»Ich liebe sie«, behauptete Fie, obwohl sie sich nicht sicher war. Carl Christian hatte es nicht gemocht, Geld für Restaurantbesuche auszugeben, und Fies Fähigkeiten als Köchin hatten für Trüffel nie ausgereicht. Tapfer nahm sie einen Happen von den Trüffelravioli, die Trym serviert hatte, und stellte fest, dass Trüffel gut waren. Ziemlich gut. Wahrscheinlich verhielt es sich damit wie mit Austern, man musste lernen, sie zu mögen. Den nächsten Gang, pochierter Heilbutt, mochte sie hingegen sehr. Es war *sehr* gut. Reizend waren auch die Miesmuscheln und der Spargel, die dekorativ angerichtet neben dem Pochierten lagen. Zum Abschluss servierte Trym *Tarte Tatin*, wobei es sich um einen auf dem Kopf stehenden Apfelkuchen handelte – den Sinn des Ganzen verstand Fie erst, als sie ihn probierte.

»Fantastisch«, sagte sie, als sie sich schlussendlich, satter, als sie es seit langer Zeit gewesen war, auf dem Stuhl zurücklehnte. »Wo hast du gelernt, solche Gerichte zuzubereiten?«

Trym war damit beschäftigt gewesen, sich um das Essen zu kümmern, weshalb sie nicht so viel geredet hatten, ausgenommen von Kommentaren wie *sehr gut, mehr Wein?* und so etwas. Jetzt setzte er sich hin und atmete tief durch. Fie verstand, dass er sich ihretwegen mächtig ins Zeug gelegt hatte und vielleicht sogar nervös gewesen war, ob sie das Essen mögen würde oder nicht. Jetzt aber sah er erleichtert aus, als er in kleinen Espressotassen Kaffee servierte und von der Kochschule und anschließenden anstrengenden Jobs in immer schickeren Restaurants erzählte. (»Es ist genauso grauenhaft, wie es im Fernsehen aussieht.«)

»Ich habe vor vielen Jahren geheiratet und mein eigenes Restaurant eröffnet«, sagte er. »Es lief gut, und wir haben noch eins eröffnet und anschließend noch eins.«

»Wir?«

»Ich und Annikken, die Frau, mit der ich verheiratet war. Wir haben Geld verdient, wir haben ein teures Haus an einem hübschen Ort gekauft, und wir haben die Restaurants betrieben. Es war heftig.«

»Oh?«

»Ich koche gern«, sagte Trym. »Ich mag es, morgens viel

Zeit zu haben, mit Leuten zu reden, die Leute mit meinem Essen zu erfreuen, selbst wenn sie keine Trüffel mögen.«

Er sah sie erheitert an. Fie ihrerseits wurde rot.

»Ich kann sicher lernen, sie zu mögen«, murmelte sie.

»Das ist keine Voraussetzung«, versicherte Trym, woraufhin Fie noch mehr errötete. »Annikken und ich, wir entfernten uns voneinander«, fuhr er fort. »Wir wollten verschiedene Dinge. Sie betreibt die Kette noch immer, sie hat Pizzerien daraus gemacht, aber das ist vollkommen okay. Solange ich *Fem Bord* habe und das machen kann, was mir Spaß macht, bin ich zufrieden. Und du?«

Fie präsentierte eine gründlich redigierte Version von der Trennung und dem, was sie danach gemacht hatte. Es wirkte wie ein Lebenslauf mit großen Lücken, aber Trym war zu höflich, um nachzufragen. Fie nahm einen Schluck Kaffee. »Ich habe es anfangs nicht ganz verkraftet.«

»Nein?« Trym sah sie an, und Fie spürte, dass ihre Hände zitterten. Sie versteckte sie schnell unter dem Tisch und begegnete seinem Blick.

»Zusammenbruch ist vermutlich das richtige Wort. Ich habe mich fast durch einen kompletten Herbst geschlafen, aber dann …«

Er sah sie weiterhin ruhig an. »Dann?«

»Nun«, fuhr Fie fort, riss ihren Blick von seinem los, schaute auf den Teller hinunter und dachte, dass es einfach rausmusste. »Dann traf ich den Weihnachtsmann. Ja, natürlich keinen richtigen, sondern einen aus Plastik, der mich an meine Großmutter väterlicherseits erinnert hat. Sie war fürchterlich streng. Als der Weihnachtsmann mich also angesehen hat – ohne dass es selbstverständlich ein richtiger war –, habe ich mich erschrocken. Und ich habe mich zusammengerissen. Aber ich glaube nicht an den Weihnachtsmann, nur dass das gesagt ist.«

Sie hob den Blick wieder und spürte, dass ihre Wangen rot und heiß waren.

»Als ich geschieden wurde, habe ich mich wie ein Scheißkerl benommen«, sagte Trym. »Ein Zusammenbruch und ein Weihnachtsmann sind vernünftiger als das, was ich getrieben habe.«

Das Konzert fand in einer Kirche statt. Fie hatte ein dunkles Kellerlokal und irgendeine Form von Hardrock erwartet und war erleichtert, als sie Trym in die hübsche Mittelalterkirche folgte. Vorn waren der Chor und das Orchester platziert, während sich die Kirche langsam mit Menschen aller Altersklassen füllte. Einige hatten sich schick gemacht, während andere mehr auf Komfort gesetzt hatten. Selbst das Orchester und der Chor waren in Jacken gehüllt, eine kluge Entscheidung, zumal der Atem für weiße Wolken vor den Mündern der Leute sorgte. Fie war froh, dass sie an Hardrock und einen kalten Keller gedacht und sich deshalb gut angezogen hatte. Noch froher wurde sie, als Trym, der das bereits kannte, eine dicke, grüne Wolldecke hervorholte, die er über ihre Knie legte. Sie rutschte dicht an ihn heran, sodass die Decke auch seine Beine bedeckte. Das, dachte sie, während sie Tryms Körper an ihrem spürte, war lediglich normale Höflichkeit!

Das Orchester spielte das *Weihnachtsoratorium*, wobei die mächtigen Töne unter dem uralten, gewölbten Dach aufstiegen und sich wieder herabsenkten. Fie, die inzwischen akzeptiert hatte, dass sie über das normale Maß hinaus empfindsam war, weinte selbstverständlich. Nicht viel, jedoch genug, dass Trym ihr ein Taschentuch in die Hand schob. Die Musik führte sie zurück zu früheren Weihnachtsfesten, der dortigen Stimmung, und beförderte all die Weihnachtsnostalgie hervor, über die Sara und sie so viel gesprochen hatten. Aber trotz der Tränen war sie nicht niedergeschlagen. Sie hatte das Gefühl, dies sei für den Moment der perfekte Ort, der perfekte Ort, um sich an das Vergangene zu erinnern, ohne es sich zurückzuwünschen.

»Danke«, sagte sie, als sie nach Hause gingen.

»Keine Ursache. Ich freue mich, dass es dir gefallen hat. Ich gehe jedes Jahr hin, und es ist schön, jemanden zu haben, mit dem man zusammen dorthin gehen kann.« Er räusperte sich, und Fie schaute zu ihm auf. »Selbstverständlich habe ich Leute, mit denen ich gehen könnte«, fuhr Trym fort, »aber man kann nicht einfach irgendwen mit zum *Weihnachtsoratorium* nehmen.«

Er nahm Fies Hand und schob sie in seine Tasche, dann gingen sie weiter über knirschenden Schnee hinein in ihre Straße.

»Das sieht aus wie ein Weihnachtsmärchen«, sagte Fie, als sie an der Eisenwarenhandlung vorbeigingen, wo ein Hammer mit einer Schleife noch immer die einzige Weihnachtsdekoration darstellte. Die alten, niedrigen Häuser waren an sich beinahe Zierde genug, aber mit blinkenden Weihnachtsbäumen und warmem Licht aus dekorierten Schaufenstern fand Fie, dass es magisch war. Dann dachte sie, dass Lillian wusste, was sie tat, wenn sie die Leute zwang, ordentlich für Weihnachten zu schmücken. (Obwohl sie die Eisenwarenhandlung abgeschrieben hatte.) Ansonsten aber sorgte sie streng für Ordnung. Vor zwei Tagen war sie das Kurzwarengeschäft angegangen, nachdem dort eine Kette mit blinkenden grünen, blauen und roten Lichtern aufgehängt worden war, und noch immer machten Gerüchte über eine Warenhauskette die Runde, die sich einst in die Straße gewagt hatte. Diese Kette hatte auf einem Schild bestanden, auf dem ein Plastikweihnachtsmann von zwei orangefarbenen Rentieren hin und her gezogen wurde, ein Schild, wie es sich vor allen Läden der Kette befand. Das Ganze war von Weihnachtsliedern auf der Hammondorgel begleitet worden und hatte bei den Ladenbesitzern in der Nachbarschaft bereits vor Beginn der Adventszeit für schlechte und weihnachtsfeindliche Stimmung gesorgt.

Keiner wusste, was Lillian genau getan hatte. Es war die Rede von Hexerei bis hin zu Verbindungen zur osteuropäischen Mafia, eventuell der ortsansässigen Bank. Der Laden jedoch war in rasantem Tempo verschwunden und die Kette vor Neujahr in Konkurs gegangen.

Das Ergebnis war auf jeden Fall eine reizende, altmodische Weihnachtsstraße. (Und dankbare, wenn auch etwas eingeschüchterte Nachbarn.)

Trym holte eine Flasche Wein aus dem *Fem Bord*, und ohne weiter darüber nachzudenken – es war einfach so –, gingen sie nach Hause zu Fie. Dort saßen sie an Fies Küchentisch und tranken den Wein aus dicken Gläsern, die nicht zu dem teuren Wein passten, aber das spielte keine Rolle. Sie redeten und redeten über alles, was ihnen einfiel. Ohne nachzudenken, sprangen sie von einem Thema zum anderen, sie redeten über Essen, über Musik, bis Fies Augen ganz schmal wurden und sie in einem fort gähnte. Da nahm sie Tryms Hand, und zusammen gingen sie die steile Wendeltreppe hinauf und legten sich in Fies großes Bett. Als sie endlich einschliefen, war es nach drei.

Um fünf Uhr wachte Fie jäh davon auf, dass Trym etwas sagte. Sie öffnete die Augen und schaute direkt in Tryms.

»Fie?«

»Mmh.«

»Fie, ich habe dich sehr gern. Sehr, sehr gern.«

»Mmh«, murmelte Fie, schmiegte sich an Trym, schloss die Augen und schlief weiter. Halb im Traum fragte sie sich, ob er das wirklich gesagt hatte, aber sie war zu schläfrig, um nachzufragen. Unabhängig davon, dachte sie, war dies ein perfekter Pärchentag gewesen, und sie hatte fast nicht an Hund gedacht. Zumindest nicht besonders.

38

22. Tag im Advent

»Das Wichtigste ist, dass er nicht immer nur ein Fünfminüter ist!«, sagte Sara gähnend. Fie hörte, wie sie irgendetwas trank, vermutlich Kaffee. »Oh, Himmel, bin ich müde! Sieh es positiv: Er ist wiederverwendbar.«

»Nein, das glaube ich nicht. Es bringt ihn zu sehr aus der Fassung. Wie vermutlich viele Männer!«

»Sagt wer?«

»Alle«, behauptete Fie. »Das habe ich gelesen. Viele Männer hauen vor dem Frühstück ab. Sie sind allergisch gegen Frühstück oder dagegen, bis zum Morgen danach zu bleiben. Ich weiß nicht warum, aber das ist eine Eigenheit.«

»Sie wollen in ihrem eigenen Zuhause aufwachen, das ist wichtig für sie. Das ist eine Frage der Selbstständigkeit. Sie verweigern sich der Verpflichtung«, sagte Sara weise. Fie verdrehte die Augen. Sara tat so, als würde sie von so etwas Ahnung haben, dabei hatte sie null Peilung, was Singlemänner betraf! Leider hatte sich herausgestellt, dass auch Fie diese nicht hatte, sie hatte sich in Trym wirklich getäuscht. Derart getäuscht, dass sie, nachdem sie aufgewacht war, aufgestanden war und nach ihm gerufen hatte. Als er nicht geantwortet hatte, war sie nach unten gegangen und hatte nach ihm gesucht, als würde sie denken, dass er sich hinter dem Sofa versteckte. Sie hatte sogar an die Badezimmertür geklopft, bevor sie hineingegangen war.

»Ich hatte geglaubt, dass er bleiben würde«, sagte sie. »Ich muss irgendetwas falsch verstanden haben.«

»Sei nicht traurig.«

»Findest du, dass ich dumm gewesen bin? Ich hatte wirklich geglaubt, dass es etwas Besonderes ist.«

»Nein, nein!«, entgegnete Sara loyal. »Du bist nicht dumm gewesen! Überhaupt nicht. Er ist ein Frosch, das ist alles. Der Prinz kommt mit der Zeit.«

Fie lächelte bemüht. »Ich bin zu alt für Prinzen. Ein halbwegs geistig fitter Mann, der noch im Besitz seiner eigenen Zähne ist, ist alles, worauf ich hoffen kann. Aber …«

»Aber was?«

»Er hat mich geweckt. Mitten in der Nacht hat er mich geweckt und mir gesagt, dass er mich gernhat. Er sagte, dass er mich sehr, sehr gernhabe.« Fie zog eine Grimasse. »Aber wahrscheinlich hat er nur nach den Busfahrzeiten gefragt, um so schnell wie möglich nach Hause zu kommen.«

»Wie schaffst du es, *ich habe dich sehr gern* mit einer Frage nach dem Bus in Verbindung zu bringen?«, erkundigte sich Sara.

»Vielleicht habe ich es geträumt. Nein, er hat *etwas* gesagt. Von etwas geredet, das er mag. Schokolade? Fürchterlich früh aufstehen? Dumme Frauen zum Narren halten? Als ich heute Morgen nach unten gekommen bin, habe ich gesehen, dass er sogar den Weihnachtsbaum angemacht und den Stern auf die Spitze gesetzt hat, weil er sicher dachte, ich sei zu klein und hätte das niemals geschafft. Das war doch nett.«

Fie trottete über die Straße, die sie und Trym am Abend zuvor entlanggegangen waren. Selbst die Straße sah verlassen aus, obwohl die Weihnachtsbeleuchtung genauso stark funkelte wie am Abend zuvor und die Schaufenster exakt dieselben waren. Da hatte es ausgesehen wie ein Weihnachtstraum, jetzt schien das Ganze sich über sie zu amüsieren. Sauer betrachtete Fie Lillians perfekt in Weiß gestaltetes Schaufenster. Von Lillian selbst war natürlich nichts zu sehen. Sie tauchte nie vor elf Uhr auf, wenn sie überhaupt Lust hatte, zu kommen. Dennoch galt ihr Laden als eine der wichtigsten Designerboutiquen, was Fie zu der Ansicht brachte, dass Lillian offensichtlich etwas verstanden hatte, was sie, Fie, niemals begreifen würde. Sie kehrte der Boutique den Rücken zu und trabte verdrossen weiter.

Jeden Morgen in der Adventszeit war sie vor dem Kurzwarengeschäft stehen geblieben und hatte den alten, sprechenden Weihnachtsmann betrachtet. (Oder vielmehr den knirschenden, denn er war wirklich sehr alt.) Der Weihnachtsmann saß neben einer stummen, strickenden Weihnachtsfrau. Fie, die die beiden am Abend zuvor nostalgisch und mit feuchten Augen betrachtet hatte, grummelte heute »Geschlechterfaschisten«, bevor sie ihren Weg zu *&Dinge* fortsetzte.

Fem Bord war geschlossen. Das war nicht verwunderlich, da für gewöhnlich niemand um neun Uhr morgens sein Mittagessen oder sein Abendbrot zu sich nahm. Dennoch war Fie enttäuscht. An irgendeiner Stelle ihres verräterischen, törichten Herzens hatte sie gehofft, dass Trym vielleicht mit einem Spezialfrühstück bereitstand, um zu feiern, dass …

Ja, um was zu feiern? Dass sie mehr als fünf Minuten miteinander geschlafen hatten?

Sie schloss die Tür von *&Dinge* auf und drehte das Schild mit dem Wort GESCHLOSSEN auf GEÖFFNET. Sie kochte Kaffee, stellte Plätzchen bereit und beschloss, dass es genug war mit dem Jammern. Irgendwo hatte sie gelesen, dass Lächeln Endorphine freisetze, also lächelte sie, wie sie dort so umherging. Sie ging davon aus, dass sie vermutlich vollkommen bekloppt aussah, aber einen Versuch war es wert.

Ob es dem selbst aufgezwungenen Lächeln oder den freundlichen Kunden geschuldet war – auf jeden Fall verbesserte sich ihre Laune im Laufe des Tages. Außerdem hatte sie so viel zu tun, dass sie keine Zeit hatte, traurig zu sein. Sie lächelte, redete und verkaufte Kränze, Blumen, Lykkes Weihnachtsschmuck und mehrere von den Sachen, die sie bei Ingeborg erworben hatte. Würde das so weitergehen, könnte der Laden sogar einen Gewinn erzielen.

Auf der anderen Seite – es war Advent, und das Weihnachtsgeschäft lief. Im Januar waren die Leute nicht so kaufwütig, und auch das Verlangen nach Engeln auf hochhackigen Schuhen sowie charmanten, aber unbrauchbaren Schemeln und Kochlöffeln würde schwinden.

Nicht alle Kunden waren an diesem Tag erfreut.

»Wo ist der Hund?«, fragte ein Mann. »Lea wollte den Hund sehen. Ist er hinterm Tresen?«

Der fünfjährigen Lea gefiel es nicht, dass Hund nicht hinter dem Tresen war, und sie verlieh ihrem Unmut deutlich Ausdruck.

»Dummer, dummer Laden«, sagte sie, während der Mann verächtlich einen von Lykkes aufgetakelten Engeln betrachtete und dem Kind zuzustimmen schien.

»Was Sie für ein Glück haben, hier zu arbeiten«, sagte eine ziemlich erschöpfte Mutter. »Ich würde alles geben, um zur Arbeit gehen zu können, anstatt mich mit Kind und Verwandten zu stressen, die Geschenke, Essen und Deko und alles wie im vergangenen Jahr und im Jahr davor haben wollen. Dabei ist das nicht einmal meine Familie. Teodor, lass das Schaf in Ruhe. Teodor!«

Also schwankte Fies Laune zwischen Dankbarkeit dafür, kein Croquembouche für die Familie aus Åsgårdstrand machen zu müssen, und dem Kummer darüber, niemanden zu haben, für den sie Croquembouche machen konnte – falls sie aus irgendeinem Grund das Bedürfnis dahin gehend überkommen sollte.

Sie fragte sich, wo Lykke war. Lykke hatte entweder am Abend zuvor oder früh am Morgen Kränze und Weihnachtsschmuck vorbeigebracht. Zwei große Pappkartons hatten hinter der Tür gestanden, aber danach hatte sie nichts von ihr gehört. Das war ungewöhnlich, da Lykke und Adam für gewöhnlich vorbeikamen. Außerdem war Lykke immer bereit, Fie abzulösen, wenn diese eine Pause brauchte. Heute jedoch – nichts.

Fie redete sich ein, dass die Leute vor Weihnachten beschäftigt waren und es viel zu regeln gab, vor allem, wenn man Kinder hatte. Kein Wunder, dass Lykke keine Zeit hatte. Trotzdem fühlte sie sich dadurch noch einsamer. Sie dachte, dass Lykke womöglich mehr als genug mit Peder zu tun hatte. Das war toll, definitiv, sie gönnte es Lykke von Herzen, aber trotzdem fühlte sie sich einsam. Außerdem hatte sie Geschenke für sie. Sie hatte sogar ein Geschenk für Trym. (Nach viel Grübelei war sie bei einer Schürze aus Leder gelandet – das war angemessen neutral.) Fie schaute zu dem Schrank, in dem sich die Geschenke befanden. Obendrauf saß der Einkaufszentrums-Weihnachtsmann und blinzelte boshaft mit seinen Plastikaugen. Fie zwinkerte zurück, nahm ihn herunter, setzte ihn aufs Sofa und befestigte ein großes Blatt mit der Aufschrift *SALE – 80 % Nachlass* daran.

»Versuch es also gar nicht erst!«, sagte sie.

Der Tag schritt voran, der Weihnachtsmann wurde nicht verkauft, und auch Lykke tauchte nicht auf. Das tat hingegen Klaras zweiundachtzigjährige Freundin. Sie kam zusammen mit einer ebenso betagten Dame. Neben einer Fuhre Topflappen hatten sie ein sorgfältig eingepacktes Geschenk für Fie dabei.

»Wir hoffen, es wird Ihnen gefallen«, sagte die eine. »Es ist ziemlich alt. Wir haben festgestellt, dass Sie Antiquitäten mögen.«

Fie gab ihnen Kaffee und Plätzchen, und sie saßen eine Weile auf dem Sofa und plauderten. Das war sehr beruhigend. Sie sprachen detailliert über Garnqualitäten und die beste Art und Weise, Mandelkartoffeln zuzubereiten. Sie lachten darüber, dass aus ihnen nunmehr berufstätige Frauen geworden waren – das hätten ihre Ehemänner wissen sollen!

»Sie sind leider verstorben«, sagte die eine, was Fie mit einem mitfühlenden Nicken kommentierte.

Außerdem mochten sie den Großmutter-Weihnachtsmann.

»Ich packe ihn für Sie ein«, sagte Fie. »Das ist nur so wenig. Gefällt Ihnen noch etwas anderes?«

Zweifelnd betrachteten die Damen Lykkes Kränze und Engel, verblüfft schauten sie die Eule auf der Spitze des Weihnachtsbaums an, bevor sie entschieden den Kopf schüttelten. »Der Weihnachtsmann reicht. Tausend Dank.«

Die beiden Damen zu Besuch zu haben, hatte Fie getröstet. Das lag an ihrer unerschütterlichen Ruhe und dem Umstand, dass die Welt offenbar nicht unterging, auch wenn man sowohl die Gesundheit als auch den Ehepartner verlor. Ebenso half es, dass die beiden Herren, die den Eisenwarenhandel betrieben, mit einem Weihnachtsgeschenk für Fie hereinkamen. Stolz überreichten sie ihr die Schaufensterdekoration: den Hammer mit der Schleife drumherum. Fie gab auch ihnen Kaffee und Plätzchen, und als sie gingen, schenkte sie jedem von ihnen eine Begonie.

»Das wird Schwiegermutter freuen«, sagte der Ältere vergnügt. Feierlich gaben sie Fie die Hand, wünschten ihr Fröhliche Weihnachten und schlurften die drei Meter zu ihrem eigenen Laden zurück.

39

Mittlerweile war es draußen dunkel geworden und an der Zeit, den Laden zu schließen. Fie war erschöpft, weshalb sie sich darauf freute, nach Hause zu gehen, eine Dusche zu nehmen und sich aufs Sofa zu legen. Aber zuerst musste sie aufräumen und die Kasse abrechnen, etwas, wozu sie selten Lust verspürte, nicht einmal an Tagen, an denen sie Geld eingenommen hatte.

Als sie endlich fertig war, zog sie Mantel, Mütze und Schal an. Draußen war es kalt. Bei *Fem Bord* war es noch immer dunkel. Das Restaurant war den ganzen Tag geschlossen gewesen. Verstohlen warf Fie einen Blick hinein, aber es war komplett leer. Vielleicht war Trym abgehauen? Was hatte Sara gesagt? Dass Männer sich der Verantwortung oft verweigerten? Allerdings musste es doch verschiedene Arten dieser Verweigerung geben, dachte Fie und merkte, dass sie das Ganze langsam verdrießlich stimmte. Schließlich hatte sie nicht vorgehabt, ins *Fem Bord* zu stürmen und zu verlangen, dass sie sich verlobten, weil sie »es getan hatten«. Sie war doch kein überspannter Teenager!

Sie trabte weiter, viel mehr enttäuscht als wütend. Schließlich waren sie doch Freunde, oder nicht? So benahm man sich einfach nicht!

Und wo waren Lykke und Adam? Fanden alle großen vorweihnachtlichen Feiern andernorts statt, und sie durfte nicht dabei sein? Es war, als wäre sie wieder Kind und würde nicht zum Geburtstag eingeladen.

Ehrlich, dachte Fie. Reiß dich zusammen. Sie sind dir überhaupt nichts schuldig. Du gehörst nicht einmal zur Familie! Diese Leute haben ein Leben ohne dich.

Aber das half nicht sonderlich, und über die Straße kam in diesem Moment auch noch eine Gestalt, die ihre Laune noch ein Stück weiter sinken ließ. Denn die einzige ihr bekannte Frau, die in Stöckelschuhen elegant über eine dicke Eisschicht schweben konnte, war Lillian.

»Jaha«, ließ Lillian verlauten. »Sie sehen aber erschöpft aus.«

»Ich war arbeiten. Genau genommen den ganzen Tag lang.«

»Ich habe gehört, dass Sie beim Konzert gewesen sind.«

Ihre Augen bohrten sich in die von Fie. Das war unangenehm, so als würde man unter ein Mikroskop gelegt. Fie wich dem Blick aus. Sie spürte, wie sich kalte Schneeflocken unter ihren Kragen und den Nacken herunterschlichen, und zog den Mantel fester um sich. Lillian schien der Kälte gegenüber immun zu sein. Sie war mit einem knöchellangen Pelzmantel bekleidet, der im Gegensatz zu Pierres nicht vom Geruch nach Mottenkugeln geprägt und sicher warm genug war, einem Schneesturm standzuhalten, wenn Lillian ihn nur geschlossen hätte. Aber der Mantel war offen, und darunter trug sie ein sehr kurzes, sehr enges Kleid mit Pailletten. Der Pelz aus glänzendem, vollem Nerz wogte um ihre langen Beine und zeigte allen Gegnern der Pelzzucht eine lange Nase. Fie fand, sie ähnle einem der Charaktere aus *Sex and the City*, was zwischen Weihnachtsmännern und alten, schiefen Häusern ziemlich Aufsehen erregend war. Fie beschloss, nie wieder irgendeine Form von Pelz zu tragen, es sei denn, es war dokumentiert, dass das Tier auf eine sehr angenehme Art gestorben war. (Und was war mit Lederschuhen? Oder Lederhandschuhen? Das war verwirrend!) Auf jeden Fall wollte sie dem Tierschutz eine Spende zukommen lassen.

»Sie haben Trym dazu eingeladen«, sagte Lillian und unterbrach Fies noble Gedanken. Ohne darauf einzugehen, wer wen eingeladen hatte, machte Fie ein paar Schritte rückwärts und murmelte, dass sie gehen müsse.

»Und anschließend ist er mit zu Ihnen nach Hause gekommen«, stellte Lillian fest. »Nun, so macht er das. Immer. Sie sind nicht die Erste, und Sie werden auch nicht die Letzte sein.«

»Ich habe wirklich keine Zeit.«

»Wartet der Fernseher auf Sie? Wie auch immer, es ist nur ein gut gemeinter Rat, von einer Frau zur anderen. Trym wird kaum ein weiteres Mal die Treppen zu Ihrem Jungfrauen-Käfig hinaufklettern. Ich will Ihnen nur unnötigen Herzschmerz ersparen – schließlich ist doch Weihnachten. Das ist also mein Geschenk an Sie – vergessen Sie Trym. Auf lange Sicht werden Sie mir dankbar sein. Fröhliche Weihnachten.«

Damit trippelte sie weiter, und nicht einmal Fies inniger Wunsch, sie möge ausrutschen, einen ordentlichen Salto Mortale hinlegen und anschließend mit der Nase im Schnee landen, hatte irgendeinen Effekt. In einer Wolke wogenden, toten Nerzes verschwand Lillian um die Ecke. Fie zog die Strickmütze tiefer ins Gesicht und ging nach Hause.

Draußen auf dem Hof wartete Maja auf sie.

»Wir verreisen«, verkündete sie. Das hatte sie in der vergangenen Woche bereits jeden Tag erzählt, weshalb diese Nachricht keine Überraschung war. Aber Maja hatte noch mehr auf dem Herzen: »Und weil du Hund nicht mehr hast und du daher einsam bist, denn das hat Ronny aus dem Keller gesagt ...«

Sie hielt inne, um Luft zu holen. Fie rümpfte die Nase. Ronny aus dem Keller war der alte, mürrische Mann mit den

Mariekeksen, der Fie als der einsamste Mensch erschienen war, den sie kannte. Sie hingegen war nicht einsam. Sie redete mit Leuten, und die antworteten. Ronny knurrte nur. Es war schwer, auf ein Knurren zu antworten.

»Ich bin nicht einsam«, protestierte sie.

»Das hat Ronny gesagt.« Maja sah aus, als würde sie ernsthaft über diese Diskrepanz nachdenken. Letztendlich entschied sie sich für eine Seite. »Ronny hat das gesagt, und er ist richtig alt. Älter als du.«

»Okay.«

»Und deshalb kannst du auf Larsen aufpassen«, sagte Maja. »Dann hat auch er ein Weihnachten.«

»Larsen?«

»Ja. Er braucht nur ab und zu ein wenig Futter, und dann musst du die Glaskugel an einen hellen Ort stellen, damit er weiß, wann Tag ist. Ansonsten wird er vielleicht unglücklich, sinkt zu Boden und stirbt. Frau Larsen ist schon gestorben.«

»Du meine Güte!«, sagte Fie schockiert. Dann dämmerte es ihr. »Ist Larsen ein Fisch?«

»Ja. Und er darf keinen Weihnachtsstollen bekommen, das sagt Papa. Da wird er krank. Er darf auch keine Bonbons bekommen.«

Maja seufzte theatralisch, voller Mitleid für Larsen. Fie versprach, die Ernährungsratschläge peinlich genau zu befolgen.

Larsen wurde auf den kleinen Tisch unter Fies Dachbodenfenster gestellt. Das wurde von Maja gutgeheißen, anschließend machten Maja und ihr Papa sich auf den Weg, um mit dem Zug zur Großmutter aufs Land zu fahren. Dort gab es Katzen, hatte Maja erklärt, und Katzen waren gefährlich für Larsen, ansonsten hätte auch er mit in die Weihnachtsferien fahren können.

»In einer Plastiktüte«, hatte sie feierlich verlauten lassen. »Larsen reist in Plastiktüten.«

Larsen bot nicht viel Gesellschaft, dennoch war es schön, ihn in der Glaskugel herumschwimmen zu sehen. Es war nett, dass sie ihn ihr anvertraut hatten, unabhängig von dem Grund dafür. Zumindest war sie nicht einsamer als Ronny im Keller – genau genommen war sie überhaupt nicht einsam. In anderen Ländern war Weihnachten nicht so familienorientiert. Fie hatte eine englische Freundin, und dort schien man einen Großteil der Weihnachtszeit im Pub zu verbringen. Es war schade, dass sie keine Engländerin war.

Allerdings war sie fest entschlossen, es sich gemütlich zu machen! Also richtete sie sich mit einer Decke, einer Tasse Kakao in greifbarer Nähe und einem Buch, das rein gar nichts mit Weihnachten zu tun hatte, auf dem Sofa ein. Einer der Vorteile daran, Weihnachten alleine zu feiern, war, dass man so vielem entkam! Man brauchte nach der Arbeit nicht nach Hause zu stürmen, um die Kartoffeln zu schälen oder die Betten für die Übernachtungsgäste zu beziehen, man brauchte sich keine Sorgen zu machen, ob die Schwarte der Rippchen knusprig wurde, man musste nicht eigenhändig Sauerkraut herstellen, obwohl man selbst gar kein Sauerkraut mochte.

Im Grunde bot das Ganze vor allem Vorteile!

Es klopfte an der Tür, und Fie sprang auf. Sie spürte ein Ziehen im Magen und holte tief Luft, während sie sich selbst ausschimpfte, denn es war nicht zwangsläufig Trym, der da geklopft hatte. Das konnte sonst wer sein. Es konnten die Zeugen Jehovas sein.

Es klopfte erneut, und Fie machte auf. Vor der Tür standen weder die Zeugen Jehovas noch Trym. Bekleidet mit einem dicken Mantel und Moonboots, als hätte sie einen Wintersturm bezwungen und sei nicht bloß aus der zweiten Etage heraufgekommen, stand dort Marta Fransen.

Fie war enttäuscht. Sie war so enttäuscht, dass es ihr über alle Maßen anzusehen war. Abwehrend machte Marta Fransen einen Schritt rückwärts und sagte, dass sie es verstünde, wenn sie womöglich ungelegen käme, sie könne gern an einem anderen Tag wiederkommen.

»Ich hatte nicht die Absicht, zu stören«, sagte Marta Fransen, woraufhin Fie ein entsetzlich schlechtes Gewissen überkam. Es war dieses Gewissen, das sie Marta Fransen hereinbitten ließ, ihr Kaffee, Stollen und ein Glas Portwein geben ließ und das sie, als sie herausgehört hatte, dass Marta Fransen Heiligabend alleine sein würde, den Vorschlag unterbreiten ließ, dass sie doch zusammen feiern könnten.

»Hier bei mir«, sagte Fie, noch immer von einem elenden Gewissen erfüllt. »Ich bereite gern etwas vor.«

»Und dabei bin ich nur gekommen, um mitzuteilen, dass die Deckel der Müllkübel festgefroren sind«, sagte Marta Fransen überwältigt. »Wie gemütlich wir es haben werden. Ich freue mich wirklich. Haben Sie Rippchen gesagt? Oh, wie schön!«

40

23. Dezember

»Und deshalb«, sagte Fie, »werde ich Weihnachten mit einem Fisch und einer Frau feiern, die gegen sieben Uhr einschläft.«

»Du hast sie so glücklich gemacht«, entgegnete Sara. »Das ist doch der eigentliche Sinn von Weihnachten. Oder nicht? Urgroßmutter hat immer einen freien Stuhl für den unbekannten Gast bereitgehalten.«

»Ja, doch – wenn du es so sagst, dann ... Aber ich fühle mich uralt, so als würden mir nur noch ein paar Katzen und ein Gebiss fehlen.«

»Was hast du gegen Katzen, wenn ich fragen darf?«, sagte Sara, die selbst drei Katzen hatte, mit der steten Möglichkeit für mehr.

»Du weißt, was ich meine. Aber du hast natürlich vollkommen recht. Jedoch glaube ich, dass mit dir zu skypen und die nordnorwegische Weihnacht an sich zu harte Kost für Marta Fransen wären.«

»Ja, das, ja.« Sara klang entmutigt. »Es ist Lars. Er sagt, er sei dem Weihnachtschaos überdrüssig. Er meint, ich würde übertreiben.«

»Nun ...«, murmelte Fie.

»Er meint, weil du und ich so elende Weihnachten hatten,

als wir klein waren, betrachte ich Weihnachten als eine Zurschaustellung der Familiengemütlichkeit. Perfektes Essen, allen soll es gut gehen, und was weiß ich nicht was. Dass ich mir und anderen beweisen müsse, wie weit ich gekommen bin. Er ist der reinste Psychologe geworden.«

»Ach so«, entgegnete Fie neutral.

»Er meint, ich würde *mich* vergessen.«

»Oh?«

»Und«, fuhr Sara fort, und jetzt klang sie regelrecht niedergeschlagen, »ich würde ihn vergessen. Uns.«

»Ohhh«, entfuhr es Fie. »Ich verstehe.«

»Ich dachte, ich würde alles richtig machen! Ich dachte, er wäre froh, weil ich seine Familie einbeziehe.«

»Alle zweiundzwanzig? Oder dreiundzwanzig? Vielleicht ist das ein berechtigtes Argument?«

»Ach, fang du nicht auch noch an!« Verärgert unterbrach Sara die Verbindung.

Fie starrte auf das stumme Handy. Es kam vor, dass sie nicht einer Meinung waren, sie und Sara, und es kam sogar vor, dass sie stritten, weshalb das Ganze nicht so ernst genommen werden musste. Aber gerade heute – am dreiundzwanzigsten Dezember – wollte sie, dass sie gute Freunde waren. Sie wählte Saras Nummer, aber es war besetzt.

»Verdammt aber auch!«, knurrte Fie und wählte erneut. Es war immer dasselbe: Sie riefen beide an, es war besetzt, sie warteten beide gleichzeitig, sodass keiner anrief. Das wiederholte sich so lange, bis sie sich eine Nachricht schickten, in der stand: »Du zuerst.« Manchmal schickten sie auch diese Nachricht zeitgleich ab, und die Verwirrung setzte sich fort.

Dieses Mal jedoch schickte Sara die Nachricht schnell und rief anschließend an.

»Entschuldige«, sagte sie. »Ich würde es gern so machen,

wie Lars es will, das Problem ist nur, dass sie bereits unterwegs sind. Einige von ihnen kommen schon heute Abend. Ich kann nicht in letzter Sekunde absagen. Ich weiß nicht einmal, ob ich das will. Und was ist mit Onkel Tarjei? Er wohnt weit weg von allen, und Heiligabend ist sein großer Abend. Ansonsten hat er nur Umgang mit der Haushaltshilfe, und die ist Polin und spricht schlecht Norwegisch, zumindest versteht sie Onkel Tarjei nicht. Das tue ich im Grunde auch nicht, es ist die Frage, ob sein Dialekt dazu qualifiziert ist, als Norwegisch bezeichnet werden zu können.«

»Aber er hat doch fast zwanzig andere, mit denen er Weihnachten feiern kann«, sagte Fie vernünftig. »Wenn du und Lars, wenn ihr euch zurückzieht, meine ich.«

»Ja.« Sara schwieg einen Augenblick, bevor sie fortfuhr: »Aber – und ich weiß, dass das dumm ist, und sag es bloß keinem –, aber ich mag es, mich unentbehrlich zu fühlen. Ich habe darüber nachgedacht, und ich glaube, das ist für mich derart wichtig, dass ich vielleicht lieber erschöpft als überflüssig bin.«

»Das ist eine Sache der Abwägung«, räumte Fie ein.

»Ja. Stell dir vor, was ist, wenn sie Weihnachten ohne mich genauso gut bewältigen? Ja, nicht ganz genauso, schließlich habe ich die Kontrolle über Weihnachten!«

Fie nickte.

»Fie? Du sagst gar nichts?«

»Ich habe genickt«, erkläre Fie schnell. »Du hast die Kontrolle über Weihnachten! Ich kenne niemanden, der derart die Kontrolle über Weihnachten hat wie du, weshalb es selbstverständlich nicht dasselbe wäre. Sie würden dich enorm vermissen! Andererseits – vielleicht täte es ihnen gut? So sähen sie, wie tüchtig du bist. Oder nicht?«

»Du bist ganz schön gewieft«, entgegnete Sara, die jetzt jedoch fröhlicher klang. »Vielleicht nächstes Jahr. Nicht dieses

Jahr. Tonje hat Probleme, und Gerda – erinnerst du dich an Gerda? Die, die ihr eigenes Weihnachtsessen mitbringt? Sie hat im Internet einen Mann kennengelernt, und obwohl er von ihr Geld für die Reise bekommen hat, stimmte irgendwas mit dem Pass nicht, weshalb er nicht kommt. Sie ist sehr traurig, aber er wird via Skype dabei sein. Während wir essen, wird der Laptop neben Gerda stehen, sodass auch er am Weihnachtsessen teilnehmen kann.«

»Ist er ein in Afghanistan stationierter Soldat, und hat er Kinder im Krankenhaus, die demnächst operiert werden müssen?«, erkundigte sich Fie sarkastisch.

»Amerikanischer Oberst. Von irgendwelchen Kindern habe ich nichts gehört, aber das kommt vermutlich noch. Gerda wird sehr schwermütig werden, wenn die Skype-Verbindung nicht funktioniert, weil das Internet in Afghanistan plötzlich zusammenbricht.«

»Im Grunde verstehe ich, dass du Weihnachten mit Lars' Familie feiern willst«, sagte Fie. »Sie sind die reinste Komödie.«

Nachdem sie das Gespräch beendet hatten, kochte Fie Kaffee, setzte sich ans Fenster und frühstückte. Sie sah an sich herunter und dachte an die gertenschlanke Lillian. War sie der Grund, warum Trym verschwunden gewesen war, als sie aufgewacht war? Hatte er ihre Orangenhaut und die fehlenden Bauchmuskeln entdeckt und war abgehauen, um sich mit Lillians knapp fünfundvierzig Kilo zu trösten?

In diesem Fall hätte ich es ohnehin nicht mit ihm ausgehalten, dachte Fie. Noch einen kritischen Mann ertrage ich nicht! Nicht, dass mir einer angeboten worden wäre, aber es ist doch gut zu wissen, dass ich Nein gesagt hätte. Glaube ich.

Automatisch schaute sie in die Ecke, in der Hund immer gelegen hatte. Wenn sie traurig gewesen war, dann hatte er es sofort gespürt, war zu ihr gekommen und hatte seinen enormen Kopf in ihren Schoß gelegt (oder auf ihre Schulter, er war wirklich entsetzlich groß). Beim Gedanken an Hund schniefte Fie, dann straffte sie den Rücken. Trotz allem hatte sie einen Laden, den sie öffnen musste.

Erneut herrschte bei *&Dinge* geschäftiges Treiben, und Fie hatte weder Zeit dazu, niedergeschlagen zu sein, noch darüber nachzudenken, wo Lykke war, obwohl sie sich Sorgen machte. Es sah Lykke nicht ähnlich, nicht Bescheid zu sagen. Aber Fie bediente, beriet bei Geschenken und stellte nach und nach fest, dass sie sogar in der Lage war, diese einzupacken. Ein bisschen schief, mit runzligem Papier hier und da, jedoch hatte Lykke sehr breites, sehr exklusives Paketband beschafft, und Fie entwickelte eine gute Technik, um die schlimmsten Sünden mit diesem Band zu verdecken. Der Rest war eben rustikal, sagte sie zu sich selbst.

Es war so viel los, dass sie das Telefon nicht hörte. Erst in einer kleinen Pause vernahm sie das drängende Klingeln. Als sie ranging, vernahm sie am anderen Ende der Leitung eine sehr gestresste Klara.

»Oh, Sie, oh Sie, ich dachte, Sie seien vielleicht tot«, rief sie. »Dass Sie von der Leiter gefallen sind – haben Sie die gefunden? – und sich das Genick gebrochen haben. Ich bin so froh, dass Sie da sind! Und am Leben!«

Fie erklärte, dass sehr viel los gewesen sei. Sie hatte den Gedanken an Klaras Heimkehr verdrängt und gedacht, dass diese den Laden vor Weihnachten so oder so nicht wieder übernehmen würde. Aber hier war sie also. Fie ließ einen betrübten Blick durch den Laden schweifen. Sie hatte ihn eigenhändig aufgepäppelt, und nach Weihnachten sollte er wieder Klara überlassen werden und wahrscheinlich genauso verstaubt und traurig werden wie vor Fies Zeit. Sie hatte regelrecht Mitleid mit dem armen Geschäft.

Nun, sie hatte Schlimmeres als das überstanden.

»Ich habe mit Lykke gesprochen«, sagte Klara. »Und obwohl ich keine Lust habe, Lykke zu hintergehen, denke ich, dass es sich hierbei um außergewöhnliche Umstände handelt, wie Magnhild sagt. Sie sagt das in der Tat ständig, sodass alles außergewöhnlich wird, und darauf können wir dann ein Glas Wein trinken, und das ist doch sehr amüsant. Nun ja, genug davon. Sie verstehen bestimmt, was ich meine?«

»Nicht wirklich.«

»Dieser *Junge*!«

»Junge? Meinen Sie Peder?«

»Heißt er so? Ja. Es hörte sich so an, als sei Lykke an ihm interessiert. Lykke ist in der Wahl ihrer Partner nicht immer ganz schlau gewesen, deshalb habe ich gefragt, und sie hat wirklich keine beruhigende Antwort parat gehabt.«

»Wonach haben Sie gefragt?«, wollte Fie wissen.

»Nach den Zukunftsaussichten, selbstverständlich. Hat er welche? Ich habe es so verstanden, dass er zu Hause bei seiner Mutter wohnt, und obwohl das ausgezeichnet ist und mein Herman bis zu unserer Hochzeit zu Hause bei seiner Mutter gewohnt hat, ist das heutzutage doch vielleicht nicht mehr ganz so üblich, oder? Fie? Was denken Sie?«

Fie stand nicht der Sinn danach, sich in Lykkes Liebesleben einzumischen. Gleichzeitig stimmte sie Klara zu – es war kein Qualitätsstempel, wenn erwachsene Männer zu Hause bei Mama wohnten.

»Peder ist sehr nett«, murmelte sie.

»Sie haben ihn Lykke vorgestellt, war es nicht so?« Klaras Stimme hatte etwas Strenges an sich, weshalb Fie sich automatisch duckte.

»Er arbeitet ein bisschen für mich«, sagte sie kleinlaut. Es war, als würde sie Schelte von einer Grundschullehrerin bekommen, und sie beeilte sich mit der Verteidigung. »Er ist wirklich, wirklich nett. Ruhig. Und ich hätte nicht gedacht, dass Lykke und er sich mögen würden. Er ist wirklich sehr, sehr ruhig, weshalb mir das nie in den Sinn gekommen wäre.«

»Ja, ich meine ja auch nicht, dass es Ihre Schuld ist, meine Liebe.« Klaras Stimme wurde sanfter. »Aber Sie verstehen bestimmt, dass ich mir Sorgen mache. Wenn Sie Lykke also im Auge behalten könnten, wäre das schön.«

»Ja, selbstverständlich. Aber es dauert doch nicht mehr lange, bis Sie nach Hause kommen?«

Es wurde still. Fie schaute sich in dem schönen Laden um, den sie auf Vordermann gebracht hatte, und sie fragte sich, wie er aussehen würde, nachdem Klara wieder das Ruder übernommen hatte. Was würde Klara tun, wenn die Weihnachtsartikel weg waren und sie etwas anderes finden musste? Fie hatte Ideen, aber das war Klaras Laden. Sie bestimmte. Wollte Klara, dass er erneut einstaubte, dann war das nicht Fies Angelegenheit. Allerdings würde es entsetzlich traurig sein.

»Äh«, sagte Klara schließlich.

»Ja?«

»Ich müsste ja, das verstehe ich. Schließlich habe ich es versprochen. Denn Sie haben sicher etwas anderes vor, Sie sind schließlich« – hier sank Klaras Tonlage respektvoll – »Zahnarztassistentin. Sie müssen es vermissen.«

»Na ja, es ist nicht gerade eine Berufung.«

»Es ist herrlich warm hier«, sagte Klara. »Und Magnhild und ich, wir haben es so schön zusammen. Im Winter ist es in Norwegen so kalt, heutzutage ist es viel kälter als zu der Zeit, als Herman noch gelebt hat. Und Lykke und Adam geht es in meinem Haus besser als in dieser entsetzlichen Wohnung. Also, alles in allem ist es vielleicht das Beste, wenn ich hierbleibe, das sagt zumindest Magnhild. Aber das kommt natürlich auf Sie an.«

»Auf mich?«

»Ja, darauf, ob Sie *&Dinge* übernehmen können? Sicher
gibt es ein paar juristische Sachen, die geklärt werden müssen,
und ich möchte gern, dass Lykke auch dabei ist. Ich habe gehört, dass Sie ihr erlaubt haben, sich künstlerisch zu entfalten,
und das ist so nett von Ihnen, meine Liebe, obwohl ich oft
finde, dass das, was sie macht, … nun. Herman und ich, wir
haben traditionellere Kunst, Natur und so was und sogar ein
oder zwei Elchfiguren bevorzugt, aber schließlich muss man
mit der Zeit gehen. Ich glaube, Herman wäre damit auch einverstanden gewesen, obwohl ich mir da nicht ganz sicher bin,
er konnte – was haben Sie gesagt, meine Liebe?«

»Sie wollen, dass ich *&Dinge* übernehme?«

»Wenn es nicht zu viel Mühe macht? Aber, meine Liebe,
weinen Sie?«

41

Fie sang, während sie im Laden (*ihrem eigenen* Laden!) aufräumte und klar Schiff machte. Die Kunden empfing sie mit
einem Strahlen. Sie wusste, dass es nicht leicht werden würde,
sie musste etwas finden, damit der Laden sich trug. Aber daran musste sie jetzt nicht denken. Sie rief Lykke an, aber Lykke
nahm nicht ab.

Als sie zum vierten Mal anrief und keine Antwort erhielt,
begann Fie zu überlegen. Vielleicht hatte Lykke mit Klara
gesprochen und war aufgebracht, weil Fie den Laden übernehmen sollte? Das wäre nicht so verwunderlich. Obwohl
Lykke gesagt hatte, dass sie ihn nicht haben wolle, hatte sie
vielleicht gehofft, dass Klara ihn verkaufen und Lykke ein
bisschen von dem Geld geben würde? Als Vorschuss aufs
Erbe, zum Beispiel? Lykkes finanzielle Lage war schlecht, sehr
schlecht.

Ein Teil der Freude war verflogen. Die Dinge waren nie
leicht, und Erbe, Geld und so etwas waren es auf keinen
Fall. Sie und Lykke mussten sich einig sein, sonst könnte Fie
&Dinge nicht übernehmen. Erneut versuchte sie, Lykke zu er-
reichen, erneut ohne Erfolg.

Direkt nach Ladenschluss klopfte es an der Tür. Aber davor standen weder Trym noch Lykke. (Es irritierte Fie, dass sie
den ganzen Tag über die Hoffnung gehabt hatte, Trym würde

hereinkommen und eine vollkommen akzeptable Entschuldigung vorbringen, worum auch immer es sich dabei handeln mochte. Abgesehen von Unfall mit anschließendem Koma, Gedächtnisverlust oder Tod gab es nicht viel, das Trym sagen könnte. Und sie konnte ihm nicht Tod und Verderben wünschen, zumindest nicht so direkt vor Weihnachten.)

Aber Trym tauchte nicht auf. Stattdessen stand Jens in der Tür, wo er zunächst stehen blieb und sich umsah. Er erinnerte an Carl Christian, wie er da so stand, und Fie wartete in gewisser Hinsicht darauf, dass er ›Alter Schrott, alter Schrott‹ brummen würde. Aber nein. »Es ist schön hier«, sagte Jens, und Fie starrte ihn an.

»Schön? Findest du es schön?«

Er nickte und nuschelte irgendetwas.

»Was hast du gesagt?«

»Ich sagte Entschuldigung.«

»Entschuldigung? Wofür?«

Das schien wirklich der Tag für Weihnachtsüberraschungen zu sein! Fie war erstaunt, dass Jens dem Wort Entschuldigung überhaupt mächtig war. Gespannt wartete sie auf die Fortsetzung.

»Weil ich kindisch und emotionslos gewesen bin«, sagte Jens. Fie blieb der Mund offen stehen. Nicht wegen der Aussage an sich, der stimmte sie im Grunde zu: Er war tatsächlich kindisch und emotionslos. Aber so war er nun mal, und er war ihr Sohn, und sie liebte ihn.

»Was haben Sie mit meinem Sohn gemacht?«, fragte sie. »Ich stimme zu, dass er kindisch und emotionslos ist, aber er ist mein Sohn, das bin ich gewohnt. Wer sind Sie?«

»Mama!«

Fie dachte einen Moment nach. »Hat Filippa dich gebeten, das zu sagen?«, fragte sie dann.

Schwerfällig ließ Jens sich auf das Sofa fallen, stopfte sich drei große Pfefferkuchen auf einmal in den Mund und nuschelte, während die Krümel spritzten: »Sie hat gesagt, dass ich dich schlecht behandelt habe. Dass ein guter Sohn dich unterstützt hätte, als du … als du …«

»Als ich meinen Zusammenbruch hatte«, vollendete Fie den Satz heiter. »Das ist in Ordnung, wir können darüber reden. Ich habe mich daran gewöhnt.«

Jens runzelte die Stirn.

»Als du vollkommen zusammengeklappt bist, ja«, murmelte er, schluckte, nahm ein weiteres Plätzchen und stopfte auch das in den Mund. »Filippa hat gesagt, ich sei nicht erwachsen genug. Sie hat Schluss gemacht!«

»Schluss gemacht? Uff«, sagte Fie mitfühlend. »Sie, die einen Swimmingpool und all das hat.«

»Papa hat gesagt, dass du vorlaut geworden bist«, brummte Jens vorwurfsvoll.

Fie verdrehte die Augen. »Vorlaut! Ich bin doch kein Kind!«

»Ich fand den Swimmingpool nicht so wichtig. Ich hatte es nur erwähnt.«

»Okay.«

»Aber jetzt«, fuhr Jens fort, »jetzt finde ich das nicht einmal mehr erwähnenswert.«

Er schaute zu ihr auf, plötzlich in Tränen aufgelöst, was ihn aussehen ließ wie damals, als er fünf Jahre alt gewesen war und sich das Knie aufgeschlagen hatte. Fie schmolz komplett dahin, setzte sich neben ihn und schlang die Arme um ihn.

»Dumme Filippa«, sagte sie loyal. »Kümmer dich nicht um sie.«

»Sie hat mit mir Schluss gemacht«, murmelte Jens. »Nur weil sie der Ansicht war, ich sei kindisch und emotionslos. Sie ist jetzt mit einem zusammen, der auf die Theologische Hochschule geht. Möchte wetten, dass der nicht *kindisch und emotionslos* ist!«

»Vermutlich nicht«, räumte Fie ein. »Dafür sind die nicht gerade bekannt. Aber ...«

»Aber?«, schniefte Jens. »Sag es einfach. Ich halte das aus. Du stimmst Filippa zu!«

»Vielleicht hatte sie ein Argument?« Fie drückte ihn, um ihm zu zeigen, dass sie ihn trotzdem lieb hatte. »Ein kleines Argument?«

»Aber was soll ich jetzt machen? Was wollen Mädchen? Dass ich anfange, Indie-Pop zu mögen? Dass ich einschleimende Emojis schicke?« Er dachte nach, wobei sich sein Gesicht vor Anstrengung in Falten legte.

»Ich könnte doch so tun«, überlegte er. »Schließlich geht es nur darum, ein paar Herzen, Weihnachtsbäume und Geschenke mit Schleife hinzuzufügen. Und noch mehr Herzen.«

»Das würde ich nicht empfehlen«, sagte Fie schnell. »Mädchen sind nicht dumm, weißt du? Aber du bist ein cleverer Junge. Du wirst das sicher selbst herausfinden. Aber geh es nicht zu oberflächlich an, sei so gut.«

»Ich würde auf keinen Fall anfangen, zu weinen!« Es sah nicht so aus, als würde Jens hören, was sie sagte. Er runzelte die Stirn und schluckte schwer. »Kann ich Weihnachten mit dir feiern?«

Fie sah ihn hoffnungsvoll an, dann schüttelte sie den Kopf. Das wollte er nicht, nicht wirklich. Marta Fransen, ein Fisch und ein Märtyrer in Form von Jens waren nicht das Rezept für einen gemütlichen Heiligabend.

»Da würde Papa wohl traurig sein«, sagte sie. »Dann wäre er ganz alleine, abgesehen von der Familie aus Åsgårdstrand, selbstverständlich.«

»Thale ist doch da.«

»Oh? Ich dachte, sie sei ausgezogen?«

»Nein. Warum hast du das geglaubt?«

»Nein, du sagst es.«

Carl Christian hatte also gelogen. Fie fragte sich, was er getan hätte, wenn sie zugestimmt hätte, wieder nach Hause zu kommen. Hätte er Thale rausgeworfen? Oder Fie nur während der Weihnachtsfeiertage dort wohnen lassen, damit für die Familie aus Åsgårdstrand alles wie immer war? Und was hätte er dann in der Zwischenzeit mit Thale machen wollen? Sie auf dem Dachboden abstellen?

»Vielleicht würde sie ausziehen, wenn du nach Hause kommen würdest?«, murmelte Jens.

»Oder wir könnten in einer Art Dreiecksbeziehung mittleren Alters unter einem Dach zusammenleben«, sagte Fie. Jens grinste.

»Ich verstehe, dass das dumm dahergeredet war«, sagte er. »Kindisch und emotionslos, ich verstehe.«

»Das lernst du schon noch«, tröstete Fie ihn. »Hoffentlich. Aber du kannst am zweiten Weihnachtsfeiertag zum Essen zu mir kommen. Das ist genau genommen ein Befehl. Und ich habe ein Weihnachtsgeschenk für dich.«

Sie holte ein Päckchen aus dem Schrank und reichte es ihm.

»Danke«, sagte Jens. Er wirkte beschämt. »Ich habe deins zu Hause vergessen.«

»Bring es am zweiten Weihnachtstag mit«, sagte Fie ein wenig boshaft. Carl Christian kümmerte sich für gewöhnlich um dieses Geschenk, was er in diesem Jahr wohl kaum getan hatte. Jens nickte. Mit dem Päckchen unter dem Arm ging er zur Tür hinaus. Dann kam er wieder rein und umarmte sie fest. »Fröhliche Weihnachten, Mama.«

»Fröhliche Weihnachten.«

An diesem Abend ging Fie langsam nach Hause. Es schneite erneut, und erneut sah die Straße aus wie das Motiv einer Weihnachtskarte. Das war der Tag, an dem sie für gewöhnlich Weihnachtsbrei aß, mit Mandel und Geschenk. Für gewöhnlich war es dabei voll um den Tisch herum, und sie fragte sich, ob Carl Christian auch in diesem Jahr ganz oben am Tischende saß, mit den Eltern zu beiden Seiten und dem Rest der Verwandtschaft nach Rang und Alter geordnet abwärts. Am anderen Tischende hatte normalerweise Fie gesessen. Saß dort jetzt Thale? Und war die Schwiegermutter ebenso kritisch wie sonst? (Zu dünner Brei, zu wenig Brei, zu wenig gekochter Brei – es gab unendlich viel, was mit dem armen Brei schiefgehen konnte. Und noch waren die Rippchen nicht serviert.)

Trotzdem, Weihnachten war ein Familienfest. »Alle« waren sich einig, dass es schlimmer war, alleine zu feiern als zusammen mit Leuten, die man nicht ausstehen konnte. Fie wunderte sich darüber. Als ob alle – sie selbst inklusive – Zank und Streit einem ruhigen Abend in eigener Gesellschaft vorzogen. (Wurde es zu still, konnte man jederzeit den Fernseher einschalten.)

Nein, Weihnachten war seltsam, dachte Fie. Eine selige Mischung aus Traditionen, Reklame, Idealen und Nostalgie. Und Gemütlichkeit, selbstverständlich. Für viele war das gemütlich. Viele fühlten sich zusammen mit der Familie wohl. Viele liebten Weihnachten, sie selbst liebte Weihnachten! Sie hätte es noch mehr geliebt, würde es nicht so schwierig sein!

Aber dieses Jahr war es nicht schwierig! Ein Fisch und ein schlafender Gast, dazu kein Familiendrama! Eine schöne und vor allem friedliche Weihnachtsfeier – das war im Grunde das Beste, was passieren konnte!

Sie legte den Kopf in den Nacken und streckte die Zunge zu den Schneeflocken aus. Das würden durch und durch schöne Weihnachten werden!

42

Heiligabend

Für gewöhnlich waren es Frauen, die bei *&Dinge* einkauften, Heiligabend hingegen waren es Männer. Ausschließlich Männer. Die Frauen waren vermutlich zu Hause und studierten Rippchen-Rezepte.

Fie empfand eine plötzliche Wärme für Marta Fransen. Sie war so glücklich gewesen und forderte so wenig. Sara hatte vollkommen recht – das war die richtige Art und Weise, Weihnachten zu feiern, dachte Fie und verkaufte drei Rosensträuße an einen gestressten Mann. Im nächsten Jahr – wenn es ein nächstes Jahr geben sollte – würde sie Heiligabend ein Regal mit Pralinen befüllen. Sie sah es vor sich: Schachtel um Schachtel mit exklusiver, teurer Schokolade und all die gestressten Ehemänner, die fröhlich Hunderter um Hunderter hinblätterten. (Oder vorzugsweise die Karte zückten, ohne auf den Betrag zu achten.)

Denn aus irgendeinem Grund glaubten diese Männer, die Frauen in ihrem Leben würden sich zu Weihnachten Pralinen wünschen. Pralinen, Blumen und Schmuck. Könnte sie Lykke dazu bringen, Schmuck zu fertigen, würde sie viele Männer vor dem schlechten Gewissen bewahren. In Ermangelung von Pralinen und Schmuck kauften die Herren nun

Honig, Öle und undefinierbare Sachen im Glas, die Trym aus dem *Fem Bord* vorbeigebracht hatte. Die Gläser trugen verzwickte Namen in fremden Sprachen, weshalb weder Fie noch die Männer genau wussten, woraus das jeweilige Geschenk bestand.

Fie hatte eine Nachricht von Lykke bekommen, dass sie und Adam ihr fröhliche Weihnachten wünschten. Verabschiedet hatte sie sich mit »sehen uns bald«. Kein Wort darüber, wo Lykke Weihnachten zu feiern gedachte. Klara hatte erwähnt, dass sie ein paar Freunde besuchen wolle. Fies Antwort lautete: »Euch auch fröhliche Weihnachten!« Das quälte sie, denn sie verstand nicht, warum Lykke sich zurückgezogen hatte, und sie hatte Angst, dass Lykke wütend auf sie war. Dafür konnte es viele Gründe geben. Obwohl Fie das Gefühl hatte, Lykke seit Ewigkeiten zu kennen, waren sie sich erst vor wenigen Wochen begegnet. Sie hatte angenommen, dass Lykke und sie gute Freunde waren, aber sie hatte sich auch früher schon geirrt. Bei Trym, zum Beispiel. Bei Carl Christian. Bei den Freunden, die sie gehabt hatte, bevor sie ans falsche Ende der Stadt gezogen war. Das Beste war, nicht daran zu denken.

Exakt um zwei Uhr am Nachmittag schloss sie den Laden und ging schnellen Schrittes nach Hause. Rippchen, Kartoffeln, Sauerkraut und all das kochte sich schließlich nicht von alleine, und sie hatte es so verstanden, dass Marta davon ausging, dass sie um fünf Uhr essen würden. Sie selbst hätte es vorgezogen, die Rippchen gegen sieben zu servieren, zumal der Abend lang werden würde, jedoch hatte Marta bei diesem Vorschlag ganz bestürzt ausgesehen. (Marta hatte nicht protestiert, dennoch hatte Fie verstanden, dass dies eine Tradition war, die man nicht herausforderte.)

Auf dem Weg über den Hof traf sie auf Ronny aus dem Keller, der die Vögel mit Mariekeksen versorgte. (Und wahrscheinlich auch die Ratten, aber Fie hielt klugerweise den

Mund.) Wenn sie so darüber nachdachte, hatte er irgendwie immer Mariekekse dabei, die er entweder aß oder ins Vogelhäuschen streute. Selbst Hund war diese Delikatesse einmal angeboten worden. Jetzt knurrte Ronny irgendetwas, was er gewissermaßen immer tat. Fie sah ihn misstrauisch an, denn ihr kam in den Sinn, dass Ronny ihr das Etikett »einsam« verpasst hatte.

»Fröhliche Weihnachten«, sagte sie, und da sie nicht recht wusste, was sie sonst sagen sollte, fügte sie hinzu: »Sie füttern die Vögel.«

Ronny aus dem Keller murmelte etwas, wobei es sich vermutlich um eine Bestätigung handelte, und bröselte weiter Mariekekse ins Vogelhäuschen.

»Werden Sie heute Abend zu Hause sein?«, fragte Fie. »Ich bin es. Ich bekomme Besuch, daher muss ich nach oben und das Weihnachtsessen vorbereiten.«

Ronny antwortete nicht. Er stand einfach nur da, in Jogginghose und Islandpullover, mit den grauen Haaren in alle Richtungen abstehend, was sowohl traurig als auch himmelstürmend optimistisch wirkte, und streute und streute Mariekekse. Es wurde still, bis Fie sich selbst sagen hörte: »Haben Sie Lust, mit uns zu feiern? Ich habe genug Rippchen und Würstchen. Wir essen um fünf.«

»Hm?«, nuschelte Ronny aus dem Keller.

»Um fünf«, wiederholte Fie, und weil sie nicht begreifen konnte, was sie dazu bewegt hatte, den mürrischen Ronny einzuladen, und es fürchterlich bereute, fügte sie, mit falscher, heiterer Stimme und erfüllt von schlechtem Gewissen hinzu: »Sie sind herzlich willkommen. Es werden Sie, ich und Marta Fransen. Und ein Fisch, aber der sagt ja nicht viel. Genau genommen nichts, schließlich ist es ja ein Fisch, also … Wie gesagt, Sie sind herzlich willkommen. Das wird super gemütlich. Sehr – ähm – gemütlich!«

Sie hörte sich selbst plappern, nickte schnell, murmelte etwas von Rippchen und Ofen und zog sich zurück.

Jetzt habe ich einen schlafenden Gast, einen Fisch und vielleicht den mürrischen Ronny aus dem Keller, dachte Fie. Und das habe ich ganz alleine geschafft!

Eine Stunde später stand sie, ausgestattet mit Schürze und Topfhandschuhen, in der Küche und verbreitete böse Flüche über die Rippchen. Es war eine Sache, ein Weihnachtsessen in einer großen, gut ausgestatteten Küche zuzubereiten. Etwas ganz anderes war es jedoch, das auf einer winzig kleinen Arbeitsplatte, mit trägen Herdplatten und einem Backofen zu tun, der plötzlich die Zusammenarbeit verweigerte. Er schaltete sich beliebig ein und aus, weshalb der Ofen, und somit die Rippchen, zwischen zweihundert Grad und am kältesten Punkt etwa fünfzig Grad wechselten. (Fie glaubte nicht, dass dies vielversprechend war, obwohl sie wusste, dass Ruhezeit für Fleisch einer Art Weihung glich.)

Nein, mit einem solchen Herd konfrontiert, halfen nicht einmal zwanzig Jahre Erfahrung mit knuspriger Schwarte. Da vernahm sie auf der Treppe vage Schritte, gefolgt von einem vorsichtigen Klopfen an der Tür, was sie dazu veranlasste, die Ofentür wieder zuzuschlagen, was wiederum zur Folge hatte, dass der Herd sich wieder einschaltete.

»Gut«, murmelte Fie. »Ich kann für den Rest des Heiligen Abends hier stehen und die Herdtür knallen lassen. Das hat mir gerade noch gefehlt!«

Mit einem Auge auf den Herd gerichtet, öffnete sie die Wohnungstür – und starrte ungläubig, mit offenem Mund geradeaus. Denn dort, auf der engen Treppe, stand statt Marta Fransens vorsichtiger Erscheinung Sara, bekleidet mit Daunenjacke, Bommelmütze und riesigen Robbenlederstiefeln.

Hinter ihr, mit einem großen Sack auf dem Rücken, streckte Lars lächelnd den Kopf hervor.

»Aber …«, begann Fie und spürte, wie die Tränen sich ihren Weg bahnten. Sie blinzelte und blinzelte, während sie Saras Arme um sich spürte.

»Hast du geglaubt, ich würde meine kleine Schwester alleine Weihnachten feiern lassen?«

»Aber was ist mit Tonje? Und der Familie?« Fie hielt sich an Saras Daunenjacke fest, so als wolle sie sichergehen, dass die Schwester auch wirklich da war. Mit der anderen Hand rieb sie sich die Tränen weg, die selbstverständlich unaufhörlich flossen. Sie schniefte lautstark.

»Lars hat das geregelt«, sagte Sara, den Blick auf ihren Ehemann gerichtet. »Er hat alles geregelt! Ich wusste nicht, dass er so entschlossen sein kann!«

»Sie wollte wirklich gern fahren«, ergänzte Lars und nahm Fie kurz in die Arme. »Das war also nicht schwer.«

»Aber was ist mit Tonje?«

»Sie feiern bei sich zu Hause«, ließ Sara sie wissen. »Sie haben miteinander geredet und herausgefunden, dass sie ihre eigenen Weihnachtstraditionen entwickeln müssen. Dass dies ein Teil des Erwachsenwerdens ist.«

»Vielleicht haben sie recht«, entgegnete Fie. »Und was ist mit dem Rest der Verwandtschaft?«

»Weiß nicht«, sagte Sara trotzig. »Ich habe keine Ahnung. Ich dachte, wenn deine Familie aus Åsgårdstrand ohne mit der Wimper zu zucken Weihnachten ohne dich feiern kann, nachdem du zwanzig Jahre lang für sie das Fest ausgerichtet hast, dann schafft meine das auch. Vielleicht kümmert es sie nicht einmal. Verwandtschaft ist anspruchsvoll und treulos! Undankbar!«

»Sie redet schon den ganzen Tag so«, flüsterte Lars.

»Das tue ich nicht! Aber als ich zu Tante Gerda gesagt habe, dass wir verreisen werden, meinte sie nur: ›Ah ja.‹ Das war alles! *Ah ja!*«

Sauer blickte sie Fie und Lars an und murmelte etwas in der Art, dass das doch gut sei, denn sie habe keine Lust gehabt, sie zu Besuch zu haben, sie habe hierherfahren wollen, trotzdem wäre es schön gewesen, wenn jemand zu schätzen gewusst hätte, dass sie über zwanzig Jahre lang Weihnachten für sie ausgerichtet hatte. Dann riss sie sich zusammen. »Wie gemütlich du es hast! Und wie geschickt du warst, genau die richtigen Möbel zu stibitzen. Schlau, das fürchterliche italienische Sofa stehen zu lassen. Das hatte so glattes Leder, dass wir ständig runtergerutscht sind. Was ist mit dem Herd?«

Wie auf Bestellung schaltete der Herd sich wieder aus, während er fauchende Geräusche ausstieß. Sara zog Daunenjacke und Mütze aus, warf alles aufs Sofa und öffnete die Backofentür, und all das in einer einzigen langen Bewegung.

»Aber du hast die Rippchen ja nicht umgedreht!«, rief sie entmutigt aus.

Lars blinzelte Fie erleichtert zu. »Prima«, flüsterte er. »Sie muss gebraucht werden!«

»Habe ich die Rippchen nicht umgedreht? Oi«, sagte Fie. Jetzt, da Sara gekommen war, ging sie voll und ganz in den Kleine-Schwester-Modus über, zog die Topfhandschuhe aus und reichte sie Sara. »Das muss ich vergessen habe. Der Herd war so unmöglich.«

»Das höre ich«, kommentierte Sara, während sie sich damit abmühte, ein Rippchen zu drehen, das ganz richtig mit der Schwarte im Wasser planschte. »Und was ist mit den Kartoffeln? Dem Sauerkraut? Hast du Rosenkohl?«

»Ähm«, kam es von Fie, die erklären wollte, dass sie gerade erst nach Hause gekommen war und im Übrigen geplant hatte, fertiges Sauerkraut zu verwenden. Ein Blick auf Sara ließ sie sich umentscheiden.

»Der Kohl ist im Kühlschrank«, sagte sie. »Das habe ich noch nicht geschafft.«

»Nein, oh nein!«, meinte Sara, sowohl entsetzt als auch vergnügt. »Dann heißt es jetzt dringend loslegen!«

»Ich bin auf jeden Fall fürchterlich glücklich, euch zu sehen!«, sagte Fie lachend, und der Herd stimmte mit einem lauten Knall ein.

43

Im Nachhinein war Fie froh, dass sie vergessen hatte, die Rippchen zu drehen. Zudem hatte sie auch das Sauerkraut nicht vorbereitet, und auch das restliche Zubehör war nicht fertig, und all das gab Sara das Gefühl, wirklich gebraucht zu werden. (Was in der Tat auch der Fall war. Fie begriff nicht, was aus all ihren Kochkünsten geworden war. Es war, als wäre die Verzweiflung über Trym, Lykke und Hund in die Küche eingedrungen und hätte sich der Essenszubereitung bemächtigt.)

»Es ist gut, dass sie das Gefühl hat, dass du sie brauchst«, flüsterte Lars. »Dass weder die Verwandtschaft noch Tonje völlig zusammengebrochen sind, weil wir verreist sind, hat sie mitgenommen. Sie ist es gewohnt, unentbehrlich zu sein. Aber sie ist erschöpft. Ich habe mir fürchterliche Sorgen gemacht.«

»Ich kann euch durchaus hören!«, rief Sara, mit der Nase in den Töpfen steckend. »Wer, sagtest du, kommt noch?«

»Marta Fransen und vielleicht Ronny aus dem Keller.«

»Ronny von wo? Aus dem Keller? Nun ja, wie auch immer, da sind wir vier oder fünf«, sagte Sara zufrieden. »Das sind ein bisschen wenig Rippchen, aber wir haben Würstchen und Frikadellen dabei, das geht also. Was ist mit dem Dessert? Und wer ist das, der bereits jetzt kommt? Marta oder Ronny? Es ist erst halb vier.«

Erneut war an der Tür ein Klopfen zu hören. Lars öffnete. Auch dieses Mal war es nicht Marta Fransen. In der Tür, genauso groß und zitternd wie immer, stand Hund.

»Hund?«, flüsterte Fie. Sie stand am anderen Ende des Zimmers und konnte überhaupt nicht aufhören, zu starren. Das Unwirkliche an diesem Tag – zuerst Sara und Lars (obwohl sie sich mittlerweile bereits ein wenig daran gewöhnt hatte, jetzt, da Sara weiterhin vor sich hin schimpfte, aber trotzdem) – ließ sie schwindelig werden. Sie glaubte, vielleicht zu träumen oder dass Hund eine Fata Morgana war, obwohl es höchst unwahrscheinlich war, dass es sich bei einem riesigen Hund in der fünften Etage um eine Fata Morgana handelte.

»Hund?«, wiederholte sie verständnislos. Und dann, langsam, ganz langsam, während er zitterte, sodass die Stühle bebten, wanderte Hund durch den Raum auf sie zu und legte seinen Kopf schwer auf Fies Schulter. Es war, als würde er aus einem langen, entsetzlichen Albtraum erwachen und könne endlich aufatmen. Fie saugte den wohlbekannten (ziemlich strengen) Geruch ein und versuchte zu begreifen, dass dies tatsächlich Hund und keine Fata Morgana war.

»Denn Fata Morganas riechen nicht so«, sagte sie zu Sara, die überwältigt Hund anstarrte.

»Fata Morganas?«

Fie reagierte nicht, sie begrub lediglich ihr Gesicht in Hunds Fell und nahm wahr, wie sein Körper sich langsam beruhigte.

»Ich hatte ein Meerschweinchen vorgeschlagen! Das da ist ein Mammut!«, sagte Sara. »Er ist das größte Tier, das ich jemals gesehen habe!«

»Ich habe doch gesagt, dass er groß ist.«

Fie bemerkte, dass sie, selbstverständlich, wieder weinte. Dann hob sie den Blick und sah zur Tür, denn obwohl sie von

Hunden gehört hatte, die ihren eigenen Kompass im Kopf hatten und die auf Lassie-Art tagelang liefen, um nach Hause zu gelangen, so klopften sie letztendlich wohl kaum an die Tür. Und dort, vor ihr, standen Adam und Lykke, und hinter ihnen lugte Peders Kopf hervor.

»Oh!«, sagte Fie, um anschließend zu verstummen.

»Das ist Hund!«, rief Adam, der der Ansicht war, dass es lange genug still gewesen war. »Siehst du, Tante Fie, das ist Hund. Peder hat Hund geholt. Da ist er. Er ist hier, Tante Fie!«

Nachdem er erst einmal in die Gänge gekommen war, war er so aufgekratzt, dass er herumhüpfte, Hund tätschelte, aufs Sofa sprang und anschließend halb die steile Treppe hinauflief, bevor er sich Fie um den Hals warf, während die Worte aus ihm herausströmten. »Du hast nichts gewusst, Tante Fie, denn es war eine Überraschung. Er ist ein Weihnachtsgeschenk, Tante Fie! Zu Weihnachten! Bitte, Tante Fie, freust du dich? Freust du dich nicht?«

»Wahnsinnig«, flüsterte Fie.

»Mama, Tante Fie freut sich wahnsinnig! Sie ist …«

Er verschluckte sich und begann heftig zu husten. Fie klopfte ihm vorsichtig auf den Rücken. Sie war noch immer verwirrt, aber dort stand wahrhaftig Lykke und sah unwahrscheinlich stolz aus. Fie blinzelte, aber Lykke und Hund waren noch immer da. Ja, und Peder auch. Das ergab keinen Sinn, aber es war ausgesprochen schön.

Sie öffnete den Mund, um etwas zu sagen, irgendetwas, aber es kam kein Wort heraus. Und genau in diesem Moment klopfte es erneut an der Tür. Fie schloss den Mund und starrte überwältigt die Tür an. So, wie sich dieser Heiligabend entwickelte, könnte dort vor der Tür durchaus Trym stehen, mit Plakaten, die im besten *Tatsächlich … Liebe*-Stil proklamierten: »Ich liebe Fie«. Das Ganze war dermaßen unwirklich, dass Fie sich heftig in den Arm kniff.

»Au!«, sagte sie dankbar, und um ihr noch weiter auf den Boden hinunterzuhelfen, stand kein Trym in der Türöffnung. Stattdessen trat Ronny aus dem Keller ein. Er strahlte Unzufriedenheit sowie einen starken Dunst nach Mottenkugeln aus und war gesegnet normal. Zu Ehren des Heiligen Abends hatte er sich mit einer roten Krawatte und einem zerschlissenen Jackett über dem üblichen Wollpullover hübsch gemacht. Die Haare waren flach an den Kopf gekämmt und wurden durch sehr steifen Wachs im Zaum gehalten, wobei einzelne Strähnen sich weigerten, der geplanten Ordnung Folge zu leisten, und vielmehr trotzig Richtung Decke zeigten. Fie schluckte ein wenig enttäuscht, schimpfte sich dann aber selbst aus. Sie hatte kein Recht, Enttäuschung zu empfinden, jetzt, wo sie Hund und Lykke zurückbekommen hatte. Außerdem war Ronny aus dem Keller ein Zeichen dafür, dass sie nicht träumte.

Aber sie begriff noch immer nicht, wie dies geschehen war.

»Fie«, flüsterte Sara. »Werden all diese Leute auch hier sein? Du hast etwa ein Kilo Rippchen und sieben Gäste. Vorläufig.«

»Wir hatten nicht die Absicht, uns aufzudrängen«, sagte Lykke schnell. »Wir hatten vorgehabt, gestern zu kommen, aber Peder hat es nicht rechtzeitig geschafft.«

»Aber ihr müsst bleiben!« Fie bekam regelrecht Angst – selbstverständlich mussten sie bleiben. Sie mussten bleiben und ihr alles erzählen, was geschehen war, gerne mehrfach. Sie konnte nicht einen ganzen Weihnachtsabend dasitzen und sich fragen, wie Hund zurückgekommen war und warum Lykke plötzlich in der Tür stand, nachdem sie mehrere Tage unerreichbar gewesen war. »Selbstverständlich müsst ihr bleiben! Das mit dem Essen ist nicht so dramatisch.«

»Nein, natürlich nicht«, stimmte Sara ein. »Natürlich nicht! Bleibt!«

Allerdings blickte sie besorgt auf die wenigen Rippchen und den einen Beutel Sauerkraut.

»Ich bin Vegetarierin«, sagte Lykke mit einem Auge auf den Berg von Kartoffeln gerichtet. »Solange es Kartoffeln gibt, bin ich zufrieden.«

»Ich bin auch Vegetarier«, versicherte Peder. »Praktisch.«

Sara sah ihn zweifelnd an, denn Peder sah nicht so aus, als sei er Vegetarier. Er sah aus, als bestünde sein Lieblingsgericht aus Würstchen von der Tankstelle. Fie, die wusste, wie genau Sara es mit dem Weihnachtenfeiern nahm und wie wichtig es ihr war, dass für alle genug Essen da war, sagte, dass alles gut sei, solange genug Gemüse da wäre. Es hatte nicht den Anschein, als stimme Sara dem zu, obwohl sie es, so gut sie konnte, versuchte.

Fie jedoch war zu glücklich, um sich Sorgen zu machen. Sara, Hund und Lykke waren hier, in ihrem Wohnzimmer! Das Ganze war ein Wunder, und sie hatte noch immer Probleme, es zu begreifen. Verstohlen streckte sie die Hand aus und kniff Lykke.

»Au!«

»Ich wollte nur sehen, ob du wirklich bist.«

»Sie ist wieder verrückt geworden«, erklärte Sara, während sie verdrießlich die Kartoffeln zählte.

»Erzähl«, bat Fie. »Erzähl, bitte. Alles über Hund und wo ihr gewesen seid! Ich habe übrigens mit deiner Großmutter gesprochen. Sie kommt Weihnachten nicht nach Hause. Sie hat gesagt, du würdest Freunde besuchen?«

Jetzt war auch Marta Fransen eingetroffen, und es war ziemlich voll in Fies kleinem Wohnzimmer. Daher hatten sie sich auf die Treppe gesetzt, mit guter Übersicht über all das, was vor sich ging.

»Ich durfte nicht darüber sprechen«, erklärte Lykke. »Adam

und ich, wir waren zu Hause, aber ich hatte Angst, ich würde die Überraschung kaputtmachen. Weder Adam noch ich können Geheimnisse für uns behalten. Und wenn es nicht geklappt hätte, wenn die, denen Hund gehört hat, ihn nicht hätten verkaufen wollen, dann wärst du so enttäuscht gewesen. Aber das Auto hat gequalmt, deshalb hat es so lange gedauert!«

»Das Auto?«

»Peders Auto. Hund war an jemanden weit oben in Nordnorwegen verkauft worden, und das Auto hat die Tour nicht verkraftet.«

»Peders Auto ist in Nordnorwegen gewesen?«

Fie wollte nichts Unvorteilhaftes über das Auto sagen, das ihr Hund zurückgebracht hatte, aber in Peders Wrack von einem Gefährt weiter als durch das umliegende Viertel zu fahren, war ein riskantes Unterfangen.

»So schlecht war es gar nicht«, sagte Lykke loyal. »Schließlich hat es auch Unmengen an Schrott für *&Dinge* transportiert. Schwere Möbel. Und es hat eine längere Strecke in den Wald hinein geschafft, erinnerst du dich? Es ist mehrere Kilometer gefahren!«

»Entschuldige. Du hast ganz recht. Es ist ein tolles Auto.«

»War. Peder hatte eine Beziehung zu ihm. Er baut Beziehungen zu Dingen auf, du solltest sein Sofa sehen. Als das Auto jedoch absolut nicht mehr wollte, das arme, musste er ein neues kaufen, und das hat Zeit gekostet. Vor allem wegen Weihnachten.«

»Peder hat ein neues Auto gekauft? Wie konnte er sich das leisten?«

Erneut kniff Fie sich in den Arm, dieses Mal etwas vorsichtiger, obwohl das wirklich ein unwahrscheinliches Szenario war. Ein neues Auto – einfach so im Vorbeigehen?

»Peder hat Geld.«

»Aber er jobbt bei mir und wohnt bei seiner Mutter!«

»Er wohnt im Keller«, verteidigte Lykke ihn. »Und er hat dort unten eine eigene Toilette und eine Kochplatte! Im Übrigen wird er umziehen. Er wird ein Haus kaufen.«

»Peder? Ein Haus kaufen?«

»Nicht mehr kneifen«, bat Lykke. »Es stimmt wirklich.«

»Ist das so?«

Fie schaute zweifelnd zu Peder, der keineswegs wie ein Kapitalist aussah, wie er dort stand und sich eine Frikadelle schnappte. (Obwohl er praktisch Vegetarier war.) Sara warf ihm einen strengen Blick zu. Peder wurde rot und zog sich beschämt zurück.

»Er hat fürchterlich Hunger«, murmelte Lykke. »Es war nicht unsere Absicht, deine Weihnachtsgesellschaft zu crashen, es war beabsichtigt, gestern zu kommen. Aber dann war da das mit dem Auto und die Verhandlungen mit denen, die Hund gekauft hatten.«

»Wer hat verhandelt? Warte, sag es nicht – Peder, selbstverständlich!«

»Genau!« Lykke sah begeistert aus, so als habe Fie endlich etwas begriffen. »Er hat *Der Pate* gesehen, das ist sein Lieblingsfilm. Er war der Meinung, er müsse demjenigen, der Hund gekauft hatte, *an offer he can't refuse* machen.«

»Das mit dem Pferdekopf?« Fie starrte Peder überwältigt an. Er sah nicht aus wie irgendein Mafiaboss, wie er dort mit einem geklauten Stück Würstchen in der Hand hockte, während er sich zusammen mit Adam brummend und unmusikalisch an »Stille Nacht, heilige Nacht« versuchte. Keiner von beiden erinnerte sich an den Text, zudem fanden sich darin viel zu viele L-s. Sowohl der *holde Knabe* als auch das *lockige Haar* litten darunter.

»Nein, nein, nicht der Pferdekopf«, sagte Lykke. »Bist du verrückt? Selbstverständlich nicht. Wir reden von Geld.«

»Aber sie wollten doch kein Geld haben?«

»Peder sagt, die meisten wollen Geld haben, wenn ihnen nur genug geboten wird.«

»Sagt er das? Aber …« Fie blinzelte verwirrt, woraufhin Hund ihr tröstend die Hand schleckte. »Woher hat er das Geld?«

»Er hat ein Spiel entwickelt«, erklärte Lykke vergnügt. »Und er spielt Online-Poker. Er hat fett verdient. Er ist so was wie ein Lotto-Millionär – du weißt schon, die, die nicht wie andere Millionäre sind! Peder ist ein Kellermillionär – seine einzige Anforderung an das neue Haus ist, dass es einen Keller hat. Er hat Berge von Geld. Es ist sehr praktisch, viel Geld zu haben.«

»Ja, das möchte ich glauben«, sagte Fie und fragte sich, ob Klara der Meinung war, dass Online-Poker mit Zukunftsaussichten gleichzusetzen war. »Aber nur, damit ich das richtig verstehe: Peder hat sich in sein altes Auto gesetzt, das dann den Geist aufgegeben hat. Anschließend hat er sich ein neues gekauft und ist mehrere Tage nach Nordnorwegen hinaufgefahren, wo er den Besitzer von Hund mit viel Geld bezahlt hat, bevor er mit Hund hierhergefahren ist.«

»Genau!«

»Das ist entsetzlich nett von ihm«, schniefte Fie und spürte, dass ihr erneut die Tränen herunterliefen. Sie riss sich zusammen. »Aber ich verstehe trotzdem nicht ganz … warum hat er all das getan?«

»Weil ich ihn darum gebeten habe«, sagte Lykke. »Und Trym selbstverständlich. Er ist auch gefahren.«

Fie schluckte. Sie hielt sich am Geländer fest und starrte hinunter auf das Chaos in ihrem Wohnzimmer, ohne ein Wort sagen zu können. Der Stress am Herd hatte nunmehr beträchtlich zugenommen. Sara winkte Fie zu sich und flüsterte, ziemlich eindringlich und äußerst entmutigt, dass schlicht und einfach nicht genug Essen da sei, unabhängig davon, wie umfassend die Leute in der letzten Stunde zu Vegetariern geworden waren. Ronny aus dem Keller war im Begriff, aufzustehen, wahrscheinlich erinnerte er sich an das Lager mit Mariekeksen. Marta Fransen unterbrach sich selbst und teilte mit, dass sie nichts zu essen brauche. Es sei einfach nur sehr schön, eingeladen worden zu sein, außerdem möge sie fürchterlich gern Rosenkohl, und davon gab es reichlich Vorrat. Peder nuschelte etwas, das sich wie *kein Hunger* anhörte, und Lykke wiederholte ihre Vorliebe für Kartoffeln.

»Trym?«, sagte Fie.

Einige Minuten später hatte sie sich angezogen und war bereit, aufzubrechen. Lykke war von der Treppe aufgestanden und erklärte der Versammlung, dass sie selbstverständlich Essen dabeihätten, es komme lediglich verspätet.

»Trym ist auf dem Weg, um es zu holen«, sagte sie. »Fie wird losgehen und Trym abholen, denn vielleicht braucht er Hilfe. Und im Übrigen: Bei uns zu Hause gibt es Heiligabend immer um sechs Uhr Essen. Niemals früher. Wir liegen also voll und ganz im Zeitplan.«

»Bei uns zu Hause essen wir nie vor halb sieben«, log Marta Fransen tapfer mit einem Blick auf die Uhr. »Das ist feste Tradition.«

Erneut erwachte Ronny aus dem Keller. »Bei uns zu Hause essen wir vor dem Weihnachtsmenü Kekse«, brummte er. »Als Odövre.«

Aus den Untiefen seiner Tasche zog er eine Packung Kekse mit Schokoladenstückchen hervor, wahrscheinlich die Festvariante der Mariekekse, und reichte sie Sara. Verwirrt starrte diese auf die Packung, nahm dann jedoch eine Schale aus dem Schrank und füllte diese mit Keksen und Plätzchen. Die Stimmung stieg beträchtlich.

»Was ist Odövre?«, flüsterte Lykke und schnappte sich ein Plätzchen.

»Horsd'œuvre«, flüsterte Fie aus einem Mundwinkel heraus.

»Ah, jetzt«, sagte Lykke entgeistert und schob Fie zur Tür. »Geh und hol Trym!«

44

Fie und Hund wateten durch eine dicke Schneeschicht über die Straße, vorbei an Lillians Boutique und weiter zu *Fem Bord*. Im Vorbeigehen fragte sie sich, was Lillian wohl an Heiligabend machte. Hatte sie Familie? War sie auf Kreuzfahrt? Oder in einem Hochgebirgshotel? Gab es Orte, an denen Leute wie Lillian mit Kristall und minimalistischer Eleganz Weihnachten feiern konnten? Ordentliche Erwachsenenweihnachten ohne ein einziges störendes Kind? Einmal, als Lillian bei *&Dinge* gewesen war, um einen ihrer herablassenden Kommentare abzuliefern, war Adam aufgetaucht, und Lillian hatte ihn angesehen, als könne er jederzeit explodieren.

Arme Lillian, dachte Fie plötzlich. Dieser Gedanke war so überraschend, dass sie Weihnachten die ganze Schuld daran gab.

Über ihrem Kopf waren Lichterketten über die Straße gespannt, die Straße entlang standen kleine, mit funkelnden, winzigen Lämpchen bedeckte Weihnachtsbäume, während in den dunklen Schaufenstern märchenhafte Weihnachtsmänner und Engel die Köpfe nach vorn streckten. In der Dämmerung sahen sie beinahe echt aus. Es war jetzt fünf Uhr, und die Kirchenglocken läuteten Weihnachten ein. Das Ganze war so perfekt und weihnachtlich, dass Fie ein paar Tränen wegblinzeln musste.

»Ich weine wegen allem«, vertraute sie Hund an. »Es ist ein komplettes Weihnachtsklischee, das weiß ich. Aber es hilft nichts. Ich weine trotzdem. Das ist eine idiotische Angewohnheit.«

Hund wedelte verständnisvoll mit der Rute (zumindest glaubte Fie das) und gab dann ein leises Winseln von sich. Erstaunt sah Fie ihn an, zumal Hund selten Töne von sich gab. Er drückte sich mithilfe von Körpersprache aus: Rute hoch, Rute runter, dasselbe mit den Ohren, und natürlich dieses ausdrucksstarke Zittern. Es kam selten vor, dass er bellte, winselte oder knurrte. Jetzt aber kam er wieder mit etwas, das wie ein optimistisches kleines Quietschen klang. Fie hielt inne und blickte angestrengt in das Schneetreiben hinein. Da sah sie, wie sich eine große Gestalt näherte. Mit einem großen Sack auf dem Rücken, aber dennoch dem Weihnachtsmann ganz unähnlich, zumal er Lederjacke, Boots und keine Mütze trug, kam Trym anspaziert.

Fie blieb stehen und wartete. Trym kam näher und sah auf, als Hund ein weiteres Quietschen von sich gab.

»Er mag dich«, sagte Fie.

»Hei.«

»Hei.«

Es wurde still. Trym stand da, mit vom Schnee nassem Kopf. Das sah kalt aus, weshalb Fie ihre Mütze abnahm, sich auf die Zehenspitzen stellte und sie auf seinen Kopf setzte.

»Das ist nicht nötig. Du wirst frieren«, sagte Trym.

»Ich habe Haare.«

Sie lächelten einander an.

»Ich dachte, du seist verschwunden«, sagte Fie. »Als ich dich an dem Morgen nicht gefunden habe.«

Trym stellte den Sack auf den Boden, legte einen Arm um sie und zog mit der anderen Hand ihre Kapuze nach oben. Dann beugte er sich nach unten und küsste sie vorsichtig mit warmen Lippen, die Fie das Schneetreiben vergessen ließen, vergessen ließen, dass die anderen auf das Weihnachtsessen warteten, und vergessen ließen, dass eine ihrer Stiefeletten in einer Schneewehe steckte und sich langsam mit eiskaltem Schnee füllte.

»Ich habe nicht gewusst, dass es so weit war bis dorthin«, sagte Trym, als sie endlich voneinander abließen. Er nahm den Sack wieder hoch und warf ihn sich über die Schulter. »Ein Tag maximal, dachten wir, aber das war, bevor das Auto gequalmt hat. Wir wollten dich überraschen.«

»Aber woher habt ihr gewusst, wohin ihr fahren müsst? Jan wollte mir nicht sagen, wo Hund war, er hatte viel zu viel Angst vor seiner Frau.« Sie kniff die Augen zusammen. »Hat Peder auch ihm *an offer he can't refuse* gemacht?«

»Nicht Peder«, sagte Trym, während sie weitergingen. »Ich habe es getan. Um es mal so auszudrücken: Wir werden Jan und seine Frau in den kommenden Wochen öfter bei *Fem Bord* antreffen. Zehn Mal, um genau zu sein.«

»Danke.« Fie blinzelte die ewigen Tränen weg. Sie hoffte, das Schneetreiben würde sie verbergen. »Tausend Dank.«

»Oh, Fie«, sagte Trym. »Ich hätte alles getan. Das weißt du doch.«

»Hättest du?« Fie schniefte.

Trym blieb stehen, zog ein Taschentuch heraus und wischte ihr die Nase ab. Verlegen und sehr gerührt dachte Fie, dass dies das Romantischste war, was jemals jemand für sie getan hatte.

Erneut quietschte Hund leise.

»Er macht Geräusche«, sagte Fie. »Das hat er vorher nicht getan.«

»Er kann auch knurren. Als wir dort ankamen, hat er uns durch ein Fenster entdeckt und war im Begriff, das Fenster zu zermalmen, während er unaufhörlich gebellt hat. Und als das Paar, das ihn gekauft hatte, ihn wegziehen wollte, hat er es angeknurrt. Er hat die Zähne gefletscht und geknurrt! Der Preis ging dadurch beträchtlich nach unten.«

»Tollkühner Hund!«

Während sie vorbei an Lillians Boutique und vorbei an dem Laden, in dem Fie Lykke kennengelernt hatte, zu Fies Haus gingen und schließlich im Hof standen, schneite es noch mehr. Der Weihnachtsbaum leuchtete noch immer, während es in Ronnys Kellerwohnung vollkommen dunkel war. Da wurde Fie warm ums Herz, denn sie war sich nicht sicher gewesen, ob er es in der Gesellschaft aushalten würde.

»Dort oben sind recht viele Leute«, sagte sie und betrachtete den Sack auf seinem Rücken. »Ich habe vergessen, zu fragen, aber in dem Sack ist Essen, nicht wahr?«

»Selbstverständlich. Unmengen an Essen.«

»Weihnachtsessen?«

»Na jaa«, sagte Trym. »In gewisser Hinsicht.«

Die Schwestern saßen auf der Treppe und betrachteten das Weihnachtschaos in Fies Wohnzimmer. Trym nahm sich mit der gewohnten Effektivität der Essenszubereitung an. Sara hatte einen Seufzer der Erleichterung ausgestoßen, als er sie diskret auf die Treppe verwiesen hatte. Er meisterte sogar den Herd, denn jedes Mal, wenn er daran vorbeiging, versetzte er ihm einen Tritt. Das sah seltsam aus, aber es funktionierte.

»Er hatte keine Rippchen dabei«, murmelte Sara.

»Er war mehrere Tage lang unterwegs, ist bis nach Nordnorwegen gefahren. Wann sollte er, deiner Meinung nach, Rippchen zubereiten? Oder geräucherte Lammrippe? So was erfordert Vorbereitungen.«

»Das weiß ich. Ich beschwere mich ja nicht, überhaupt nicht. Es ist nur ungewohnt.«

»Bereust du es?«, fragte Fie ängstlich. »Wir waren immer so damit beschäftigt, richtig Weihnachten zu feiern, und hier gibt es nicht einmal passende Teller. Ich sehe Schalen mit Oliven, und ich habe nur fünf gestärkte Leinenservietten!«

»Natürlich bereue ich es nicht«, versicherte Sara. »Vielleicht hatten wir es nötig, unsere Weihnachtstraditionen aufzubrechen – das Wichtigste ist doch nicht das Essen, die Deko und all das. Sicher kann man sogar auf Kreuzfahrt ein ausgezeichnetes Weihnachten haben, wenn nur das Wichtigste vorhanden ist.«

»Menschen, die man mag.« Fie nickte und lächelte Sara an. »Du, zum Beispiel.«

Im Wohnzimmer gingen die Gäste mit Tellern, Gläsern und Besteck hin und her. Es sah aus, als würden sie nur umherirren, dennoch wurde der Tisch seltsamerweise wie von Zauberhand gedeckt. Jemand ließ einen Champagnerkorken knallen, und Ronny aus dem Keller wedelte mit Lammrippe von Fjordland.

»Kein Weihnachten ohne«, sagte er. »Das habe ich die letzten fünf Jahre gegessen.« Beeindruckt sah Fie, wie Trym ohne mit der Wimper zu zucken die Tüten aufschnitt und den Inhalt des Fertiggerichts in eine Pfanne gab.

Das Sofa war von Hund und Adam in Beschlag genommen.

»Hund hat nie zuvor auf dem Sofa geschlafen«, sagte Fie. »Und geknurrt hat er auch nicht. Er hat kaum einen Ton von sich gegeben. Es ist, als sei er im Schullandheim gewesen und als großes Kind zurückgekehrt.«

Sara nickte. »Das tun sie gerne in Schullandheimen. Als wir Tonje dorthin geschickt haben, kam sie mit blauem Lidschatten und einer Unmenge neuer Kraftausdrücke zurück.«

»Genau.«

»Du bist tüchtig gewesen«, stellte Sara fest und wedelte mit der Hand in Richtung von all dem, was im Wohnzimmer vor sich ging.

»Ohne deinen Adventskalender hätte ich das nicht geschafft.«

»Nein«, erwiderte Sara zufrieden. »Das weiß ich.«

Fie stieß sie an, und Sara grinste. »Weil Weihnachten ist«, sagte sie, »und nur, weil Weihnachten ist: Auch ich hätte es ohne dich nicht geschafft. Ab und zu« – sie senkte die Stimme – »ab und zu glaube ich, dass ich von dir abhängiger bin als von Lars.«

»Ich verstehe, was du meinst«, flüsterte Fie. Sie sahen einander an und sagten im Chor: »Aber nur ab und zu!«

»Übrigens, ich mag Trym«, sagte Sara nach einer Weile.

»Ich auch.«

»Glaubst du, es wird was Großes – du weißt schon, was Richtiges?«

Gedankenversunken schaute Fie Trym an, wie er da stand und für sie alle das Weihnachtsessen zubereitete, nachdem er mehrere Tage unterwegs gewesen war, um Hund zu holen, und nachdem – ja, nach all dem anderen, das sie bis weit in die Zehenspitzen erröten ließ. Vorsichtig kniff sie sich erneut in den Arm.

»Das hoffe ich«, antwortete sie. »Das hoffe ich sehr!« Dann riss sie die Augen auf, denn aus einer großen Box zog Trym eine Platte mit einem enormen, kegelförmigen Kuchen, bestehend aus kleinen, runden Bällchen, verziert mit roten Beeren, grünen Blättern der Stechpalme und etwas, das wie Schnee aussah. Das Ganze war überzogen von langen, dünnen Karamellfäden. Es war ein Meisterwerk von einem Kuchen. Feierlich hob Trym die Platte hoch und ging zur Treppe, auf der Fie und Sara saßen. Stolz schaute er zu ihr hinauf.

»Bitte sehr! Das ist ein Croquembouche!«

»Ah ja«, entgegnete Fie. Sie starrte auf den Kuchen und dachte an Carl Christian, der Eindruck auf die Nachbarn und die Verwandten aus Åsgårdstrand hatte machen wollen. Und sie blickte über das muntere Chaos im Wohnzimmer und schlussendlich in Tryms erwartungsvolles Gesicht.

»Der ist vollkommen fantastisch«, sagte sie aus vollstem Herzen.

ENDE

Wenn Weihnachtsträume wahr werden ...

Anja Marschall
DAS
WEIHNACHTSWUNDER
VON
HAUS 7
Roman

352 Seiten
ISBN 978-3-404-19243-4

Die alleinerziehende Luisa hat zwei Wünsche zu Weihnachten: Sie sehnt sich nach einem Partner, mit dem sie Liebe und Leid teilen kann – und sie wünscht sich ein richtiges Zuhause. Denn das Haus, in dem sie mit ihren Kindern lebt, soll abgerissen werden. Um ihr Heim zu retten, fasst Luisa sich ein Herz und sucht den griesgrämigen alten Eigentümer des Hauses in seiner Villa auf, um mit ihm zu reden. Die Begegnung verläuft anders als erwartet, denn er hält sie für seine verschollene Tochter. Die Ereignisse überschlagen sich, als plötzlich auch noch ein geheimnisvoller Mann vor der Tür steht. Kann es sein, dass Weihnachtswunder manchmal wahr werden?

Lübbe

Was wäre Weihnachten ohne die Liebe?

Nancy Naigle
WEIHNACHTSHERZEN
IM SCHNEEGESTÖBER
Aus dem amerikanischen
Englisch von
Ulrike Gerstner
ISBN 978-3-404-19256-4

Als ihre Tante Ruby für längere Zeit in eine Reha-Klinik kommt, zieht Joy kurzerhand in das winterliche Dorf Crystal Falls, um auf der Farm der alten Dame die vielen Tiere zu versorgen. Dort trifft sie auf Ben, der Ruby jedes Jahr hilft, alles für die Adventszeit und das weihnachtliche Dorffest zu dekorieren. Die beiden bekommen sich unentwegt in die Haare – und Joy ist es gar nicht recht, dass sich dieser unwirsche Kerl ständig auf der Farm aufhält! Doch mit jedem Tag, den Joy auf der Farm ist, spürt sie mehr und mehr, wie ihr Herz in Bens Gegenwart immer ein bisschen schneller schlägt ...

Lübbe